U0095352

图书在版编目（CIP）数据

典当.8／打眼著. —北京：中国戏剧出版社，2012.12

ISBN 978 - 7 - 104 - 03870 - 2

Ⅰ．①典… Ⅱ．①打… Ⅲ．①长篇小说—中国—当代

Ⅳ．①I247.5

中国版本图书馆 CIP 数据核字（2012）第 282815 号

典当 . 8

责任编辑：吴淑苓

美术编辑：彭路军

责任印制：冯志强

出版发行：中国戏剧出版社

出 版 人：樊国宾

社　　址：北京市海淀区紫竹院 116 号嘉豪国际中心 A 座 10 层

网　　址：www. theatrebook. cn

电　　话：010 - 58930221　58930237　58930238

　　　　　58930239　58930240　58930241　（发行部）

传　　真：010 - 58930242（发行部）

读者服务：010 - 58930221

邮购地址：北京市海淀区紫竹院路 116 号嘉豪国际中心 A 座 10 层

　　　　　（100097）

印　　刷：北京高岭印刷有限公司

开　　本：787mm×1092mm　1/16

印　　张：24

字　　数：400 千

版　　次：2013 年 2 月　北京第 1 版第 1 次印刷

书　　号：ISBN 978 - 7 - 104 - 03870 - 2

定　　价：39.80 元

版权专有，违者必究；如有质量问题，请与出版社联系调换。

目 录
CONTENTS

第一章 好事成双

老婆怀了双胞胎,乐得庄睿都分不清东南西北了。没想到好事成双,皇甫云又给庄睿带来一个好消息。

"最近在河北出土了一批唐三彩,品质相当好,而且经过几位专家的鉴定,是真品唐三彩无疑,我想问下你的意思,要不要吃下来。"

庄睿博物馆的陶瓷器展馆里正缺汉唐陶瓷器,尤其是唐三彩。

庄睿前段时间给皇甫云下达了任务,让他从各大拍场和私人手里淘弄一些汉唐瓷器。

不过这类物件珍品很少,能作为馆藏精品对大众开放的,品相必须要好。皇甫云找了很长时间也没弄到一件,最近得到消息,河北有人想出手,他立马通知了庄睿。

"对方是什么来路?"

庄睿皱了下眉头,唐三彩本来就不多,而且大多出自陕西河南等地,说是河北出土的,庄睿心里马上就泛起了嘀咕。

而且瓷器易碎,即使是盗墓所得,一般大墓里也出不来几件完整的,皇甫云说的是一批,庄睿不是很看好。

电话一端的皇甫云听了庄睿的话后,连忙说道:"是河北和京津地区最大的一个黑市老板组织的,可信度非常高。"

庄睿在北京住的日子也不短了,对于附近的黑市知之颇深,像上次那种黑市,完全就是一"套儿局",算不上真正的黑市。

皇甫云说的这种黑市,庄睿没去过,但是听金胖子等人提起过,说是信誉不错。

四九城这地界鱼龙混杂,黑市也有许多种,有些是沾点古玩行的边,整出一些不靠谱的玩意儿,去糊弄那些初入行的人。

就像上次庄睿参加的那个黑市,老板身后有点背景,卖的又都是假古董,抓住了也不怕,整个就是一"套儿爷",打一枪换一个地方,忽悠一个是一个。

但是也有组织严密的正规黑市，这些黑市老板和国内许多知名的藏家、各地的盗墓团伙都有紧密的联系，他们非常在乎自己的名声，很多物件都是请了专家事先鉴赏，经常可以见到一些不错的玩意儿。

像现在国内玩青铜器的藏友，藏品大多出自这种黑市，其中不乏一些上了级别的保护文物。

这些人都有一定的圈子，极少把手里的物件走私出去，这样受到的关注就比较小，加上本身又有背景，否则，早就被打掉了。

皇甫云说的黑市就是如此，在京津地区已经存在了不少年了，信誉不错，而且消息也是从业内人士那里听来的，所以正急着补充博物馆汉唐陶瓷器的皇甫云就上了心。

"皇甫兄，来家里谈吧，电话里说不清楚。"

庄睿了解了情况之后，沉默了一会儿。如果那些陶瓷器是真品，庄睿也想吃下来，但是以庄睿的经验看，十有八九是赝品，不过没见到东西，他也不敢下定论。

"哎，哎，我说你小子，这都哪儿跟哪儿啊？去祸害彭飞去。"

挂断电话之后，庄睿对着亭子下面的池塘看了一眼，顿时嚷嚷了起来，因为他从池塘的倒影里发现了一朋克青年，整个儿头发都竖了起来，敢情又是小金雕的杰作。

"以后看来要戴个帽子了。"

庄睿哭笑不得地抓住小金羽，弯下腰把它半边身子放入水中，说道："再调皮捣蛋，我给你洗个澡。"

"呀呀！"

小金羽双翅猛拍打水面，四溅的水花反而给庄睿洗了把脸，机灵的小家伙飞到池塘中的假山上，得意地冲着庄睿鸣叫着。

小金雕羽毛的颜色在白色和褐红色之间，池水落到它翅膀上后，马上就顺着羽毛流了下去，连一个水滴都没有。

金雕的羽毛极其贵重，在国际市场价格很高，一根成年金雕的尾羽往往能卖到上千美元，这也是很多人猎杀金雕的主要原因。

"老弟，你可真不厚道，自个儿整天窝在这仙境里享福，让哥哥去外面拼死拼活，我强烈抗议，我要涨工资！"

皇甫云还是第一次来庄睿的四合院，进了正门嘴巴就没合拢过，比起博物馆的办公室，这鸟语花香的花园，简直就像仙境一般。

当然，鸟语自然是指金雕的鸣叫声，在这院子里，只有它一只鸟存在，其他被这郁郁葱葱绿意盎然吸引来的鸟儿，都成了金羽的腹中之物。

庄睿闻言笑了起来，说道："行啊，皇甫兄，每年给您涨一百万，不过那套花园房，可就没有了啊。"

在欧阳军开发的小区里，有几十栋复式花园房，面积在三百平米左右，对外售价要一千万以上。

作为地产公司的大股东，庄睿手上留了五套这样的花园房，准备留一套给皇甫云和云曼，算是庄睿给他们的结婚礼物。

"呃，那我还是要房子吧，万恶的资本家啊。"

皇甫云听了庄睿的话后，再不提加薪的事儿了，一年一百万，十年才够那套房子钱，话说十年以后，那房子不知道涨成什么价了。

"喝茶，喝茶，别人送的普洱茶，降血脂的，还能暖胃减肥外加美容。"

庄睿笑着给皇甫云斟了杯茶，最近在家里闷着，庄睿也学会了煮茶，每天没事和媳妇、老妈坐在树阴下，泡上一壶茶，逗着欧阳军的小家伙，倒真是神仙一般的日子。

这段时间流行喝普洱茶，欧阳振武时不时带来几个茶饼，都被庄睿给贪了，一说有减肥功效，徐大明星整天逼着欧阳军给她泡几壶喝。

"这茶怎么一股子苦味？"

普洱茶是近几年才流行起来的，皇甫云喝了一口红色茶汤，不禁皱起了眉头。

"呵呵，这东西可是贡品，以前喝不到的，有得喝您就知足吧。"

庄睿和皇甫云闲扯了两句之后，问道："说说吧，对方手上有多少物件，开的什么价？"

听庄睿提到公事，皇甫云面色变得严肃起来，说道："是咱们收藏网站的一个VIP会员给的消息，信誉度非常高，而且田老师曾经去看过这批瓷器，他倾向是真品，不过涉及的金额比较大，还是你来拍板吧。"

皇甫云说的田老师，是金胖子的同事田凡，也是故宫博物院的研究员，在陶瓷器上的造诣很深，和庄睿一同参加过济南的民间鉴宝活动。

田凡作为国内知名的陶瓷器鉴定专家，也是庄睿网站鉴定专家组的专家之一，和皇甫云最近来往颇多，知道皇甫云有意收购汉唐瓷器，才给他消息，可信度很高。

庄睿提议的VIP会员制度，办得十分红火，一个多月以来，会员之间已经成交了二十多件器物，都经过了冯老师组织的专家鉴定，没有一个人买到赝品，来自全国各地的藏友专家们，对网站的评价相当高。

皇甫云也利用网站，得到了不少藏品信息，私下里达成了几项交易，为定光博物馆增加了几件不错的馆藏精品。

"一共有多少件器物？对方出的是什么价？"黑市之所以称之为黑市，就是有些物件见不得光，并且交易方式灵活多变。

庄睿知道，这样的黑市是可以私下里交易的，并不是非要拍卖。

古玩行的水极深，即使是在里面厮混几十年的人，也不敢断言自己买到的东西都是真的。

所以黑市上拍卖的很多东西，黑市主办方只拿个中介费，帮助主人出手，并非像行外人猜测的那样，黑市的东西都是主办方买断后来卖的。

"这是照片，一共有三十二件唐三彩器物，有三彩马、骆驼、仕女人物、乐伎俑、枕头等物件，几乎包含了已经出土的所有三彩造型。"

皇甫云一边说，一边从包里拿出厚厚一叠照片递给庄睿，嘴里接着说道："品相不错的三彩马和骆驼，最低五十万一件，而那套八件的仕女人物彩陶俑，对方出价六百万。"

这批三彩陶瓷器加起来的价格，超过了两千万人民币，虽然皇甫云手头有充裕的资金，但是他也不敢贸然买下这么昂贵的物品，必须先征求庄睿的意见。

"如果是真的，也不是新坑的物件，出土应该有段时间了。"

庄睿翻看着照片，上面的人物俑都穿着色彩鲜艳的服装，侍女们面部圆润，梳着各式发髻，造型生动逼真、色泽艳丽而富有生活气息，照片从各个角度拍摄得很清晰，出土的痕迹并不明显。

自唐朝以来，历代收藏家对唐三彩都青睐有加，民间收藏的精品亦不在少数，光是关中十八陵，千余年下来，被盗出的三彩器皿何止万件。

庄睿也不敢断言照片上的物件是假的，唐三彩向来以色彩华丽著称，单从这些照片上看，其造型和色彩完全符合唐三彩的特征。

"这些东西上拍吗？可以先看看吗？"

庄睿看到照片也颇为心动，如果这些物件都是真的，那么就可以补充博物馆唐三彩陶瓷器的空白了，花两千万也不算多。

不过，庄睿只相信自己的眼睛，不看到实物，他是不会同意交易的。

"这些东西不上拍，是黑市老板代朋友卖的，可以先看货，不过可能没这么齐全。"

皇甫云知道，自己这位年轻的老板，眼光非常毒，他和庄睿认识以来，还从没见庄睿在古玩上失手打眼过，人在江湖漂，庄老板就愣是没挨过刀。

皇甫云此来的目的，正是想让庄睿出山，鉴定一下这批东西。

"行，那你联系吧，对了，时间别超过三天，我马上要去好好学习、天天向上了，你可不要影响我的学业。"

庄睿说的是实话,眼瞅着没几天他就要去京大报名了,离开校园已经好几年了,庄睿对于重返象牙塔,心情还稍稍有点激动。

　　"哎,我说金羽,又出去祸害别人家的鸟啦?"

　　庄睿起床刚推开房门,就发现飞到自己面前的小金雕爪子上带着血迹,每天睡觉前,庄睿都会把它的趾套取下来,小东西就经常趁着这个机会,出去作威作福。

　　最近不光是自家的鸽子倒了霉,就连这四合院上空都鲜有鸽子飞过,庄睿已经一个月没听过鸽子哨的声音了。

　　欧阳婉和张妈李嫂有一天去小公园玩,听很多人议论,最近有只小老鹰,经常来偷鸟吃,祸害了不少养的鸟雀,正有人商议着准备下个套,把小老鹰抓住呢。

　　回到家一说,庄睿连忙给小金雕上起了课,这小东西虽然连连点头,不过晚上和清晨,还是经常往外跑,不过那小公园却不怎么去了。

　　庄睿也不想过于限制金雕的天性,反正气枪都被收缴了,北京城里很少有人拿气枪打鸟的,加上金雕从来不吃别人喂的食物,庄睿也就随它去了,只要白天在家里窝着就行。

　　"等等,别急啊。"

　　庄睿见小金羽扑棱着翅膀就要往他肩头落,连忙摆手制止了,从门边拿了块皮子放在肩膀上,说道:"上来吧。"

　　这东西是欧阳婉特意给儿子做的一块皮垫,不是很宽,刚好能搭在肩膀上,承受小金雕的那双爪子,即使把皮垫抓透了,也伤不到庄睿的皮肤。

　　欧阳婉还给庄睿做了个护臂,用帆布加细铁丝做的,庄睿嫌那玩意太难看,从来没用过,他这段时间正思量着找个手艺高的老匠人,专门给他订制一副训鹰的工具。

　　老北京是什么地儿啊?那可是八旗子弟的老巢,进关之后整天无所事事的八旗子弟们除了遛狗就是熬鹰,连带着兴起了这么一个产业。

　　以前,专门有人打制玩鹰的工具,大到熬鹰用的护腕肩套,小到链子铃铛,都是特制的,不仅实用还美观,否则胳膊上搭块破布出门,一百多年前的那些少爷们,也丢不起这人不是?

　　距离那个年代,已经很久远了,除了在大草原上,城市里根本就不可能找到玩鹰的人了,庄睿也不知道,还能不能找到以前专门制作熬鹰工具的匠人。

　　"呀呀。"

　　小金羽表现得非常人性化,先是用尖喙啄了下自己的爪子,然后居然把身体蹲了下去,想用尾羽挡住爪子上的血迹,那鬼头鬼脑的样子看得庄睿忍不住笑了起来。

"就你聪明！"

庄睿在小家伙的头上摸了一下，转脸对刚出门的秦萱冰说道："媳妇，我这当天去当天回，又不是去几天，你回屋休息吧。"

庄睿和皇甫云约好了，今天去看货，对方听是庄睿要见这批货，特意驱车从河北赶了过来，地点由庄睿定。

对方也是在圈里有头有脸的人物，加上庄睿家大业大，也不怕他玩什么猫腻。

庄睿想了一下，干脆约在了欧阳军的会所，他想把金羽带过去，好好让小家伙享受一下飞翔的乐趣。

"我是去中院吃饭，你就臭美吧，在外面不回来才好呢。"

秦萱冰没好气地白了庄睿一眼，不知道他从哪里找到那么多书，说孕期不影响性生活，隔三差五就来骚扰自己一次。

秦萱冰的肚子已经隆出很大了，庄睿扶着媳妇小心翼翼地来到中院，吃了点东西又喂过金羽之后，这才带着两只藏獒和小金雕驱车离开了四合院。

本来是想带着彭飞一起去的，不过庄睿副驾驶的位置被小金雕霸占了，加上是在自家地盘看货，庄睿就没让彭飞跟着。

"要换辆车了。"

原本坐上四五个人都不会拥挤的大切，现在带上白狮两口子后，基本上就没什么位置了，庄睿已经考虑，是不是要买辆加长悍马，就是看中悍马车内超大的空间了。

"别飞太远啊。"

小东西在车上东张西望了一会儿之后，在一个十字路口庄睿等红绿灯时，从车顶的天窗飞了出去。

庄睿对此也不担心，金雕的眼睛可以在车流中准确找到自己的位置。

"快看，老公，那辆车里飞出只鸟儿。"

"那是鸟吗？那叫老鹰好不好，靠，现在人真他妈有钱，居然养起老鹰来了。"

等绿灯亮起，庄睿车子已经开出去几分钟后，他们后面的一辆车里，还讨论着前面车里飞出了一只老鹰的事，本来开着私家车自我感觉不错的老公受到了打击，就连绿灯亮起都没发现。

还好这年头街拍 DV 比较少，否则小金羽肯定会出名。

欧阳军的会所距离北京还有几十公里，出了喧闹的城市之后，庄睿的车速渐渐提了起来，不过只要一抬头，就能看到小金雕在汽车前方。前方等待他的还有更大的惊喜。

第二章 精品赝品

一个多小时候后,庄睿的车子开进了会所,在车场看到皇甫云的车已经停在了那里,旁边还有一辆别克商务车,车牌不是北京的,应该是从河北来的黑市老板的。

"庄总,这位是李总。"

庄睿停好车走到一号楼的门口,皇甫云带着三个人迎了上来,走在皇甫云身后的李总,四十多岁的年纪,个头儿不高,却非常壮实,一身肌肉把西装愣是穿出了紧身衣的效果。

后面跟着两个人,应该是李总的马仔,每个人手上都拎着个长宽在一米左右的黑皮箱,紧跟在李总身后。

"李总,不好意思,路上堵车,晚到了一会儿。"

庄睿和李总握了下手,虽然不喜和这种黑白两道都吃得开的人打交道,不过在古玩行里也是难免的,握手之后,庄睿转头看了皇甫云一眼,问道:"怎么不请李总去里面坐?"

庄睿哪儿知道,一号楼平时是不开放的,虽然他事先打电话通知了这边的保安,不过没见到庄睿本人,保安是不会把人放进去的,皇甫云能进到这里,还是因为庄睿事先告知了他的车牌。

"哦,庄总,是我要在这里等您的。"

李总是个八面玲珑的人物,刚才被保安挡住的情形,他自然看出那位皇甫馆长并非这里的常客,所以没等皇甫云回话,马上答了一句,化解了皇甫云的尴尬。

其实李总昨儿接到通知,得知是在这个会所见面,已经非常震惊了,对这个会所,外面传得神乎其神,李总虽然在京津地区颇有面子,但也没来过,心下对庄睿的身份又多了几分敬畏。

而且庄睿身后那两只雪白色的藏獒,也不是一般人能玩得起的,别的不说,光是每个月吃肉花的钱,恐怕小几万都打不住。

"呀呀!"

一声清脆的雕鸣声响起,金羽从高空俯冲了下来,到离庄睿十多米的地方,猛的一个转身,翅膀轻扇,借着空气的阻力,轻轻落在庄睿的肩膀上。

众人在听到雕鸣的时候就抬起了头,刚好看到这精彩的一幕,就连见过金羽的皇甫云也看得目瞪口呆,这动作玩的,太帅了!

"庄总,这……这是您养的?"

在金雕向下俯冲的时候,原本站在一号楼门口、训练有素的保安,就已经向庄睿冲了过来,他们可是知道庄睿的身份,如果在会所里被老鹰抓伤的话,自己这份工作甭想要了。

只是跑到庄睿面前,两个保安才发现,这金雕居然落到了庄睿肩膀上,任谁都能看出来,这神异的小家伙是庄睿养的。

"是,用对讲机说一下,让小家伙在这里玩,千万别让人拿枪打了啊。"

庄睿点了点头,他知道欧阳军这会所里有枪,要是不交代的话,指不定哪个手痒的人,就会拿金羽练枪。

保安听了庄睿的话后,连忙用对讲机说了,庄睿则苦笑着看了下自己的肩膀,这身几万块钱的西装又废了,这装逼也是有代价的啊。

"不好意思,这小家伙太顽皮了,李总,里面请。"

庄睿让小金羽自己飞去玩后,招呼李总等人向一号楼走去。

"庄总,他们箱子里的东西,已经检查过了。"

一个保安追上了庄睿,在他耳边小声说道,这也是他们的职责,进一号楼不是有钱就行的,他们也怕外人带些不安全的东西进去。

庄睿愣了一下,这才知道不是皇甫云不带李总进去,敢情是被保安拦住了。

不动声色地点了点头,庄睿脚下放缓了几步,等和皇甫云差不多并肩的时候,小声说道:"皇甫兄,不好意思,回头我让人给您拿张贵宾卡来。"

放在一年多以前,庄睿不会想到要照顾皇甫云的情绪,即使是现在,庄睿也非常缺乏企业管理经验,缺乏安排指挥下属工作细分化的能力。

庄睿不相信,也知道自己不是书上写的那种虎躯一震,八方豪杰来投的人物,他能做到的,就是给自己的员工以尊敬,让他们感觉到自己存在的价值,享受创造财富过程中的乐趣。

不管是皇甫云还是赵寒轩,甚至包括秦瑞麟的吴经理,庄睿都给他们很大的职权,在一些非重大决策上,庄睿完全不会去指手画脚,也不干涉各个产业的日常管理。

从某种意义上而言,庄睿不算是一个出色的经理人,但是他绝对称得上是一个很称职的领导人，最起码手下每一个产业的职业经理人，都开足马力为庄睿赚钱，原因就是，他们得到了足够的尊重和满意的薪酬。

"谢谢庄总。"

皇甫云见庄睿留心到他刚才被拒之门外的细节，心里也非常感动，现在这年头，还有几个老板能顾及员工的感受？

此刻，皇甫云对庄睿这个比自己小了好几岁的年轻老板，发自内心地感到敬服。

"呵呵，老兄，啥时候这么客气了。"

庄睿轻轻地拍了拍皇甫云的肩膀，转脸看向李总，说道："李总，招待不周，还请见谅。"

"哪里，哪里，庄总实在太客气了。"

听到庄睿的话后，李总受宠若惊，论起古玩行的地位，面前的年轻人曾经发起过全国性玩家藏友的聚会，论起钱财，别人一个博物馆就投资好几个亿。要论社会地位，李总就更没得比了。他对于现在身处的这个地方，以前只有景仰的份，做梦都没想过自己也能进来。

李总已经暗下决心，这次就是自个儿往里面贴钱，也要促成此次生意，即使把这些物件送给庄睿也在所不惜，花两千万能结识庄睿这样的人，在李总看来，非常值得的。

一号楼的布置奢华而又不失格调，看得李总目不暇接，心中思量着回家也把自个儿的房子重新装修一下，提高自己的品味。

庄睿叫人开了个包厢，招呼李总等人坐了进去。

几人坐定后，两个相貌秀美的服务员走进来，问了客人的需求后，上了饮料就退了出去，这会儿还是上午，想见那些明星要等到晚上。

"李总，感谢您亲自来京，客套话咱就不多说了，还是看看东西吧。"

庄睿开门见山地说道。现在鉴定古玩，庄睿更多是在享受鉴定过程中的乐趣，所以并没有直接用灵气观察那两人手里的皮箱。

"应该的，应该的。"

李总忙不迭地点头，招呼那两个人将皮箱拿到桌子上，说道："这东西是我一个关系不错的老朋友送来的，他也是经人委托出手的。据说这批东西是早年清朝时，江南一个盐商大族传下来的，一直被搁在地下室里，近年翻造房屋，才得以问世，庄总您先看看。"

"哦？这倒是得好好看看。"庄睿微微领首。

听说是清朝盐商留下的东西，来历倒是能说得清楚了。在清朝，江南盐商，安徽徽商还有山西的钱庄，可都是富甲天下的大资本家。

有钱自然要装风雅了，加上盐商又在江南繁华之地，为了不让别人说自个儿没文化，一个个都包装起来，家里用的、墙上挂的都是有讲究有来历的。

要说那会儿皇帝是全国最大的收藏家，皇宫是最大的博物馆，那么这些商贾官员们的家里，也堪称是小型博物馆，没见曹大官人被抄家的时候，收缴国库的金银珠宝都是论车算的。

所以，这批东西如果真是那会儿的老宅子地下室遗留的物件，几十件倒也能说得过去。

庄睿正要查看物件，突然想到一个问题："哎？不对啊，这些东西既然是家传的，怎么不上拍卖行呢？"

虽然文物保护法第五条明文规定：中华人民共和国境内地下、内水和领海中遗存的一切文物，属于国家所有。但这是老宅地下室挖出来的东西，是属于这个家族的，这可不是挖坟掘墓得来的物件。

"嗨，庄总，这宅子经历了上百年，换了无数的住户，哪里还能找到原本这批陶瓷器的主人？如果报上去的话，肯定会被收归国有。"

李总是干这行的，俗话说干一行爱一行，他不但对国内的文物保护法倒背如流，就是国外相关的考古法律，也是知之甚深，两相对比这么一解释，倒让庄睿听出了兴头。

要说咱们国家的文物保护法，法规倒是挺严厉的，只要是地下的物件，都归国家所有，但是执行起来，就不容易了。

打个比方说，如果您哪天心血来潮，扛把镐头，拎把铁锨，窜到田垄地头撒丫子开挖，一不小心刨出个银镏子、金元宝、玉如意什么的，那都要上缴国家。

然而，真正上缴的人却廖廖可数。这年头社会上流行"要想富，去挖墓，一夜变成万元户"的说法，说的就是那些刨到东西塞自个儿腰包里的。

只要干上一炮不露馅，就能咸鱼翻身，土包子开花。盖楼置车养二奶娇小三勾搭小四……这么大的好处，哪个不眼红啊？

所以国内盗墓猖獗，国人更是知法犯法地挖，明知故犯地挖，顶风作案地挖，抓不着就没白挖，你执法不力我就往死了挖，盗墓已经形成了产业链。

"李总，我先看看东西。"

和李总聊了一会儿，庄睿把注意力转到了这批唐三彩陶瓷上，在他身边的箱子里，装了一套八件三彩仕女人物俑，色彩十分抢眼。

八个仕女三彩俑每个高约三十公分，脸上面容各异，摆出的造型也不一样，高髻广袖，亭亭立玉，悠然娴雅，人物形象丰满，突出了唐朝以肥为美的审美观。

而且人物所穿的服饰，开胸很低，胸前波浪荡漾，开放大胆，恐怕后世人是把这几件仕女三彩，当成了闺中把玩的物件。

"好，好东西，器物形体圆润饱满，斑驳淋漓色彩各异，这是我见过的最好的一套唐三彩器具。"

把玩了十多分钟后，庄睿不舍地将手中的三彩俑放到垫着软布的皮箱里。

"庄总，您要是看中了，就留着把玩吧，钱不钱的以后咱们再算。"

虽然知道这批唐三彩是真品，但是能得到庄睿的夸奖，李总脸上还是露出一丝喜色。

"呵呵，李总，好意心领了，不过这批东西虽然不错，却是现代工艺品，和真正的唐三彩，差了千把年的时间呢。"

庄睿摇了摇头，说出来的话，好像在李总耳边打了一个晴天霹雳。

"庄……庄总，这……不可能吧？这个玩笑可开不得，这些物件，都是博物院的田老师亲自鉴定过的，确定是唐三彩无疑，不可能是现代仿制品。"

李总愣了一会儿，激动地站起了身子，显然不能接受庄睿的说法。

"李总，现代的工艺品也有价值不菲的，就像咱们面前的这些，虽然是现代人制作的，但是在工艺上，并不逊于千年前那些大匠，甚至犹有过之，除了年代不能与其相比，艺术价值并不比真正的唐三彩低。"

庄睿没在意李总的话，他这番话更像是自言自语，眼睛也盯在物件上，不加掩饰地露出喜爱的神色。

看着庄睿一副胸有成竹的样子，李总心里也打起了鼓，难不成真的是假的？

"不对啊，坑爹呢。"

李总忽然想起自己以前给人送礼时的情形，那些人的面目和此时的庄睿极为相像，都把价值千金的珍贵古玩，说得一文不值，收下来好像还给了自个儿多大面子似的。

李总全名叫做李大力，刚出来时也就是一愣头青，整天只知道逞强好胜，不过有一次打架把自个儿老子气死后，就开始改邪归正，做起了小买卖。

在那个年代，只要能丢得起人，拉得下脸做生意，没几个赚不到钱的，李总从摆地摊开始，到无意中接触到古玩，干起了黑市买卖，二十年下来，也成为一方响当当的人物。

不过，干这行总归是穿着鞋子在河边走，说不定哪天就湿了脚，所以李大力这些年赚的钱，很大一部分都用在拉关系上，对里面的门道，比古玩行里的猫腻还了解。

李总没想到，庄睿这年纪轻轻的，就玩儿起这套把戏，和那些老油子相比，也是不相上下啊，李大力钦佩之余，也在心下暗叹民风不古。

"庄总，您说得对，现在这些人啊，制假太厉害了，幸亏被您看出来了，否则我这要是

11

拿出去,指不定会被多少人骂呢。"

想通了其中的关节,李总马上换成一副笑脸,倒是让庄睿愣了一下。

"李总,您也看出假的地方了?"

庄睿有些纳闷,这几件唐三彩人物俑,做得天衣无缝,恐怕除了用碳十四检测之外,根本就找不出一丝瑕疵,自个儿要不是用灵气看了一下,也无法辨别出真假。

"当然,庄总您说是假的,自然就是假的了。"

李总笑得有点儿勉强,靠,上千万的东西,对方嘴皮子上下一翻,转眼间就变成假的了,他能高兴得起来吗?

"您不是自个儿看出来的?"

庄睿有些疑惑,什么叫我说是假的就是假的?哥们这是看了成千上万个物件积累下的经验,当然,这考究的不是眼力,而是眼里的灵气。

"呵呵,庄总,既然这些东西都是假的,您就收下来留着把玩吧,我也懒得再拿回去了。"

李总没搭庄睿的话,出言将物件送了出去,心里想着:"咱能不能别再讨论真假问题了,这话题说得哥们儿心疼啊。"

皇甫云在一旁看得真切,从后面悄悄地碰了下庄睿的胳膊。

"哎?我说李总,您想哪儿去了?"

被皇甫云提醒了之后,庄睿才反应过来,再一看李大力脸上不以为然的神色,庄睿明白了,敢情这位李老板以为自己讹诈他东西呢?

"没有啊,庄总,这东西既然是假的,那就值不了几个钱,您留着玩好了,就当咱们交个朋友。"

李总也意识到自己刚才的表情不大好看,连忙摆出一副自认为非常真诚的笑脸,婊子既然都做了,还怕脱裤子吗?别搞得东西送出去,人还没落个好。

"嗨,我说李总,这些物件真的是现代仿品。"

庄睿有些无语,早知道就不选在欧阳军的会所了,搞得对方还以为自己是太子党呢,庄睿长这么大,就收过一次礼物,还是上学那会儿,一个女同学让庄睿帮着转交给别人的。

"是……是,庄总的眼光在圈里大家都知道……"李大力点头附和着。

"得,我再看看这个三彩马。"

庄睿无奈地摇了摇头,把另外一个皮箱里的唐三彩马拿了出来,这个物件的体积比较大,高约四十公分,长度约在七十公分,算是个大件唐三彩了。

仅是用他知道的知识,庄睿还真找不出那几件仕女俑的瑕疵,总不能告诉李总,这些陶瓷器里没有灵气吧？

庄睿就想看看这件三彩马，是否有作假的地方能让自己指出来。

三彩马的造型比较壮硕，马的臀部很肥，颈部比较宽，造型为奔走状，和唐马以静为主的特点相比，带有强烈的西域胡马的特色。

一些细微的特征，就能表现出不同的文化背景，可见匠人工艺之精湛。

虽然这件唐三彩的造型和色彩，以及艺术风格都找不到任何纰漏，但是在庄睿眼里，它还是个赝品。

庄睿皱起了眉头，自己先前说了是假东西，要是拿不出证据来，传出去的话，田老师脸上肯定不好看，不过除了进行碳十四检测，庄睿还真没什么好办法。

"会不会是？"

庄睿脑海里突然想起一件事，他曾经在西藏黑市见过的那匹三彩马，和在济南民间鉴宝时打碎的三彩骆驼，同样都毫无瑕疵，很难辨别真假。

但是那两者有一个共同的特征，就是内壁都印有一个小小的"许"字，不知道为什么，庄睿感觉说不准这几个物件，和那两件是出自一人之手。

心里有了这个想法之后，庄睿将身子从沙发上挪开，蹲在那匹三彩马旁边，仔细用灵气查看起来，外人看上去，还以为庄睿是在鉴定物件呢。

"靠，还真是，这哥们是谁啊？太神了。"

庄睿的感觉没错，在三彩马的前蹄上，果真有一个"许"字，附在前蹄空心内壁上，和草原黑市的那匹三彩马如出一辙。

找到这个"许"字，庄睿心头大定，又重新拿起那些仕女俑观察起来。

果不其然，在仕女俑内，同样有"许"字存在，不过这次不是在脚上，而是在肥臀的后面，看来制作这些物件的高手，很是有点恶趣味。

"李总，您在这行当里时间比较长，见多识广，不知道您认不认识一位姓许的人啊？"

看出这些三彩瓷器的出处之后，庄睿对这个"许"字，兴趣大增。

要知道，就算这些唐三彩是假的，那也是艺术价值极高的现代工艺品，制作工艺十分高明繁琐，如果让庄睿给它定价的话，一件至少不下于十万人民币。

看得出来，这些东西都是出自一人之手，庄睿好奇的是，这个人究竟是谁，为什么制作出如此多的赝品唐三彩？

"姓许还是姓徐？庄总您问这个干吗？我认识好多姓许(徐)的人。"

李大力有些摸不清头脑，好端端地问这个干吗？

庄睿想了一下，说道："呃，我说的这个人，是位制作瓷器的大师，应该姓言午许，在行内有没有这么一个人?"

"您……您是说,这东西是那个人做出来的?"

李大力算是听明白庄睿的意思,敢情对方刚才不是在讹诈自己,而是真的以为这物件是假的啊。

"对,李总,我这是第三次见到这种唐三彩了,去年参加济南民间鉴宝时,就有一个三彩骆驼,从外形和烧制工艺上一点瑕疵都没有,但是在那件骆驼里面,刻了一个简体'许'字。所以我怀疑这些东西,和那个唐三彩骆驼是出自一个人的手笔。"

庄睿那次砸碎唐三彩骆驼的事情,虽然在圈子里有传闻,但是并没在电视上播出,是以很多人不知道这件事,眼前的李总就是如此。

听了庄睿的话,李大力认真地想起来,过了一会儿,若有所思地说道:"我倒是知道这么一个人,听说仿制历代陶瓷器的手艺极高,但是收费也高得离谱,那人是河北人,不过不姓许,姓徐。"

"哦,李总,您说说他的情况。"

"我没见过那个人,不过有朋友认识,说这人四十多岁,开了一个陶瓷厂,在当地是个名人。"

李大力也是听说的,自己并不了解,说了半天,庄睿也不敢确定是不是此人。

第三章 | 踏破铁鞋无觅处

李大力在说这番话的时候,脸上忽然露出古怪的神情,看得庄睿十分奇怪。

"李总,怎么了,难道您认识这个姓徐的?"

在庄睿心里,姓徐的虽然开了个陶瓷器厂,但是未必就能做出工艺如此高超的唐三彩。这些东西虽然是现代仿品,但是无论是从工艺上,还是从艺术价值上,并不比一千多年前唐朝的水平差,一个做生意的小老板,应该没有这种艺术造诣。

"庄总,这……这个姓徐的我不认识,不过,不过……"

李大力磕磕巴巴的似乎有什么难言之隐。

"嗯?李总有话直说好了。"

庄睿皱起了眉头,姓李的前面的表现不像是来给自己下套的,怎么现在表现得这么不爽快了。

李总听了庄睿的话后,咬了咬牙,狠狠地说道:"好吧,这事算我坏一次规矩,不过那人要真是拿假玩意糊弄我,我老李也不是泥巴捏的。"

李大力顿了一下,说道:"庄总,这些东西都是我朋友拿过来的,这个朋友和那个陶瓷厂姓徐的老板刚好认识,我以前就是从他嘴里听说的姓徐的事,经您这么一说,这事儿还真有点儿可疑。"

按照黑市的规矩,李大力不能说出供货的上家,如果坏了规矩,以后就没人敢再给他提供古玩了,要不是庄睿给他很大的压力,李大力是不会说出这事儿的。

"呵呵,李总,我有八分把握,这些东西是假的,不过您那朋友也未必能看出来。这样吧,能不能约下您那位朋友,咱们拜访一下这位姓徐的人呢?"

按照李大力所说,陶瓷厂老板的可疑度直线上升,以前见到的东西都是单件,根本无法查找来源,但是这次一下子出现了几十件,事情就简单了。

自从在草原黑市见到这人的作品之后,庄睿就对他产生了极大的好奇心,后来在民

15

间鉴宝时又见到一件,更让他心里痒痒的,现在有了点眉目,庄睿就想见识一下这人,到底是何方神圣。

"庄总,俗话说捉贼拿赃,这东西要是假的,咱们也得给个说法,不然会坏了规矩的。"

李大力考虑得多一点,那个朋友和他也认识七八年了,以前给他提供过不少陶瓷器,要是因为这事撕破了脸,日后也不好见面。

"捉贼拿赃?"

庄睿闻言笑了起来,这哥们儿真够逗的,自己做的事情本来就见不得光,居然还要证据,当下说道:"好吧,李总,我就让您看看这'贼赃'。"

庄睿拿出自己的手包,从里面掏出支票本,开出了一张五十万的支票,放到李大力面前。

"庄总,您……这……这是什么意思啊?"李总莫名其妙。

"呵呵,李总,您之前的报价是五十万一个,我要打碎一件,如果里面找不到那个许字,这钱算是我赔您的。"

"如果里面有这个字的话,希望您能安排一下,让我见见这位姓许的朋友。"

要让庄睿指出这几件唐三彩作假的地方,他还真没这本事,思来想去只能用这个办法了。

"这……"

李总迟疑了一下,庄睿说得自信满满的,连带着他也有点疑神疑鬼了,如果真是假的,庄睿会不会怀疑自己给他下套儿呢?

"就这么着吧,李总,我知道,这事和您没关系。"

庄睿摆了摆手,站起身将唐三彩拿在手中,之所以选中这件唐三彩马,实在是因为那一套八件仕女俑,制作的太精美了,庄睿舍不得把它们摔碎了。

见庄睿真的准备摔瓷器,皇甫云也有点兴奋,他多少也算是古玩圈子里的人,还从来没见过这样鉴定真伪的呢,当下帮庄睿把地面上的地毯掀起来一块,露出下面的大理石地面。

"啪!"

庄睿没有丝毫犹豫,直接让手中的三彩马来了个高空坠物,整个三彩马立刻支离破碎。

"喏,李总,您看看吧。"

庄睿直接奔着马脚去了,他也不怕在场的几个人怀疑,刚才他都说了,以前出现过这种情况。

"这……这是真的,庄总,您稍等一下,我这就打电话。"

见到瓷器上有一个蓝色的简体"许"字,真假立辨,李大力当下站起身拿出手机,走出房间打起电话。

"嘿,庄总,你真是神了!"

皇甫云忍不住向庄睿翘起了大拇指,这是他长这么大,见过的最别开生面的实物鉴定方法。

庄睿哈哈一笑,说道:"皇甫兄,这世上没有完美的东西,就是真正的唐三彩,也是有瑕疵的,我这人赌性比较大,幸好,赌赢了。"

"说白了还是你有钱,有钱就有底气,换个人都不敢这么摔,听个响就是五十万。"皇甫云看到庄睿得意的样子,忍不住出言打击他一下。

两人正说笑间,李总推门走了进来,说道:"庄总,这事儿说开了,是我那朋友不对,他刚才也承认了,这批东西是赝品,的确是出自那个姓徐的之手,不过对您的条件,我朋友要先征求一下对方的意见。"

李大力有些不好意思,其实这事,他也被摆了一道,之前连他也不知道这批物件是假的,刚才用话逼住了那人,对方才承认了。

"成,不过过几天我比较忙,只有星期天有空,对方要是同意见面,最好约在周末。"

庄睿点头同意下来,他明儿就要去京大报到了,虽说读研比较自由,但是庄睿想重温一下大学生活,一些公开课他还想上一下呢。

"对了,这套八件人物俑,我想买下来,十万块钱一件,八件八十万,李总您看怎么样?"

以这套三彩俑的烧制工序而言,制作出一件最少需要半个多月,虽然不是真正的唐朝三彩,但是它的工艺材料都是最顶尖的,庄睿给出十万还比较靠谱。

"十万一件?哎哟,庄总,这……这怎么好意思呢,这样吧,这几件东西您要是真喜欢,就当我送您的,算是给您赔罪了。"

听了庄睿的话后,李大力那嘴张得都能塞进去个鸡蛋,他现在对庄睿是心服口服,因为他刚才从电话里得知,这些物件就是十万一件从姓徐的手里得来的。

那人是想从中赚笔差价,所以才找上了李大力开出五十万一件的价格,当然,他开给李大力的价格是三十万一件,剩余的二十万作为黑市的佣金。

刚才被李大力识破后,那哥们直接就说了,您要是想接着卖,十万一件,给他个本钱就行了。

李大力没想到,庄睿不但能看出东西是假的,连对方的进货价都估得一点没错。

要说之前李大力敬的是庄睿的背景,现在则是庄睿本身的学识。

"李总,白送我是不要的,这样吧,这五十万拿出来了,我也没准备装回去,就五十万好了。"

庄睿站起身,把那张支票塞到李大力手里,说道:"李总,不要再推辞了,您要多帮帮忙,让我见识见识这位当代的工艺品大师就行了。"

"成,庄总是个爽快人,那我就收下了,这事我一准给您办成,您听好吧。"

李大力也知道庄睿不差这几个钱,当下收起了支票,亲自把皮箱关上,递到庄睿手里。

"行了,咱们去吃顿饭吧。"

来的都是客,庄睿对李大力的印象不错,再说别人大老远从河北赶来,自己尽尽地主之谊也是应该的。

李总自然巴不得和庄睿多亲近一些,当下一行人说笑着走出了一号楼。

"呀呀!"

小金羽在外面玩了好久,一直没找到庄睿,这会儿见庄睿从房子里出来,嘴里兴奋地鸣叫着,一下落在了庄睿的肩头。

"嘿,我说你小子轻点啊,都抓到肉了。"

庄睿痛地缩了一下肩膀,眉头皱了起来,小金雕的爪子越来越长,也越来越锋利了,就算装上趾套,效果也不是很好。

走在后面的李大力见到这情景,不由愣了下,接着似乎想起了什么,快走两步,赶到庄睿面前,说道:"庄总,这玩鹰有玩鹰的装备,您不搞一套?"

庄睿有些郁闷,答道:"嗨,我倒是想找啊,不过那些老玩意早就见不到了。"

"嘿,庄总,我前几年收到几件不错的熬鹰工具,说是当年从王府里传出来的,留在手上也卖不出去,要不我让人送来,您看看?"

李大力手上还真有套这东西,正如他所说,上了几次黑市拍卖,都没人对这玩意儿感兴趣。

"熬鹰的工具,还是王爷府里的物件?"

庄睿愣了一下,这些玩意儿要是能留到现在,也成古董了。

清朝八旗子弟不光是玩鹰,还玩面子,拿出来的东西必须镶金嵌银华丽无比,稍差点儿都丢不起那人。

"对,早先在天津,有一旗人的后代,祖宗把家产都败坏光了,就传下来遛鸟熬鹰的技艺,不过这年头谁玩得起老鹰啊,那小子就把东西给卖了,刚好被我收到了。"

李大力也没想到,以前随手买下来的玩意儿,今天居然能派上用场,他活了四十多年了,还真是第一次见到有人玩鹰。

庄睿想了一下,说道:"李总,我还真需要这东西,要不,您让人送来瞅瞅,我要是看中了,您就开个价,怎么样?"

"嗨,庄总,刚才我都占您便宜了,说啥钱不钱的,小玩意儿,不值什么钱,我这就叫人给您送来。"

李大力马上掏出电话拨打起来,唐三彩那事他做的不大地道,庄睿最后还给了五十万,算是给足了他面子,李总也想送点东西给庄睿,拉近下感情。

放下电话后,李大力看向庄睿,说道:"庄总,三个小时,东西就能送来,要不……您在这儿等等?"

李大力住的地方挨着天津,走高速也就两三个小时就到北京了,他说三个小时,留了点余地,送早不送晚嘛。

"行,中午咱们吃点东西,下午去打高尔夫,等您那物件送过来。"

话说这李总是个很上路的人,日后真需要什么东西,从他的黑市寻摸也不错,庄睿当下点了点头,答应下来。

欧阳军的会所有个十八洞的高尔夫球场,是按照国际标准修建的,吃过饭后,庄睿和皇甫云带着李大力来到球场。

庄睿虽然没玩过这个,但是身体协调性好,几杆下来也打得似模似样了,皇甫云在国外玩过高尔夫,技术比庄睿还好,只有李大力以前没接触过这个,处于新手阶段。

不过打球就是求个心情,在这种环境下聊聊天而已,李大力见闻颇广,说出来的事连庄睿都没听说过,气氛倒是不错。

"哎,金羽,给我下来,你小子什么东西都抓,还让不让我玩啦。"

庄睿一杆打出,手感相当不错,满以为这一球能攻上垒,下杆就可以进洞的,正抬头看球在空中划出的弧线时,谁知道一道影子飞过,球不见了!

"呀呀!"

金羽听到庄睿的声音,双翅一震,滑翔着向庄睿飞来,扑棱着翅膀停在庄睿面前,一只爪子上抓的正是高尔夫球,邀功似的递到庄睿面前,嘴中还得意地鸣叫着。

"得,我服了你们了,算了,不玩了。"

刚才庄睿一球打出去,白狮和雪儿争抢着将球捡回来,现在小金雕又捣起乱,让刚刚上手找到点儿感觉的庄睿哭笑不得。

不过庄睿本来也没打算正经打球,看着白狮两口子和金雕玩得高兴,他脸上也笑呵呵的。

在庄睿的四合院里,金雕扑棱下翅膀,就从东头飞到了西头,白狮更是只能练练王八步,威风是有了,但也压抑得很。

今儿雪儿尤其兴奋,跑来跑去一会儿没停过,中间感觉热了,还窜到游泳池里洗了个澡,会所的工作人员知道这是庄睿带来的,也没敢拦着,只能重新放了一池子水。

"要不要把这会所接过来?"

庄睿心里突然冒出这么一个想法,比起自己的四合院,这里更加适合白狮和金雕生活,而且外面都是庄稼地,人烟稀少,白狮和金羽也能生活得更自在一些。

不过这事庄睿自己不能决定,因为老妈很喜欢住在四合院,外出遛弯,去商场都很方便,没事还能去公园跳跳舞,如果住这儿的话,未免有些冷清。

还有就是,庄睿现在也买不起这地方,上次欧阳军和他聊天时提过一次,杨波的母亲出价六个亿,想买下这块地皮和会所,欧阳军都没卖。

想想单是买下来就要六个亿,每年的修缮和安保工作人员的开销也是很大一笔数字,庄睿也就是脑子里想一下,就放弃了。

"庄总,我的人来了,我去接一下。"

几人正躺在太阳伞下聊天,李总的手机响了,说了几句就站起身去取东西了。

"不用,把车开进来好了。"

庄睿摇了摇头,别人给自己送东西,连门都不让进,没这说法。摆手招来一个球童,拿过他的对讲机,庄睿和会所的经理打了招呼。

过了十几分钟,一辆草地电瓶车开了过来。

"爸,东西我拿过来了,都擦过了。"

来人是个十八九岁的小青年,估计也是第一次来这种私人会所,虽然强装沉稳,但是偷偷四处张望的眼神还是流露出震惊和羡慕。

这人是李大力的儿子,家里藏宝的地方,自然不能让外人进出,这物件要得急,李大力就让他儿子开车送来了。

"嗯,在这儿等着吧,晚上一起回去。"

李大力接过儿子递来的背包,转脸看向庄睿,说道:"庄总,这是我儿子李军,小孩子不懂事,别理他。来,来看这套玩意儿合用不。"

"呵呵,李总的儿子都这么大了啊!小兄弟,坐下歇歇,先喝点东西。"见是李大力的儿子,庄睿连忙招呼了一声。

李大力对于一屁股坐在板凳上喝饮料的儿子很不满意,你老子还没那么大的谱呢,当下训斥道:"还不谢谢庄叔叔啊?"

"别，千万别，李总，咱们各交各的，小兄弟叫声大哥就行了，我还没那么老。"

庄睿听了李大力的话后，连忙摆起了手，开什么玩笑，让比自己小不了几岁的人喊叔叔，庄睿怕折寿。

"庄大哥好。"

李大力的儿子很有眼色，见平时人五人六的老爸在庄睿面前很拘谨，马上顺着庄睿的话喊了声大哥。

"小兄弟要是无聊，去会所玩也行，那边水吧、酒吧什么都有。"

庄睿客套了几句，接过李大力递来的背包，右手拇指和食指捏在一起，伸到嘴里，打了个响亮的呼哨。

小时候，庄睿和刘川去电影院看电影，那会儿转换胶片的时候，总会黑一会儿屏幕，电影院里就会响起震天的口哨声。

庄睿和刘川感觉很威风，也跟着学起来，后来把腮帮子吹肿了之后，终于学会了。不过一直到现在，庄睿才算用上了，那动作的确很潇洒。

"呀嘎。"

顿时，天空响起清脆的雕鸣声，小金羽似乎在变声期，发出的声音越来越像成年金雕了，随着雕鸣声，小家伙飞到庄睿的头顶，双翅一震，落在庄睿肩膀上。

"哇，这是老鹰啊，庄大哥，您太帅了，太酷了！"

原本正想着去哪里玩的李军，顿时双眼发直，这可比开名车带个靓妞拉风多了，自己要是有这个东西，那些小妞还不全变花痴啊！

第四章 熬鹰护具

庄睿笑了笑没说什么,拉开了背包。最先拿出来的,是一个沉甸甸的护肩,有点像现在的马甲,不过非常短,只能护住两个肩膀,两边围摆处用金银丝绣着各种图案,非常华丽。

两个肩膀上镶嵌了厚厚的几层牛皮,上面有被抓过的爪痕。

示意金羽离开自己的肩膀,庄睿脱下西装,把胳膊套进了马甲里,站起身试了下,在衣领处有两颗绿松石做的纽扣,可以把两边固定在一起。

"金羽,上来。"

庄睿对刚飞到地上的小金雕打了个招呼,小家伙翅膀扇了一下,稳稳地停在庄睿肩膀上。

"用力,再用点力。"

庄睿摸了摸小金羽的利爪,示意它用力抓下去,小家伙明白庄睿的意思,两对锋利的趾爪,瞬间抓进了牛皮。

"不错,这东西不错,一点都感觉不到,哎,就是现在不流行这玩意儿了。"

几层厚厚的牛皮,完全挡住了小金雕的趾爪,不过庄睿有点遗憾,自己总不能出门就带上这东西吧。

别说是去正式场合了,就是在大马路上遛弯,自己穿成这样,一准会有人往精神病院打电话的。

"这东西是不大实用了,庄总,您看看这个,这玩意儿不错,出去带着也方便,不用的时候也好放置。"

李大力从包里掏出个应该也是皮子做的物件,递给庄睿。

"这个是护肘吧?"

庄睿打量了好一会儿,才看出这东西的用途,主要是这玩意制作得太精细了。

这是个长宽都在四十公分左右的正方形皮质套子,在皮套两边绣着金丝梅花饰纹,皮质细腻坚韧,在皮子两边镶嵌着一圈宝石,在阳光下闪烁着各种光彩。

在皮套内侧,一边是用鬃毛做的黏贴面,而另一边是细密的绒毛,两者相合,就可以紧密的黏贴在一起,可以根据个人手肘的粗细,将皮套固定在手臂上。

如果不是庄睿用灵气观察了一下,看出这物件里面蕴含着淡淡的白色灵气,他真怀疑这玩意儿是现代工艺制作出来的,因为这种工艺庄睿只在现代的一些物品上见到过。

"不错,真不错,没想到以前就有这种工艺,看来古人的智慧也不容小觑,这玩意就是现在人做,也做不出这种效果。"

庄睿看得连连点头,这显然是好几块皮子缝合在一起的,最难得的是,皮子上面并没有缝合的痕迹,而且皮子很软,也不知道古人是如何硝制的。

"庄总,这个护臂是用上好的牦牛皮制成的,并且经过特殊手法硝制,十分坚韧,上百年的物件了,看上去还和新的一样,您戴上试试?"

李大力在一旁给庄睿解释了一下,既然决定送,就要让别人念着自己的好。

庄睿闻言把皮套拉开,一块四方的皮垫两端自然下垂,只要将咬口结合在一起,就是一个小型的护臂了。

庄睿将皮子放在左臂手肘上固定之后,抬手试了下,也没增加多少重量,而且十分美观。

"金羽,上来。"

庄睿抬起左臂,示意肩膀上的小家伙飞上去。

"哗哗。"

小金雕翅膀微微扇动,庄睿只感觉手臂一紧一沉,小东西已经站在手肘上了,高昂着头,左顾右盼的。

"不错,这东西不错。"

庄睿来回晃悠了一下手臂,小金雕也有两三斤了,煽动着翅膀,爪子死死扣住护臂。护臂没有脱落的迹象,虽然是一百多年前的物件,还是挺实用的。

"庄总,这里面还有些小物件呢,您再看看。"

李大力收上来的是一套熬鹰的东西,不过那时的八旗子弟玩鹰,就是为了面子,并不像以前大草原上的猎人,是为了打猎而养鹰。

他们用的东西极尽奢华,把当时能搞到的最好的工艺,最昂贵的物件,都用上了。

庄睿掂了掂包,感觉里面没几件东西了,就把包反过来倒在桌子上,一串银色的链子,还有两个小物件从包里滚了出来。

"这链子用不到。"

庄睿看到链子两端各有一个扣鼻,显然是平时不放鹰时,限制猎鹰的行动的,庄睿把小金雕当成亲人看,自然不肯将它栓起来。

庄睿拿起另外一个物件打量起来,口中说道:"这个有点意思。"

这是个拇指大小的哨子,圆形空心,有个扁形的切口,应该是出风口,哨子两头各有一个极细的活扣,哨子的表面刻有花纹,非常精致。

这哨子还是黄金打制的,别的不说,就是这块金子也能卖个万儿八千的。

由此可以看出当年那帮纨绔子弟的奢侈和无聊,宠物戴的玩意儿都是金子打制的,不过这也符合王府出品的来头。

"别动,哎,我说你站稳啊,行了,去肩膀上吧。"

庄睿抬起自己的右臂,小金雕感觉没有在肩膀上站着舒服,来回煽动着翅膀平衡身体,庄睿骂了小家伙几句,自己也笑了起来,自个儿手臂不稳,怎么能怪小金羽呢?

不过长时间抬着左臂,还真不是件轻松的事儿,这还没五分钟,庄睿就感觉有点酸了,不得已只能让金羽又飞回肩膀上。

把金哨装在小金羽的爪子上后,小家伙不习惯地伸缩了下爪子,不过在庄睿的制止下,没用尖喙去啄,低下头好奇地打量起来。

还有一个物件,看起来就有些可笑了,居然是一项用金丝和银丝编织成的皇冠,做工虽然精致,但这个实在用不上,小金雕要是带着这东西飞出去,指不定便宜了谁呢?

这个也是当年那些纨绔子弟们闲极无聊,评比猎鹰优劣做出的奖品,没什么实用价值。

"行了,找白狮去玩吧。"

小金雕展开双翅,庄睿感觉肩膀一沉,小家伙冲天而起,伴随着小金雕飞起的身影,响起了尖锐的哨子声,那是划破空气产生的。

天空中的小家伙似乎被这声音吓了一跳,空中的金羽明显停顿了一下,低下头观察着自己的脚,似乎想看看这东西为什么会发出声音来。

刚才的一幕,看得李大力父子羡慕不已,尤其是李军,一双眼睛紧盯着天上的小金羽,喜爱之情溢于言表。

庄睿不知道,李军从他这儿离开后,居然花大价钱买了只老鹰,不过在脸上被抓了几道口子差点破相之后,李军最终放弃了自己训鹰的梦想。

不过李军一直都很纳闷,为啥庄睿的老鹰那么听话,自己买来的那只却野性难训呢?当然,这都是后话。

"李总，这东西我要了，您开个价吧。"

庄睿把护肩和护臂拿下来之后，看向李大力，虽然他说是要送，不过这些物件也算是古玩了，值个三五万块钱，庄睿不想欠这人情。

听了庄睿的话，李大力做出一副生气的样子，说道："庄总，您这就是看不起我老李了，这点儿小东西，您还谈钱，不是打我脸吗？这话甭提了，否则我把东西都拿回去。"

"得，那咱们不谈钱，这个东西李总收下吧，以后没事的时候，可以来这里玩玩。"

庄睿点了点头，没再提钱的事，而是把刚才电瓶车送李军过来时，保安给他的两个信封拿出来一个，递到了李大力面前。

信封里装的是会所的会员卡，刚才吃饭的时候，庄睿就把李大力的名片给了会所的经理，让他去办了。

收下李大力这套熬鹰护具，庄睿给他张卡，算起来还是李大力占了便宜。

虽然这张卡只能进三号楼玩，但是没关系的人就是花五十万，也未必能买得到这个资格，比一般的高尔夫俱乐部的会员卡贵多了。

"谢谢，谢谢庄总。"

看到信封里的卡，李大力顿时双眼放光，有了这张卡，代表他以后可以接触到一个完全不同的圈子，对李大力的事业将会有很大帮助。

庄睿站起身，说道："行了，还要麻烦李总和那位姓'许'的朋友联系下，看看能不能早日和他见上一面。"

庄睿心里有个不成熟的想法，必须在见到那个人后才能决定，因为这事要是传出去，影响就太坏了，到时候庄睿再出国的话，恐怕真要人人喊打了。

"庄总放心，这事我一准给您办成，您就情好吧。"

李大力也冒出了几句北京话，随后就向庄睿告辞，他在北京也有房子，倒是不用往河北赶。再说了，刚拿到这张卡，李总还想先见识见识再回去呢。

"皇甫兄，这张是您的，能进二号楼。嗯，经常在二号楼里玩的是些上市公司的老板，您要是玩不惯，就去三号楼，不过那边的小明星就差点了。"

庄睿坏笑着把另外一个信封扔给皇甫云，对普通人而言，女明星的诱惑力还是很大的，皇甫云更是个风流种子，庄睿敢肯定，这哥们儿今天不会走了。

本来庄睿是想给皇甫云办个一号楼的贵宾卡，不过会所的经理当时就跟庄睿说了，他没有那个权限。

随后欧阳军亲自给庄睿打了电话，说明了情况，想进一号楼，必须有欧阳军这样的身世背景才行，否则不会被那里的人承认或者接纳的。

"白狮,雪儿,回去,跟着我干吗?"

庄睿十分郁闷,看着紧跟在身后的白狮和雪獒,停下了脚步。

今儿是他入学报到的日子,虽然庄睿上大学时已经有了一次这样的经历,而且研究生入学也很宽松,有好几天报到时间,不过庄睿还是起了个大早,洗漱了一下准备去学校。

庄睿报考的是统招研究生,也就是全日制学习,和以前的大学生活完全一样,前两年是基础课和专业课学习,通常可以修完绝大部分学分,第三年用来完成毕业论文、实习和求职。

当然,庄睿上学为的仅仅是学习,重新体会一下象牙塔内的生活,求职工作和他不沾边,庄睿毕业后,要是真的去哪个考古研究所上班,恐怕给他打工的皇甫云和赵寒轩都会甩手不干了。

如果不是德叔说全日制学习有助于他打好扎实的理论基础,庄睿还是倾向于在职研究生,那样他也能兼顾生意上的事情。

或许是这几天带家里的宝贝疙瘩们出去的时间多了些,庄睿正要出门,白狮和雪獒也凑了上来,似乎还想出去放放风。

"呀呀!"

一声鹰鸣伴随着响亮的鸣哨声,小金雕也从前院飞了过来,不过还好,小家伙落到了白狮的身上,没有再糟蹋庄睿的衣服。

"都回去,金羽,今儿哪都不能去,老实在家待着,不然小公园的那些人早晚把你的毛给拔光。"

庄睿拍了拍额头,出言恐吓了一番小金雕,这小家伙屡教不改,以偷食别人家养的鸟雀为乐趣,在庄睿给它搭建的鸟巢里,经常会发现五颜六色的鸟雀羽毛。

"呀。"

小金雕把头一歪,像个不听话的孩子一般,嘴里发着轻鸣声,用爪子帮白狮梳理毛发,白狮皮厚毛长,倒是不怕这小东西落在身上。

"庄哥,您要出去? 怎么不喊我一声呢?"

当庄睿为这几个家伙头疼的时候,彭飞端着个小盆跑了过来,他刚才正给小金羽喂食,小家伙突然往后院飞去,彭飞就知道是庄睿出来了。

"得,打住,都打住,白狮,带雪儿回你们房间去,金羽,今儿哪都不准去。呃,彭飞,回去陪你媳妇去,哥们我这是去上学,又不是去亚马逊丛林探险,至于吗?"

庄睿火了,自己上学要带着这些家伙,恐怕京大就要成动物园了,自己肯定会成为京大历史上第一天报到就被劝退的学生。

白狮见庄睿发火了，很有眼力溜回自己房间，小金羽则以小卖小，眼珠子滴溜溜转着，不过还是老老实实地跟着彭飞回前院了。

"上啥学啊？有那工夫还不如在家陪媳妇呢。"

彭飞压低了声音的话从庄睿身后飘了过来，让正开车库门的庄睿同学差点打了个跟跄，这年头，人心不古道德败坏啊，哥们儿正儿八经想学点知识，居然连家里都这么多非议。

进了车库，庄睿想了下，还是开了那辆黑色奥迪。这车不张扬，不像大切那样吸引人眼球，虽然庄睿现在也是小有身家的人了，但是在京大，他只是每年数千考生中的一员。

"乖乖，这么多人啊？"

庄睿把车开到京大门口时，不由愣住了，先不提一辆辆从车站机场开来的大巴，就是挂着北京牌照的小汽车也将京大门口堵得严严实实。

一个个满头大汗的父母正帮孩子拎着行李往校园里走，嘴里还不放心地交代着什么。

这些应该都是北京的考生，一个个稍显青春稚气的脸上带着莫名其妙的优越感，在他们心里，父母做的这些都是理所应当的。

庄睿看得直摇头，当年他上大学的时候，可是孤零零一个人背着铺盖卷到的中海，手里还拎着个暖水瓶，被几个不厚道的高年级学生嘲笑了几句，差点没干起来。

"滴滴滴。"

看着面前这熟悉的场景，庄睿不禁回忆起自己的大学往事，不过他车子停的不是地方，后面喇叭声四起，将庄睿惊醒过来。

往学校门口看了一眼，庄睿放弃了把车开进学校的想法，因为门口有不少奔驰、宝马都被堵在那儿了，没有学校的通行证，外来车辆不准入内。

庄睿把车往前开出将近一公里，才找到停车场，这让他颇感无语，早知道这样，还不如打的过来呢。

晃悠了十几分钟，庄睿才慢悠悠地走回京大门口，在学校大门里面，摆了长长两排桌子，庄睿知道，那是高年级学生在帮助新生登记，这样的活，庄睿大学第二年就开始干了。

京大每年招收三四千本科生，还有一千多硕士和博士生，报名的时间只有三天，开学第一天人最多，几乎每个桌子旁边都有学生在咨询或者办理入学手续。

庄睿报考的考古专业是比较冷僻的专业，但桌子前面也排满了长队。京大毕业的学生，再冷门的专业，出去都能混个不错的工作。

各个报名点，都是长得青春靓丽的女学生最受欢迎，每当有这样的学生上前办理手续，原本因为忙碌而很不耐烦的男学长们，总是变得异常有耐心，声音温柔得庄睿身上直起鸡皮疙瘩。

庄睿也不着急，反正他又不需要住校，早一点晚一点都行，手里拿着入学通知书，庄睿在考古系报名点的附近，找了个阴凉的地方，点了根烟等着。

"老师，请问经管学院怎么走？"

一根烟还没抽完，庄睿耳边就响起一个女孩的声音。

抬眼一看，面前站了四五个女孩，都拿着简单的行李，看来是外地的。说话的是个打扮时髦的女孩，眼睛的假睫毛眨得庄睿眼晕。

"老师？我？"

庄睿愣了一下，低头看看自己身上穿的格子衬衫和西裤，还有那擦得光可鉴人的皮鞋，最主要的是手里的香烟，要说他是学生，还真没人相信。

虽然大学不禁止抽烟，但是像京大这样的名校，总归会给新生一些压力，还真没哪个新生敢在招生处大模大样地抽烟，加上庄睿这老不老小不小的年纪，说是个助教也不为过。

"得，老师就老师吧。"

庄睿小小地郁闷了一下，也没解释，抬手对站在自己十几米外的一个学生喊道："那位男同学，对，就是叫你，过来一下。"

"老师，您喊我？"

还别说，庄睿这做派连老生都唬住了，不过老生的谈吐明显没有新生的羞涩。

庄睿似模似样地点了点头，说道："嗯，带这几位新同学去经管学院的宿舍。"

"哎，好嘞，谢谢老师。"

那老生听到庄睿的话，顿时眉开眼笑，就差没给庄睿掏烟了，得意地回头看了一眼自己的几个同学，屁颠屁颠地带着几个女学生去宿舍了。

庄睿看得哭笑不得，敢情这哥们是考古系的，前来报名的女生不多，正眼馋其他几个报名点的时候，庄睿就给他安排了个好差事。

今儿前来报名的学生太多，那些比较好的专业都忙得不可开交，庄睿在树下站了一会儿，居然有四五拨人前来问路，庄睿哪知道京大的宿舍在哪儿啊，直接摆出老师的架子，把旁边几个报名点的学生都指使了出去。

又过了大约半个多小时，庄睿看到考古系专业的报名点没人了，这才走了过去，将手里的入学通知书交给登记的人。

"你……你不是老师啊？"

庄睿在那儿站半天了,这几个学生都以为庄睿是监管纪律的老师呢,刚才都规规矩矩的没敢对来往的女孩吹口哨,现在一看庄睿的入学通知书,顿时傻眼了。

"我没说自己是老师啊,怎么了?"

庄睿闻言笑了起来,在古玩行里叫他老师的人倒是有不少,不过没一个是学生。

"没……没事。"

负责登记的学生看到庄睿是研究生入学,知道对面这家伙是个老油条,当下麻利地办好了入学手续。

"那老师刚才过来干什么的?"

最初去送女同学的老生回来时,刚好见庄睿离开。

"屁的老师,那就是一研究生……"旁边有人不屑地说道。

"我靠,这招好啊,没见刚才有那么多美女问路? 明儿不忙了我也站那儿装老师去。"

庄睿不知道,他在树下抽了几根烟,造成第二天京大的树荫下,站满了叼着烟故作成熟的学生,当然,这些倒霉的哥们,最后都被请进了教导处。

第五章 | 重回校园

"丢人啊，居然能迷路！"

庄睿站在京大校园里，一脸郁闷。原本以为自己是个老鸟，看着指示牌也能找到孟教授办公的考古研究所，没想到转来转去，居然分不清东南西北了。

庄睿也问了几个学生，不过一问路，别人就知道他不是老师了，指点起来也不怎么用心，加上很多教学楼大同小异，让庄睿入学第一天，就迷失在京大校园里。

其实这也不丢人，京大校园占地面积近六千余亩，有二百三十四个研究所、一百二十六个研究中心、五个国家级工程研究中心，宛若一个小城市，别说是初来乍到的庄睿，就是很多老师也摸不清校园里的路。

无奈之下，庄睿给孟教授打了个电话，孟教授问清他所在的地方，让自己的学生去接他。

"你是庄睿吧？"

一个清脆的女声从庄睿身后响起，回过头来，庄睿眼前一亮。

这是个二十三四岁的女人，之所以不说是女生，因为无论是衣着打扮还是外型，这女人和学生都不沾边，凹凸有致的魔鬼身材和精致的脸孔显示出对方是个成熟女人。

尤其是那黑丝大腿和短到膝盖之上的职业裙，充满了诱惑力，这妞要是老师，保证下面无数学生的脚面上，都会放着小镜子。

女人的脸上戴了一副黑框眼镜，虽然遮挡了他姣好的面容，不过也多了一份知性美，见惯了浓妆美女的庄睿，心中居然有种清凉的感觉。

"我是庄睿，您是？"

如果不是孟教授在电话里说是他的学生来接，庄睿肯定会认为面前这个女人是京大的老师，学生谁敢穿那么短的裙子啊。

"我叫阚雨涵，是孟教授叫我来接你的，走吧。"

女人话不多，自我介绍了一下之后，就转身带路了，包裹在职业裙装下的翘臀，散发着无限的性感和诱惑力。

"我靠，不是说考古系无美女吗？"

庄睿愣了下神，才跟了上去，要说比相貌，这女人和秦萱冰比差了很多，不过从骨子里散发出来的性感，就是徐大明星也略逊一筹。

庄睿跟在美女后面，走了大约十多分钟，来到一栋独立小楼前，上面挂的牌子上写着"考古研究所"的字样，研究所的门口停了几辆小车。

一路上那女人都没和庄睿说话，一点都没有给学弟介绍京大校园的意思，庄睿也没在意，一边走一边记路，总不能下次来还让人接吧？

不过庄睿准备办个京大车辆的出入证，话说单是从门口走到这里就花了近半个小时了。

"擦，这是古人类学研究所，还是考古研究所啊？"

庄睿刚一进研究所的大门，就被吓了一跳，在大门旁边，居然放着两个半身骷髅，白骨微微泛黄，两个空洞的眼眶正无言地打量着庄睿。

"呵呵，老师说了，考古要学以致用，没点胆量的人根本就无法进行野外考古发掘，这两个东西是老师特意放在这里的。"

见庄睿被吓了一跳，走在前面本来不苟言笑的阚雨涵幸灾乐祸地说道，她第一次进入这里时，同样被吓了一跳，见到庄睿的狼狈样儿，阚同学很不厚道地笑了起来。

"又不是挖坟掘墓，半夜里干活，咱们考古发掘都是大白天干活，至于这样吗，那还不如去坟场练胆量呢。"

庄睿嘴里嘀咕了一句，他以前倒是听猴子说过，他和大雄为了练胆量，还真去过坟场守夜，不过还没过三更，就被乱坟岗的鬼火吓得屁滚尿流，落荒而逃。

其实所谓的鬼火，实际上就是磷火，因为人的骨头里含有磷，磷与水或者碱作用时会产生磷化氢，是可以自燃的气体，重量轻，风一吹就会移动，走路的时候会带动它在后面移动。

由于民间不知鬼火成因，只知这种火焰多出现在有死人的地方，而且忽隐忽现，因此称这种神秘的火焰为"鬼火"，认为是不祥之兆，是鬼魂作祟。

"以后去了发掘现场别害怕就行……"阚雨涵看了庄睿一眼，没再说什么。

庄睿笑了笑，也没说什么，目光转到研究所大厅，自己又不是没见过死人，而且经手过那么多古玩，哪个不是死人曾经把玩过的，要论心里素质，庄睿自问不差。

将注意力转移到研究所里后，庄睿发现，架子上摆满了竹简，古旧书帛，青铜器和陶瓷器碎片,每一个器物上,即使小如指甲,都贴有标签,注明了编号,应该都是孟教授研究的课题。

跟着阚雨涵来到一间开着门的办公室,阚雨涵没直接进去,而是在门上敲了两下。

庄睿往门里瞅了一眼,办公室里除了孟教授之外,还坐了三个人,其中有两个年龄比自己小一点,和阚雨涵差不多,另外一个却比自己大上几岁。

三个人都面色恭敬地坐在办公室的沙发上,孟教授似乎正在看文件,听到敲门声才向门口望去。

见到庄睿进来,孟教授从一堆文件里抬起头,让几个男女吃惊的是,他们的导师居然离开办公桌,向庄睿迎了过来。

"小庄,怎么好久没去看我了啊?我家那丫头,还经常念叨你呢。"

孟教授后面的话,更是让几个人惊讶地张大了嘴。孟教授主持着京大考古研究所,曾经整理发掘出无数重大考古发现,在国内考古界绝对是首屈一指的人物。

而且孟教授的脾气很古怪,很少对人假以颜色,这几个学生跟着他虽然学到不少知识,但是和别的导师相比,孟教授多少给他们一点不近人情的感觉。

不过孟教授在行内的威望很高,他的弟子出去到了下面各个省,最少也能当个研究所的副手,历练个几年,无一不是各省考古研究院的骨干。

所以即使孟教授脾气有点怪,他们也能忍受。

现在看到一向只谈学术不论感情的老师,居然站起来迎接一个学生,几个学生都以为自己看花了眼,不敢置信地揉了揉眼睛。

"孟老师,这段时间实在太忙了,没空听您教诲,不过事情都处理得差不多了,以后就能安心跟您学习了,对了,德叔让我代他向您问好呢。"

和办公室另外几个人的感觉相反,庄睿倒觉得这老头儿挺可爱的,前段时间跑到自己的宣睿斋求了个印章,还反复叮嘱赵寒轩,不要告诉自己呢。

阚雨涵等人听了庄睿的话后,脸上均露出一丝原来如此的神情,还以为庄睿多有料呢?敢情是老师的朋友介绍的。

"没事,你前段时间做的事情我看到了,不错,利国利民,我还说抽空去你那里看看呢。"

孟教授的话,让房间另外几个人的思绪又混乱了,听这话的意思不像是走后门的啊?这年轻人到底是干嘛的呀?竟然让老师登门拜访,也太牛了吧?

几人不知道,虽然从考古学上说,孟教授足可以当庄睿的老师,但是术有专攻,论起鉴赏古玩,孟教授就要给庄睿做学生了。

和庄睿打过几次交道,孟教授很佩服庄睿在古玩鉴赏上的功底,经常向庄睿讨教一些问题,所以虽然二人现在是师生关系,但是在心里,孟教授却把庄睿当成忘年交来看待。

　　至于孟教授说去庄睿那里看看,实际上是想去看庄睿的博物馆,倒不是阚雨涵等人想的登门拜访。

　　"呵呵,尽自己的能力做点小事,不值得老师夸奖,老师做的学问才是利国利民呢。"

　　庄睿谦虚了一下,他知道孟教授说的是自己用毕加索的作品,和国外博物馆交换藏品的事情,在老辈人眼里,洋鬼子的艺术品自然没有自己国家古玩的文化底蕴深厚。

　　"哈哈。"

　　孟教授闻言高兴地笑了起来,拉着庄睿的手对旁边几个人说道:"他叫庄睿,是我今年招来的硕士研究生,也是我带的最后一个硕士生了,你们几个当师兄师姐的,可要多照顾他啊。"

　　"是,老师,我们会照顾庄师弟的……"庄睿被那几个人异口同声的话雷得不轻。

　　场内除了那个看上去差不多有三十岁的人比自个儿年长之外,其他几个显然都没进入过社会,居然变成自己的师兄师姐,还要照顾自己。

　　"行了,中午老师请客,算是给小庄接风,你们一起来吧。"

　　要说孟教授还真不怎么会做人,他这话一说出来,就变成另外几个人都沾了庄睿的光了。

　　这几个师兄师姐虽然没说话,但是脸上的表情已经不怎么好看了,庄睿知道老头说话直接,没想到会如此不通人情世故,不由在心里苦笑起来。

　　京大有专门面向教职工的食堂,里面还有包厢,大师傅的手艺和外面的也差不了多少,只是有饭无酒,这气氛怎么都热烈不起来,吃完饭后,庄睿又跟着孟教授回到了研究所。

　　糊涂的老师竟忘了帮庄睿介绍几个师兄师姐的名字,不过以庄睿的世故,套几个人的话还是没问题的,一顿饭吃下来,他也打听清楚了。

　　年龄稍大的叫任春强,在读孟教授的博士生,另外两个人,一个叫姜义,一个叫吴兆,和阚雨涵一样,四人同为孟教授的博士生。

　　知道几个人在读的学位后,庄睿才知道,孟教授所谓不招硕士生的涵义。

　　去年庄睿见过的那两个本科生,现在都已经毕业了,他们虽然有读硕士的打算,无奈孟教授不愿意再带硕士了,两人只能离京参加工作去了。

　　回到研究所后,孟教授让几个学生都到办公室,说道:"小庄,你的国学功底比较扎实,但是在古玩行里混时间长了,接触的多是一些野史,咱们考古要严谨,要还原真实的历史,不能凭空猜测,所以你要多上一些基础课,也可以旁听一下中国古代史,把基础打牢些。"

"我知道了,老师。"

庄睿点头答应,他学这个专业,就是想多学一些理论知识。其实导师是谁对庄睿而言,并不是很重要,他又不需要导师利用影响力,帮自己发表文章、推荐工作。

"恩,最近我要带小任和姜义他们三个做个项目,你有什么问题可以问小阚,不行给我打电话也可以。"

孟教授想了想,又补充了一句,说道:"你多学一些古文字类的知识,像金文这些必须掌握,对鉴别出土文物很有帮助,小阚在这方面造诣不错,你多向她请教。"

"好的,老师,我会的,要是没什么事,我就去领书和课程表了。"

庄睿答应下来,读到硕士和博士,基本上就跟着老师做课题,不过庄睿还不想这么快接触挖掘工作,他想先熟悉下校园生活,多学习一点理论知识。

"好,叫小阚陪你去吧,你对这不熟悉,别又迷了路。"

孟教授闻言笑了起来,他对庄睿的关照,让另外几个学生颇为嫉妒,他们可是博士生啊,前景比庄睿这个硕士生好多了,老师真是厚此薄彼。

庄睿和阚雨涵答应着向孟教授告辞出来,带庄睿走出办公室,准备去教务处领庄睿的课程表和书本。

"雨涵,小庄,等一下。"

刚走出研究所大门,庄睿的便宜师兄姜义就从后面赶了过来,说道:"小庄,咱们以后就是同门了,晚上师兄做东,找个地方吃顿饭,和老师在一起不能喝酒,雨涵,晚上你也一起去吧。"

"晚上?好吧,还是让我做东,请几位好了。"

庄睿微微皱了下眉,北京城大大小小的饭店他也吃了不少,总感觉没老妈做的饭好吃,再加上媳妇还怀着孕,如果不是看在姜义真心相邀的份上,庄睿还真不想去。

说老实话,除了那个稳重的任春强外,庄睿对这几个师兄师姐并没有多少好感,自个儿年龄比他们都大上几岁,让庄睿喊师兄,庄睿还真叫不出口。

更让庄睿反感的是,姜义在自己面前,一口一个师兄自称着,也不知道哪来的优越感,难不成就因为自己是硕士生,他们是博士生?

"当然是师兄我请了,雨涵,你一定要来啊。"

姜义见庄睿答应下来,就看向阚雨涵,这让庄睿感觉到,姜义想请阚雨涵才是真的,自个儿不过是作陪的。

看来这几个师兄受老师的影响颇深，也不怎么会做人，就是想借事儿请美女吃饭，也别搞得这么明显啊。

"好吧，不过我可不喝酒，你们也别喝多了。"

阚雨涵看了庄睿一眼，答应下来。她心中也有几分好奇，庄睿只不过是个硕士研究生而已，为何老师对他如此看重？隐隐有把他当成关门弟子培养的势头。

要知道，任春强作为孟教授最得力的博士生助手，都没得到过老师请吃大餐的待遇，最多在挖掘现场给个盒饭。

不过孟教授对研究成果下来之后的奖励，还是相当大方的，他从来不克扣学生应得的，自己往往还会贴出去许多。

打个比方，如果能完成一个国家级的科考项目，并且经过国家审核后，作为助手的学生，每人都能分上十多万，孟教授拿的有时候比学生还少。

比起那些平时对学生嘘寒问暖，但是干起活来每天发个一百块钱补助，拿学生当劳力的导师，不知道强出多少倍。

孟教授这种行为，让他的学生都对他发自内心的尊重，至于平时的淡漠，也就不以为意了。

只是孟教授教学严格，很少在学生面前夸奖他们，今儿庄睿一来，一天学还没上，就让导师另眼想看，这也是让几位博士生心里不服气的原因。

"好，好，小庄，这是我电话，五点半一定要给我打电话啊，咱们学校门口见。"

见阚雨涵也同意了，姜义顿时满脸堆笑，递给庄睿一张名片后，转身回研究所去了。

"师……小阚，孟教授每次有新学生，都会聚一聚吗？"

庄睿实在对这个比自己小的女孩，喊不出师姐两个字，最终还是学了孟教授，叫了声小阚。

阚雨涵诧异地看了庄睿一眼，不过也没对称呼提出异议，俗话说学海无涯，达者为师，自己没露出本事，凭什么让别人喊师姐啊。

阚雨涵想了一下，说道："大家都是外地人，能成为老师的学生，这也是缘分，而且考古学术交流比较多，以后同学们也会经常联系，这样相互促进，对大家开展工作还是很有好处的。"

"哦，是这样啊。"

庄睿点了点头，他算是明白了，敢情这是在积攒人脉。

因为考古专业比较冷僻，各地的考古部门都是由专业人士当家，如果全国各地都有自己的同学，的确会对工作有很大的帮助。

按说读到博士,眼界不会这么窄,但是考古专业不同,这个专业想去做别的基本没有共通的地方,只能在这圈子里打滚,所以同学间处好关系,也是十分必要的。

领了书本和课程表之后,阚雨涵把庄睿丢到了图书馆就离开了,她也有课题要做,暑假都没闲着,现在更没时间陪庄睿了。

庄睿也乐的清闲,给家里打了个电话后,就认真地看起自己刚领来的一摞书,专业书籍不少,也有一些化学和历史学学科,不知不觉几个小时就过去了。

"哎哟,快六点了。"

庄睿看了下手表,突然想起来约好的时间是五点半,连忙收拾好书本拎出了图书馆,拿出手机给姜义拨了过去。

"小庄,不是约好五点半吗,我们没你手机号,在学校门口等了半天了。"

电话接通后,姜义听到是庄睿的声音,马上抱怨起来。

"嗯,真是对不住,刚才在图书馆看书,忘了时间,你们稍等,我马上出去。嗯,今儿我请,算是给大家赔罪了。"

庄睿一边说着电话,一边往京大门口赶去,到了学校门口已经六点多了。

"小庄,上车吧,小姜订好地方了。"

看庄睿满头大汗地从学校里跑出来,姜义哼了一声,倒也没说什么,任春强笑着摆手招呼庄睿上他的车。

庄睿看了一下,这几个人都开着车,不过最好的也就是任春强的广本,值个二十七八万的样子,其他三个人的车都是十多万的一般车型。

庄睿对任春强的印象倒是不错,不过他可不想吃完饭后,再跑回来开车回家,闻言说道:"任师兄,你告诉我什么地方就行了,我的车停在那边了,一会我自己过去就行,北京我熟悉。"

任春强听庄睿有车,说道:"那也行,西城那边的醉仙楼,你快点来啊。"

第六章 | 我干了，您随意

　　庄睿虽然算不上老饕食客，但也是极爱吃的人，只要他在北京，就经常拉着在岳经兄大街小巷地转悠，着实吃了不少北方的特色招牌菜。

　　不过北京和所有的大城市一样，这里可不仅有北方菜，天南地北八大菜系的佳肴都能吃到，而且在交通方便的现代，连材料都是空运的，极正宗。

　　醉仙楼就是家湖南菜馆，庄睿以前带着秦萱冰来过，对那里的东安子鸡、红煨鱼翅、汤泡肚念念不忘，只是湖南菜比较辣，秦萱冰不能多吃，所以后来庄睿也没再来。

　　醉仙楼的停车场很大，这也是一家饭店生意好坏的主要因素，饭店口味再好，没有停车场，生意也好不到哪儿去，反之就算口味一般，但是停车位充裕，生意一般都不会太差。

　　这家饭店虽然名为楼，其实根本就是一溜平房，大堂里是散桌，后面有独立包间，装修得很精致，而且生意火爆，晚了都订不到包间。

　　"任哥，怎么不进去啊？"

　　庄睿刚走进饭店，发现任春强四人都站在买单的地方，姜义正和一经理模样的人说着话，几个人的脸色都不大好看。

　　任春强看了庄睿一眼，小声说道："小庄，咱们来晚了点，包厢被人占了，这会儿生意好，一时半会儿空不出间。"

　　庄睿这位大师兄算是比较厚道，没多说什么，只出言给庄睿解释了一下。

　　今儿之所以来晚了，还是庄睿的原因，姜义订的时间是六点，从学校出发的时候都六点多了，现在已经快七点了，饭店不留包间也是理所当然的。

　　"张经理，我们就晚到一会儿就没包间了，也太那个了吧？都是常客，您再给安排一个包间吧。"

　　姜义是湖南人，很喜欢吃湖南菜，这家菜馆开业后没少来捧场，和经理也比较熟悉。

　　其实要是单请庄睿，在大堂里吃也无所谓，但是今天难得把阚雨涵也给请来了，没有包间让姜博士感觉很没面子。

"小姜，不是兄弟不帮忙，可……这，您也看到了，大堂都快客满了，包间早就订出去了啊，岳麓厅我都给你留到六点半了，谁知道您七点才到，实在是没办法，要不然今儿就在大堂吃吧，回头兄弟送两个菜。"

饭店经理哪个不是八面玲珑的人物，六点零五分姜义还没到，包间就让出去了，不过张经理说话十分客气，面子又给足了，顿时让姜义说不出话来，又不好意思换饭店。

在哪儿吃不一样啊，庄睿看到身边就有张空桌，就插口说道："算了，就在大堂里吃吧，经理，东安鸡、金鱼戏莲、永州血鸭、腊味合蒸、宁乡口味蛇、岳阳姜辣蛇各来一份。对了，红煨鱼翅多上一份，这菜吃不厌，嗯，再拿两瓶茅台，阚小姐喝酒还是饮料啊？"

今儿是庄睿耽误了众人的吃饭时间，他本来就打算请客的，看姜义还想和经理磨叽，有点不耐烦了，当下连酒带菜的都点上了。

阚雨涵站得也烦了，来来去去被人看着很不舒服，当下说道："我喝饮料就好了，你们也少喝点，回去还要开车的。"

"成，那就这样吧，几位师兄师姐入座吧。"

庄睿对着经理摆了摆手，说道："你们这有八二年的茅台吗？"

"八二年的茅台？没，那种茅台很少见了。"

张经理被庄睿的话吓了一跳，八二年的茅台已经二十年以上了，市面上很少见到，一般都被人珍藏了，要买的话最少要三万以上。

"哦，那拿两瓶九五年的吧，新茅台喝不惯。"

庄睿倒不是显摆，他也不知道八二年的茅台是什么价，上次欧阳军拿去了五六瓶，喝着口感不错，后来再喝新茅台，总感觉味道不对，所以才顺口问了一句。

"这位先生，九五年的茅台倒是有，不过价钱有点贵。"

张经理倒不是看不起庄睿，不过这个要事先说好，否则吃完饭后酒比菜贵，万一对方不认账，那不是找麻烦嘛。

"多少钱？"庄睿随口问道。他也不是打肿脸充胖子的人，钱多也不能被人宰啊。

张经理想了一下，说道："九五年的茅台两千三一瓶，您要是要两瓶的话，我打个折，四千五好了。"

"行，那就先上两瓶吧，回头不够再要。"

庄睿点了点头，随意地把张经理打发走了，在他看来很自然的事，却将几个博士师兄看呆了。

要说这人有气场，什么娇躯一震，霸王之气乱发，那纯粹是扯淡，你让个从来没见过美国总统也不知道美国总统为何物的人去和美国总统单独见面，那他肯定感觉不到啥气场，不就是个保养不错的老头子嘛。

所谓气场，主要还是表现在谈吐之间，在人和人交往对话时，自然流露并且能感染对方的那种自信，就叫做气场。

庄睿刚才点酒菜的随意，看在几位博士师兄眼里，就有那么一丝气场的味道了。

最起码在庄睿和经理之间，绝对是东风压倒西风，张经理表现得一直都很谦逊，而庄睿则十分自然，仿佛就该如此一般。

几人坐下之后，任春强对庄睿说道："小庄，咱们几个以后相处的时间还长呢，不用那么奢侈，一瓶就好几千块钱，也太贵了。你们虽然都没结婚，但是也没工作，还是节省点好。"

任老大倒是好意，从导师先前说的话里能听出来，似乎庄睿自己做点生意，不过看庄睿年纪轻轻的，身上也没有纨绔子弟的习气，生意应该做得不大，吃顿饭就花好几千，让任春强颇不好意思。

孟教授这几个博士生里面，只有任春强结婚了，去年在北京供了套房子，虽然跟着老师硕博连读，做了四五年课题，也积攒了些钱，但是一套房子全砸进去了，所以平时花钱比较节省，在几个师弟师妹面前，也有点儿底气不足。

"任师兄，这您可说错了，我可是结过婚的人了，再过几个月，我小孩都有了，嗯，还是龙凤胎呢。"

一提这事，庄睿就是满脸喜色，也不管和几人熟不熟，很高兴地把儿子女儿拿出来分享。

"哦？那先恭喜你了啊小庄，不过在北京生活压力大，平时还是要节省点。"

几人闻言都愣了，虽说这年头本科生结婚都不奇怪了，结了婚工作再读硕士的也不少，但是读全职的却不多，一般都是一边工作一边读书，那样压力不会太大。

"呵呵，这点钱没什么，今儿是我来晚了，这顿饭理当我请大家，就算给几位赔礼道歉了。"

庄睿笑了起来，任师兄还真有点儿意思，很有大师兄的风范，不过庄睿平时在外面吃饭，很少买单，所以偶尔吃上一顿万儿八千的也无所谓。

"赔礼道歉就算了，不过小庄，以后还是要养成守时的习惯，老师可不喜欢不守时的人，你要经常这样的话，我们也不好给你说话。而且京大有些教授脾气很怪异，你上课迟到的话，学分就别想要了，小庄，以后还是注意点好。"

庄睿话声刚落，姜义的声音就响了起来，话里大有教训庄睿的意思，刚才他心可是一直提着，之所以没敢说话，就是怕接了话这顿饭要他来买单。

虽然跟着孟教授一年也能做两三个课题,有一二十万的进账,但是姜义读博士才一年多,那点钱早就拿出来买车撑门面了。

现在姜义手上就剩一两万块钱,又没别的收入,每个月只有几百块钱的生活费而已,让他一顿饭请掉五六千块钱,姜博士可舍不得,所以直到庄睿开口说他请客后,姜博士才活跃起来。

不过他这话说得很没水平,听得庄睿把眉头都皱了起来。

任春强叫自己小庄,那是因为他比庄睿大,但是姜义比庄睿最少小两岁,老气横秋的一口一个小庄,让庄睿心里很不舒服。

人不可有傲气,但不能没傲骨,再说庄睿这两年说话也是一言九鼎,言谈间自有一股无法言语的自信,这一皱眉头,席间的气氛顿时变得有些沉闷。

"呵呵,几位,我读孟老师的硕士,只是为了学习下基础理论知识,拿不拿文凭对我并不是很重要。"

庄睿也感觉自己刚才一绷脸有些冷场了,连忙笑着解释了一句,自己都工作这么多年了,和一个还没出校门的学生计较什么啊。

"小庄,话不能这么说啊,这年头有个好工作还是很重要的,咱们的导师在国内考古行声望很高,就是介绍你去个大点的博物馆也比做小生意强得多。"

要说这人的智商高,未必情商也高,庄睿刚才话已经说得很直白了,可是姜博士还没听懂,又倚老卖老地说了庄睿几句。

考古专业毕业之后,一般有两条出路,第一自然是去专业对口的考古部门工作,但是由于和博物馆专业有很多重复的学科,去博物馆工作也未尝不可。

学历到了博士,只要相关专业说得过去,再稍微走点关系,就是进一些比较大的博物馆工作,也不是不可能。

现在这年头,不管哪个行当都是富的撑死,饿的穷死,博物馆也是如此。

打个比方,故宫博物馆一天仅门票收入就有上千万,一年好几个亿,在里面要是混成个小领导,那日子不要太好过。

但是地方上那些不出名的小博物馆,可能一天的门票收入只有几百或者几千块钱,这些就是吃财政饭,没啥油水的清水衙门,只能混个死工资而已。

姜义的打算是留在北京,即使进不了大博物馆,他也想留校待在考古研究所里。研究所一年的经费也不少,而且每完成一个项目,奖金也非常丰厚。

只是研究所名额有限,而且任春强基本上已经落实下来了,他现在已经是京大的讲师,今年毕业肯定会留在所里,还有一个名额就是剩下几个人竞争了。

姜义打听过，吴兆读博以前有单位，而且还不错，博士毕业会回本单位，至于阚雨涵本就是北京人，对他威胁比较大，不过姜义现在正在追求阚雨涵，如果能得手的话，那也是肉烂在锅里，不会便宜外人。

不过今天庄睿的到来，和孟教授以及阚雨涵对庄睿的态度，让姜博士感觉到一丝威胁，刚才听庄睿说他结婚了，总算是将情敌的帽子摘掉了，不过因为留校这事，让姜义心里还是横着一根刺。

还有一点就是文人相轻了，姜义读到了博士，从小学到现在，一直都是在学校里度过的，顺风顺水。

姜义原本以为自己进入研究所后，会受到导师器重，却没想到庄睿一个硕士生，孟教授给他的待遇却比他强出几倍，这也让姜博士心生妒忌。

姜义哪里知道，庄睿从典当行辞职出来之后，后半辈子就没打算再给人打工，自己的生意都懒得打理，还想让庄睿去帮别人赚钱？

而且庄睿和孟教授并不是单纯的师生关系，也有点忘年交的交情在里面，孟教授还指望庄睿给他鉴定点物件呢，试问孟教授的脸能绷得起来吗？

"我上学不是为了找工作，而且现在也有工作。"

庄睿不想和个学生计较，当下不咸不淡地回了一句，正好这时服务员来上菜了，庄睿连忙招呼道："来，来，大家吃菜，今儿算我给几位赔罪，以后还请大家多照顾啊，这京大实在是太大了，我进去就晕方向。"

庄睿的话说得众人都笑了起来，既然和自己没有任何利益冲突，姜义说话也没那么刻薄了，席间的气氛变得很不错，几杯酒一碰，关系马上热络起来。

不过庄睿多向任春强和吴兆举杯劝酒，刚才席间相互报了年龄，任春强最大，今年三十一岁，庄睿二十七，排在第二，其后是姜义和阚雨涵，吴兆则最小。

别看吴兆年龄最小，但是很会来事，知道庄睿比他大后，一口一个庄哥叫着，阚雨涵也不再喊小庄了，而是直呼庄睿的名字，只有姜义不怎么上路，还是小庄小庄地喊着，不肯放下自己博士生的优越感。

庄睿也懒得和这种自我感觉良好的人交往，不住向吴兆和任春强举杯，这两人都是北方人，酒量不小，一会儿功夫，两瓶茅台居然都喝光了。

"再拿两瓶茅台来，嗯，还要九五年的。"

庄睿今天喝得挺高兴，他上考古专业，主要目的是想把实践与理论相结合，从不同的角度看中国古玩的发展和传承。

和任春强等人的交谈中，庄睿听来不少用考古专业鉴定出土文物的知识，并且有些理论,是他以前没接触过的,这让庄睿兴致很高,两瓶酒喝完之后,马上又让服务员再拿酒。

"小庄,算了吧,再喝就走不了了,车都没法开了。"

任博士劝了庄睿一句,其实论酒量他是没事,关键是替庄睿心疼酒钱,再来两瓶九五年茅台,光是酒钱就小一万块钱了,这一桌饭一万块都打不住了。

"嗨,任哥,就是现在不喝了,也不能开车啊,今天都打车回去,明儿再来取吧。"

庄睿半年多没和同龄的朋友喝酒了,别人都有工作,就他一个闲人,难得今天遇到聊得来的人,自然是要喝个痛快。

听了庄睿的话,任春强也没再劝下去,不过却好奇地问道:"小庄,你在外面做什么生意啊?看来混的不错啊。"

庄睿闻言笑了起来,答道:"呵呵,我就一淘弄古玩的,在潘家园开了家店,卖些文房四宝之类的东西,谈不上什么生意,这不又回到学校读书了吗。"

庄睿不想提博物馆那些事,在北京除了亲人就是员工,没几个能像任春强和吴兆这样聊得来的人,庄睿不想让身份变成彼此间沟通的障碍。

一直和阚雨涵搭讪的姜义,听到庄睿的话后,突然说道:"对,小庄,你的选择是对的,虽然早些年有教授不如卖茶叶蛋的说法,但是人要是没有文化还是不行的,想要走在社会的最前端,就要不断充实自己。"

这话庄睿还是能听的,对姜博士的这声小庄,也没感觉那么刺耳了,不过姜博士下面说的话,不仅让庄睿重新皱起了眉头,就连任博士等人看向姜义的时候,眼神也有些不对了。

"小庄,就说你吧,现在是个古玩店的老板,古玩行我也知道点,水可是深得很啊,你要是不充实自己的话,说不定那次走了眼,身家就全没了。"

在座的都是成年人,对于好心相劝和幸灾乐祸的话,自然都能分出来,大家都看得出来,姜义说这话的时候,一副你早晚如此的神情。

"呵呵,这世上能让我打眼上当的人,还没生出来呢。"

庄睿脸色不变,但是说出来的话,听在众人耳朵里,却有些狂妄了。庄睿也没解释,直接举起杯子,说道:"来,小吴,任哥,咱们再干一杯,这年头,自我感觉良好的人实在是太多了……"

说庄睿点别的还成,不过要说鉴赏古玩,在古玩圈子里,还没哪个人敢说水平比庄睿高的,就是那些六七十岁的前辈们,也不敢夸此海口。

"你……你……"

姜博士被庄睿指桑骂槐的一句话,憋得满脸通红,想发火却又顾及身份,怕在这种场合被人笑话,那模样就像是受了委屈的小媳妇一般,憋屈。

"啊?来,小姜喝酒,喝酒。"

任博士知道姜义这人有点小心眼,当下打着圆场,说道:"小庄,小姜说的也有道理,小心无大错,呵呵。"

庄睿喝干杯中的酒,笑着说道:"谢谢任哥,我知道的。"

这人和人说话就是不一样,同样一句话,换个说法能让人心里舒服,同样也能让人暴怒不已,任春强在社会上几年的经验,远不是姜义这个菜鸟博士能比的。

任春强见庄睿和姜义没起争执,放下心来,喝了杯酒后,抬起头来,却看到个熟人,连忙站起身,打招呼道:"谢处长,您也在这吃饭啊。"

任春强的举动把庄睿等人的注意力都吸引了过去。这人大约四十出头的年纪,身材微胖,手里正拆着一包刚从柜台拿的中华烟,嘴里还训斥着边上的一个服务员,说包厢里没留人,叫烟还要自己来拿。

"你是……哦,你是任博士吧?孟教授的高徒,你好,你好。"

谢处长迟疑了一下才认出任春强,走过来和任博士握了个手,态度不冷不热的。

"谢处长,您好,我是小姜,上次跟老师见过您。"

不知道这位谢处长是何方神圣,姜义和吴兆还有阚雨涵等人都站了起来,庄睿不认识这人,本来没打算起身的,不过见到旁人都站起来迎接,出于礼貌也站了起来。

"哦,记得,姜博士也在啊,以后多去我们那里指导工作啊。"

谢处长嘴里说着没营养的话,眼睛打量了一圈桌子上的人,看到庄睿突然愣了一下。

谢处长是博物馆管理局的一个处长,官虽然不大,但是职能不小,但凡有关私人博物馆申报,或者国家级博物馆人员调动,最初的报告总要落到他的办公桌上。

俗话说阎王好见小鬼难缠,说的就是谢处长这类人,别看他就是正处级干部,在这四九城掉块砖都能砸上几个,但是在全国博物馆系统也是个人物。

任春强等人认识谢处长,是因为去年孟教授手上的一个国家级科考项目,需要博物馆处配合,双方这才结识了,不过谢处长只在项目结束后的庆功会上露了个面而已,工作都是下面人完成的。

任春强等人都知道这位谢处长很难说话,姜义更是私下里去拜会过这个人,不过却碰了一鼻子灰,别人连家门都没让他进。

"对,对,我是小姜,谢处长还记得我啊,要向您敬杯酒才成。"

任博士的工作去向去年就已经定下来了,和谢处长打招呼,只是出于礼貌,但是姜义等人就不同了,只要谢处长一句话,他们就可能进博物馆工作。

所以姜义见到谢处长之后,脸上那叫一个惊喜,和刚才对庄睿说话时的倨傲神情,完全两样。

"好吧,能和几位博士相遇,那咱们就喝一杯。"

听了姜义的话后,谢处长略一迟疑,才把眼神从庄睿身上收回来,点了点头答应下来。

姜义见状大喜,连忙将自己的椅子让了出来,跑到旁边的空桌搬了张椅子,坐在谢处长身边。

"谢处长,我敬您一杯,我干了,您随意。"

见到这位平时很难说话的谢处长今儿如此给面子,姜博士连忙给他倒上了酒,自己换了一个大杯,倒得满满的,仰头一口干了下去。

"奶奶的,拿哥们儿的酒来做人情。"

庄睿看着有些不爽,刚才任春强找这小子喝酒,姜义还拿劲,说一会儿要开车,现在整个换了个人,看他那架势,再上两瓶茅台都不够。

"嗯,小姜酒量不错啊。"

谢处长点了点头,杯子在嘴唇上碰了一下,显得心不在焉。

谢处长此刻心里正惊疑不定呢,那个年轻人,究竟是不是定光博物馆的大老板?

从定光博物馆的申报到审批,谢处长只过了下手,其余的都是顶头上司一手操办的,不过这并不妨碍他得到某些消息,定光博物馆是部里重点扶持的私人博物馆。

四九城的水深,谢处长当时也没怎么在意。

谢处长打着惹不起躲得起的心思,对定光博物馆的各项手续大开绿灯,也由不得他不开绿灯,文件晚送过去一会儿,就被局长批了一顿。

定光博物馆开业的时候,谢处长也得到了邀请,去参加了博物馆的开业典礼,本来他对接待自己的人只是一个副馆长还颇有微词,但是当欧阳振武亲临开业现场的时候,谢处长才知道这家博物馆远不是他想象中那么简单。

后来谢处长打听了一下,这才知道庄睿是欧阳振武的亲外甥,于是在博物馆开业后,谢处长殷勤地往定光博物馆跑了几趟,想结交庄睿,不过很可惜,一次都没见到。

开业那天庄睿忙得不可开交,自然没工夫搭理他,不过谢处长却将庄睿的样子牢牢地记住了,刚才一看,就感觉眼熟,坐下之后才想起来,只是谢处长还不敢确认。

这也不怪谢处长眼拙,庄睿那天穿着西装打着领带,还特意吹了个发型,现在只普普通通地穿了件白衬衫和西裤,加上在西藏一段时间,晒得有点儿黑,和博物馆开业时的形象有很大不同。

第七章 | 暴露身份

姜义敬过酒后，任春强等人也起身敬了谢处长一杯，就连阚雨涵也喝了一小盅白酒，能和这位处好关系，对他们日后的就业有很大好处。

这年头，博士也不好找工作，别说是国内的博士了，海归现在也是一窝蜂地往国内跑，而且读到博士的人，说句不好听的都是家里没钱没背景的。

像姜义、吴兆、阚雨涵等人，虽然是别人眼里的天之骄子，说白了，还是学历低了不好找工作，这才一股劲往上读书，以求出路。

"小庄，你不向谢处长敬杯酒吗？"

一圈酒喝完，桌上只有庄睿大喇喇地坐在那儿，正夹着粉丝一般的鱼翅往嘴里送呢，丝毫没有向谢处长敬酒的意思。

姜义刚才喝的那杯白酒差不多有三两多，这会儿酒意上头，忍不住说道："小庄，你现在不过是硕士生，就是我们这些博士毕业，也要听谢处长指挥，不要不知大小，快点，向谢处长敬杯酒。"

庄睿闻言皱了皱眉头，抬起头厌烦地看了姜义一眼，论年龄哥们比你大，论社会经历你小子更是不知道差到哪儿去了，不就是学历高一点吗？居然教训起我来了。

"谢处长是吧？来了就坐下吃点吧，嗯，随意啊，不招呼您了。"

庄睿不想当着外人给姜义难看，再怎么说都是孟教授的学生，当下举了举手中的杯子，对谢处长示意了一下，随之又放下吃起菜来。

庄睿不太喜欢和这些人打交道，要不是看任春强等人都挺尊敬这位谢处长，他连话都懒得说。

"小庄，你……"

姜义一看庄睿这态度，顿时火冒三丈，自己好不容易请谢处长坐下，这不是给自个儿难看吗？

任春强等人虽然没说话,也感觉庄睿有点儿托大了,再怎么说对方的年龄职务都高于庄睿,这样忒没礼貌了吧。

其实这也是人的心理作祟,庄睿那句打招呼的话,如果换成谢处长对庄睿说,就是理所当然,反之,就是不尊重人的表现。

在座这些人也不想想,庄睿为什么要尊重对方啊,他又不是庄睿请的客人,打个招呼已经是看在几个同学的面子上了。

"请问,您是庄睿庄老师吗?"

姜义指着庄睿,正要教他一番为人处世的道理时,耳边突然传来谢处长的声音。

"庄……庄,还老师?"

一桌人脑袋里都冒出几个大问号,姜义更是硬生生把到了嘴边的话咽回了肚子里。

几位博士年龄都不小了,而且学识渊博,知道在社会上,老师是一种尊称,泛指在某方面值得学习的人,最初指年老资深的学者,至于学校里称呼老师,那是后来的事情了。

几人和庄睿喝了半天酒,都没看出庄睿那里值得学习,年老资深四个字更是用不到庄睿身上,所以听了谢处长的话后,均吃惊地张大了嘴。

"我是庄睿,老师不敢当,谢处长叫我小庄就好。"

庄睿有些奇怪,自己只在古玩圈子里有点名声,和面前这位没有任何交集,他怎么会认识自己?

"当得起,当得起,庄老师在圈子里的学问和人品是有目共睹的,我前段时间还去您的博物馆学习呢,只是没见到您。"

谢处长听庄睿承认了,兴奋之情溢于言表,马上换了个玻璃杯,倒了满满一杯三四两酒,说道:"庄老师,以后有机会,还请您来处里指导工作啊,我们要是有什么地方做得不足,还请您指出来。这杯酒算是我敬您的,我干了,您随意。"

谢处长的话,让姜义等人彻底傻眼了,刚刚姜义对谢处长说的话,现在原封不动地用到了庄睿身上,那态度恭敬得好像庄睿是四十岁,谢处长是个毛孩子一般。

"谢处长太客气了,我也干了。"

庄睿又不是不谙世事的毛孩子,俗话说伸手不打笑脸人,别人这般恭敬,自己要是倨傲下去,那才是不通世情呢,当下一口干掉了杯中的酒。

谢处长见庄睿给面子,不禁脸露喜色,一杯酒下肚后,连咳嗽了几声,豪爽地把杯子朝下空了空,以示自己喝完了。

谢处长这个动作,让旁边几人更摸不清头脑,像谢处长这样的人,也会做出这样的举动?

46

看谢处长喝酒挺爽快，庄睿开口问道："不知道谢处长在哪里高就啊？"

其实这样问话有点不礼貌，不过庄睿这会儿也是酒意上头，说话比较随意，再说酒桌上也没那么多讲究。

谢处长听了庄睿的话，连忙掏出名片双手递给庄睿，说道："庄老师，这是我的名片，有空去我那坐坐，我个人也比较喜欢收藏古董，还希望日后您能帮鉴别一二。"

按照庄睿的身份，谢处长其实应该叫庄总的，不过他自诩是古玩圈子里的人，称呼老师，双方的关系会更亲密一些。

四十多岁的人张口闭口喊一个二十多岁的小青年为老师，却让另外几个人面面相觑，总感觉这气氛有点儿别扭。

"博物馆事务管理处处长。"

别说四十多岁称呼自己老师，就是六十多岁的人也喊过庄睿老师，庄睿倒是没纠结称呼，而是借着酒意把名片上的头衔读了出来，嘴里喃喃自语道："博物馆处，我好像听过？"

"呵呵，您的博物馆开业的时候，我也到场了……"谢处长在旁边提醒了庄睿一句。

"哎哟，谢处长，您可是父母官啊，以后有什么好处，可不要忘了我们博物馆啊。"

听了谢处长的话后，庄睿的酒顿时醒了几分，不过嘴上喊着父母官，语气里却没有多少尊敬的意思。

庄睿和谢处长之间的对话，让旁观的几人更是云里雾里分不清东南西北了，虽然几位博士的智商很高，但是对两人的关系，还是一点头绪都理不出来。

从谢处长的话里可以听出，庄睿似乎开了一家博物馆，开业的时候谢处长还曾经前去恭贺，不过这也正是让几人摸不清头脑的地方。

按说庄睿开的只能是私人博物馆，正归谢处长管辖，庄睿要是老板的话，不可能连审批博物馆的谢处长都不认识吧？

就算庄睿不认识谢处长，是手下人去办理的手续，但是现在见了面，也应该是庄睿去巴结谢处长，而不是谢处长上赶着敬庄睿的酒啊？

县官不如现管，庄睿难道不怕谢处长以后给他小鞋穿？

谢处长本来就没把其他几个博士放在心上，听了庄睿的话后，连忙说道："庄老师放心，如果需要的话，我可以安排一些藏品交流，把其他博物馆库存的馆藏精品，暂借给您的博物馆展出。"

博物馆之间的藏品交流，是很正常的事情，但那都是公对公，像谢处长说的操作办法，还是需要有一定能量的人才能办成。

"那敢情好,不过谢处长,这事我不管,什么时候您得空,我让皇甫馆长找您谈吧。"

庄睿听到这话,才算对眼前这个胖乎乎的谢处长重视了几分,将名片收到自己的手包里,有人上赶着要帮自己解决问题,总不能拒之门外吧。

庄睿的博物馆,要地方有地方,要钱也不缺,就是少了些藏品,如果能从别的博物馆周转过来一些,其它几个展馆也能先开起来了。

"行,我那边还有应酬,今儿就不打扰庄老师了,以后有时间再登门请教。"

谢处长是多有眼色的人,听了庄睿的话,马上站起身告辞,他一站起来,任博士等人也都跟着站起来相送。

"庄……庄老师,您到底是干什么的啊?"

谢处长离开之后,吴兆终于忍不住了,借着酒劲向庄睿问了一句,不过原本是想喊庄哥的,却改口变成了庄老师。

吴兆的话出口之后,桌子上突然安静下来,任博士等人都竖起了耳朵,想听听庄睿怎么解释,就连阎雨涵也眨着大眼睛,好奇地打量着庄睿。

姜义此时的表情最丰富,不管庄睿是什么来头,有一点可以肯定,他绝对是自个儿招惹不起的,想着刚才挖苦庄睿的话,姜义恨不得有个地缝让自己钻进去。

看谢处长巴结庄睿的样子,如果庄睿能为自己说上一句话,想进博物馆工作根本不是问题,姜义这会儿低着头,后悔之余也在暗暗想办法弥补。

不过文化人死要面子,姜义一时还拉不下脸来和庄睿说话,只能竖起耳朵先听听庄睿的来头。

"吴兆,别害我啊,千万别这么叫我,我比你大几岁,还是叫庄哥吧。"

庄睿苦笑了一下,自己是去京大上学的,又不是当老师去的,这要是被孟教授听到了,一准会拿这事挖苦自己。

"好吧,庄哥,那个谢处长为什么对您这么恭敬啊?您到底做什么生意?"吴兆一股脑地把问题问了出来。

"嗨,我刚才不是说过了吗,就是在潘家园开了个铺子,另外在三环附近还有个私人博物馆。"

本来庄睿重回学校,是想结交几个读大学时像伟哥那样谈得来的同学,并不想拿自己的成绩和身家说事,但是今儿巧了,碰到个认识自己的人,庄睿也不想骗几人,就说了出来。

至于谢处长为什么对自己那么恭敬,庄睿虽然没解释,但是心里清楚,肯定是小舅的原因了,连外人都知道自己那博物馆的审批手续太快了,更不用说谢处长这些工作人员了。

其实谢处长巴结庄睿,并不是要庄睿帮他什么忙,只要庄睿偶尔在提到博物馆工作的时候,还记得他的名字就成了,如果能顺带着在某些人面前提一句,那谢处长就要回家烧高香了。

"私人博物馆,在三环那里?"

任博士若有所思地想了下,说道:"我想起来了,老师前几个月去参加过一个博物馆的开业典礼,莫非就是小庄你的?"

要说任春强的心态还是比较好,无欲则无求,他又不求庄睿什么,所以称呼还像刚才那样,让庄睿很舒服。

本来庄睿重新回到校园,也存着一份寻找往日校园回忆的念头,要是同学跟自己说话都一口一个您字,庄睿可受不了。

"对,就是那家博物馆,才开没几个月,藏品还很少,任哥以后有机会去指点下,来,今儿不谈工作,大家喝酒。"

庄睿端起了酒杯,这次不仅是姜义举起杯子要和庄睿相碰,就是今晚仅喝了一杯酒的阚雨涵,也倒了杯白酒,和庄睿碰了下杯。

庄睿的态度和之前没什么改变,没针对姜义做什么,以他现在的身份,是不会和姜义计较的,那样做的话就忒掉价了。

有阚雨涵的加入,气氛愈加热烈起来,不过庄睿却找不到开始时和任春强还有吴兆聊天谈话的感觉了,任博士还好,但是吴兆说话间奉承庄睿的意思则比较明显。

姜义知道自己先前做得有些过分,倒是没刻意巴结庄睿,加上庄睿对他还是不冷不热的,姜博士心头郁闷,只低头喝酒,不一会儿就醉得趴在了桌子上,倒是省得尴尬了。

两瓶茅台很快又喝完了,庄睿却没有了继续喝下去的兴致,招手喊过服务员准备买单。

"先生,您这桌已经有人买过单了。"

庄睿闻言愣了一下,不过马上想到了谢处长,不禁苦笑着摇了摇头,哥们长这么大,也享受了一把传说中的公款消费。

今天几人喝的都不少,都不能开车了,任博士送已经醉了的姜义回学校,吴兆则负责送阚雨涵,庄睿打了个车,跟司机说了地名后,单独离开了。

"嗯?现在谁打电话过来?"

在四合院的巷子口下了车,庄睿付过钱后,刚下车手机就响了起来。

"喂,庄总吗?我是老李啊。"

电话里传来一个有点儿熟悉的声音，不过庄睿这会儿喝了酒，有点犯迷糊，不禁问道："老李？哪个老李？"

"庄总，我是河北的老李啊，咱们昨天还见过面的。"

李大力有些郁闷，自己办好事上赶着告诉庄睿，没承想别人早把他给忘了。

"哎哟，是李总吧，不好意思，这手机的声音有点失真，刚才没听出来。"

要说庄睿酒量还真不错，今儿喝了差不多一斤半五十三度的茅台，听到李大力的第二句话后，马上反应了过来。

这会儿正好走到家门口，庄睿看着正门前那两个石狮子，在夜色下显得愈加威武狰狞。

庄睿家的正门，正好是个东西走向的巷子，晚上风大，喝了酒有点燥热，庄睿干脆一屁股坐在台阶上打起电话来。

"庄总，事情我给您办好了，约的是这个星期六，您看到时候有没有空啊？"

李大力心里有点小忐忑，原本是想让那人来北京见庄睿的，不过那位陶瓷厂的小老板最近生意上出了点难处，根本就走不开，这让李总感觉事情办得很没面子。

庄睿用右手揉了揉有些痛的太阳穴，张口问道："那位'许'先生是河北哪个城市的啊？"

"庄总，那人是石家庄的，我在北京待到星期六，到时候咱们一起去。"

李总昨儿在那会所可是涨了见识，比起自己那边的俱乐部，简直是一个天上一个地下。

"成，那就周六吧，到时候咱们再联系。"

庄睿点头同意了，从北京走高速到石家庄，也不过两三个小时，一天就能来回，不耽误自个儿上学。

"嘿，老板，您怎么坐这儿了？"

庄睿刚挂上电话，大门"吱呀"一声响了起来，郝龙看到庄睿的样子，不禁笑了起来，庄睿在他们面前一直都表现得挺稳重，今儿这醉酒的模样倒是不常见。

庄睿贼头贼脑地往门里看了一眼，小声说道："这儿凉快，我妈他们睡了没？"

"都在院子里乘凉呢，现在才几点啊。"

夏天睡觉晚，一般都十一点以后才睡觉，加上现在四合院住的人多，每天都会聊到很晚才睡。

"得，我还是绕到车库去后院吧。"

庄睿知道老妈不喜欢自己喝酒，这样子从中院过去，指定会挨骂。

50

正当他想开溜的时候,金羽的鸣叫声和白狮的低吼声同时响了起来,在庄睿的四合院能享受这待遇的也就他一个人了。

"嘿,臭小子,把媳妇扔家里,自己跑出去花天酒地了,你小子没良心,喝酒都不知道喊哥哥一声。"

庄睿刚一走进中院,还没到扎堆聊天的人群里,一身的酒味就被欧阳军闻了出来,不过这厮也不是什么好人,最后一句话说漏了嘴。

"一边去,不然我现在就亲你儿子去。"

庄睿威胁了欧阳军一句,看向欧阳婉说道:"妈,几个师兄非要拉着吃饭,晚上喝了一点酒。"

"行了,萱冰告诉我了,快点回屋去洗洗吧,衣服换下来拿过来,萱冰有身孕,闻不得这味道。"

儿子大了,再也不能像小时候那样当着众人的面教训了,欧阳婉给庄睿留了面子,庄睿答应了一声,灰溜溜地钻回自己到房间里。

不过今儿晚上,庄睿还是在客厅的沙发上睡了一夜,虽说四合院房间多,但架不住媳妇说害怕,整的庄睿睡到客厅哄老婆,做了一夜的沙发男。

第八章 | 踩踏事件

读硕士的好处就是,不用再像那些本科生一样进行入学军训了,而且硕士生也比较自由,有什么事情向自己的导师汇报就可以了,至于那些公共课,不去上也不会有人点名。

接下来的三年,只要庄睿能修够学分,就可以毕业了,让很多人望而却步的英语,对庄睿而言却没有什么障碍。

第二天庄睿起来想着今天学生刚入学,应该还没课,也就没去学校,上午在家里陪着秦萱冰,下午去博物馆找皇甫云,那位谢处长既然表示愿意借给博物馆文物展出,庄睿自然不会拂了别人的好意。

"我靠,下次一定要搞个京大的电子地图在手机里。"

庄睿走在京大校园里,又迷路了,今天上午有堂《中国考古学通论》的公开课,虽然是针对本科大二学生的课程,不过庄睿的考古学没什么基础,就想去听一听。

考古学的课程主要有中国通史、世界上古史、中国考古学史、考古学导论、旧石器时代考古、新石器时代考古、夏商周考古、战国秦汉考古、三国两晋南北朝考古、隋唐考古、宋元明考古、田野考古。

在学校里学的,大多是基础理论,这也是庄睿欠缺的,如果能学全了这些课程,对庄睿鉴定古玩断代极有好处。

不过考古学工程浩大,每一个时代的考古论证,都能耗费一个人毕生的精力。

很多考古系的学生包括教授,都有一个主攻方向,在众多考古时代里面选择一个自己喜欢的,终其一生去研究,以取得重大的突破。

孟教授之所以在国内考古界占据着不可动摇的地位,就是因为他的基础知识和理论极为扎实,对于各个朝代和时期都了如指掌。

即使到了一个陌生的发掘现场,孟教授根本不用翻看书籍和查看出土物品,仅从墓葬形态就能看道出这是哪个时代的,在考古界中,孟教授被称为考古发掘的活字典。

庄睿看了考古专业的主修课程后,把重点定在夏商周考古、战国秦汉考古、三国两晋南北朝考古、隋唐考古、宋元明考古和田野考古这几个学科上。

原因很简单,新石器以前的东西,虽然研究价值极高,但是市场价值却很一般,庄睿学习考古是为了更好地鉴定古玩,又不是真想做专家学者。

由于车子没办出入证,庄睿只能把从醉仙楼开回来的车子停在中关村家乐福的一个免费停车场里,步行二十多分钟进了京大,但是让他挠头的是,从另一个校门进了京大后,庄睿居然跑到了医大的教学楼区。

京大 2000 年和京城医科大学合并,搬到了新校址,占地面积比原先大了许多,庄睿七拐八绕的,不知道怎么跑到了医学院的基础学院。

庄睿也不好意思再给孟教授打电话了,进来两次就迷了两次路,孟教授虽然不会说什么,但是庄睿总感觉有些丢人。

基础学院大楼门口很热闹,不知道是不是因为第一天开学,很多学生连走带跑地往楼里赶。

庄睿不由心中暗叹,京大的学习氛围就是好啊,学生听个课像打仗似的。

站在医大基础学院门口,庄睿伸手拉住一个男生,开口说道:"哎,这位同学,请问一下。"

"还问什么啊? 哥们,快点吧,去晚了别说座位,就是站位都没了。"

脸上长着青春美丽疙瘩豆的男同学没等庄睿的话问完,就急着往楼里跑,可是他衣服还被庄睿拉着,他干脆反手拉住庄睿,往大楼一层的梯形教室走去。

庄睿都傻眼了,这哪跟哪啊? 还没等他反应过来,那位热心的哥们就已经把他拉进了教室。

这个梯形教室很大,有点像小礼堂,半圆形的梯形桌椅,将讲台拱围在中间,此时里面已经坐了大半的人,那个男同学拉着庄睿走进教室后,前排马上有几个人向他摆手。

"哥们,你运气不错,走,咱们坐前面去。"

庄睿闻言苦笑起来,他本来是想问问历史学院怎么走的,谁知道这哥们居然这么热情,不但把自己拉进了教室,居然还帮着占位?

名校定期会邀请一些名人举办讲座,很受学生欢迎,但是位少人多,就要有人提前去占位,不过这样的事情一般都发生在一些怀着某种心思的男同学,和情窦初开的女同学之间。

庄睿上了四年本科,向来都是给宿舍的几个禽兽或者禽兽的女朋友占位,没想到换了个学校读研究生，竟然享受了把这种待遇。

不知道这个讲座请的是什么专家，庄睿刚进教室，后面的人就蜂拥而入，纷纷抢占有利地形，庄睿这会儿就是想退也退不出去了，只能等人都坐下后再找机会出去了。

"哎，猛子，他是谁啊？"

座位上的人看到自己同学拉着个不认识的人过来，奇怪地问道。

"我也不知道，哥们儿，你叫什么啊？怎么样，跟着咱有座位吧？"

那个叫猛子的同学挠了挠头，看向庄睿，神情很是得意。

庄睿一脸无奈地说道："我叫庄睿，不过……我不是医学院的啊，我也不是来听专家讲座的，我刚才拉你，是想问问你去历史学院怎么走。"

"你……你是问路的？"

那个叫猛子的听了庄睿的话后，嘴巴张得能塞进去个鸭蛋，旁边几人也听得瞠目结舌。

沉默了一会儿之后，以庄睿为中心的这个点，突然爆发出一阵震天的笑声。

"笑……笑死哥们儿了，猛子，你强。"

"张猛，你要拉也拉个女同学来啊，这哥们肯定对中医不感兴趣。"

"是啊，我现在严重怀疑你的性取向，猛子，你要老实交代啊。"

张猛几个同学的笑声回荡在阶梯教室里，引来众人的目光，有好奇的出言打听，不多时就传遍了整个阶梯教室。

这事儿等讲座一结束，马上就上了京大的校园网，成为京大本年度最佳笑话之一。

见众人爆笑，庄睿倒没生气，他也是从这个年龄过来的，加上这事实在有点搞笑，那个叫张猛的同学，也忒粗心了。

"哥们儿，对不住啊，您看我就是个急性子，实在对不住。"

张猛被众人笑得面红耳赤，反应过来之后，连忙向庄睿赔礼道歉，话说刚才因为他太性急，没等庄睿把话说完，就将人拉进了教室，才闹出这么个乌龙来。

"没事，看来今儿我那边的课是上不了了。"

庄睿回头看了一眼，神色有些无奈，不过还好，那堂《中国考古学通论》的课，并不是孟教授讲的，否则庄睿现在的心情肯定更糟糕。

进入教室看到里面挂的红色条幅，庄睿就知道了，这是军医大的一个副院长应京大的邀请，举办的一个关于中医的讲座。

由于这位教授是国内中医界泰山北斗般的人物，所以距离讲座开始还有半个多小时，医学院的学生们就蜂拥而至，生怕来晚了抢不到位置。

不过庄睿冤啊,他只不过是想问下路而已,现在回头看看,教室里已经坐满了人,连走廊上都站满了人,想出也出不去了。

"嘿,哥们,你叫什么名字啊? 回头我送你去历史学院那边。"

张猛不好意思地挠了挠头,随之又奇怪地问道:"对了,你是历史学院的学生? 怎么会不认识路啊?"

庄睿虽然长得不是很老相,但是在社会上厮混了几年,那种成熟的气质显而易见,起码不像十八九岁的新生,如果是老生的话,连学校的路都摸不清,这事儿就有点儿怪异了。

"嗨,我叫庄睿,是今年才考进来的研究生,京大那么多门,我也不知道怎么就走到这里来了,回头要找个地图才行了。"

庄睿自嘲地笑了起来,他这事传出去也能算个新闻了,连着两天都迷路,不知道该说京大太大,还是庄睿太笨。

"回头我带你把京大转悠一圈,保证你下次不会再迷路了。"

旁边几人听得轻笑起来,张猛则自告奋勇地要带庄睿去熟悉京大各个学院。

张猛话音一落,旁边就有人接口道:"猛子,你最熟悉的还是艺术系那边的路吧? 怎么样,追了半年的学妹到手了没有?"

"是啊,是啊,快点坦白。"

一众人跟着起哄,庄睿似乎又回到了自己的大学时代,和伟哥他们开着玩笑,昨日种种历历在目,只是场景依旧,人已不同。

庄睿很享受这种感觉,少上一堂专业课也不是那么重要了,不过庄睿还是希望一会儿的讲座不要太专业,毕竟他对医学一窍不通。

不过庄睿带着考古学的书呢,万一讲座很无聊的话,他就当这是堂自习课了。

阶梯教室的外面,还有人在往里面涌着,庄睿回头看了一下,这个能坐两三百人的教室,起码进来了四五百人,可见那位军医大的专家受欢迎的程度。

讲台上已经有人开始调试麦克风和讲座课件了,过了十多分钟,一个满头白发,但是精神矍铄的老者从教室的侧门走到讲台上。

"同学们,先做一下自我介绍,我叫周……嗯,那个条幅没写错,就是那三个字。"

周教授的话引起学生们一阵善意的笑声,有幽默感的老师是最受学生欢迎的。

"很高兴能来京大,站到这上面,我感觉自己也变得年轻了。"

"今儿的讲座分为两个阶段,第一阶段是我讲你们听,嗯……这叫灌鸭式教育,不过只有五分钟时间,只占这次讲座的十二分之一,我想大家还是可以忍受的吧?"

"第二个阶段是自由提问,大家把对中医的现状和发展,以及自己的独到看法都拿出来说说,我知道京大有个理念,那就是'思想自由、兼容并包',我也希望通过这次讲座,可以学到一些东西。"

那位白发教授的发言引起阶梯教室响雷一般的掌声,在座的同学都没想到,这位在医学界有如此地位的专家,说话会这么谦逊、幽默。

原本以为会听到一堂枯燥讲座的庄睿,也被这位教授幽默的语言感染了,不由放下手中的《中国考古学通论》,抬头向讲台看去。

"这……这不是周院长吗?"

看清楚台上那位专家的面容后,庄睿不禁愣了一下,这人居然是上次欧阳军带自己去的那家解放军医院的院长,庄睿清晰地记得周院长给秦萱冰把脉时说的话,没想到他居然还是军医大的副院长。

这个其实也没什么好奇怪的,那家医院本来就是军医大的附属医院,医院里很多医生本身就是学校的讲师或者教授,脱了白大褂就变成老师了。

不过京大能请来一位院长给学生们做讲座,也算能量不小。

"好了,五分钟时间到,我没有失信吧?下面是提问时间。"

庄睿一愣神的工夫,五分钟的时间就过去了,周院长只简单地介绍了一下中医的起源和现况,并没有做深入的讲解,就是庄睿这种完全不同行的人也听懂了。

"周教授,您是国内近代针灸学的创始人,请问针灸适用于哪些病症?如何使用针灸,才能快速减轻病情呢?"

台下一个女学生举手问道,这些学生都比较专业。

"对于年轻人来说,针灸最实用,同学们听清楚了,是实用不是适用。"

台上的老人睿智地笑了笑,故意卖了个小关子,才接着说道:"对于爱美的年轻人来说,针灸最实用的地方,自然就是减肥了。嗯,我说的是专业针灸,而不是大马路上那些美容院里的二把刀,同学们千万不要混淆了啊。"

周教授的话声刚落,教室里就响起了哄然大笑,对于这些天子骄子们来说,他们的年龄和所处的学习氛围,让他们特别反感那些教条理论,更喜欢一些轻松幽默的演讲。

周教授虽然年龄不小了,但是身上并没有那些老辈人的教条主义,说起话来天马行空,用简单的话语表达出深邃的思想,让教室里的学生们在欢笑之余不乏思索。

"针灸?自己要不要旁听一些针灸的课程啊?"庄睿在台下听着周院长的演讲,心里若有所思地想道。

庄睿之所以能走到今天,之所以能创造出这么惊人的财富,都在那双蕴含灵气的眼睛上。

庄睿这双眼睛不仅能辨别古玩,治病疗伤才是这双眼睛最大的功效。通过在几个老人家身上实验,灵气对延年益寿也有着异乎寻常的功效。

只是庄睿生性谨慎,也没有佛家悲天悯人的思想,更不想做超人拯救全人类,他的灵气只对自己的亲朋使用过,出于保密考虑,只能在别人熟睡的时候用过,这样一来,局限性就大了。

母亲的卧室庄睿自然能进去,可以经常在欧阳婉熟睡的时候帮她调理身体。

不过像徐大明星、庄睿姐姐还有那些嫂子们的卧室,他就不方便进入了,这样一来,即使是自家亲戚,庄睿也不能照顾到。

如果庄睿学习了针灸,就有了名目。当然,这也要有人敢让庄睿下针才成。

不过这个问题可以慢慢解决,最开始可以扎扎手臂之类的,彭飞和欧阳军都可以做实验员嘛。

"阿嚏,奶奶的,谁又念叨我了?"

在庄睿四合院正和儿子抢奶吃的欧阳四少,狠狠地打了个喷嚏,惹得儿子嚎啕大哭,徐大明星自然不答应了,屋里顿时鸡飞狗跳混乱不堪。

"谢谢同学们,今天的讲座到这里就结束了,希望能在不久的将来,咱们换个位置,台下的同学们站在我这里,发表你们的见解,谢谢大家!"

一个小时的时间很快就过去了,场中响起了经久不息的掌声,所有的学生都站了起来,为这堂精彩的讲座鼓掌。

庄睿也感觉此行不虚,听周院长刚才话中的意思,人身上一些不太重要的穴道,生手也可以学习扎针,当然,要有人愿意给你扎才行。

当庄睿坐在椅子上沉思时,教室里乱了起来,由于今儿来的人太多,后面的同学要挤到前面要签名,坐在前面的人也纷纷从椅子上起来向讲台上拥去。

"同学们安静一下,按照秩序来,周教授年龄大了,不能一一给同学们签名,大家不要挤了。"

现场的一位老师见到场面有些乱,马上拿起话筒说了一句,没承想他这一说让众人挤得更带劲了,上去晚了就没签名了啊。

坐在庄睿旁边的张猛,这会儿也拿了个本子,从椅子上站了起来,由于前后都是人,张猛干脆爬到椅子上,踩着前面的椅背准备翻到前排去。

不知道是张猛脚下打滑,还是被人碰了一下,庄睿抬头的时候,正好见到这哥们整个身体推金山倒玉柱般地摔了下去。

张猛还算机灵,双手护在脸前,不过身体重重地砸在了前面的椅子上,只听张猛口中发出一声呼痛的声音,然后就侧翻在两排座椅中间的阶梯走廊上。

走廊上到处都是人,见有人摔过来,本能地让了一下,硬是挤出一块空地,让张猛同学结结实实地摔在了地上。

不知道张猛同学早上出门是不是没查日历,不知道今儿是不宜出门的日子,连着摔了两下还不算完,周围有人反应过来后,正准备扶他的时候,后面人不知道前面出了事,还在往前挤……

踩踏,绝对是群体踩踏事件,没等张猛被人扶起来,就被后面的人连踩了好几脚,更有人站不稳直接压在了张猛身上。

教室里顿时大乱,前面的同学发出怒斥声,后面的喧嚣声,更有一些女同学的尖叫声,而且还是一口气连绵不绝极富节奏的尖叫声。

庄睿听着那声音,足可以去考音乐学院了,声音尖锐到可以达到钢琴的最高音了。

混乱不堪的场面足足过了三分多钟,才在台上老师歇斯底里的嘶喊声中平静下来,后面的学生都被疏散出阶梯教室,原先座位上的人又重新坐了下来。

不过就在这几分钟,地上就多了十几只被踩掉的男士皮鞋和女士高跟鞋,整个就一皮鞋专卖店。

"猛子,猛子,醒醒啊。"

"张猛,张猛,你醒醒啊。"

"老师,张猛晕过去了。"

把压在张猛身上的几个同学扶起来之后,成了肉垫的张猛已经呼吸微弱、奄奄一息了,要说学生就是学生,虽然都是学医的,但是现在一个个脸上都惊慌失措,不知道如何急救了。

"让开,我来看看。"

张猛摔倒的地方本来就离庄睿近,见到那两个蹲在地上的同学只会鬼叫,庄睿连忙冲到张猛面前,推开那两个人。

"还真是够惨的。"

出现在庄睿面前的张猛同学,此刻那叫一个惨啊,身上的白衬衫满是黑色的脚印,双手小臂上还有两道血痕,正往外渗着鲜血,脸色煞白,鼻孔中也有鲜血渗出,可能是伤了内腑。

不过张猛的战斗经验还是很丰富,不管是摔倒还是被踩,双手都护住了头部,此刻气息虽然微弱,倒是没有生命危险。

第九章 | 探访伪造大师

"小伙子,你让让,我来看看。"

周院长也没想到,一堂讲座居然会变成这样,就在庄睿蹲下身体看张猛的伤势时,周院长也从讲台上走了下来,准备给张猛把下脉。

现场的老师则连声安排人去拿急救设备和担架,这里距离实验中心不远,那里各种设备和药物都有,不过现在伤势不明,不知道伤没伤到脊椎,那位老师也不敢贸然让人抬着张猛离开。

"好,周院长,您来看看,好像都是外伤,问题不大……"庄睿站起身,把位置让开了。

虽然莫名其妙被拉来听了一堂中医讲座,但是庄睿对张猛这个热心的小伙子,印象很不错。刚才,他往张猛胸腹输入不少灵气,想必能减轻些他的内伤。

手臂上那些明显的外伤,庄睿没管,大家都能看到的伤势,自己要是给他给治好了,也太明显了。

"嗯,小伙子有点眼力,没错,都是外伤,而且胳膊也骨折了。"

周院长给张猛把了几分钟脉,又翻开他的衣服看了下,给出了诊断。

说话时,周院长脸上严肃的神情也放松下来,这要真的酿成大祸,虽然不关周院长的事,但是老教授也会责怪自己的。

"哎哟,哎哟,妈呦,痛死我了。"

地上忽然传来张猛的声音,刚才这家伙被踩得闭过气去了,庄睿的灵气入体后,马上就醒了过来,满身的疼痛让张猛情不自禁地哼哼了起来。

"小伙子,下次不要做这么危险的动作了,要注意安全啊。"

周院长刚才在台上,自然看到这个同学是翻越桌椅时摔倒的,忍不住出言劝了几句。

"哎哟,周老师,我知道了,我的本子呢,周老师,您给我签个名吧。"

旁边的人见张猛东张西望的,本来还不知道他要干什么,听到他的话后,才知道这小子还惦记着签名,一群人都哭笑不得。

"给,你的本子。"

庄睿从地上捡了个本子和笔,也不知道是不是张猛的,拿起来放到张猛胸前。

"唉,哥们儿,对不住了,我这样子,估计一会儿也不能送你去历史学院了,老大,你要帮我送过去啊。"

要说张猛的品行还真不错,自己都不成人样了,居然还记得这事,庄睿笑了笑没说话,灵气用得不冤。

"这位同学,让让,让一下。"

担架来得很快,在周教授给出诊断后,他们也敢搬动张猛了,伴随着张猛同学哭天喊地的嚎叫声,几个人抬起他向外走去。

出了这档子事,也没人再要签名了,都被老师赶出了阶梯教室,庄睿倒是留了下来,或许是那老师看他不像学生的缘故吧。

"周院长,如果您刚才有针在手的话,能不能给那位同学治病呢?"

庄睿看到周院长额头上满是细汗,显然这事对他的冲击也不小。

"可以倒是可以,不过只能暂时帮他缓解疼痛,要治病还得药物配合,仅仅用针是不够的。"

针灸是针法和灸法的合称,在针的末端也可以用药,周院长听了庄睿的话后,就随口解释了一句。

"咦,小伙子,我好像在哪儿见过你吧?"周院长打量了庄睿一眼,出言问道。

"呵呵,周院长,我夫人怀孕的时候,是您给把的脉。"

庄睿闻言笑了起来,他现在的形象和那会儿完全不同,以前都是衬衫西裤,今儿是T恤加牛仔裤,再加上在西藏被晒黑了些,周院长认不出自己也正常。

"哦,我想起来了,你是小庄。"

周院长拍了拍额头想了起来,他们医院的服务对象,都是特殊人群,庄睿带着秦萱冰在他那儿看过病之后,也备了一份档案。

庄睿点了点头,说道:"是的,今天巧了,没想到有幸听您的讲座。"

"嗯,小庄,下次有时间咱们再谈,我先走了。"

本来周院长想和庄睿多说几句的,不过两个警卫员来到他身边,和周院长耳语了几句后,周院长出言和庄睿告辞了。

周教授离开后,教室里才真正安静下来,庄睿跟着张猛的同学离开医学部去历史学院了。

"小李,咱们留个电话吧,我有空去看看张猛,这小伙子人不错。"

庄睿跟着张猛的同学走了一路,知道他们是京大医学部大三的学生,由于存了用针灸糊弄人的心思,庄睿和那个同学交换了手机号,以后没事也有个名目去旁听了。

而且张猛的专业就是中医,今年正好学习针灸,庄睿准备向他学点针法,没事拿欧阳表哥练练手,以后就能光明正大地给亲人们用灵气梳理身体了。

"行,庄哥,没事我们也来文博学院找您玩。"

小李满口答应下来,在他们看来,考古是一件极其神秘的事,认识了庄睿,没事也能来玩玩,感受一下当下的古玩热。

"自己可能是最糊涂的研究生了。"

站在京大文博学院的门口,庄睿摇头苦笑,他现在才知道,京大考古学的课程,并非在历史学院,而是有一个单独的考古文博学院。

文博学院是由几栋白皮红顶琉璃瓦的房子构成的,每栋房子之间都有刷着大红烘漆的回廊相连,极具古典气息,在院子里面还有一个小池塘,池塘边长着几棵垂柳,环境非常幽静。

"庄哥,您不是说上午来听课的吗? 怎么现在才到啊?"

庄睿正看着墙壁上的简介和照片,耳边传来打招呼声,循声望去,吴兆拿着个笔记本从屋外的长廊走了进来。

前天和庄睿吃了饭之后,第二天吴兆等人就跑到导师那儿打听庄睿的来头,这一打听不要紧,没想到庄睿不单有个私人博物馆,自己还是玉石协会的理事,这个名头可不低,拿出去都可以称专家了。

这还不算,当孟教授说出庄睿在玉石行当还有个"翡翠王"的头衔后,让几位博士心里再没有小看庄睿的意思。

庄睿在玉石翡翠行里的地位,完全不亚于他们老师在考古界的地位,虽然两者学科不同,但是都能反应出一个人的能力强弱,庄睿要是没真材实料,能被人称为"翡翠王"?

这些象牙塔里的天之骄子们,虽然心里有股傲气,但是对于学问比他们强的人,还是真心佩服的,所以吴兆这声"庄哥",喊得心甘情愿,要不是顾及都是孟教授的学生,恐怕吴兆就会喊出庄老师了。

"别提了,我又迷路了。"

庄睿苦笑着把上午发生的事跟吴兆说了一遍,差点把吴博士听傻了,自己在北大待了五六年都没遇到过这样的事,庄睿没来两天,稀罕事就碰到不少。

吴博士听完庄睿的话后,说道:"庄哥,咱们先去吃饭吧,回头我把车辆出入证帮您领了,带您再走一次就熟悉了。"

"行,那谢谢你啦,正想着这事呢。"

庄睿连忙点头,中午跟着吴兆混了顿饭吃,没办法,他的饭卡和学生证都没办好,估计还要等个三四天才能拿。

中午吃过饭,吴兆给庄睿办理车辆出入证,庄睿则跑到文博学院,听了一堂老教授给本科生讲的专业课。

庄睿发现,上一届的本科生数量远远超过三四十人,教室虽然不大,但是却坐得满满的,应该不下于八十人。

看着身边那些刚二十出头的学生,庄睿心下暗叹,他读本科时,学校也有考古专业,不过学生少得可怜,一届学生连一个班都招不齐,几届不同年级的学生凑到一起都是。

2000年后,古玩热开始兴起,考古也进入人们的视线,那些学生可不了解古玩和考古之间的区别,都一窝蜂地报考这个专业,考古学也是那个时期才被普通老百姓熟知。

相对而言,考古系毕业的人属于学院派,接受的是国家正规的高等教育,各种专业理论知识非常扎实,对历代文物的来历了解很多。

但是和野路子出身的古玩鉴定专家相比,学院派的不足之处也很明显。

首先是对实物的鉴定,学院派上手的机会远远低于玩古董的,用书本上套来的知识进行实物鉴定,十有八九是要打眼交学费的。

古董鉴定专家所学比较杂,他们鉴定古董要从各各方面不同角度进行。

打比方说,一件瓷器的鉴定,要看胎质、釉面、造型、纹饰以及包浆等诸多方面,这就要求鉴定师们接触的学科广博一些,胎质釉面涉及了陶瓷专业知识,而造型纹饰则要求鉴定师有一定的美术功底。

还有一些常识性的东西需要经验积累。学院派的教条理论,在这里就很难行得通了。

这也是很多考古系毕业的人走到社会之后,想利用专业知识购买古玩,却屡屡出手屡屡上当的原因之一,就连孟教授在古玩市场也交了不少学费。

上完课后,庄睿接到吴兆的电话,去拿了车辆进出京大的通行证。他不住校,看没有课了,就离开了。倒是让想和庄睿多处处的几位博士们没有了机会。

后面几天,庄睿都是穿行在四合院与学校之间,生活也变得有规律起来,非常充实,白天读书,晚上回到家里逗逗外甥女,陪陪家人,庄睿终于过上了自己想要的生活。

小金雕这段时间一天变一个模样,爪子上的脚趾变得越来越长,也越来越锋利了,就是院子里的大树,小家伙一爪子都能撕下一块树皮来。

小金羽的头上也发生了变化,原本白色的绒毛变成了金黄色,利喙也变得愈加弯曲,像钩子一样。

不知道是不是庄睿用灵气帮它梳理身体的缘故,小金雕翅膀上的羽毛,并不像父母的褐黄色,而是淡淡的金黄色,双翅张开几乎达到一米了。

每当早上金雕盘旋在四合院上空的时候,阳光照在它身上,都会反射出金色的光芒。

还好国家没有关于圈养鸟类宠物的规定,否则像金羽这种大型猛禽,肯定不让它生活在城市里。

到了周末,庄睿接到李大力的电话,这次他没带白狮这几个小家伙一起去,而是拿上那套八件的唐三彩人物俑,带着彭飞驱车来到高速入口,李大力早等在那儿了。

见庄睿跟自己摆手后,李大力马上迎了上来,说道:"庄总,我上您的车吧,这几天打听了下徐老板的来头,正好说给您听听。"

李总这几天在北京快活得乐不思蜀,差点就不想回河北了,京郊会所里面的小明星一个比一个水嫩,看得李总恨不得自己转行做娱乐圈了。

"庄总,要说那位徐老板,还真是个传奇人物。"

李大力上了车后,也没绕圈子,直接把自己打听到的说了出来。

"哦?说来听听。"

对于这位徐先生,庄睿充满了好奇心,那些留有"许"字的古玩唐三彩,是庄睿唯一挑不出毛病的古董赝品,如果不是里面的那个字,庄睿也不敢贸然将其打破,只能用碳十四检测断其真伪了。

"庄总,您绝对想不到,姓徐的家伙就是个败家子。"

李大力笑了笑,接着说道:"庄总您找的这个人,叫徐国清,今年四十岁,祖籍河北邯郸磁县人,六十年代中期出生的徐国清,跟随父母来到石家庄高邑县定居。

"到了八十年代,咱们国家开始鼓励私人创业,徐国清的父亲有一手烧制陶瓷的手艺,于是就开了个陶瓷厂,到了八十年代末期,就成了石家庄远近有名的千万元户。

"徐国清的父亲1990年因病去世了,厂子也就交给了徐国清。

"只是这人正经事不干,一不出去跑业务,二不管厂里的生产,刚接手工厂,就建了个研究所,整天在里面摆弄古瓷。

"按说研究古瓷也没什么,不过徐国清这人不同,他居然把从国外花重金买回来的唐三彩全敲碎了,这事很多人都知道,都成笑话了。

"八十年代私企比较少,徐国清的工厂也没什么人和他竞争,所以生意很不错,不过这人不懂得维系关系,到了九十年代,各种私人工厂层出不穷,他的陶瓷厂很快就被淘汰了。

63

"这不，才十几年的功夫，徐国清就把家业给败坏得差不多了，那工厂也名存实亡。庄总，您说这人是不是个败家子？"

"呵呵，这人有点意思。"

庄睿笑着摇了摇头，从徐国清烧制的唐三彩中，庄睿可以看出他高超的技艺，也能理解他敲碎真品三彩瓷器所为何事，不过李大力说得也没错，这人还真是个地地道道的败家子。

八十年代，如果能坐拥上千万身家，那可是一件了不得的事，比现在亿万富翁的含金量高多了。

如果徐国清稍微有点商业头脑，不说现在成为百亿富翁，最起码也能在陶瓷行占得一席之地，李大力给他"败家子"三个字的评价，一点儿都没错。

不过这个人让庄睿更加好奇了，放着上千万的生意不去打理，专门做赝品唐三彩，庄睿也搞不清这人到底打的什么主意，要说他制假卖假，也不会亏得连厂子都要倒闭啊。

"对了，庄总，本来我是约这哥们去北京和您见面的，不过他正准备卖厂子，一时走不开，所以才劳您跑这一趟。"

李大力突然想起了这事，连忙跟庄睿解释了一下，徐国清在李总心里连庄睿的一个小指头都比不上，按理说自己没把他喊到北京见庄睿，这事已经是自个儿没办好了。

庄睿笑着摆摆手，说道："无所谓，反正也不远，去那里看看也好。"

庄睿也想见识一下，这位徐大师究竟是在什么样的环境下，仿制出连诸多专家都看不出破绽的唐三彩器皿来的。

仿制古陶瓷，不但烧制工艺要完全按照古陶瓷的工艺来，还必须有古代的烧制配方，在用料和烧制的温度火候上也要丝毫不差，有时候多一度或者少一度，都会让一窑瓷器前功尽弃。

近代出土的古代名窑遗址内，经常会出土大批破碎陶瓷器，那些东西并不是完好的瓷器经历这么多年后破碎的，而是烧制出来之后就被窑工们打破的。

古代给皇家烧制陶瓷用具是极其考究的，稍有瑕疵，就必须打碎丢弃，有时候十多窑都未必能出一件精品，遗址上满地的碎片都是由此而来。

唐朝距今已经一千多年了，唐三彩的烧制秘方早已泯灭在历史长河中，庄睿纳闷的是，徐国清究竟是如何还原了这种工艺？

石家庄市地处华北平原腹地，是京津冀都市圈第三极核心，全国重要的医药、纺织工业中心城市，重要的现代服务业和生物产业基地之一，华北重要商埠。

经过三个多小时的高速之后，庄睿等人来到石家庄，距离高邑县还有五十多公里的路程，李大力本来想在石家庄招待一下庄睿，却被庄睿拒绝了，直接驱车赶往高邑。

第十章 | 烧瓷器的疯子

中午快十二点,两辆车前后驶出京深高速,在高速路口,有一辆车等在那儿,李大力和彭飞打了个招呼,示意他停车。

"老于,你这事办得不地道啊。"

李大力下了车后,对着那辆车里下来的中年人的肩膀,狠狠地捶了一下。

那个人苦着脸受了李大力一拳,皱着眉头说道:"嗨,李老板,我这也是受朋友之托,实在是没办法,得,今儿您来了,我做东,咱们先去吃饭,有事儿下午谈。"

"嗯,今儿有贵客,老于,那件事就算了,不过这位客人要是招待不好的话,咱们这十多年的交情就没了啊。"

李大力本人就是捞偏门的,他经营的黑市拍卖也是见不得台面的,对于这种事儿已经习以为常了,并没有责怪老于让他帮忙出手赝品的意思。

"哎哟,李总,李哥,您就把心放肚子里吧,来到我的地头,喝不好都不能走,我跟您说,我可是安排了好几个年轻妹子陪着喝酒的……"老于见李大力没生气,脸上顿时笑了起来,不过那表情看起来很淫荡。

老于和李大力认识了十多年,知道他喜欢这调调,昨天联系了好几家夜总会,找了几个不错的小姐,准备今儿把李总伺候舒服了。

"什么?"

李大力一听这话,吓得差点没蹦起来,连忙压低了声音,说道:"赶紧打电话撤掉,别搞这些事。"

李大力去了趟北京,尤其是在京郊会所待了几天之后,对小地方的胭脂俗粉也看不大上眼了。

按照李总的想法,就凭庄睿在那会所的表现,根本不是那种人。

"行了,开车带路吧,把小姐撤了,记住,回头别劝酒啊,那位和咱们不是一个档次

65

的……"李大力又重点交代了老于几句。

在北方来了朋友吃饭,不喝酒是不成的,而且一喝准喝多,不把您灌醉那就不叫好客,李大力这是怕老于回头说话没轻重,惹庄睿生气。

"我明白了,李总,您放心吧。"

老于见李大力连着几句话都在交代车里人的重要性,不由也严肃了起来,眼睛往庄睿那辆奥迪车里瞄了一眼,见庄睿没有下车打招呼的意思,转头上了自己的车。

李大力回到庄睿的车上后,说道:"庄总,徐国清的厂子离县城不远,咱们还是先去吃饭吧,这都到饭点了。"

"成,李总您安排吧,下午能见到徐国清就行。"

庄睿点头答应下来,早上就喝了点稀粥,这会儿也有点儿饿了,几辆车开进高邑县城在一家看起来还算不错的饭店门口停了下来。

"老于,这是北京来的庄总。庄总,这位是我的老朋友于正军,这次的货就是从他手里流出来的。"

下了车后,李大力给两人相互介绍了下,于正军也是极有眼色的人,和庄睿客套了几句后,就把人领到了饭店的包厢里。

"庄总,这都是咱们河北的特色菜,石家庄的扒鸡、马家老鸡铺卤鸡、渤海对虾、秦皇岛海蟹、汽锅野味八仙。来,庄总,尝尝味道怎么样?"

于正军早就点好了菜,本来桌上还应该有几个小姐助兴的,不过现在都撤下去了,老于记着李大力的话,也没敢劝酒。

桌上的菜式都不错,尤其是那道汽锅野味八仙,掀开汽锅盖子时,满室异香,一屋子人都满嘴生津。

"这菜不错,于老板有心了。"

庄睿可不知道老于和李大力之间的龌龊事,夹了筷子野味八仙,顿时吃得赞不绝口。

"呵呵,庄老板多吃点,这家店就叫八仙馆,是老字号了,这道菜的主要原料有狍子肉、山鸡脯、山兔、地羊、沙丰鸡、冬笋、口蘑、青椒,将这些原料放入汽锅内蒸制出来的,这菜可是老板亲自下厨整出来的。"

听了庄睿的话后,老于连忙给庄睿介绍起菜来,除了没喝酒外,一顿饭倒是吃得宾主皆欢。

一顿饭吃完,庄睿对徐国清的了解又多了一些,敢情这位于老板以前就是徐国清家的邻居,两人还是发小呢。

徐家八十年代发迹,带动了当地不少人跟着发财,虽然徐国清接手工厂后干得一塌糊涂,但是许多人都发了。于老板在八十年代跑起了运输,现在有规模不小的车队。

倒腾古玩是于老板的副业,这事儿还要从徐国清身上说起。

虽然徐国清生意做得不怎么样,但是和于正军的关系一直不错,徐国清九十年代初期做出的那些陶瓷物件,都随手送人了,送的人里面就有于正军。

于正军最初是自己开一辆车跑起来的运输,走南闯北去过不少地方,也结识了不少朋友。

一个南方的客户来他家里,见到了摆在客厅里的唐三彩,顿时看迷了眼,这玩意儿值不值钱于正军心里清楚,当下就随手把东西送给了那个客户。

就是从这个南方客户嘴里,于老板知道了什么叫做古玩,后来出车去外地就留了心,九十年代古玩还没这么热,着实掏了不少好东西。

不过于正军这人的主意比较正,虽然在古玩上赚了钱,但是运输一直跑着,并且组建了运输公司,生意规模一步步扩大,在小县城里,也算是个身家千万的成功人士。

这么多年下来,于正军也锻炼出一点眼力,后来又认识了李大力,从全国各地倒腾了不少真假物件给李大力,算是半个古玩圈子里的人。

给庄睿讲完这些事后,于正军对庄睿说:"庄老板,我这徐兄弟虽然人有点木讷,但是心眼绝对不坏,这次的事是我想帮他周转点钱,主意是我定的,您可千万别难为清国啊。"

庄睿闻言笑了起来,连连摆手道:"于老板您误会了,我来这里,只是想认识一下徐先生,没别的意思,对了,您说徐先生现在资金周转不过来?"

庄睿提到这事,于老板的脸上顿时现出愁容,唉声叹气地说道:"唉,他哪还谈得上周转啊,整个就一山穷水尽,媳妇都跑回娘家去了,小孩读大学的钱都是我掏的。"

"怎么会这样?徐先生不是还有点家底吗?"

庄睿愣了一下,敢情这位大师已经混到山穷水尽的地步了啊?

于正军叹了口气,说道:"老徐不会经营,前些年被人骗走了三百多万,厂子有三四年没产值了,还要养着一帮子人。加上他经常花钱买烧瓷的原料,连他老子盖的房子都卖了,现在工人也跑了,他自个儿搬到厂子里去住了,我就搞不明白了,这东西虽然做得真,但是在国内卖不上什么价,他干嘛非做这玩意啊?"

"庄总,您别说我老于为人不地道,我和清国是发小,穿开裆裤的时候就认识了,不过这事我也帮不了他,这可是个无底洞啊,我也填不起这窟窿。"

听了于正军的解释后,庄睿才知道,敢情徐国清做出来的东西从来不卖,谁喜欢就送给谁,这些年也不知道流出去多少。

但是这物件做出来的成本极高,每一个都要五六万的成本费,还不算那些做废了的,这样坐吃山空,再有钱也受不了啊。

徐国清的老婆以前挺支持他这个爱好,不过眼瞅着裤兜一天天变瘪,劝了徐国清几次不听,干脆跑回了娘家。

现在徐国清的厂子连电都快用不起了,他也回过味来了,就拾掇出这些年烧制的几十件精品陶瓷,委托于正军出手。

于正军前段时间认识了个日本客户,看中徐国清的厂房,不过徐国清说什么都不卖,搞到最后还是不欢而散。正是因为这件事,徐国清才拿出他自己珍藏的几十件作品,交给于正军去卖。

不过徐国清的本意是把这些东西当成是现代工艺品来卖,他也没想到于正军转手就倒腾给了李大力,要不是落到庄睿手上,这批物件还真有可能在黑市里拍卖出去。

"庄总,这就是老徐的厂子,现在有不少人盯上了这块地。"

吃过饭,一行人在于正军的带领下,驱车向徐国清的陶瓷厂驶去,他的厂子距离县城不远,二十多分钟后,就看到厂子的围墙了,占地面积是不小。看来徐国清的厂子真的到山穷水尽的地步了,围墙外面的石灰和水泥都已经脱落了,露出里面八十年代的红砖,围墙根长满了杂草,一副败落的景象。

当年徐国清老爸选中这个地方建厂,是因为周围都是庄稼地,地皮也便宜。现在旁边都是住宅区和街道,这个工厂放在这里,倒显得不合时宜了。

"老徐,老徐,快点开门。"

将车子停到厂门口,于正军对着那扇锈迹斑斑的大门砸了起来,门里顿时传来几声狗叫,不过听到于正军的声音后,马上变成了低沉的呜咽。

"这家伙连狗都快养不起了,唉。"

于正军拎着手里刚才打包的剩菜,示意了一下,庄睿这才明白于老板刚才吃完饭让服务员打包的意思。

"这人,又不知道在干吗,庄老板,别在意,我马上给他打电话。"

在门口等了五六分钟,门里面都没动静,于正军连忙拿起手机,拨了出去,电话通了之后,这哥们直接就吼了起来,让徐国清快点来开门。

"老于,给大黄带了吃的,隔着门扔进来不就行了吗?非叫我过来干吗?"

徐国清的性子够慢的,电话通了之后,又等了七八分钟,门里面才传来脚步声和说话声。

随着铁门令人牙齿发酸的声音响起,一个满头长发胡子邋遢,带着厚厚镜片的中年人出现在几人面前。

中年人的头发很有特色,乍看之下,分为白红蓝三种颜色,庄睿仔细打量了一下,才看出原来是沾染了色料,看来这人应该正忙乎着什么。

不过这个形象和庄睿心中的大师相差甚远,整个就一颓废老男孩,这幅形象不用打扮,就和美国七八十年代的嬉皮士有一拼。

中年人抬眼打量了一下庄睿等人,转头看向于正军,说道:"老于,我不是跟你说了吗,厂子不卖只租,我的实验室不能动,还有,要租也不租给日本人,小日本现在的制瓷工艺还是当年从咱们这里抢去的呢。"

庄睿等人闻言都被徐国清逗乐了,敢情这还是一爱国愤青呢。

"老徐,你除了烧制瓷器的时候正常,平时能不能也正常一点啊?"

于正军对自己的老朋友也有点无奈,将手里打包的食物倒进门口的盆里后,说道:"老徐,我和你提过的,这位是庄总,特意从北京赶来的,你老小子怎么着也让我们进去坐啊。"

"庄总?哪位庄总,我不认识啊?"

徐国清显然忘了老于跟他提过的事情,不过这人虽然痴于陶瓷器,但是最基本的人情还是懂的,当下将几个人让了进去。

厂子的院子还是挺大的,但是除了石灰地铺的道路之外,路两边都长满了杂草,正对着大门的一个车间,更是挂上了锁,也不知道多长时间没开工了。

"我这儿也就实验室能坐人了,到实验室去坐吧。"

徐国清带着众人绕过车间,庄睿看到一个大烟囱,虽然不是很高,但是非常粗,烟囱下面就是徐国清说的实验室。

"哎呀,我想起来,老于,这庄总是不是你跟我说的,能看出我那三彩陶俑是假的那个人,是不是啊?"

刚推开实验室的大门,徐国清像小鬼附身一般,猛地转过身来,把后面几人吓了一跳。

"是啊,庄总就是看了你那些三彩陶俑才来见你的,我说你让我们先进去,倒杯水来成不成?"

于正军和徐国清很熟悉,知道这人有点神神叨叨的,当下一把推开了他,将庄睿等人让了进去。

"老于,你帮我招呼客人啊,庄总,你是行家,咱们去里面谈。"

听于正军点头认可了自己的话,徐国清一把拉住了庄睿,全然不顾自个儿手上还有颜料,这一把就让庄睿雪白的衬衫多出五个手指印。

"这……庄总,对不起,实在对不起,我是想向你请教一下,我的作品里究竟有什么破

69

绽,被你给看出来了?"

徐国清再不通人情世故,也知道自己的动作有些不合适,当下讪讪地松开了手,不过还是一脸急切的样子,那双明亮的眼睛透过镜片,死死地盯着庄睿。

庄睿看着自己袖子上的印子,不禁苦笑起来,他也看出来了,徐国清的脑子没有任何问题,他只是把自己的注意力全都放在研究古陶瓷工艺上了,所以外人看来,就感觉这人有些怪异。

不过但凡在某些领域作出杰出成就的人,都有这样那样的怪脾气,像毕加索就不能没有女人,到了九十多岁,身边依然不乏美女。

很多科学家也有着不为外人所知的奇特习惯,不过当他们出名之后,这些怪癖的毛病,也都变成了优点。

"叫我庄睿吧。"庄睿笑着说道。

"啊?我以为你名字就叫庄总呢,来,咱们进里面谈。"

徐国清不好意思地挠了挠头,这让他头上的色彩又多了一种,不过看在庄睿眼里,这个四十岁的男人,却显得很单纯。

庄睿也有点好奇徐国清的工作室究竟是什么样子的,当下跟在他后面,从侧门走了进去。

彭飞感觉徐国清这人精神有点问题,怕他伤害庄睿,也跟了进去,李大力此次是专门陪同庄睿的,自然没有等在外间的道理,当下几个人全都走进了徐国清的实验室。

"乖乖,这……就是您的工作室?"

庄睿刚一走进侧门,就被吓了一跳,这间屋子足有四五百个平方,不过中间的那个东西让庄睿看得瞠目结舌。

敢情庄睿从外面看到的那个大烟囱,就在屋子里面,直径至少有十米砖砌的烟囱出现在屋子里,颇令人震撼。

旁边摆满了高低不同的架子,每个架子上,都有胚型已经做好了的,但是还未上色入炉烧制的瓷器,林林总总不下数百件。

这还不算,在屋子的一角,还摆有粉碎机、雷蒙磨,和极为专业的气流磨,这些都是很专业的粉碎工具,可以将矿山和晒干了的硬土,研磨成很细的粉末。

庄睿知道,真正的极品仿制瓷器要花费很大功夫,不但要以古法建制窑炉,还必须用那种瓷器原有的瓷土。

就连上色的釉色颜料也需要自己研磨有色矿石粉,然后高温加热后调配,市场上的化学原料是绝对不能用的。

70

即使完成了这些工序,烧制的时候也经常会出现废品。这样烧制出来的现代仿品,价值并不比一些有年头的古玩便宜,甚至犹有过之。

庄睿能看出来,这里所有物件的制胚、画工、上釉色和烧制工序,都是徐国清一人完成的,单凭这点,就要掌握好几门手艺,如果徐国清没有这种狂热的态度,还真做不好。

"庄睿,你还没说呢,是如何看出我的作品的破绽的。"

徐国清对自己仿制的三彩陶瓷俑极为自信,因为不管是陶土还是烧制工艺,他都严格遵循古代的秘方。

在徐国清看来,除非做碳十四测试,用肉眼和别的仪器不可能检测出那些物件是假的。

"呵呵,我叫您声徐工吧。"

对方年龄比自己大,叫名字不合适,庄睿想了个称呼。

"叫什么都行,你快点说啊……"徐国清对庄睿叫他什么,压根儿就没有兴趣,他现在就想知道自己烧制的唐三彩,有什么不足和需要改进的地方。

庄睿笑着摇了摇头,说道:"徐工,我问一下,官窑一说是从哪个朝代开始的?"

"宋朝啊,汉唐虽然也有专供皇家使用的窑址,但是监管力度没那么强,和民间也没区分开。从宋朝开始,皇家的陶瓷用具才和民间区分开来,不过,这和我的唐三彩有什么关系啊?"

徐国清烧制唐三彩,是前些年的事,他感觉唐三彩的工艺已经完全被他破译了,没什么挑战性,所以近年来一直在研究宋代磁州窑,所以对庄睿的问题随口就能答上来。

"对,就是从宋朝开始设置官窑,汉唐时期的陶瓷器,除了唐三彩算精品外,传世的好东西并不多,这也证明了东西不一定是越古越好,否则这满山的石头历史最长,为什么反而最不值钱了。"

庄睿这番话不单把徐国清绕糊涂了,连李大力和于正军二人也迷迷糊糊的,不知道庄睿说这个和徐国清的问题有什么关系。

"完美,徐工,您这些三彩陶俑,唯一的破绽就是完美上"没等徐国清开口询问,庄睿自己给出了答案。

徐国清还是没听明白,喃喃自语道:"完美?完美难道有错吗?就是应该仿制的和真品一模一样啊。"

"完美当然没错,但是要分时代,如果是宋以后的官窑瓷器,那就要追求完美,一个花瓣的纹路粗细,两个花瓣间的距离尺寸,都不能有丝毫的错误,但是对于三彩瓷器而言,您做得过于完美了。"

汉唐以后的官窑瓷器,只要有一点瑕疵都要打碎,皇宫用不了,也不能流传到民间,这是自宋以后历朝历代传世精品瓷器极为稀少珍贵的主要原因。

庄睿的话,让徐国清的眼睛渐渐明亮起来,他从穿开裆裤起,就开始玩自己老爸从磁州窑遗址上挖出来的瓷片,对瓷器的研究精深之极。

不过对于人性的了解,他就差太远了,现在听庄睿这么一说,徐国清慢慢明白过来。

"庄睿,你是说在唐朝烧制三彩瓷器的时候,由于没有统一监管,很多有瑕疵的三彩陶俑保存下来,我这些瓷器都是完美无瑕的,所以被你看出了破绽,是不是这样?"

徐国清是个很聪明的人,听了庄睿的提示后,稍微一想,就明白了中间的关节,原来自己追求的完美,恰恰成了别人眼中的破绽。

"对,就是这样的,李总,您拿这些三彩给别人鉴定的时候,是不是有很多人说看不准啊?"庄睿点了点头,把脸扭向李大力。

"是,有几位专家也说这些物件过于完美了。"

李总说的倒是真的,有好几位专家找不出毛病,但是心里总感觉不对,最后也没出具鉴定证书,只推说自己看不准。

"我明白了,这是月满则亏,水满则溢啊。"

徐国清稍稍有些失落,不过脸上随之露出兴奋之情,对庄睿说道:"汉唐瓷器不追求完美,但是我现在研究的是磁州窑,庄睿,你来看看,是否能找出破绽?"

"什么?您开始烧制磁州窑了?"

庄睿闻言愣了一下,敢情这哥们不玩三彩了,改玩宋朝磁州窑了。磁州窑虽然是民窑,但却是中国古代北方最大的民窑体系。

不仅是宋朝,就是辽金元、明清仍继续烧制,烧造历史悠久,具有很强的生命力,流传下来的精品瓷器也最多。

到了南宋,磁州窑有一小部分专门给南宋朝廷烧制官窑,所以现在市面上流传的磁州窑瓷器,价格并不比其余几个宋官窑瓷器的市场价格低。

"对,可惜的是,我胚子什么的都做好了,却没钱烧制了。"

徐国清原本兴奋的脸色突然垮了下来。仿古瓷的烧制程序是最重要的环节,烧制时间长达半个月,耗费的木炭都是很大一笔开销。

不像现在咱们用的那些陶瓷盘子,做好胚子扔炉子里,直接用煤炭烧制,全程都是电脑自动化烧制出来的。

徐国清的现代仿古窑,虽然也能用电脑控制温度,不过这哥们现在已经山穷水尽了,别说买木炭,连电都快用不起了。

第十一章 | 文化侵略

"开门,快点开门。"

当庄睿想先看看徐国清做的瓷器胚子时,大门传来叫门的声音,那只狼狗也汪汪地叫了起来。

"庄总,你们聊,我出去看看。"

在徐国清这里,于正军也算半个主人,他知道徐国清这会儿正头疼资金的问题,绝对不会主动去开门。

"徐工,您这些物件虽然做得形神兼备,但还是少了点儿东西。"

徐国清对外面来的是谁一点儿都不上心,作为客人的庄睿自然更没理由多管闲事了,说不定就是上门催费的呢。

刚才庄睿和徐国清说的破绽,其实有点儿强词夺理。

给别人做鉴定的时候,这个理由是上不得台面的,您总不能告诉别人说,就是因为您这物件太过完美,所以就是假的吧?这样说绝对会被人啐一脸吐沫。

"庄睿,还有什么破绽? 说来听听,是工艺上的吗?"

徐国清听了庄睿的话后,眼睛马上亮了,他修古窑烧制古瓷,完全是因为个人的兴趣爱好,不过,这种兴趣爱好稍微有些狂热。

"不是工艺上的,徐工,从工艺上而言,您烧制的三彩陶俑,已经毫无瑕疵了,但是您虽然能烧制出唐三彩的神韵,不过里面还少一种历史的沉淀和沧桑感。"

庄睿看徐国清不明白,接着说:"我曾经淘到一把商周青铜剑,传说这把剑在主人遇到危险时,会自动出鞘示警,发出剑鸣声,我个人觉得,这就是历史或者制造者们,赋予器物的一种灵性。这种灵性可以引起人们内心深处的共鸣,可以让人感受到历史沧桑变幻,朝代兴衰更替,文明发展进步的无声历程。

徐工您制作的唐三彩虽然精美异常无可挑剔,但是却少了这种在历史长河中沉淀下来的厚重,老辈人一眼就能感受出这一点。"

庄睿这番话并不是信口开河,万物皆有灵也不是愚人的话,不说庄睿这双眼睛,也不说行当里的鉴定大师,就是那些经常挖坟盗墓的蟊贼,经手的物件多了,都有这种感觉。

就像现代人喜欢佩戴玉饰,美观装饰固然是原因之一,但是玉有灵性也是很重要的。

打个比方说,如果您能亲自盘一块好玉,盘个十年二十年的,那您对这块玉的认知,绝对会发生天翻地覆的变化,会有一种融于其中的感觉。

徐国清制作的三彩器皿,曾经被多位"专家"鉴定为真品,也是有缘由的,一来他们的确找不出破绽,二来鉴定"费用"殷实,有孔方兄开路,有些文人也会折腰。

"我知道,我制造了这些东西,但是并未赋予他们灵魂,但是……但是这个不是我能决定的啊。"

徐国清想清楚中间环节后,不禁有些苦恼,所谓历史的积累和沉淀,那是无法用做旧仿制出来的,那种厚重,只能经历岁月沧桑山河变幻,才能在物件上表现出来。

"徐工,您难道没想过,做自己的东西,赋予它灵魂和生命吗?虽然不能称为古董,但是以您的工艺,完全不在古代大工匠之下,您做出来的东西,千百年后何尝不会成为人们争相购买的珍品呢?"

细细察看了徐国清画好上色的瓷胚后,庄睿已经忘了自己这次来的目的了,在庄睿看来,徐国清在制瓷上的造诣,比古代那些人犹有过之。

"我?"

徐国清被庄睿说得愣了一下,继而连连摆手,说道:"不成,不成,我就是爱好。"

"徐工,不要妄自菲薄,一千多年前,古人给我们留下了唐三彩,留下了宋元明清瓷器这些珍贵的艺术品,再过上一千年,我们能给后人留下什么呢?"

庄睿打断了徐国清的话,接着说道:"难到我们留给后人的,都是流水线生产的工艺品吗?代表着我们这个时代的,又为何物呢?"

庄睿以前并没有想过这个问题,但是看到徐国清这个人和他制作的东西后,庄睿心里有根弦被触动了,现在的手艺人越来越少,在传统行业里能称为大师的人,已经凤毛麟角了。

"我……我真的行吗?"徐国清的眼睛亮了起来。

庄睿点了点头,道:"当然可以了,说句不谦虚的话,能让我从器物本身找不出一丝瑕疵的现代工艺品,也只有徐工您的作品了。"

"好,那我就试试,以前都是仿制古代的瓷器,根本没想过自己创造东西,这是个全新的领域,值得我挑战一下。"

徐国清越说越兴奋,不过眼睛在巨大的实验室里瞄了一圈之后,不由泄气道:"可是……现在我就要破产了,再也支撑不起这样的实验了。"

徐国清说完之后,脸色有些难看,他仿制古瓷这么多年,自然知道耗资巨大,以他现在的财力,恐怕连请辆车从磁县拉瓷土的钱都没了。

"不,徐先生,您有钱,只要您答应我的条件,我将在日本给您兴建一座世界上最先进的研究所,让您的工艺品成为当世最受欢迎的艺术品之一。"

徐国清话声刚落,就从门口传来一个声音,虽然是用汉语说话,但是非常生硬,房内几个人都听出这是个日本人。

"老于?!"

徐国清没搭理那个声音,而是提高了音调,愠怒地喊了一声于正军。

刚才出去开门的于正军脸上有些尴尬,打了个哈哈,说道:"老徐,上门都是客,我总不能赶别人出去吧? 大家有什么事坐下来好好谈嘛。"

于正军虽然也不喜欢日本人,但是前段时间他的运输公司要转型,改为现代化的物流公司,就是与这个日本人合作的,双方都有倚重对方之处,所以于老板也有难处。

"出去谈,我的实验室只让客人进。"

徐国清不高兴地看了于正军一眼,快步走到门口,挡住了刚才开口说话的日本人的道路。

主人出去了,庄睿等人也不好意思继续留在实验室里,一行人重新回到外间,发现屋里除了于正军和徐国清之外,又多了三个人。

"徐先生,请原谅我上次的冒昧,也请相信我的诚意,这间工厂,还是您的,只要您愿意跟我去日本,我将提供给您全世界最好的实验室,并且每年都会给予不低于三百万美金的研究经费,让您仿制出贵朝大宋年间精美的瓷器。"

屋里那个只有一米六五左右,五十出头的日本人说完这番话后,对徐国清来了一个九十度的鞠躬,就连庄睿等人都感觉到他的诚意了。

徐国清摇了摇头,坚定地说道:"对不起,我不会离开中国,而且就算仿制出磁州窑的瓷器也是属于中国的,不是你们日本的。"

"徐先生,艺术是不分国界的。"日本人又是一个九十度弯腰。

"妈的,这小日本没脊椎病吧?"

庄睿看得直腰疼,日本人那谦逊的外表里面,埋藏的都是狼子野心,反正庄睿对小日本没有一丝好感。

那日本人口口声声要提供给徐国清最先进的实验室,也让庄睿十分不爽,难道只有你们日本注重传统工艺?

"于老板,这是怎么回事啊?"

庄睿趁徐国清和小日本磨叽时,拉了于正军一把,往旁边走了几步。

于正军听了庄睿的话后,叹了口气,说道:"唉,庄总,这个日本人叫山木大郎,是日本一个大株式会社的会长。"

"别说这个,我问这小鬼子是什么意思,请徐工去日本就是制作瓷器的?"

庄睿撇了撇嘴,打断了于正军的话。

"庄总,您别看这人以前是我带来的,可是我也没撤啊,这小鬼子就缠上老徐了,这次更是连县里的人都叫来了,我现在也说不上话了。"

庄睿还真问对了人,这事儿还真是于正军惹来的,来龙去脉没人比他更清楚了。

山木大郎的企业进入中国有点晚,和汽车产业之类的东西沾不上边,现在除了投资于正军的物流公司之外,还准备在高邑做一些实业。

前段时间山木大郎在于正军的带领下,本来是想收购徐国清的厂房的,没承想看到徐国清的技艺后,突然改变了主意。

也不知道山木大郎发什么神经,看了徐国清仿制的唐三彩成品和磁州窑的瓷器胚子后,就要邀请徐国清去日本,山木株式会社愿意给徐国清提供一切便利条件。

徐国清这人虽然痴迷于陶瓷器研究,但是骨子里对小日本一点好感都没有,当时就出言拒绝了,山木大郎后来又拉着于正军上门两次,都没说服徐国清。

"山木所图恐怕不是徐国清这个人吧。"

听完于正军的解释后,庄睿冷笑了一下,没有巨大的利益推动,小鬼子会这么好心提供给徐国清如此丰厚的条件?

相对于宋代五大官窑,磁州窑瓷器大多是为百姓日常生活制作器皿,历朝历代的产量都很大,流传到今天的数量也要多得多。

但是有很多人不知道,磁州窑也有专为宫廷皇家烧制瓷器的窑口,由于不是皇室主要供应基地,所以出产的比较少,存世的数量甚至比元青花还要少,只有东京博物馆有两个磁州官窑器皿,出处自然不用多说了。

正是因为缺少实物,磁州官窑声名不显,国内研究的人也比较少,但是在日本,情况却正好相反。

磁州窑在日本的名气远比在中国大,是因为自宋朝起,日本就有人从中国购得大批磁州窑器,后来这帮恬不知耻的家伙,居然说是他们烧制的,流传到了中国,并且引经据典加以证明。

这些事根本就不用反驳,随着各处磁州窑遗址的发现与发掘,狠狠地在这些人脸上打了一耳光。

现在山木邀请徐国清前往日本,未尝不是包藏祸心,如果能成功复制出当年磁州官窑瓷器,即使是现代工艺品,价值也远非一般古玩能比,山木大郎就可以名利双收了。

庄睿猜想得不错,山木大郎就是打着这个主意,日本虽然很小,各种资源都很匮乏,但是民族向心力却极强,这是不能否认的,要不然他们也不能在战后几十年,就成为世界上的经济强国了。

如果山木大郎在日本能仿制出在日本流传甚久的磁州官窑瓷器,这种声望对他的企业而言,将是一笔巨大的无形财富。

所以山木大郎才数次来到徐国清这里,想邀请他前往日本,甚至不惜打通关节,用学术交流的名义,促使徐国清去日本。

这种安排对徐国清而言,的确是天上掉了馅饼,不过这却是一种文化上的颠倒黑白和侵略,是极其可耻的。

徐国清虽然没有庄睿这么深刻的认识,但是他从心里反感日本人,再说他千万家财都散尽了,对于山木大郎开出的优渥条件,根本就没当回事,没钱了搞不成实验,正好安心和老婆孩子过日子。

山木大郎和徐国清说了很久,都没能说服徐国清,无奈之下,向跟随自己一同前来的一个三十多岁的中国人深深鞠了一躬,说道:"岑先生,麻烦您和徐先生说一说,拜托了!"

"徐先生,你好,我觉得山木先生所提的条件,还是比较好的,你可以考虑一下,这也是中日文化的一种交流嘛。"

说话的人三十七八岁,言语之间官腔十足,他和徐国清说话的时候,也坐在那张唯一的沙发上,手里拿的杯子都是自己带来的,一副领导的派头。

这人说出来的话与其说是和徐国清商量,倒不如说是带着一种命令的语气,听得庄睿在一旁皱起了眉头。

"于老板,这人是谁?"庄睿低声向于正军问道。

"是一个副县长,还兼着招商办主任,没想到山木大郎能把这个人请来,这事儿有点难办了。"

于正军在小县城里厮混,做生意的眼头都活,对这位新晋县长自然也不陌生。

所以刚才于正军没经过徐国清的同意,就把这几个人带了进来,主要是因为对方来头太大,他招惹不起啊。

"中日交流?我听说日本人扬言他们那里才是磁州窑的发源地呢,既然如此,还用得着交流吗?"

徐国清这人虽然痴于研究陶瓷器,但是人并不傻,他看问题没有庄睿透彻,但是也感觉出有些不对,加上他根本就不认识面前这个人,当下就不客气地出言拒绝了。

"哎,你怎么说话的,你知不知道,这是岑副县长。"

可能是顾及自己的身份,那位岑副县长听了徐国清的话后,并没说什么,不过他身后那个二十八九岁秘书模样的人不答应了,抢前一步,手指头都快戳到徐国清的脸上了。

"小刘,不准这么和徐先生说话,咱们有这么一位古瓷修复制造专家,是县里的光荣和骄傲。"

岑副县长听了秘书的话后,脸色马上绷了起来,出言训斥了几句,然后又把脸转向徐国清,说道:"徐先生,你能代表县里去日本参观考察,进行文化学术交流,这本身就是一件很有意义的事,对县里的发展和提升,也有着巨大的推动作用。

"我个人希望,徐先生能认真考虑一下,如果有什么要求,也可以提出来,我们会全力帮你解决的。"

要说人家水平高,这番话往大了说,关系到县里的发展建设,往小了说,领导也抛出了橄榄枝,有要求可以商量嘛。

岑副县长原本是招商办的主任,今年刚提的副县长,他之所以能从一个部门领导成为县领导,原因就是他在招商办的位置上,做出了不少成绩。

现在的政绩是和 GDP 直接挂钩的,领导是否有能力,就要看在他的任期内,经济水平是否能提高,这些可都是硬指标。

要不是山木大郎给出了只要能让徐国清去日本搞研究,他就愿意在县里投资一千万美金的承诺,刚上任的岑副县长日理万机,哪儿有时间和空闲来找徐国清这么个小人物磨叽啊?

一千万美金的投资,放在 2005 年的内陆城市,那可是一笔不小的数字,要是能拿下的话,可是实实在在的政绩,要不是岑副县长分管着招商办,恐怕连县长都动心了。

当然,山木大郎也不是吃亏的,他这一千万美金是投资,又不是白送,他是有条件的。

"副县长?"

徐国清听了小秘书的话后,倒是愣了一下,不过听到岑副县长的话,当下摇了摇头,说道:"我没什么要求,也不想去日本,我是在这里长大的,不想离开,岑副县长,对不起,我还有朋友要招待。"

徐国清也是吃五谷杂粮长大的,面对父母官的时候,说话还算比较正常,逐客的话在他嘴里也只能说到这种地步了,再高深点的语言,徐国清也玩不来。

不过他这话一出口，让原本春风满面的岑副县长，脸色立刻变得阴沉起来，差点没怀疑自己耳朵出了毛病，徐国溥居然敢出言让自己离开？

　　"你们是什么人？岑副县长有公务要和徐先生谈，你们还是先离开吧。"

　　岑副县长的脸色就是秘书的风向标，小刘不敢冲着徐国清发飙，却将脸色摆给庄睿等人，话里的意思自然是让他们滚蛋了。

　　"这……这，我们。"

　　刘秘书的话不但让于正军脸色难看起来，就是李大力也有些拿不住劲了。

　　话说李总虽然号称在县里黑白两道通吃，但是老话说得好，民不与官斗。

　　这年头，不怕你嚣张，只要认真起来，抓你小辫子太容易了，再说李总的屁股也不干净。

　　"这什么啊？快点走吧，领导还要和徐先生谈公务呢。"

　　刘秘书压根儿就没把眼前几个人放在眼里，伸手挥了挥，那动作和赶苍蝇差不多。

第十二章 | 不疯狂不成魔

此次来高县，岑副县长是想给山木大郎一个有所为的领导形象，所以亲自来了，没想到这徐国清软硬不吃，领导生气了，刘秘书自然不会给庄睿这等闲杂人员好脸色看了。

"我们这就走，马上就走。"

于正军最先软蛋了，没办法啊，就算自己和山木大郎撕破脸不合作了，但是副县长也不是他惹得起的。

刘秘书听了于正军的话后，轻蔑地摆了摆手，眼光都没看过来，他现在正想着怎么让徐国清答应山木的条件呢，急领导所急，想领导所想，这才是一个合格的秘书。

"老于，你先走吧，庄睿留下，等会儿我还有几个问题向你请教呢，你可不能走啊。"

于正军走不走，徐国清不在乎，但是他对庄睿上心得很。

徐国清痴迷古陶瓷器仿制，平时接触的人大多都是工匠艺人，从古玩收藏角度来解答工艺品制作流程的人，庄睿还是第一个，至少是徐国清接触的第一个。

"徐先生，岑副县长有事要和您谈，闲杂人就不要留下来了吧？"

刘秘书说话的时候不阴不阳地看了庄睿一眼，意思表达得很明显，识相的赶紧滚蛋，别耽误领导谈事情。

"我和你们没什么好谈的，说了不去就是不去，你们爱上日本，你们自个儿去，烦不烦啊？行了，你们可以离开了。"

徐国清听了刘秘书的话，脸色马上难看起来，他是个直性子，说话不会拐弯抹角，听刘秘书要赶庄睿走，顿时爆发出来，直接对副县长下了逐客令。

俗话说不疯狂不成魔，徐国清就是这类人，和他谈人情世故纯粹就是扯淡，三句话不过就能把你绕到陶瓷器的制作上。

别说面前的这些人了，就是和徐国清结婚十几年的老婆，都被他熏陶得快成古陶瓷专家了，那水平绝对不比一般的古陶瓷鉴定师差。

"你……你说什么？你再说一次！"

刘秘书听了徐国清的话后，不敢相信地用手指掏了掏耳朵，他没想到徐国清会如此不给自己……不，岑副县长面子。

"我说，你们可以走了，我还要招待朋友，这里是我的工厂，不欢迎你们。"

徐国清的牛脾气也上来了，顾不得一旁于正军不停的给他使眼色，话说得比刚才还难听，这些人耳朵莫非有问题？非要把话说得明明白白才能听懂？

徐国清哪儿知道，这些人平时说话那叫一含蓄，很明白的事情要是不能五拐八绕个十几圈，那就是水平不够。

别说刘秘书了，就是岑副县长，也没见过像徐国清这么直接的家伙。

"我……我说你不想……不想……不想在这里待下去了？"

刘秘书被徐国清气得满面涨红，胸口不住起伏着，伸出手指到了徐国清脸上，不过一时半会儿，刘秘书也没找到什么能要挟徐国清的地方，想了半天才憋住一句没什么威慑力的话来。

被刘秘书这样指着，徐国清的火气也上来了。老实人一般不发火，但要是真较起劲来，也不是一般的犟，徐国清一把打开刘秘书指着他的手，上前一步抓住刘秘书的领子，说道："这是我的家，你有什么权利不让我待下去？"

别看徐国清身材瘦弱，但是平时搬运石料，研磨颜料这些事情都是他一个人干，手劲可不小，这一把抓上去，顿时卡得刘秘书呼吸不通畅了。

"老徐，使不得，使不得啊，有话好好说，千万别动手，先把人放开。"

于正军一看要闹全武行了，吓得老脸煞白，今儿这事虽然和自己没关系，但是事后万一刘秘书把气撒到自己身上，那哥们可是比窦娥还冤枉啊。

这出戏让站在旁边的彭飞看得大呼过瘾，小声在庄睿耳边说道："庄哥，你说的这位大师，还真是很猛啊。"

"你小子，别说风凉话，这事儿还不知道该怎么收场呢。"

庄睿撇了彭飞一眼，他刚才正在考虑，是否给徐国清的实验室投资的事，没想到那边三五句话没说完，居然动起手来了，先动手的，竟然还是看上去老实巴交的徐国清。

庄睿可不是徐国清，他对官场虽然不甚了解，但是庄睿知道，这岑副县长被徐国清拂了面子，有的是手段收拾他。

"收什么场，不就是个愚蠢的副县长吗，妈的，回头我就把这小日本给做了。"

彭飞撇了撇嘴，满不在乎地说道，他本来就是北京人，皇城根下的人说话口气大，全国人民都知道，加上彭飞跟着庄睿眼界也宽了不少，自然没把眼前几个人放在眼里。

"别扯淡了，你以为你是霍元甲？"

庄睿对面前的几个人也不怎么感冒,为了自己的政绩,居然把祖宗失传的手艺往外推,忒不是东西了。

不过庄睿也没有插手的意思,他就一平头老百姓,这事也不好管。

庄睿心里正打着主意呢,如果徐国清真在这里待不下去,自己就把他请北京去,在大兴那边买块地,给他建个实验室。

看徐国清的性格,也不是那种追求物质享受的,恐怕只要让他玩泥巴,这哥们连住什么地方都不会在乎,庄睿也想看看,徐国清是否真的能将磁州官窑瓷器仿制出来。

庄睿和彭飞在这边低声说话时,徐国清也在于正军的规劝下,放开了刘秘书,经此一事,也没法继续谈下去了,刘秘书还待说话,却被岑副县长阻止了。

"徐先生,我想你可能是有什么误会,山木先生邀请你去日本,也是本着中日学术交流的意思,你再好好考虑一下,我们就不打扰了。"

作为一个副县长,有没有胸襟先不说,城府还是有的,岑副县长没再多说什么,眼前这人别说是县长了,恐怕就是市长来了,他也不知道害怕,自己再待下去也是自讨没趣。

其实岑副县长刚才就后悔了,早知道就先派个人来谈谈,也能有个缓冲,现在自己把事情谈崩了,万一要是被其他人谈成了,那不显得自己这个副县长太没水平了。

思来想去,岑副县长觉得经济工作还是要放在第一位,只要事情办好了,别人只会看自己给县里引进上千万美元的资金,而不会纠缠在这些小事上面。

刘秘书给岑副县长拉开车门后,自己去打电话了,山木也坐上了岑副县长的车,看了看岑副县长的脸色,说道:"岑先生,您认真办事的态度,我看到了,也很敬佩,这件事情就拜托您了。"

"山木先生,不要这么说,能为中日文化交流作点贡献,也是应该的,不过徐先生个人有点抵触情绪,还要慢慢做工作。"

岑副县长见到徐国清的态度后,也不敢再打包票了,徐国清又不是公务员,可以下行政命令,他就一平头老百姓,自己总不能把他给抓去吧?

山木看了岑副县长一眼后,说道:"岑先生,我有一个小小的建议。"

"哦?请说。"

"是这样的,如果徐先生实在不愿意去日本主持实验室工作,只要能从他手里得到磁州窑的工序以及烧制秘方,那我答应的一千万美金投资的承诺,也是可以兑现的。"

山木见到徐国清的态度后,他的心态也有了转变,就算自己把他绑架回去,别人不愿意,自然不肯出力干活。

如果是这样的话,那不如搞到瓷器烧制的秘方,自己请国内的陶瓷专家研究了。

中国瓷器的发展历程，历朝历代都会仿制前朝的精品瓷器，不过由于百年前的连番战乱，很多配方都消失在历史长河之中。

没有那些瓷胚成份、颜料配成和烧制火候的秘方，就算是以现代人的才智，也无法仿制出以假乱真的古瓷器来。

不光是陶瓷器，古人有很多东西，现代人由于材料工艺的限制，都无法仿制。

山木家族是做陶瓷器起家的，他本人是个中国通，对中国陶瓷发展史，甚至比很多中国人还了解得多，只要能搞到磁州窑瓷器的烧制配方，山木有把握仿制出来。

"配方？"

岑副县长狐疑地看了山木一眼，嘴里"嗯"了一声，但是却没明确表态。

岑副县长有着丰富的政治斗争经验，虽然落实投资资金的事情很重要，关乎自己的政绩，但是外交纠纷也不是小事，万一这配方以后牵扯出什么大事来，那自己可就被动了。

"岑先生，您放心，我要的这个配方，只是为了还原当年磁州窑瓷器的风采，并没有别的意思。"

山木早年曾经在中国留过学，不过他们家族的传统生意想进入中国比较难，所以开辟了其他领域之后，才进入中国发展，对中国人的警惕心，山木心里有数。

"岑先生，我的家族，早年就是做陶瓷生意的，我只是想让贵国宋朝时期的磁州官窑瓷器，能重见于世，并没有什么功利之心。为了表示我的诚意，我决定对贵县的投资，增加到五千万美金，并且我们可以先签署协议，只要能拿到烧制瓷器的配方，资金马上就可以到位，在贵市开工建厂。"

山木知道，想打动面前的这位副县长，空口白话是不够的，必须拿出真材实料才行，所以在原先的约定上，山木又追加了四千万美金的投资金额。

山木也不傻，日本由于资源匮乏，对于环境保护异常重视，由于烧制陶瓷器具有一定的污染性，他们家族的支柱产业现在越来越不好做了，所以这才把主意打到了这里。

山木本来就打算将家族企业都搬到中国来，用这里相对低廉的人工和土地生产产品，然后再销回国内，追加五千万投资是早就定下来的事，现在拿出来不过是加重自己的砝码而已。

"好吧，我试试说服徐先生。"

岑副县长听了山木的话后，沉思了一会儿，最终还是吐口了，虽然没直接答应下来，但是很显然，他被那五千万美金打动了。

正当岑副县长和山木对县里的投资环境展开友好热烈的探讨时，两辆警用摩托车开道，三辆小车鱼贯停到陶瓷厂门口。

"岑副县长，您下来检查工作，怎么也不通知我们一声啊。"

第十二章　不疯狂不成魔

典当8

一个四十多岁，长得白白胖胖的人从最前面那辆车上下来之后，直奔岑副县长而来，远远的就伸出两只手，和岑副县长那软绵绵没有一丝力气的右手握了一下。

　　虽然刘秘书只打电话通知了这里的孔镇长，但是领导视察工作，班子人员全体出动赶到了这里，刚才最先和岑副县长握手的，就是镇里的一把手。

　　后面跟来的人，自感有点身份的，都和岑副县长握了下手，岑副县长也没有不耐烦的神色，整个人和气之中不失领导的威严，火候拿捏得极好。

　　"小刘，你把事情跟鲁书记和孔镇长介绍一下吧。"

　　刚才在里面吃了瘪，岑副县长不想再提这事，干脆钻回车里和山木进行投资事宜的探讨去了。

　　"鲁书记，孔镇长，你们这里的投资环境也太差了吧。"

　　刘秘书心里憋着一股子邪火，这下全都发泄了出来。

　　"刘老弟，有什么事你说，我们一定尽全力解决。"

　　鲁书记已经后悔来这里了，政府的事物自然由镇长解决，他凑什么热闹啊？

　　"事情是这样的……"

　　刘秘书添油加醋地把刚才的事情说了一遍。

　　当然，让领导尴尬的事都隐去了，说的最多的就是徐国清不通世情，不能响应岑副县长经济建设的号召，只顾小家不顾大家之类的话。

　　"老孔，经济建设可是政府口子的事情，你看这事……"

　　鲁书记是老油条，来迎接岑副县长那是面子上的事，但是牵扯到实际工作，却一推六二五，装起糊涂来。

　　"这事……还真不好办，刘秘书，我看这样吧，我现在就安排，咱们先……然后再……一定把领导交代的事情办好。"

　　招商引资的确是孔镇长管着的，听了刘秘书的话后，他是又发愁又高兴，发愁的是这个叫徐国清的人有点难缠，高兴的是听刚才刘秘书话中的意思，这一千多万美金的投资，似乎能落到自己这一些。

　　平时镇里一年招商引资最多也就几百万人民币，这可是一千多万美金啊，就算给个零头，也能帮镇里完成一年的招商任务了，这可是天上掉馅饼的好事啊，如果操作好了，自己也算为镇上立了一大功。

　　"孔镇长这些事情不用和我说，您处理就好了，这可是关系到招商引资的大事，岑副县长可是等着看结果呢。"

　　刘秘书感觉还是和自己人打交道舒服，说起话来都顺当不少，哪儿像刚才那个不知死活的家伙,居然敢和自己动手?

"庄睿,看你比我小,叫你声庄兄弟吧,你再进来看看,瞅瞅我这些还差一道工序的瓷胚制作得怎么样?"

且不说孔镇长正在外面运筹帷幄调兵遣将,徐国清早已经把刚才的事忘得差不多了,拉着庄睿要他来品评自己的作品。

"那我也叫你声徐大哥吧。"

庄睿也想看看那些瓷胚的绘画和制作工艺,当下点头答应下来。

"哎,我说二位,现在还有心情看那些东西啊?"

于正军在一旁看这二位不急不慢的,顿时急得跳起脚来,刚才那位岑副县长虽然没说什么,但是傻子都能看出来,这事肯定不算完。

徐国清愣了一下,反问道:"那干吗?现在吃饭还早吧?"

"我的兄弟啊,你能正常一点吗?你知道刚才得罪的是谁吗?那可是县长啊,管着几十万人呢,你得罪他能落个好?"

于老板其实更在乎这事会不会牵扯到自己,他刚才偷偷出去看了一眼,岑副县长的车子还停在外面,吓得他差点没从后院翻墙头跑路。

徐国清不大服气,拧着脖子说道:"我一不偷二不抢,他能把我怎么样?"

"是啊,县长再大,也不能把一个遵纪守法的人怎么样吧?"

庄睿也笑着说道,虽然庄睿心里很不屑那位县长在日本人面前的样子,但是正如徐国清所说,他又没犯法,那位县长大人再厉害,也不能把他绑架了送到日本去吧?

"唉,我说你们二位,怎么……怎么……"

于正军听了庄睿的话后,差点儿没急哭,这两人也太想当然了……

"李总,您看,您劝劝这位吧……"

于老板无奈之下,看向了李大力,他不知道庄睿的来头,以为庄睿是个大商人,可是你外地来的过江龙,到了地方上也得盘起来。

"呵呵,老于,不用急,庄总说得对,国清老弟又没犯法,谁也不能把他怎么样的。"

李大力一直都没说话,现在却力挺庄睿,他虽然同样不清楚庄睿的背景,但是在京郊会所,李大力接了一张名片,上面的头衔赫然是某某部。

以部长之尊,都只能在京郊会所三号楼来往,可想而知,另外那两栋小楼里都是什么人物。

所以李大力一点儿都不紧张,甚至有几分兴奋,他巴不得事情闹得再大一点,也能看看庄睿的人脉。

第十三章 一起去骗小鬼子

"唉,老徐,我是被你害惨了,他们拿你没办法,说不定回头就要收拾我了。"

于正军摆出一副哭丧脸,想了一下,说道:"老徐,我看你不如出去躲段时间吧,等风声过了再回来,反正你现在也没钱继续搞研究了。"

"我又没做坏事,干吗要躲? 再说……再说……我连出去的钱都没了。"

徐国清的脸红了一下,本来手上还有几万块钱的,都被媳妇给拿回娘家去了,他手上就剩几百块钱,只够他吃饭的,厂子已经欠了三四个月的电费了,徐国清都没钱去交。

徐国清的话让几人都愣了,他们没想到徐国清混到如此山穷水尽的地步,出去躲个三五个月,有个万儿八千的就够了,没想到他连这点儿钱都拿不出来了。

庄睿看了李大力一眼,说道:"李总,那瓷器的钱可以给徐工了。"

前段时间庄睿买的那套八个三彩仕女俑,正在彭飞拎的箱子里,当时庄睿就给了李大力五十万,这钱是要给徐国清的。

虽然有心请徐国清离开这地方,但是乘人之危的事情,庄睿是不屑于做的。

"对,对,看我把这事都忘了,老于,庄总买了四件徐先生制作的瓷器,一共五十万。看我干嘛啊,庄总说值这么多,就是这么多,你又不是第一天混古玩行,现代仿制的东西,价格能和真品比吗?"

听了庄睿的话后,李大力连忙从包里掏出支票,不过一码归一码,钱他没直接给徐国清,而是交给了于正军,因为那些唐三彩是从于正军手里拿的。

不过李大力不知道,于正军刚才看他的意思,不是嫌钱少,而是太多了,在于正军想来,现代仿制的瓷器,能值个三五千就顶天了。

"庄总,您看,这多不好意思啊。"

于正军接过支票,连忙递给徐国清,脸上有些发红,原本是想用这些物件钓凯子的,没想到庄睿识别出真假后,还给出这么高的价钱。

庄睿闻言笑了起来，摆了摆手，说道："于老板，徐工的手艺值这么多钱的，这些唐三彩虽然不是唐朝烧制的，但是也有极高的艺术水准和鉴赏价值，而且这成本估计也不低吧？"

"这个我倒不知道，估计也没多少钱吧？"

于正军虽然知道徐国清仿制这些古陶瓷器花了不少钱，但是具体的数目他并不知道。

在于正军想来，高邑本身就是产瓷土的地方，那些土都不用花钱，现成的窑炉，烧这些玩意根本就用不了多少钱。

以前徐国清的媳妇喜欢炒股，所以徐国清的朋友都以为是老徐媳妇炒股把钱赔光了，谁都没想到，那些钱都是徐国清烧制瓷器用掉的。

徐国清轻轻抖了抖手上这张五十万人民币的支票，发出"哗哗"的声音，随口说道："要是开始烧制，估计够用两个月的。"

"我靠，花销这么大啊？老徐，这五十万你能烧出多少物件来？"徐国清的话把身旁的于正军吓了一跳，不由瞪大了眼睛。

徐国清抬起头来，似乎在计算什么，过了一会儿才说："如果顺利的话，应该能烧制两到三件仿磁州窑的瓷器，如果运气不好，恐怕最多只能烧制出来一件。"

"什……什么？"

于正军彻底傻眼了，喃喃自语道："五十万人民币，你就只能烧出两三件瓷器来？"

"是啊，单是配制那些古釉料，就要花费很大一笔钱，我虽然掌握了磁州窑瓷器的烧制配方，但是从来没烧过实物，而且在烧制过程中还要摸索火候，烧个十炉能出一件器物，就算运气不错了。"

用现代工艺烧制仿古瓷器，最大的难处就在于配方和釉料，配方可以通过各种蛛丝马迹和大量的实验来恢复，但是古釉料由于条件限制，十分珍贵。

徐国清用的古釉料，都是他自己配制出来的，他高价收集了国内各种有色矿石，研磨成粉高温烧制后调色配料，完全是古代工艺，不含一丝现代化学因子在里面。

"老徐，那……那你以前烧制的唐三彩，本钱也这么高？"

于正军说话已经开始打颤了，要知道，他可是从徐国清这儿拿走了不少唐三彩物件，都被他当做不值钱的东西送人了。

"那倒没有……"徐国清的话让于正军松了一口气。

"不过，开始的时候研究配方和釉料，花费了几百万，后面的成本相对低些，但是由于烧废的太多，烧一件出来恐怕也要几万块钱。"

全手工仿制的古瓷器，因为有些条件不可重复性，所以没有一件是完全相同的，从徐国清手里流出去的三彩陶瓷,件件都是精品,不好的早就被他随手打碎了。

其实这十多年,徐国清一共就烧制了五六十件高仿唐三彩,算起来一年也就烧成功三五件。

徐国清痴迷的是研究如果恢复古陶瓷的烧制工序,他对成品倒不怎么在乎,加上那会儿也有钱,所以很大方地送出去不少。

除了徐国清这次拿出来的三十二件器物,其他都被朋友看着好看,随手要走了,其中就有于老板。

现在是山穷水尽了,徐国清才把自己最满意的三十多件三彩陶俑拿出去变卖,但是他对这些东西的价值还真不怎么了解。

不过庄睿拿出五十万来,徐国清也没感觉到惊诧,毕竟他烧制这些东西花费了不知道多少个五十万了。

"老天啊,你怎么都不早说啊,妈的,我都要收回来。"

于正军听了徐国清的话后,简直要暴走了,他怎么都没想到,徐国清家里随手乱摆的东西,每一件的造价居然都在几万块钱以上。

"老于,算了,哪有送出去的东西再要回来的?"

徐国清摆了摆手,满不在乎地说道,他们家从八十年代初期就发家了,徐国清那会儿就开始痴迷古陶瓷的修复,由于老爷子能赚钱,他那会儿也花得起钱,倒是养成了少爷脾性。

"对了,庄老弟,你还收唐三彩吗?要是还要的话,你可以自己订要什么器物,多大的尺寸,我来帮你烧,你放心,我只在成本价上加一点点人工费就行了。"

可能是被这段时间没钱的苦日子刺激了,徐国清现在也有点儿生存危机了,居然想要做生意,不过他还是太实诚,把自个儿的想法都说给庄睿听了。

徐国清要是早有这种想法,即使陶瓷厂停工,他也能靠自己修复仿制古瓷的手艺,活得非常滋润,当然,现在也不晚。

"唐三彩我也收,不过这磁州窑的瓷器,我挺感兴趣,咱们有时间私下里探讨一下吧。"

庄睿话说了一半,他心里更感兴趣的是把这些高仿瓷器全都卖到小日本去。

行外人不知道日本人对磁州窑瓷器的推崇,庄睿可是一清二楚,如果真被考证为南宋官窑磁州瓷器,那一件的价格绝对要在数百万甚至上千万人民币以上。

这样的事情,知道的人自然是越少越好,有李大力和于正军在场,庄睿不愿意多说,因为这事如果真的操作成功了,万一被传出去,那庄睿在国际艺术品市场的名声,绝对会变得臭不可闻。

不过坑害小鬼子，庄睿一点儿心理负担都没有，关键就看徐国清烧制磁州窑的手艺过不过关了。

"庄总，人我带您见到了，这里也没我们什么事了，要不，您和徐先生再聊聊，我和老于谈点儿别的事情？"

李大力在江湖上混了这么久，自然看出庄睿有些事情不想让他们听，连忙拉了一把还在那儿画圈圈计算自己送了多少瓷器出去的于正军，就要往门外走。

李大力和于正军刚走到院子里，外面呼啦啦进来了一群人，其中就有那个刚赶来的孔镇长。

"哎哟，老徐你说你怎么就一根筋呢……"

孔镇长刚进院子就先扯着嗓子嚷开了。

老徐这个败家子在镇上早出了名了，看着老徐把日子从富翁过成穷光蛋，孔镇长也没少劝他，可是徐国清就是一根筋。

以前看着他自己折腾，这次不行啊，这次是县里带着投资商来的，所以，这次说什么也得劝动徐国清。

"老徐啊，你说你这日子都过成这样了，你还在这儿耗个什么劲啊？就算你在这待着，你还有钱做瓷器吗？你那哪是烧瓷器啊，简直就是在烧钱。人家山木先生给你每年三百万美金的研究经费，有人给你钱让你烧不好吗……"

孔镇长都觉得自己是苦口婆心，挖心挖肺了。

不过看到徐国清依然梗个脖子，对他爱理不理的样子，无奈地叹了口气。

"哎，我就知道我说不听你。要不这样，咱们都各退一步，你把你烧制磁州窑的配方拿出来给山木先生，山木先生也同意在县里投资一千万，倒时候咱们镇也能落下不少，镇里给你些优惠，让你能继续烧你的瓷器，你看怎么样？"

"这帮人是真傻还是假傻啊？就为了眼前的一点蝇头小利，就帮着日本人索要徐国清仿制古瓷的配方。他们就没想过日本人把配方要过去做什么？"庄睿被孔镇长的话差点气笑了，在心里暗暗骂道。

孔镇长对徐国清晓之以理动之以情地劝说了一番，但徐国清愣是不买他的账。山木把一切都看在眼里，终于沉不住气，又进来游说了。

"徐先生，我真诚地希望您能去日本，我可以提供给您世界上最先进的陶瓷实验室，比您在中国要好一百倍。"

小鬼子上前又是一个九十度的鞠躬，不过说出来的话让一屋子人都皱起了眉头。

"山木先生的意思是说我们国内的条件不行?"庄睿终于忍不住了,开口说道。

"是这样的,我可以负责任地说,你们国家的实验条件,远远比不上我们。"

山木也有些不爽,事实明摆在眼前,你还强词夺理有用吗。

"哦?"

庄睿眉毛一挑,说道:"据我所知,你们日本研究磁州窑官瓷已经有几十年了吧?既然你们有全世界最好的实验室,为何到现在都没什么研究成果呢?是你们的研究人员太愚蠢,还是山木先生你说的不实呢?"

"八嘎,不准你侮辱我们大日本帝国!"

本来还一脸恭敬的山木大郎,听了庄睿的话后,脸上顿时现出了凶相,那模样似乎要和庄睿拼命一般。

"靠,还是个军国分子,狗日的东西。"

庄睿骂了一句之后,看向岑副县长,说道:"你就找这么个玩意来中国投资?你不怕你们家祖宗从坟里爬出来骂你啊?"

岑副县长哪儿听过这样的话啊?被庄睿说得嘴唇蠕动,脸如猪肝,却一句反驳的话都说不出来,恨不得现在发生地震,裂出条缝让自己钻进去。

"八嘎,我要和你决斗。"

山木听庄睿侮辱自己,怒气冲冲地向庄睿冲了过去,只是还没近身,就被彭飞挡住了,右手轻轻在山木肋下一按,一股大力推得山木连连后退。

"岑先生,我对你们的投资环境十分不满意,先前的投资协议,全部作废。"

山木被彭飞一挡,才认清了形势,真要打起来,恐怕连岑副县长都不会帮自己,交代了一句场面话后,山木也不想留在这里了,径直走了出去。

"还他娘的大日本帝国,靠,要是让我外公见到这小日本,非一刀劈了他不可。"

山木大郎离开之后,庄睿还有些愤愤不平,本来很少说脏话的庄睿,不骂上几句,心里实在堵得慌。

庄睿忽然想到个歪点子,用胳膊碰了碰身边的于正军,小声说道:"老于,找几个人,给那小日本来个车祸呗?"

按庄睿的想法,反正少个日本商人,小日本最多抗议几句。

"不敢,那可不敢。"

于正军被庄睿的话吓得差点蹦起来,这北京哥们儿看起来挺文静的,怎么发起疯来这么可怕?会要人命的。

庄睿说话的声音虽小,但是这房间也不大,他的话房间里的人都听见了,岑副县长这会儿心里也明白了,敢情这个姓庄的,不是个善茬啊?

敢当着他的面说这种话的人,不是大脑从小缺氧,就是背景深厚,不怕找后账的,看庄睿的模样,也不像羊癫疯患者啊。

彭飞看到庄睿不忿的样子,嘴凑到庄睿耳边,小声说道:"庄哥,我刚才给了那家伙一下子,暗伤,半个月后这老小子要是还没发现,够要他小命的了。"

彭飞这一招是跟个老中医学的截脉,听起来很玄妙,其实就是在人腑脏血气旺盛之处打个钉子,时间长了淤血多了很难救治,不过这手法太阴毒,彭飞也是第一次使用。

"好,活该,哈哈,彭飞,回头你结婚,我给你包个大红包。"

庄睿听了彭飞的话后,心里那叫一畅快,来这儿一下午憋屈的心情,全在笑声里化解开了。

彭飞说话的声音可比庄睿小多了,岑副县长等人也不知道庄睿在笑什么,不过心里都在猜测,这胆大包天的年轻人,回头不会真做了那小日本吧?

现在,岑副县长看那小日本也不是东西,眼看着投资也黄了,又被庄睿等人骂了,岑副县长自觉待在这里也没意思,悻悻地扭头走了。

孔镇长等人看到县长走了立马屁颠屁颠地跟在后面走了出去。院里顿时安静下来。

"庄老弟,这次事真要谢谢你呀。"看到彭飞打跑了小日本,徐国清也出了一口气。

"徐工,这些话就不提了,你能仅凭兴趣,就仿制出唐三彩和磁州官窑,我非常敬佩的,那些拿着国家工资的研究员和你比起来差远了。"

"庄老弟,唐三彩的烧制配方,已经比较成熟了,不过磁州窑瓷器,现在还处于实验阶段,虽然前期的制胚和画工都已经做好了,但是烧制火候还没完全掌握,恐怕还需要大量的实验才行。"

徐国清是根据父亲以前收藏的大量磁州窑碎片,判定瓷器用土和釉料的,经过好几年的实验才完成了前期的制胚工作,正当他准备开始烧制的时候,没承想自个儿已经破产了。

"庄老弟,你不是想要唐三彩吗?我可以抽时间给您烧,那个技术比较成熟,花费也不是太大。"

徐国清对庄睿真的很欣赏,这会儿一直猜测庄睿的想法,对方是看到自己烧制的唐三彩,才来寻访自己的,所以徐国清估摸着庄睿还想要三彩陶俑。

庄睿想了一下,说道:"唐三彩要是要,不过老李那边还要几十件,不急,我现在想要磁州瓷器,不知道徐工你多久能烧制出来?"

在国际市场上,品相好的三彩陶俑价格远高于国内市场,有很多国外收藏家喜欢收集唐三彩,庄睿是想放出去一批,先糊弄点老外的钱再说。

不过放出去的瓷器数量一定不能太多,一次最多放出去两三件,而且出现的地点要分散,德国出一件,法国出一件,这样才不会引起国际拍卖行的疑心。

所以李大力手上那几十件,足够庄睿操作一段时间了,更重要的是,那些瓷器都被人工做旧过了,这也省了庄睿一道工序,否则还是挺麻烦的。

单是瓷器做旧,就是一道很繁琐的工序,比较原始的办法是先用牛皮将表面的光亮擦去,这道工序少则几星期,多则两个月。

然后,将瓷器放入茶叶加碱的水中煮五六个小时,使其去掉表面的"贼光",这里面也有讲究,高温瓷去光一般用氢氟酸加水,而低温瓷去光,则用高锰酸钾加微量酸加水。

最后,将瓷器擦上皮鞋油埋入土中,瓷表面会把泥土"吃"进瓷器,这样古旧的感觉就做出来了。

这种方法虽然耗时长,但是做旧的效果要比直接用细砂纸打磨瓷器上贼光的办法好很多,而且泥沁之后的包浆效果也远远高于快速做旧的办法。

瓷器做旧的方法还有很多种,诸如磨损、剥釉、戳气泡、去火光作色以及做土锈等等。

徐国清听了庄睿的话,想了一下,说道:"要复原磁州瓷器,最少要半年时间,而且,而且……"

"徐工有话直说,没事的。"

庄睿看到徐国清这直肠子,似乎还有什么难言之隐。

徐国清不好意思地挠了挠头,说道:"庄老弟,我以前只顾着自己的兴趣爱好,对家人关心太少,孩子他妈都气得回娘家了,我……我是想,你给的这五十万,我拿出三十万给媳妇,这剩下的二十万,恐怕不够实验磁州窑瓷器的费用。"

徐国清也知道媳妇孩子一直跟着自己吃苦,所以才说出了这番话。

"那你大概需要多少资金呢?"庄睿问道。

"这个不好说,瓷土不值钱,但是釉料很贵,而且开始的时候,废品出得多,如果顺利的话五六十万就够了,要是卡住了,恐怕两三百万也解决不了问题。"

徐国清的千万身家就是这么折腾没的,现在回想起来,他也有点恍如梦中的感觉,自己都穷得快吃不上饭了,怎么对瓷器还有这么大兴趣?

现在徐国清要是有足够的钱,恐怕这哥们儿还会一头扎进去不问世事。

庄睿沉思起来,徐国清不知道庄睿在想什么,也没说话,房中一时寂静下来。

过了大概十分钟,庄睿开口说道:"这样吧,徐工,我有个想法,你看行不行,你那家工厂没必要再开了。我来投资,将工厂改建为一家专门研究古陶瓷修复的实验室,你看行不行?"

"行倒是行,不过老弟,这实验室就是个烧钱的买卖,我喜欢这个倒没什么,可是你这钱都要打水漂啊。"

庄睿要投资,徐国清当然没意见,那就等于对方拿钱给自己玩啊。不过徐国清还算比较实在,丑话说在前面。

"话不能这么说,徐工,你烧制出来的瓷器,我可以当做真品,拿到国际拍卖市场去,我也不瞒你,只要能成功拍出三五个器物,本钱就都回来了。"

庄睿说出了心中思量已久的话,说完之后,双眼紧紧盯住徐国清。

第十四章 盘中滚珠

徐国清没想到庄睿会说出这番话,愣了一下,喃喃说道:"这……这不是骗人吗?"

对自己的技艺,徐国清还是非常自信的,他烧制的唐三彩,绝对能以假乱真。

而且徐国清也懂一些古瓷做旧的方法,知道自己那些瓷器做旧之后,除非动用仪器,否则很难检测出真伪。

但是徐国清也有自己做人的底线,就是不能用自己的手艺去坑骗别人,这也是他十多年来烧制的瓷器只送不卖的主要原因,所以,庄睿这番话让他有些抵触。

"对,是骗人,不过我骗的外国人。"

庄睿的表情很坦诚,古玩行里尔虞我诈的事情庄睿见多了,俗话说盗亦有道乎,庄睿能到的,就是去骗那些故意虚抬中国古董价格的老外。

"徐工,你对古玩市场不怎么了解吧?"

庄睿看到徐国清脸上还是不能释然,接着说:"一百多年前,外国人用枪炮掠夺中国艺术品。

"现在,这些洋鬼子则用盘中滚珠的手法,利用国人的爱国之心,用以前掠走的古董,骗取中国人的财富,我这样做,无愧于心。"

就在上个月的伦敦拍卖会上,一件原本应该是鬼谷子下山的青花瓷,变成了另外一件人物元青花大罐,被一位匿名的买家用一千多万英镑拍走,换算成人民币就是两亿多。

掀起了国际拍场中国艺术品拍卖的高潮,一个多月来,国内富豪屡屡出手,虽然拍得不少珍贵的中国文物,但是他们付出的代价也难以想象。

庄睿曾在电话里和德叔聊起过这些事,从小就厮混在江湖上的德叔,一眼就看穿了这里面的猫腻,直言说道,这是国际拍卖行的人做的局,所以庄睿才有盘中滚珠的说法。

"盘中滚珠?什么意思?"

庄睿却忘了,自己面前这位徐大师别说是混江湖了,连古玩行都没混过,自然不知道盘中滚珠的意思了。

"呵呵,这是新中国成立前江湖八大门里的一些手段。"

庄睿有幸拜了德叔这位师傅,对于江湖门道略有知晓,所谓的盘中滚珠,从字义上理解,"珠"为珍珠,贵重的意思。

而"滚"字等同于"炒"字,滚珠是指把贵重的珠子,通过某种包装宣传炒作起来,使其市场价值远远高于器物本身的价值,有点像娱乐圈推出新人的做法。

不过,他们炒作的东西是有千百年历史的珍贵古玩。

前面说的"盘中"两个字,指的是这些珍贵的古玩,本就掌握在那些炒作的人手里。

无论这些东西怎么炒,价格多高,能炒出什么花样,都在他们的控制之中,就像拿一把珍珠,扔到一个高口的盘子里面,任你怎么样摆动,珠子都是在盘中滚动,就称之为盘中滚珠。

当某种被炒作的物件出了天价后,那些掌握器物的人,就开始在国际市场放出这些东西,用以吸取买家的钱,这种做法虽然早先流行于江湖,但是那些外国拍卖行的大鳄们,也玩得炉火纯青。

这两个月英国伦敦、日本东京、德国柏林,包括庄睿参加过的法国巴黎拍卖会,身后都有国际炒家的身影。

虽然法国巴黎的拍卖会被庄睿搅黄了,但是另外几场国际拍卖却将中国的古瓷,真真正正地炒热了。

首当其冲的就是元青花,在炒作的同时,国外所谓的历史研究专家,给出了世界上元青花不超过三百件,而且大部分都在国外博物馆的结论。

这个消息一出,让国内许多自诩有着强烈民族自尊心、爱国心的收藏家及商人竞相出手,一时间,国外拍卖市场到处充斥着中国艺术品,各种专场层出不穷。

德叔曾经粗略统计了一下,仅是近两三个月的功夫,那些手上有大批中国古玩的国际炒家们,最少从中国人手里卷走了不下二十亿美金的财富,而这仅仅是开始。

有钱人玩收藏,大多是玩面子,这风气一起来,恐怕还会有更多的人参与进去,当然,这里面也有些人是真正的想为国宝回归做点贡献,但是他们的行为,却在一定程度上,助长了那些国际炒家们的气焰。

按照德叔的估计,这股热风最少要两三年才能消退下去,到那时,这些古董的价格会大幅度下落,那些所谓的"收藏家"们,才能理性地看待古董收藏和投资。

"徐工,那些外国人就是用这种方法掠夺着属于中国人的财富。唐三彩在国际市场上,备受国外收藏家推崇,国内藏家倒不是很在意。

所以我才想把你的作品拿到国际拍场,国外的炒家能从咱们口袋里掏钱,咱们为什么不能以彼之道还施彼身呢?"

庄睿说完上述的理由后,真诚地看向徐国清,如果得不到徐国清的同意,庄睿也不会做这件事情,毕竟是对作品主人的不尊重。

庄睿不缺钱,他也不是为了钱才产生这种想法,实在是那些老外太过分了。

老外行为等于从你家里抢走了东西,然后再让你用比这东西高出数倍甚至十几倍的价格买回去,这简直就是在抢钱,就是加勒比海盗,也他娘的没这么狠啊!

徐国清听完庄睿的话,沉默下来,他没想到,在古玩行和国际拍卖行居然有这么离奇的事,徐国清不过是因为个人爱好而仿制古瓷的人,这些东西,让他脑子顿时混乱了。

"那万一这些东西被国内的人买到了呢?"徐国清突然提出了一个问题。

庄睿闻言撇了撇嘴,说道:"徐大哥,这钱让咱们赚了,总比让老外赚走好啊。这些钱我会将很大一部分投资在你的实验室里,如果你能将宋朝五大官窑的瓷器都仿制出来,那我就能破了那些炒家的局,让他们再也无法炒作中国瓷器。"

庄睿之所以没说将得来的全部资金,都用于徐国清的实验室,是因为他也需要成本,而且所有的风险都是庄睿承担,多少也要留点钱补贴博物馆那边吧。

"好吧,只要能坑洋鬼子,这事我干了,庄兄弟你只买了八件三彩俑,剩下还有二十多个,我回头让老于都交给你,就不用算钱了。"

徐国清左右思量了半天,终于重重地点了下头,同意了庄睿的做法,只要不坑害自己人,洋鬼子的死活与他何干?

"好!"

庄睿闻言大喜:"徐大哥,那五十万你留着给嫂子孩子用,我再投资一千万人民币到你的实验室,你继续研究磁州瓷器,如果能成功的话,到时候再让那帮小日本尝尝中国制造的威力!"

日本人对磁州窑的瓷器尤为推崇,如果真能烧制成功,庄睿有把握在日本席卷一笔财富,坑骗小日本,他一点儿心理负担都没有。

庄睿的话让木讷的徐国清也哈哈大笑起来,今儿受的小鬼子的气都在笑声中发泄了出去。

"对了,徐大哥,实验室的事情就说我投资的,如果有人找你麻烦,就让他们来找我。

"但是将瓷器卖到国外这件事,只能你知我知,绝对不能让第三个人知道,就是嫂子孩子,也不能让他们知晓,因为这牵扯到的事情太多。"

庄睿说话的样子很严肃,他拿假古玩到国外出售,承担着很大的风险,被发现的几率也很大。

如果不小心将瓷器打破,从断口处就可以分辨出老瓷和新瓷,这种可能性虽然小,但也不是不会发生,万一被人察觉,肯定要追到国内来。

庄睿家里防范严密,倒是不怕那些人报复,但是徐国清就不行了,万一有人迁怒于他,那等于是害了他。

庄睿之所以没跟李大力和于正军说起这事,就是因为这个原因,这两人虽然门道多,但是接触的人杂,不一定能保密,庄睿不想在身边安两个定时炸弹。

至于如何将这些物件搞到国外拍卖场,庄睿早已有了主意,他准备用自己的飞机将东西运到缅甸,让胡荣来处理。

从汉唐开始,缅甸就是中国的属国,这种器物流过去很多,从缅甸拿到国外拍场,可信度将会提高很多,就像早期人们认为国外的古董一定是真的一个道理。

以胡荣在缅甸的势力和关系,随便找个中间人就可以拿到香港或者英美的大拍卖行委托拍卖,庄睿本人根本不用露面。

这样一来,即使这些东西被人鉴别出是假的,也追查不到庄睿头上,以胡荣的手段,绝对能将首尾抹干净。

不过庄睿还是要求徐国清保密,毕竟老外的钱……也是钱啊,传出去的话,庄睿同学在国际艺术品市场的脸面就一点儿都没有了。

国内的收藏家如果买到庄睿的赝品,恐怕也不会善了。

庄睿上有老下有小,可不想招惹这些麻烦,所以开始就把事情说清楚,如果徐国清嘴不严的话,他宁可不干这勾当。

"行,我知道了,打死我都不说。"

徐国清意识到保密的重要性后,开玩笑地把电影《甲方乙方》里胖子的经典语录说了出来。

徐国清这人平时就是个闷葫芦,除了和老婆还有话说之外,和儿子都没什么沟通。

"嗯,徐工,这家实验室,你用土地入股,占百分之四十的股份,我投资一千万,占百分之六十的股份,以后这些器物的产值,就按这个比例分配。

"另外你每个月从这一千万里支取十万块钱,就当工资了,徐大哥,你看怎么样?"

亲兄弟还明算账呢,庄睿是想把所有事情都规范好,省的到时候搅和不清,牵扯到钱的问题,夫妻反目、兄弟成仇的事情多不胜数。

徐国清那破厂子,除了地值点儿钱之外,其他的都可以拿去卖破烂了,庄睿拿出一千万真金白银,只要百分之六十的股份,已经算非常厚道了。

"成，老弟，没你这钱我都快要饭去了，你说了算！"

徐国清向来对钱没什么概念，否则也不会把一千多万的家财败坏得一点不剩了，庄睿每月给他十万生活费，徐国清已经相当满足了。

两人是相见恨晚，晚饭几人出去对付了一顿回来之后和徐国清一直谈到深夜三点多，庄睿又手写了一份协议后，才分头去睡了，这一觉睡得特别香甜。到了早上十一点多，才被彭飞敲门叫醒。

起来草草地吃了饭，庄睿就忙着帮徐国清的古陶瓷修复实验室挂靠在北京定光博物馆名下，是非盈利性质的，并帮他解决了一系列手续上的问题。

磁州窑的瓷器从宋朝开始，一直到晚清都有烧制，流传甚广，在民间影响非常大。

但是磁州窑烧制官窑的时间非常短，只有南宋一个很短时期，所以这方面的研究在国内尚属空白，而且也没有实物出土，在国内学术界，也是一个十分有争议的话题。

如果徐国清真的能烧制出磁州官窑瓷器，将是对中国陶瓷发展史的一个补充，具有非常重要的意义。

当然，庄睿之所以把实验室挂在自己博物馆的名下，也想沾点儿光，俗话说肥水不流外人田嘛，借着这事，也能给博物馆打一次免费广告。

回到北京后，庄睿让皇甫云帮他招了几个古陶瓷修复专业的学生，送到了高县，这些理论派和徐国清的野路子相结合，或许能加快研究的进程。

同时庄睿又联系了胡荣，请他来一趟北京，两人密谈了一天后，胡荣带着二十多件唐三彩陶俑，返回了缅甸。

在其后的一年多时间，国际拍卖场上，时不时的就能看到一两件制作极其精致的三彩器物，都是从东南亚各国流出来的。

经过多位国际艺术品鉴定师鉴定，都为真品，由于品相极好，这段时间，国际拍场兴起了一股唐三彩热，购买者大多是国外艺术品收藏家。

庄睿除了留下了八件仕女俑自己把玩之外，剩下的二十多件唐三彩，都通过胡荣的渠道卖了出去，最后一算账，居然赚了差不多两亿人民币，当然，这些都是后话了。

庄睿的博物馆发展得也很好，每天的客流量基本稳定在一万人左右，虽然每周都有两天闭馆的时间，一个月也能给庄睿带来六七百万收入。

营业四五个月下来，去掉各种开销，博物馆的纯利润竟然有两千五百万之多，这些钱庄睿都没动，他准备用于博物馆的完善和购买馆藏物品。

胡荣前段时间过来，给庄睿带来一张五千万欧元的瑞士银行本票，这是那座翡翠矿半年的盈利分红,庄睿现在不差钱。

不过仿制磁州古瓷的困难程度,远远超出了庄睿的想象,过了两三个月,进展都不大。

现在主要的问题就是烧制的火候掌握不好,温度不是高了,就是低了,连连出现废炉,庄睿投进去的一千万人民币,已经用掉两百多万了。

庄睿干脆将这事放到了一边,正儿八经地开始了学业。

京大文博院的课程分为大课和小课两种,大课是在大阶梯教室,所有相关专业的学生,不论年级,都可以来旁听。

小课的针对性比较强,一般都是一个年级三四十个人组成的一堂课,像孟教授这样的博士导师,也时不时会讲堂小课。

经过几个月专业系统的学习,庄睿发现,比起古玩鉴赏考古专业更加严谨,还要学习相关专业,才能具有一定的推理判断能力。

因为墓葬内所有的东西都是死物,想要通过这些死物还原古代的社会风貌,就要从这些死物上推理。

很多教授讲课,都喜欢拿一些已经被发掘了的古墓在课堂上进行讨论,考古课程上起来,倒也不像庄睿想象中那么枯燥。

另外,庄睿没事就跑去医学院旁听针灸学方面的课程,和张猛那帮学生混熟了,还花了八千多块钱,专门订做了一套针灸用具。

“哎,我说老弟,你玩真的啊?这……这玩意儿能靠谱吗?”

在庄睿的四合院里,欧阳军面带惧色地看着庄睿手里那根寒光闪闪的银针,今儿庄睿刚拿到订制的银针,兴奋得连课都不去上了,直接开车回家,拉上欧阳军就要做实验。

欧阳军倒是针灸过,知道这东西在一般情况下扎不死人,不过扎针的人换成了庄睿,欧阳军心里就没底了,这年头庸医多啊,更何况庄睿这半吊子水平,连医生都算不上。

“是啊,小睿,你就听过那么几堂课,行不行啊?”

欧阳婉也觉得庄睿的举动有点儿戏,中医博大精深,岂是听几堂课就能实际操作的?就是那些中医院的学生,毕业之后也不敢贸然给人扎针吧。

“庄睿,我看还是算了吧。”秦萱冰挺着大肚子,看着那根十来厘米长的银针,也有点儿害怕。

秦萱冰怀孕已经八个多月了,由于怀的是龙凤胎,所以肚子比一般的孕妇还要大出许多,庄睿的丈母娘心疼女儿,上个月也放下了手里的生意,从香港来到北京住了。

“小睿,扎,你四哥早先不就说不怕了吗?”

徐大明星倒是向着庄睿,原因是欧阳军这几天交公粮不怎么用心,大明星怀疑老公又出去偷吃了,逮到机会,正好给欧阳军上点儿眼药。

两个月前,庄睿和欧阳军开玩笑,说自己正在学针灸呢,到时候拿欧阳军试试手,欧阳军以为庄睿说着玩的,当时就大言不惭地答应下来。

现在看到庄睿来真的,欧阳四少就傻眼了。

"我说老弟,要不然,先给白狮试试?"

欧阳军不怀好意地看向趴在庄睿身边的白狮,不过马上被白狮的低吼声吓了回去,庄睿给白狮输入灵气,哪儿要用针啊?

"四哥,爷们一点啊,我就扎你手上的穴位,多大点儿事啊。"

庄睿一撇嘴,白狮和雪儿马上站起来,一左一右地把欧阳军围在中间,原本在树上看热闹的金羽,也发出了"嘎嘎"的叫声,似乎随时准备扑下来。

小金雕这几个月长得很快,翅膀张开的长度已经达到两米左右,直立起来的身高也有六七十公分了,加上浑身暗金色的羽毛,显得颇为神异,已经有几分父母的风采了。

院子里那棵老槐树上的鸟巢,已经被扩建了一次,这次庄睿一次到位,将鸟巢的门修得差不多有一米大小,整个鸟窝就像个小房子似的。

随着年龄的增长,小金羽变得愈发聪明了,它最喜欢模仿庄睿的动作,见庄睿喜欢把欧阳军的儿子抱起举高,竟然干出一件让所有人都想不到的事。

有一天中午,徐晴推着小车,和儿子在院子里晒太阳,一转身的工夫,小金羽就偷偷地溜了过来,两个翅膀张开往中间合拢,居然把欧阳军几个月大的儿子抱了起来。

当时把徐晴给吓得不轻,连哭带喊地把院子里的人都折腾了出来,见到金羽一点都没伤到小欧阳,都不禁啧啧称奇。

一来二去的,搞得那小家伙见了金雕就让它抱,比见自己亲爹还亲。

"别介啊,老弟,有话好说嘛,不就是扎一针吗? 来吧。"

见到前有狼后有虎,头上还有只金雕盯着自个儿,欧阳军顿时软了下来,话说在手上扎一针又不会死人,欧阳大少很潇洒地将左手伸了出去。

庄睿这段时间,还真对针灸下了一番功夫,虽然还没扎过人,但是对人手臂上的穴道,已经背得滚瓜烂熟了,当下盯在欧阳军的手腕上。

"四哥,把手掌伸直,一会扎下去,您就知道舒服了。"

庄睿的话让欧阳军的嘴角,不由自主地抽搐了一下,不情愿地把左手手掌摊开,说道:"你小子行不行啊? 别给我扎个四肢瘫痪,你给我养儿子啊?"

"别胡说八道,不过小睿,这……真的能扎进去?"

徐大明星虽然想治治老公,但是看庄睿真想动手,也有点心惊。

话说庄睿用的是梅花针,用合金铝制成,分两节,两节间由螺旋丝口衔接,前节较细,长十二厘米,后节较粗,长十厘米,针头长六厘米,这十多厘米长的银针,别说扎身上了,看着都让人瘆得慌。

"没事,嫂子,四哥皮厚血多,扎破了出点血也没啥。"

庄睿嘿嘿笑了一下,搞得欧阳军浑身鸡皮疙瘩都起来了,大声嚷嚷道:"臭小子,我不管,等会扎完针,你打制的那些金饰,我要先给我儿子挑。"

自己做了次活体实验,怎么着也要捞回点儿好处,欧阳军说的金饰,是庄睿用地下室的金砖打制了一些长命锁之类的物件,本来就是给欧阳军的小孩和自己未出生的龙凤胎准备的。

"行,随你挑。"

庄睿心中暗叹,哥们耗费心力帮你们疗伤治病,当了活雷锋不说,这他娘的还得往里面倒贴。

庄睿在桌子上垫了个毛巾,把欧阳军的手腕架在上面,说实话,他心里也忐忑,虽然自己让医学院的学生们扎过,但是自个儿扎别人,还真是头一回。

庄睿扎针的的穴道在手腕尺侧,尺骨茎突与三角骨之间凹陷处的阳谷穴,这个位置比较好找,并且不是什么要穴,扎错了也不会出事的。

用针灸的办法刺激阳谷穴,可以使人明目安神,通经活络,用在孕妇身上最好,庄睿这是拿欧阳军做试验,回头给自个儿媳妇用。

反复查看了几次之后,庄睿又用手摸了一会儿,这才确定阳谷穴的位置,庄睿用右手拇指和食指捏住银针,将针尖对准了阳谷穴。

第十五章 灵气针灸

"哎哟,你小子轻点啊。"

欧阳军突然发出一声惨叫,把庄睿给吓了一跳。

"我说四哥,这还没往下扎呢,您鬼叫个什么劲啊?"

庄睿的话让旁观的人都哈哈大笑起来,原本紧张的气氛也变得轻松了。

欧阳军不好意思地挠了挠头,摆出一副上战场的姿态,说道:"快点,你小子行不行啊?"

"好!"

庄睿嘴里答应了一声,右手拇指和食指搓动起来,银针随之扎入欧阳军的皮肤里。

"疼不疼?"看到针尖已经下去一公分左右,庄睿出言问道。

"嗯?你这就扎啦?不疼,有点儿痒,我说你小子行啊。"

欧阳军愣了一下,看向自己的手腕,还别说,他真没感觉到疼,只有点儿麻痒。

针灸刺穴,最早可以追溯到远古时期,那时候的人在劳作的时候,偶然会被一些尖硬的物体,如石头、荆棘等碰撞了身体表面的某个部位,有时会出现意想不到的疼痛被减轻的现象。

古人开始有意识地用尖利的石块来刺身体的某些部位或人为地刺破身体使之出血,以减轻疼痛。各类史籍中曾多次提到,针刺的原始工具是石针,又称为砭石。

只要扎对了穴道,一般是不会有疼痛感的,除非那人的手法过于生涩,庄睿虽然是第一次给人扎针,但是学得似模似样,倒没让欧阳军受罪。

"现在有什么感觉?会不会感觉到凉凉的?"

用刺法扎阳谷穴,只能深入半寸,也就是一公分左右,扎进去之后,庄睿就停下了手,一根银针竖立在欧阳军的手腕上。

"没,有点肿胀的感觉……"欧阳军答道。

"现在呢?"

庄睿一拍脑袋,自己光顾着扎针了,居然把灵气忘在脑后了,连忙从眼中溢出一丝灵气,顺着银针渗入欧阳军的皮肤。

"哎,是感觉凉凉的,好舒服啊。"

随着灵气入体,欧阳军的眼睛眯了起来,虽然数量很少,但是也给欧阳军一种飘飘欲仙的感觉,不过只有短短几分钟,那种感觉就消失了。

"哎……哎,我说,怎么没有了,又开始胀了啊。"

灵气消失之后,欧阳军不爽地嚷嚷起来,刚才那种感觉实在太舒服了,好像身体里面许多污垢杂质都被排除出去了一般,让人神清气爽。

"好了,大功告成!"

庄睿估摸着那丝灵气差不多消散在欧阳军身上之后,将他手腕上的银针拔了出来。

这次试验,庄睿非常满意,如果要加大灵气的用量,只需要捻动银针就可以了。

不过庄睿会控制用量的,如果一次就见成效,未免过于神奇了,以欧阳军等人的身份,想接触国内顶级的针灸师,很容易,庄睿不想弄巧成拙。

"老弟,再给我来一针,再来一针,刚才还没感觉呢。"

见庄睿准备收起银针,欧阳军急了,一把拉住庄睿,把右手腕伸了出来,他的举动看得一旁的人目瞪口呆,有这么神奇吗?

这年头什么事都有人抢,唯独打针吃药这样的事情没人愿意多干,今儿欧阳军同志就颠覆了众人的认知,非要庄睿再给他扎上一针。

"老公,你没事吧?"

徐晴见了欧阳军的样子,不禁伸出手想试试欧阳军有没有发烧,这不是贱骨头嘛,求着人往自己身上扎针?

"干什么啊,庄睿功夫好得很,不信你试试,呸,呸,你还是别试了。"

欧阳军说话向来都是口无忌惮,刚才那句话说得徐晴满脸绯红。

"行了,四哥,您让让吧,我给嫂子扎一针。"

庄睿一把推开了欧阳军,想得倒挺美,哥们的灵气可是无价之宝,要不是看在是亲人的份上,庄睿犯得着花这么大劲去学针灸吗?

徐晴生过孩子后,为了重返大荧幕,也尝试过针灸减肥,倒是不怎么害怕,直接把手腕放在桌子上。

"咦,还真是,凉凉的好舒服啊。"

那种可以抚慰心灵的清凉感,让大明星也忍不住低声呻吟起来,和欧阳军一样,短短几分钟过后，大明星心里居然也产生了让庄睿再扎一针的想法。

"真的吗？给我也试试。"

"我先来，我先来……"

"你们坏，都不让着囡囡。"

看到徐晴的反应，院子里顿时炸了窝，除了欧阳婉等几个长辈之外，竟然都伸出了胳膊，就连平时最怕打针的小囡囡也凑起了热闹。

"囡囡，不怕打针了吗？"

庄睿笑着抱起小家伙，他倒是不用给囡囡用银针输入灵气，因为每天中午小家伙睡觉的时候，庄睿都可以帮她梳理身体。

院子里这么多人，恐怕除了白狮那几个家伙之外，就是囡囡被灵气调理的次数最多了。

"不……怕，囡囡怕打针。"

看着庄睿手上的银针，小家伙还是退缩了，幼稚的样子，引得院子里一片笑声。

庄睿忍住笑，说道："先给妈来吧。"

欧阳婉闻言伸出了手腕，不过当那丝灵气渗入皮肤中时，她惊讶地问道："咦，小睿，这和上次我腰受伤时，你给我抹了那药的感觉差不多啊。"

"那当然了，你儿子是神医啊，医术自然要比藏药神奇了。"

庄睿摆出一副很臭屁的样子，欧阳婉倒也没多想，她也以为这清凉感是银针带来的，任谁也没有那么丰富的想象力，能猜出是庄睿赋予了银针灵气。

"真舒服啊。"

"是啊，庄哥，每天都要来一针。"

"小睿，你这一针下去，我感觉肩膀舒服了很多啊。"

当庄睿给院子里的人都扎过针后，丈母娘用手揉着肩膀，一脸不可置信的表情，方怡有肩周炎已经很多年了，每到秋冬季就会酸痛，没想到刚才扎了一针，居然不感觉痛了。

"呵呵，妈，您那是心理作用，哪有那么神奇啊。"

庄睿乐呵呵地答了一句，这要不是毛头女婿不能钻丈母娘的房间，庄睿一早就把方怡的病治好了。

"小睿，真的很有效果，这一针比按摩吃药好用多了，没事多帮妈针灸下。"

方怡又活动了下肩膀，感觉轻松了很多，即使是心理作用她也认了。

"亲家母，你就别夸他了，这孩子正经学业不读，偏偏去学什么针灸，不务正业。"

中国人的传统就是，无论自己的孩子再优秀，当父母的都要训上几句，当然，欧阳婉说这番话的时候,脸上笑意盎然。

"妈,您还是当老师的呢,这针灸是咱们国家的传统文化,我的硕士论文,就准备写从墓葬中出土的古代金银针,论证当时的医学发展形态。"

庄睿倒不是在说瞎话,他从京大文博学院的考古文献中发现,许多古人墓葬里都有针灸专用的金银针出土。

像马王堆墓葬群就出土了数枚专用于针灸的金针,而河北满城汉墓中,不但出土了款式不一的金银针,甚至还有一块记载中国气功最早的文献——战国初年的玉刻《行气玉佩铭》。

包括后来出土的诸如《素问》、《灵枢》这两部合称为《黄帝内经》的部分注释著作,问世之后,马上成为中国古代针灸学最权威的书籍,后代所有关于针灸理论的论著,无不出自这两本书。

这些东西的问世,表明了中国古代行医过程中,针灸占据着绝对的主导地位,上至帝王将相,下至平民百姓,生病的时候无不依靠中医针灸治病调理。

可惜的是,《灵枢》九卷,八十一篇,均已失传或损坏,现在能看到的,大多是历代名医们的注释,没再出土原本论著了。

庄睿现在还在学习考古理论方面的知识,他准备等自己开始实习时,看能不能从出土的墓葬里,找到完整的《灵枢》九卷,也算是填补中国针灸学的一个空白。

"小睿啊,回头给你外公外婆扎几针试试,看看有没有效果。"

虽然被庄睿治疗过几次,成效也很显著,但是欧阳老爷子的年龄差不多到限了,加上庄睿又没有机会经常给二老梳理身体,这段时间老爷子的精神不是很好。

每到冬天,对老年人来说都是一道坎,尤其像欧阳老爷子这种年龄的人,每年都在减少,当年的红小鬼,现在也垂垂老矣了。

别看欧阳振山已经进入中枢,但是欧阳家族的主心骨,还是老爷子,只要他人在,就能让很多心怀不轨的人把心思藏起来,效果和核威慑差不多。

所以,随着天气变凉,老爷子的身体问题就成了欧阳家的重中之重,有亲家母照看儿媳妇,欧阳婉也时不时去老爷子那边住上几天,明显感觉到,老爷子的精气神不如春夏两季了。

庄睿将银针消毒后,收了起来,说道:"妈,给外公扎针,那些医生们能同意吗?"

玉泉山上住的人,国家对他们的重视程度,远远超过国宝大熊猫,每一个人都有特定的医护专家组,以保障身体健康,这些专家组的医生们也都不是普通人。

玉泉山住的医护人员,随便出去一个,都是某专业领域里的顶尖人物,其中不乏精通

105

中医针灸的专家,就凭庄睿只会一个穴道的"针灸术",说出去都是笑话。

到了老爷子这种身份,即使换一种药吃,都要层层报告审批才行,更不用说让外行人扎针了。老爷子可不像四合院里这些人,庄睿可以拿着针随便扎。

庄睿问出这话也有欲擒故纵的意思,要不然他上赶着给老爷子治病,效果还奇佳的话,肯定会引起医生们的怀疑,由母亲提出来最合适。

果然,欧阳婉听了庄睿的话后,虽然也犹豫了一下,不过她亲身体会过银针的效果,想了一会儿,说道:"明天刚好是周末,你没课吧? 和我一起去看你外公,到时候和窦医生商量下。"

第二天去玉泉山的不止庄睿母子二人,秦萱冰也大着肚子跟上了,欧阳军更是老婆儿子都带着,老年人喜欢小孩,带过去也能给老人逗个乐。

"哎哟,这孩子,长的真精神。"

见到欧阳军的小孩之后,老太太眼睛都笑得眯缝了起来,直接趴在摇篮车边上,逗起了孩子,把个想看重孙的老爷子都挤在了一边。

"老太婆,你让让,让我看看……"老爷子急了,干脆伸胳膊推起人来。

老太太不依,说道:"你看什么啊,一脸凶相,别吓着孩子。"

"什么话啊,老子又不吃人。"

老头蛮不讲理地把老伴推开,一张布满了皱纹的脸,看向摇篮里的小家伙,大手还在小东西的裤裆里拨弄了两下,不料被小家伙的脚给蹬开了。

"呀呀!"

小家伙还不会说话,不过两只手攥着小拳头,对这个摆弄自己小弟弟的老头,很是不满意。

"好,好小子,敢蹬老子我,有种!"

老爷子哈哈大笑起来,这辈分都乱得找不到北了,逗弄了一会儿小孩,转脸看见欧阳军,不禁绷起了脸,骂道:"臭小子,当爹了还是那么没出息。"

老爷子见到欧阳军后,依然没什么好脸色,这小子太不长进了,当年把他送到部队,居然做了逃兵,这要是在战场上,老爷子说不定就拿枪毙了他。

一向牙尖嘴利的欧阳少爷,在欧阳罡面前绝对老实得像个乖宝宝,低着头大气都不敢喘,直到老爷子骂够了,才灰溜溜地跑到奶奶那儿去了。

"外公,您老的嗓门儿还是这么大啊。"

庄睿笑嘻嘻地来到老爷子身边,在欧阳家族里,也只有他敢这么和老爷子说话,一点顾忌都没有。

"那当然。"

老爷子骄傲地抬起头,嗓门大代表中气足,还健在的那些老伙计里,没一个比他身体棒的。

"呵呵,不知道的还以为您老耳朵不好使呢。"

庄睿知道外公有点老小孩脾气,忍不住逗了他一句,气得老爷子翻了个白眼。

"这孩子,怎么说话呢。"

欧阳婉看不过去了,在庄睿头上敲了一记,说道:"爸,小睿前段时间在学针灸,昨儿给我们试了一下,效果还不错,要不,给您扎一针试试?"

"针灸?那可是老祖宗传下来的,很好,很好。"

老爷子新奇地看了庄睿一眼,他只知道这外孙是搞那些擦屁股都嫌粗糙的古董画的,没想到还学这东西,不过老人只点头说好,却没答应让庄睿给他扎针。

"爸,您试试吧,很舒服的。"

欧阳婉见老爷子不置可否,忍不住劝了一句,那种灵气入体的感觉,真的会让人飘飘欲仙,头脑都比平时清明几分。

"我不用那个,小窦也给我针灸过,没什么感觉。"

老爷子大手一摆,以前他不能起床的时候,就靠物理按摩和针灸活动腿部肌肉,对针灸并不陌生。

见老头不肯就范,庄睿在一旁坏坏地笑了起来,说道:"妈,算了,外公怕疼,到时再给他扎哭了。"

"放你娘的臭……臭……"

欧阳罡脏话出口,才记起庄睿他娘正是自己女儿,那句话却没骂出来。

老爷子十来岁就当兵入伍,在战争年代,大仗小仗打了不计其数,也不知道受过多少伤,临到了,居然被人说怕疼,让老爷子勃然大怒。

"小睿,不准这么没礼貌,怎么这样跟你外公说话。"

欧阳婉连忙训斥了庄睿一句,老爷子生平最好强,这要是放在他年轻的时候,一准往腰间摸枪了。

"那干嘛不敢让我扎针啊?"庄睿不服气地嘟囔了一句,声音不大,正好让老爷子听到。

"放屁,我有什么不敢的,扎就扎!"

俗话说老小孩,就是说人年龄大了,性格变得和小孩子一样,老爷子就是如此,当下就坐到躺椅上,开始卷裤管,在他的印象里,针灸都是在腿上扎的。

"首长,您这是干吗啊?"

特护刚才见首长在和女儿外孙说话,所以离得有点远,这会儿见老人突然情绪激动起来,连忙跑过来,正赶上老爷子在卷裤管。

"这臭小子居然说我怕疼,想当年我……"

老爷子逮着机会,又给庄睿等人上了一堂战争教育课,还掀开了衣服,让庄睿看他肚子上的伤疤,显然对庄睿那句话很是不满。

"首长,这可不行,您的健康是由专家组负责的,这……这……"

庄睿给老爷子针灸,这可不合规矩,护理经验十分丰富的特护顿时感到很为难。

"不行,绝对不行,首长,我们要为您的健康负责,如果您感觉哪里不舒服,想进行针灸的话,由我给您扎几针倒是没问题。"

闻讯赶来的窦医生一口否决了庄睿的想法,这些风烛残年的老人,都是国家最宝贵的财富,容不得一点儿闪失。

这些首长平时就是有点儿伤风感冒,都要层层上报,窦医生怎么可能让庄睿这个没有针灸基础的人贸然给老爷子扎针呢?

如果窦医生真同意的话,估计第二天就得被隔离审查了。

"窦医生,让小睿给他外公扎一针也没什么。只在手上扎一下而已。"

见识过儿子神奇针灸的欧阳婉说了一句,来到北京一年多,她和护理父母的医生非常熟悉了。

"唉,我说欧阳大姐,这人身上的每个穴位都是息息相关的,不能随便扎针的,万一首长出了什么问题,这责任谁都担负不起啊。"

窦医生听到欧阳婉的话,顿时叹起气来,他没想到一向通情达理的欧阳婉居然也会帮着庄睿说话。

在窦医生看来,这不过是庄睿从学校里学了点皮毛,跑到外公这儿显摆来了,估计也是想讨好老人,在家族里能更受宠一点儿罢了。

窦医生对庄睿真有点儿看不上眼,用这种方法讨好老人,你们做晚辈的可以不珍惜老人的身体,他们这些医生可不敢拿老人家的身体开玩笑,这是他们的职责。

窦医生不知道的是,庄睿的万贯家财可没依靠欧阳家族一分力,全都是自己赚来的,而且是在短短的两年之内。

要说沾光,恐怕还是欧阳家沾了庄睿的光,要不是去年庄睿把老爷子的病治好,欧阳家未必能有现在的风光。

第十六章｜见证奇迹

"应该没事吧，小睿给我们都扎过，感觉很舒服。"

欧阳婉不懂得中医针灸，但是她亲身尝试过庄睿针灸的效果，就算不能为父亲解除病痛，也不会有什么坏处。

欧阳婉和窦医生说话的时候，庄睿一直都默不作声，这事他插嘴反而会适得其反。

如果窦医生能被庄母说服，那是最好，要是实在不行，最多以后自己常来玉泉山几次，趁着中午老人午休，也能帮他们梳理身体。

"不行，我们要对首长的安全和健康负责，就算我同意了，专家组也不会同意的。"

窦医生连连摇头，自己这些人已经够忙的了，没想到这些做家属的还来添乱，这让尽职的窦医生心头郁闷不已。

"老姥爷怕疼，囡囡都不怕，老姥爷羞羞。"

欧阳婉正和窦医生交涉的时候，小囡囡凑了过来，居然胆大包天地用手指在脸上画着，羞起欧阳老爷子来了。

"放……扯淡，我怎么会怕疼，小丫头片子，再说打你屁股。"

俗话说童言无忌，小丫头说的话，正是她心里想的，这让自诩刚烈了一辈子的老爷子受不了了。

"小窦，没事，扎一针又死不了人，当年徐老虎参加敢死队的时候，头上挨了一枪硬是自己抠出来了弹头，难道我还不如他？"

"首长，您这是让我犯错误啊。"

窦医生听了老爷子的话后，不禁苦笑起来，他在这儿已经工作十多年了，对这些老人的性格十分熟悉，每一个人都是杀伐决断、说一不二的，首长开口了，他一定无法阻止。

"犯什么错误？我外孙子给我看病，那叫什么犯错误？"

欧阳罡瞪起了眼睛，随后看向一旁的小丫头，说道："丫头，我才不怕呢，大刀片子砍在脖子上都不怕,不就碗大一个疤吗?"

得,老小孩和真小孩较起劲来了,听得一院子人都忍俊不禁,就连对老爷子畏之如虎的欧阳军都躲在角落里偷笑起来。

"老姥爷厉害,老姥爷真棒!"

小丫头翘起了大拇指,不知道的人以为囡囡童心未泯,只有庄睿心里明白,这都是自己用一盒巧克力味的哈根达斯和小丫头做的交易。

"那是当然了,想当年你老姥爷我……"

老爷子这辈子好话听得多了,但是感觉都没自己重外孙女夸的这句话听着舒坦,忍不住又要开始自己的回忆录了。

"可是,老姥爷,你还没扎针啊,还是没囡囡厉害。"

庄睿怕老爷子收不住劲,再来俩小时的忆苦思甜,连忙对囡囡使了个眼色,小丫头马上开口将老爷子的话堵了回去。

"呃,扎,那小子,快点拿针来扎,多大点儿事啊。"

老人被小丫头说得脸上挂不住了,连连对庄睿招手,这会儿就是庄睿拿个刀子在他身上挖块肉,估计老爷子都能咬牙忍下来,被一小丫头片子鄙视,那谁能受得了啊?

庄睿没答话,而是将目光看向了窦医生。

"看小窦干吗啊,快点啊!"

老爷子见庄睿不说话,顿时急了,那表情就像是孩子说话没人相信,急于证明一般,让窦医生也哭笑不得。

"咳咳,这样吧,小庄,你要扎什么穴位? 先给我扎一下,我感觉可以了,再给首长扎,行不行?"

窦医生知道老爷子脾气上来后,谁说话都没用,干脆自己先试下针,万一庄睿水平臭,把自个儿扎出血来,那庄睿也不好意思再去给老爷子扎针了。

这会儿专家组的人,几乎都来到欧阳罡的小院子里了,一位戴着眼镜的医生,抢先说道:"窦医生,还是我来吧,我跟周老师专门学习过针灸。"

庄睿没想到这里还有周院长的学生,不过看这些人的样子,恐怕都以为自己是来哗众取宠的,于是庄睿也不说话,等他们商量好了,自己扎针就是了,事实胜于雄辩。

"不用,我来就好了。"

窦医生摆了摆手,说白了,针灸就是活血通脉,通过刺激穴道治疗相应的病症,即使水平不佳,最多也就是扎出血,只要不扎人身上的要穴,一般不会出大问题。

只是首长年龄实在太大了,经不起折腾,窦医生才不同意庄睿扎针,自己挨上几针,窦医生并不在乎。

"小庄，来吧，是扎背上的穴道，还是腿上的?"

窦医生说话间，把白大褂脱了下来，他可不认为庄睿听了几堂针灸课，就敢在头脸等要穴上扎针。

"窦医生，我就学了一针，是扎阳谷穴的，这穴道能刺激人的神经，明目安神，我外公经常耳鸣，说不定会有点儿效果。"

庄睿的话让窦医生愣了一下，这小伙子说的倒是这么一回事，医理还算通顺，看来下了点儿功夫。

而且庄睿说到想为老爷子治疗耳聋耳鸣，不管他的针灸技术如何，总算是晚辈的一份孝心，倒不像存了哗众取宠的心思。

想到这里，窦医生的脸色缓和下来，走到院子中间的石椅上坐下，拉开手腕上的衣服，说道："行，那就扎阳谷穴，小庄，来吧。"

见庄睿真要扎针，众人纷纷围在石桌旁边，原本逗弄重孙的老太太都围了上来。

不过老太太对自己这外孙子的信心不怎么足，看着庄睿针灸包里那一根根银针，说道："乖孙子，别都扎进去了啊，这针可不短。"

老太太的话让稳坐在椅子上的窦医生不由自主地打了个寒颤。这可不短，十多公分的银针，都扎进去，那还不把手腕给扎穿了?

偷眼看了一下庄睿，窦医生也有点儿害怕了，这年头做事不怕不懂，最怕那种一瓶子不满、半瓶子晃荡的人。

"外婆，哪能呢，最多扎进去一公分，您也忒小看我了吧。"

庄睿笑着打开针灸包，取了一根梅花针，又用自己带来的一个只有牙签盒大小的酒精炉把针头烧了一下，然后用加了医用酒精的纱布擦拭干净，这才对准了窦医生手腕上的阳谷穴，开始下针了。

还别说，庄睿这套动作让窦医生那本来有点发白的脸又回复了红润，甭管庄睿技术如何，这消毒措施做得绝对无可挑剔。

"小庄，看来你真是下过一番功夫啊。"

见庄睿准备工作做得这么娴熟，窦医生倒是放下心来，想必简单的一个阳谷穴扎针，不会出什么问题，庄睿就是水平再臭，也就是出点儿血而已，应该不会发生老太太说的那种情况。

"我跟医学院专攻针灸学的博士学过，呵呵，在诸位专家面前就是班门弄斧了，但是应该也不会对外公的健康有什么不利影响。"

庄睿抬头淡淡地笑了笑,他知道这些医生的想法,自己这么做是有点儿不妥,扎出事来,倒霉的是医生,如果见效了,在某种程度上就砸了别人饭碗了。

不过庄睿说的都是实话,他的确在医学院认识了一个研究用不同磁性银针针灸,对比疗效强弱的博士生。

不过那哥们儿有点儿神神叨叨的,他的研究方向也不被导师和同学认可,所以见庄睿认可他的研究,立马将庄睿当成了知己,没俩月两人就混得烂熟。

那哥们把自己的研究笔记和临床记录都交给了庄睿,要不然庄睿也不会产生给亲人扎针的念头,毕竟同样一根针扎出不同的效果来,有点儿不好解释。

"来吧,不要怕,针灸就需要多实践。"

听了庄睿的话后,窦医生反而鼓励了庄睿一句,他对这个年轻人更加欣赏了,看来庄睿和他开始想的纨绔弟子有很大区别。

"好。"

庄睿应了一声,把注意力放到了窦医生的手腕上,拇指和食指微微用力,搓动银针插入已经找准的阳谷穴中。

银针进入皮肤大概一公分的时候,庄睿停下了手,问道:"窦医生,有什么感觉?"

"嗯,有点酸麻,穴位找的不错,没有偏差。"

窦医生闻言笑了起来,这小伙子还真有趣,居然像个医生似的问起话来,不过庄睿下针的手法还是有点儿生涩,捻针的时候用力有点儿大。

不过这些话窦医生并没说出来,对于一个只是因为爱好自发学习针灸的人,庄睿已经做得不错了,从扎针的技术而言,庄睿比一些刚实习的中医毕业生都强上几分。

"窦医生,现在呢? 有什么感觉?"

庄睿捏住银针的两个手指,轻轻捻动起来,不过银针并没有深入,只在穴道中活动,在捻动银针的同时,庄睿放出一丝灵气,顺着银针进入窦医生的阳谷穴中。

庄睿怕窦医生有太明显的感应,输进去的这丝灵气极微薄,比给自己亲人用的弱出许多。

"咦? 好像有点清凉,嗯,很舒服,阳谷穴还有这种作用?"

在灵气入体的时候,窦医生眼睛猛地一亮,他隐隐感觉从阳谷穴传来一阵清凉,就像炎热的夏季手上放了一个冰块似的,酸麻的感觉顿时全部消失了。

不仅如此,在庄睿捻动银针的同时,窦医生感觉到浑身上下的毛孔仿佛都张开了,那种舒适感,就像在温泉中浸泡,将体内的毒素都排出去了一般。

不过时间极短,仅仅十多秒钟之后就消失了,窦医生甚至怀疑刚才是不是自己产生了错觉。

庄睿不想让自己的能力显露出来，没等窦医生回过劲，他就伸手将银针拔了出来。

"咳咳……小庄，能不能再……扎一针？"

窦医生的话让旁边另外几个医生大跌眼镜，他们原本以为作为医疗组的组长，窦医生会找些理由不让庄睿给首长扎针，没想到窦医生居然说出了这样的话，而且话中隐隐带有一丝恳求的味道。

"可以，不过换只手吧。"庄睿点头应了下来，他早就想好了说法。

"好，好。"

窦医生连忙伸出了左手，他还想再品味一下刚才那种感觉，到底是不是自己的错觉。

"来了，又来了。"

窦医生这次注意力十分集中，他发现针扎下去之后并没有清凉的感觉，但是当庄睿用两根手指捻动银针的时候，那种感觉就出现了。

这次窦医生感受得更加深刻，当那丝清凉的感觉出现在手腕皮肤中时，整个人都感觉飘飘欲仙，并且头脑十分清明，耳朵似乎也变得更加敏锐了。

不过随着庄睿拔出银针，这种感觉很快就消失了，毕竟窦医生也吃了四五十年的五谷杂粮，又是第一次接受极少量的灵气改造身体，效果不会那么显著。

其实连庄睿也不知道，用灵气刺激穴道，比随便将灵气渗入人身体中效果更好，阳谷穴本就对应耳聋耳鸣，所以通过灵气针灸，的确可以让身体产生微妙的变化。

"窦医生，怎么样？"

庄睿第二次收起银针，故意做出一脸期盼的样子，看向窦医生。

"说不好，在你捻动银针的时候，我感觉十分舒服，并且头脑清明，根据针灸理论上所述，这的确是刺激阳谷穴所能产生的效果，不过这效果也太显著了一点吧？"

窦医生眯缝着眼睛，似乎还在体会着刚才的感觉，脸上还带着一丝不可置信的表情，他从医几十年，见过无数医者和患者，但是像今天发生在自己身上的事情，还真是无法理解。

稍微懂点儿中医的人都知道，中医是以阴阳五行作为理论基础，将人体看成气、形、神的统一体，通过望、闻、问、切，四诊合参的方法，探求病因、病性、病位。

诊断出病理后，一般使用中药、针灸、推拿、按摩、拔罐、气功、食疗等多种治疗手段，使人体达到阴阳调进而康复。

和西医不同的是，中医没有化学药剂会对身体造成伤害，但是见效要比西医慢一些，一般都要经过多次治疗，才能使病情好转，像庄睿这样一针下去就有感觉的，窦医生还从未听说过。

"我能看看你的针吗？"

窦医生想了半天都不得其解，中医针灸理论虽然就是讲究阴阳五行调和，让人气体通顺，但那都是潜移默化的，怎么可能让人直接感觉到呢？

所以百思不得其解的窦医生把注意力放到了庄睿针灸用的银针上。

"嗯？这里是什么东西？"

接过庄睿递过来的银针后，窦医生发现，在针尖一点五厘米的地方，有一个圆形的金属颗粒，呈暗黑色，表面十分光滑。

准确的说，这应该叫做毫针，专门用于扎入肌肉内部刺激穴道的。

"窦医生，这是那位博士研究出来的，他认为西方人说的磁场理论很有道理，每个人的身体，都有相应的磁场波度，他想把中医针灸和磁现象融合在一起……

至于我这些针，都是根据他的想法特别订制的，那个小圆珠是一个带有磁性的金属，可能窦医生您刚才的感觉就是磁场发挥了作用吧。"

庄睿说的这些话基本上都是真的，在这些人面前说谎没有意义，因为只要找到那位博士问一下，就能知道事情的真相了。

果然，听了庄睿的话后，窦医生马上追问道："那个博士叫什么名字？在哪所大学？"

"呃……他叫何刚，京大医学院的。"

庄睿给出的资料都是真实的，不怕窦医生去查，反正中医研究了几千年，谁都不敢说自己研究透了。

更何况何博士还加入了西方磁场的理论，即使他们做实验发现这事不靠谱，自己也能用磁场产生的效果推脱。

人体磁场的研究，西方也没有定论，在不同时间段，磁场的波段也不同，庄睿完全可以说，或许那会儿针灸的时候，刚好和人体磁场的波段相吻合吧。

离开这里之后，窦医生果然将这件事报了上去，而且第一时间找到了何博士，直接将他调出了京大，进入一家研究所，拨了大量的资金，用于何博士完善他的研究。

不过几年之后，虽然何博士的研究证实了磁场的确能影响或者加强针灸治疗的效果，但是其疗效并没有庄睿那次来得显著。

不过那时的庄睿，已经不再到处拉着人针灸了，窦医生也只能将疑问埋在心底，当然，这些都是后话。

"小窦，没问题了吧？让这小子来给我扎针吧，哼，小丫头片子居然敢说我怕疼，老姥爷这就扎给你看。"

在庄睿给窦医生扎针的时候，小囡囡时不时看上老姥爷一眼，这让老人家自尊心大伤。看到窦医生都承认了庄睿的医术后，马上卷起了袖子，将手腕搭在了石桌上。

一旁的几个医生见到庄睿给银针消过毒，准备给首长扎针，不禁把窦医生围了起来，出言询问："窦医生，这行不行啊？"

虽然窦医生是保健专家组的组长，但是出了问题，所有人都要承担责任，所以另外几个医生心里还是有点儿不踏实。

"没事，小庄的针灸术很有效果，不会出什么问题的。行了，你们看着点，我要去向领导汇报下，这种将针灸和磁场应用结合在一起的方法或许真的可以。"

窦医生向同事解释了几句之后，就匆匆离开了。他是忙着打报告，将那位何博士的研究列入相关重点科目中去。

"外公，怎么样？疼不疼？"

庄睿下针很快，两根手指捻动间，银针就扎到老爷子的阳谷穴中，一丝丝灵气通过银针不断渗入欧阳罡手腕的皮肤里。

和刚才给窦医生扎针不同，老爷子身体机能退化比较厉害，所以庄睿灵气的用量加大了许多，难得能这样光明正大地给老爷子梳理次身体，庄睿并没吝啬眼中的灵气。

"疼？啊……你扎完了？"

老爷子听到庄睿的话后，不禁愣了一下，看向自己手腕，赫然扎着一根银光闪闪的针，说道："这都没感觉就完啦？不行，再扎一针！"

庄睿闻言笑了起来，这老爷子，非要扎出血来，才能显出其英雄气概吗？

"好，那就再扎一针。"

庄睿点了点头答应下来，让老爷子换了个手，又给他扎了一针，又用灵气给他梳理了一番身体。

两针过后，老爷子虽然不至于白发变黑，但是明显比刚才精神了许多。

"首长，您没事吧？有没有什么特别的感觉？"

庄睿起出针后，一帮医生顿时把老爷子围住了，七口八舌地问起来。

庄睿笑了笑，跑去拉住正逗弄重孙的外婆，硬缠着给她也扎了一针，这才将工具收了起来，中午是欧阳婉和保姆一起做的饭，一家四代人，吃得其乐融融。

"小睿，你过来，扶着我走走。嗯，把你那针灸的玩意儿都带上。"

吃过中饭，老头老太太按习惯是要去午睡的，不过老爷子放下碗就跟庄睿打了个招呼，挥手让特护人员走开，示意庄睿扶着自己。

"外公，什么事？我针灸的手艺还不错吧？"

庄睿上前挽住了外公的胳膊,扶着老人慢慢走到院子里,他的针灸包放在一个背包里,虽然不明白老爷子的用意,庄睿还是将包背在了身上。

　　"出去,到外面走走,老了,整天闷在院子里,像只鸟儿似的。"

　　老爷子没回答庄睿的话,自言自语地说了几句,指向院子外面,这几个月他的身体不是很好,难得今儿精神爽利,就想出去转转。

　　"外公,要不,去我那儿住几个月吧?"

　　庄睿还真想让老爷子过去,外公眼瞅着就要九十四了,按照民间的说法,八十三和九十四岁,都是一道坎过去了这道坎,就能长命百岁,否则很可能就到限了。

　　"不去了,老胳膊老腿的,快走不动了,而且出去一次就兴师动众的,不给组织添麻烦了。"

　　老人摇了摇头,像他们这代人,前半生在战场上厮杀,九死一生,后半生虽然享福了,但是却时时不忘国家创建时的艰难,很少向国家提要求。

　　老爷子指着院子外面小路上的一个石桌椅,说道:"去那边坐坐吧。"

　　看到首长要坐下,远远跟着的特护,连忙跑过去把手里拿着的软垫放在石椅上,老人摆了摆手,说道:"小刘,不用跟着我,站远一点。"

　　虽然老人的口气和缓,但是自有一种不容违逆的威严,刘护士是受过保密培训的,知道什么话能听,什么话不能听,所以在老爷子说完之后,远远地走开了。

第十七章 人老成精

"老爷子，您这是怎么了？"

庄睿看到外公突然严肃起来，不禁有些莫名其妙，老人一绷脸还真有股杀气，仿佛变成了那个在半个多世纪前，在战场上威风八面、挥斥方遒的人。

"小睿，外公问你句话，要老老实实回答。"

老人那双原本略带浑浊的眼睛，此刻变得异常锐利，紧紧地盯着庄睿。

"外公，我一向都很老实。"

庄睿感觉老人的眼睛似乎能看穿自己一般，心里莫名有些紧张，不由从口袋里掏出烟来。

"别搞小动作，听外公的问题。"

老人瞪了庄睿一眼，说道："小睿，我知道，你刚才给外公扎针，其实功夫不在针上，而是在你身上，是不是？"

老爷子虽然年龄大，但是人并不糊涂，想当年手下也管着百万雄兵，是眼里不容沙子的人。

庄睿刚才也是过于关心老人的身体，灵气的用量比较大，一下就让欧阳罡感觉到了，老人感觉似乎年轻了几十岁，原本有些聋的耳朵即使不带助听器，旁人说话也能听得非常清楚。

老爷子虽然是唯物主义者，一生杀戮无数，从来不信鬼神，但是庄睿刚才给他针灸时，那种浑身清爽的感觉，他似乎在梦中感觉到过，结合自己身体莫名其妙地好起来，才对庄睿产生了疑问。

老人一生戎马，什么事情没见过，能人异士更不在少数，存在即合理，年龄越大，老爷子的胸怀倒是愈加宽广了。

老爷子现在怀疑外孙身上有超出常人理解的能力，否则自己和老伴的身体突然好转，就显得诡异了。

"功夫？我身上？外公，你说什么啊？我怎么听不懂。"

庄睿虽然心中震惊，不过脸上却露出一副莫名其妙的样子，一双眼睛坦然地看着老人，不过此时要是有人把耳朵贴在庄睿胸前，一准能听到"咚咚"的心跳声。

庄睿现在心中的震惊已经无法言喻了，心都快从嗓子眼儿里跳出来了，自从拥有异能到现在，庄睿没向任何一个人泄露过一丝关于这方面的秘密，没想到居然被垂垂老矣的外公看出了端倪。

老爷子一脸玩味地看着庄睿，说道："听不懂？呵呵，和外公还装啊，你小子是不是练过什么气功？能真气外放啊？"

欧阳罡这是给庄睿下了个套，故意说成是气功，让庄睿自个儿承认，然后再说出气功的不同，就看庄睿往不往里面钻了？

"气功？我不会啊，外公，您老不会也看武侠小说吧？"

庄睿还装做一脸迷糊，不是他不想承认，关键是如果承认自己会气功的话，万一老爷子让他来个头顶开砖之类的表演，那不是自己找罪受吗。

"还不承认？我说，去年我和你外婆身体突然好起来，是不是你干的？不然怎么那么巧，偏偏你来了，我的身体就好了？"

老爷子把前因后果联系在一起，那架势是不逼问出个一二三来，誓不罢休。

"老爷子，那是您和外婆福缘大，见到我妈高兴，关我什么事啊。

"对了，外公我和您说，在古代，还没娶媳妇的男人生病，就说一房媳妇进门，这叫做冲喜，估计您和外婆就是这样的。"

庄睿在老人的逼问下，心慢慢静下来，反正老头都是猜测，只要自个儿死不承认，老爷子还能让人把自己抓起来刑讯逼供？

所以庄睿就开始满口跑火车地信口扯淡，听得老爷子目瞪口呆，自己病好了，怎么扯到古代男人生病娶媳妇上了？

"你……你小子就胡诌吧。"

老人气得胡子都翘了起来，不过看到庄睿老神在在的样子，一转脸笑了起来，说道："行，不愧是我欧阳罡的孙子，泰山压顶不弯腰，要是放在战争年代，也是条硬汉！"

老爷子见庄睿死不松口，当下也不再追问，正如庄睿所想，他没什么证据，再追问下去，恐怕以后庄睿都不敢在自己面前使用这种能力了。

"咱心中没鬼，自然不弯腰了。"

庄睿挺了挺胸脯，不过却从烟盒里掏出根烟点上了，刚才老爷子给他的压力实在太大了，庄睿差一点儿就将秘密说出来了。

"行了，你知我知，天知地知，以后别在我面前装。走了，去给老宋扎一针去，他要是不愿意，你就说他怕疼！"

老爷子的话让庄睿额头又冒出了冷汗，敢情自己和囡囡玩的花招，早就被人看破了。

欧阳老爷子活了快一个世纪了，这世上能让他看不穿的事情已经非常少了，庄睿玩的那点儿小把戏，老人早就看出来了，既然庄睿不愿意说，他也难得糊涂。

"奶奶滴，年老成精，这句话说的一点都不假。"

庄睿擦了下额头的冷汗，狠狠地抽了口手中的香烟，他没想到平时显得迷迷糊糊的老爷子居然如此精明。

本以为事情掌握在自己手中，不料老爷子压根就是逗你玩。

庄睿也不想想，这些经历了九死一生，从刀山火海中生存下来的人，有一个简单的吗？

"走吧，那烟有什么抽的？我那儿还有几条，你回去的时候带走吧。"

老爷子的烟说戒就戒掉了，不过还有点儿馋酒，没事的时候总喜欢偷偷喝上两口，为这事不知道被小护士抓到多少次了。

扶着老爷子站起身，老人看了庄睿一眼，又说道："老宋做了一辈子政治工作，那双眼睛毒得很，你小子低调点，不然说不定会被他捅出去的。"

欧阳罡虽然不是很清楚庄睿的能力，但是去年庄睿能把他从阎王爷那儿拉回来，能力绝对不容小觑。老爷子心里十分清楚，这事如果宣扬出去，肯定会引起轩然大波，即便是自己也保不住他。

所以老爷子干脆故作不知，让自己和几个老战友能受用点儿就行了，还特意提点了庄睿一句，让他做得不要过于明显。

"外公，要不……就不去给宋爷爷扎针了吧，说不定没效果了呢。"

庄睿被老爷子说得心中一凛，在这些老家伙面前，他那点儿心机真是不够看的，也让庄睿打了退堂鼓。

再怎么说，面前的老人是自己的外公，绝对不会害自个儿，但是那位宋爷爷就很难说了，万一嘴不严实，那自己的逍遥日子就甭想再过了。

"去吧，我们这些老家伙，也没剩下几个了，你刚才那套磁场和针灸的理论讲得不错，回头再和老宋讲一下吧。"

老爷子摆了摆手，出言打断了庄睿的话，他相信庄睿能让窦医生都察觉不出来，对付老宋应该问题不大，而且他和宋将军相交半个多世纪，总不能眼睁睁地看着老朋友逝去吧。

欧阳罡这会儿心里像明镜似的,去年也是庄睿下午去看了老宋,晚上那老家伙居然就能下床了,联系到自己和老伴身上发生的事,欧阳罡要是还不明白,那这九十多岁就真白活了。

"注意点就行了,外公以前对不住你妈和你姐弟俩,只要你不张扬,在这块土地上,还没人能动得了你。"

老爷子说话的时候,眼中闪过一丝寒芒,腰杆也挺直了许多,仿佛耳边又回响起半个多世纪前的枪炮声。

"外公,过去的事情就不用提了。"

庄睿扶住老人的胳膊,从老人的话中,听出了深深的舐犊之情。

老人刚强一生,即使认女儿的时候也没表现出软弱,但是却在庄睿面前说出了心里话,让庄睿心中顿时感觉到一种暖意。

宋老爷子自从病情有所缓解后,也搬回玉泉山居住了,时不时和欧阳罡下盘棋,不过这段时间天气转凉,老人病情有些反复,已经快一个月没出小楼了。

"你这老头,身体好来显摆是不是啊?"

欧阳罡带着庄睿,自然一路通行无阻,直接来到宋老爷子的病榻前,老头不肯在老朋友面前失了面子,在孙子宋军的搀扶下挣扎着坐起身体。

"老子一顿饭能吃五个馍,身体本来就比你好,怎么着,不服气啊?"

让庄睿想不到的是,俩老头儿一见面就掐了起来,还专门挑让对方添堵的话说。

"老弟,你怎么过来了? 别理那两个,一见面就这样。"

趁着两位老爷子在一边"叙旧",这段时间一直守护在宋老爷子身边的宋军,把庄睿拉到了一边。

庄睿脸上现出一丝无奈,说道:"嗨,我前段时间跟了个博士学针灸,在老爷子面前显摆了一次,这不……被老爷子拉过来,要给宋爷爷扎一针。"

"那可不成,老弟,鉴赏古玩哥哥我对你心服口服,不过这疗伤治病,你还是算了吧。"

宋军被庄睿的话吓了一跳,他们家老爷子虽说这段时间身体不适,但是比去年下了病危通知书那会儿强多了,熬过这个冬天应该问题不大,别没事让庄睿给扎出事来了。

"宋哥,这针是扎手腕上的,很简单,而且是针灸和磁场理论相结合,有点儿效果,反正对人体无害,不妨让宋爷爷试下。"

庄睿先定好了基调,省得一会儿有效果自己解释不清楚。

"不行,这绝对不行。"

宋哥的脑袋摇得像拨浪鼓似的,宋家之所以现在还能保持这种地位,完全是因为宋老爷子存在。

宋老爷子早上多掉几根头发,都能让他们心急火燎,更不用说庄睿这个外行要给老爷子扎针了。

"有什么不行的?这老家伙可以,我当然也行了!庄小子,过来……宋爷爷就让你扎几针,你们家这老不休,经常吹嘘他打仗多勇敢,老子当年也不是摆设,打的恶仗不比他少。"

宋老爷子是有名的儒将,上过私塾读过大学,呃……大学没读完,不过在那会绝对算得上大知识分子。

老爷子平时很儒雅,说话也很风趣,但是只要和欧阳罡碰到一起,就是火星撞地球,脏话连篇了。

"欧阳爷爷。"

宋军不敢劝自家老爷子,将目光看向了欧阳罡,人可是他带来的,宋军这声爷爷喊得是怨声载道。

"你小子一边去,老子都扎了两针了,你爷爷难道比我还金贵?"

欧阳罡没好气地向宋军挥了挥手,他现在能体会庄睿的心情了,做好事总是被人拦着,还真让人心里不爽。

午休这会儿,特护没在身边,见宋老爷子点头,庄睿手脚麻利地点燃了酒精灯,将手中的银针消了毒,让宋老爷子把手搭在床榻上,对准手腕处的阳谷穴扎了进去。

宋军虽然有心阻止,但是在两个老家伙面前,压根没他说话的份,只能给自家老头子打了个电话,然后站在一边眼巴巴地看着。

庄睿这次吸取了教训,输入宋老爷子体内的灵气仅比用在窦医生身上的多一点点,相信以宋老爷子器官功能退化的程度,不会有明显的反应。

庄睿没发现,就在他收起银针时,原本老眼昏花的宋老爷子眼中透出一丝异样,抬起头看了一眼欧阳罡,见老伙计微微摇头,宋老爷子又恢复了原先的样子。

庄睿不知道,越是身体机能退化得厉害,灵气的效果就越明显,就拿庄睿自己来说,他现在给自个儿梳理身体,那种快感远没有最初时强烈,这是体内杂质减少了的原因。

"嗯,不错,小军,你陪庄家小子出去聊天吧,我和老家伙说说话。"

见欧阳罡给自己使眼色,宋老爷子把庄睿和孙子都支了出去,屋里就留下两个老家伙。

两人在房中谈了什么，谁都不知道，不过回去之后，老爷子就给庄睿下了命令，一个星期必须来玉泉山一次，给他和宋老爷子针灸。

　　庄睿本来就想帮老人调理身体，自然没有不答应的道理，两个老爷子将庄睿治病的圈子控制得很小，暂时就是他们几个老家伙享受这个待遇。

　　而原本在京大医学院不受人待见的何博士，突然被一纸调令调到研究所，而且给他拨了很大一笔资金，让他全权主持针灸与磁场理论的科研项目。

　　这事儿让京大很多硕士博士研究生大跌眼镜，好多人重新选择了研究课题，什么冷僻研究什么。

　　甚至有位硕士研究生对导师提出，要研究外星人与地球人的生理差别，当然，这哥们直接被导师大扫把打出了门，您倒是找出个外星人来看看啊？

　　玉泉山的两位老爷子经过庄睿的针灸调理后，身体都有明显好转，不过二人都是深居简出，外面没人知晓，这两位甚至连自己的保健医生都有意无意地隐瞒了下来。

　　随着冬天的来临，庄睿四合院里的老槐树变得光秃秃的，庄睿花了大价钱移植过来一些耐寒树种，依然郁郁葱葱，四合院里倒也不显得萧索。

　　白狮和雪獒最近鬼鬼祟祟的，时常能在园子里的假山边见到两个家伙的身影，做出一些少儿不宜的动作。

　　十二月，是母獒发情的季节，明年能不能有小雪獒出生，都看这个月了。

　　庄睿对此也非常重视，怕李嫂她们买不到新鲜的羊肉，特别交代了彭飞，每隔两天去西货场买一只活羊，保证白狮两口子每天都能吃到最新鲜的食物。

　　金羽不知道是不是被庄睿灵气滋润的效果，才出生六七个月，体型已经直追那两只成年金雕了，站在地上身高已经超过一米了，这让小金羽颇不习惯，因为它再也无法站到庄睿的肩头了。

　　相对于金雕八九十年的寿命而言，小金羽现在还是个婴儿，所以虽然个头不小，庄睿倒是不用操心给它找伴侣的事，这事最少要过上四五年再说。

第十八章 泼天富贵

"庄睿,一月份的缅甸公盘,你真的不去啦?"

自家老爷子身体见好,宋军也清闲下来,没事就转悠到庄睿的四合院喝点小酒,他和欧阳军等人从小就认识,在庄睿这里倒没什么拘束感。

眼瞅着缅甸公盘又要开始了,宋军这几天经常来找庄睿,想说服他再去缅甸转一圈,他很想再体会一下那种赌涨的感觉。

坐在院子里的还有马胖子,这哥们儿最近来北京谈生意,就住在离庄睿四合院不远的一家酒店,走路几分钟就能到庄睿家,刚才和宋军在庄睿这儿蹭了顿午饭。

"不去了,没见我媳妇那肚子啊,二月初就要生了,我哪儿走得开啊?"

庄睿摇了摇头,现在已经十二月底了,再有两个月自己那对龙凤胎就要出世了。现在庄睿除了每天上课之外,就是在家守着老婆,连北京的几个产业都顾不上打理,哪儿还会和宋军跑缅甸去。

话再说回来,庄睿现在想要翡翠,根本不需要通过公盘,胡荣在边境开通了一条走私通道,已经往国内送了好几次原石了。

这些从缅甸走私过来的原石,不但足以支撑秦瑞麟翡翠饰品的消耗,就连香港秦氏也受益匪浅,从庄睿这里低价购得不少好料子,比参加公盘划算多了。

这也使庄睿没动他上次拍到的原石,包括那块极品黄翡在内,十几块原石都藏在庄睿的地下室里,这些石头拿出去任何一块,都能引起业内的争抢。

随着缅甸翡翠资源的日益匮乏,这一年多以来,国际翡翠市场的价格还在上涨,尤其是高端极品翡翠,根本就是有价无市,只在拍卖场上能偶尔得见。

京城秦瑞麟里的中高档翡翠饰品,已经成为翡翠收藏爱好者的首选了,在京城的销售份额日益扩大,就连老牌珠宝店都无法与之比拟。

"你小子不去,老马又忙着投资的事,我一个人也不去了。"

宋军倒是知道自己有多少斤两，虽然上次在缅甸公盘上大捞了一笔，不过那都是沾了庄睿的光，要是让他自个儿选原石，恐怕赔得只能穿条裤头回国了。

好在宋军赌石只为个刺激，他也不缺那俩钱，随着老爷子身体好转，自然带给他的好处多多。

"赌石就算了吧，那个东西偶尔玩玩还行，沉迷了就要出问题了。"马胖子笑着说道，庄睿几个月没见他，这哥们体型又庞大了不少，坐在那里像座肉山似的。

马胖子自从和宋军结交后，也占了不少便宜，身家暴涨。去年全国性煤炭资源整合时，很多小煤窑停产整顿，他趁机兼并了不少煤炭企业，生意也越做越大。

最近马胖子和国外谈了一笔合作项目，涉及资金高达三十多亿美元，二百多亿人民币，连资源部都惊动了。

因为马胖子要投资的是南非的一家铀矿，这东西可是战略储备矿石，所以备受重视，将近一个月，马胖子都在北京忙乎这件事。

"我也就是玩玩，还不至于沉迷，倒是你这胖子，少祸害几个黄花闺女啊。"

宋军听了马胖子的话后，不屑地撇了撇嘴，转脸看向庄睿，说道："对了，老马那生意，你有没有兴趣？这生意绝对稳赚不赔。"

马胖子的生意，就是宋军给牵线搭桥的，否则国外的铀矿投资哪儿轮得到马胖子？多的是人争呢。

不过马胖子接下这笔生意是福是祸还很难说，因为尽管铀在地壳中的含量很高，比汞、铋、银要多得多，但由于提取铀的难度较大，平均每吨地壳物质中只能提取二点五克铀。

而且铀矿石具有放射性危险矿物，开采的话前期投资非常大。

这样一来，即使马胖子有个几十亿身家，也远远不够，如果不是上面和宋家私下注入资金，马胖子根本就吃不下这笔生意。

即便如此，马胖子的资金缺口也很大，他知道庄睿手里有几个闲钱，所以才拉着宋军做说客。

马胖子不知道，即使他不找宋军，宋军也会和庄睿谈这件事的，因为家里老爷子发话了，这生意让庄睿参上一股，宋军虽然不明白老爷子的意思，但是也不敢违逆爷爷的话。

"马哥，您那生意需要多少钱？"

庄睿最近手头倒是有不少闲钱，因为欧阳军开发的房子大部分已经售出，庄睿按股份拿的分红高达十二亿。

而且今年缅甸翡翠矿的两次分红也有六亿多人民币，加上新疆玉矿也给庄睿打过来一笔两亿多的分红款子。

即使不算秦瑞麟和博物馆以及彭城那些产业的盈利，七七八八算下来，庄睿居然有二十多亿人民币在手上,而且全都是随时可以提取的现金。

别看那些福布斯排行榜上的富豪动辄就是几十亿美元身家,但是真要让他们马上拿出二十亿现金,恐怕没有一个人能拿出来。

庄睿还没想好这笔钱怎么花,听马胖子这么一说,倒是有点儿意动,钱在手里是死的,只有投资出去才能创造效益。

不过庄睿对稀有矿这块儿比较陌生,也不敢贸然答应,就先问了下情况。

马胖子听了庄睿的话后,苦笑起来,说道:"本来以为一百亿人民币就够了,不过专家去南非考察后,说那个矿床含铀量十分高,估计能排在世界前五位,所以投资还要追加,大概需要两百到三百亿人民币。"

庄睿闻言倒吸了一口凉气,原本以为自个儿手上的钱已经不少了,没想到居然连这个项目的十分之一投资都达不到,看来自己还是太"穷"了啊。

宋军见庄睿犹豫,当下说道:"老弟,这个机会很难得,很多人挤破头想投资这个生意,我都没答应,别人不说,你给欧阳军打个电话,看那小子什么意见?"

宋军的话其实把自个儿的地位抬高了许多,这生意根本不是他能决定股份分配的,牵扯到很多利益纠葛,只有家里老爷子发话才管用。

宋家的生意大多都是资源方面的,想做这买卖,就绕不开宋家的支持,说白了,马胖子只是宋家推出来的一个代理人。

当然了,这个代理人也不是谁都能做的,因为只要铀矿能顺利投产,那就是一笔泼天富贵,要不然马胖子能将他所有的煤矿产业都抵押给银行,贷出五十亿的款子吗?

庄睿低头沉思了一会儿,说道:"宋哥、马哥,这事我要考虑一下,过两天再给你们答复吧。"

几十亿的投资,庄睿可不敢贸然行事,新疆的玉矿已经开发到了末期,以后的产出越来越少了,房地产项目也已经结束,不再有收益,除了缅甸翡翠矿之外,庄睿以后不会再有大笔资金进账了。

所以庄睿要慎重考虑一下,再决定自己是否投资这笔生意。

送走马胖子和宋军后,庄睿坐回院子里,一个人沉思起来。

按说以自己和宋家的关系,这笔投资应该是稳赚不赔的,不过让庄睿一次性把二十多亿都投进去,他还是要考虑清楚。

"嗯?谁的电话啊?"

突然,庄睿的手机响了起来,拿起来一看,没有来电显示。

"喂,哪位?"庄睿接起了电话。

"请问是庄睿吗？首长要和您通电话。"

电话一端传来一个陌生的声音，在庄睿答应了之后，电话被交到另外一个人手上。

"小睿，我是大舅。"

欧阳振山威严的声音从电话里传了出来。

"大舅？您……您怎么有空打我电话啊？什么事儿？"

庄睿一听是欧阳振山，不禁拿着手机站了起来，可能是接触比较少的原因吧？比起欧阳家的老爷子，庄睿更怵这位欧阳家现任掌门人。

虽然大舅隔个七八天，也会来四合院吃顿饭，但是私下里却极少给庄睿打电话，这让庄睿有点受宠若惊。

"嗯，也没什么事，宋家那小子去找你了吧？"

"是啊，刚送走宋哥，大舅，怎么了？"

庄睿莫名其妙之余，还有点愠怒，听了大舅的话，自己好像有种被人监视的感觉。

欧阳振山可不管庄睿这会儿有什么心思，在电话里说道："他跟你说的事，可以答应下来，如果钱不够去找小军要。"

"等等，大舅，这怎么回事啊？"

庄睿越听越糊涂，不就是一桩生意吗？虽然投资不小，但是二十多亿美金还不至于让大舅过问吧？

"老爷子吩咐的，你照办就行了，记住，要一成的份子。"

欧阳振山也没多说，讲完后就挂断了电话，一会儿还有个会要开，他可没那么多时间给庄睿解释。

欧阳振山对老爷子的决定颇有点不以为然，虽然他极疼爱小妹，但是并不想让外甥参与到这些战略储备物资的投资中去。

虽然这样来钱快，但是受到的关注也会特别多，想让庄睿赚钱，国内多的是项目，或许赚的没那么多，也够庄睿用一辈子的。

欧阳振山并不知道，庄睿就算现在屁事不干，整天龙虾鲍鱼地吃着，他的钱也够用几辈子了，赚钱对于庄睿来说，更多的是追求成就感。

之所以让庄睿参与这笔投资，其实并不是欧阳老爷子的主意，这是宋家老爷子对庄睿的一种回报而已。

"原来是这么回事。"

庄睿听了大舅的话后，心里也明白了几分，敢情是那俩老头捣鼓出来的，可能是觉得受到小辈的恩惠，有些不好意思吧。

弄清楚事情的原委后,庄睿的心放了下来,既然是宋老爷子给自己送钱,那岂有不要的道理,恐怕以那老家伙做事的霸道,不要都不成。

庄睿翻出电话准备给宋家拨过去,不过想了一下,还是将电话收了起来,等明天再答复宋军也不迟。

就在庄睿站起身准备回去看媳妇时,彭飞领着一个人穿过中院的回廊走了过来,看得庄睿一愣。

"爸?您来怎么也不先说一声啊?"

彭飞陪着进来的那个人,正是庄睿的泰山大人秦浩然,庄睿连忙迎了上去。

"临时决定的,正好有点儿事和你谈,我就过来了。"

秦浩然应该刚下飞机,一副风尘仆仆的样子,而且也没带行李,空着双手就来了。

"不会是想丈母娘了吧?"

庄睿在心里编排了老丈人一句,秦萱冰怀孕五个月,方怡就从香港赶了过来,一直住在庄睿这里,和欧阳婉一起照顾秦萱冰。

所以庄睿感觉老丈人来,说不定是想丈母娘了……

本来在屋子里的欧阳婉等人也看到了秦浩然,连忙出来招呼,秦萱冰更是挺着大肚子来到中院,又是一阵热闹。

看来秦浩然还真有事,庄睿本来以为老丈人会先去休息下,和丈母娘亲热一番,没承想见过亲家母之后,秦浩然就把他拉到后院的厢房里来了。

方怡和秦萱冰也坐在旁边,至于欧阳婉则有意让开了,她看出秦浩然似乎有话要对儿子说。

"爸,有什么事打个电话来不就行了,您还亲自跑一趟。"

庄睿给老丈人倒了杯热茶,十二月的北京已经寒风刺骨了,秦浩然显然不习惯这边的天气,坐下后还用嘴对着双手哈了口气。

"正好来看看冰儿,顺便跟你说点事。"

秦浩然喝了口茶,接着说道:"本来冰儿怀孕,这事不想让你去的,可是老三刚出了事,老二又不争气,你妈是个女人家,也不好抛头露面,老爷子不参与公司管理已经很多年了,这事还真得让你跑一趟。"

庄睿听老丈人的话,似乎有事要自己去办,连忙说道:"爸,什么事啊,您直接说吧。"

别人都把女儿嫁给自己了,帮老丈人做点儿事,也在情理之中。

方怡似乎之前也不知道秦浩然的来意,不过听完他的话,像是明白过来了,开口打断了庄睿的话,说道:"浩然,不能让老二去吗?你看萱冰这肚子,最多有两个月就要临产了,小睿不在身边怎么成?

"老二再不争气,也是你亲弟弟,什么都不让他干,说不准他心里会有想法呢。"

秦浩然叹了口气,道:"唉,老二前段时间去澳门,输了近一亿港币,被咱爸禁足了,就算没这事,让他去我也不放心啊,谁知道他会不会拿着钱再去赌?"

庄睿在一旁听得咋舌不已,这秦家老二还真是个败家子,一输就是一个亿,怪不得老丈人宁愿跑北京找自己,也不愿意让自己亲兄弟去做事。

"是这样的,今年大陆取消了钻石的进口税,国内有很多钻石商人直接去南非选购钻石了,由于他们给出的价格稍高,原本属于我们的份额现在少了很多。"

听完秦浩然的讲解,庄睿明白过来,原来是内地取消钻石税后,那些原本依附在香港公司的商人纷纷自立门户,直接和国际钻石供应商联系起来。

中国人做生意,有个很不好的特性,就是相互抬价,那些国际钻石供应商,自然是谁给的价格高就给谁供货了。

钻石的产地就那么几个地方,每年产出的钻石都是有数的,这样一来,国内钻石进出口的开放就给香港许多老牌珠宝公司的钻石供应,造成了很大的困扰。

要知道,钻石在珠宝店的销售额稍高于翡翠玉石饰品,尤其是国内近几年受到国外的影响,结婚必须交换钻戒。

老外的习俗直接淘汰了老辈人结婚打金饰的传统,让那些有钱没钱的年轻人结婚的时候总要买上两个钻戒。

如此一来,国内每年仅在钻石饰品的销售额就达到了五百亿人民币,占了各家珠宝店销售总额的四成还多。

所以,秦氏珠宝如果明年无法购得一年的钻石用量,那这一块就要被人挤掉不少市场份额,对秦氏珠宝而言,虽然不是致命的打击,但是也会元气大伤。

至于秦家这一年多,虽然在生意上有所斩获,沾了庄睿的光,在国内翡翠玉石市场占得一席之地,但是秦家内部却出了点儿问题。

秦浩然兄弟三个,他是老大,也是秦家这一代的掌门人,另外兄弟两个都在家族企业工作,不过老二是个正儿八经的纨绔子弟,每天只知道赌钱玩女人。

尤其是前段时间,秦老二跑到澳门赌钱,连赌了五天五夜,输出去一个亿港币,最后还被赌场扣住,还是秦浩然亲自送钱过去赎回了人。

秦老二回到香港后,老爷子气得当时就用拐杖把老二的腿给打断了,让他做事根本就不靠谱。

秦家老三倒是挺能干的,家族有一半的生意是他在打理,不过只比庄睿大了八九岁的秦家三叔最喜欢玩车,前两个月和人飙车出了事故,全身多处粉碎性骨折,现在还躺在病床上呢。

所以秦浩然这几个月不光要忙活自己的事,连秦老三原本负责的工作也要接手,忙得不可开交,不然的话,此次选购钻石的事他肯定要自己去的。

"爸,您是让我去南非,给秦氏珠宝采购钻石?"

听完秦浩然的话,庄睿出言问道,他是玉石类的专家不假,但是对钻石还真不怎么精通。

"小睿,从下个星期开始,南非会进行为期一个月的钻石原石拍卖会,我想让你代表秦氏珠宝参加。

当然,你不需要在那里待上一个月,顺利的话,一个星期就能回来。"

秦浩然有些不好意思,女儿大着肚子,按理说自己当丈人的,应该让女婿多陪陪女儿,而不是指使女婿去做事。

不过秦浩然实在是没办法了,这次采购钻石需要动用的资金要大于年初那次翡翠公盘上的花费。

为了此次钻石采购,秦浩然准备了整整两亿欧元,这笔钱必须交给信得过的人才行,思来想去,只有庄睿是最合适的人选。

"浩然,要不我去吧。"

方怡在旁边说道,女人怀孕的时候心理比较脆弱,她是想让庄睿在家里陪着女儿。

"你以前管的是财务,这生意上的事情还得让男人谈。"

秦浩然摇了摇头,否决了妻子的建议,话再说回来了,庄睿留在家里还不如当妈的在身边伺候得用心呢。

"爸,那我就去一趟吧。"

来回一个多星期,耽误不了什么事,庄睿想了一下,说道:"我明天去学校请个假,三五天就能出发了。"

庄睿说完之后看向老婆,虽然秦萱冰不想老公这会儿离开自己,但是老爸亲自上门请求,做女儿的也无法拒绝。

"好,我把那笔钱转到瑞士银行,你交易的时候可以直接转账。"见庄睿答应下来,秦浩然松了一口气。

对于庄睿的办事能力,秦浩然极为放心,别的不说,就是今年年初的时候,要不是庄睿,秦氏珠宝肯定会在缅甸公盘上铩羽而归。

庄睿在公盘上表现出的那种对时机的把握,出手时的果断,连秦浩然也自叹不如,此次南非钻石交易会,也是以拍卖的方式进行的,秦浩然相信庄睿能处理好这件事。

第十八章 泼天富贵

第十九章 | 南非之旅

香港还有一大摊子事情等着秦浩然，在北京住了一天，秦浩然就匆匆离开了，留给庄睿两亿欧元的银行本票。

庄睿第二天去学校找孟教授请了假，孟教授知道庄睿在外面有很多事情要做，加上研究生本身课就不多，当下也没多说，只让庄睿在外面注意安全。

不过孟教授也庄睿说，理论终归要和实践相结合，明年开春的时候，他准备让庄睿跟着进行一些野外考古工作。

想想那会儿自己的孩子应该出生了，家里又不缺人伺候，庄睿就答应下来，经过这段时间的学习，庄睿对古代墓葬也十分感兴趣，能从墓葬中还原一个朝代，也是件极有意义的事。

庄睿又给宋军打了电话，说铀矿投资的事等自己从南非回来再说，没承想上午打了电话，下午这哥俩又齐齐来到四合院。

"宋哥，马哥，您二位说的生意算我一份，不过丑话说在前面，这事我只投资不管理，就是一吃分红的，有什么事都别找我。"

庄睿昨天接了大舅的电话后，也知道这两位的来意，直接开门见山地把自己的意见说了出来。

投资可以，但是庄睿不想管事，自己一摊子生意都没上过心，更甭提远在非洲的投资了，要不是为了让两个老爷子安心，庄睿宁愿将钱存在银行吃利息。

"你小子，找你你懂吗？"

宋军有些郁闷，别人上赶着都求不到的好事，到庄睿这里倒反过来了，好像是自个儿求着他入股一般。

从上世纪五六十年代以来，不管在哪个国家做生意，能源和军火生意绝对是世界上最赚钱的两种生意。

尤其是石油和战略储备能源,这两样只要沾点儿边,就坐等着发财吧,没看到阿拉伯国家的酋长一个个富得流油。

"呵呵,我当然不懂了,能者多劳吧。"

庄睿闻言笑了起来,这年头都是拿钱的不干活,干活的反而拿不到几个钱。

"这件事由于股份的原因,已经拖了不少时间,庄睿你的钱这两天能到位吗?"

宋军本来就没指望庄睿参与到这家公司里面来,在他看来,让庄睿入股,是老爷子和欧阳家族结盟的一种表示。

庄睿给两个老人治病的事,在宋军这些亲人眼里,不过是庄睿比较有孝心而已,除了庄睿四合院里的人,对他的针灸术极有信心之外,旁人都不知道里面的门道。

倒是欧阳军隐隐猜出点儿东西,但是他也不敢多说,这件事关系太大,不过欧阳军这段时间每天都抱着儿子让庄睿扎针,惹得小家伙一见银针就张开手要抢,有一次把小手都扎破了。

"钱随时都能到位,不过这事不能这么草率吧?"

庄睿知道因为这桩生意,要重新注册一个股份公司,明晰他们股东的股份,在庄睿想来,这样的事情,没三五个月是办不好的。

"什么叫草率啊,这件事已经运作了快半年了,就等着注资分配股份了,行了,和你说这些也没用。

这样吧,庄睿你拿二十亿,算你一成股份,老马拿五十亿,占百分之十二股份,另外上面占百分之五十一,剩下百分之二十七的股份由另外三家分摊。"

本来庄睿这百分之十的股份也属于宋家,像这样的项目,宋家原本最少要占到百分之二十以上的股份,但是宋老爷子开了口,等于是白送给庄睿一成份子,没见马胖子拿出五十亿才比庄睿多了百分之二的股份吗?

当然,马胖子也没有什么不满,投资五十亿进去,过个两三年,可能就是一百亿的回报。

马胖子的小算盘精明着呢,有宋家这棵大树在,他才不怕被人连皮带骨头地吞掉,傍上了这棵大树,马胖子在国内的生意也会顺当不少。

"成,宋哥你安排就行了,明天我让人把钱打过去,后天我就要走了,股权什么的等我回来再签吧。"

庄睿同意下来,他根本就不知道,这百分之十的股份,未来会给他带来多大的收益,那笔钱的数目让马胖子都拿得心神不定,最后还是捐出去一大半,这才能睡个踏实觉。

宋军办事的效率很高,或者说这件事就是因为庄睿才拖下来的,没等庄睿离开北京,宋军就把各种文件拿到了庄睿家里,一一签好字,公司也已经开始运营了,各种开矿的设备也装船运往非洲。

离开北京的前一天晚上,庄睿又驱车到玉泉山和两位老爷子吃了顿饭,当然,主要目的还是给两人调理下身体。

原本不能下床的宋老爷子,经过这段时间的调理,已经可以扶着拐杖慢慢走路了,不过庄睿再给他们针灸的时候,都是避开医生进行的,俩老头不愧是战争年代过来的,保密条例学得相当好,一点儿风声都没泄露出去。

"庄总,怎么不带那两只藏獒啊?"

贺双见庄睿下车之后,后面没跟着白狮,不禁有点儿奇怪,这几次庄睿出门都带着白狮的。

"去拍卖行带白狮不方便,老贺,家里都安排好了吧? 这次顺利的话要一个星期,否则可能要半个月。"

庄睿这次出门,还有些挠头事,十二月刚好是藏獒的交配期,白狮肯定不能带,本来想把金羽带上。

但是庄睿转念一想,南非又不是乡下,而且很多人有枪,别带着金羽被人打了黑枪,那庄睿都不找到地方哭去,最后还是决定谁都不带,就彭飞在身边跟着。

"庄总,都安排好了,这一年大半时间都闲着,出次任务也没什么。"

听到庄睿关心的话,贺双有些感动,待遇高事情少,再加上老板厚道,贺双对这份工作十分满意。

"恬娅,琉璃,半个月不回家,老公不会担心吧?"

进入机舱后,庄睿和两个空姐开起了玩笑,之前琉璃的老公听说自个儿媳妇的老板年轻帅气,差点逼着琉璃辞职。

最后还是庄睿组织了次活动,让机组人员都带家属参加,那位吃醋的丈夫看到秦萱冰之后才打消了心中的疑虑。

从北京飞往南非,要飞越整个印度洋,由于庄睿的飞机不是顶级私人飞机,经过马尔代夫时,降落在马尔代夫机场加了次油。

当飞机穿过云层,庄睿向窗外看去,入眼处一片蓝色,无边无际的大海在阳光的照射下闪烁着迷人的光彩。

在碧蓝的海水中,散落着一个个绿色的小岛,绿色的外围又被一圈雪白的沙滩包围着,海滩外面是一圈若有若无的浅蓝,浅蓝外面是宝石一样的深蓝。

如此美景,让飞机上的几个人都看呆了,两位空姐也不管老板在飞机上,都挤在窗口看了起来,还不时发出惊叹声。

"还是这里气候好。"

趁着加油的间隙,庄睿打开舱门下去透了口气,潮湿的海风吹在身上,十分舒服,比起寒风刺骨的北京,这里四季的平均温度都在28度以上,气候宜人。

随着国内生活水平的提高,很多年轻人结婚都喜欢到马尔代夫来旅游,庄睿拍婚纱照的时候,就曾经考虑过马尔代夫,不过那段时间比较忙,才选择了海南。

"呵呵,庄总,马尔代夫可是旅游的天堂啊,我们也是第一次来。"

"是啊,好蓝的天啊,好美的大海。"

机舱里的几个人都走下了飞机,恬娅和琉璃脸上都露出陶醉的神情,叽叽喳喳地讨论起来,显然,马尔代夫的魅力是所有年轻女孩都无法抗拒的。

庄睿闻言不禁笑了起来,空姐看的最多、也最厌烦的恐怕就是蓝天了,以前怎么没听她们说过蓝天啊? 纯粹是心理使然。

"这样吧,以后机组人员增加一项福利,每年可以带家属外出旅游一次,你们自己安排,如果想坐这架飞机,那你们几家就商量好,如果想过二人世界,费用由我来报销。"

庄睿对员工还是很大方的,别的不说,就是定光博物馆的待遇,在北京城也是数一数二的。

前段世界吴兆还找过庄睿,透露出博士毕业后想进庄睿的博物馆工作,庄睿当时就一口答应下来,他现在不缺钱,缺少的是藏品和专业人才。

"真的?"

"哇,老板万岁!"

"庄总,那可就谢谢您啦。"

听了庄睿的话,两个空姐顿时高兴得差点跳起来,就连稳重的贺双和丁浩也是面带喜色,虽然以他们的收入,出国旅游完全不成问题,但是免费的谁不喜欢啊?

"行了,快加好油了,准备出发。"

庄睿摸了摸鼻子,好像被人喊万岁的,最后的下场都不怎么好吧?

飞机离开美丽宜人的马尔代夫之后,又经过七八个小时的飞行,终于降落在南非约翰内斯堡机场。

约翰内斯堡的气温要比北京高很多,在二十度左右,坐在汽车上,入眼的几乎全都是黑人,庄睿这才意识到,自己来到了非洲。

由于荷兰人在十六世纪对南非发起了殖民战争,一直到十九世纪英国人接手南非,这个资源富饶的国家一直都是殖民地。

所以南非虽然百分之八十以上的人口都是黑人,而且现在也是黑人执政,但是这个国家的命脉始终控制在白人手中,像金矿、钻石矿和稀有能源矿的矿主们基本上都是白人。

临来之前,庄睿也恶补了下南非的相关知识,他知道约翰内斯堡是南非最大的城市和经济中心,也是世界上最大的产金中心,素有"黄金之城"的称号。

1886 年的一天,一个名叫乔治·哈里森的白人在约翰内斯堡北面的一个农场散步,被一块露出地面的石头绊倒,这是一块金块。由此,引发世界各地的淘金者蜂拥而至,掀起了一股淘金的热潮。

历经一百多年,约翰内斯堡已经成为世界上最大的产金城市,金矿带动了约翰内斯堡的发展,使其成为南非经济最繁荣的城市,造型各异的高大建筑物鳞次栉比,四通八达的现代化高速公路网覆盖整个城市。

世界十大金融市场之一的约翰内斯堡股票交易所位于市区的繁华地段,交易异常活跃,环境幽雅的现代购物中心随处可见。

庄睿来到这里时,已经夜幕降临,整个城市灯火通明,建筑物上的霓虹灯齐放异彩,更增添了现代大都市的氛围。

南非的另外一种特产钻石交易,也顺理成章地安排在约翰内斯堡,每年来这里的人,除了黄金商人之外,最多的就是世界各地的钻石商人了。

庄睿等贺双办理好停机手续后和他们一起离开了机场,在机场出口,一个人举着写着"庄睿"两个汉字的牌子,等在那里。

"哥们儿,会中文啊?"

庄睿看到牌子上的两个字写得苍劲有力,居然有股书法的味道,不禁和那个接机的人开了个玩笑,南非以前是英国的殖民地,语言对庄睿来说不成问题。

不过那人的答复让庄睿哭笑不得,因为他说自己举着的这幅"画",是他对着酒店给他的传真纸,画了整整三个小时才画出来的。

"得,都上车吧。"

庄睿对着身后几个人摆了摆手,这是辆商务车,刚好能容纳自己这些人,香港那边考虑得非常周到。

"庄哥,我听说这里的金币和钻石便宜,明儿白天办完事,晚上咱们出去转转吧?"临来之前,彭飞就向媳妇许诺了,要带一颗大钻石回去送给她。

"好啊,我们也要去。"

女人向来是对亮晶晶的东西没有抵抗力,听了彭飞的话后,两个漂亮的空姐也高兴地喊了起来,就连坐在后面的贺双和丁浩也有点儿动心,南非的钻石可是世界闻名的。

"算了吧,要买东西等我忙完了白天一起去,记住,晚上不准出去。"

本来和几人嘻嘻哈哈说笑的庄睿,脸色突然变得严肃了起来,开什么玩笑,在约翰内斯堡晚上出去逛街,那不是没事找事嘛。

虽然车窗外灯光闪烁,但是庄睿等人都能看到,马路边很少有人行走,只有三五成群的黑人在街边冲着来往的汽车吹着口哨。

原本秦氏珠宝在约翰内斯堡,也有一个办事处,虽然只有一个人,但好歹也是个据点,不过那位倒霉的办事处主任晚上出门泡妞时被人捅了一刀,养好伤后再也不敢留在这里,宁可工作不要也要返回香港。

现在秦氏珠宝在约翰内斯堡已经没有工作人员了,庄睿住的酒店都是香港方便联系的,不过这在通讯发达的今天,倒也不是什么问题。

听庄睿的话后,一车人都咋舌不已,两个空姐更是吓得花容失色,目光再转向灯火通明的车外时,眼中已经带了深深的恐惧。

其实这次南非之行,庄睿本来就没打算让两个女孩来,是她们感觉自己不干活只拿钱有些不好意思,这才非要跟来。

车内的气氛有些压抑,过了半个多小时后,车子停在撒恩顿广场附近的一家酒店门口。

"哎呀,有小偷!"

谁都没发现,酒店大门对面的一个花圃的阴影里,藏着一个小小的身影,飞快地冲向走在最后面的恬娅。

正规的空姐下飞机后,只有一个手拉的行李箱,不过庄睿没那么多规矩,所以恬娅肩头还背了一个女士坤包。

藏着阴暗中的身影要抢夺的就是恬娅肩头的包,就在他拉住坤包准备跑路的时候,恬娅下意识地用手拽了一下。

女人的力气始终没有男人大,虽然那只是个男孩,还是将恬娅拽倒在地,要说这人的爆发力十分好,十来岁的男孩得手后,撒开脚丫子就往酒店外面狂奔。

"小偷,有小偷!"

"恬娅,你怎么样啊?"

倒在地上的恬娅最初发出一声尖叫后,整个人都呆滞了,嘴里还喃喃地喊着抓小偷,琉璃看到恬娅胳膊上渗出了鲜血,手忙脚乱地准备打开自己的箱子,拿出急救包给恬娅包扎。

"这还是小偷吗? 就差没拿枪来抢了,土匪还差不多。"

庄睿听到恬娅的话后,不禁摇头苦笑,听说最近几年国内沿海地区有抢包的,没想到在非洲也能见到。

看那男孩马上消失在花圃后面,庄睿知道自己是追不上了,这些人对地形十分熟悉,只要钻入对面的巷子里,自己就很难抓到他。

庄睿没办法,不代表彭飞也不行,就在那男孩的身影快要消失的时候,彭飞右手猛地一甩,已经跑出十多米远的男孩嘴里发出一声惨叫,整个人摔倒在地上。

"琉璃,你扶恬娅进酒店,不要在外面待着。"

见彭飞出手了,庄睿连忙制止了琉璃的动作,在酒店门口都能遭到抢劫,琉璃在这儿打开行李箱,没准又得引来一帮劫匪。

彭飞已经跑到男孩身边,弯下腰从男孩腿上拔出他的小刀,又响起一声惨叫。

"妈的,这侍应是傻的啊?"

庄睿看了一眼酒店门口的侍应,那哥们居然对刚才发生的事情视若无睹,这会儿正殷勤地要帮琉璃拿行李箱呢,却被琉璃一把推开了,谁知道这人会把箱子拿哪儿去啊?

庄睿轻轻地叹了口气,没想到这么乱,连酒店门口都不能保障客人的安全。

"庄哥,这人怎么办?"

等庄睿赶到彭飞那里,彭飞已经将男孩制服了,他刚才飞刀扎的是男孩的大腿,已经撕下那男孩的衣服,给他简单包扎了一下,止住了血。

不过男孩的双手和双脚也被彭飞绑了起来,小男孩用土语不停地叫骂着,一脸桀骜不驯的样子。

"算了,放他走吧。"

庄睿仔细打量了一下小孩,也就十三四岁的样子,脸上还带着稚嫩,张嘴骂人的时候,露出一口雪白的牙齿。

在男孩脸上不时露出痛苦的神色,显然彭飞那一刀让小家伙吃了不小的亏。

看着男孩满眼的仇恨,庄睿叹了口气,从裤兜里掏出皮夹,拿出十来张百元面额的美元,塞到小男孩破烂的衣服里,用英语说道:"以后不要再抢劫了,好好做人!"

"彭飞,把他放开,咱们走吧。"

庄睿摇着头,拉了一把愤愤不平的彭飞,说道:"你和孩子叫什么劲啊?"

庄睿感觉彭飞的反应有点过激,这可不是在自己国家,如果伤了人被警察带走,说不定要大使馆出面才能解决,庄睿可不想招惹这些麻烦。

"孩子?"

彭飞冷笑一声,说道:"庄哥,孩子也能杀人的,我就亲眼见过……算了,不说这些事了。"

似乎想到了什么不愉快的事,彭飞顶了庄睿一句后,低下了头,用刀子把捆绑着小男孩的衣服割开。

"先生,谢谢你!"

就在庄睿和彭飞走出七八米后,身后突然传来男孩的声音,还带着呜咽声,庄睿愣了一下,摆了摆手,道:"走吧,以后不要再这样做了。"

男孩站起身向庄睿深深地鞠了一躬,才一瘸一拐地走入黑暗中。

"怎么样? 只要是人,还是知道好歹的。"庄睿拍了拍彭飞的肩膀,走进富丽堂皇的酒店大堂。

"庄哥,在这种地方,以后千万别做这样的事了,否则会被人惦记上的,有时候孩子比成年人更可怕。"

彭飞摇了摇头跟了上去,看到庄睿不以为然的样子,接着说道:"我有一次和战友出任务,那个战友就是为了救一个被地雷炸伤的孩子,被那孩子一枪打爆了头,你知不知道,那只是个九岁的孩子。"

第二十章 终极保镖

"贺双,怎么了?"

庄睿走到酒店服务台,发现贺双正和刚才在门口袖手旁观的侍应争吵,而琉璃等人脸上也带着愤愤不平之色。

"庄总,这人还有脸要小费。咱们被抢他不管不说,刚才明明没让他拎箱子,他非说自己为我们服务了,必须要收取小费。"

贺双从军多年,也是一副火爆脾气,这要是在国内,早就挥拳相向了。

"滚!"

庄睿还没说话,一旁的彭飞就压抑不住火气了,上前一把将那个高大的侍应推到了一边,用英语说道:"不想死的,就离我们远点儿。"

一向显得慵懒的彭飞,此刻却杀气毕露,眼中冒出一股寒光,看得那个侍应连连后退。

彭飞和贺双不同,他虽然也是部队出身,但是没有那么多条条框框,尤其是在国外执行任务时,自主性非常高,杀个把人根本不算什么。

所以惹火了彭飞,他真敢杀了这人。

"彭飞,算了,别和这种人一般见识。"

庄睿拉住彭飞,他知道这小子心绪有点儿不稳定,说不定真敢出手。

约翰内斯堡总归是南非最重要的城市之一,明目张胆地杀人。

不过庄睿是来参加钻石交易会的,他可不想多惹是非,所以才一把拉住了彭飞。

"老贺,你联系一下香港秦氏珠宝,向这家酒店的总部进行投诉!"

庄睿转过头,跟贺双说道,这家酒店也是世界有名的连锁五星级酒店,投诉到他们总部的话,至少会给个说法。

"好的,庄总。"

贺双等人算是见识了,这还没住下呢,就接二连三地出事,看那侍应离去时愤愤不平的目光,一副不肯就此罢休的模样。

交代完之后,庄睿并没去服务台办理入住手续,而是拉着彭飞在酒店大厅的沙发上坐了下来。

庄睿要等这家酒店的经理出面,否则在南非得罪了人,不知道会有多少麻烦事呢。

"对不起,请问你们是从香港来的客人吗?"

秦氏珠宝办事效率很高,过了大约二十分钟,一个四十多岁的白人男子匆匆来到庄睿的面前。

庄睿抬眼看了看这个中年人,皱了下眉头,说道:"是,也是我对贵酒店进行的投诉,你们的员工对我们进行了敲诈,我要一个解释。"

"我是这家酒店的行政总监约翰,这件事是我们不对,我会给几位一个满意的答复的。"

作为这家酒店的管理者,约翰自然知道这些员工的脾性,他也很无奈,这家国际连锁酒店全世界有上千家之多,怎么自己就这么倒霉,被扔到非洲来工作。

"我对于贵酒店是否能保障客人的安全,抱有很大的疑问,我正在考虑是否要换一家酒店。"

庄睿不是在威胁约翰,他是真的感到这里很不安全,在门口遭抢劫无人过问不说,进了门居然还遇到敲诈,这简直是闻所未闻的事情。

即使来之前庄睿就知道约翰内斯堡的治安不好,但是他也没想到竟然会差到这种地步。

"这位先生,酒店客房的楼层是不允许那些侍应一进入的,安全上请您放心,绝对不会有任何问题。"

约翰低声下气地给庄睿解释起来,其实不仅是他们这家酒店,所有约翰内斯堡的酒店都有这种问题存在。

如果不让这些人进入酒店工作,这家酒店一准会麻烦不断,所以管理者也没有办法,只能将开车或者门卫的工作交给他们,至于酒店内部则严禁这些人进入。

不过这些人也有好有坏,酒店方面也会根据他们的表现安排不同的工作,像刚才接庄睿等人的那个司机就很不错,如果让那门卫去接机,估计那小子能把几个人拉到贼窝去。

"好吧,不过原先订的三间房要改动一下,退掉其中一间,剩下的两间都改成套房。"

庄睿想了一下,估计约翰内斯堡别的酒店也好不到哪儿去,不过发生了这种事,他也不敢让琉璃和恬娅两个女孩单独住了,干脆换成套间,让贺双与丁浩也住到里面去。

"好的,先生,我这就为您办理。"

约翰自知理亏,当下亲自帮庄睿办理了手续,将几人送入电梯。

"老贺,你们注意安全,这几天就别出去了,等我忙完正事,回头带你们去购物。"

两个套间相隔不远,庄睿进入房间之前又叮嘱了几个人一句,在这种地方还是小心点儿为妙。

"我知道了,庄总,您放心吧。"

贺双答应了一声,见过刚才发生的事情,现在就算让他们出去逛,几人也没那胆子了。

"庄哥,是香港的电话。"

刚进入房间,彭飞手里那部砖头似的卫星电话就响了起来,庄睿每次出门,都会带上两部,一部给机组人员用,另外一部则由彭飞拿着。

非洲很多地方不能使用手机,庄睿带着卫星电话就是为了方便和家人联系。

"小睿,事情解决了吗?"

电话里传来秦浩然的声音,微微带着点儿歉意。

"爸,没事了,明天我就去交易市场,尽量赶在周五开标后就返回北京。"要不是老丈人亲自跑到北京相求,庄睿真是一天都不想在这里待着。

"嗯,公司在约翰内斯堡也有些关系,我帮你联系好了,明天会有一家钻石供应商来接你们,你这几天的行程都交给他们安排,安全方面也由他们来负责。"

刚才出了那样的事可把秦浩然吓得不轻,自己的女婿要是在南非出事,不但老婆女儿饶不了自个儿,恐怕秦氏珠宝在内地的生意都做不下去了。

秦浩然有点后悔让庄睿来了,两亿欧元虽然不少,但是庄睿这条命可不止值两亿欧元的!

秦浩然吓出了一身冷汗后,连忙联系了南非一家极有势力的钻石公司,由秦氏珠宝出钱,雇佣他们公司两辆车和几个安保人员。

"爸,我会小心的,不用担心。"

庄睿听出老丈人话语中的担心,安慰了几句后挂断了电话。

第二天一早,庄睿就接到了那家钻石公司派过来的安保人员的电话,他们已经等在酒店门口了,从今天开始,庄睿离开酒店后所有的行程就由他们来负责。

"庄先生,您好,我叫乔治,您离开约翰内斯堡之前的安全工作都由我来负责。"

庄睿带着彭飞走出酒店,马上有个三十五六岁的人迎了上来,虽然这人穿得西装革履,但是庄睿从他胸前鼓囊囊的肌肉中,可以感受到那股爆发力,这哥们绝对不是卖文吃饭的。

彭飞的目光则看向那人的腰侧微微向外凸起的地方，眼睛不禁眯了一下，以彭飞的经验，一眼就判断出那是把手枪，从枪的尺寸上能看出是把威力巨大的沙漠之鹰。

乔治介绍完自己后，跟在他身后的三个人马上呈三角形站在庄睿和彭飞身边，这些人虽然都是训练有素的职业保镖。

"麻烦乔治先生了。"

庄睿和乔治握了下手，上了后面那辆车，乔治和一个保镖跟了上去，另外两个保镖则上了第一辆车。

要说秦浩然对女婿的安全还真的很重视，前面开路的是一辆沃尔沃防弹轿车，庄睿等人乘坐的则是一辆悍马车。

上车之后，乔治给庄睿和彭飞介绍了一下，两辆车均为防弹改装型，只要不动用火箭筒一类的武器，一般的冲锋枪一时半会儿破不开这两辆车的防御。

去往钻石交易所的路上，庄睿和乔治聊了一些关于南非局势的话题，这让庄睿对自己身处的地方有了更多的了解。

由于枪支管制失控，在这里买一把冲锋枪只需要一百美元，而且还附送两个三十发子弹的弹夹，雇佣杀手只要五百美元就够了。

因为钻石和黄金交易涉及的数额巨大，所以是南非犯罪团伙的主要目标，来约翰内斯堡的外国人，尤其是亚洲人在参加钻石交易的时候要特别小心。

因此，保镖生意在南非流行起来，乔治几人都是美国特种部队退伍后自愿来南非做保镖的。

虽然乔治没说出他们的具体价格，但是庄睿能猜到，自己老丈人肯定支付了一笔不菲的价钱，才将几个人请来。

汽车出城后，向约城的东南方向驶去，南非公路上的汽车很少，司机将车开得很快，过了半个多小时，汽车停在一个建筑群的院子里。

庄睿一脚跨出车门，就感觉到四周有好几道不怀好意的目光盯在自己身上。

乔治见庄睿停下脚步，和院子里的人对视起来，连忙从后面轻轻推了一下，在他耳边说道："不要看那些人，进交易厅里面去。"

另外三个保镖也从车上下来，拥簇着庄睿向一处高墙大院走去，这个院子不过是交易所的停车场，并不受钻石交易所的保护。

交易所是一栋很大的红顶房子,四周的外墙上拉着高高的电网,大门是双电动铁门,门口站着四个手持 AK47 的保安。

"庄先生,我们在这里等你,请千万记住,在里面不要惹事。"来到大门前,庄睿一行人被几个保安拦住。

由于钻石原石交易的高风险性,南非国家对钻石原石交易实行交易人执照制度,没有执照的人,是不能进入交易市场进行原石买卖的。

庄睿一行人里面,只有庄睿办理了交易执照,所以连彭飞也只能等在外面。

"庄哥,这……"彭飞有些不放心。

"没事的,交易所会保证客户的安全,你不用担心。"

乔治似乎对彭飞很感兴趣,一路上和庄睿聊天时,时不时地和彭飞说上几句,可惜彭飞对他不怎么感冒,往往是乔治指手画脚地说半天,彭飞才从嘴里蹦出一个单词。

"彭飞,没事的。"

庄睿向彭飞摆了摆手,再怎么说钻石和黄金是南非最主要的出口产品,交易所的安全一定能保证的。

"先生,我有什么可以帮到您的吗?"

出具了交易执照后,庄睿走进那栋红颜色的房子,迎面走过来一个白人男子,和庄睿打起招呼。

"我需要这个星期的钻石拍卖单,还要一个房间看货。"

临来之前,秦浩然就向庄睿解释了钻石拍卖的流程,和翡翠公盘不一样,钻石的拍卖极其隐私,在交易市场内,每个交易商都不会见面,他们也不知道自己看中的钻石被谁拍走了。

一般情况下,在交易会进行期间,每周二之前,交易所都会给每个拥有执照的看货商,提供一份拍卖原石清单。

接到这些清单的客户,由不同时间和方式进入市场,然后被安排到各自独立的交易房间,进行看货和认购,上报价格后买家就可以离开,回去等候消息。

交易期内每个星期五下午三点为开标时间,会公布钻石的拍卖结果,中标人根据自己的结果和交易所结算。

钻石可不同于翡翠原石,一块动辄数十甚至数百斤,这东西一小袋就可能价值上亿,所以都是一手交钱一手交货,交易所给买家出具证明,使其可以通过海关带出南非。

这样虽然没有赌石那般刺激,但是确保了交易人的隐私和安全性,从南非钻石交易所成立以来,一直都延续着这种交易方式。

即使如此,还有不少钻石买家被当地或者一些国际犯罪集团盯上,一旦走漏了风声,就可能人亡财失。

这种交易也有特殊情况,就是买家没赶上周二,又不愿意等到下周,可以向交易所出具资金证明,只要没到周五开标时间,也能临时加入本周拍卖。

庄睿昨天来到约翰内斯堡已经是星期三了,他自然接不到交易所的拍卖清单,不过庄睿实在不想等到下周二,这才提前赶到交易所。

当然,这里也有限制,就是提出申请的拥有执照的交易人最少要有一亿欧元以上的购买能力才行。

"先生,请跟我来。"

工作人员打量了一下庄睿,然后带他进入办公室,给庄睿倒了一杯咖啡,说道:"先生,请您出示资金证明。"

庄睿从秦浩然那里听说了这个流程,当下打开手包,拿出两张瑞士银行开具的无记名银行本票,摆在工作人员面前。

"大卫,请来一下。"那人拿起桌上的电话,叫了一个人进来。

"威廉,没错,两亿欧元,随时可以提取。"

接到电话进来的大卫应该是个会计师,检查了庄睿的银行本票后,向那个叫威廉的工作人员点了点头。

"好了,谢谢你,大卫。"

等会计师出去后,威廉满脸堆笑地将银行本票还给庄睿,然后从办公桌的抽屉里拿出一份报价单,放到庄睿面前。

"庄先生,这是本周拍卖的钻石清单和底拍价格,您可以先看清单,如果需要验看实货的话,我可以给您拿来。"

能拿出两亿欧元来的人,就是交易所非常重要的客户,威廉打开那份清单后,指着上面对庄睿说道:"庄先生,您看这颗,这是去年八月份采的一颗钻石,重四十八克拉,起拍价只要五百万美元。

再看这颗,这是去年采出的最大的一颗钻石,而且还是粉钻,起拍价格是一千五百万美元,相信庄先生有实力将它买下来。"

威廉自来熟地坐到庄睿身边,不遗余力地向庄睿介绍着清单上的钻石,那架势恨不得将庄睿口袋里最后一个钢镚都掏空。

"靠,这玩意儿是比翡翠贵!"

庄睿在心里暗骂了一句,要知道,一克拉只相当于零点二克,五十克拉也不过十克左右，也就是五分之一两，居然能卖到上千万美元，比极品翡翠贵多了。

"庄先生，您再看这个。"威廉见庄睿不置可否的样子，又指向另外一颗钻石。

"谢谢，我先看看。"

庄睿笑着看了威廉一眼，打断了他的话，要是按威廉介绍的买，回香港老丈人非和自个儿拼命不可。

庄睿此次来南方是要帮秦氏珠宝和自己的秦瑞麟，购买明年一年的钻石原石的，他可不敢大手大脚地花这笔钱。

国际市场上的裸钻价格根据光泽和色彩的不同，基本上在四千至一万人民币一克拉，转换成欧元的话，大概是四百到一千欧元一克拉。

当然，一些罕见的粉钻和整体比较大的钻石，这个价格就不适应了，打个比方说，五十颗一克拉的钻石可能只需要五十万人民币就能买到，但是一颗五十克拉的钻石，恐怕拿五百万甚至五千万都买不到。

像前几年在南非出产了一颗重量约五十五克拉的钻石原石，最后被一个珠宝商用一千二百万美元拍走，出产那颗钻石的矿场则被一家美国公司，用一亿美金的价格收购了。

刚才威廉给庄睿介绍的这几颗钻石也是如此，一颗钻石的重量和纯度能使其价格几十倍甚至几百倍地往上翻。

所以别看庄睿这次带了不少钱来，如果他只选极品钻石的话，恐怕最多只能买上几十颗而已。

"呵呵，庄先生，您慢慢看，有什么需要随时喊我。"

威廉知道自己刚才的举动让这个年轻人产生了反感，于是站起身来给庄睿倒了一杯咖啡，安静地坐在旁边。

"按照秦氏珠宝在东南亚各国那么多连锁店的年销售量，恐怕最少需要三万颗一至三克拉的散钻，这差不多就要花费八千万欧元左右。

另外还要购买一些三克拉至十克拉左右、纯度品质高一些的钻石，差不多还要八千万，剩下的几千万欧元倒是可以选购几颗极品钻石。"

庄睿在心中算着账，那几万颗散钻不需要质量很好，但是最好是一批拍品里面的，至于另外两种，就需要庄睿仔细挑选了。

"嗯？这个倒是可以。"

庄睿看到有一个批量的拍品，一共有两万八千多颗散钻，都是出自一个矿场的，底拍价格为四千一百万欧元，也是此次打包拍卖最高的价格。

"威廉先生,麻烦您拿几张拍卖单。"

这样的散钻,都是品质一般的钻石,庄睿根本就不需要验货,接过威廉拿过来的拍卖单,庄睿填写拍品标号后在下面填上了八千二百万欧元的拍价。

客户的投标价格,工作人员是不允许查看的,所以威廉等庄睿填写完并且将投标单放入一个专用纸袋密封好后才凑到庄睿身边,说道:"庄先生,您要选购单颗钻石吗?"

以威廉的工作经验,自然能看出庄睿购买的是散钻,不过这么大一个客户,威廉不推销出去几颗极品钻石,总有点儿不甘心。

"威廉先生,这颗粉钻和这颗四十八克拉的钻石,嗯,还有这几个,您能拿来给我验看一下吗?"

威廉的努力得到了回报,看到庄睿指的那几颗钻石后,他几乎快幸福地晕过去了。

第二十一章 疯子阿沙力

　　庄睿指的几颗钻石最低的起拍价都在五十万美元以上,其中还有那颗价值一千五百万美元的粉钻和重四十八克拉的钻石。

　　威廉在心里估了一下价,庄睿要看的钻石差不多在五千万美元以上。

　　其实庄睿对那颗一千五百万美元的粉钻兴趣并不大,因为这样的钻石最后的标底,肯定会在三千万美元以上。

　　庄睿手上只剩下四千多万欧元,折算成美元的话,也就五六千万左右,如果买下这颗粉钻,那就没有资金采购别的高品质钻石了。

　　不过既然来到南非,庄睿自然要见识一下未经加工的极品钻原石。

　　"好的,庄先生,请您稍后,我马上为您把这几颗钻石拿来。"

　　威廉将庄睿挑选的四十多颗五克拉以上的散钻,还有六七颗极品钻石的编号都记了下来,匆匆走出了办公室,去准备钻石让庄睿验货了。

　　庄睿等的时间可不短,过了二十多分钟,威廉满脸歉意地走进办公室,说道:"庄先生,实在对不起,由于您事先没预约,这些钻石现在都有人在验货,需要再等一会儿。"

　　按照交易所的规定,他们会根据拥有执照人提交的申请,安排每个人的看货时间,庄睿横插一脚,自然打乱了他们的安排,所以出现这种情况也很正常。

　　"没事,威廉先生,请尽快安排就好了。"

　　庄睿知道规矩,摆了摆手示意自己并不在意,作为全世界最大的钻石交易场所,又是每年一度的钻石交易会,看货的人当然少不了。

　　"一定,一定的。"

　　威廉打着包票出去了,庄睿又等了半个多小时,除了一个脸上长着雀斑的女孩进来给他倒了杯水之外,威廉再也没有出现。

　　庄睿等得有些焦躁,站起身打开办公室的门准备去询问一下时,刚好看到威廉手里拎着一个四四方方的金属箱子,和两个黑人还有一个黄皮肤的阿拉伯人并排从另外一个房间里走出来。

在他们几人的身后,还有两个手执冲锋枪的白人男子,应该是交易所的保安人员。

走在最前面的是个阿拉伯人,大约三十出头的样子,头发很短,穿了一身花花绿绿的衣服,这和钻石交易所里都是西装革履的打扮,有很大的差别。

阿拉伯青年身后的黑人一边往外走,一边对威廉指指点点,一脸不高兴的样子,威廉的态度让庄睿感到很奇怪,居然连连点头,口中更是一直说着对不起。

威廉对一个黑人青年这么恭敬,而这个黑人应该只是那个阿拉伯年轻人的侍从,不由得让庄睿对那个阿拉伯人多看了几眼。

把几个人送到交易所的门口后,威廉擦了擦额头的汗,这才拎着箱子转身向庄睿走过来。

那个阿拉伯人并没有走出交易所,看到威廉走向庄睿时,忽然咧嘴对庄睿笑了一下,露出了雪白的牙齿。

庄睿虽然不认识这个人,不过还是礼貌性地回了一个微笑,只是让他愤怒的是,那个阿拉伯人笑过之后,忽然抬起右手,拇指和食指张开呈一把手枪状,对着自己的太阳穴做了个开枪的手势。

"靠,有病啊?"

庄睿看到这人的动作,先是愣了一下,继而怒了,看这人的举动和眼中透出的不善的神色,并不是在和自己开玩笑。

"Fuck."

阿拉伯人是有钱,但是也不能对自己做出这种侮辱性的动作啊,庄睿张大了嘴,用嘴型骂出一句英文,然后横过手掌,在自己喉间划了一下。

庄睿虽然不想惹事,但他也不怕事,大不了交易会不参加了,拍拍屁股回国好了,他不信这人能把自个儿怎么样?

见到庄睿的举动后,那个人明显愣了一下,继而脸上露出了怒色,冲着庄睿翘了翘大拇指,然后微微侧过头,对身边的黑人说了几句话。

"庄……哦,天哪,庄先生,请进来,快点进来。"

威廉是面对庄睿走过来的,开始见到庄睿做出动作时还有些不解,不过随着他回头看见那个阿拉伯青年后,脸上顿时露出惊恐的神色,一把拉住庄睿往房间里推去。

两个持枪保安也跟进了房间,他们的职责就是保证客户验货时货物的安全,对刚才那种无声的冲突视而不见。

"天啊,庄先生,您怎么会得罪那个人啊?"

进到房间之后,威廉的脸色很难看,说道:"庄,你要小心了,那个人就是个恶棍,他一定会找你麻烦的。"

"威廉先生,是他先挑衅我的,他刚才对我做了一个开枪的动作。"

庄睿也郁闷,哥们儿招谁惹谁了? 那家伙毫无缘故地对自己做出威胁举动,难不成自个儿还要躺在地上配合他?

不过能把威廉吓成这副模样,看来那个阿拉伯人来头不小。

威廉叹了口气,说道:"唉,你不应该出房间的,那样他就不知道是谁要看货了,庄,你太不了解钻石交易了。"

钻石交易所之所以单独拍卖,不让交易商之间相互见面,就是为了在最大程度上保证客户的隐私。

钻石交易动辄上亿,因此很多犯罪集团都惦记着,一旦走漏了风声,就危险了。

"威廉,你说说那个人是谁吧?"

威廉说的这些庄睿都知道,但是他也不是神仙,能知道自己一出门就碰到威廉和客人从别的房间走出来啊? 现在庄睿关心的,是那个对自己怀有恶意的阿拉伯人究竟是何方神圣?

"他是一个国家的将军。"威廉说道。

"将军,这么年轻?"

庄睿看那个人不过三十出头的样子,居然是个将军,不禁有点儿好奇。

威廉对庄睿打断他的话很不满意,接着说道:"你知道他的父亲是谁吗? 你应该知道有些将军在非洲和阿拉伯世界都拥有强大的势力。年轻人,你不该向他挑衅的。"

听了威廉的话,庄睿的面色终于变了,他虽然不问政治,但是很多非洲国家的将军们都是厉害的角色,手中握有重兵不说,更对战争有着不同寻常的狂热。看威廉凝重的神色,庄睿猜这个人的父亲应该就是一位类似的人物。

庄睿见到的这个人,还真是一位实权将军的小儿子阿沙力,这家伙性格焦躁残暴,依仗父亲的权势,在国内无恶不作。

"庄,我建议你明天开标之后就离开这里,那样阿沙力就不能对你怎么样了。"

给庄睿介绍完阿沙力的性格之后,威廉好心地劝了庄睿一句,他已经在这里工作五六年了,深知这些人无法无天,即使阿沙力在这儿杀了人,也有外交豁免权。

"谢谢,威廉,我会认真考虑你的建议的。"

庄睿心中有点儿小郁闷,哥们儿要是正儿八经的论起来,也能算国内的官三代吧?

怎么就没享受过他们那样的待遇？

不过庄睿也不怕阿沙力，明儿下午开完标，晚上自己就拍拍屁股离开，反正回去的时候又不经过他们国家的领空，那家伙再有能耐，总不能在别国上空出动战斗机把自个儿打下来吧？

再说了，现在距离开标只有一天时间，恐怕阿沙力还没查出自个儿的来历，庄睿就已经在回家的路上了。

"庄，作为朋友，我还是希望你能注意安全。"

威廉见庄睿不以为然，在心中暗自叹了口气，他可是知道，阿沙力这人心眼十分小，睚眦必报。

曾经有一个西方记者，在报纸上报道了一些关于阿沙力的反面新闻，阿沙力就雇佣杀手将那个记者当街击毙，此事曾在西方国家引起了轩然大波。

一直窝在非洲和阿拉伯国家的阿沙力这几年不知道是不是闲极无聊，居然做起了钻石生意，借助雄厚的财力和父亲在非洲的声望，垄断了不少国家的钻石原石。

当然，南非国内的势力错综复杂，阿沙力还没有那么大的能力，将南非的钻石生意垄断下来。

"谢谢，我们还是先看钻石吧。"

庄睿不想在这件事情上纠结下去，就算自个儿怕他，明天就走人还不成吗？

威廉听了庄睿的话后，拿出一把磁性钥匙插入桌子上金属箱的孔内，身后的一个保安也拿出了一把钥匙，插入到另外一个钥匙孔里面。

威廉和那个保安同时扭动钥匙，金属箱扣鼻处"啪"地响了一声，金属箱的盖子微微向上动了一下。

威廉让开身体，把金属箱的正面对着庄睿，说道："庄先生，这里面都是你要验货的钻石，不过你只有三十分钟验货，因为下面还有人预约，这已经是我能安排的最长时间了。"

"我想三十分钟时间足够了。"

庄睿打开了金属箱，发现金属箱里是一个个可以折叠的像抽屉似的小格子，随着箱盖的掀起，六个由黑色金属做出的格子抽箱出现在庄睿面前。

每一层格子上面都贴有字条，上面用阿拉伯数字标注着这个盒子里面钻石的底拍价。

箱子的最上面还有一个高倍放大镜和一个夹子，这是交易所提供给客户查验钻石的工具，当然，客户也可以自己携带工具。

庄睿今儿来得匆忙，什么都没带，当下拿起了放大镜，拉开最上面的一个格子。

"这就是钻石原石？！"

149

第一层抽屉里面，摆放着十八颗重量在十克拉以上的原石，和庄睿以前见到的钻石成品不一样，这些原石虽然也晶莹剔透，但是并没有加工过的钻石身上的那种光泽，而且没有经过切面，钻石的形状也极不规则。

"庄先生，这些都是全无瑕的 D 等钻石，纯净度为 VVS1 级别，相信能让您满意。"威廉在旁边给庄睿介绍着。

"嗯，我先看看。"

庄睿用夹子夹起一个黄豆粒大小的原石，拿到眼前，用放大镜仔细查看起来，从表面上看，这颗原石的确没有任何瑕疵，光泽度也错。

庄睿分出一股灵气进入钻石里，顿时感觉到一种清冷的气息，他以前用灵气查看过钻石，知道这是钻石特有的气息。

时间紧任务重，庄睿看完第一颗钻石后，就用灵气在拉出来的盒子里扫一下，仔细分辨了这些钻石里蕴含的灵气强弱，然后用夹子拨出来十二颗，这十二颗原石都是灵气相对强一点的。

庄睿装模作样地检查了一下这十二颗原石，拿出报价单，填写了自己的拍卖标价，封好后交给威廉，威廉则拿出一个黑色的小袋子，将这些钻石装到里面，重新放回箱子里。

在下面的格子里，钻石的数量就没有这么多了，第二层只有三颗钻石，底拍价就已经在五十万美元以上了，下面几层则都放着一颗钻石，最下面的那个箱子里放的就是那颗彩钻。

这颗钻石的重量是七十八点二克拉，整颗钻石呈粉红色，即使没有开面和抛光，依然向外散发出一种莹莹的粉色光泽，像钻石外面有一层光晕一般，十分美丽。

当然，美丽的代价就是这颗粉钻的底拍价高达一千五百万美元，庄睿看了半天之后，最终摇摇头放弃了，因为上面那几层抽屉里的钻石，已经让庄睿用光了他此次带来的资金。

为了明儿能顺利中标离开这见鬼的地方，庄睿的报价要比市场价格高出三成，要是没有什么意外的话，他应该可以拿下除了这颗粉钻之外的那些钻石。

如果庄睿有耐心能再等上一两个星期，或许他可以少花近千万欧元买到同样的钻石，不过经历了昨儿的事情，今儿又见识了非洲太子党的嚣张，庄睿宁愿多花点儿钱，也想尽早离开非洲。

"庄先生，希望您明天能顺利中标，我还有客户要招待，就送您到这里了。"

庄睿投完所有的标单后，威廉将箱子重新锁好，把庄睿送到交易所门口，按照规定，已经投标验货的客户是不允许在交易所内多作停留的。

"庄哥,没事吧?"

庄睿刚一走出交易所,彭飞就迎了上来,随之几道不怀好意的目光盯在了庄睿身上,这些人既不是交易钻石的,也不是等人的,那样子就差没在脸上写"我是劫匪"的字样了。

他们现在干的应该是国内道上"踩盘子"的活,就是看好目标后,想办法打听出其交易的金额,然后在交易日跟踪下手。

"没事,走吧。"

庄睿心情不怎么好,无缘无故和非洲太子爷结了仇,真是躺着也中枪。

"庄先生,你认识那边几个人吗?"

作为保镖,乔治等人的感应力特别敏锐,他发现距离自己二十多米远的地方,有一个黑人正盯着庄睿,毫不掩饰眼中的杀气。

"阿沙力的保镖,刚才在交易所有点不愉快。"

庄睿一眼就看出了那个黑人就是刚才跟在阿沙力身后的保镖,看样子那人真是睚眦必报的性格,居然还等在这里。

"阿沙力?"

乔治闻言之后,顿时面色凛然,右手情不自禁地放在腰侧,左手推了庄睿一把,说道:"庄,快点上车。"

庄睿被乔治三人围在中间,一路小跑着来到停车场,直到拉开车门坐进去后,乔治才松了一口气,双眼透过车窗,警惕地往外看着。

"乔治,不至于吧? 大庭广众之下,他们能怎么样?"

庄睿感觉乔治有些大惊小怪,阿沙力再猖狂,那也是在他的国家,现在是在南非,他即使想对自己不利,也需要时间去找地头蛇,庄睿就不信阿沙力敢抱个冲锋枪来找自个儿?

"庄,阿沙力杀人是不分地方的,只要有一支狙击步枪,他就能爆了你的头。"

乔治苦笑起来,看到外面没什么动静,这才接着说道:"庄,你怎么招惹了他啊? 那人就是个疯子,他会因为一点儿口角,让得罪他的人整整哀嚎七天才死掉。

"而且阿沙力看中的钻石,不允许任何人与他竞价,否则就会……"

乔治用手比划了一个开枪的姿势,脸上满是苦笑,他没想到随手接个任务,居然会惹上阿沙力,要是之前知道的话,乔治一定不会接这笔生意的。

"七天? 那不是凌迟?"

庄睿闻言愣了一下,他没想到阿沙力还有这爱好。放到中国古代,这哥们儿就是一专业刽子手啊。

彭飞懂得英语,刚才一直留心外面的情形,看到两个黑人拥簇着一个阿拉伯人站在自己汽车十几米处,马上向庄睿问道:"庄哥,是不是那个阿拉伯人?"

"是他。"

庄睿看到阿沙力又对自己的汽车比划了一个开枪的动作,不由恨得牙痒痒。

"我去干掉他!"

彭飞说话的时候,右手随意地在乔治肩膀上拍了一下,紧接着闪电般的扣住乔治的肩井穴,五指如钩,用力一捏。

乔治顿时感到整个肩膀都酸麻了,没等他反应过来,腰间那把沙漠之鹰就落在了彭飞手上。

彭飞一脸杀气反照在长长的银色枪管上,显得愈加狰狞,熟练地拉了一下扳机,看了一眼滑膛里的子弹,彭飞就准备推门下车。

"哦,天哪,住手,该死的,你想我们都死掉吗?"

直到彭飞准备推门下车,乔治才反应过来,左手一把拉住彭飞,大声吼道,防弹车隔音倒是不怕被外面听见。

"你要是在这里杀了阿沙力,我敢保证这辆车开不出五公里,就会被火箭弹击中的,你觉得这辆车抵挡得住吗?"

乔治近乎咆哮地喊道,口中的吐沫喷得车里到处都是,庄睿不得不抬手挡了一下。

"彭飞,乔治说得对,把枪还给他吧。"

庄睿知道阿沙力的父亲在非洲的势力,阿沙力杀自己可以,自己要是把他干掉,恐怕就算自己上了飞机,他也会派出战斗机将自个儿轰下来的。

"庄哥,要不然你们先离开,我去把他干掉。"

彭飞有点儿不甘心,明目张胆地要对庄睿不利,彭飞自然要干掉他。

"算了,咱们明天晚上就离开,惹不起总能躲得起。"

庄睿摇头否定了彭飞的建议,虽然他也很想在那个嚣张的脑袋上轰上一枪,但是庄睿自觉承担不起那个后果。

听了庄睿的话后,彭飞退下了沙漠之鹰的弹夹,拉了下枪膛,把子弹退了出来,这才把枪还给乔治。

第二十二章 露天钻石矿

彭飞还真看不上国外的特种部队,他们除了个人装备好点儿之外,忍耐力和实战能力比自己以前那支部队差得不是一星半点儿。

"彭,你练的是中国功夫吗?我想,回到酒店后,咱们可以练练。"

乔治揉着酸麻的右肩,脸上悻悻然,作为庄睿的保镖,居然毫无还手能力地被人抢走了枪械,这让乔治感觉大失颜面。

"你?不是对手。"

彭飞不屑地看了乔治一眼,或许他在战场上能起点儿作用,但是比身手和杀人,三个乔治也不是彭飞的对手。

"哦,不,没有试过谁也不知。"

"乔治,我感觉你应该更关心我的安全,而不是和我的兄弟去练练。"

庄睿见乔治不依不饶的,插言打断了乔治的话,他感觉以阿沙力那嚣张跋扈的性格,极有可能给自己制造点儿麻烦。

"对,对,庄,我有个建议。"

庄睿的话让乔治想起了自己的身份,接着说道:"我建议你取消明天的矿场之行,交易完钻石后,马上离开这个地方,这样……对我们大家都有好处,你看呢?"

本来按照乔治的安排,明天庄睿等人要去隶属于他们公司的钻石矿参观,出了这样的事情后,为了雇主的安全,当然,也为了自己的安全,乔治决定更改一下计划。

"矿场是你们公司的,应该有安全措施吧?"

庄睿再也不想来南非了,这次不去看一下钻石矿场,可能这辈子就没机会了,所以庄睿话中的意思,还是想按原计划行动。

"当然,就是一支军队,也攻不破矿场的防御。"

乔治昂着头说了一句,紧接着声音低了下来:"不过在来回的路上不是很安全,庄先生,如果您执意要参观钻石矿的话,我建议您雇佣一辆装甲车,然后再增添几名保安人员,这样就能确保万无一失了。"

"装甲车也能雇佣? 一天要多少钱?"

庄睿听着新鲜,话说自己还真没坐过那玩意呢,这也就是在国外,如果在国内大马路上开装甲车,恐怕那些悍马、布加迪威航之类的车都不好意思开出来了。

"只要您有钱,什么都能雇佣到,按照我们公司的价格,一辆装甲车配备四个保安,一天需要二十万美元,庄先生您看怎么样?"

就自己三个人保护庄睿,乔治也感觉不安心,希望庄睿能增加一些安保人员,阿沙力看到没有机会,应该会放弃对庄睿的报复。

"二十万美元? 可以,另外你和所有的保安,晚上住到我旁边的房间。"

花二十万美元买平安,庄睿觉得还是值得的,虽然他知道乔治是狮子大开口,但是庄睿也懒得计较了,毕竟从乔治刚才的表现来看,他还是十分尽职的。

"好的,我马上安排。"

乔治听庄睿同意自己的建议后,紧张的神情马上消失了,拿起电话拨打起来,在谈到价格的时候,乔治虽然压低了声音,庄睿还是听到了十万美元的字眼儿。

"好了,先生,他们会在半路和我们会和的。"

乔治放下电话后,一脸高兴地对庄睿说道,同时示意司机可以开车了。

"去,找威廉,我要那个小子的资料,威廉如果不答应的话,你就告诉他,我对他那个委内瑞拉的小姐,已经感兴趣很久了。"

看到庄睿的汽车离去之后,阿沙力向身边的侍从吩咐道,说话的时候,还伸出舌头舔了下嘴唇,似乎已经闻到了鲜血的味道。

阿沙力的笑容让身边的感到不寒而栗,这家伙就是个疯子。

回到酒店,庄睿没跟机组人员说这事,反正明天就离开了,免得平白让他们担心。

整个下午庄睿都没出酒店,晚上也在酒店内的餐厅吃的饭,很早就休息了。

按照乔治的安排,明天上午他会先去乔治公司的钻石矿参观,下午三点交易所开标之后,庄睿直接从交易所赶往机场,离开约翰内斯堡。

"庄先生,可以出发了。"

第二天一早,庄睿就被乔治的敲门声喊了起来,吃了点儿早餐,众人会合,把酒店房间退掉,坐上酒店门口那辆装甲运兵车。

两个空姐对庄睿出行的排场有些意外,倒是当过兵的贺双有些兴奋,上车后不停地打量着装甲运兵车上的机枪,那黄橙橙的每颗足有小指粗细的子弹,和金黄色一米多长的金属子弹链,可全是真的。

在约翰内斯堡城内开着装甲车也是比较少见的事,酒店门口的侍应此时看向庄睿的目光尤其精彩,他没想到自己前天得罪的人,在南非会有这么深的背景。

别看装甲车车身厚重,跑起来速度倒也不慢,在无人的公路上可以跑到七十公里,两个多小时后,车队从柏油公路拐到土路上,车速也慢了下来。

"庄先生,到地方了。"

又过了半个多小时,犹如坐在密封罐头里的庄睿,感觉车子停了下来,外面响起了乔治的声音。

"这……这就是……钻石矿?"

庄睿看着眼前一片空旷的田野,不禁有点儿失望,在他的想象中,这里应该有很多人在劳作,耳边响起轰鸣的机械声,而不是自己看到的样子。

空旷的田野里,只用铁丝简易地围了起来,每隔两三百米,就有一个手持冲锋枪的保安。

距离汽车十几米外,有一个简易的小楼,上下两层有三十多个房间,想来应该是矿工和保安们住的地方。

不过应该没有人会来这里闹事,距离庄睿很近的保安,正坐在一块大石头上悠闲地抽着香烟。

庄睿很难想象,一家颇具实力的钻石公司的矿场,居然会如此简陋。

秦浩然向庄睿介绍时告诉他,这家钻石公司在南非能排得上前三,每年最少有数万颗碎钻从这里流到世界各地。

"庄先生,欢迎来到我的钻石矿。"

一个四十多岁的白人男子带着三个持枪的保安,从这片旷野唯一的房子里走了出来,向庄睿等人迎了过来。

看着那个穿着牛仔裤,头上戴顶遮阳帽的家伙,庄睿脑子里马上想起了很早以前看过的美国西部片,如果这个家伙屁股后面再挂上一把左轮手枪,整个就是一美国西部牛仔。

"您是肯尼思·韦恩先生吧?"

虽然来人打扮很随意,但是庄睿丝毫不敢小觑眼前这个美国人。

韦恩在南非甚至全世界,都是个传奇人物,十一二岁的韦恩对美国和加拿大十八九世纪的淘金热产生了兴趣,那时的他就口出狂言,要成为世界上最大的金矿主。

不过,韦恩的理想和现实发生了一点儿偏差,八十年代中期,为了自己的梦想,韦恩来到南非,当时刚刚二十出头的年轻人身上仅带了几百美元。

最初韦恩做钻石掮客,他帮助来自世界各地的客户甄选钻石,在这个过程中,韦恩不仅对钻石有了深刻的认识,同时赚取了自己的第一桶金。

后来,韦恩花了二十多万美元圈了一块被专家认为不可能出产钻石的土地。韦恩在

第
二
十
二
章

露
天
钻
石
矿

这片土地上,连续淘出三颗重量在一百克拉以上的巨钻,轰动了整个世界。

其后韦恩用了整整十多年时间,创造出十亿美元以上的资产,成为世界有名的钻石大亨,完全是十八九世纪淘金发财的现代版。

"韦恩先生,没想到能在这里见到您。"

"哈哈,庄,是不是觉得这里很简陋?这是我新开发的矿场,最近在约翰内斯堡进行钻石交易,所以我暂时住在这里。"

韦恩闻言笑了起来,他知道庄睿看到这里一定会很失望,接着说道:"我最大的梦想就是做一个西部牛仔,像牛仔那样去冒险,去淘金,当然,我现在淘的是钻石。"

"呵呵,韦恩先生,我想,您已经实现了自己的梦想,在世界上有钻石的地方,就有您的传说。"

庄睿恭维了韦恩几句,说得这位钻石大亨极为高兴,大手一摆,说道:"庄,见到你很高兴,我决定将矿场对你开放一个小时,如果你们能在一个小时内挖出钻石的话,挖到的钻石就归你们所有了。"

庄睿和这位牛仔先生很对脾气,马上说道:"不是吧?韦恩先生,怎么着也要两个小时啊,一个小时根本就不够用。"

"不……不,庄,我这个新矿场,远古之前可是一个火山河,也就是说,它是一个露天矿,而且还是一个富矿,如果你们运气好的话,完全可以挖到钻石。"

韦恩纠正了庄睿的说法,其实即使是露天矿,出矿石的地方恐怕也要有一米深,韦恩根本就不担心庄睿他们能挖到钻石,只是藉此和庄睿拉近关系而已。

现在中国的钻石饰品市场越来越大,来自中国的客户也越来越多,韦恩很重视和中国客人的交往,用一点儿小手段就能增加彼此之间的友谊,何乐而不为呢?

当然,如果庄睿真的运气好,韦恩也不介意把他们挖到的钻石作为礼物送给他们,只要庄睿不是挖出了巨钻,这点儿损失韦恩还是承担得起的。

在南非有很多已经采挖殆尽的废矿,都改成了矿石公园,游客只要缴纳很少的钱,就可以进去淘宝,如果运气好的话,说不定也能挖到几颗遗漏的钻石。

"好吧,先生们,小姐们,慷慨的韦恩先生准备送钻石了,大家都去碰碰运气吧。"

庄睿笑着对机组人员说道,他知道钻石在高温高压下就可能形成,这里如果以前有火山河的话,原本属于河床的地方应该就是一个钻石原生矿。

"太棒了。"

"哇,钻石,我们来了。"

"你们两个细胳膊瘦腿的,能挖得动吗?"

身后众人听了庄睿的话后,不禁高兴地喊了起来,尤其是两个女孩,钻石对她们的吸引力不是一般大,当下在保安处领了铁镐和筛子,兴高采烈地往采矿区走去。

铁镐是用来刨土的,筛子则是用来筛选钻石的,这是一项非常细致的活,因为很多钻石极小,一不注意就会漏掉。

"韦恩先生,我也可以吗?"

看到琉璃等人兴奋的样子,庄睿也来了兴致,他刚才用眼中的灵气粗略地观察了一下,这还真是个富矿,就在庄睿身边十几米处,就有微弱的灵气波动。

"当然,我的朋友,就是你一无所获,我也会送一颗钻石给你的。"

韦恩之所以这么慷慨,是因为他昨天和庄睿通话时,庄睿给他那批散钻报了一个合适的价格。

"好吧,韦恩先生,我希望您不要后悔,我的运气一向都是非常……嗯,非常好的。"

庄睿多用了一个非常,加重了自己的语气,他这是怕自个儿一会淘到好钻石,韦恩舍不得送给自己。

"哦,那我可亏大了。"

韦恩大笑起来,他指定给庄睿等人挖钻石的地方,是用铲土机铲过几次的地面,差不多都梳理了一遍,韦恩不相信庄睿真能从里面挖出什么好货色?

"彭飞,我来挖,筛钻石的活就交给你了。"

庄睿见琉璃她们已经开始干活了,连忙从地上拿起一把铁锹,顺手扔了个筛子给彭飞,向圈定的地方走去。

"凭什么啊?我还想挖呢。"

彭飞很不满意庄睿的这种分配方式,也抄了把铁锹跟了上去。

"哇,琉璃姐,咱们挖到钻石了!"

庄睿刚走到被推土机搞得沟壑纵横的地方,就听到恬娅兴奋的喊声,敢情这姐俩也是有分工的,琉璃拿铁锹挖,恬娅则在筛选。

恬娅的话把正埋头苦干的贺双还有丁浩都吸引了过去,这哥俩就不够聪明,只挖不筛,很难用肉眼区分出钻石的。

"庄总,您看看,这是钻石原石吧?"

恬娅高兴地把那个只有绿豆粒大小,表面有点像毛玻璃的钻石放到庄睿手心里,钻石的表面还沾着一些泥土。

"是的,这是钻石原石,美丽的小姐,您的运气很不错。"

跟在庄睿身后的韦恩一眼就认了出来,别看就这么一点儿大,加工之后也能有一克拉左右,即使这个钻石的纯度不好,最少也能值一万人民币。

"不错,纯度还可以,大概能值三万,咱们的娘子军很厉害。老贺,你别光顾着刨土,也拿筛子筛选下啊。"庄睿给一脸羡慕的贺双和丁浩出主意,随手把钻石还给恬娅。

虽然这里已经被采掘过了,一路走来,庄睿仍发现地面上星星点点地遗留了不少钻石,即使不用铁锹,只要有时间,还是能筛选出来不少钻石的。

不过这些漏网之鱼基本都是一克拉以下的货色,拿出去卖也不值钱。

恬娅和琉璃运气不错,第一颗钻石就淘到块个头不小的,庄睿粗略地看了一眼,给出了三万的价钱。

"庄总,这……还是给您吧。"

恬娅感觉有些不好意思,她们本来就拿着工资不怎么干活,来这儿挖钻石,也是别人看在老板的面子上,恬娅说着把那颗钻石又往庄睿手中塞去。

"别,这是你们的劳动成果,韦恩先生说了,挖到的就是自己的,你们能挖到非洲之星,那才真赚了呢。"

庄睿笑着摆了摆手,他说的非洲之星是上个世纪末,出现在非洲的一颗巨钻,重量达到二百一十二克拉,最后被一个不知名的人在拍卖会上用三千六百万美元拍走了。

当然,庄睿是在开玩笑,那样的巨钻如果真的出现,恐怕韦恩立马会把自己刚才说的话当个屁放掉。

"走,彭飞,咱们也开始干活吧。"

庄睿走出七八米后,感觉彭飞没跟上来,回头一看,这哥们拿着把铁锹已经忙活上了,不由苦笑着摇了摇头,想要钻石,跟着自己不是更容易。

庄睿看不上这些遗留下来的碎钻,按照他的想法,怎么着也要淘个三五克拉的钻石,让韦恩好好心疼一下。

不过庄睿在周围三四十米都没感觉到灵气特别充溢的钻石,于是向稍远的地方走去,抬眼看到不远处几架机械正在运行。

"韦恩先生,你们的设备也太差了吧?"

边上停着两辆推土机和挖掘机,上面都锈迹斑斑,最多只有三五成新,至于那台洗矿机就更破旧了,转动的时候还发出"嘎嘎"的声音。

四五个人操作着那些机械,他们把清洗过的矿石全都装到一个大的铁盘子里,用于筛选。这几个人只负责操作机械,筛选钻石就没他们什么事情了,那个有专人负责。

第二十三章　交易钻石

这种挖掘钻石的方式，比庄睿等人拿着铁锹挖土筛选先进得多。

"庄，这也是没有办法的事情，南非没有重工机械生产和组装的地方，这些机械都是从日本和韩国高价买来的，那些该死的家伙，东西卖得贵，还总是坏。哦，对了，我另外两个矿场里，有几架你们中国生产的"东方红"推土机，还是二十年前产的，质量顶呱呱。"

韦恩一边说一边冲庄睿翘起了大拇指，他在南非有十二个钻石矿，如果全用机械挖掘的话，将是很大一笔开销，所以像这样的露天矿，韦恩多用人力进行挖掘。

庄睿鄙视地看了韦恩一眼，现在国内都找不到二十年前生产的东方红推土机了，估计这哥们是从南非政府那儿搞来的中国以前援非的机械。

韦恩见庄睿拿着铁锹一直没挖，用手碰了碰庄睿，神秘地说道："庄，你别挖矿石了，我带你去选钻石吧？"

钻石的挖掘要分为几个步骤，首先要选择矿区，然后用机械挖出矿石放到洗矿机里清洗，最后才是筛选钻石，这也是最重要的一个步骤。

筛选钻石一般都是矿主或者矿主的亲信进行的。

"好啊，我也想见识下韦恩先生这个钻石矿的钻石。"

庄睿笑着点了点头，能被钻石矿主邀请参观选矿，可是一件难得的事。

庄睿跟着韦恩走回房子，两个白人司机把刚才在洗矿机里冲洗过的碎矿石送到了房间里，门口还有两个保安持枪把守着。

"庄，现在一共有十二盘没筛选过的钻石，你可以挑一盘来选，我会把你选出来的最大的一颗钻石送给你。"

庄睿此次买了韦恩七八千万美金的钻石，韦恩是真心实意想送庄睿礼物，当然，如果庄睿运气太差，那他也没办法。

庄睿向那几个装着矿石的铁盘子看了一眼，然后笑着说道："好啊，那我……就选第二盘吧。"

"祝你好运!"

韦恩说着将第一盘矿石扣在房间里的选石台上。所谓选石台,就是一张桌子上铺了层野兽皮,上面还有一个强光灯正对着桌面。

韦恩手里拿着特制的木夹子,目不转睛地看着桌面上那些黑乎乎的小碎石头,不时用夹子夹起一块石头查看。

不过韦恩的运气似乎不怎么样,第一盘矿石里只挑出两颗不到一克拉的碎钻。

"伙计,看你的了。"

韦恩耸了耸肩膀,把位置让给了庄睿,拿起第二盘倒扣在桌子上。

"哈哈,韦恩,我的运气似乎比你好。"

庄睿装模作样地在矿石里拨弄了几下,准确地夹起一颗钻石,大声笑了起来。

刚才一进房间,庄睿就发现了这颗钻石,纯度不错,个头儿也不小,庄睿正在心中暗骂韦恩走了狗屎运,没想到韦恩居然让他挑一盘来选,庄睿自然不会客气。

"Shit,这……这怎么可能?"

玩了半辈子钻石,韦恩一眼就看出庄睿夹子上那块钻石最少在六克拉以上,加工切面后,估计也有五克拉,这已经算大钻石了。

这样的钻石即使是原石,也价格不菲,估计应该在五至十万美元,自己一句话就将它送掉了,韦恩难免肉疼。

"别急,韦恩,盘子里还有不少呢。"

庄睿看到韦恩难看的脸色,心中暗爽,第二盘里的钻石的确不少,庄睿飞快地挑了出来,一共有九颗,加上第一颗,总重量应该超过了十五克拉。

见到除了那颗大钻石之外,庄睿居然又挑出了这么多钻石,韦恩的脸色缓和下来,他怕庄睿挑拣得不仔细,自己又上前筛选了一遍,居然一颗都没找出来。

"庄,你应该来帮我工作,我会支付你全南非最高的薪水。"

韦恩笑着跟庄睿开起了玩笑,拿起那颗大钻石向分析仪走去。

他倒没怀疑什么,掌握筛选钻石的方法是一个钻石商人最基本的素质。

"哦,伙计,你的运气真不错,光泽有 F 色,纯净度能达到 VVS2 级别,这颗钻石你可以送给你的妻子,它代表了好运气。不过……庄,你应该为我工作一个小时,把剩下的钻石都帮我挑出来。"

韦恩检测完后,把钻石抛给庄睿,虽然这颗钻石价格不菲,但是还没到让韦恩反悔的程度。

"好吧,如您所愿。"

这个工作对庄睿没有任何挑战性,他只需用灵气看一眼,就能分辨出矿石里是否有钻石,以及钻石所在的位置。

半个多小时,庄睿就将剩下的钻石全部挑拣了出来,数量居然不少,总共有六七十颗。

"伙计,你不会是钻石手吧?留下来为我工作吧。"

在秤上称过重量后,韦恩大声叫了起来,这不过是一上午的工作,竟然就收获了一百多克拉钻石,是平时好几天的工作成果了。

韦恩还真起了将庄睿留下来的心思。

接触过南非钻石矿主的人可能知道,这些家伙虽然不懂得什么叫封建,但却极其迷信,他们认为筛选钻石的人,一定要有好运气才行。

所以在南非的钻石矿里,收入最高的并不是那些矿工,而是负责钻石筛选的工作人员。

不过韦恩也知道,想把庄睿留下来,估计自己得把这座钻石矿送给他差不多。

"韦恩先生,还是算了吧,我可不想待在这鬼地方。"

庄睿摇了摇头,这里的治安实在太差了,即使有金山银山,庄睿也不愿意留在这里生活。

"好吧,咱们可以去交易所了,时间差不多了。"

韦恩耸了耸肩膀,他知道庄睿不可能为自己工作,换成自己有亿万美元的身家,也不可能去给别人打工。

然而,韦恩还是感到很遗憾,毕竟优秀的钻石鉴定师是极其宝贵的资源,是南非所有钻石矿老板们梦寐以求的人才。

庄睿看了下手表,已经十二点了,赶到交易所正好是开标的时间。

"姑娘们,先生们,你们收益如何啊?"

庄睿和韦恩走出了房间,彭飞等人也完成了此次钻石淘宝之旅,一个个身上脏得像花猫似的,不过脸上都带着喜色。

恬娅兴奋地把掌心里的钻石送到庄睿面前,说道:"庄总,我和琉璃一共挖到三颗钻石。"

"嗨,女孩们的运气不错,这颗黄钻的品质很高。"

韦恩抢先把那块在阳光下略显黄色的钻石拿到手上,查看一番之后还给了恬娅。

"自己要不要请几个中国工人呢?"

韦恩迷信起来,庄睿上来就挑了颗价值数万美元的钻石,这女孩居然也能淘到一颗稀有的色钻,难道中国人的运气都这么好?

"嗯,还不错,这颗黄钻的价值等于另外两颗钻石的总和,你们可以考虑一人拿黄钻,另外一个人拿两颗钻石。"

庄睿的注意力也放在了那颗黄钻上,不过他观察的要比韦恩专业多了,这颗黄钻的纯度其实并不高,但是不动用仪器,还是很难分辨出里面的瑕疵的。

"庄哥,看我的,比她们挖到的大多了,您看,还是颗黑钻石呢。"

彭飞献宝般地用两根手指捏住了一颗矿石,在庄睿眼前晃了晃。

"黑钻石?"

庄睿闻言愣了一下,看到那颗拇指大小的矿石后,脸色不禁有些古怪:"是挺大的,不过……"

"不过什么? 您看这光泽,肯定是钻石啊。"

彭飞见了庄睿的神情,感觉有些不妙,直接把矿石塞到庄睿手里。

"嗯,不错……"庄睿嘴里嘟囔了一句,彭飞大喜。

"是块不错的云萤石,值个几块钱,哈哈。"

庄睿说完之后,再也忍不住笑意,把那块石头丢给彭飞后,哈哈大笑起来,就连韦恩也忍俊不禁,跟着庄睿笑了起来。

"不就是看走眼了吗,有什么了不起的,你自个儿不也没淘到钻石吗?"

彭飞有些不服气,把块破矿石当宝贝似的留了半天,庄睿一看居然一文不值,白浪费了半天感情。

"我?"

庄睿笑了笑,拿出那颗原石抛了一下,说道:"你别和我比,看我这颗,最少值三万美元以上。"

"不行,我再刨几锄头去。"彭飞有点儿不甘心。

"得了,上车走人,下午办完事就回家了,这颗你先起来吧。"庄睿拉住了彭飞,把那颗钻石丢给他。

六七克拉的钻石在常人眼里非常珍贵,但是对于庄睿而言,他还不怎么看得上眼,"哥们儿要是想淘弄钻石,最起码也要像'非洲之星'那样的才行啊。"

从韦恩的矿石到钻石交易所,大概两个多小时的车程。

来到交易所后,韦恩带着庄睿跑到交易所后面的小餐厅,简单地吃了点东西,味道当然不怎么样,就连彭飞这么不挑食的人也吃得直皱眉头。

如果不是知道韦恩的身份,琉璃等人真猜不出这个不修边幅,不讲究饮食的人,居然是位亿万富翁。

阿沙力坐在一辆防弹奔驰车里,看着和韦恩有说有笑的庄睿,脸上不禁有些阴霾,反手一巴掌抽在坐在前排的侍从脸上。

其实阿沙力如果不是再看到庄睿,他已经快把庄睿忘掉了,但是庄睿的样子使他又想起了昨天那个割喉的动作,这让大公子很不高兴。

"主人,那个中国人防卫得太紧,从韦恩的公司调用了装甲车,如果非要杀他的话,会引起战争。"

那个侍从有点儿委屈,他是阿沙力老爹指派保护阿沙力的,谁知道整天干的都是争风吃醋连带暗杀阿沙力看不顺眼的人,就没干过一件正经事。

"他们的来历打听清楚了吗?"阿沙力眯了下眼睛。他没想到庄睿竟然能调动韦恩的装甲车,这倒是有点小麻烦。

除非万不得已,阿沙力也不愿意招惹韦恩,虽然他不喜欢这个美国佬,但是阿沙力不得不承认,如果他干掉韦恩的话,所有南非的钻石矿主,都会将他列为不受欢迎的人。

侍从恭敬地回道:"主人,他们是香港人,用的是香港的钻石执照,还是乘坐私人飞机来的,听说生意做得很大。"

主人的办法果然好使,自己不过对威廉稍微暗示了一下他那位委内瑞拉美女,威廉就乖乖地将庄睿的资料拿出来了。

"香港?哦,是英国佬的地盘。"

阿沙力摸着下巴笑了起来,他旁边的侍从很是不以为然,这纨绔子弟真是不学无术,香港早在七八年前就回归中国了。

"我想,他们要是出点什么意外,父亲应该会高兴吧?南非还曾经是英国的殖民地啊。"阿沙力那浆糊脑袋,居然还能记得这点。

"将军,您真的要?可是……"

侍从愣了一下,要破开装甲车的防御,最少要两支火箭筒才行,他一时半会儿也搞不到这些东西啊。

"没什么可是的,我前段时间不是让你买了一些C4吗?本来是想送给国内那几个和父亲不对路的老家伙的,就先让这个香港人享受吧,你马上去。"

阿沙力嘎嘎地笑了起来,笑得让人毛骨悚然,阿沙力现在还不知道,他的这个决定,让他本人很是享受了一把中国古代"凌迟"的滋味。

庄睿并没见到阿沙力,他进入交易所后,就被领进一个房间,房间里摆着一台电脑,上面有一个距离下午三点钟的倒计时秒表不停跳动。

"庄先生,三点钟所有的开标信息都会显示在这里,您可以根据自己的中标情况进行交易,如果中标后反悔,您的钻石交易执照将被吊销。"

这次为庄睿服务的人不是昨天的威廉,而是另外一个雇员伯纳德,这哥们心里也纳闷,他不明白为什么威廉跟进的客户会让给自己?如果客户成交量很大的话,那笔佣金也不少啊。

伯纳德并不知道,威廉是怕了阿沙力那个疯子,而且他也害怕庄睿万一被阿沙力干掉,庄睿背后的人会追查到是自己泄露了客户的资料。

"还有三分钟。"

庄睿也有些紧张,他已经决定了,只要那两万多颗碎钻中标,马上就离开南非,至于那些档次高点儿的钻石,以后可以从中间商那里购买,最多价钱高上那么一点儿。

随着电脑上倒计时的秒表变成零,一连串的表格在屏幕上飞快地刷新起来。

"中了,这个也中了,好,任务算完成了。"

庄睿用鼠标下拉着那份电子中标书,几个标号后面都找到了自己的投标编号,这让庄睿松了一口气,虽然中标价比预期的高出许多,但是不管怎么说,算是完成了老丈人交代的任务。

"庄先生,请您确认一下自己的中标编号和金额,如果没有问题的话,我去把您中标的钻石拿来,然后进行转账。"

伯纳德在电脑上操作一番后,将显示器面向庄睿,他调出了庄睿中标的钻石编号和总金额。

"可以,请尽快安排吧,我今天要离开南非。"

庄睿点了点头,一共是一亿九千八百万美元,这个数目比他预期的少一点,将手中的欧元全部兑换成美元后,还能剩下几千万。

之所以出现这种情况,是因为那颗粉钻庄睿没拍到。

"好的,庄先生,请稍等。"

伯纳德见庄睿确定下来,心中大喜,马上出去安排,价值近两亿美元的钻石,要很谨慎的,有一点儿差错,自己都无法承担后果。

过了一个小时左右,伯纳德回到房间,手里拎着一个合金箱子,在他身后,跟着两个膀大腰圆的保安。

"庄先生,这个特制的密码箱是我们无偿赠送给您的,上面使用的是指纹锁,原来的密码已经解除了,您验过货后,可以重新设置密码。"

伯纳德将手中的密码箱放到庄睿面前,此次交易会到现在为止,这种密码箱一共只送出去两个。

只有交易额在亿元以上的客户,才能得到交易所赠送的这种特制密码箱,一般人有钱都没地方买。

这种密码箱和核密码箱是一个公司出品的,性能极其出色,特种轻合金可以在激光切割、大当量炸弹爆炸中完好无损。

密码箱的大小是三十乘以五十公分,但是造价却高达十万美金以上,就是钻石交易所,每年也就订购十个左右。

密码箱上的提柄处,还挂着一副银光闪闪的手铐,正如电影上演的那样,这幅手铐就铐在提取密码箱人的手上。

庄睿设定好指纹密码后,将密码箱打开核查了一下,密码箱一共分为两层,上层只有三十多颗钻石,这些都是重量在五克拉以上的极品钻,虽然未经打磨,依然散发出诱人的光泽。

下面一层,则有无数颗碎钻摆在一起,三万多克拉听起来是个很庞大的数字,但一共不过六公斤左右,放在这个密码箱里,还剩不少地方。

"伯纳德先生,可以转账了。"

庄睿用灵气扫了一眼那些碎钻,他可没功夫一颗颗检验,感觉每颗钻石上都蕴含着灵气,就把密码箱关闭了。

交易所不收取支票,庄睿在转账机上转过去一亿九千八百万美元后,这次交易就算结束了。

"庄先生,希望下次还能见到您。"

白白接了笔大单,伯纳德心情大好,这笔生意的佣金足有几万美元,他实在想不通威廉为什么将他的客户让给自己。

"我可不想再有下次了。"

庄睿笑着和伯纳德握了下手,下次谁爱来谁来,反正打死庄睿都不再来这个鬼地方了。

拿起密码箱掂了掂,不过八九公斤重,对庄睿而言不算什么,在两个持枪保安的保护下,庄睿走出了交易所。

"庄先生,要不要等老板出来?"

等在交易所外的乔治见到庄睿后,大手一摆,几个保安马上将庄睿围在中间。

右侧竖排:第二十三章 交易钻石

"这……算了吧,下次韦恩先生有时间的话,请他到中国做客。"

庄睿想了一下摇了摇头,现在已经五点多了,赶到机场估计天都黑了,未免夜长梦多,庄睿想早些登上飞机。

"那好,庄先生请上车吧。"

乔治没勉强庄睿,庄睿早走一会儿,他的任务就能早点儿完成,招惹了阿沙力那个疯子,乔治也不想庄睿在南非多停留。

"老板,这里面装的就是钻石?"

"庄总,给我们看看吧。"

"庄哥,给我拿着吧。"

庄睿拎着箱子上了装甲车后,车里两个女人的眼睛顿时盯在密码箱上一眨不眨,似乎要穿过箱子外面的金属,看到里面的钻石。

"上了飞机再看吧。"

庄睿把箱子交给彭飞,这哥们倒是很懂行,直接用另外一只手铐,铐在了自己的左手手腕上,这样除非有人能干掉彭飞,砍断他的手,才能从彭飞那里抢走这箱钻石。

乔治从窗户见到阿沙力从交易所走了出来,连忙说道:"庄,阿沙力出来了,咱们走吧。"

"走,去机场。"

庄睿点了点头,乔治马上用对讲机和前后车联系,前后的防弹车夹着庄睿这辆装甲车,发出巨大的轰鸣声,驶离了钻石交易所。

第二十四章 飞机上有炸弹

"Fuck，是谁买走了那颗粉钻？"

阿沙力从交易所走出来后，脸上满是狰狞的神色，他看好的那颗八十多克拉的粉钻，居然被别人以高价买走了。

"一定是香港那个小子。"

阿沙力看到庄睿的车队离开了交易所，不用想也知道庄睿正坐在车内。

这次阿沙力倒是冤枉庄睿了，庄睿虽然买了不少大克拉钻石，但是那颗粉钻并没落在庄睿的手上，南非钻石交易集中了全世界的钻石珠宝商，比庄睿有钱的人多得是。

"我得不到的东西，谁都别想得到！"阿沙力冷笑了一声，拿起电话拨了出去。

"事情办好了没有？"

阿沙力阴冷的声音让电话一端的人知道自己主子心情不太好，连忙说道："我已经在机场了，还有十分钟就可以了，那小子竟然没在飞机上留看守人员。"

阿沙力咬牙切齿地说道："时间定八个小时，我要让他们在印度洋上空做飞人。"

"没问题，八个小时，我想明天您就能见到这个报道了。"电话那边的人听到阿沙力满意的笑声之后，才挂断了电话。

由于坐在装甲车里面，到达机场的时间比预计晚了一个小时，晚上八点，车队才来到机场，庄睿等人换乘悍马车，直接驶到飞机旁边。

"庄先生，祝您一路平安。"

此时乔治心里的一块大石才落了地，不过他还是有些疑惑，按照阿沙力的性情，怎么着也会找点麻烦，而不应该像现在这样风平浪静啊。

"谢谢，乔治，我对你们的工作很满意。"庄睿和乔治握了下手，转身走上了飞机。

"再见吧，见鬼的地方！"

随着飞机在跑道上提速,庄睿终于松了一口气,喊道:"恬娅,去拿瓶红酒,为了庆祝离开南非,咱们干一杯。"

　　"庄哥,还是先把箱子打开,给我们见识一下吧。"

　　"是啊,老板,让我们看看吧。"

　　知道自己手里拎着的东西价值上亿美元,可是摸得着见不着,彭飞心里直痒痒,一旁的恬娅等人听了彭飞的话后,也连连点头。

　　"好吧,把大灯开开,呃,那个射灯也打开,彭飞你把箱子放在这里。"

　　庄睿见了众人的样子,不由笑了起来,指挥彭飞放好箱子,庄睿对好指纹,打开了密码箱。

　　"哇!"

　　"太漂亮了!"

　　"这要是我的该有多好啊。"

　　随着箱子打开,机舱内传来一阵惊叹声,就连副驾驶丁浩都从驾驶舱里跑了出来,眼睛里满是迷醉,至于那俩女孩早就满眼小星星了。

　　"喂,喂,有那么夸张吗?"

　　庄睿有些看不过眼了,这些不过是钻石原石,没经过任何加工与雕琢,看上去和毛坯玻璃差不多,哪有他们说的那么漂亮。

　　钻石要经过切面抛光后,才能展示出其耀眼的光芒,钻石之所以光彩耀人,正是因为切面的反射原理,一颗钻石的切面越多,价值就越高。

　　"行了,收起来吧,再看也不是你们的。"

　　庄睿最后还不忘打击一下众人,说道:"本来想让你们在碎钻里面选一颗的,不过慷慨的韦恩先生已经给你们了,我的奖励就没有了。"

　　"庄哥,不公平啊,他们都挖到了钻石,可是我没有啊!"

　　彭飞听了庄睿的话后,马上喊了起来,一脸委屈的样子。

　　"你不是有那颗黑钻石吗?留着回家给媳妇看吧。"庄睿看到彭飞一脸的纠结样,不禁哈哈大笑起来。

　　离开了南非,众人的心情都挺好的,恬娅和琉璃做了煎牛排,除了驾驶员外,每个人都喝了一点红酒。这一天从早上起来就没闲着,吃过饭后,两个空姐也找位置坐下休息了。

　　庄睿感觉很疲惫,只是不知道为什么,自从上了飞机之后,他就一直觉得心神不定,按理说已经离开南非了,即使是阿沙力也拿自己没办法。

但是庄睿心里总感觉不对劲,似乎有什么不好的事情要发生一般,庄睿长这么大,还是第一次有这种感觉。

刚才和众人说笑还不明显,静下来之后,庄睿只觉得心跳特别快,心头焦躁不安,不由解开保险带,站起了身体。

"庄哥,怎么了?"彭飞的声音传来。

"不知道,感觉很不对劲,哎哟!"

庄睿正说话,飞机猛地抖动了一下,又把庄睿摔回了沙发上。

庄睿拿起沙发旁的对讲机,问道:"怎么回事?"

"庄总,遇到强气流了,要飞低一点,没事,不用担心。"

贺双的话从对讲机里传了出来,机舱内的人感觉到,飞机开始向下俯冲,机身的抖动愈加强烈起来。

"庄总,没事了,你们休息吧。"

过了大概二十多分钟,飞机终于平稳了,贺双的声音也传了过来。

"不对,怎么还是感觉心慌?"

躲过了强气流后,庄睿还是感觉焦躁,胸口似乎压了块大石头,让他喘不过气来。

"庄哥,我也觉得有点儿不对,就像在丛林里遇到雷区一样。"

彭飞眼睛里也满是狐疑,他以前经常游走在死亡边缘,对于危险,有着异乎寻常的感应。

在这个世界上,有很多动物都能事先察觉到危险的临近,人也是动物的一种,对于危险,有些人的反应极其灵敏。

彭飞就是如此,以前执行任务的时候,丛林里面有数百万战争时期遗留下来的地雷,彭飞就是靠着自己的感觉,才能活到现在。

"雷区?"

听到彭飞的话,庄睿愈加不安起来,说道:"彭飞,我感觉有点儿不对劲,你说,阿沙力那个家伙,会不会在飞机上放炸弹?"

"我也感觉不对,好像有什么危险要发生。"

彭飞此刻只感觉头皮发麻,这种感觉和他一次执行任务时,不小心踩到地雷时的感觉一模一样,当时如果不是自己警觉没抬脚,恐怕小命早就没了。

"还别说,阿沙力真有可能安炸弹!"

彭飞想了一下之后,面色大变,站起身往驾驶室方向走去。

"彭飞,你干什么?"庄睿在后面喊道。

"我去问问能不能迫降,在飞机上太危险。"

像彭飞这样的人,向来最相信自己的直觉,彭飞现在的直觉就感到在飞机上极不安全。

"庄总,怎么了?"

"阿沙力是谁啊?为什么会放炸弹?"

琉璃和恬娅也被两人的对话,搞得紧张起来,飞机遇到强气流很正常,她们倒没什么感觉。

庄睿和阿沙力起冲突的事,她们两个并不知道,听庄睿提及炸弹,顿时花容失色,就差没尖叫出来了。

"让我安静一下。"

庄睿深深地吸了口气,闭上眼睛,与此同时,无形无色的灵气穿过他的眼睑,向身体下方蔓延而去。

飞机的轮廓在庄睿灵气的扩散下,慢慢清晰起来,一股股灵气穿过合金机体,仔细搜寻着每一寸地方。

如果不是顾及灵气会渗入到人体内,庄睿可以在很短的时间内能将整个飞机查看一遍,现在他只能绕过机舱里的人,一点点地探察。

"机舱内没问题,机体表面上也没有问题,机尾机翼同样没有发现,存放行李箱的地方也很正常,飞机升降器正常,油箱……"

半个多小时过后,庄睿紧闭的眼睛突然瞪得溜圆,把一直盯着他看的两个空姐吓了一大跳。

"庄总,怎么了?"

琉璃大着胆子问了一句,庄睿现在的神情,是她们从来没见过的,那幅模样像要吃人一般。

"坐好,不要问!"

庄睿顾不上多说,解开保险带就往驾驶室冲去,留下后面不知所措的二人面面相觑。

"老贺,查看最近的机场,马上和机场联系,要求紧急降落!"庄睿一脚踢开驾驶室大门,冲着贺双吼道。

"庄总,怎么回事?刚才小彭也问我能不能迫降,您倒是说清楚啊。"贺双脸上满是诧异,刚才的强气流不是过去了吗?

"现在没法解释,我们在南非得罪了个疯子,我怀疑他们在飞机上装了炸弹。"

庄睿总不能说自己在油箱下面,发现黏在上面的塑胶定时炸弹吧?

刚才查看机翼下面的油箱时,庄睿本来没发现什么,但是油箱下面的铁皮上,突然有红色的光芒映入庄睿的眼睛里。

庄睿仔细一看,一个巴掌大小,呈扁平状,有如橡皮泥一般东西,死死地黏在油箱底下,这个橡皮泥状的物体里面,还有一个如同电子表一样的东西,上面的数字正在不断跳动着。

那个塑胶炸弹白乎乎的样子,如果不注意的话,就是站在机翼下面都很难发现。

没吃过猪肉总见过猪跑,看见这玩意,庄睿马上就知道了自己心慌的原因,这绝对是塑胶炸弹。

庄睿在外国电影里没少见这东西,只是他没想到,自己居然有一天也能遇到。

虽然不知道这个炸弹的威力如何,但是庄睿可以肯定,如果炸弹在那个位置爆炸的话,这架飞机肯定会在空中变成一团火球。

不过还好,炸弹里面跳动的数字还有四十八分三十秒,当然,现在只有四十七分五十秒了。

"什么?炸弹?不会吧,庄总,机场可是有人守卫的,谁能在咱们的飞机上安放炸弹啊?"

丁浩有些不以为然,庄睿说的事情在故事里倒是常见。但是在现实里,丁浩还没听说过这种事,事实证明飞机上有炸弹的消息都是报假警虚惊一场。

庄睿此刻哪有工夫和他们扯淡,瞪了丁浩一眼,大声吼道:"别废话,老贺,半个小时之内,有没有机场可以降落?"

驾驶室内的丁浩和贺双,都被庄睿吓了一跳,自从他们认识并为庄睿工作以来,还从来没见过这年轻老板如此失态。

见到庄睿凶神恶煞般的表情,贺双马上答道:"庄总,半个小时回头肯定是来不及了,咱们现在处在印度洋上空,周围除了大海之外,就是些小岛屿,最近的机场也要两个小时候才能到达。"

"什么?没有机场?那强行降落在海面,行不行?"

庄睿闻言愣了一下,他原本觉得还有四五十分钟时间,应该足够他们找个机场降落了,没想到居然已经跑到了印度洋上空,而附近竟然没有飞机场。

贺双苦笑着说道:"庄总,咱们这是小飞机,根本没有办法在海上降落,最好的结果就是一头栽下去。"

开了二十多年战斗机,贺双认为自己已经够疯狂了,但是庄睿的话,让他感觉到自己的老板更疯狂,想在海面降落,那不是找死吗?

庄睿闻言脸上顿时青筋暴露,咬牙切齿地说道:"妈的,阿沙力,老子这次要是不死,一定把你剥皮抽筋。"

"庄总,这只是你的猜想,不一定会出事的。"

贺双安慰了庄睿一句,突然看向电子屏幕,脸色一变,说道:"庄总,前面有暴风雨,咱们要避一下。"

"靠,暴风雨?"

庄睿现在知道什么叫做祸不单行了,油箱被安了炸弹不说,居然又遇到了暴风雨,这让庄睿有点儿不知所措了。

其实飞机在各大洋的上空,遇到暴风雨是很正常的事,通常都会提前发现,绕过去就没事了。

"老贺,往回飞!"

庄睿知道自己现在不能乱,深深地吸了口气,说道:"老贺、丁浩,不管你们信不信,我庄睿白手起家,就是靠着一种过人的直觉,赌石淘宝,从来没出过错,我说飞机上有炸弹,绝对不可能错。"

"庄总,那怎么办?"

看到庄睿如此严肃,贺双和丁浩也感觉不对了,庄睿可是身家亿万的大老板,不会闲得蛋疼和这些人开这种没营养的玩笑,更不会冒着生命危险,要求自己玩海面强行降落。

没等庄睿说话,一旁的彭飞抢着说道:"弃机,跳伞!"。

彭飞不是相信庄睿的感觉,而是相信自己的直觉,这种直觉已经救过他很多次了。

"这样不好吧?在大海上太危险,如果遇不到救援队,那不是找死吗?"

丁浩摇了摇头,他不赞同彭飞的想法,再说了,这架飞机价值一个多亿,庄睿不在乎,丁浩可心疼得很呢。

"总比在飞机上被炸死强!"

庄睿冷冷地看了一眼丁浩,道:"老贺,设置自动驾驶,你和丁浩都出来,咱们商量一下。"

贺双和丁浩被庄睿二人的举动搞得昏头了,别人是老板,怎么说就怎么做吧,当贺双将飞机掉头后,设置了自动航行,四人一起回到了机舱内。

"咳咳,我先说一下。"

庄睿把几人召集在一起,咳嗽了一声,说道:"我可以肯定,飞机上被装了炸弹,我不知道什么时候会爆炸,不过应该很快了,在飞机上待下去必死无疑,我决定让大家跳伞。"

由于是私人飞机,降落伞倒是充足得很,一共配备了十几个。

"怎么会呢?"

"下面是大海,我不跳。"

"我也不同意跳伞!"

听了庄睿的话后,两个空姐和丁浩同时提出了反对意见,现在可是夜间,在茫茫大海里,什么危险都有可能发生。

老成的贺双倒是没说话,只静静地看着庄睿,不知道是不是因为庄睿和彭飞的缘故,他也有一种大祸临头的感觉。

"想要命的就别说话,跳伞不一定会死人,但是我可以负责地告诉你们,留在飞机上,一定会死,而且会死得很惨。"

庄睿脸上的笑容完全不见了,他的话让丁浩和两个美丽的空姐齐齐打了个寒颤。

他们虽然不知道庄睿为何如此肯定飞机上有炸弹,但是庄睿的态度表明,如果不跳的话,真的有可能发生那样的事。

"彭飞,电话给我。"

庄睿的眼神往机翼处扫了一眼,还有四十二分钟,他没时间再和几个人磨叽了,现在最重要的是通知国内,自己等人跳伞之后,让他们想办法来救援。

"磊哥,我的飞机上被人放了炸弹,现在马上要跳伞,我给你坐标,你想办法来救我们。"

庄睿的电话是打给欧阳磊的,他怕对方在电话里多问,直接说自己已经发现了炸弹。

"什么?! 是谁干的?"

饶是欧阳磊这种经历过风浪的人,也被庄睿的话吓得从床上跳了起来,连鞋子都没穿,就冲出了卧室。

"是阿沙力,我和他在南非有几句口角,没想到他在我的飞机上装了炸弹。"

庄睿简单地把事情的来龙去脉说了一遍,紧接着说道:"我现在要跳伞,磊哥你想办法让人来营救吧。"

"还有多长时间爆炸?"

欧阳磊此时已经镇定下来,在书房里的世界地图上寻找着庄睿的方位。

"不知道!"

当着这么多人的面,庄睿自然不能说还有多长时间会爆炸,那样他的秘密就再也无法隐瞒了,能感觉到危险可以理解,但是连危险到来的时间都能说清楚的话,未免太神奇了。

"那快点跳伞吧,记住,拿着卫星电话,跳伞之后随时和我保持联系。"

欧阳磊倒是没怀疑什么,定时炸弹也不是说上面一定有时间显示,庄睿的飞机上有炸弹,就可能随时会爆炸。

　　"磊哥,这事别告诉老爷子和我妈,嗯……我媳妇也别说,等找到我们再说。"庄睿怕家里人担心,挂断电话之前,反复交代了欧阳磊几句。

　　"我知道,你注意安全,救援人员最快也要四个小时之后才能抵达,一定要坚持住。"

　　欧阳磊挂断电话后,立即拿起桌上的内部电话,发出一道道指令。

　　"欧阳总长,发生了什么事情?"

　　一位大佬打来电话,欧阳磊刚才电话里涉及的范围,已经超出了他的权限。

　　"我国的一位商人乘坐的飞机,被人安放了炸弹,需要马上救援,这件事情我回头会向上级解释。"

　　欧阳磊已经顾不得多说了,对方听说是救援本国人,当下也没说什么,只要不涉及国家安全的问题,救援在外遇险的同胞也是他们的责任。

　　随着欧阳磊的电话,无数相关部门马上运作起来……

第二十五章 八方云动

"爷爷,事情就是这样的,您不要担心。"

欧阳磊安排好营救工作后,马上驱车赶到了玉泉山,这么大的事情,他敢对小姑隐瞒,却不敢瞒着老爷子。

虽然老爷子退下来已经一二十年了,但他的影响力太大了,即使欧阳磊不说,也会有别人通知欧阳罡,到时候欧阳磊免不了一顿训斥。

老爷子到底是从战争年代厮杀过来的,听了欧阳磊的话后,倒是没特别惊讶,不过欧阳磊在老爷子身边却真实地感受到一股摄人的杀气。

"小磊,无论用什么办法,一定要保护你小弟的安全。"

老人疲惫地闭上眼睛,说道:"通知驻扎在南海的救援船队马上出发赶往印度洋,进行搜寻工作。"

"爷爷,这……是不是有点不合适?我已经联系了印度洋周边所有建交的国家大使馆,让他们派出营救队伍了。"

老爷子的话让欧阳磊大吃一惊,他没想到老人居然会越权下达这道命令。

"有什么不合适的?救援中国遇难商人,是他们的职责。"

老爷子知道欧阳磊的顾虑,接着说道:"小睿找不回来,我这个老头子也没多少时间活了。"

"爷爷,您千万别担心,我一定把小弟找回来。"

欧阳磊以为老人担心庄睿,才说出这番话,他却不知道,老爷子话中指的并不是这个意思。

这段时间庄睿的针灸治疗让老人病情好了很多,如果长时间得不到庄睿的治疗,欧阳罡知道自己支撑不了多少时间。

"去吧,这件事和振山沟通一下,记住,不要告诉你小姑。"

老爷子摆了摆手示意欧阳磊可以离开了,谁也不知道闭着眼睛的老人在想什么,只

175

是后来进来的护士,看到老人的眼角流下一滴浑浊的泪水。

"快点,彭飞,把食物分配好。"

飞行在印度洋上空的飞机上,现在是一副忙碌的景象,两个空姐把飞机上的食物以及矿泉水都取了出来,满满当当地摆在机舱中间。

彭飞和庄睿等人则往机舱里摆放的救生衣口袋里面塞着东西,这些东西在未来一段时间要派上大用场了。

夜间救援肯定不会很顺利,说不定要在海上漂个几天,所以庄睿让他们尽可能多装食物和淡水。

如果在大海中断了淡水,到时候面对无边无际的海水又不能饮用的痛苦,绝对比在沙漠里山穷水尽时更绝望。

"庄总,这个是荧光棒,在夜间可以放出很强的光芒,大家每人拿一个。"

贺双拿着一把四十公分左右的荧光棒,给众人分发着,作为一个开了二十多年战斗机的老飞行员,贺双的经验十分丰富。

庄睿这架飞机上的配备十分完备,甚至还有一个六人乘坐的充气皮筏和一个用蓄电池的电动充气机。

橡皮筏足够他们几个人乘坐了,有了这个,只要跳伞时不出问题,应该可以支撑到救援队赶到。

"庄哥,这个给你。"

彭飞将手中用胶袋装起来的卫星电话递给了庄睿,只要拿着这部电话,即使在海中失散,也能根据天上的卫星信号,搜寻到庄睿的位置。

庄睿一共配置了两部卫星电话,此刻另外一部在副机长丁浩手上。

"丁浩,电话给恬娅她们吧。"

庄睿想了一下,将自己手中的卫星电话交给了琉璃,自己好歹是个男人,再不济也有灵气护体,在海中支撑的时间总比两个女人时间长吧?

丁浩看了庄睿一眼,默默地把电话递给了琉璃,庄睿点了点头,丁浩刚才虽然提出了不同的意见,表现得也不够镇定,但是他一声不吭地交出了电话的举动,还不失为一个男人。

见到众人都开始穿救生衣了,庄睿说道:"大家跳伞的时候就把荧光棒打开,注意别人跳伞的位置。老贺,你去操作一下,飞机降低到适合跳伞的高度后,设置成自动航行。彭飞,等下你第一个跳,橡皮筏交给你,下去之后,马上用电动充气机给橡皮筏充气,接应下面跳伞的人。"

庄睿有条不紊地安排起来,见到老板镇定的样子,众人的情绪也都受到了感染,两个空姐虽然还是面色煞白，不过在穿救生衣的时候，两只手已经不像刚才那样发抖了。

"大家不要怕，这次不死的话，以后咱们再换个大飞机，只要你们还愿意继续为我工作，工资待遇全都翻三倍！"

贺双离开之后，庄睿拍了拍手，将众人的注意力吸引到自己身上，俗话说人为财死鸟为食亡，庄睿此话一出，倒是让丁浩几人眼睛一亮。

他们现在的待遇已经不低了，如果翻三倍的话，一个月就是二三十万人民币了，这样的话，干上两年就能退休了。

丁浩接着庄睿的话说道："庄总，咱们会没事的，等下我第二个跳。"

包括庄睿在内，飞机上每个人都有高空跳伞经验，如果不是在大海上空，危险性并不是很大，不过看到庄睿刚才已经联系了国内救援，众人害怕的心情也平复了很多。

"让琉璃和恬娅排在第二和第三位，咱们在飞机上也能看出她们降落的地点。"

庄睿摇了摇头，否决了丁浩的建议，这次的事情于机组人员完全是无妄之灾，尤其是两个女孩刚刚结婚，如果她们出了什么差错，庄睿一辈子都不会心安的。

"庄总，设置了自动航行，等下再降低一点，就可以跳伞了，我改动了航线，这架飞机在燃油烧完之前，会一直在这片海域上空兜圈子。"

五六分钟后，贺双从驾驶室里钻了出来，不舍地回头看了一眼，毕竟他是这架飞机的机长。

"燃油耗尽？恐怕等不了多长时间，你们就能看见飞机爆炸的情形了。"

庄睿摇了摇头，恨得牙根直发痒，就因为一个挑衅动作，阿沙力就要置自己于死地，庄睿发誓，如果自己能活下来，一定会要了阿沙力的小命，就算拿出几亿美元雇佣杀手，庄睿也认了。

不过下次再买私人飞机，一定要配备两个安保，机组人员离开飞机后，要保证飞机的安全。

"老贺，快点把降落伞背上，各人检查自己的装备，看看有没有什么遗漏的，大家还有什么问题吗？"

庄睿扔给贺双一个伞包，彭飞帮贺双背在身上，马上就要跳伞了，庄睿也有些紧张，他没注意到，自己说话的时候微微带了点儿颤音。

"没有问题。"

"我也没问题。"

"庄……庄总，我有点儿紧张。"恬娅脸色发白。

"我也紧张，不过一会儿按照训练的步骤进行就可以了，眼睛闭上往下跳呗，数到五秒就拉降落伞，记住，电话不要丢掉了，救援队会根据卫星信号，第一时间找到你的。"

庄睿拍了拍恬娅的肩膀，恬娅性情柔弱，没有琉璃胆大泼辣，他还真怕这小妞回头一紧张,连拉伞绳的事都忘掉。

"知……知道了,庄总。"

听了庄睿的话后,恬娅镇定了一些,不过面对着黑漆漆的大海,就连彭飞心里都有些打鼓,恬娅害怕也属正常。

"老贺,准备开舱门。"

庄睿深吸了口气,回头往机翼处看了一眼,还有十二分钟,不能再耽搁下去了,鬼知道这定时炸弹准不准。万一来个提前爆炸,那可就死得冤枉了。

"庄哥,这个你拿着。"

彭飞走到庄睿身边,手腕一翻,一把两指长的小刀出现在他掌心里。

"算了,你都用习惯了,再说这伞绳也不用割,拉下扣鼻就能松开。"

庄睿摇了摇头,他知道彭飞向来都是刀不离身,这小刀跟随他很多年了。

"庄哥,你拿着吧,小心不要划伤手。"

由于家里穷,从记事起,彭飞就承担起一个男人应该做的事情,妹妹出生后,更是尽到一个做大哥的职责,父母也认为是理所当然的。父母双双过世后,彭飞就一直在妹妹面前扮演着大哥和父母的角色。

直到认识了庄睿,彭飞才知道,原来被人关心的感觉真的很好,在内心里,彭飞已经将庄睿当成了自己的亲人。

彭飞说话的时候,眼睛里有些雾气,大海茫茫,谁都不知道会发生什么事情,如果可以的话,彭飞宁愿用自己这条命去换取庄睿的平安。

"行了,自己注意安全,下去之后马上把橡皮筏搞好,我们可全指望你呢。"

庄睿笑着捶了彭飞一拳,看向他左手的时候,犹豫地说道:"这东西扔飞机上吧,以后有机会打捞飞机残骸的时候还能找到。"

庄睿说的是那箱钻石,即使以他的身家,也有点儿舍不得,谁都知道沉没到大海里的东西,是很难打捞出来的。

别的不说,就是中国至欧洲这条航线,就沉没了无数装满金银珠宝珍贵瓷器的海船,虽然一直都有人打捞,但是成功打捞上来的沉船,连百分之一都没有。

"没事,庄哥,这东西又不沉,我回头锁在橡皮筏上。"

彭飞摇了摇头,让他抱个人跳伞他做不到,但是拿个十来斤重的东西还是没问题的,再说到了海里之后水有浮力,这东西不会耽误自己的行动。

"小心!"

庄睿喊出这两个字,也不知道彭飞有没有听见,因为此时机舱的大门已经打开了,狂风呼啸声,发动机的转动声顿时充斥在每个人的耳朵里。

彭飞背着身体站在机舱门口,两手撑住铁门,突然一个后仰,整个身体从舱门处消失了,庄睿只看到彭飞跳下去时,右手冲自己翘起了大拇指。

可能是受到不远处暴风雨的影响,天上乌云一片,彭飞身上的荧光棒时明时灭,看不太清楚。

"琉璃,恬娅,你们同时跳!"

庄睿扭过头去,对死死抓着桌子一角的两个女孩喊道。

"快啊,不跳就是等死!"

庄睿看二女迟疑着不肯过来,顿时急了,炸弹只有十分钟倒计时了,随时都有可能引爆。

听到庄睿的喊声,二女鼓足了勇气,几乎是留着眼泪跳下去的,还好,两人都没忘了拉伞绳,看着空中若隐若现的两顶降落伞,庄睿松了口气。

"老贺,丁浩,你们跳吧。"

庄睿扭头看向两位机长,倒不是他风格有多高,关键这事是他引起来的,庄睿感觉自己应该最后一个离开飞机。

"庄总,还是你先吧。"

"行了,别废话了,快点。"

等贺双和丁浩跳下去后,包裹在炸弹里面的计时器的倒计时已经只剩下五分钟了。

看着下面漆黑一片,庄睿心里也直打鼓,站在舱门处犹豫起来。上次他跳伞的时候,就是被彭飞一脚端下去的。

"阿沙力,我操你全家!"

在倒计时只有三分钟的时候,庄睿口中发出一声惨嚎,闭着眼睛跳出了飞机。

"一……二……三……四……五!"

地球引力牵扯着庄睿的身体,不断地向海面下坠着,庄睿脸上的皮肤被狂风吹得像橡皮泥一样,不住变换着形状。

在心中暗数到五,庄睿猛地拉动手上的伞绳,一朵白花般的降落伞从庄睿背后弹出,下坠的势头顿时止住了。

庄睿感觉身体猛地一震,正以一秒一百五十左右的速度向下坠去的身体停留在了空中,庄睿甚至有种错觉,身体似乎正在往上升一般。

由于刚才风大,庄睿现在才敢张开眼睛,放眼向下望去,到处都是黑漆漆一片,根本无法看见他们几个人的荧光棒。

庄睿等人跳伞的高度大概在两千米左右,算得上是中高空跳伞了,而庄睿是在下落六七百米的时候打开的降落伞,也就是说,他现在身处一千二百米以上的空中,即使用灵气,也感应不到其余几人。

"妈的,不管了,反正身上有吃有喝,还能撑个几天,只要别遇到鲨鱼,哥们什么都不怕。"

看着下面漆黑一片,庄睿心里其实有点儿害怕,嘴里念念有词地给自己打着气鼓着劲。

在这个地球上,海洋的面积远远大于陆地,而海洋也是人类至今无法征服的领域之一,深达数千米的海底是人类望尘莫及的地方,充满了神秘的色彩。

即使是胆子再大的人,面对着一望无际的大海,都会心生无力之感。

庄睿现在身处的地方,正是印度洋亚热带,倒是不会感觉到很冷,在空中吹着海风漂浮了一会儿之后,庄睿慌张的心情慢慢平复下来。

从两千米高空跳伞,正常情况下估计要二十分钟才能落到地面,如果风大的话,时间还要延长,现在就是彭飞也没到达海面。

在空中漂浮了五分钟后,远处的天际突然传出一阵闷雷般的响声,随之一团火光升起,照亮了偌大一片天空。

不光是庄睿,先前跳伞的几个人也都发现了这个变故,除了彭飞早有预感之外,其余几人都看得目瞪口呆,张大了嘴,任凭海风往肚子里面灌。

这会儿他们心中再没有怨恨了,对庄睿和彭飞的直觉再无一丝怀疑,如果自个儿坚持待在飞机里,现在恐怕只能随着天上的火球一头栽到大海里。

而此时在地球之外,中国的卫星也发现了这一情形,无数条数据汇总之后,得出了极其准确的地点方位,发送到各个前往这一海域搜寻失事飞机幸存者的搜索队伍中。

"什么? 发现火光,疑是飞机爆炸引起的?"

一直等候在电话旁的欧阳磊也知道了这个消息,不过他现在只能祈祷玉皇大帝三清教主如来佛主保佑庄睿了,即使掌控着百万精兵,欧阳磊此刻也是无能为力。

"命令所有救援船只以最快的速度赶到指定海域!"

下达了命令之后,欧阳磊一屁股坐在椅子上,瞪着通红的眼睛看着电脑屏幕上卫星转过来的图面,皱起了眉头。

现在只能是尽人事听天命了,谁也不知道现场究竟是什么情况。

第二十六章 海上风暴

飞机爆炸后残骸的降落速度,远远快于庄睿等人,几乎在飞机爆炸的同时,一个巨大的火球就从天空向海面坠去。

"妈的,我怎么离他们那么远啊?"

借着飞机爆炸引起的火光,庄睿发现另外几个降落伞距离自己最少在一公里之外,亏得庄睿眼神好,要不然根本就发现不了。

不过自己还在天空飘着,虽然专业技能不大过硬,庄睿自信还是能控制一下方向,降落在距离他们不太远的地方。

在降落伞垂吊下来的绳子中,第一根和最后一根伞绳的下端,专门缝有一根短绳,短绳上拴着一根操纵棒,用这个操纵棒可以控制降落伞的方向。

庄睿倒是学过这东西,他知道,当跳伞者要转弯时,只要拉下操纵棒,就可以带动伞绳向左右运动,从而使降落伞转向。

"哎?怎么往上跑了啊?靠,是哪个教官教我的啊?"

庄睿往下拉了一把操纵棒,却发现降落伞不降反升,带着自己的身体往高处升去,不由心急如焚,在空中破口大骂起来。

左边……不行!右边……还是不行,庄睿几乎要把操纵棒上的绳子拉断了,降落伞依然向着刚才发现众人的相反方向飘去。

"不是吧?"

庄睿摆弄了一阵之后才发觉,身体周围的风似乎大了很多,降落伞无法转向的原因,就是身边呼啸着的狂风造成的。

"哪里来的水啊?还是淡的。"

庄睿忽然感觉到脸上一阵湿润,伸出舌头舔了一下,再往下看看还有七八百米距离的海面,愣了一下神之后,才发现,天上下雨了。

"天啊,暴风雨?!"

庄睿使劲摇晃了一下脑袋,他现在确定了,不知道怎么回事,从飞机上跳下来后,居然到了那片暴风雨海域的边缘。

而且海风正在不断地把他往暴风雨的中心推送着,距离彭飞等人的降落点越来越远。

庄睿感觉吹在身上的风越来越大,云层里轰隆隆的雷声似乎就在耳边炸响,降落伞如同玩杂技一般,左摇右摆,晃晃悠悠地往暴风雨中心前进着。

一滴,两滴……打在庄睿脸上的雨滴,慢慢变成了线状,打得庄睿脸上生疼,继而将庄睿全身浇得湿透。

衣服湿了庄睿不怕,反正到海里也是一样,但是被狂风吹得漫无边际地乱飘,让庄睿心中产生一丝无力感。

身在空中,看着远处一道道闪电劈在海面上,庄睿的心脏几乎停止了跳动,雷声闪电,狂风呼啸,天地之威一览无遗。

庄睿此刻连念叨几句菩萨保佑的心思都没了,狂风就像是一个大手,抓着庄睿的降落伞甩来扔去,头晕脑胀之下,庄睿思维有如浆糊一般,无法做出任何判断和反应。

不知道过了多久,庄睿才恢复了知觉,发现自己居然还在空中,不过身边的暴雨似乎小了很多,而且距离海面似乎不是很远了,但是风依然很大,庄睿也不知道自己被吹到什么地方了。

"两个小时了?有完没完啊,死老天,给个痛快吧!"

庄睿努力抬起左腕,看了一眼带有夜光防水功能的手表,发现距离他跳伞的时间,整整过了两个多小时。

在庄睿感觉中,刚才的那两个小时过得像一个世纪那么漫长,降落伞像个纸鹤一样在天空飘来荡去,就是不往下落。

庄睿不知道自己这次跳伞的经历能不能申请吉尼斯世界纪录里,最长跳伞落地时间纪录。

庄睿同样不知道,他已经被暴风吹到了距离彭飞等人上千公里之外。

其实说起来,庄睿运气还算是好的,因为如果是在大西洋上出事,那迎接庄睿的就不是印度洋上每秒一二十米的"暴风",而是每秒三十米以上的"飓风"了。

飓风的破坏力极强,就是一辆小汽车被卷入飓风里,再丢出来的时候,绝对已经被大卸八块,如果庄睿此次遇到的是飓风,恐怕连个完整的骨头块都找不到了。

"贺哥,上来!"

彭飞足足用了三十多分钟才把橡皮筏充好气。

解开手铐将保险箱铐在橡皮筏的鼻扣上，这才艰难地滑动橡皮筏，寻找刚才跳伞的众人，此时距离从飞机上跳下，已经过去近一个小时了。

贺双抓住彭飞的手爬上橡皮筏，指着一个方向说道："琉璃和恬娅，好像落在那个方位了。"

在波涛汹涌的大海里划船，是一件极让人郁闷的事，经常是你刚划出十几米，一个大浪打来，就能让橡皮筏倒退二三十米。

再加上不远处的暴风雨，浪头变得很大，往往一个大浪打下来，整个橡皮筏里面就装满了水，彭飞负责划船，贺双则不停地用塑胶桨往外排水。

即使已经能看到恬娅和琉璃身上的荧光棒，彭飞与贺双两人还是用了半个多小时才将两人救上了橡皮筏。

"救命……救命啊。"

在海浪声中，一个方向传来呼救声，彭飞顾不得问恬娅二人要电话，连忙操起桨循声划了过去。

"是丁浩！"

彭飞心中有些失望，将丁浩拉上橡皮筏后，迫不及待地问道："你们几个谁看到庄哥降落的地点了？"

"没见到，风太大了，张不开眼睛！"

"没有，我没看到。"

"我也没见到庄总，乌漆八糟的，什么都看不见。"

众人的回答，让彭飞的心慢慢地沉了下去。

"我……我好像见到庄总降落的方向了。"

刚被彭飞拉上来的丁浩，吐出了嘴里腥咸的海水后，不确定地说道。

"你看到了？ 在哪边？"

彭飞听了丁浩的话后，一把抓住了丁浩的衣领，大声问道。

"我不敢确定，不过降落的时候，我往上面看了一眼，似乎往那个方向飘过去了。"

丁浩指的方向，就是暴风雨的海域，只是海上的暴风雨来得快去得也快，现在差不多已经消散了，天上的乌云也没有那么厚了，几点星光照在海面上，像渔火一般星星点点的。

"贺哥，你来划船，我打个电话。"

这一两个小时，彭飞几乎都是在和海浪搏斗，一刻都没有停歇，这会儿也精疲力竭了。

作为一个有着丰富野外生存经验的特种兵，彭飞深知体力的重要性，把船桨交给贺双后，彭飞先翻出一块巧克力咬在嘴里，这才从恬娅手中接过被塑胶袋包裹起来的卫星电话。

"小……小彭，能不能给我点儿水喝？"

恬娅将电话递给彭飞后，有点儿不好意思地说道，她也不知道自己是怎么折腾的，身上的四瓶矿泉水一瓶都不见了。

"喝吧，不过上厕所麻烦点儿啊。"

彭飞扔了一瓶水过去，他的话让口干舌燥本来准备大口喝水的恬娅一下变得淑女起来，居然仅用水沾湿了嘴唇，就将瓶盖拧紧了。

此时的北京已经凌晨三四点钟了，欧阳磊披着大衣在书房里来回走动着，一直没有庄睿的消息让他坐立不安彻夜难眠。

"庄睿，你没事吧？"

忽然听到一阵铃声响起，欧阳磊一个箭步冲到桌子旁边，抓起了电话，不过里面传来的却是忙音，欧阳磊这才反应过来，拿起手机按下了接听键。

"我是彭飞，除了庄哥之外，所有人都找到了，现在正在寻找庄哥。"

彭飞知道对面那人位高权重，不过此时不是尊敬对方的时候，开门见山地把现在的情况说了一下。

"跳伞的时候没发生意外吧？"

听到彭飞的话后，欧阳磊提了半天的心终于放回了肚子里。

只要飞机爆炸的时候不在机上，问题应该不大，再有两个小时，原本就在印度洋上的援救船就能抵达指定海域。

"报告首长，庄哥的降落伞打开了，不过降落地点有些偏差，我们现在正在寻找之中。"

彭飞反复追问了丁浩看到的降落伞的大概高度，可以确定那就是庄睿，所以才有了上面的回答。

"好，你们注意安全，电话随时开机，救援队最迟两个小时之后就能抵达。"

欧阳磊长长地舒了一口气，挂断手机之后，伸手摸向座机，想了一下，还是没拿起来，老爷子这会儿应该已经睡觉了。

当欧阳磊刚想去躺一会儿时，座机突然刺耳地响了起来。

"爷爷，这么晚您怎么还不休息？"

欧阳磊接起电话，听见电话一端传来的声音，不禁有些吃惊。

欧阳罡没回答孙子的话,对着一旁的特护摆了摆手,示意她不要打扰自己,这才对着电话说道:"小睿怎么样了?有消息没?"

"有消息了,小弟已经跳伞了,而且降落伞正常张开,爷爷,您不用担心了,早点儿睡吧。"

欧阳磊说话的时候抬头看了看墙上的钟,时针刚好指向凌晨四点上,他这才感觉到,老爷子对这个外孙的爱护居然打乱了数十年如一日的作息时间,一直等到现在。

"明儿找到小睿,让他给我打个电话。"

老爷子脸上露出疲惫的表情,挂断电话后,在护士的搀扶下返回房间,这一夜的等待,让老人消耗的能量不亚于年轻时指挥一个战役!

"噗,咳咳。"

庄睿从海水里刚冒出头,就被一个大浪重新打回水里,从来没在海浪中游过泳的庄睿吃了个小亏,连喝了好几口海水。

虽然这个海域风势已经减弱了不少,但大海依然波涛汹涌,浪头排山倒海般一重接一重,砸得庄睿头晕脑胀,肚子里不知道灌了多少腥咸的海水。

此时,庄睿无比怀念刚才在空中飘荡的情景,他没想到,落入大海里等待他的居然是这种情形,在海水中挣扎了足足十几分钟,庄睿就没舒心地喘上一口大气。

"靠,这是什么地方啊?彭飞、贺双、丁……唔,咳咳。"

庄睿实在受不了这无穷无尽的海浪了,拼着老命游出水面,刚张口喊了几嗓子,立马被一个大浪憋了回去,呛得庄睿差点没咳出血来。

连着几次被海浪打击,让庄睿领略了天威不测,想以人力对抗自然,自己真的是不自量力。

冷静下来之后,庄睿学乖了,他双手也不滑动了,将全身放松,仅仅依靠救生衣的浮力漂浮在海面上。

这样一来,海浪虽大,但也无法拍击在庄睿身上,最多有时候将他卷入海水十几米的深处,不过早有准备的庄睿,每次都能及时憋住气,依靠救生衣的浮力再次浮上水面。

庄睿不知道自己在海浪中漂浮了多久,天色慢慢地亮了起来,好像昨夜的暴风雨从没有出现过一般,当太阳从东方跳跃而出的时候,天空、大海都被渲染成了金黄色。

"妈的,终于消停了。"

随着太阳升起,海浪渐渐平息下来,海水看上去是静止不动的,但是庄睿发现,海水还是有流向的,最起码自己的身体一直都在移动中。

"先吃点东西吧。"

整整折腾了一夜,虽然可以用灵气恢复体力,但是灵气不能当饭吃,庄睿从救生衣口袋里掏出一块被海水泡得黏糊糊的巧克力,直接塞进了嘴里,他现在极需要补充热量。

原本香甜的巧克力现在却带着一股腥臭味,庄睿费了很大劲才将它咽到了肚子里,比起巧克力的味道,庄睿更注重自己的小命。

巧克力不能浸泡,庄睿将口袋里四五块巧克力全部吃下肚子后,这才拿出矿泉水喝了一大口。

庄睿脑子里没有省着水喝的念头,在他想来,欧阳磊派出的救援队一定很快就可以找到自己,可是庄睿不知道,他现在距离坐标地点,已经偏离出上千公里了。

清晨的海面起了大雾,虽说不是伸手不见五指,但是数十米外也是朦朦胧胧的看不清楚。

一个小时过去了,庄睿喝完了一瓶水,心中充满了死里逃生的喜悦。

两个小时过去了,庄睿喝完了第二瓶水,在心里思讨着,回头怎么对付阿沙力那个混蛋?

三个小时过去了,太阳已经升到了庄睿的头顶,炙热的阳光让庄睿不得不时常把头埋进水里,以减少阳光的照射。

五个小时过去了,庄睿手表的时针指在中午十二点,庄睿兜里的四瓶矿泉水已经全部喝完了,嘴唇被含着盐分的海水泡的发白干裂。

幸运的是,庄睿在第四个小时的时候,找到了一块礁石,虽然撞在上面的时候让庄睿胳膊受了点伤,但是总归有个可以落脚的地方了。

这是个已经死亡了的珊瑚礁,露出海面不过两米多高,一个多平方大小,庄睿只能坐在上面,想躺下都办不到。

"出了什么问题?救援队为什么还不到?"

庄睿此刻心里隐隐感觉有些不对了,飞机失事距今已经有十几个小时了,在这期间,别说轮船,庄睿连飞机也没看到一架。

这种现象很不正常,以现在航空业的发达,印度洋上空应该是一个很忙碌的航道,怎么可能没有飞机经过呢?

又等了一个小时之后,庄睿开始渴望下雨,因为在海上体内水分蒸发得太厉害了,庄睿用舌头舔一下嘴唇,都能带掉一块沾着血丝的皮来。

比起沙漠里的海市蜃楼,面对着汪洋大海而无一口可以饮用的水,这种情形更加凄惨,庄睿尝试着喝了两口海水,把他难受得差点连苦胆就吐出来。

庄睿发誓以后绝对不再暴饮暴食了，要是刚才那四瓶水省着点喝，怎么着也能支撑两天，而不是像现在这样山穷水尽。

"不行，再这样待下去，不被晒死也要渴死。"

庄睿站起身环顾四周，他想看看周围有没有岛屿能让自己解决饮水的问题。

"嗯？这里礁石很多啊？"

静下心后，庄睿发现前方的海面上有许多大大小小的礁石，大的可以躺人，小的比自己脚下的这块还小上一些。

"那是……岛屿?!"

清晨的雾气已经散去，庄睿发现在远方的海面上，隐隐出现一个岛屿的轮廓。

由于距离太远，庄睿只能看到一个大概的岛屿轮廓，不过这已经让他欣喜若狂了，在无边无际的大海上能见到陆地，那种心情不亚于在沙漠见到绿洲。

"压缩饼干，面包，就没啦？"

庄睿翻空了救生衣的口袋，发现里面除了七八块密封包装的压缩饼干和两个拳头大的面包之外，再没有别的食物了。

要命的是，这两样东西吃起来，都要喝水，虽然庄睿现在肚子饿得咕咕直叫，还是把这些东西塞回口袋里，他宁愿饿死也不愿意渴死。

另外还有一把彭飞塞给庄睿的小刀，黑色的刀刃发出莫名的寒光，要不是插在救生衣里面的泡沫里，庄睿还真不知道怎么携带这东西。

站在礁石上，庄睿观察起海水的流向，让他感到高兴的是，海水是往岛屿方向流动的，这么一来，他游到海岛的几率将会增加很多。

俗话说望山跑死马，在海中也是如此，坐过海轮的朋友知道，海轮快要靠岸时，远远就能望到海岸线，但是却要经过很长时间才能到达视力所及的地方。

不过……远处的海岛，还是让庄睿心中兴起无限的希望。

"妈的，拼了！"

看着远处若隐若现的岛屿，庄睿咬了咬牙，没有淡水，在这个礁石上待下去，早晚是死路一条。

原本还寄望于救援队能找到自己，但是十几个小时了，别说人影，连只鸟都没见到，天地间似乎只剩下庄睿一个人，那种孤寂让庄睿实在忍受不了。

而且现在正是一天海水涨潮的时间，如果再等下去，到傍晚海水落潮，即使庄睿待在礁石上，也很有可能被大海恐怖的吸力拉扯到海底去。

庄睿身上虽然有特殊的能力，但他可不是大西洋海底来的人，闷他几分钟，照样小命

187

不保。

"噗通!"

庄睿笨拙地跳下水,向岛屿方向游去。

庄睿游泳是和刘川小时候在彭城云龙湖里折腾会的,虽然姿势不怎么优美,但很实用,加上他体力充足,几分钟就游出了上百米,将那块救命礁石远远地甩在身后。

"靠,这是什么地方啊?"

怕遇到鲨鱼袭击,庄睿游动的时候,一直把灵气释放出来,他发现在这片海域,刚刚自己看到的那些礁石只是冰山一角。

在海水下面,还有数之不尽的半潮礁,在海水中游了数百米,庄睿就发现了不下于数百个礁石,如果海水退尽,这里绝对会成为一个怪石嶙峋的旅游胜地。

半潮礁是指潮退至一半时露出海面的礁石,而潮涨就被淹没,现在正处在涨潮期,所以很多礁石都没露出水面。

这种礁石堪称船舶杀手,隐藏在海水中的半潮礁奇形怪状,怪石嶙峋,大的有几十个平方,小的也有三四米左右。

半潮礁的吃水位置非常浅,如果轮船驶入这个海域,绝对会触礁沉没的,像庄睿刚刚游过的一块礁石,形状长而尖,似雄鸡上的冠,距离水面只有一米左右,船若碰到它,就似插在锋利的大刀上。

庄睿灵气的探察范围是五百米左右,游动的时候察看过这片海域的深度,大概在六七十米的地方,就能看到河床。

不过和铺满了细沙的河床相比,这里的河床更加丰富多彩,无数游鱼游弋其中,长满了五颜六色的珊瑚礁,让庄睿眼中一亮的是,在那些礁石与沙子中间,还有许多船舶的残骸。

有的船船头向上,船身被埋在河床里,有的则平平地躺在河床上,船帆和船板上,到处都长满了海草和苔藓。

有的船已经看不清样子了,和礁石连为一体,无数游鱼在其中穿梭,这里已经成了它们的栖身之所。

这些船舶大多都是木制船,想必是十五六世纪那个大航海时代留下来的,形式各样。

不过海底的沉船大多都是木质的双桅帆船,船身连接处都是用木头榫子连接的,看了半天庄睿都没发现一艘现代的铁甲船,要是将这些木船打捞起来,恐怕可以开一个古代船舶博物馆了。

在一个长约三十米左右的大船上,庄睿清楚地看到船身处原本用来伸桨的圆孔变成

188

了海洋生物进出的大门。

而且在那些已经腐朽了的木头船里，庄睿能清晰地感应到灵气的存在，星星点点多不胜数。

"妈的，看得到吃不着，真他娘的憋气。"

感应着那些强弱不一的灵气，庄睿心里直犯痒。

不用问，那些东西肯定都是有年头的宝贝，怪不得总有人说，海洋才是这个世界上最大的宝藏。

为了早点儿踏上陆地，庄睿不断用灵气梳理身体，一刻不停地向远处的岛屿游去，只在精神极其疲惫的时候，才找个随处可见的礁石休息一下。

这些礁石对庄睿的影响不大，偶尔还能停脚休息一下，但要命的是，这片海域的海洋生物极多，大多都依附在礁石周围。

庄睿四散出去的灵气，倒有一大半都注入了这些海洋生物的身体里。

一个珊瑚礁可以养育四百种鱼类，庄睿的灵气吸引了一群群五颜六色的海鱼，庄睿也叫不出名字，里面甚至还有一只直径在一米左右的大海龟。

吸收了灵气的海洋生物如同打了兴奋剂一般，纷纷从礁石里冒出头，跟在庄睿身后。

在最初的惊奇之后，庄睿倒是很享受这种感觉，在大海中孤寂一人，那种寂寞的感觉很难用语言形容。

现在有这么多海鱼陪伴在身边，庄睿心情好了很多。

第二十七章 鲨口逃生

"妈的,那是……鲨鱼?"

庄睿又往前游了几百米,突然发现身后的鱼群混乱起来,一个浑身泛着银白色,长约两米的大家伙冲入了鱼群,张开长着锯齿般牙齿的大嘴,吞噬着四处逃散的鱼儿。

把庄睿吓得一佛出世二佛升天,虽然曾经想过或许会在海里遇到鲨鱼,但是庄睿怎么都没想到,这玩意居然是被自己的灵气吸引来的。

虽然那只鲨鱼距离他还有二三十米,但是庄睿的心脏已经快跳到嗓子眼儿了,连忙收了灵气,身体也不敢继续游动了,靠着救生衣的浮力,浮在海面上。

"佛祖保佑,菩萨保佑,别过来,别过来,看不见我,看不见我。"

鲨鱼驱散了鱼群后,悠闲地向他游了过来,庄睿那颗"咚咚"直跳的心差点儿跳出来。

庄睿嘴里小声嘟囔着,希望这条大家伙看不到他。

不过鲨鱼似乎不理解庄睿的语言,还是慢悠悠地游了过来,一双弹珠般黑溜溜的眼睛看向庄睿。

"刀,对了,我还有刀。"

庄睿的手握在那把小刀上,虽然他知道这东西对鲨鱼没有任何威胁,但总归能让他心里舒服点儿,就好像从悬崖上掉下去的人抓住了救命稻草一般。

随着鲨鱼的靠近,庄睿的精神绷得紧紧的,他知道在海里和鲨鱼相遇,自己毫无胜算,但是庄睿并不想放弃,他还没见过未出生的儿女呢!

鲨鱼并没直冲庄睿而来,而是围着庄睿绕了一个圈,似乎用鼻子嗅着什么,过了十几秒后,突然尾鳍一摆,向海底游去。

"以后再也不吃鱼翅了,谁他妈说鲨鱼吃人的!"

见鲨鱼游走后,庄睿全身的力气都被抽干了似的,整个人瘫掉了一般,如果不是救生衣起作用,他这会定沉到海底去了。

庄睿不知道,海洋中鲨鱼的种类多达三百八十多种,其中只有三十种鲨鱼会主动攻击人类,更多的鲨鱼是以海洋鱼类为生,对人肉不十分爱好。

庄睿的运气也不错,他刚才碰到的那只,只是普通的长尾鲨,不是嗜血的大白鲨,如果是大白鲨的话,即使庄睿把满天神佛都拜上一遍,估计这会儿也葬身鱼腹了。

找了一个距离自己几十米的礁石,庄睿使出全身的力气游了过去,爬上礁石之后,庄睿一动都不想动了,刚才的情形过于刺激,让他大脑皮层分泌出的激素,比平时高出几十倍。

趴在礁石上整整躺了半个小时,庄睿才算恢复过来,看了一眼渐渐沉入海平面的太阳,庄睿鼓起勇气,又跳入海水中。

留在这个突出海面两三米的礁石上并不安全,退潮的时候很可能被海水卷入大洋深处。

在海中游着,庄睿再也不敢释放灵气到处察看了,刚才的鲨鱼虽然不咬人,但是胆子小点的,估计能被吓死,庄睿是没有胆量再尝试一番这么刺激的事情了。

随着庄睿拼命划水,远方模糊的岛屿逐渐清晰起来。太阳西落,大海上慢慢起了薄雾,整个海岛都被笼罩在薄雾中,充满了神秘感。

"还有五百米。"

庄睿使用灵气,已经可以看到白色的沙滩了,这让他差点泪流满面,在海里整整飘荡了二十个多小时,庄睿感觉自己浑身都浮肿了。

这片海水已经不是很深了,只有二三十米左右,刚才见到的海龟和那些长着翅膀奇形怪状的大型海鱼都消失不见了,只有一些体型比较小的鱼类,从各种珊瑚礁里进进出出。

太阳慢慢地落下海平面,平静的大海又起了波澜,一个个小小的浪头让庄睿游动得极为艰难,往往游出去好几米之后,又被一个浪头打了回去。

"这样不行,得潜入海水中才行。"

庄睿感觉海水的流向发生了改变,似乎已经开始退潮了,海浪忽前忽后不可捉摸,这正是大海退潮前的预兆。

深深地吸了一口气,庄睿一头扎进海水里,闷头往海岸的方向潜泳过去,海面下的海水比较平静。

一口气游出几十米,直到胸口憋得快要爆炸了,庄睿才探出水面,深深地呼吸了一口空气。

这样连续不停地潜泳,庄睿距离那座海岛越来越近,看着海岸不远处那高高的椰子树,庄睿顿时激动得泪流满面。

"有椰子在,即使没水,也渴不死哥们了。"

不过就在庄睿距离海岛还有三四十米的时候,他感觉身后的海水突然发出一股巨大的吸力,将他整个人往后拉得倒退了二十多米。

"大海要退潮了。"

庄睿突然反应过来,这让他心胆俱裂,这种吸力根本就不是他能抗拒的。

眼看着海岛逐渐变远,就在庄睿几乎快要绝望的时候,突然一个大浪打过来,将庄睿又往岸边推了二十多米。

"靠,玩我啊?"

庄睿又惊又喜,猛吸了一口气,潜入水底,拼了老命地往岸边划去,他现在只求大海退潮稍稍晚上几分钟,只要能踩到沙滩,就得救。

大海退潮并不像江河那样迅猛,有一个过程,这时,海边的浪潮会变得特别大,会席卷岸上的一切生物,将其拉进海底。

不过庄睿很幸运,在这个海岛周围,到处都是林立的礁石,这些礁石改变了海水的流向,退潮也变得比较和缓,这才给了庄睿一线生机。

原本就在印度洋海域的搜救船第一个到达指定海域,也是第一个发现飞机失事幸存人员的。

早上六点多钟,彭飞等人就登上了战舰,换了一身干净的衣服,两个女孩由于惊吓过度,发起了高烧,被安排了房间睡觉去了。

彭飞只稍稍休息了一会儿,就跟随救援队四处搜寻庄睿,随着搜寻范围不断扩大,始终没发现庄睿的影踪。

随着时间的推移,彭飞着急起来,脾气也变得暴躁,几次要求驾驶船上的直升机去搜寻庄睿被拒绝后,差点和船上的人员发生冲突。

"什么?还没找到,你们十几艘搜救船,在三十海里的区域连个人都找不到吗?"

欧阳磊脸色铁青,他昨天睡得不太好,早上六点就被电话吵醒了。

听到已经找到飞机失事人员的消息后,欧阳磊本以为庄睿平安了,谁知道接下来的消息却是让欧阳磊全然没了睡意,一直都守在电话旁边。

"所有的飞机都已经派了出去,但是始终不见庄睿的影踪,我……我怀疑。"

电话那端的声音有点迟疑，吞吞吐吐地没再说下去。

"不要怀疑，生要见人死要见尸。还有，另一批救援船支应该快到了，你们双方协同，再扩大搜索范围，记住，一定要把人给我找到！"

欧阳磊粗暴地打断了对方的话，如果找不到庄睿，他不知道自己该怎么向老爷子交代，怎样面对自己守寡的小姑，和庄睿即将临产的老婆。

"是，保证完成任务！"

电话里虽然答应得斩钉截铁，但是欧阳磊心中还是非常不安，挂断电话后，欧阳磊坐了一会儿，站起身匆匆走出了办公室。

庄睿感觉自己就像个布娃娃，被大海无情地撕来扯去，一个个大浪拍打得他几乎要晕过去了，如果不是看到海岸距离自己如此之近，庄睿恐怕早就坚持不下去了。

只有最后二十多米，但是庄睿怎么都冲不到岸边，海潮回流的引力实在太大了，庄睿此刻和一根小草差不多，根本就没有抗拒的能力。

"啊！！"

庄睿心中越来越不安了，他感觉海潮似乎要完全退去了，如果自己还不能踏上陆地，极有可能被吸入印度洋深处。

将头抬出海面，发出一声嘶吼后，庄睿将全部灵气注入体内，蜂拥而入的灵气让他一瞬间变得精力十足，一个猛子扎到海水里。

这里海水的深度只有三四米深，庄睿潜到水底之后，双手死死插在海底的泥土中，艰难地向岸边爬去。

一道道海底潜流冲击着庄睿的身体，由于海水和救生衣的浮力，使庄睿整个身体都漂浮了起来，如果刚刚不是抓住一块很小的礁石，庄睿此刻已经被吸入深海了。

一分钟过去了，庄睿的双手死死地扣住那块礁石。

两分钟过去了，气闷的感觉传来，不过庄睿还能坚持。

三分钟过去了，庄睿开始缓慢地将胸中的空气吐出去。

五分钟过去了，庄睿的脸色变得青紫，但是他感觉海水中传来的吸力，似乎没那么大了。

八分钟过去了，庄睿大脑极度缺氧，脸色青筋暴露，浑身上下像要爆炸一般，为了让自己多坚持一会，庄睿将半个脑袋都钻进了海底的沙子里。

十二分钟过去了，吃了一嘴海沙实在无法忍受的庄睿，双脚猛地在海底蹬了一下，整个身体向上蹿了出去。

193

"咳……咳咳……呸，呸。"

刚一钻出海面，庄睿就忙不迭地张大了嘴呼吸空气，却没想到差点儿把嘴里的沙子吸进去，咳嗽得满脸涨红，此时他还没意识到，自己连双脚都已经脱离了海面。

"啊？怎么回事？我什么时候能跳这么高了？"

庄睿还记得他潜水的时候，距离海面还有三四米的高度呢，但是现在，庄睿感觉自个儿凭空跳了起来，海水的浮力和压力，在一瞬间全都消失了。

低头向下看去，庄睿见到自己整个人都暴露在空气中。

直到庄睿从空中掉落在海面上，他才发现，原本足足有三四米深的海水，现在居然只能没过自己的小腿。

"妈的，我刚才在这么深的水里，差点憋死？"

庄睿缺氧的大脑愣了一会儿神才反应过来，自己刚刚只要抬起头就能呼吸到空气，却偏偏学鸵鸟将头埋到海沙里，差点没把自己整死。

"我……我他妈的真傻。"

庄睿给了自己一巴掌，他实在无法忘记刚才差点憋死的事。

庄睿不知道，他只差一分多钟，就可以打破加拿大人罗伯特·福斯特，在 1959 年创下的在水中憋气最长时间的吉尼斯世界纪录了。

不能不说人的潜力是无穷的，庄睿平时能坚持个五分钟就不错了。

"我到岸上了？这是怎么回事啊？"

生完自己的气，庄睿才意识到这个问题，一时间，庄睿没想到这是大海退潮后的正常现象，当然，这都是大脑缺氧惹的祸。

当庄睿刚想跳起来庆祝自己死里逃生的时候，忽然面色大变，因为他耳中听到了一种很怪异的声音，是从身后传来的。

庄睿回头一看，一个足有七八米高的海浪，正在距离自己十几米远的地方，如同怪兽张开的大嘴，向自己吞噬而来。

"妈呀！"

庄睿再顾不上什么庆祝了，两条腿像是装了弹簧一般跳了起来，拼命向岸边跑去。

不过庄睿没受过海中短跑的训练，在他跑出十来米时，身后的巨浪将他的身体冲击得飞了起来，就像巨人的大手一般，轻易地把庄睿的身体扔出了十几米远。

巨浪慢慢地缩回到大海里，不远处的海面依然翻腾着，似乎在酝酿着下一次浪潮。

昏头涨脑的庄睿站起身，眼前一片模糊，如果不是摔在沙滩上，这一下就能要了他的小命，庄睿本能地感觉这里不安全，身体晃晃悠悠地向海水的反面走去。

"砰!"

走到一处礁石密布的地方后,庄睿终于支撑不住了,身体重重地摔倒在地上,额头触地的时候,擦在一处礁石上,鲜血顿时冒了出来。

庄睿这时已经感觉不到疼痛了。

和大海搏斗了近二十个小时,精神紧绷死里逃生后的松懈,体力灵气全部耗尽的劳累,让庄睿再也支撑不住,昏昏沉沉地睡了过去。

这一夜,庄睿做了许多梦,他梦到儿时母亲帮他缝补衣服,梦到和秦萱冰初见时,那貌若天仙的面孔给自己带来的惊艳,还梦到了在典当行工作时,那两个劫匪以及向自己射来的子弹。

"啊!"

似乎真实地感受到了痛楚,庄睿痛苦地大喊了一声,睁开了眼睛,却发现在自己的右手边,一个大海蟹刚刚松开夹着自己手指的钳子,鬼头鬼脑地钻到礁石里。

"我还活着?!"

梦境带着庄睿仿佛经历了一个轮回,直到睁开眼睛,庄睿才发现,自己……还活着。手指传来的疼痛让他清楚地认识到这一点。

"啊啊啊啊啊,我还活着!"

庄睿跳起身来,顾不上去想为什么天色已经大亮了,也顾不上脚上没有鞋子,踩在礁石上的疼痛,庄睿现在只想发泄,原因很简单,活着……真好!

没有任何目标地在沙滩上狂奔,嘴里发出没有任何意义的嘶吼,庄睿的身体做着各种千奇百怪的姿态,这要是被人拍下来,整个就一现代艺术。

直到嗓子嘶哑了,再也喊不出话来了,庄睿才重重地躺倒在沙滩上,看着蓝天白云,心情渐渐平复下来。

"自己上岸的时候,应该是傍晚啊?"

庄睿回想起昏迷之前的经历,不由自主地感到心悸。

抬起手看了一下防水功能极佳的手表,庄睿才知道,自己整整睡了十六七个小时,现在已经是第二天中午了。

"渴。"

从不正常状态清醒过来之后,庄睿顿时感觉饥渴难忍,连忙脱下救生衣,清点起自个儿的物品。

结果让庄睿有点儿失望,除了彭飞的那把小刀之外,压缩饼干只剩下三块,两个一直没舍得吃的面包,因为包装袋破裂,已经被海水泡成面糊糊了。

也就是说,如果岛上没有能吃的东西,庄睿就要靠这三块压缩饼干,等待救援人员到来了。

"大难不死,必有后福,我还没见过儿子女儿呢。"

庄睿在心底安慰了自己一下,撕开一袋压缩饼干,慢慢咀嚼之后艰难地咽了下去,没有饮水成了庄睿最大的问题。

好像昨天看到有椰子树,庄睿站起身,打量起这个岛屿,他不知道这是个荒岛,还是被开发过的,不过看看四周荒芜的样子,应该前者的可能性更大一些。

"嗯?是淡水!"

庄睿突然看到自己身边一块礁石的凹处,有一摊清水,连忙跑过去,用手指蘸了一滴放在嘴里。

庄睿顿时泪流满面,生存最重要的危机算是解决了。

第二十八章 荒岛求生

庄睿脱下救生衣,整个人趴在礁石上,将脸贴在礁石凹处,先湿润了一下裂开一道道口子的嘴唇,然后才小心翼翼地喝了一口。

庄睿感觉这口水不亚于琼浆玉露,把水在嘴里停留了好一会儿,庄睿才不舍地咽下肚子里。

也不知道这是雨水还是露水,不过一口水下肚之后,庄睿浑身焦躁的感觉顿时消退了不少,身上也有了力气。

虽然口中依然饥渴难忍,庄睿还是强迫自己不要多喝,那四瓶矿泉水的故事告诉庄睿,眼光要放远一点,一时痛快了很可能导致一世难受。

如果昨天不是早早地把几瓶矿泉水喝完,庄睿也不至于去尝试海水的味道了。

"哪儿来的血?"

庄睿本来想用手梳理下头发,谁知道抓了满手的血痂,连忙对着那摊清水照了一下,这才发现,额头上有一道伤口,不过应该只划破了点儿皮,已经结疤了。

庄睿尝试着调动了一下灵气,让他欣喜的是,昨夜完全耗尽的灵气现在又充裕了不少,虽然不像平时那么多,但是足够自己梳理身体了。

用灵气治疗了一下伤口,又在体内游走一圈,庄睿顿时感到浑身清爽疲劳全去,当然,肚子还是饿得"咕咕"直叫,毕竟灵气不能当饭吃。

咬了咬牙,庄睿一狠心,从救生衣里又掏出一块压缩饼干。

这种饼干不是超市卖的那种,而是军队配发的,别看一块只有名片大小,但是吃下肚子里后,会膨胀起来,足够一个人一天的饭了。

撕开包装,就着不多的淡水,庄睿将那块压缩饼干吃掉了三分之一,饥饿的肠胃这才得到了缓解。剩下的一块半饼干,让庄睿小心翼翼地收了起来。

庄睿暗下决心,不到山穷水尽的时候,再也不动用压缩饼干了,总得给自己留点战备物资吧。

"这里究竟是什么地方?"

解决了肚子的问题后,庄睿才打量起周边的环境,让他惊讶的是,这里的风光居然极其秀丽。

不远处的海面上秀岩嶙峋,奇石林立,异礁遍布。

铺满了洁白细沙的沙滩,绵延足有上千米,蔚蓝的海水冲击在沙滩上,激起了片片白色的雾气,这种美景竟是庄睿生平未见的。

前方的海岛上绿树成荫,气候宜人,并且有座高山耸立,站在海边,庄睿只能看到山峰处被淡淡的雾气笼罩着。

根据岛上的植物庄睿能看出,这应该是一个火山岛,亿万年前由海底火山喷发物堆积而成,形成后又经过漫长的风化侵蚀,岛上的岩石完全破碎,逐步土壤化,岛上才生长出这么多植物。

在庄睿看来,高耸的山林中肯定有动物存在,有野兽也不一定。

庄睿不禁有些奇怪,按理说这样的海岛极具旅游开发价值,不知道为什么没有人来开发,看四周的样子,根本没有人迹,应该是一座荒岛。

虽然世界上还有百分之九十四的荒岛没有开发,但是像这样风景优美,几乎不下于马尔代夫那种旅游胜地的岛屿,也无人开发,未免有些说不过去。

这样的荒岛只要投入巨资,建一个海上停机坪,绝对能吸引来自世界各地的游客。

被雾气笼罩的神秘海岛,还能开发出探险的噱头,配合一下《荒岛余生》之类的大片,肯定会让游客趋之若鹜。

想法是美好的,看过美国大片《侏罗纪公园》和《金刚》的庄睿,这会儿心里有些忐忑,那阵暴风雨,别真的把自己吹到侏罗纪公园来了。

想到这里,庄睿不禁打了个寒颤,别刚脱离虎口,又再入狼穴。虽然庄睿的神经够粗大,这会儿也有点儿经受不起了。

"奶奶的,下次不能做雷锋了。"

庄睿心里有些后悔,当时充什么大头啊,早知道自己拿着那部卫星电话了,也不至于像现在这般束手无策。

虽然有心去岛上探究一番,但是心中对未知的恐惧,使庄睿举步维艰,看着海岛久久未敢前行。

这样的海岛,百分之百会有动物存在,小猫小狗庄睿不怕,万一有狮狼虎豹,那庄睿入山,纯粹就是去送菜。

"嗯?"

庄睿突然看见海边有不少贝壳,身边的礁石里有许多海蟹爬行,眼前一亮,刚才只吃了半饱的肚子现在又叫了起来。

198

既然海边有东西吃，就不用急着进入海岛了，比起神秘莫测的海岛，海边似乎更安全一些，只是晚上睡觉有点儿麻烦。

不过现在艳阳高照，距离晚上还早得很，庄睿兴致勃勃地脱下破破烂烂的衣服，把两个袖口一扎，当成口袋用了起来。

海岛的气候十分宜人，即使浑身上下只有一条到处破洞的牛仔裤，庄睿也没感觉到冷，海风吹在身上，反倒非常舒服。

半个多小时过后，庄睿就捡到满满两袖口牡蛎，还有七八只海胆，庄睿以前吃过这东西，海胆黄尤其鲜美，看着这浑身毛刺的东西，庄睿口水差点儿流出来。

"妈的，老子真要当野人了？"

回到礁石旁边，庄睿将衣服里的海胆牡蛎都倒出来后，突然傻眼了，因为他意识到，自己没有引火的东西。

"算了，就当吃海鲜吧！"

看着地上的牡蛎和海胆，庄睿实在忍不住了，拿出彭飞那把小刀，将牡蛎一个个撬开，每撬开一个，就直接把牡蛎肉塞进了嘴里。

虽然略带一丝海水的苦涩，但还在庄睿忍受的范围，连吃了十几个之后，庄睿连那股味道也习惯了，吃得是津津有味。

海胆要麻烦一点儿，浑身毛刺十分难搞，最后庄睿找了个石头把海胆放在礁石上砸开。

"靠，这么苦啊！怎么可以前吃的不一样？"

庄睿把自以为是海胆黄的那块东西刚刚放进嘴里，就忍不住吐了出来，这玩意简直比黄连还苦，搞得庄睿连喝了几口淡水漱口，然后用衣服包着拿在手里的海胆，远远地扔了出去。

庄睿哪里知道，海胆虽然好吃，但是加工起来很麻烦，要熟练的师傅才能将海胆黄和内脏剥离开来，庄睿刚才的吃法，连内脏带黄都吃进了嘴里，不苦才怪呢。

吃了苦头的庄睿再也没碰剩下的海胆，把牡蛎吃完之后，舒服地拍了拍肚子，四仰八叉地躺在沙滩上。

"靠，这么热啊？"

虽然是躺在一片礁石中间，但是正午的阳光还是把庄睿晒得浑身冒烟，身上的皮肤都发红了，无奈之下，庄睿只能站起身，往距离沙滩不远处的椰子林走去。

这片树林不光有椰子树，还有许多枝叶茂盛带有倒刺的大树，不过地上却没有多少落叶，只有一些枯树枝，树叶想必都被海上的暴风吹走了。

树林虽然枝叶茂密，但是都是十米以上的大树，林间倒显得很稀松，树和树的间距和野人山那种原始森林里的树木完全不同，即使在林子里，视野也很开阔。

庄睿刚一走进树林，头上的烈日就被树叶遮挡住了，顿时感到一阵清爽，如果不是怕自己那破嗓子会引来野兽，庄睿舒服得差点嚎叫起来。

"真他妈的傻，怎么不早点过来呢。"

走进树林之后，庄睿才发现，地上有不少大大小小的椰子，应该都是被风吹下来的，虽然庄睿平时不怎么喜欢喝椰汁，不过现在却有种想流泪的冲动。

椰汁可以直接饮用，椰肉可以当饭吃，而且都很有营养，只要能解决安全问题，庄睿就有足够的耐心，等待救援队到来。

"哥们现在真的成野人了。"

从礁石区捡了块大小合适的石头，砸开两个椰子喝完椰汁后，庄睿自嘲地想到。

在人类文明史上，猿人和人类最大的区别就是人类掌握并学会使用火，可是庄睿拿着两块破石头，叮叮当当地磕了半天，也没见一个火星子冒出来。

这个结果让庄睿很沮丧，敢情自己还不如那些只会使用石器的老祖宗呢。

"他大爷的，鲁滨逊当年落难的时候，还有一个破船和一些粮食烈酒呢，哥们就一把小刀！"

吃饱喝足后，庄睿躺在树荫下开始胡思乱想，欧阳婉、秦萱冰、刘川等人的身影相貌不断在庄睿脑海里变幻着。

"人要自救，我要活下去！"

庄睿突然跳了起来，从地上捡了一个枪杆粗细的树枝，冲向沙滩。

二十一世纪的人类，和十五六世纪大航海时代的人类相比，生存经验或许相差无几，但是在见识上，那会儿的人却是拍马也追不上现代人的。

别的不说，无数讲述历险故事的电影教会了庄睿很多求生办法，诸如燃烧枯枝冒出浓烟，当然，这条庄睿目前做不到，因为他根本就生不起来火。

不过还有别的办法，庄睿正忙活着在开阔的沙滩上，用树枝划出一个大大的 SOS 国际求救标志。

"不行，这玩意太细了。"

庄睿用树枝画了一会儿之后，看着那细细的线条，摇了摇头，别说天上的飞机了，如果距离远点，自个儿都认不出是什么。

随手扔掉了树枝，庄睿干脆用脚掌在沙滩上画了起来。

被阳光炙烤得火烫的沙子，像针一般扎在庄睿脚上，疼得庄睿龇牙咧嘴的，虽然可以随时用灵气治疗，但是那种痛楚，也实实在在的。

庄睿这时最渴望的，就是在海里游泳时嫌碍事丢掉的那双运动鞋了，当时除了把鞋带解开留下来之外，那双鞋子已经沉没在印度洋深处了。

足足用了两个多小时，庄睿在距离海水比较远的沙滩上，画出三个总长三十米，宽六十多米的 SOS 字母。

画好之后，庄睿又从树林里收集了一些枯叶和石头，按照字母的形状摆了起来，这样一来，即使沙子埋上去，字体也会向上鼓起来。

搞完这些，太阳慢慢西斜，天色逐渐暗了下来，整个孤岛无比寂静，只有海浪拍打在沙滩上的声音。

如果不是看到天边觅食归来的海鸟，庄睿甚至会感觉这是一座死岛。

看着那些鸟儿飞入海岛内，庄睿心里羡慕起来，要是自己有双翅膀，现在就能飞出去了，即使被称作鸟人，庄睿也心甘情愿。

就在太阳要从海平面落下的时候，整个天地突然变成了一片红色，红色的天空，红色的海洋，红色的海岛，红色的沙滩。

"好美啊！"

这是庄睿第一次看到海上日落，禁不住心旷神怡，如此美景，或许只能在这远离海岸线的大洋深处才能得见吧！

"糟了，晚饭还没准备呢。"

庄睿突然跳了起来，如果今儿海上再有暴风雨，重现昨天伸手不见五指的情形，那自己就要饿上一天了，趁着太阳还有些余晖，庄睿得把晚餐准备好。

飞快地跑回树林，从地上捡了两个拳头大小的椰子，庄睿又冲了沙滩，捡了三四斤牡蛎，这才心满意足地回到靠近大海的礁石区。

树林虽然可以遮风挡雨，但是庄睿怕夜里来野兽，要知道，很多野兽都是晚上觅食的。

还是待在礁石区安全一些，反正这是个火山岛，又处在亚热带地区，不怕晚上被冻着。

俗话说一回生二回熟，庄睿这次撬起牡蛎壳来，动作娴熟了许多，拿着彭飞的那把小刀插入牡蛎中，稍微转动一下手腕，整个牡蛎就张开来。

在旁边一洼海水里随手冲洗掉牡蛎里面的细沙，庄睿就将牡蛎塞入嘴里，反正昨天连海水都喝过了，也不在乎这一星半点儿了。

半个多小时后，庄睿身边丢了一地牡蛎壳，还有被石头砸开的椰子，不但里面的椰汁被庄睿喝掉了，就连椰肉也被庄睿啃得一干二净，只是那味道……真的不怎么样。

"什么时候能回家啊？"

吃饱喝足后，庄睿慢步在沙滩上，星光点点的海面异常平静，除了海风吹过远处树林发出"哗哗"声，整个天地无比寂静，让庄睿生出一种孤独感。

"当初鲁滨逊身边还有只小狗，后来还有星期五呢，哥们我怎么就这么倒霉，一个人流落到荒岛上。"

庄睿重重地在沙滩上踢了一脚，扬起漫天沙尘，搞得自个儿满脸都是。

庄睿此时也不在乎形象不形象了,在这种鸟不拉屎的地方,是装逼给鸟看了。

漫无边际地在沙滩上晃悠了整整三四个小时,庄睿才拖着沉重的步伐走回礁石区,找了一处向里凹进去一米多,两边都有礁石的地方躺了下来。

看着头上漫天的繁星,庄睿慢慢地睡了过去。

"嗷呜!"

半夜,从海岛的方向传来数声野兽的嘶吼,把沉睡中的庄睿惊醒过来,拿着小刀对着那黑漆漆如同怪兽大嘴一般的树林。

"妈的,是什么野兽啊。"

那种叫声庄睿从来没听到过,越是未知的越是让人恐惧,难不成这里还真史前动物不成?

随着后面几声嘶吼,庄睿的心慢慢放下来,野兽叫声在海岛深处,自己在大海边缘,应该不会有什么危险。

不过庄睿这一夜还是没敢再睡,提心吊胆地等到天色大亮,才迷迷糊糊地睡着,到了中午,被炙热的阳光烤得醒了过来。

"不行,这样下去的话,没等救援队找到,自己就撑不下去了。"

庄睿看自己的胳膊居然被晒得脱了皮,浑身上下通红一片,连忙使用灵气梳理了一番,那种骇人的红色才慢慢消退。

处理好身体,庄睿马上爬到最高的礁石上,向海面眺望,除了海中的波浪,什么都看不到,回头看向沙滩,SOS 三个巨大的字母依然摆在那儿。

呆呆地站了一会儿,庄睿满脸失望地走回沙滩,开始准备今天的食物,心中的不安越来越强烈。

庄睿想不明白,为什么已经过去了两天,整整三十多个小时,救援队都没找到自己。

庄睿不知道,那阵暴风雨带给他的,远远不是几百海里那么简单,而是神奇地将他带到了另外一个地方。

庄睿现在所处的海域,是整个大洋最危险也最神秘的地方。

第二十九章 身陷魔鬼岛

　　这个海岛位于西印度群岛的"小安的列斯群岛"西侧,说起这个名字,很多人都不知道,但是它还有一个名头极其响亮的称呼,那就是加勒比群岛。

　　相信即使没看过那个电影的人也对这个名字耳熟能详,加勒比海盗在几个世纪前就纵横海上,他们的老巢就在"小安的列斯群岛"上。

　　庄睿所在的海岛和海域距离加勒比群岛还有上百海里,这个海域和加勒比群岛相比,还有一个更为响亮的名称,当然,这个名称只有在附近大西洋上生活的人才知道。

　　这个海域有莫名的磁场,会屏蔽所有的通信讯号,经常会发生飞机失事和船舶沉没等事故,和百慕大魔鬼三角区有莫名的关系。

　　百慕大曾经发生过一件极为怪异的事情,一艘前苏联潜水艇一分钟前在百慕大海域水下航行,一分钟后浮上水面时竟然出现在另外一个海域。

　　在几乎跨越了半个地球的航行中,潜艇中九十三名船员全都骤然衰老了五至二十年。

　　此事发生后,前苏联军方和科学界立即开始对潜艇和所有人员进行调查,最后的结论是,在地球上极有可能存在着一个比地球时间更快的时间隧道。

　　当时潜艇出现的地点,就在这片海域,由此也为这片海域增添了不少神秘的色彩,在海域附近的岛屿上生活的人,对这里是讳莫如深。

　　而且在这个海域周围一百多海里范围内,到处礁石林立,不适合船舶航行,别说大一点的轮船,就是小帆船到了这里,吃水稍微深一点的话,都会触碰到海面下的礁石。

　　从古至今,不知道有多少轮船因为误入这里触礁沉没。

　　久而久之,这片占地近百平方公里的海域,被生活在附近的人们称为死亡海域,而庄睿所在的这座孤岛,也有个恐怖的名称:魔鬼岛!

　　就是十五六世纪纵横海上的加勒比海盗,也不敢在这个海域航行,可见其凶名之胜。

　　这里距离庄睿飞机失事的地点,足有几千海里,也不知道庄睿是如何出现在这里的,横跨了两个大洋,从印度洋来到了大西洋,所以即使海上救援的船队,一再扩大搜寻范

围,仍然无法找到这里,

当然,倒霉的庄睿是不知道这一切的,他依然迎着朝阳,送着晚霞,在海边期待着救援队的到来,不过每天迎来的都是失望。

很快,第三天也过去,海岛依旧,海浪依然拍打着沙滩,庄睿期待的飞机轮船一次都没有出现过。

四天过去了,庄睿吃在嘴里的牡蛎已经味同嚼蜡,期间倒是练出了分离海胆的功夫,为自己增加了一道食物。

五天过去了,即使在灵气的滋润下,庄睿仍然晒得像个岛上的原住民,浑身上下黝黑一片。

到了第六天,庄睿已经沿着海岛走了一圈,根据他的估计,这个海岛的面积至少在几十平方公里以上。

一个星期很快就过去了,最初的几天,庄睿还会站在礁石上四处眺望,等待救援队到来,不过每一天等来的都是无尽的失望。

而且海边的生活也变得越来越艰难了,因为每隔上几天就会有一次强烈的暴风雨。

前天夜里,海水突然暴涨,窝在礁石里的庄睿被冰冷的海水冲醒了,如果不是庄睿当时反应快,死死抱住了礁石,恐怕这会儿已经到大西洋深处喂鲨鱼了。

暴虐狂放的大海,在庄睿的眼里如同一个怪兽,说不准什么时候,就会将自个儿连皮带骨头地吞下去,对海洋的恐惧,此刻已经超过了这座神秘的海岛。

另外一个原因是食物的问题,虽然每天都吃着新鲜的牡蛎,喝着纯天然的椰汁,过着现代人追求的生活方式,但是庄睿连吃了三天之后,肠胃终于造反了,拉得他是欲仙欲死欲罢不能。

连着好几天,庄睿都没敢再吃海鲜,只能以椰汁椰肉充饥,嘴里快淡出鸟来了,看着海边每天飞翔的海鸟,庄睿恨不得一个个逮回来烤着吃。

在海边待了一个星期,都没看到救援队,守在沙滩上也不是办法,庄睿下定了决心,要探索一下这座孤岛了。

按照庄睿以前从电影里了解到的知识,海中孤岛一般没有大型猛兽存在,或许前儿晚上是自己听错了也说不准。

不过在入岛之前,庄睿还是有很多准备工作要做,第一自然是武器,没有个防身的东西,庄睿不敢深入岛屿。

站在椰子林边上,庄睿手里拿了一把一米五左右的木杆,这还是他费尽九牛二虎之力,从一棵长满倒刺的树上用带有边锋的石头砸下来的。

为此庄睿手上像长了毛一般扎满了刺,整整挑了一天才算清理干净,然后又用了半天把树枝上的倒刺全部用小刀刮去。

现在这个木杆，更准确地说是个标枪，在木杆的一端，庄睿用鞋带紧紧地绑着那把彭飞的小刀，这是庄睿唯一的武器。

庄睿右手拿在标枪的中段，对着一棵椰子树用力投掷了过去。

只听"嚓"的一声闷响，标枪前的小刀整个插在坚硬的椰子树上，一米多长的标枪稳稳地插在树上，像弹簧一样来回摆荡，发出"嗡嗡"的声音。

"不错，回头试试能不能扎到鱼。"

庄睿从树上拔下标枪，在手里耍了个枪花，他对自己制造的武器十分满意。

前几天，庄睿已经成功地用小刀和石头撞击点燃了晒干的枯叶，在海滩上升起了火。

虽然第二天由于庄睿不会留火种，火又灭了，但是一回生二回熟，经过一段时间摸索后，只要有枯叶干柴，庄睿就能在十分钟内熟练地引出火来。

只是没有趁手的工具，那些牡蛎很难烧烤，这让庄睿看着海里的游鱼心痒不已。

但是几次下海捕鱼，庄睿都被那些鱼儿戏弄得体无完肤，也充分理解了"如鱼得水"这句成语的真正含义。

不过庄睿倒是找到了一个捕鱼的好地方，距离他上岸处七八里外的一个峡谷，说是峡谷有点不太合适，因为谷中只有一个五六十平方大小的水潭。

水潭的水并不深，最深的地方不过五六米，爬到两侧被海水冲刷得很平滑的礁石上，可以清晰地看到整个水潭，美丽清澈地像一块蓝色宝石。

可能是火山喷发时造成的，水潭两边都是悬崖峭壁，中间凹了进去，经过海水常年的冲刷，水潭和大海之间，有一个宽两三米，深不过一米的缝隙。

奇特的环境使凶猛的海中杀手无法进来，这个水潭自然就成了鱼儿的天堂。

站在水潭边上，就能清楚地看到各种海鱼在里面游弋，大的有一两尺长，小的只有指头般大小。

自从庄睿无意中发现了这里之后，水潭就失去了平静，每天庄睿都要来练练水性，看能否抓条鱼改善下生活，只是这哥们儿在水里折腾了好几天，悲催一条鱼都没抓到。

"哥来啦！"

每天抓鱼的时候，是庄睿最开心的时候，所以标枪制作成功后，庄睿再也忍不住了，立马将探索岛屿的事情放到一边，兴冲冲地拿着标枪冲向水潭。

要说有武器了就是不一样，最初几次失手后，不知道是瞎猫碰到了死耗子还是怎么回事，庄睿一标枪扎住了一条一尺多长，浑身长满了银色鳞片的大鱼。

"哈哈，哈哈哈！"

庄睿的笑声回荡在水潭上方，几天都没见到有动物来海边，庄睿胆子也大了不少，不然也不会兴起探索岛屿的念头了。

第二十九章　身陷魔鬼岛

205

"噗通！"

庄睿跳下水潭，一把抓住标枪，将那条大鱼挑了起来，手忙脚乱地爬上岸后，就近在水潭旁找起枯叶木柴。

"咔……咔咔。"

随着小刀和火山石的撞击，几点火星落在被太阳烤得焦干的枯树叶上，树叶马上被火星熏黑了一片，庄睿连忙凑过嘴巴，轻轻地吹了一口气。

吹气也是有技巧的，气吹大了，火星就被吹灭了，吹小了，又不能让枯叶点燃，庄睿摸索了好几天才掌握了这技巧。

可惜的是，庄睿向来不离身的那个钱币大小的考古放大镜不知道掉在什么地方了，要不然引火就是件相当容易的事了，直接用放大镜聚焦阳光就可以了。

引着火后，庄睿匆匆地将这条足有七八斤重的鱼开膛破肚，扔掉内脏之后，找了一条坚韧的树枝穿了起来，放在火堆上面。

"香……真他妈的香啊。"

闻着烤鱼的香味，庄睿的哈喇子都出来了，来到海岛快一个星期了，庄睿就没吃过熟食，此时闻着鱼香味，眼泪差点流出来，当然，这是激动的泪水。

"嘘……嘘嘘。"

没等鱼完全烤好，庄睿顾不得烫手，撕下一条鱼肉塞进了嘴里，烫得庄睿不住嘘嘘嘴，连鱼肉的味道都没尝出来。

深知心急吃不了热豆腐的庄睿，终于静下心来，翻来覆去地将这条鱼烤得通体金黄，又放在一边凉了一会儿，这才开始品味起来。

"好吃，真好吃。"

吃了二十多年鱼，庄睿第一次感到鱼肉这么鲜美，比自个儿以前吃过的所有好东西都要美味一百倍。

而且这鱼肉质细腻，除了一条大鱼骨之外，再无鱼刺，光是鱼肉就有两三斤重，此时都到了庄睿的肚子里。

吃完之后的鱼骨，庄睿也留了下来，这东西还能派上用场，现在庄睿是一穷二白，必须利用每一分资源。

"要搞点儿盐。"

吃完之后，庄睿才感觉好像少了点什么，前几天一直吃生海鲜和椰子，现在有了熟食，盐就成为必须的调味品了。

在海边制盐最简单不过了，只要在靠近椰林的地方，挖个浅而面积大的坑，引咸水过去，再利用日光带来的热量晒一段时间，就会有盐析出。

虽然这不是加碘盐，但是食用也没问题，吃完烤鱼后，庄睿浑身都是干劲，马上开始行动。

三个多小时后，椰林旁边被庄睿整出一块十来个平方的空地，挖开沙滩的软沙，引了一些海水进来。

不过想要出盐，恐怕还要三五天时间，看着天色已晚，庄睿坐在一棵高大的椰树下面。

这两天晚上，庄睿都是在树林里度过的，因为他实在被夜里那次涨潮吓坏了，简直就是杀人不见血啊。

因为制作标枪，耽误了一天时间，晚上吃饱之后，庄睿开始准备明天探索荒岛需要的第二件装备。

想要踏入这座荒岛，庄睿还需要一双鞋子。

赤着双脚别说是进入岛屿内部了，就是出了沙滩走到树林，庄睿的脚就被扎破了好几次，没有鞋子，庄睿只能在沙滩上晃悠。

"咔嚓。"

庄睿用小刀把自己的牛仔裤划开，膝盖以下的裤腿，被他整个截了下来，从牛仔裤破裂的地方抽出几根细线。

这时候鱼骨就派上了用场，庄睿找出一根粗而坚硬的鱼骨，将其掰断之后，用刀尖小心地在大头处钻了个孔，就是一根简易的缝衣针了。

"奶奶滴，艺术真的是来源于生活啊。"

看着手中的针线，庄睿感慨了一句，这些学问可都是从电影里学到的。

"撤回去吧。"

欧阳磊对手下摆了摆手，不甘地看着眼前这片大海，他不知道回去应该怎么向老爷子交代，怎么面对自己的小姑和庄睿的妻子。

搜索已经进行七天了，方圆一千多海里的海域都进行了拉网式搜寻，出动飞机三千余架次，别的不说，单是这次搜索所花费的金钱，就无法估量了。

庄睿就像消失了一般，任何线索都没找到，连本应该漂浮在海面上的降落伞都毫无影踪。

救援队也不是欧阳磊的，虽然有心继续找下去，但是来自上面的压力让欧阳磊不得不做出结束搜寻行动的决定。

"首长，我要求留下。"

彭飞听了欧阳磊的话后，顿时急眼了，他坚信庄睿没有死，只要继续找下去，一定能找到庄睿。

机组人员此时已经先送回北京了，只有彭飞不愿意回去，一直参加搜寻行动。

"留下来干嘛，在这里游泳吗？"

欧阳磊没好气地瞪了彭飞一眼,他心里的压力已经很大了,所以说话也非常不客气。

"首长,请给我留下一艘船,我一定能找到庄哥的!"

彭飞近乎哀求地看着欧阳磊,找不到庄睿的话,彭飞也没脸返回北京,没脸面对对他像一家人般的庄母和秦萱冰。

"胡闹,先回去再说。"

欧阳磊本想训斥彭飞一顿,但却没说出口,他疲惫地摆了摆手。

在欧阳磊的命令下,两支救援队掉头返航,来自各国的救援队也纷纷返回,热闹的海域顿时冷清下来。

两天之后,救援队路过香港休整,原本在船上的彭飞突然消失了,欧阳磊此时也顾不得彭飞了,他在想回北京后,如何向亲人们解释庄睿失踪的事。

第二天,香港各大报纸上出现一条新闻,一位超级富豪花费上亿巨资购买的一条拥有大洋航行能力的豪华游艇,昨天夜里被盗。

据查,这条游艇现在并不在香港海域,也就是说,被盗后已经连夜驶离了香港海域,进入了公海。

"庄哥,你在哪里啊?"

彭飞驾驶着那艘豪华快艇,开了最快时速,飞一般在海上航行着,前往的区域就是他们跳伞的海域。

其实本来彭飞不必偷快艇的,只要找到秦家,肯定能得到更好的船只,只是彭飞现在有点怨恨秦浩然,如果不是秦浩然让庄睿跑这一趟,也不会发生这么多事。

彭飞不知道,此时香港秦家早已乱成一团,秦老爷子得知庄睿失踪的消息后,心急之下血压变高住进了医院。

秦浩然也无心打理生意,心中后悔不已,直接飞到北京,不过他没敢告诉女儿这件事,甚至没敢去四合院,只在私下里偷偷告诉了亲家母和妻子。

这样一来,倒是帮了欧阳磊大忙,他正不知道该如何跟小姑说这事呢。

欧阳婉一听到这个消息,如同五雷轰顶,当时就晕了过去。

醒转之后,欧阳婉再也无法面对怀着自己孙子的秦萱冰了,一见到秦萱冰,她就会想到儿子,最后干脆以照顾老人的名义搬到玉泉山去住了。

"妈,庄睿什么时候回来啊?我这眼看就快生了,他这当爸爸的真是。"

坐在四合院里,秦萱冰幸福地摸着自己的肚子,两个小家伙越来越活泼了,每天都伸拳头蹬小腿的,没一刻消停。

"南非的生意出了点问题,可能还要等上一段时间,要不,我让你爸去把庄睿换回来?"

虽然众人都心中悲痛，但是也不敢在脸上表露出来，毕竟秦萱冰还怀着孩子，已经快要分娩了，万一出了什么事，谁也付不起这个责任。

方怡看着女儿，眼泪在眼眶里直打转，连忙低下头去，强忍着不让眼泪流出来。

"算了，有妈您陪着，庄睿不在身边就不在吧，爸年龄也大了，就别跑了。"

秦萱冰快要做母亲了，也能理解做父母的不易，让老公帮老爸分担一些家事，秦萱冰还是支持的。

"孩子……呃，妈去看看煲的汤好了没有。"

方怡的眼泪狂涌而出，连忙站起身来，匆匆往厨房走去，她怕自己再说下去，就会将庄睿失踪的事说出来。

"嘎！"

金羽从树上跳下来，它能感觉到，秦萱冰肚子里孕育着的小生命，所以金羽没事就喜欢往秦萱冰身边凑。

现在的小金雕，体型已经和父母差不多大了，站在地上有一米多高，一身暗金色的羽毛，在阳光的照射下，闪着烁烁金光，神异无比。

"金羽，你说庄睿这个当父亲的是不是太不负责任啦？自己的孩子都不来看上一眼，你说，等他回来了，咱们怎么罚他？"

秦萱冰最近很喜欢自言自语，即使知道金雕不会说话，也时常对着金雕说上几句。

"嘎嘎。"

金羽歪了歪脑袋，似乎听懂了秦萱冰的话，用尖喙在秦萱冰手上蹭了蹭，突然向前跑了两步，翅膀一震，飞了起来。

"哎，哎，庄睿说了不让你乱飞的。"

秦萱冰在下面喊了一句，但是金雕没有回头，使劲煽动了几下翅膀，消失在秦萱冰的视线之外。

第三十章 海盗老巢

用鱼骨穿线,将牛仔裤一边的裤腿缝上,庄睿又找了许多柔软的枯叶塞进去,把脚穿进去后,用鞋带紧紧地将裤腿绑住,一双鞋子就制成了。

站起来走了几步,感觉脚下软软的,虽然不甚美观,但总比赤着脚走在树林里强多了。

做好鞋之后,庄睿抱着标枪,靠在椰子树下沉沉睡去。

第二天一早起来,庄睿砸开两个椰子做早饭,又捡了一些枯枝树叶放在沙滩上,清晨雾大,那些树叶都是湿的,放在沙滩上晒一上午,中午就能用了。

看着树林深处慢慢变高的山势,庄睿握了握手里的标枪,咬了咬牙,向树林深处走去。

这片椰树林远比庄睿想象的大,走了十多分钟后,依然没走出去,地上的树叶和枯枝也厚了起来,踩在上面软绵绵的。

"嗯?"

过了半个小时,庄睿终于走出了树林,前方出现一个缓坡,缓坡上长着低矮的灌木丛,一条溪流从山上淌下,在缓坡下积成一个面积不大的水潭。

让庄睿惊讶的不是这个水潭,而是在水潭边上有十多只山羊在喝水,这一幕让庄睿感到十分诧异。

庄睿想象过许多场景,就连山中出现恐龙都想到了,却是怎么也没想到,居然能看到这么多的山羊。

要不是手中的标枪昭示庄睿,他身在孤岛,庄睿甚至以为自己回到了西藏的大雪山上。

"难道有人住在这里?"

一个问号在庄睿脑海里冒了出来,看这些山羊的样子,似乎不像自己见过的那些野山羊?

"有人吗? 有人吗……有人吗……有人……"

庄睿抑制不住心中的狂喜，大声呼叫起来，他的喊声在山林里久久回荡，也让那十几只正在饮水的山羊受到了惊吓，飞快地钻入灌木丛中消失不见了。

随着庄睿的喊声，山间呼啦啦飞起数只海鸟，不过一会儿又安静下来，没有人答应庄睿，那种沉寂，像大山一般，压得庄睿喘不过气来。

这么大的喊声，这么响的回音，如果有人的话，一定会被惊动，站在原地等了半个多小时后，庄睿失望了，脚步沉重地走到溪流边。

有椰子在，庄睿见到淡水也没有多少惊喜，他现在想的是如何离开这个见鬼的海岛，回到家里去。

已经过去一个多星期了，庄睿不知道家人担心成什么样子。尤其是怀着孩子的秦萱冰，听到自己失踪的消息后，会不会伤了身体。

来到这该死的海岛，好像到了人类禁区一般，虽然也有生物，但是孤寂得仿佛天地间只剩下庄睿一人，那种感觉十分难受。

每天庄睿都要大声喊叫一番，才能将心中那股郁闷劲发泄出来。

蹲在溪边喝了几口水，洗了一把脸，庄睿沿着缓坡向上走去，庄睿想爬上山顶，看看周围有没有岛屿。

一个人待在孤岛上个把星期庄睿还能忍受，要是时间长了，庄睿感觉自己一定会发疯的，如果周围还有岛屿的话，庄睿一定会冒险游过去。

走了十多分钟，庄睿爬上了缓坡，但是眼前的情景让庄睿不由自主地张大了嘴巴，眼中满是狂喜的神色。

村落，在庄睿的面前，出现了一个由木头搭建村落！

没错，出现在庄睿面前的，就是一排木屋，大概有二十多间，不过当庄睿仔细查看了一番之后，心里变得拔凉拔凉的。

即使距离很远，庄睿也能看得出来，这些木屋早已破败不堪了，他站的地势比较高，可以清楚地看到，很多木屋的顶棚都已经没有了，有人的可能性并不大。

"有……有人吗？"

庄睿手里紧握着标枪，走到距离木屋还有二三十米的地方，试探性地喊了一声，声音略微有些颤抖。

虽然进入二十一世纪了，但保不准这孤岛上的土著还保留着吃人的习惯，烤肉虽然好吃，但是烤自己的肉，那就不是一件美妙的事了。

总之小心没大错，庄睿打算只要见到那些脸上画着鬼画符一般的人或者露着奶子光着屁股的人，立马转头就跑。

庄睿也不想想,他现在的情况和电影上演的土著也没什么区别了,浑身上下除了牛仔裤改成的鞋子之外,就剩下一条三角短裤了。

　　而且三角裤上也烂了两个洞,想必也支撑不了多久了。

　　此时的庄睿心里既期待又害怕,一个多星期没见过人了,即使是土著,总归也是个能出声的不是?

　　不过,庄睿喊完话之后,并没有出现他臆想中的情形,庄睿的喊声除了震得木屋上的灰尘扑扑下落之外,没有任何回音。

　　更夸张的是,一座木屋干脆在庄睿的喊声中轰然倒塌了,扬起了漫天的尘土。

　　"没人。"

　　庄睿已经可以确定了,这是一个被遗弃的村庄,虽然有点失望,但是这也说明,在这个孤岛上,曾经有人类居住过。

　　能建造木屋的人类,想必是和现代文明有接触的,他们不在,应该有两种可能性,一种是迁居到海岛别的地方,另外一种是已经离开这个孤岛了。

　　不管是哪一种,对于庄睿来说,都是一个好消息,别人能离开,自己当然也能离开了。

　　船……庄睿是造不出的,但是只要能在这里找到工具,砍棵树造个独木舟,庄睿还是有几分把握的。

　　走近一间木屋,庄睿伸手在门上拉了一把,他用的力气并不大,但是整扇门都被他拉了下来,而且庄睿手拉的门柄直接变成了木渣,从指缝里落到地上。

　　庄睿的眉头皱了起来,木屋居然腐朽成这样,年头最少在两三百年以上,莫非……几百年前这里的人就已经离开了?

　　由于木头腐朽的厉害,庄睿没敢进屋,而是围着这个村落走了一圈。

　　"应该不是土著建的。"

　　庄睿发现,这些木屋全都是用圆木柳钉搭建成的,建筑风格非常成熟,有点儿像芬兰北美那边的风格,虽然简单,但是极实用,在村落外面二十多米的地方,还有一圈栅栏的痕迹。

　　"莫非这里是海盗的老巢?"

　　庄睿心里突然升起这么一个念头,不过随之被他打消了。

　　庄睿通过电影和书籍了解到,海盗这些纵横在大洋上的劫匪们,对老巢很注重,向来都修建得易守难攻,不可能将老巢建在缓坡下这种一马平川的地方。

　　即使是在十五六世纪,那些海盗也会将老巢修建得像个城堡,而不会如此简单,这要是遇到敌人,想跑都没地方跑。

"先找找看有没有自己能用的东西吧。"

庄睿虽然在外面有亿万身家,但是在这个地方,是真正一穷二白的无产阶级,上厕所都他娘的要用树叶。

只要是人类可以使用的东西,在现在的庄睿眼里,都是宝贝。

只是这些木屋残旧的都可以列为古代保护建筑了,庄睿可不敢进去,虽然上面的木头梁子也腐朽了,但是砸在头上还是会死人的。

想了一下,庄睿向那个倒塌的木屋走去,这些木屋的顶棚,应该是用晒干的椰树叶子扎在一起铺在上面的,由于年代久远,早已经变成灰烬了。

庄睿手中拿着标枪,在那堆木头里拨弄起来,掀起两根一掰就断的横梁后,地上只剩下一层厚厚的腐朽木渣。

"这是?"

庄睿突然用标枪跳起一个物件,这东西呈椭圆形,上面凸起一块,前后翘起,不过又不像布做的,否则也不可能保存到现在。

"帽子?"

庄睿脑海里突然冒出一个名词,这不就是电影里十六七世纪的帽子吗?和那个画着黑眼圈的海盗头上戴的一模一样。

用标枪挑着那个物件拿到眼前,果然……是顶皮毛,上面沾了厚厚的一层灰尘,用古玩行的话说,那就是包浆厚实,有年头的老物件。

庄睿拿着帽子抖了抖,他也看不出这是什么皮子做成的,很坚韧,经过数百年的风雨,居然没怎么变形。

"这东西哥们收了。"

庄睿拿着帽子看了看身上,光溜溜的没地放,干脆直接戴在了头上,反正每天早上起来后,这鸡窝头上都能搓出盐碱,庄睿也不怕弄脏了头发。

"咦,这是什么?"

把帽子戴在头上后,庄睿拿着标枪又在木头堆里拨弄起来,一个灰白色的物体出现在眼前,庄睿连忙蹲下身体,用手扒开木屑,将那东西捧了起来。

"我靠,妈的,不带这样吓人的啊。"

庄睿拿起那东西后才发现,那居然是人的头盖骨,他捧起来的时候,那两个黑洞洞的眼眶正好和庄睿相对视,吓得庄睿一把把它扔了出去。

"啪。"

头骨在地上滚了几下后,一只两寸多长的爬虫从眼眶里爬了出来,似乎对打扰了自己睡眠的庄睿很是不满。

"不知者不罪,您大人有大量,莫怪,莫怪。"

庄睿冲着地上的头骨作了个揖,嘴里念念有词地说了几句。

刚才和那双黑洞洞的眼眶对视的时候,让庄睿情不自禁地想起了加勒比海盗里那些受过诅咒的海盗,不禁有点儿毛骨悚然。

"这帽子不是他戴过的吧?"

庄睿摸了摸头上的帽子,本来也想扔掉的,不过想想自己现在一穷二白的,积攒点身家不容易,还是留在了头上。

毕竟庄睿同学也是古玩行的圈里人,那些名贵的古玩,哪一件不是无数已经死去的人把玩过的?

再加上现在考古学研究生的身份,经过初的惊慌之后,庄睿已经镇定下来,走上前捡起那个头骨,拿在手里端详起来。

准确的说,这应该是半个头骨,因为下颌骨和咽颅都已经不见了,只剩下眼鼻三个黑黝黝的孔洞。

在考古学中,人类进化史也是极重要的一门课程,考古专家们必须通过墓葬中的尸骨来判断死者生前大概的年龄、性别还有死亡原因。

庄睿自然没这个本事,不过他也看出一点儿东西,这个头骨的主人应该不是当地土著,而是西方人。

按照庄睿从书本上学到的知识,土著的鼻梁一般都是塌下去的,眼眶上缘隆起,但是这个头骨的鼻梁骨高挺,眶上缘反而平平,比较符合西方人的特征。

考古和判案一样,都是推理的过程,考古学家要根据实物判断出几百甚至几千年前发生过的事情,拿着这个头骨,庄睿不禁陷入沉思。

看这头骨的颜色,已经白中泛黄,应该距今很久了,在几百年前,这些西方人为什么会来到这个海岛? 他们又是如何离开的呢?

相对而言,庄睿更加关心后面一个问题,经过庄睿一周的观察,海岛的四面都被众多礁石包围着。

别说是体积庞大的轮船,就是一般的游艇,一不小心都会触礁沉没,庄睿不知道,那些人为什么要来这里,又是怎么避开礁石的。

傻傻地站在那里冥思苦想了半天,庄睿摇了摇头,仅凭一个死人头骨,无法推断出更多的东西来,而且这头骨上没有任何伤痕,也无法看出死亡原因。

将头骨恭敬地放回地上,庄睿又在木头碎屑里翻找起来,不过这次的动作轻了很多,几乎是照着考古发掘进行的,想要揭开这人的死亡之谜,需要更多的物证。

庄睿的努力没有白费,经过两个多小时的清理后,一具比较完整的尸体骨架出现在他面前。

虽然木屋倒塌对尸骨造成了一定破坏,但是庄睿仍然一眼就看出这人绝对非正常死亡,是被谋杀的!

原因非常简单,在骨架的肋骨处卡着一个锈迹斑斑的铁片。

庄睿和皇甫云认识后,对国外冷兵器时期的武器多了一些研究,如果庄睿没看错的话,这应该是一把十六七世纪的骑士剑。

这把骑士剑的握把和护手都已经腐朽了,只留下锈迹斑斑的锋刃,庄睿蹲下身体,对着剑身仔细地看了一会,脑中出现了一个大概的轮廓。

这个人应该是在没留意的情况下,被人从身后一剑穿心而亡,因为这把骑士剑腐朽的护手是在尸骨的背后,也就是说,这个人是遭到暗算被杀死的。

但是不知道为什么,杀人的凶手没把剑拔出来,而是留在了死者体内,这让庄睿百思不得其解。

"靠,想那么多干吗? 哥们儿又不是来考古的。"

庄睿看了下手表,已经十一点多了,于他而言,找到一些实用的东西远远要比解开这人的死亡之谜重要。

把尸骨挪到一边,庄睿加快了清理速度,半个小时之后,庄睿一脸喜色地从废墟里找到一口铁锅。

虽然铁锅的鼻耳已经断裂,锅身上也满是铁锈,但是并没有破,只要用沙子打磨一下,应该还可以用。

这个发现让庄睿激动不已,有了这玩意,就意味着有鲜鱼汤喝了,想着煮得浓白的鲜鱼汤,庄睿的口水差点儿流出来。

在屋子的一角,庄睿还发现了几把铁锹,只是铁锹的木把早已腐朽,铁锹上全是厚厚的锈迹,不过庄睿找了几根合适的木棍换上去后,依然可以使用。

找到这么多东西让庄睿干劲十足,中午忍痛把最后一块压缩饼干吃掉后,又花了两个多小时把另一个木屋清理出来。

"靠,难不成真是海盗老巢?"

看着摆在面前的乱七八糟的物件,庄睿皱起眉头,如果这些东西要是摆在一些考古专家面前,肯定会高兴得蹦起来,不过对庄睿而言,用处却不大。

十几枚被氧化的有些变色的金币,一个雕着古罗马风格的银碗,一把镶嵌着宝石的匕首,匕首的把柄是用金银丝缠绕而成,异常华丽,不过经过岁月的侵蚀,锋刃处锈得像个铁块一般。

还有一副骑士盔甲,护头已经找不到了,只有一件半身盔甲,布料已经完全腐烂,但是铁皮做的护胸还是完好无损的。

从这些东西庄睿能看出来,这里曾经住过的人恐怕也不是什么善茬,极有可能就是纵横在大海上的海盗。

只是让庄睿不解的是,这些海盗为何会在这个孤岛上修建这么一处地方?而地上的这具尸骨生前究竟是什么人?又为何被别人杀死?难道是海盗火拼?

看着眼前这些东西,庄睿也无法推断数百年前的荒岛上究竟发了什么事?或许把这些木屋全部清理完,才能得出结论吧。

看着天色有些晚了,想清理另外那些木屋肯定不是一时半会儿能干完的,庄睿拿着标枪在周围转悠起来,他准备晚上住在附近。

"嗯?山洞?"

距离村落一公里左右的山脚下,庄睿发现了一个岩洞,不知道是人工开凿的还是天然形成的,洞口足有两米多高。

庄睿没贸然往洞里钻,一般的山洞都被猛兽占据着,谁知道里面会不会有大家伙?

"这是……猫?不对,应该是猫獾。"

庄睿先用灵气往山洞里察看一番,果然,里面蜷缩着一只比野狗稍微小一点儿,但是比家猫大许多的动物,身上长着黑黄色的条纹。

"哥们儿,对不住了,这地方归我了,您挪个地儿吧。"

知道里面是什么东西,庄睿就不害怕了,这种猫獾是海岛上最常见的一种动物,以野鸟为食,庄睿一见,马上起了鸠占鹊巢的心思。

一般猫獾都在地下打洞居住,不过这只应该是比较另类的。

"砰!"

一块石头从庄睿手里飞出,砸进山洞,那只猫獾如同被踩了尾巴一般,马上跳了起来,向洞口窜来。

"呜呜。"

猫獾口中发出低沉的呜咽声,一双泛着黄色荧光的眼睛死死地盯着庄睿,显然不甘心将老巢拱手相让。

"去,去……"

庄睿口中发出恐吓声,虽然不怕这小东西,不过身上光溜溜的,被它抓上一下也是很不好受,能不战而屈人之兵自然是最好的。

不过这只从来没见过人类的猫獴很不领情,身体微微一躬就弹了起来扑向庄睿的面门。

"靠,给脸不要,老子烤了你吃。"

虽然不是练家子,但是要连这么个玩意儿也对付不了的话,庄睿就可以找块豆腐撞死了,当下右手抬起,拿着标枪对着扑过来的猫獴的腹部就扎了下去。

似乎知道标枪的厉害,那只猫獴在半空中强行扭了下身体,不过还是被庄睿一枪刺在了腿上。

"喵呜!"

猫獴口中发出一声近乎婴儿哭泣的声音,落地之后一个翻滚就钻进了山上的灌木丛中,再也不敢和庄睿叫板了。

"算你聪明。"

庄睿看到地上的血迹,摇了摇头,虽然这几天都没吃到肉食,不过庄睿对于猫类形状的动物没有多少兴趣。

"靠,这么臭啊?"

赶走猫獴后,庄睿迫不及待地钻入山洞,可是刚刚进洞,就闻到一股骚臭味,那股气味熏得庄睿差点吐出来。

不过让庄睿放弃这个山洞,再睡到大树下,庄睿也不愿意,想了一会儿,庄睿眼睛一亮。

庄睿先捡了一大捧树枝枯叶扔到山洞里,又在洞外拿着两块火山石敲击起来,已经掌握了这门技术的庄睿很快就将火点燃了。

用标枪挑着烧燃的树枝扔到山洞里,引燃里面的枯叶之后,一股浓烟从山洞中冒了出来。

庄睿不停地把可燃的东西往里面扔,甚至跑回村里里,将一扇半腐朽的木门搬了过来,丢了进去。

山上灌木丛里的枯枝也被庄睿捡了过来,在捡枯枝的时候,庄睿还收获了一窝七八个海鸟蛋,每个都有鹌鹑蛋大小,上面布满了白点。

这让庄睿大为兴奋,马上扩大了搜索范围,居然在山洞上方的一片灌木中又找出了三四个海鸟窝,这下庄睿一共有二十多只鸟蛋了。

庄睿可没有当老母鸡孵化这些鸟蛋的想法,当下找了个宽大的叶子,将鸟蛋包好,用标枪捅进山洞里,想着等会儿就能吃鸟蛋,庄睿忍不住口水横流。

山洞只有一面通风,燃烧的火苗很快就把山洞中的氧气抽空了,火势渐渐灭了下去,但是浓烟更多了,不住向洞外涌出。

过了十几分钟后,庄睿用标枪拨出了被叶子包着的鸟蛋,剥开薄薄的蛋壳,烤熟了的鸟蛋味道无比鲜美,二十多个鸟蛋下肚,让庄睿舒服地几乎呻吟出来。

也就是庄睿曾经在大雪山上有过几天独自生活的经验,要不然仅这一个多星期,那种孤寂的感觉就能把人给逼疯。

要不是海岛上还有些生物,恐怕庄睿也无法支撑下去,这几天他都开始对着水潭里的鱼儿喃喃自语了,时间长了保不齐各种毛病都来了。

"看来今儿是住不了了。"

看着仍然向外冒着浓烟的山洞,庄睿有点儿遗憾,不过想想猫獾那股骚臭味,他宁愿多等一天。

第三十一章 夜遇金刚

想要住在这里,似乎还有许多工作要做。

庄睿将喝鱼汤这么重要的事情都抛之脑后了,拿了一把铁锹在山洞外面挖起陷阱来,否则这里连个门都没有,晚上住着能安心吗?

庄睿别的没有,就是体力好,用了三四个小时,在距离洞口半米的地方挖了一个深达三米,宽两米,呈半弧状将洞口包围住的深坑。

在洞口右侧,庄睿留下了一条只有三十公分宽的实地,这是他用来进出的。

忙活完这些事情后,天色已经渐渐暗了下来,那些回巢的鸟儿似乎知道鸟蛋没了,不住地在天空盘旋着,发出凄厉的叫声。

偷鸟贼庄睿同学自然缩着脖子不出声了,他还准备明天一早去溪流处,看看能不能捉只山羊烤着吃呢。

话说在这孤岛上,庄睿除了每天琢磨吃什么之外,似乎也没有别的事情可以追求了。

呃,那个木屋村落倒是可以继续发掘,但是即使考查出什么震惊世界的考古发现,庄睿也没办法将其公诸于世。

晚上庄睿没回沙滩,而是蜷缩着身体睡在洞口。

夜里庄睿做了一个梦,梦到了自己的龙凤胎儿女,儿子非常调皮,庄睿抱他时使劲抓庄睿头发。

"别捣蛋,要听话。"

睡得迷迷糊糊的庄睿感觉有人在抚摸自己的头发,不由伸手拨弄了一下。

庄睿伸出手后,潜意识里感觉有些不对,马上睁开了眼睛,却发现在自己身前,依稀站着一个人影。

"谁?! 你是谁?"

庄睿刚从睡梦中迷迷糊糊地醒来,就见到面前出现一个人影,顿时头皮发麻,心脏跳得那叫一个快,差点没从嗓子眼儿里蹦出来。

不过庄睿这几年也经历了不少事,口中发出喝问的同时,右手顺势抄起放在身边的标枪,支撑着身体靠着岩壁站了起来。

说句不怕丢人的话,庄睿同学说不害怕那是假的,这会儿双脚都软了,如果不是正好倚在山洞旁的岩壁上,估计这哥们儿根本就站不起来。

庄睿过激的反应让他面前的黑影吓了一大跳,这世上原本就是人吓人吓死人,庄睿看到这黑影吃惊,黑影看见庄睿未尝不会害怕。

见到熟睡的庄睿站起来,那个黑影马上惊慌地向后退去,却忘了它身后是一个深达三米的大坑。

"嗷……嗷!"

摔下深坑的人影顿时发出惨嚎声。

"先生,您是谁?"

庄睿刚才看的很清楚,那人影后退的时候足有两米多高,虽然看不清脸色,但是体型魁梧至极,自己应该不是他的对手。

为了避免语言不通引起误会,庄睿连忙用英语又问候了一下落在坑里的神秘人士。

"嗷,嗷。"

不过坑中回应庄睿的始终是叫声,随后一只长满了黑毛的大手攀在坑洞的边缘,一个大脑袋露了出来。

"这……妈的,鬼呀!"

借着天上稀落的星光,庄睿隐约看清了那个脑袋的样子,立马被吓得一佛出世二佛升天,惨叫声比坑里那伙计喊的还要响亮。

要说那脑袋长的也忒寒碜了点,两个眼睛向外凸出,如刚出生的婴儿拳头一般大的眼睛,向上翻着的鼻梁露出两个黑洞洞的鼻孔,头上还顶着一蓬细毛。

说它是人有点儿牵强,至少庄睿没见过这么大眼睛、大脑袋的人,半夜三更的见到这么个玩意儿,庄睿不叫鬼才是不正常的。

似乎被庄睿的声音吓住了,坑边上长满了黑毛的手马上缩了回去,看来坑里的生物对庄睿也有着戒备和惧怕。

"哎……我说,你可别上来啊。"

庄睿虽然有心想趁那家伙落在坑里用标枪干掉它,但是心里又没底,万一没将对方干掉而惹火了它,凭自己这小身板和它玩自由搏击,好像还差了点。

庄睿想想还是决定以德服人,匆忙中忽然想起了眼中的灵气,连忙将灵气溢出体外,在坑里的大家伙身上游走了一遍。

这招果然好使,坑洞里原本不住低声咆哮的家伙马上停住了嘴,只有一些鼻音传了出来,应该是在享受庄睿的灵气。

"妈的,我真蠢,当初怎么不知道用灵气诱惑那只鲨鱼呢?要不然说不定现在就能骑着鲨鱼离开这见鬼的地方了。"

见到灵气生效,庄睿心中冒出这么一个念头,不过想想也感觉有些荒诞,大海那么大,万一那鲨鱼不买账,跑一半将自己丢了,那他不得哭死啊。

有灵气这个大杀器在,庄睿也安心了不少,不过不搞清楚对方到底是什么,庄睿心中还是不落实。

安抚了一下坑里的家伙后,庄睿连滚带爬地钻进山洞,用标枪将还未燃尽的枯枝挑起来,伸嘴在底下吹了一口气。

有了山洞,就可以遮风避雨,也可以储存火种。

其实保存火种是一件很简单的事,只要在点燃的柴火上面,覆盖一层比较潮湿的树叶木柴,火种就会一直冒烟,烟有热量,会把底层的半湿的可燃物烤干,接着再用余热烤上层的。

如此反复,就会一直保持火种存在,当然,如果不想让火种熄灭的话,每隔七八个小时,就要添加一些半湿的可燃物。

等到用的时候,只要将上面半湿的可燃物挑起,拿些干燥的枯叶覆盖在上面,对着火种吹一口气就可以了。

这一招庄睿早在十来岁的时候就会玩了,当时是和刘川逃学去抓麻雀,不敢拿回家,就在收割后的庄稼地里烤了吃,吃完之后就丢一些乱七八糟的湿叶子在上面。

第二天再去,庄睿和刘川发现火竟然还没熄灭,那会称得上是好孩子的庄睿就去查了一下原理,也就掌握了这门保留火种的技巧。

"喂,你的,什么的家伙?"

熟门熟路地将火点燃之后,庄睿胆气大壮,试着对坑里的家伙吆喝了一声,不过那伙计很显然听不懂庄睿的话,在庄睿喊完后,没有什么反应。

庄睿挠了挠头,又捧起一把垫在屁股下面的干草,引燃后堆在洞口,大着胆子往坑里看去,可能是角度问题,庄睿看到的依然是一个黑影。

这让庄睿同学有点郁闷,灵气虽然能透视,但是对生物无效,因为一旦接触到生物就会遁入肉体,所以想看清楚这家伙,就必须让它上来。

只是坑里的家伙似乎有点害怕火光,见到上面有亮光,吓得用两只长满了黑毛的手臂,紧紧地捂住了头,那模样和经常进局子的惯犯有九分相似。

即使是精神高度紧张的庄睿,也不由地笑了起来,坑中生物的危险程度在他心里直线下降。

想了想,庄睿还是决定走怀柔政策,眼中又溢出一股灵气,渗入到坑里那个黑乎乎的大家伙身上。

感觉到灵气入体,坑里的生物动了一下,抱着头的双手也拿了下来,四周张望了一眼,像是要找灵气的来源,当它抬起头时,正好和庄睿的目光对视在一起。

"猩猩!大猩猩!"

这下被庄睿看真切了,原来是一只大猩猩,不过这猩猩的个头儿要比庄睿在电视和动物园里见过的大出 N 多倍。

这会儿顾不得多想,先让对方不要对自己产生敌意才好,见到大猩猩看向自己,庄睿的灵气源源不断地输入到它的身体里。

都说大猩猩是最聪明,最接近人类的生物,果然,那个大家伙最初眼中露出一丝迷惘之后,就盯住了庄睿,似乎感应到那种舒服的感觉是来自上面这个浑身没毛的家伙。

"嗷……嗷!"

被灵气梳理身体的感觉实在太舒服了,坑里的大猩猩忍不住张开双臂捶了捶自己的胸口。

不过坑洞的狭小让它的双臂不能完全张开,大猩猩把一只长臂伸到坑上,稍一用力,那庞大的身躯就爬了上来。

应该是对洞口的火光很畏惧,爬出陷阱后,大猩猩就往和洞口相反的方向退去,一直退了十几米,将身体半隐在黑暗中后才停了下来。

"乖乖!这……这是猩猩吗?难道世上真的有金刚?"

大猩猩爬上来后,庄睿也见到了它的全貌,这让庄睿不禁倒吸了一口凉气,这哥们的体型……太让人震撼了。

庄睿一米八二的身高,本来已经算比较高的了,但是在这个猩猩面前,简直就像个小朋友似的。

即使这只猩猩的腰是躬下来的,两手垂在身边,那身高也比庄睿高出一个头来,如果挺直身躯的话,最少要在两米五以上。

庄睿说的金刚,是美国拍摄的一部风靡全球的电影,电影里的主人公就叫金刚,是一只高达几十米的大猩猩。

当然,论体型,这只比起电影特效里的金刚有很大差距,否则,就凭庄睿那陷阱,估计连它一只脚都陷不进去。

"这应该是老师说过的那种大猩猩。"

看着站在十几米外的大家伙，庄睿突然想起导师在人类进化史课堂上提到过一种大猩猩。

那是一种数量极为稀少的大猩猩，目前在世界上能确认的仅有三四十只，它产自非洲热带雨林，智商极高，几乎接近人类。

那种大猩猩的体重有二百多公斤，身高两米多，两手伸开约有四米长，性情火爆，从那电影问世之后，人们就习惯性地将非洲雨林里的这种大猩猩，称为金刚。

眼前这只和老师讲过的几乎一模一样，想起老师对这种大猩猩性情火爆的论述，庄睿连忙又用灵气安抚了一下这个大家伙。

那只大猩猩对灵气的渴求似乎超过了对火光的恐惧，慢慢垂着双臂向庄睿这边靠来，这样一来，庄睿倒有些紧张了。

"噢，唔唔唔！"

"哥们，你说啥啊？"

大猩猩嘴里发出莫名其妙的声音，冲着庄睿喊起来，可怜庄睿同学并没有进修过猩猩语，只能用汉语和它对话。

不过庄睿也看出来，那只大猩猩对自己没有恶意，这让他胆气为之一壮，慢慢地走到大猩猩身边。

"你……我，友好！"

庄睿说完这句话后，双手捶了捶自己的胸口，他记得大猩猩在表示高兴和愤怒的时候都使用这种动作。

曾经有一位英国的女动物学家，在非洲森林里观察猩猩生活长达数十年，学会了很多大猩猩的肢体语言和吼声来表达意思，后来做成一期节目播出后，轰动了全世界的科考界。

庄睿虽然也看过那个节目，但是那会儿他是当做消遣看的，只记得片子里大猩猩用双拳捶胸口的动作，这会儿不禁模仿起来。

为了不让面前这个大家伙误会，庄睿做出猩猩高兴的动作后，连忙又给这哥们灌输了一些灵气。

"噢，噢噢！"

得到灵气滋润的大猩猩，顿时兴奋无比，张开长长的双臂在胸口捶了起来。

听到这吼声，庄睿几乎可以确定，自己前几天夜里听到的声音就是这个大家伙发出来的。

大猩猩捶胸的动作可比庄睿规范多了,而且似乎不怕疼,捶得胸口"咚咚"作响,看得庄睿面色不住变幻,这要是捶在自个儿身上,那还不要了老命了。

还好,大猩猩没有捶别人胸口的习惯,仰天长啸了一阵之后安静下来,一双带着灵性的眼睛看向身边这个身上没长毛的同伴。

大猩猩的眼睛里带着好奇,还有一丝友好,唯独没有愤怒,这让庄睿安心不少,伸出手去,轻轻地摸在大猩猩那双长臂上。

大猩猩似乎有点不理解庄睿的行为,也学着庄睿的动作,在他光滑的手臂上摸了一把,让庄睿有点哭笑不得。

"哥们你不是雌性吧?"

庄睿突然想到,在一些野外科考中,流传着男女野人抢配偶的传说,这大猩猩要是雌性,别把自个儿给圈圈叉叉了。

小心地往大猩猩下面看了一眼,庄睿这才放下心来,估计这哥们对自己不会起什么歪心,都是爷们。

"我叫庄睿。"

"嗷,嗷嗷。"

第二次对话显然又失败了,两人各说各的,都没搞懂对方的意思,这让庄睿皱起了眉头,他想给对方起个名字。

虽然庄睿家里那些宝贝们的名字起的都不怎么样,但是这个大家伙有个现成的名字,就是电影里面叫的金刚,这形象绝对符合。

"我,庄睿! 你,金刚,金刚!"

庄睿往大猩猩脑袋里灌输了一股灵气后,又不懈地开始教导,只要在自己喊到金刚的时候大猩猩有反应,庄睿马上就会给它灵气。

一来二去,没用多长时间,庄睿再喊金刚,大家伙马上就能反应过来。

"金刚!"

"嗷!"

"金刚!"

"嗷嗷!"

庄睿这一个多星期快被憋出病来了,现在有个说话的,顿时兴奋不已,金刚的智慧不高,似乎也是孤身一个,和庄睿玩得不亦乐乎。

庄睿就像个话唠似的,不住地和金刚嘀咕着,这大家伙也不像传说中那么暴躁,居然听得有滋有味,还不时发出几声吼声,让庄睿心情大为舒畅,那凸眼睛和翻鼻孔也变得好看了。

不知不觉一夜就过去了,庄睿全然没有困乏的感觉,反而精神奕奕。

这一夜不间断的讲话,让他将心头压抑的积郁都化解开了,即使短时间内无法离开荒岛,生活似乎也不会那么寂寞了。

"嗷……嗷嗷!"

看到天色大亮,金刚忽然从地上站起来,身体一蹿就往山上爬去。

"金刚,回来,回来!"

庄睿看到金刚要离开,不禁急了起来,只是他再怎么喊,金刚都没回头,瞬间消失在庄睿的视线里。

"金刚会不会不回来了?"

庄睿心里有点儿患得患失,经过这一夜的相处,庄睿几乎把金刚的重要性和白狮放在了同一个等级上,这也是庄睿太过寂寞的原因。

对着金刚消失的地方愣了好大一会儿神,庄睿才回过头来,今天要忙的工作还有很多,总不能傻站着等它吧?

经过一夜燃烧,山洞里除了庄睿刻意保留的火种之外,火已经完全熄灭了,只有缕缕细烟从火种处冒出,庄睿拿着铁锹,把地上的灰烬铲了出去。

忙活了两个多小时后,山洞终于干净了,除了岩壁上有些火烤烟熏的痕迹外,猫獾身上的骚臭味已经闻不到了。

第三十二章 | 入岛探险

看着自己的新住所，庄睿并没有特别高兴，在自己干活的几个小时，金刚都没出现，这让庄睿怀疑，那个大家伙会不会从此就不来了呢？

抱着自己捡来的干枯枝叶，庄睿把它铺到山洞的最里面，以后这里就是自己的家了，躺在柔软的树叶床上，庄睿想补下昨儿没睡的觉。

"嗷……嗷嗷。"

就在庄睿刚刚闭上眼睛的时候，山洞外面突然传来金刚的吼声，这让庄睿大喜过望，连忙跳起来冲了出去。

"金刚，你小子可吓坏我了，我还以为你不回来了呢……"庄睿说话的时候有些酸溜溜的。

"嗷。"

金刚听不懂庄睿说什么，一步跨过庄睿挖的陷阱，把一个血肉模糊的东西扔在地上。

"这……这是山羊？"

庄睿看得愣了一下，这的确是他昨天在溪流边见到的山羊，本来今儿早上庄睿还打算拿着标枪去狩猎呢，没想到金刚竟然带来一只。

而且这山羊的样子也忒惨了，半边身子上全是血迹，极有可能是被金刚拎起来硬生生摔死的。

"嗷嗷。"

金刚可不管庄睿发什么愣，两只长臂抓住山羊的两只后腿使劲一撕。

站在近处的庄睿只听到"撕拉"一声，山羊的内脏混杂着血迹，全部浇淋在他身上，那股腥臭味让庄睿差点没闭过气去。

可金刚却兴奋得很，把变成了两片的山羊丢到地上后，使劲地捶了捶自己的胸口，似乎在向庄睿表现自个儿的勇猛。

"靠，我打扫了一上午啊。"

庄睿呆呆地看着自己身上和山洞里的血迹内脏，欲哭无泪，身上还好清理，可是这山洞里的血迹，难不成要让自己端个锅来回打水冲洗？

"嗷。"

金刚似乎对庄睿的反应不太满意，怎么着也要给点灵气奖励啊？所以这哥们很不爽地捡起半片羊身，张着大嘴就往鲜肉上咬去。

"我靠，不是说大猩猩吃素的吗？这比哥们儿还生猛啊。"

金刚的动作把庄睿惊醒过来，看着它一口就撕下一大块连着筋骨的肉，那牙口简直比白狮还好。

"嗷嗷。"

金刚不记仇，看到庄睿不吃，连忙抓起地上的另外一半羊肉，递到庄睿面前，示范性地咬了一口自个儿手里的羊肉，似乎在教导庄睿怎么吃肉。

庄睿同学顿时无语了，口中发出自己也不知道是什么意思的嘟囔声，伸手接过羊肉，看着那血乎乎的样子，却怎么都下不了嘴。

"金刚，不要吃了，我做好吃的给你。"

庄睿一把抢下金刚嘴里的肉，一手拿着半边羊肉，向溪流跑去。

金刚被庄睿夺走了吃食倒是没生气，好奇地跟着庄睿，看着他把内脏丢掉，冲洗干净后拿回山洞外面。

庄睿又跑到山脚，捡了不少柴火，最好笑的是金刚也跟在他后面学，抱了一大堆柴火下来，这让庄睿大为高兴，连着奖励了金刚好几股灵气。

庄睿正发愁自个儿一个人怎么拆屋子呢，有了金刚这喜爱学习的好同志，那些木屋恐怕一天就能被它拆散架。

庄睿用标枪前面的小刀将已经成了两片的羊皮剥了下来，放到一边，估计过不了几天，羊皮就能代替自己的三角裤了。

忙活了半个多小时后，庄睿才将两个半片羊架在火上烤了起来，金刚有些不明白，歪着头看着火上的羊肉，几分钟之后香味传出，金刚的神态就变得有些不安了。

"还要等一会儿。"

庄睿对着抓耳挠腮的金刚笑了笑，用灵气安抚了一番后，又将注意力放在了烤全羊上。

等了半个多小时，整个羊身都被烤得金黄，庄睿将肉拿下来，放在通风的地方凉了一会儿，这才递给了金刚一只。

早已迫不及待的金刚抓住羊肉就往嘴里塞,庄睿的形象也好不了多少,这都快十天不知肉味了,虽然没有任何调料,庄睿也吃得满嘴流油。

庄睿的食量和进食速度显然不能和金刚比,金刚吃完半个烤羊后,庄睿不过抱着羊肉啃了几口而已。

吃完自己那份的金刚眼巴巴地瞅着庄睿手中的半只烤羊,那纯洁的眼神让庄睿不得不分出一大半给金刚。

"洗澡,洗澡去。"

浑身的血迹油腻,让庄睿感到十分不舒服,吃完午饭后拉着金刚往海边跑去。

中午饭是金刚提供的,庄睿也想露一手,晚上整个全鱼宴来吃吃。

庄睿没想到金刚那么大的块头,居然怕水,在庄睿下水潭扎鱼的时候,金刚却躲在一边,把庄睿扎上来的鱼一巴掌拍死。

"香,真香啊。"

庄睿从晒盐的地方刮了一些粗盐粒,虽然味道不怎么样,但是总归有了咸味,这让已经许久没吃盐的庄睿差点没兴奋地将舌头咬掉。

"这哥们不会是缺盐导致身上全是毛吧?"

庄睿看着身边正学他进食的金刚,不怀好意地想到,这大猩猩的学习能力真的很强,自己做过一次的动作,它都能学个八九不离十。

"嗷嗷!呼呼……呼呼。"

吃完了自己手中的鱼后,金刚又看向了庄睿,老实不客气地将庄睿身边烤好的三四条鱼都拿走了。

金刚倒也不白吃,在庄睿烤鱼的时候,它不知道从哪里抱来一捆甘蔗,很风骚地给了庄睿一半,并且还给庄睿做了示范,如何吃甘蔗。

"噗噗。"

看着金刚张开大嘴,夸张地往外吐着甘蔗渣,庄睿不禁笑了起来,和金刚在一起待时间长了,感觉金刚就像是个五六岁大的孩子一般,十分可爱,你要是夸奖它几句,会让这个大家伙高兴好半天。

"噗噗!"

庄睿也学着金刚的样子往外吐着甘蔗渣,这让金刚异常高兴,裂开大嘴憨厚地笑了起来,不时用拳头捶一下胸口。

兴奋过后的金刚看了看身边的甘蔗,稍微犹豫了一下,然后又分出来好几根,轻轻地放在庄睿身边。

金刚的举动让庄睿心里有些感动,在自然界里,动物对自己的食物向来都护得很紧,智慧越高的动物越是如此。

金刚能有这种表现,已经不仅是把自己当成同类,而且将自己当成最亲密的伙伴了。

不过吃鱼的时候,金刚特别兴奋,或许是怕水的原因,他从来没吃过鱼,庄睿扎了七八条十多斤重的海鱼,倒有一大半落入了金刚的肚子里。

"金刚,下来洗澡。"

这两天和金刚相处,庄睿实在闻不惯它身上那股臭味,估计这哥们从出生就没洗过澡,庄睿站在水潭浅处,向金刚招手。

"呜呜。"

金刚的大脑袋直摆,两只长臂胡乱挥舞着,身体不断往后退着,表达着自己对水的恐惧。

"别怕啊,你看,没事的。"

庄睿捧起水向金刚泼去,搞得大家伙一头一脸全是水,吓得金刚手脚并用,一突溜跑出十几米远。

可能是感觉水对自己并没有伤害,金刚做贼似的轻手轻脚地又跑了回来,看着一潭清水和在水里游泳的庄睿,有点儿犹豫。

不知道是不是那次潜水憋气的原因,庄睿发现自己现在可以轻易地在水中憋气七八分钟,看金刚不过来,庄睿一个猛子扎到水底,不露面了。

一分钟过去了,金刚只是探头探脑地看了一眼,没什么反应。

三分钟过去了,金刚着急起来,拿根棍子在水里拨来拨去,但是还不敢下水。

五分钟过去了,金刚急得"嚯嚯"直叫,并且尝试着伸了一条腿进水里。

大猩猩是最喜欢学习的一种动物,金刚自然也不例外,见庄睿久未从水里露头,金刚终于将一只腿伸进水潭,然后触电般缩了回去。

或许是冰凉的潭水让金刚感觉很舒服,大家伙小心翼翼地又把脚放了进去,慢慢的整个身体都滑进水里,学着庄睿的动作在水里折腾起来。

"金刚,好样的!"庄睿在水里看得真切,浮上水面喘了口气,冲着金刚竖起了大拇指。

水潭浅处只有一米多深,金刚在水里扑腾了大半天之后就学会了游泳,而且由于动物的天性,它在水里比庄睿灵活多了。

这种本能让庄睿羡慕不已,自己从小就会游泳,但是到现在也就会狗刨和仰泳,看人家金刚,两臂一展,居然都会蝶泳了,还是无师自通的。

229

只是如此一来，水潭里的鱼儿就遭了殃，贪吃的金刚几乎将所有稍大一点儿的鱼都捉干净了，好在这个水潭和大海相连，不断有鱼儿游进来。

接下来的两天，金刚都不愿意回去了，拉着庄睿住在水潭边上，当然，它负责抓鱼，庄睿则负责烧烤，一天到晚都是炊烟袅袅。

庄睿现在别的东西没有，最多的就是时间，见到新伙伴高兴，也就陪着金刚玩起来。

几天下来，庄睿和金刚之间的关系愈加亲密起来，大家伙虽然长相凶猛，但是却很细心，为了让庄睿睡得舒服，居然抱来一捆干枯的甘蔗枝，给庄睿当垫子用。

而且双方的配合也越发默契，对于庄睿一些简单的语言，金刚已经能听得懂了，可惜金刚不能说话，即使如此，也排解了庄睿许多寂寞。

这几天，除了烤鱼给金刚吃之外，庄睿也加快了对木屋的清理工作。

大肚汉也有大肚汉的好处，接下来的几天，庄睿对木屋的考古工作有了很大进展，原因就是身边多了一个拆迁工。

五六天工夫，整个村落就清理得只剩一间木屋了，其余的全都成了废墟，不过那些木头庄睿也没浪费，全都成了烧烤的材料。

从十几间木屋里面清理出大量生活用具和兵器盔甲，有锈迹斑斑的长矛，做工精致的短斧以及各种款式的骑士剑，这些东西都带有国外中世纪的风格，不是当地土著能制造出来的。

里面的几个木碗解决了庄睿的实际问题，端着木碗喝着鱼汤，让庄睿感觉自己还生活在现代社会，并没有退化到人猿的年代去。

最有用的应该是那个除了有点锈迹，但还可以使用的锯子，这东西让庄睿看到了离开孤岛的希望，等发掘完这些木屋后，庄睿就准备制造独木舟了。

在发掘的这些木屋中，庄睿又发现八具尸体，均是械斗而死，看来应该是一场内部火并，是不是当时所有在岛上的人都同归于尽了呢？庄睿不得而知。

不过这些线索足以让庄睿进一步考证出，这里的确是海盗生活过的地方，但是海盗为何将老巢选在这个孤岛上，让庄睿百思不得其解。

因为这个孤岛礁石密布，进出极困难，一个不小心就是船毁人亡，从遗迹清理中庄睿并未找到答案。

数百年前究竟发生了什么事情，庄睿并没有纠结很长时间，倒是发掘出好多他能使用的东西，让庄睿高兴不已。

衣服……自然是没有的，即使有也早已腐烂了。

不过庄睿居然翻出一双小牛皮靴子，而且除了有些褪色外，保存得十分完好，庄睿把脚套进去试了下,虽然有一点点紧,但是比自己做的鞋子舒服一百倍。

庄睿可顾不得这是几百年前的古董了,直接就穿在了脚上,现在的庄睿头戴牛仔帽,腰间围着一块硝干了的山羊皮,脚蹬皮靴,身上被阳光晒得黑黝黝的,要是在脸上再涂上一些颜色,整个就像一印第安土著了。

另外,在废墟里庄睿还找到一双放在木盒里的金丝手套,做工极其精致,虽然历经数百年,仍然像新的一样,这玩意庄睿可舍不得戴着,小心翼翼地放到山洞里。

"金刚,轻一点,再轻一点。"

还有最后一个木屋,整片村落就算清理完了,金刚的拆迁动作十分粗暴,直接用蒲扇般的巴掌将木屋推倒,反正皮糙肉厚的它不怕那些木头打在身上。

第一天金刚的暴力拆迁就让庄睿看得目瞪口呆,这要是将金刚整到国内去,绝对以一当百啊,并且还不带有人阻拦的。

"嗷嗷。"

推倒木屋后,金刚兴奋地弯曲右臂摆了个 poss,逗得庄睿直笑,这是庄睿教给金刚的,现在金刚在兴奋的时候,捶胸和造型轮流着来。

"行了,去捡柴火吧,晚上给你烤肉吃。"

庄睿笑着揉了揉金刚的脖子,上午,吃厌了鱼的金刚又抓到一只山羊,金刚的食物很杂,动植物都吃,但是这几天被庄睿养得嘴刁了,除了烤熟的东西,再也不愿意吃生肉了。

只是金刚虽然聪明,但还是学不会用火烧烤,身上的毛发被火烤了几次之后,这哥们再也不干烧烤的活了。

"喔喔……"听懂了庄睿话的金刚,高兴地转身去收拾干柴了,这几天都是如此分工。

庄睿则在最后一间木屋里翻找起来,他有种感觉,这些人来到这个荒岛似乎有什么秘密,但是翻遍了整个村落,除了那双金丝手套外,庄睿也没有找到海盗的宝藏。

"咦?"

庄睿从地上捡起一块折叠着的皮子,打开之后,发现上面似乎画了一些纹线。

"这是什么?"

看着这张皮子,庄睿有些愕然,上面画的都是线条,不像是地图,倒像是小孩子涂鸦一般,歪七扭八的。

不过庄睿是玩古董的,知道国外和中国古时候不一样,中国古代人想要保存一些记录,最早是记载在竹简上,后来发展到布帛和纸张。

但是在国外,重要事件的记录大多是用经过特殊硝制的皮子,再用颜料写在上面,用这种方法记载下来的事件往往能保存更久。

只是硝制可以写字的皮子必须用羊皮,这就是羊皮卷传说的来历,另外还需要一些特殊的工艺,所以不是很重要的事情,一般不会记载在皮子上。

也就是说,庄睿手上的这张皮子,一定有秘密,不过看着如同涂鸦般的画作,庄睿只能摇头叹息,自个儿是没本事解读了。

有一点庄睿可以肯定,那就是这皮子肯定不是什么地图,因为上面全是线条,说是迷宫的线路图更合适。

将皮子重新叠好,庄睿返回山洞,把皮子和那只金丝手套放在一起。

为了怕小动物到山洞里捣乱,庄睿在洞里挖了一个不是很深的坑,上面用一块四五十斤重的石头压上,这样除了庄睿和金刚之外,像猫獴等动物是无法搬开石头的。

"嗷嗷!"

庄睿这边刚收拾好,那边金刚就忙活完了,这家伙图省事,干脆拔了一棵小树扛了回来,而且边走边吃着树上的嫩叶,看得庄睿哭笑不得。

无奈,庄睿只能亲自在附近捡了一些干枯树枝,拿回山洞边做起了烧烤。

虽然只有盐一味调料,但还是让金刚吃得满嘴流油,不断弯起肩膀给庄睿秀肌肉,那幅滑稽的样子让庄睿忍俊不禁,山脚下不时响起庄睿的笑声。

庄睿用在木屋中找到的铁锅,烧了一锅羊肉汤,只是羊膻味太重,庄睿一口没喝,倒是金刚喝得津津有味,一大锅汤都被它解决了。

吃过中饭后,庄睿从山洞里拿了一把在溪流边打磨过,重新焕发了亮光的骑士剑,看着金刚说道:"金刚,带我去转转吧?"

近半个月时间,庄睿都在收拾木屋村落,一直没空儿去探索眼前这座枝叶繁茂的山林,现在整理木屋的工作告一段落,庄睿也就起了心思。

"嗷!"

金刚有些不解,一双大眼睛充满了疑问看着庄睿,它实在是听不懂"转转"是什么意思。

庄睿站起身,指着前方的高山,说道:"上山……去山上玩,带我去看看你住什么地方。"

虽然庄睿自己感觉和金刚的关系已经很亲密了,但是让他奇怪的是,金刚每天都要爬到山上待一会儿,下山之后,情绪总是不怎么高,庄睿要逗弄半天才能快乐起来。

这个发现让庄睿心中实在有些好奇,与其说是想探索这座死火山,倒不如说是想解开心中的谜团。

"嗷嗷!"

这下金刚听懂，尤其是那个玩字，它已经完全明白了是什么意思，见庄睿要上山，金刚兴奋地跳了起来。

"哎……哎，我说伙计，咱们能慢点吗？"

看见金刚连跑带爬地往山上蹿，庄睿顿时在后面急得喊了起来。

倒不是庄睿跟不上金刚的动作，他现在浑身上下就两片羊皮包裹着要害，可没有金刚皮厚，如果学着金刚那样上山，一准被山上那些带刺的灌木丛搞得遍体鳞伤。

话再说回来了，庄睿现在可宝贵自己脚上那双靴子了，他平时都是用鞋带把靴子系起来挂在脖子上，只有在搜索木屋的时候才舍得穿在脚上。

这要是跑步上山，估计一趟来回，这双靴子非被折腾坏不可。

"嗷？"

听到庄睿的喊声后，金刚停住了脚步，回头看向庄睿。

"慢，慢点走……"

这个字庄睿教了金刚很多次，大家伙虽然能听懂，但天生就是个急脾气，不过它看到庄睿实在走不快，只能放慢了脚步，慢悠悠地跟在庄睿身后。

第三十三章 地下迷宫

这座山其实并不高,但是坡度非常大,可能是当年火山喷发的时间长,所以占地范围相当大。

经过亿万年的演变,冷却的火山岩已经变成了适合植物生存的土壤,山上长满了各种树木,其中不乏十多米高的乔木。

走入山林中,庄睿顿时感觉一阵清凉。

枝叶繁茂的树木把阳光都遮住了,动物也多了起来,有庄睿见过的山羊猫獾,还有趴在树上,很难辨认的变色龙,如果不是庄睿眼力好,还真发现不了。

"嗷嗷!"

来到山林里,金刚似乎回到了自己的领地,先是捶胸发出一阵长啸,还不忘按照庄睿教的动作摆个 Poss,看得庄睿躲在一边偷笑。

"喔喔。"

金刚飞快地爬到一棵树上,很快钻入了树叶中,庄睿在下面看不清它在干什么,只能慢慢往高处走,神经绷得很紧,防备毒蛇袭击。

海岛大多有蛇,这些蛇是海鸟的天敌,山下还比较少见,进入山林后,庄睿已经发现两条身上五彩斑斓的蛇,是不是毒蛇庄睿就不知道了。

"嗷!"金刚从树上窜了下来,手里抓着一把樱桃大小、通体黑色的果子,一边往嘴里塞,一边递给庄睿一把。

"这是什么东西?"

庄睿从来没见过这玩意儿,但是看到金刚吃得开心,也拿起一棵放进嘴里,顿时,一股酸涩的味道传到味蕾,"呸",庄睿连忙吐了出来。

"喔喔!"

看庄睿吐出了果实,金刚有些不高兴了,抓了一把果实塞进自己嘴里,用力咀嚼着,不断向庄睿比划着,示意这东西很好吃。

　　盛情难却,再说酸涩也能解渴,庄睿也学着金刚,一把抓起五六颗果实放到嘴里嚼了起来。

　　最初感到的还是酸,但是果肉被咬碎之后,庄睿感到嘴里满是香甜,这种味道很奇特,至少吃过上百种水果的庄睿从来没遇到过。

　　把手中十几颗果实都吃完后,庄睿又看向金刚,这东西真的很好吃。

　　"哼哼!"

　　金刚见庄睿听自己的话,很高兴,哼哼几声后,把自己手里剩下的果子都给了庄睿,一蹦一跳地在前面带路,往山上走去。

　　穿过这片山林后,地势变得高了一点,山体上生长的大多是灌木丛,很少见到高大的植物。

　　山体表面多了很多岩洞,经过这些岩洞时,不时会有一些受惊的小动物从里面钻出来,金刚则兴奋地追闹一阵,它倒不是想吃这些东西,纯粹就是好玩。

　　走了近一个小时,庄睿发现才爬了一半,山上除了一些海鸟和小动物,并没有庄睿想要知道的秘密。

　　"金刚,你以前睡觉在什么地方?"庄睿拉住金刚,比划了一个睡觉的动作。

　　"哦哦!"

　　金刚用手臂指向前方,刚才爬山时的兴奋顿时没有了,眼中似乎有股哀伤。

　　又走了十多分钟,庄睿见金刚站在一块山岩前突然停步不前,不由有些奇怪,问道:"金刚,怎么了?"

　　金刚没回答庄睿的话,而是站在那块山岩边上用力推动起来,那块看似扎根在地下的山岩居然慢慢动了起来,山岩后面露出一个洞口。

　　"靠,什么味儿啊。"

　　庄睿刚一靠近洞口,就被一股腐臭味儿熏得连连倒退。

　　金刚也没进山洞,只站在洞口嘴里发出哀伤的叫声,庄睿看到一颗颗泪珠从金刚的眼中滑落。

　　"这……这是猩猩们的墓穴?"

　　洞里的味道实在太难闻,庄睿直接用灵气看去,这一看让他大吃一惊,这个三四十米深的山洞里面居然大大小小躺着数十只猩猩的骨骼。

　　越是靠山洞里面的骨骼,体型越小,腐烂的越厉害,随着次序的变化,猩猩的体型不断变大。

最外面那两只和金刚不相上下,身体腐烂的也不厉害,皮毛都还完好,死去的时间应该不长。

这两只应该是金刚的父母了,而金刚的体型,从洞中猩猩的尸体可以看出,可能是近亲交配和生存环境改变产生的变异。

庄睿现在知道了,金刚每天都要跑到山上来,或许是在追思自己的父母。到了它这一代,就变成了这个荒岛上唯一的大猩猩了。

"金刚,走,咱们去山上玩。"

看到金刚伤心的样子,庄睿不忍心了,连忙用灵气滋润了金刚一番,出言转移它的注意力。

庄睿这招一向都很好使,这次却失效了,原本嘴里只发出"呜咽"声的金刚居然一屁股坐在地上,捶胸顿足地大哭起来,那举动十足像个小孩子。

"妈的,搞得哥们也伤心了。"

看到金刚的样子,庄睿悲从心头起,流落到这个荒岛快一个月了,算算时间,媳妇这会儿可能已经分娩了,想着自己的亲人,庄睿也是鼻涕一把泪一把的。

虽然出发点不一样,但同样都是在思念自己的亲人,两个同属灵长类的生物,坐在地上哇哇大哭起来。

过了良久,还是金刚先止住了悲伤,站起身将大石头又挪了回去,在这个岛上,除了它之外,再没有动物能搬开这块大石惊扰它的亲人了。

不过庄睿拿不住劲了,想着很可能这辈子再也见不到母亲妻儿,留在荒岛做野人了,庄睿的泪水怎么都止不住,稀里哗啦地往下掉,倒是让金刚不知所措了。

"嚯嚯!"

金刚用手拉了庄睿一把,双臂抬起,做了几个动作后,指向山上,似乎在告诉庄睿,那里有好玩的东西。

强忍住心中的悲伤,庄睿站起身来,这玩意不能想,一想日子就没法过了,能从大海的波涛中活下来,自个儿已经很幸运了。

看到庄睿不哭了,金刚高兴得连连怪叫,身先士卒地往山上跑去,边跑边回头示意庄睿跟上。

庄睿这会儿已经没有游玩的心思了,这座死火山也没有继续探索下去的必要了,跟在金刚后面,只是不想让这个智力只有五六岁孩子的大家伙生气而已。

走了十多分钟后,距离山顶已经不远了,在庄睿正前方七八米的地方,出现了一个黑黝黝的洞口。

洞口不是很大，只有一米见方，庄睿用灵气看了一眼，这个山洞居然极深，深到他的灵气居然看不到尽头。

虽然山洞里黑漆漆的，但是并不能阻挡庄睿灵气的探测。

山洞的地面凹凸不平，开始时稍微有些狭窄，但越是往里山洞变得越宽阔，在两三百米的深处，已经有十几米高了，而且分出很多支线，四通八达，如同迷宫一般。

岩洞中还有溪流，洞顶长了不少石钟乳，造型奇异，这要是出现在国内，经过开发，肯定能成为一个绝佳的旅游胜地。

只是在释放灵气的过程中，庄睿感觉到，释放出去的灵气在不断减少，这让他有些奇怪，连忙将灵气收了回来。

"那张羊皮，莫非是山洞里的线路图？"

收回灵气的庄睿还在想着山洞内七拐八弯的地形，突然脑中一亮，他想起了在木屋中找到的那块皮子，上面乱七八糟的线条，和山洞里复杂的线路居然有七八分相似。

越回想，庄睿感觉越像，那皮子没标注任何字样，只有绕来绕去的线，极有可能就是山洞内的线路图。

这个发现让庄睿有些兴奋，海盗的宝藏是这个世界上任何人都无法抵挡的诱惑，数百年来，有无数人在那些的海盗岛上发掘，就是想启出那些著名海盗莫名其妙消失的宝藏。

庄睿虽然不缺钱，但也不会嫌钱多，即使在这荒岛上钱一点儿用都没有，庄睿还是为自己的发现兴奋得不能自已，拔腿就想往山洞里钻。

对别人而言，进入这个山洞不亚于进入一座迷宫，尤其是在里面漆黑一片的情况下，即使拿着火把做记号，回头的时候也不见得能找到来路。

但是对庄睿来说，这些都不是问题，就算走出灵气视野范围外，庄睿也有办法走出来，而且他还可以找到最快捷的通往山洞深处的道路。

"嗷嗷！"

金刚不知道庄睿在干什么，不过见到庄睿想钻山洞的举动后，一下跳到了山洞口，连连摆着双臂，不让庄睿进去。

"金刚，怎么了？"

庄睿有些奇怪，他刚才用灵气看过，山洞里似乎没有危险，最大的可能性就是在里面迷路，但这个对他来说完全不是问题。

"嚯嚯。"

金刚的样子有些着急,从地上捡了一块拳头大的石头,贼头贼脑地向山洞里看了一眼,抢起长臂用力向山洞里砸去。

石头撞击在岩壁上,发出沉闷的响声,随后的景象让庄睿目瞪口呆,原本安静的山洞随着这块石头沸腾起来。

从洞口就能看到,山洞里突然出现一大片黑影,铺天盖地地在山洞中飞舞着,甚至有几个黑影飞到了洞口外面。

"我靠,蝙蝠?!"

庄睿现在知道灵气为何会无缘无故地减少了,原来是被这些蝙蝠吸收到体内了,倒吊在山洞顶上的蝙蝠并没有引起庄睿的注意,他还以为是一些凸出来的石块呢。

看着洞内密密麻麻的黑影,庄睿不禁头皮发麻,虽说蝙蝠是以蚊虫为生,但是世界上还有一种吸血蝙蝠,这可不是传说,而是实实在在的生物。

庄睿也不知道这山洞里面的蝙蝠是不是吸血蝙蝠,如果真是的话,那将对他的山洞探索之行造成极大的困扰。

蝙蝠天性喜欢黑夜,飞出洞外的几只蝙蝠,看到外面的阳光立马尖叫起来,那声音十分难听。

不过等在洞外的金刚却很兴奋,没等那几只蝙蝠飞回去,抢起巴掌就拍了过去,一巴掌一个将它们拍落在地上。

金刚的双臂可是有着千斤力气,被他拍中的蝙蝠顿时变得血肉模糊,眼看是活不了。

金刚接下来的举动让庄睿直恶心,因为金刚用手掌抓住地上的蝙蝠就往嘴里塞,红色的血迹顺着金刚的大嘴往下滴淌着。

"嗷嗷。"

七八个蝙蝠还不够金刚塞牙缝的,不过这哥们儿还没忘记庄睿,居然留了最后一只拿着就往庄睿嘴边送。

"去去,我可不吃这个。"

看到和老鼠差不多样子的蝙蝠,庄睿连忙拨开了金刚的手,不过却把蝙蝠抢了过来,因为庄睿想看看是不是吸血蝙蝠。

庄睿在生物课上学到过,吸血蝙蝠的身体都不大,最大的体长也不超过九厘米,没有外露的尾巴,毛色呈暗棕色。

吸血蝙蝠的相貌很容易辨认,它们的鼻部顶端有一个呈"U"字形沟的肉垫,耳朵为三角形,犬齿长而尖锐,上门齿很发达,略带三角形,锋利如刀,可以刺穿其它动物的突出部位而饱食。

"还好,不是吸血蝙蝠。"

庄睿仔细查看了一下那只死蝙蝠后,放下心来,这是很常见的大耳蝙蝠,以蚊虫为生,不会袭击人类。

但是这满山洞的蝙蝠也让庄睿有点儿头疼,自个儿身无片缕的,就是不小心被这些蝙蝠抓上一下,也可能传染病毒啊。

用火和烟熏驱赶?根本不现实,岩洞的深度最少在五百米以上,要用多少柴火啊?

而且还不知道山洞是否有另外的出口,要是自己忙活完了,别的地方可以流通空气,那庄睿不得哭死啊?

"金刚,咱们进去玩怎么样?"

庄睿想了半天,还是没办法,顿时将主意打到金刚头上,这哥们皮糙肉厚的,蝙蝠应该拿它没办法吧?

"嘿嘿!"

金刚的反应出乎庄睿的意料,这家伙连连摇头,并且摆出一副双手抱头的姿势,看样子对这山洞很是恐惧。

庄睿不知道,金刚小时候调皮往山洞里跑了一次,不过被无数只蝙蝠赶了出来,差点把眼睛搞瞎了。

从那以后,金刚只敢在洞口扔石头,抓几只蝙蝠吃掉泄恨,让它再进山洞,打死都不敢了。

庄睿有些不甘心,那张地图让他心里痒痒的,不进去查看一番,估计他晚上都睡不安稳。

看庄睿在洞口转来转去,金刚眼睛滴溜溜转了转,一把拉住庄睿,指了指山洞,又往山顶指去。

"别的地方也能进去?"

和金刚相处了这么长时间,庄睿对大猩猩肢体语言的了解,绝不亚于研究了几十年大猩猩的科学家。

"嘿嘿!"金刚连连点头。

"那还等什么,去啊。"

山洞的确是往上蔓延的,说不定山顶还真有入口,庄睿兴奋地跟着金刚向山上跑去。

五六百米的缓坡,十多分钟就爬了上去,山顶十分开阔,有三四百平方米大小,还残留着火山的痕迹,下凹成一个四五米深的坑洞,里面寸草不生。

金刚并未在山顶停留,而是跑到了另外一边,往下奔走了两三分钟,最多跑出一两百米,在一处长满了藤蔓的岩壁前停住了脚。

"嘿,这是你的老窝啊?"

庄睿看到金刚拨开藤蔓,露出一个洞口,不禁笑了起来,他早用灵气看过了,山洞里面铺着不少甘蔗杆,想必金刚认识自己之前,就住在这里。

这个山洞看上去只有十几米深,但是庄睿用灵气发现,在山洞最里面那块岩石后面,还有一个直径五六十公分的孔洞。

孔洞后面的情形则和山体另外一边看到的一模一样,整个一七拐八绕的山中迷宫。

庄睿也不着急查看迷宫内的情形,而是跟在金刚后面钻进了山洞。

还好,并没有猫獴那种难闻的气味,山洞里面很干燥,堵住孔洞的地方,还露出一丝细缝,使里面空气流通得非常好。

"金刚,把这块石头推开,我要进去。"

庄睿释放出灵气在洞口两三百米处看了一眼,并没有发生灵气减少的情况,也就是说,这边的山洞内没有生物体存在。

"嗷嗷!"

金刚双臂胡乱比划着,似乎不大想让庄睿进去,赖在石头旁边就是不动手。

"金刚,没事,我进去一会儿就出来,嗯……出来给你烤肉吃。"

听到烤肉,金刚嘴角流出了口水,当下捶了捶胸口,把那块四五百斤重的巨石向外挪开,将洞口露了出来。

"金刚,在这等我,一会儿就出来。"

这个孔洞太小,庄睿钻进去没问题,但是金刚就进不去了,庄睿也怕金刚在黑暗中会变得不自在,干脆就让它等在外面,自己一个人钻了进去。

这边的山洞道路和另外一边向上的恰恰相反,是向下的道路,走出十几米后,空间就变得开阔起来,一个个溶洞呈现在庄睿的眼前。

"往哪边去呢?"

庄睿深入一百米后,站住了身形,他现在身处一个十多米高的大溶洞里面,在溶洞的中心有一个小小的水池,滴水的声音在这个空旷的洞里显得十分清楚。

"奶奶的,不会是什么千年钟乳吧?"

庄睿想起武侠小说里的故事,很多大侠们都是被仇人相逼,身陷绝地,然后得到千年钟乳进而功力大进,报仇雪恨……

庄睿笑着为自己无聊的想法摇了摇头,抬起头向上看去,一根犹如儿臂粗细的钟乳石,从溶洞顶上往下吊着,如果能在这里安装上射灯,保准是一处极佳的旅游景点。

在溶洞四周,一共出现了六个岔道,这让庄睿犹豫起来,他不知道自己应该去哪个岔道才对。

"再用灵气看一下吧,别钻进蝙蝠窝里去。"

庄睿平静了一下心情,站在溶洞中释放出灵气,除了自己来时的道路,其余几个岔道,庄睿都准备先用灵气查看一下。

"这条不通,这条也不是,靠,这条是通往蝙蝠窝的。"

庄睿连着看了三条岔道,一条两百多米后,就被山岩堵死了,另外一条则通往头顶的山巅,还有一条是山体对面。

"这……这是什么?"

当庄睿的目光看向第四条岔道时,顿时呆住了,眼中似乎冒出了金光,嗯……应该说他看到了一团金光才对。

第三十四章 黄金锚

"找……找到了。"

虽然心中早已猜测这个荒岛是海盗们藏匿宝藏的地方，但是庄睿心中还是狂喜了起来，寻找海盗宝藏，数百年来一直让无数人趋之若鹜，没想到今儿被自己找到一处。

灵气接触到的金色光芒是一堆如山的金币发出的，一枚枚硬币大小的黄金币，像垃圾一般堆积在地上，在它旁边还有各种货币和首饰。

这些物件上均灵气充足，庄睿的灵气进入其中后，马上感到一股暖意包围着他的灵气，暖烘烘的很舒服。

"大概三百米，问题不大。"

庄睿目测了一下自己身处的位置和宝藏的距离，大概有三四百米，虽然路线曲折，但是对能在黑暗中视物的庄睿而言，这些都不算什么。

仔细地把身处的溶洞打量了一遍，牢牢记在脑子里之后，庄睿钻入了第四条岔道，沿着曲折的道路，向宝藏藏匿点走去。

"嗷！嗷嗷！"

忽然，一阵如同炸雷般的响声从远处轰隆隆地传来。

"我靠，这也太夸张了。"

巨大的声浪如同大海里的波浪一般，冲击着庄睿的耳膜，居然震得这哥们摇摇欲坠，倒不是说金刚的嗓门大，实在是这山洞的回音太响了。

而且这声音来得突然，庄睿一点儿准备都没有，就像正在睡觉的人被人拿着响锣在耳边敲一样。

足足过了四五分钟，山洞里的回音才渐渐变小，庄睿估计是金刚在外面等得不耐烦了，洞口又太小，它钻不进来，这才急得咆哮起来。

庄睿感觉脑子里没有了"嗡嗡"声之后，连忙捂住自己的耳朵，冲着过来的方向，一字一顿地喊道："金……刚,我……一……会儿,就……出去!"

在山洞里就这点儿不好,稍微有点声音,就会被无限放大,好像有个人拿着扩音器在耳边大喊一般。

喊完话之后,庄睿回头用灵气看去,金刚果然正把个大脑袋伸进孔洞里四处张望呢,可是由于体型太大,怎么都钻不进来,急得这家伙嗷嗷直叫。

庄睿用灵气在金刚身上游走了一圈,大家伙也听到了庄睿的回话,终于安静下来,把头缩回去后,四仰八叉地躺倒在地上,居然舒服地睡起觉来。

庄睿不知道,他和金刚的对话让山体那边的蝙蝠窝整个都乱了套,无数只蝙蝠骚动起来,因为这巨大的回音打乱了它们的声波系统。

成千上万只蝙蝠如同正往锅里下的饺子一般,"噗通噗通"地直往地上掉,更多的则如无头苍蝇一般到处乱飞,也不知道有多少只蝙蝠撞在墙上冤死了。

还好两边山腹虽然相通,但是道路极其复杂弯曲,骚乱的蝙蝠群并没跑到这边来,否则庄睿说不定会像金刚小时候一样,被这些"地头蛇"给赶出山洞去。

当然,庄睿是不会去管蝙蝠的死活的,安抚完金刚后,他向藏匿宝藏的地方继续走去。

由于山腹内的道路崎岖不平,还有些凸起的石头如同利刺一般立在地上,所以庄睿的速度并不快,几乎把脚趟在地上走路。

走了将近半个小时,庄睿距离藏宝的地方还有一百多米。

现在庄睿身处的地方地形更加复杂,几乎每隔上几步就有一条岔路,如果不是庄睿可以直接看穿岩壁,恐怕这会儿早就迷失在这山腹里了。

"啪!"

一声脆响从脚下传到庄睿耳朵里,庄睿停下了前进的脚步,低头看去,好像是一块石头,还散发出莹莹白光。

"靠,死人骨头啊。"

庄睿弯腰捡起来之后才发现,原来是人身上的骨头,怪不得踢上去轻飘飘的。

四下里看了一番,庄睿在前面不远的路上又发现了几块骨头,尸骨摆放得很散乱,按照庄睿的估测,应该是被那些无意中钻入山腹的动物破坏了。

"咦? 羊皮卷!"

在死人头骨的旁边,庄睿居然又发现了一张羊皮卷,制作工艺和先前在木屋里发现的一模一样,上面也描绘着繁琐的图案。

庄睿凝聚灵气,站在原地查看起羊皮,过了一会儿,眉头微微皱了起来。

这张山腹地图的起点,应该是自己进入的地方,前面一百米都很正确,但是到了后面,就变得杂乱无章起来,根本就不是自己走过的路。

"哥们,算你倒霉,弄了张假图。"

不用脑袋也能想到,死在这里的人,肯定是进来出不去,硬生生饿死在这里的,可惜这哥们不知道,他距离自己要寻觅的东西只有一百多米了。

庄睿把地图折了起来,塞在靴子里,没辙,总不能塞裤裆里吧?浑身上下就这么个能放东西的地方。

经过路上这个小插曲,庄睿又走了二十多分钟,终于进入了一个两米多高,一米来宽的岔道中,前方五六米处,就是宝藏藏匿的地方了。

但是在庄睿面前堆满了碎石,将前方的道路完全堵死了。

庄睿用灵气看了一眼,这堆碎石足足往里延伸了三四米,碎石后面就是藏匿宝藏的密室了。

说是密室,其实就是个前路被堵死的天然岩洞而已,数百年前,纵横海上的海盗们似乎还没有炸药。

"老外就是没创造力,海盗还是属于没文化的团体啊。"

看着这堆石头,庄睿有点儿哭笑不得,西方人就是历史短没见识,搞个密室也整得有点技术啊,居然用碎石头挡路。

这要是换成中国人来干,绝对是机关密布,陷阱遍地,保准来多少人死多少人。

如果是埃及的哥们承接这活,那墙壁上肯定涂满了神秘的图案,诅咒死那些后来寻宝的人,搞不死人也要吓死人。

但是十六七世纪的海盗们只有这点儿能耐了,再高深的活他们干不出来啊。

反正庄睿有的是力气,他不怕干活,当下一块一块石头搬了起来,搬出的石头都被庄睿扔到外面的溶洞里,否则回头再把自己的路给堵死了。

这一忙就是四五个小时,当庄睿搬开又一块石头时,他看到一抹耀眼的亮光,不是用灵气感应到的,而是实实在在用眼睛看到的。

"这……这是夜明珠!"

庄睿使劲擦了擦眼睛,寻常的珠宝即使再珍贵,也只能反射光线发出亮光,只有夜明珠能在黑暗中发光,这是被科学证实了的事情。

从被搬开的缝隙向里望去,三个婴儿拳头大小的珠子,分成三个方位放在密室内凸起的岩壁上,放射出白色、绿色和黄色的光芒。

三种不同颜色的光线照在地面那些黄金珠宝上面,使得整个密室都笼罩在珠光宝气之中,给庄睿一种极不真实的感觉,这一幕,似乎只在电影里看到过。

"妈的,海盗真他娘的有钱啊。"

庄睿看清楚了里面的东西后,顿时激动起来,手忙脚乱地把剩下的石头一块块给扔了出去。

夜明珠在中国古代,有着"随珠"、"悬珠"、"垂棘"、"明月珠"等称呼,大多被发现的夜明珠其实只是普通的"萤石",也是需要亮光才能发光的。

真正的夜明珠则是在黑暗中人眼能明视的,数量极其稀少,在中国古代五千年的文明史中,夜明珠一直都是最具神秘色彩,最稀有,最珍贵的珍宝。

夜明珠是从矿石中采得,但它在地球上的分布极为稀少,开采也很困难,在古代的希腊、罗马,有的帝王把它镶嵌在宫殿上或者戴在皇冠上,作为国宝加以宣扬和赞美。

发光强度较大的夜明珠,在黑暗中,人们在距离它半英尺的地方能清清楚楚地观看印刷品上的字,能达到这种效果的夜明珠堪称绝世奇宝。

清末慈禧太后死时嘴里含着的,就是一颗珍贵的夜明珠,孙殿英曾经这么描述过:此珠分开是两块,合拢就是一个圆球,分开透明无光,合拢时透出一道绿色寒光,夜间百步之内可照见头发。

孙殿英为了脱罪,把这颗夜明珠送给了宋美龄,宋美龄将其镶嵌到鞋子上,后来流落到民间,一直到1964年才被国家发现收回。

1997年伦敦珍宝拍卖会上,一颗直径在十二厘米的夜明珠以六千五百万美元,被一位不知名的富翁收入私囊。

这几颗夜明珠在大小上,绝不亚于那颗被拍卖的珠子,甚至犹有过之,如果问世的话,恐怕世界上所有的富豪都会动心的。

所以别的东西不说,庄睿就是把这几颗夜明珠拿出去,就不虚此行了,

费尽九牛二虎之力,庄睿总算把这条通道清理出来了,要是换成别人,最少要花一两天的时间。

带着激动而又紧张的心情,庄睿轻轻踏入这间藏宝室,似乎走得重一点,都会让宝贝遗失一般。

庄睿这个举动可以理解为一个古玩藏家和考古系学生对历史的尊重,人以史为鉴,可以知兴衰,通过这些数百年前遗留下来的财富,也能对当时的社会形态推断出一二。

不过庄睿的尊重仅仅维系了几秒钟,注意力就被密室里的黄金吸引了过去,看着满地的黄金,如果一个人还有工夫去缅怀历史,那才是有毛病呢。

这个天然小溶洞,大概有十五六个平方,和一间卧室差不多大,四周的墙壁明显有开凿过的痕迹。

在密室正中间,摆放着如山一般的金银币,占地约有六七平方米,高度达到了庄睿的胸口。

光是这些垒的像小山一般的金子和银子,就占据了密室一大半的空间。

在溶洞的一个角落里,还摆有一大一小两个箱子,大的那个箱子有很多地方已经腐朽了,箱子里面的首饰也滚落在了地上,散发出莹莹的珠光宝气。

小一点儿的箱子却是纯铁皮制造的,在箱子外面还包裹了一层鹿皮,看上去和新的一样,没有丝毫损坏,只是箱子上面挂的那把锁已经锈迹斑斑了。

"靠,还是小心一点吧。"

受到《加勒比海盗》电影毒害的庄睿,正想来一个鱼跃,扑倒黄金堆里时,突然想起电影里那些海盗受到的诅咒,庄睿顿时停住了身体,他可不想一到夜里就变成骷髅,吃啥啥不香。

不过受诅咒变成骷髅,庄睿是不相信的。

但是这个世界上还有很多东西是用科学无法解答的,就像进入古埃及金字塔里暴死的那些人,到现在也无法给出合理的解释。

深深地吸了一口气,庄睿静下心来,他准备用灵气仔细查看一下这些物件有没有什么诡异的玩意儿。

两个箱子可以慢慢检查,庄睿的注意力最先放到这些金币上,他想看看,这些金币下面是否还有别的东西。

"这……这是黄金锚?!"

当庄睿的目光穿透小山一般的金币后,整个人都呆了,因为他发现一根和普通船锚一般大小的黄金锚,正安静地躺在金币的最下面。

"克劳斯的宝藏!!!"

短暂的沉寂之后,庄睿如同火山爆发一般,整个人向那座金币垒成的小山扑了过去,双手不停地把金币拨开,他的目标是最下面的黄金锚。

庄睿虽然对国外的历史不是很精通,但是海盗的故事十分有趣,所以庄睿对海盗的历史相当了解。

说起这个黄金锚,就要从十四世纪讲起了,十四世纪下半叶,北欧的海盗活动猖獗,无数"独立的"海盗各行其是,他们几乎全部来自北欧的港口。

那时,一支熟悉大海的野蛮的海盗队,足以令所有在海洋上来往的船只望风而逃,在北欧的海岸线上,几乎没有一艘从事海上贸易的船只能在反抗之后得到他们的宽恕。

当时,在丹麦女王玛格丽特强烈的扩张欲望下,无数挪威人和瑞典人死于非命,于是,斯德哥尔摩的居民们只好求助于海盗以抵抗丹麦人的入侵。

为了支持瑞典的港口城市,梅克伦堡公爵以瑞典国王的名义发布了一个公告:"所有在海盗行为中因反抗丹麦王国和挪威王国而进行抢劫、偷盗和纵火,同时向斯德哥尔摩提供援助的人,可以在维斯马和罗斯托克领取特许证。"

如此一来,海盗行为几乎合法化了,这个特许证使得很多海盗船长突破封锁线,给被围困的、饥饿的斯德哥尔摩居民提供了必需的食品,从而产生了海盗们所谓的"粮食兄弟"联盟。

战斗结束后,凭借这份"合法的文件",海盗们不但劫掠丹麦的船只,并开始劫掠每艘在海上从事贸易的船只,"粮食兄弟"的参与者们,甚至开始把他们的组织向"国家"的形式发展。

庄睿口中的克劳斯,全名叫做克劳斯·施托尔特贝克尔,他就是这个"粮食兄弟"同盟中,最大胆的海盗之一。

克劳斯出生在德国的维斯马,常年指挥着五十艘船只在北海和波罗的海劫掠,对有些人来说他是一只可怕的海狼,但在另一些人眼里他是"海上的罗宾汉",他劫掠富人,然后把劫夺的财富赠送给穷人。

当"粮食兄弟"的海盗船在北海变得越来越肆无忌惮时,英格兰国王理查德二世和丹麦女王玛格丽特,为了共同打击海盗径而联合起来,共同对敌。

1401 年的夏天,当克劳斯在自己经常航行的大海上,以"之"字形逆风航行时,遭到英格兰船只伏击。经过一场激烈的海战,海盗们最终惨败。

在这场战斗中,包括克劳斯·施托尔特贝克尔在内共有 73 名海盗被投进监狱,40 名海盗被打死,随后,这位海盗船长被送回其祖国德国审判,在那里被判处砍头的极刑。

1401 年十月的一天,被捕之后的克劳斯和他的七十三名海盗兄弟一起被押往格拉斯布鲁克。

当绞索即将套上他们的脖子时,这个海盗头目向汉堡的议员提出了条件:他许诺将拿出一个像花环一样美丽的金锚链及无数金币,再加上向汉堡捐赠一个金质的教堂钟楼楼顶,以此来赎回海盗们的自由。

不过,这个请求被官员们断然拒绝,七十三名海盗的人头落地,随后,他们血淋淋的头颅被一排排钉在木桩上示众。

汉堡的议员当时确信,不论采取什么手段,他们总会找到施托尔特贝克尔的宝藏,但事实证明,这些议员们的想法错了,直到今天,那个德国海盗船长的所有财产仍然下落不明。

第三十四章　黄金锚

当然,下落不明的只是宝藏的藏匿地点,但是对于克劳斯所拥有的宝藏早已在世间传开了。

最真实的传说就是,克劳斯为了把抢来的金银财宝尽可能运走,特意抓了一名铁匠,把大量黄金熔铸成一个金锚链,藏匿在桅杆之中。

随着克劳斯和他的海盗兄弟死亡,他的宝藏再也没有人知道藏在什么地方了,到现在已经过去了六个多世纪,依然没被找到,而著名的黄金锚的故事也一直在世间流传。

所以庄睿看到那根黄金锚后,马上就猜出这个海盗宝藏的主人是谁了。

看到这根黄金锚后,庄睿乐疯了,他再也顾不得什么传说中的诅咒,直接就向着金币冲了过去。

在近七百年的时间里,这个宝藏被无数人寻觅都不得见,没想到,它竟然出现在这个荒岛上。

无数的金币在空中飞舞,然后掉在地面上,发出清脆的响声,庄睿已经顾不上那些玩意了,他的双手已经抓在了那根黄金锚上。

"给我出来!"

两手用力,那根巨大的黄金锚被庄睿硬生生从金币山里拉了出来。

"妈呦,他们是怎么运进来的?"

看着这个和一般轮船上大小无二的黄金锚,庄睿眼中满是惊奇,以他两臂数百斤的力气,居然只能拉动而无法拎起这根连锁链都是黄金打制的船锚。

傻笑着在黄金锚上摸了半天之后,庄睿才把注意力转移到别的地方,其实真要论起来,这根黄金锚的价值还不如墙壁上的一颗夜明珠呢。

但是由于这玩意是传说中的物件,用古玩行的话说,那就是传承有序,这可是艺术品,已经不能单纯地用黄金的价值来衡量了,所以才被庄睿另眼相看。

从金币堆里离开后,庄睿走到那两个箱子面前,可是那个大箱子腐朽得太厉害了,庄睿只轻轻碰了一下,整个箱子就散架了,里面无数颗珍珠滚落出来。

"妈的,这怎么走路啊?"庄睿大感失策,这不是给自己找难受吗?

这里面大多是珍珠和宝石项链,由于年代久远,很多已经失去了光泽,草草地在散架的大箱子里看了一眼,庄睿就没了兴趣。

"反正来了一趟,拿个东西做纪念吧。"

庄睿在里面发现了一条筷子粗细的黄金项链,在项链的吊坠处,是一个拇指大小,纯黄金打制的骷髅头,看起来很神秘,庄睿勉为其难地拿出来挂在脖子上。

第三十五章 水晶头骨

看完大箱子后,庄睿把目光看向小一点儿的鹿皮箱子,伸出手指就把那已经完全腐朽的铁锁扭开了。

"啪嗒!"

随着铁锁落地的声音,庄睿将箱盖打开,一团亮光突然映入庄睿眼帘。

"靠,这……这是什么玩意儿?"

庄睿习惯性地闭了下眼睛,再睁开时,眼睛已经瞪得溜圆,再也不肯挪开目光了。

这是一块和真人头骨一般大小的头骨,唯一与真人头骨不同的是,整块头骨几乎是完全透明的,从头骨上面可以清楚地看到对面的箱子。

以庄睿看古玩玉石的眼光,一看就看出来,这应该是从整块水晶石上镂刻下来的。

头骨的牙床上,整齐地镶着上下两排牙齿,眼睛由圆形水晶石点缀,鼻骨则由三块水晶石拼成,五官比例与现代人一模一样。

"水晶头骨!"

庄睿心中充满了震撼,这种震撼远比他依靠黄金锚考证出宝藏的来历还要大,因为水晶头骨的传说比海盗的宝藏还要神秘许多倍。

关于水晶头骨的传说,最有名的莫过于《水晶头骨之谜》中的解说了,传说水晶头骨一共有五十二个,玛雅人有十三个,其他的散布在世界各地的神圣之地,其中包括美洲的土著部落,也包括西藏和澳洲。

书中说,其中十二个头骨的下颌骨能活动,称作"会唱歌的头骨",里面存储了大量知识,是外星人从天狼星座给地球人带来的礼物。

在美洲的印第安人中,也流传着一个古老的传说:古时候有十三个水晶头骨,能说话,会唱歌,这些水晶头骨里隐藏了人类起源和死亡的资料,能帮助人类解开宇宙生命之谜。

海盗的宝藏还只局限于人类,但是水晶头骨已经牵扯到神秘学说,看着这个东西,庄睿也不敢贸然使用灵气对其进行勘察。

这个水晶头骨制作得实在太精致了,那种雕工根本就不像几个世纪前可以达到的工艺。

在庄睿看来,水晶头骨的牙齿和下颌交接的地方,即使用现代机器进行制作,难度都很大,或许正是因为如此,才传说这东西是外星人制作的吧。

庄睿小心翼翼地用双手将水晶头骨从箱子里捧了出来,在夜明珠光线的反射下,整个头骨变得扑朔迷离,异常明亮,庄睿知道,只有纯度极高的水晶才能达到这样的效果。

先不谈这个水晶头骨的艺术价值,仅仅是这块几乎完全透明的水晶,就是一件价值连城的宝贝。

白而无色的高纯度水晶,无论将它放在什么颜色下面,都能反射出同样的光彩,所以顶级白水晶的价格比那些有色水晶要高出很多倍。

像庄睿手中这个头骨,放在不同颜色的夜明珠下,散发出来的光泽也完全不同,五光十色的光芒环绕在整个密室之中。

庄睿的精神忽然感到一丝恍惚,他在刹那间感觉这东西似乎活过来了一般,那空洞的眼瞳里似乎散发着睿智的目光。

似乎有什么东西牵引着一般,庄睿眼中的灵气第一次不由自主地外溢出去,团团将水晶骷髅包围住。

一丝丝灵气渗入到水晶头盖骨之后,一种无法言喻的感觉传回庄睿的脑海中。

那种感觉犹如婴儿在母胎里一般,浑身暖洋洋的,不需要再用口鼻去呼吸,庄睿感觉到自己像是被什么东西包围住了,丝毫不能动弹,但是很舒服,他也不想打破这种感受。

庄睿原本金黄色的灵气在水晶灵气的融合下,颜色逐渐加深……

无形无色的灵气将庄睿和骷髅头骨联系在了一起,庄睿眼中的灵气不管是数量还是质量都在不断地提升着。

时间一分一秒地过去,庄睿似乎没有了任何直觉,双手捧着水晶骷髅,傻傻地站在那里。

山洞中又响起了金刚的咆哮声,但是这次,金刚并没有得到庄睿的回复,暴躁的金刚搬起石头不断地砸向洞口。

这一切,庄睿都不知道,他沉浸在那种美妙的感觉中,整个身体飘飘欲仙,眼中的灵气自动溢出,在他浑身上下游走着,梳理着他原本已经足够强壮的身体。

一个黑夜过去了，当海上的阳光升起的时候，庄睿忽然"醒"了，因为他看到了太阳，看到了那个散发着炙热光芒的太阳，从海平面一点一点地跳了出来。

继而，庄睿又"看"到山洞里数不清的蝙蝠，无数的蝙蝠倒挂在山洞里，让人望而生畏，只是，这次庄睿灵气过处，并没感觉到灵气数量有所减少。

回转目光，庄睿"看见"了山洞里的金刚，精神有些萎靡的金刚双手全是鲜血，正抱着一块大石头，不断地向自己钻进来的孔洞砸着。

"金刚，不要砸了！"

看到金刚凄惨的样子，庄睿心疼起来，这个大家伙肯定以为自己受到了伤害，急着要进入山腹。

处于狂暴中的金刚突然停了下来，它似乎听到了庄睿的声音，不由疑惑地四处张望起来。

密室内的庄睿也一愣，难到自己在心里说的话金刚能听见？这岂不是五神通里的心通了吗？

"金刚，你饿不饿？想不想吃烤肉？"

庄睿试着在心里说了一句，没想到他马上"见"到金刚连连点着大脑袋，还捶着胸口，做出一副很委屈的样子。

"我靠，真的行啊？"

庄睿没想到金刚真的能听见，在心里又嘀咕了一句。

不过这句话显然有点儿深奥，金刚挠着大脑袋，不明所以地四处张望起来，它有点儿奇怪，怎么听得到声音，却看不见庄睿呢？

"金刚，你去捉只山羊，咱们回头烤肉吃。"

庄睿兴奋过后，这会儿也有点饿了，从山体外面初升的太阳能看出来，自己恐怕在这里整整傻站了一个晚上。

不过庄睿并没有困乏的感觉，而是全身都充满了力量，这会儿就是让庄睿和金刚摔跤，估计庄睿同学都不会害怕。

"嗷嗷！"

"听"到庄睿的话后，金刚兴奋地捶了捶肩膀，又弯起胳膊来了个造型，对手上流淌的鲜血毫不在乎。

"等等，我给你治疗下。"

金刚不怕疼，但是庄睿看着心疼，连忙遁出一大团灵气，将金刚的双手包裹住了，当那团紫金色的灵气进入金刚手上时，被石头砸破的伤口马上以肉眼可见的速度凝合起来。

"咦?"

庄睿突然发现了一个问题,自己的灵气刚才也接触到金刚的身体了,但是为什么没渗进去呢?

难道……庄睿连忙实验了一下,结果让他狂喜起来,原本一接触生物体后就会自动渗入的灵气,现在居然发生了改变。

似乎只有庄睿想要灵气进入对方身体,灵气才会渗入进去,否则接触到对方,并不会使其产生任何感觉。

"我靠,这不是想看谁就看谁,想怎么看就怎么看啦?"

庄睿心头忽然冒出了这种龌龊的心思,也难怪,庄睿平时因为灵气的特性,根本没法去关注这些,但是现在……似乎有点儿不同了。

这会儿庄睿可以确定了,自己的灵气接触到水晶骷髅后,的确发生了改变,除了颜色从金黄色进化到紫金色,还拥有可以和对方进行心灵对话的作用,在控制上,也变得更加灵活了。

"淡定,淡定,哥是个好人……嗯,偶尔看一下不要紧。"

庄睿看到金刚离开后,目光一凝向山体外看去,他想试试,已经变成了紫金色的灵气,在探测的距离上,是否能再远一些。

在此之前,庄睿最远能将灵气释放出五百米,不过看到金刚所处的山洞时,庄睿就知道,灵气的探测范围,已经增大了。

无形的灵气穿透山体,逐渐向远方蔓延着,金刚祖先的墓穴,来时的树林,自己栖身的山洞,已经成为废墟的村落,不断从庄睿眼前划过。

椰树林,沙滩盐地还有那个和大海相连的水潭,都出现在庄睿的眼中,进入大海三四百米的时候,庄睿终于感到后继乏力,视线有些模糊了。

即使如此,庄睿心中也狂喜起来,他所住的山洞距离海边就有七八公里远,再加上现在身处的位置,恐怕自己灵气外放的范围已经超过了十公里。

"宝贝,真是宝贝啊,奶奶的,说不定还真是外星人制造的呢。"

看着手中的水晶骷髅,庄睿感觉无比可爱,当他再次释放出灵气进入其中时,却再也没有之前的感觉了,只发现里面有一团雾蒙蒙的灵气。

"还是先离开这里吧。"

庄睿"看"到正在山间追逐山羊的金刚,停止了对灵气的实验,不过看向这个价值最少在数十亿美金以上的藏宝室时,庄睿愣住了。

因为他不知道自己究竟该带些什么东西出去,金币? 这玩意没用黄金锚? 自个儿好像抬不动啊，庄睿上去又拎了一下。

"咦?"

原本感觉重若千斤的黄金锚，居然被庄睿单手提了起来，这让庄睿吃了一惊，难道灵气进化了，身体素质同时也被加强了吗?

不过既然能拿得动，庄睿自然要将其带出去了，万一自己日后能离开此岛，单凭手中的黄金锚，就能轰动全世界的考古学界和探险界了。

庄睿先把黄金锚放在一边，在密室里挑拣起来，入宝山不能空手而归，能多拿点就多拿点吧。

在这荒岛上，尽量还是找些实用的东西比较划算，庄睿从如山一般的金器堆里翻出几个金碗和酒器，这几件东西带着明显的波斯风格。

要说克劳斯海盗生意做的真的挺大的，密室里连银器都很少见，就是那些散落在地上的珍珠，每一颗都是经过精挑细选的，几个色泽乌黑透亮的黑珍珠堪称无价之宝。

堆积在地上的那些金币，种类之多让庄睿看得目瞪口呆，除了波斯、英国、希腊等国家铸造的金币，还有中国的金元宝和铜钱，几乎囊括了所有在那个时间经济发达的国家的货币，让庄睿大开眼界。

当然，那三颗夜明珠庄睿是无论如何都不会放过的，如果自己真能脱此大难，以后把夜明珠摆在家里，晚上不就省了电费啦。

至于夜明珠内有辐射一说，庄睿根本就不在乎，因为他用灵气探查过了，夜明珠里面蕴含着淡淡的灵气，对人的身体只有好处，没有坏处。

庄睿从墙洞里掏下一颗夜明珠，拿在手里端详了一会儿，走向那个鹿皮箱子，这箱子不大，庄睿等会儿准备把好东西都放里面抱出去。

"嗯? 箱子里还有东西?"

庄睿拿出水晶头骨之后，没怎么在意那个箱子，放夜明珠的时候，他发现箱子里还有一个金光闪闪的物件，顺手拿了出来。

"我靠，克劳斯抢了埃及国王?"

庄睿本来以为是件黄金饰品，并没怎么在意，从箱子拿出来后，不禁看直了眼。

这是一件用金箔打制的黄金面具，不是那种单纯的贴在面部露出口鼻的面具，说是面罩或许更合适一些。

面具上有向后梳理的头发，发丝清晰可见，高高的鼻梁隆起，眼睛处镶嵌着两块极其珍贵的斯里兰卡红宝石，乍然看去，就像一个栩栩如生的人面一般。

从面具的制作风格上，庄睿一眼就能看出，这东西绝对是从埃及法老墓中出土的，至于是哪一位法老的,他就没办法判断了。

埃及一共有三十多个法老王朝,虽然大多数陵墓都被发现了,但是时日长久,很多法老墓早就被盗掘一空,里面究竟出土过什么珍贵的东西,或许只有那些盗墓贼才知道了。

当然,最出名的法老墓自然是黄金陵墓了,那是埃及法老图特卡蒙之墓,也是三千多年以来,惟一一个完好无缺的法老陵墓。

黄金陵墓的发现,成为古代文明对现代人类最彻底的一次震撼和嘲笑,作为埃及文明象征的纯金面具,纯金制成的棺材,纯金雕制镶满宝石的王位,铺满墓室墙壁的纯金浮雕,包括黄金面具下那具完整无缺的木乃伊……所有一切都让人们惊叹。

英国考古学家霍华德·卡特曾经说过这么一句话:图特卡蒙一生惟一出色的成绩,就是他死了并且被埋葬了。

这句话说的很精辟,生前并不为人所知的法老,居然在死后惊动了全世界,这全都要归功于他的陵墓。

一个十九岁就死亡的法老,陵墓中会有如此多的宝藏,可想而知,那些在位更久的法老陵墓会有什么样的奇珍异宝。

别的不说,就庄睿手中这个黄金面具,其精致程度丝毫不亚于已经出土的法老图特卡蒙木乃伊陵墓中的黄金面具,甚至犹有过之。

拿着这个黄金面具,庄睿心中暗叹,除了中国拥有五千年的灿烂文明之外,许多国家也有着不输于中国的悠久历史,很难想象,数千年前的人类就能制作出如此精致的面具。

这些东西是如何从法老墓、又是从哪个法老墓葬中盗出的? 已经无法考证了,不过有一点可以肯定,这些物件一定是克劳斯从海上抢来的。

庄睿小心翼翼地把面具放回水晶骷髅的旁边,然后在金币堆里挑拣了二三十枚金币。

这些金币制作得极其精美,像英国的金币上,一面刻着英文和一只翱翔的雄鹰,另外一面则是他们国王的头像,一个长着大胡子的男人。

其余的一些金币上的纹饰,也多是以动物和人的肖像为主,无一不是精美至极,显示了当时先进的铸造技术。

虽然历经数百年时光,这些金币看上去依然崭新如故、惟妙惟肖。

别看在这个密室里最不值钱的就是金子,但是这些金币并不能单纯地用黄金来衡量,它们都是古玩,拿出去拍卖的话,一枚也能卖上十几万的。

当然,那必须是拿出去的数量极少,如果庄睿将整个密室的金币都搬出去的话,即使再珍贵的东西,都会变成大白菜的。

将整个密室狠狠地搜刮了一番,庄睿把自个儿认为价值高的东西统统都装在了鹿皮

254

箱子里,这个只有五六十公分见方的箱子,价值最少在十亿美金以上。

最后庄睿将三颗夜明珠小心翼翼地放入箱子里,密室里顿时变得伸手不见五指,庄睿一手抱着箱子,一手抄起那把黄金锚,离开了密室。

"嚯嚯!"

眼巴巴等在山腹入口处的金刚见到庄睿出来,兴奋地举起双臂跳了起来,看到庄睿拎着的黄金锚,马上一把抢了过去。

"靠,力气比我还大。"

见到金刚拿着黄金锚像拿着玩具似的,庄睿不禁有点儿咋舌,按照庄睿的估计,这东西最少在三四百斤以上。

"行了,金刚,这个箱子你千万不要动啊。"

庄睿特意交代了金刚几句,别看这家伙块头大,其实就是个小孩子,对什么都好奇,不过只要是庄睿说过的话,金刚还是听的。

时间一天天过去,转眼之间又是半个月,要不是庄睿做着考证克劳斯宝藏之谜,肯定会感觉日子更加难过。

从藏宝处出来之后,庄睿把两张藏宝图进行了对比,居然发现,两张地图和山腹道路全不符合,都是假地图。

由此,庄睿做了一个大胆的推断:在六个多世纪以前,克劳斯带领一帮海盗,将自己毕生掠夺的财宝埋藏在这个荒岛上,并且制作了不止一张地图。

为了保护自己的财富,克劳斯在海岛上留下了几个人,这几个人都没有参与宝藏的藏匿工作,克劳斯走的时候也没有留下船只,这是为了防止手下将宝藏偷走。

不过克劳斯没有想到,他再回到大海上,却被抓住实施了绞刑。

留在孤岛上的海盗应该等了很长一段时间,没见到克劳斯再回来,知道事情起了变化,估计是因为宝藏的原因起了内讧。

最终得到了藏宝图的海盗也死在了山腹里,两张假地图说明,克劳斯对留守在海岛的手下们,也不怎么相信。

当然,这些只是庄睿根据种种线索做出的推断,考古就是如此,和破案一样,抓住蛛丝马迹层层推理而已。

做完了海岛考古研究后,庄睿又陷入无所事事中,对亲人的思念,一天天加深,庄睿经常会在梦中梦到母亲和妻子,醒来后泪流满面。

庄睿也不是没想过自救,逃离这个荒岛,他曾经尝试着制造过一艘独木舟,制造方法很简单,就是将一颗大树锯断,两头削尖,然后把中间的木头挖空。

花了整整一个星期,损坏了庄睿一把珍贵的锯子后,独木舟倒是制作成功了,但悲催的是,庄睿第一次下水,根本没经过任何风吹浪打,独木舟就翻了。

又经过一个星期的艰苦训练,庄睿倒是掌握了驾驶独木舟的技巧,只是在他划着独木舟,准备对海岛五十公里处进行考察时,海上突然起了暴风雨,一个大浪就将他和独木舟分离开。

庄睿历经千辛万苦才又重新回到岸上,他花费了巨大精力制作的独木舟也在海中消失不见了。

经过这件事情后,庄睿算是明白了,电影上演的那些土著人在海中驾驶独木舟的故事,纯粹都是扯淡,指望这玩意想离开孤岛,绝对是天方夜谭。

绝望的庄睿干脆不再想离岛的事情了,除了每天都要站到山巅,观察有没有过往的轮船之外,剩下的时间都用于打猎捕鱼。

时间过得飞快,屈指算来,庄睿在海岛上已经待了两个月了,好在他还有块手表,不用学鲁宾逊在石壁上刻线记录时间。

不过庄睿每天还是会在自己住的山洞石壁上,刻下当天的见闻,算是留待有缘人吧。

另外,庄睿在闲极无聊时,又往返了几次海盗的藏宝室,将大批金币带了出来,放在睡觉的山洞里,算是满足了庄睿的一点恶趣味。

现在庄睿整个人晒得黑黑的,举着长矛大刀,甚至还自制了一把弓箭,本来是想射几只鸟儿烤着吃,不过水平太臭,从来没得手过。

现在要是有外人来到这个海岛,一准会认为庄睿是当地土著。

游泳也成了庄睿打发时间的主要节目,庄睿发现,灵气晋级后,虽然不能帮助自己离开这座孤岛,但却让他闭气的时间增加了。

那次划着独木舟出海遇到暴风雨,如果不是庄睿闭气潜到海底躲避,很可能就再也无法回到这个海岛上了。

现在庄睿在水底一口气能待上半个小时,这段时间,他几乎游遍了海岛周围十多海里的海域,倒是从浅海的海底,淘到不少成色比较好的珍珠。

本来庄睿打算去沉船处看一看,不过海底压力较大,那些沉船大多在六七十米深的海域,庄睿没有重力设备,赤手空拳很难潜那么深,最后只能放弃了。

第三十六章 一线生机

"金刚,快一点,再游快一点。"

庄睿和金刚正进行着游泳比赛,这是他们俩每天的保留项目。

"哈哈,金刚,我先上岸的,你输了。"庄睿最先踩到沙滩上,回头看着金刚笑了起来。

"嗷嗷!"

金刚有些不服气,使劲捶着自己的胸口,示意要和庄睿再来一次。

"来就来。"

"嘎!嘎嘎!"

庄睿反正也无聊,正当他要再下水时,忽然听到远处的天际,传来一声清脆的鹰鸣声。

在这个海岛上,是有鹰隼存在,不过那些老鹰的体积都不大,最多像个公鸡似的,绝对发不出这么具有穿透力的声音。

庄睿抬起头向天上看去,一个黑影正以利箭般的速度,从天空向着沙滩俯冲而下。

"金羽!是金羽!"

听着那熟悉的鸣叫声,看着天边那个由小逐渐变大的黑影,庄睿心中顿时百感交集,双膝一软,不由自主地跪在淹没了脚面的海水里。

"我能回家了。"

庄睿用双手捂住脸,狂涌而出的泪水从指缝间滑落到海水里。

今年的北京冬天特别冷,二月的北京正好摊上三九天,哈口气都能成冰。

庄睿四合院的屋檐上,挂满了长长的冰溜子。

一大早郝龙就拿着根长棍,挨屋将冰溜子打下来,这玩意要是化冻的时候自己掉下来,和个匕首差不多,很容易伤到人。

刘川的老婆蕾蕾已经回彭城了,上个月生了个大胖小子,把刘川乐得合不拢嘴,满世界找庄睿,想和最好的哥们分享一下,只是怎么都没找到。

欧阳军也带着妻儿离开了四合院,他知道庄睿失踪的事,待在四合院里总感到不自在,而且生怕媳妇说漏了嘴,最后干脆回家住去了。

原本热闹的四合院变得冷清下来,就连不知道情况的张妈和李嫂也感觉似乎发生了什么事情,四合院的气氛莫名其妙地紧张起来。

在她们看来,原本很好相处的女主人欧阳婉似乎对外出唱歌跳舞突然没了兴趣,除了面对儿媳妇还有笑脸之外,平时就一个人发呆,还会无缘无故地流眼泪。

香港来的秦太太也是如此,张妈和李嫂也感觉到了不对,每天干完活就回到自己的房间里去。

距离过年还有十来天的工夫,男主人也不知道去哪了,平时这时候庄宅已经开始准备年货,但是今年,四合院死气沉沉的,气氛极其压抑。

“妈,庄睿的生意还顺利吗?怎么连电话都不打一个过来?”

眼看就要过年了,秦萱冰也分娩在即,庄睿不但人没回来,电话居然都不打一个,让秦萱冰很是不满。

“小冰,回来我说他,太不像话了,对了,彭飞不是打电话过来说卫星电话被偷了吗?你爸也真是的,干嘛让小睿去非洲那地方啊?”

方怡听了女儿的话后,眼圈差点又红了,这段时间为了圆谎,可把她给难为坏了,为了女儿和肚子里的孩子着想,也只能想尽办法隐瞒了。

好在秦萱冰把注意力都放到了还未出生的两个孩子身上,否则以秦萱冰的冰雪聪明,肯定会看出一些端倪的。

从飞机失事到现在,已经过去两个多月了,不单是秦家,就是欧阳家也已经默认了庄睿不在了的事实,在茫茫大海上失踪这么长的时间,任谁都不相信庄睿还活着。

或许只有那个依然驾驶着游艇,游荡在大海里的彭飞不这么想,不知道为什么,彭飞仍然坚信庄睿还活着。

彭飞之所以凭借一艘偷来的游艇能在大海里待一个多月,也是欧阳磊交代下去给他提供给养的原因,否则那游艇没油后,也就是个摆设。

“对了,妈,好像有段时间没看到金羽了吧?”

随着天气变冷,秦萱冰到院子里的时间变得越来越少,但是好几天没听到金羽的鸣叫声,让她感觉有点奇怪。

“是啊,你不说我倒是没想起来,不过这些动物天性都比较野,谁知道飞哪去了?”

方怡随口答道,她现在哪有心思去管什么老鹰?别说金雕了,就是那两只藏獒跑了,方怡都不会关心的。

"那可不行,妈,这些动物可是庄睿的命根子,等他回来看不到,肯定会着急的。"

秦萱冰一听母亲的话,倒是先着急起来,金羽小时候非常可爱。

"没事,你别急。"

方怡见女儿着急了,连忙劝解了几句,不过秦萱冰还是站起身,扶着腰向门外走去,不光要看看金羽回来没有,秦萱冰还要看看白狮两口子怎么样了。

进入冬季后,白狮和雪儿明显减少了户外活动,当然不是因为天气冷的原因,而是藏獒进入了发情季节。

雪儿似乎已经怀上了,这段时间,就是喂食它们,都是把肉放在门口,由白狮叼进去,除了欧阳婉和秦萱冰之外,白狮拒绝任何人进入它的房间。

也许再过上一个月,庄睿家里又要添上几个活泼可爱的小家伙了。

"妈,没事,我哪有那么娇气,哎哟。"

秦萱冰扶着腰刚走到门口,肚子里突然传来一阵剧痛。

"哎哟,疼,疼死我了,妈,我好像……好像……要生了。"

这段时间母亲和婆婆一直在给秦萱冰灌输孩子出世前的征兆,秦萱冰感觉这次肚子痛和以前不一样,连忙喊了起来。

"啊?小冰,没事的,别慌,我这就去喊医生。"

方怡是过来人,见到女儿的样子,连忙跑出院子,大声喊道:"医生,护士,快点来看看,可能要生了,亲家母呢?快点来。"

方怡的喊声惊动了整个中院的人,欧阳婉这几天也回四合院来住了,只是她不知道什么时候开始信佛了,整天拿着秦萱冰的那个转经轮诵经。

至于医生和护士,是欧阳磊怕弟媳住院见不到庄睿会不开心,特意从医院安排过来的,这些天一直都住在四合院里。

接生用的房间和设备,一早都准备好了,几个人七手八脚地将秦萱冰抬到房间后,马上忙活起来。

一直守在自己房间的白狮也似乎感觉到了什么,从后院冲到中院,趴在那个临时产房的外面,像个警卫一般守护着。

"哇……"

一声婴儿的哭声响彻整个院子,冷峭的寒冬在这一刻,也似乎变得温暖起来,生命诞生的奇迹让久已没有笑声的四合院充满了生机。

"呜呜。"

听到婴儿的哭声，白狮嘴里发出低沉的嘶吼，抬头向树上的鹰巢看了一眼，它或许有点儿奇怪，那个会飞的小家伙去哪儿了？

"是男孩，第一个是男孩！"房间里传出医生的声音。

"小秦，坚持住，用力，再用力，好了，出来了，是个小美女啊。"

接生的医生很有经验，当初徐晴分娩的时候就是她给接生的，从秦萱冰感觉到肚子疼到两个孩子出世，只用了短短一个多小时。

"让小秦好好休息，先睡一觉，然后起来喝点汤水，对了，身体要不是那么疲惫，就在房间里走动一下，别受凉了。"

接生完孩子后，医生对欧阳婉和方怡交代了几句，然后就离开了，自然有小护士给孩子量体重、洗澡。

"冰儿，你先睡一会儿吧，睡醒了我就抱宝宝给你看，你放心，小家伙们都很好，一个七斤八两，另外一个六斤三两，都是小胖墩。"

欧阳婉看到媳妇一脸虚弱地躺在床上，迟迟不肯休息，连忙跟她说了孩子的情况。

"嗯，谢谢妈，你们也受累了，唉，庄睿真不知道是干什么的，他要是现在能见到孩子，会多高兴啊。"

秦萱冰说者无心，身边站着的两位听者有意，心里别提多难受了。

两个母亲安慰了秦萱冰几句之后，走到屋外相对无语，秦萱冰的话勾起了她们对庄睿的思念，冲淡了喜得孙儿的喜悦。

虽然庄睿经历过不少神奇的事情，很多都无法用科学给予解答，但是他怎么都没想到，自己困在孤岛上，居然是金羽来解救自个儿。

至于金羽是如何从万里之外找到自己的，庄睿不知道，也不想知道，他现在心里只有一个念头，那就是自己快要回家了。

俗话说一饮一啄自有天定，冥冥中存在着不可捉摸的因果关系，自己收养金羽是因，现在金羽找到他，应该就佛家说的果报了。

看着不断飞近的金羽，庄睿站起身，学着金刚在胸口捶了起来，口中发出不知含义的嘶吼声，似乎唯有这样，才能发泄出这两个月来心中的苦闷。

"嗷！嗷嗷！"

金刚则比较单纯，看到庄睿高兴，它也跟着仰天长啸，不过金刚实在，捶在胸口的拳头没有一点儿虚假，"咚咚"作响。

"嘎！"

已经很久没见庄睿的金羽,电射般冲了下来,在距离庄睿头顶还有十多米的时候,忽然一个鹞子翻身稳住了身形,两只利爪向庄睿的肩膀抓来。

"嗷!"

兴奋的金羽和庄睿都没发现,就在金羽抓向庄睿的时候,一旁的金刚突然目露凶光,抡起自己的长臂,一巴掌向金羽打去。

"嘎嘎。"

虽然金羽反应快,但是翅膀还是被金刚扫到了,口中顿时发出一声哀鸣,一米多高的身体落在了水里。

不过金羽也不是吃素的,张开翅膀稳住身体后,一双鹰目马上紧紧地盯住金刚,就要振翅飞起。

"金刚,住手,金羽,你也一边去。靠,这哪儿跟哪儿啊?"

庄睿郁闷了,当他看到金刚又想向金羽扑过去的时候,一把抱住了金刚。

只是庄睿没想到,金羽趁机从他背后一爪子将金刚胳膊抓得血肉模糊。

这哥俩居然都不是吃亏的主,金羽挨了一拳头,马上还回去一爪子,两边扯平了。

"金羽,一边去。"

庄睿抱住金刚,厉声对金羽说道,这小家伙忒坏了,金刚比较实诚,被自个儿抱住就不动了,金羽却在一旁下了黑爪子。

"嘎。"

金羽有点儿不高兴,嘴里发出一声鸣叫,弯下头去用脑袋在翅膀处蹭了蹭,敢情金刚那一拳头分量也不轻。

"金刚,朋友,你,我,它,都是朋友。"

庄睿努力地和金刚解释着,要不是自己这段时间长了力气,刚才还真不一定能抱住暴走的金刚。

在天上金羽是王者,不过落到地上,十个金羽也干不过一个金刚。

"嚯嚯!"

金刚口中发出喊声,两臂不住地比划着,这哥们心里也不爽啊,它刚才看到金雕准备袭击庄睿,上前保护庄睿的,没想到白挨了一爪子,手臂现在还在淌血呢。

金刚的智力就和人类五六岁孩子差不多,一受委屈,大眼睛里居然马上有泪水流了下来。

"嘎嘎。"

那边金羽不爽了,也高声鸣叫起来,似乎在告状,它也有理啊,飞了万里找到庄睿,一见面就挨一拳头,不带这么欺负人的啊。

"好了,好了,不疼。"

庄睿实在对这俩活宝无奈,连忙用灵气给金刚受伤的手臂治疗了一番。

庄睿眼中的灵气晋级后,效用似乎也强了很多,仅仅用了一丝灵气,就让金刚血肉模糊的手臂愈合起来。

治疗完金刚,庄睿连忙又给金羽体内注入一股灵气,这才让两个家伙消停下来,金刚舒服地直接躺在了沙滩上,金羽喉间也发出"咕咕"声,显然心情也不错。

"金羽,辛苦你了。"

庄睿看到金羽的右翅上有几根羽毛脱落了,小腿处一块原本布满鳞片的地方,也擦破了很大一块皮,应该是用枪打的。

从国内到这里,足有上万里之遥,这么远的路,金羽要一边飞行,一边寻找食物,难免会被人盯上。

金羽狼狈的样子看得庄睿一阵心疼,不遗余力地用紫金色的灵气将金羽包裹起来。

被庄睿灵气滋润的金羽,背后掉落的羽毛居然以肉眼可见的速度生长起来,不多时,有点秃的翅膀重新丰满起来。

在这个过程中,金刚则不怀好意地看着金羽,它在想这个大家伙如果烤着吃,味道一定不错,不过要是被庄睿知道金刚的想法,一定会狠狠教训它一顿的。

"金刚,去,抓只山羊咱们烤了吃。"

给金羽治疗完,庄睿在金刚心中说道,这段时间他发现用那种看不见摸不着的意念和金刚说话,似乎更好使,每次金刚都能明白自己的意思。

"嗷嗷!"

金刚捶了捶自己的胸口,然后弯起右臂向金羽摆了个 Poss,这才吼叫着往树林里跑去,那动作看得庄睿放声大笑起来。

来到荒岛两个多月,这是庄睿第一次笑得那么开心,爽朗的笑声在海面上远远地传了出去。

等金刚抓了一只山羊回来后,金雕也给了庄睿一个惊喜。

这家伙居然从十多公里外的海面抓起一条一米多长,两百多斤重的鲨鱼,还飞行了十多公里,扔在了沙滩上,

这让庄睿对金羽的能力有了新的认识,老鹰捕食,一般是用从空中冲刺产生的爆发力抓起猎物,不过抓住猎物后持久飞行的能力却很差,没想到金羽如此厉害,完全颠覆了庄睿的认知。

"这家伙能不能带我飞出这片大洋呢?"

庄睿脑海里冒出这个念头,不过随之好笑地摇了摇头,刚才金羽抓那条鲨鱼,已经飞得歪歪扭扭了,自己还是受了金大侠的毒害,坐在金雕背上飞行,或许只能见于传说故事。

不过金羽的到来,还是让庄睿产生了希望,即使不能带自己飞出去,但是做个信使,金羽还是称职的。

只要自己把消息传出去,想必欧阳磊一定有办法找到这里,再不济让金羽带路也行啊。

既然有希望离开,庄睿的心情放松下来,等那条鲨鱼死了之后,开了一场盛大的篝火晚宴,当然,成员只有他和金刚,还有金羽。

这一夜庄睿睡得十分香甜,所有的愁绪都没有了,一觉睡到天亮。

第三十七章 我还活着

第二天一清早,庄睿就找了一块羊皮,用山羊血在上面写道:无恙,被困孤岛,跟随金羽来寻我,岛外有礁石,小船进入,庄睿!

写完之后,庄睿用自己珍贵的鞋带把羊皮紧紧地绑在金雕的小腿上,这东西可千万不能丢了。

"金羽,去找彭飞,让他带人来这里,快去快回。"

庄睿以为彭飞已经回到北京了,自己的字条回去,想必家人也能放心。他不知道,彭飞这会儿还满大洋转悠呢,印度洋几乎被他跑了个遍。

庄睿这句话是在金羽心里说的,金羽有些遗憾,歪着脑袋看了庄睿一会儿,嘴里发出几声低鸣,用脑袋蹭了蹭庄睿,振翅冲天而起。

围着孤岛飞了一圈,金羽的身影渐渐消失在大海上。

金羽走了之后,庄睿也忙碌起来,受了这么大罪,要是不把克劳斯的宝藏搬空,那也忒对不起自己了。

所以后面几天,庄睿拼了老命地往山腹里钻,一趟趟将珠宝金币运了出来。

为了上船方便,庄睿把东西都搬到了海边,反正在这孤岛上,也不怕有小偷强盗啥的。

"庄哥,我知道您肯定没死,不过您到底在哪儿啊?"

彭飞躺在甲板上,任凭游艇在海里漂着,两眼无神地望着湛蓝的天空。

他盗用香港豪华游艇的事已经被秦浩然压下去了,并且随时有中国船只给他补给。

这也是秦家和欧阳磊对彭飞最后的支持了,因为在两家人心里,庄睿已经是个逝去的人了。

两个月来,彭飞从一百五十斤的汉子瘦成皮包骨头了,现在的体重最多有一百一十多斤,如果不是坚信庄睿还活着,他早就支撑不下去了。

彭飞寻找庄睿的思路是对的，他感觉庄睿极有可能流落到哪个荒岛上了，这两个月，彭飞登上了数十个无人岛，都没发现庄睿的影踪。

"妈的，都是你这个畜生干的好事。"

彭飞突然一个鲤鱼打挺从甲板上跳了起来，冲入船舱。

原来在这艘船上，并不只有彭飞一个人，在船舱里的地板上，还躺着一个赤身裸体，浑身被渔网紧紧地缠着，只露出一个脑袋的人。

这个人正是阿沙力，在彭飞搜寻庄睿未果的第一个月，他就重新回到了南非，而阿沙力居然还滞留在南非。

彭飞自然不会客气，将阿沙力的随从全部杀死后，从阿沙力口中得知，是钻石交易所的威廉出卖了庄睿的资料，在床上将威廉杀掉之后，彭飞带着阿沙力来到海上。

阿沙力的失踪让非洲一些国家发生了很多事情，明里暗里有不少各国佣兵都在寻找阿沙力，只是谁也没想到，彭飞将阿沙力抓到了大海上。

在大海中寻找一个人，远比在陆地上困难一百倍，这也是即使到了现代，海盗们还能纵横海上的主要原因之一。

所以直到现在，彭飞的行踪也没被人发现，而阿沙力，已经被彭飞足足折磨一个多月了。

"别……别过来，你这个恶魔，放了我吧，求求你，放了我吧，我给你十亿，不……二十亿美金。"

看到彭飞走进船舱，阿沙力脸上顿时露出了惊恐的神色，像见到了恶魔一般，和自己以前对待仇家相比，阿沙力感觉自己的手段真是太仁慈了。

"呵呵，留着去地狱花吧，我想撒旦一定会很喜欢你的，对了，这个手术在中国古代，有一个很好听的名字，叫做凌迟。"

彭飞笑了起来，折磨阿沙力是他这一个月来最开心的事了，右手在一个按钮上按了一下，一条连在渔网上的缰绳立刻收紧，将阿沙力吊了起来。

绷紧了的渔网，深深地勒进阿沙力的皮肤里，在网眼处，一块块皮肤往外凸出，彭飞拿着小刀，慢条斯理地给阿沙力动着手术，阿沙力的惨嚎声随之响起，远远地传了出去。

"好了，每天给你这个畜生割几刀，什么时候找到庄哥，什么时候给你个痛快。"

"嘎嘎！"

似乎听到彭飞喊畜生，落到甲板上的金羽很不爽地鸣叫了几声，把船舱里的彭飞引了出来。

"无恙,被困孤岛,跟随金羽来寻我,岛外有礁石,小船进入,庄睿!"

看着羊皮上被海水浸泡得略显模糊的字样,彭飞双眼湿润了,泪水无声地从眼中滑落,这个六尺高的汉子,居然蹲在甲板上"呜呜"地哭了起来。

作为庄睿最信任的手下,在没找到庄睿之前,彭飞根本没有脸回到那个四合院,这两个多月来,他内心所受的煎熬,远远大于身体上的伤害。

两个月来的坚持终于有了回报,这一刻,即使彭飞心肠如铁也忍不住放声大哭起来,男儿有泪不轻弹,只是未到伤心时!

彭飞这一哭,让船舱里的阿沙力傻眼了,在阿沙力心里,彭飞就是魔鬼撒旦的化身,怎么可能会哭呢?难不成魔鬼受到了上帝的感化,要把自己放回去?

"先生,放我回去吧,我会给您很多很多钱。"

想到这里,阿沙力大声地哀求起来,当他看到彭飞走进船舱,更是激动得浑身发抖,正想接着说的时候,彭飞一脚踢在了他头上。

"难道我要死了?"阿沙力脑海里只来得及想了一个念头,人就晕了过去。

有了庄睿的消息,彭飞哪儿有心思和阿沙力磨叽啊,当下找出鲜肉喂给金羽,让金羽在天上带路。

从庄睿的留言看,自己的分析没错,果然被困在孤岛上了,想着马上就能见到庄睿,彭飞兴奋得不能自已。

"对了,怎么把这事给忘了。"

操舵跟在金羽后面的彭飞突然狠狠地拍了下脑袋,拿出卫星电话拨给了欧阳磊。

"你……你说的是真的?"

坐在椅子上的欧阳磊听了彭飞的话后,猛地站了起来,将身后的椅子带倒在地都不知道,脸上满是惊愕和欣喜。

这段时间欧阳磊的日子也不怎么好过,由于上次大规模调动援救船给人留了一些口实,加上老爷子听到庄睿失踪的消息后,精神一天比一天差。

欧阳老爷子的健康就是整个欧阳家族的风向标,老爷子身体不佳,欧阳家人人心里都七上八下的,连过年都没心思了。

现在庄睿的消息传来,对于欧阳磊而言不亚于一剂兴奋剂,相信老爷子听到这个消息,一定会很高兴的。

"报告首长,千真万确,庄哥的字体我认识。"彭飞在电话一端大声地说道。

"好,你马上去把庄睿接回来,需要什么援助,向停留在公海的船队要。记住,一定要确保庄睿安全回家。"

欧阳磊拿着电话的手都有点颤抖,对自家老爷子的身体情况,他隐约知道一点,好像和庄睿有关。

不过老爷子嘴太紧,偶尔一次说漏了嘴,任凭几个晚辈再怎么问,老爷子都没吐露过一个字。

"保证完成任务。"

彭飞知道,由于各国海防线的原因,救援船进入各国海域会受到诸多限制,与其让他们前往救援,还不如自己开着豪华游艇去呢。

再说这游艇的航速可以达到每小时五十节,算非常快了,这要是在陆地上,相当于法拉利的速度了。

"小姑,我是小磊,睿弟的下落找到了,他没死!喂……喂?"

正帮孙子换尿布的欧阳婉接到侄子的电话后,整个人都呆住了,连话筒什么时候掉落在地都不知道。

"儿子没死,儿子没死!"

泪水模糊了欧阳婉的眼睛,压抑了两个多月的情绪终于爆发了,屋里响起了撕心裂肺的哭声。

躺在双人婴儿车里的两个小家伙不知道发生了什么事,瞪着溜圆的小眼睛,伸胳膊蹬腿的也跟着哭了起来。

"亲家,亲家,这是……怎么了?"

伺候女儿月子的方怡听到欧阳婉的哭声后马上赶了过来,她本以为是孩子出事了,看到两个小家伙完好无损地躺在车子里,这才松了一口气。

"找……找到小睿了。"

欧阳婉的话让方怡也愣住了,继而屋里又多出了一个哭声,把前院的张妈李嫂都引了过去。

不过张妈和李嫂发现,两人从房中出来的时候,脸上都带着笑容。

没过多久,躲回自己家的欧阳军也知道了,当下带着儿子媳妇赶到了庄睿的四合院。

远在彭城的庄敏接到欧阳婉的电话,也马上收拾行装和老公女儿连夜赶到北京。

孩子的嬉闹声,白狮的嘶吼声,大人们的聊天声,重新在四合院里响起。

四合院那种死气沉沉的气氛消失了,春天……到了。

"炮翻山,打马。"

玉泉山的小院里，欧阳老爷子正和宋老爷子下着象棋，围棋啥的欧阳罡不懂，只能在象棋上和老伙计较量一下。

对于庄睿的失踪，两个老人都唏嘘不已，他们倒不是为了自己，而是真心为庄睿感到难过，毕竟他们都已经到了这个岁数，庄睿再神奇，也只能让他们苟延残喘几年罢了。

"首长，副总长的电话。"

特护听到屋里电话响，接了之后拿到中院。

"什么？我知道了，带他回来，注意安全。"

老人面色平静地放下电话，随手拿起个车来，不管三七二十一地砸在对方的老将上，说道："将军！"

"哎，老家伙，你要赖啊！"

宋老爷子不答应了，有隔着三四个棋子就将军的吗？伸手要去抢欧阳罡手里的棋子。

"我就是耍赖怎样？我外孙要回来了！"

此时欧阳罡脸上才露出一丝欣喜，宋老爷子一愣，继而也微笑起来，说道："晚上喝两盅。"

两个老人又恢复了原样，继续下起棋来，他们都是从死人堆里爬出来的，这辈子见多了生死离别，能让老人说出这句话，已经殊为不易了。

"金羽，还有多远啊？"

接到庄睿的传信后，彭飞马上到中国救援船队驻扎的地点加满了燃油，补足了给养。

只是彭飞怎么都没想到，金羽这一带路，居然就在海上整整跑了半个月，横跨了整个印度洋来到了大西洋，而且还不知道要跑多远。

进入大西洋后，彭飞的补给也断了，不过他在船上放了足够行驶半个月的燃油和食物淡水，短时间内没什么问题。

但是彭飞心理压力大啊，现在，所有人都把找到庄睿的希望，寄托在他身上，家里的电话一天十几个，都在催问彭飞为什么还没找到庄睿。

这让彭飞苦不堪言，金羽带的路，他哪儿知道为什么啊？

按说庄睿是在印度洋失踪的，但是金羽一个劲往大西洋里飞，彭飞心里也惊疑不定了，那暴风雨能将庄睿吹几千海里？

所以虽然明知道金羽无法回答自己的问话，彭飞每天还是要问上几十遍，连船舱里的阿沙力都没心情去折磨了。

"嘎嘎。"

金羽这几天过得很舒服，基本都停留在游艇上，只有彭飞航线出了差错，它才会飞起来指引航线。

扭过头看了彭飞一眼，金羽没搭理他，用利喙从爪子下面的鱼身上撕下一块肉，仰头吞进喉咙里。

"得，你是大爷，我惹不起。"

彭飞说话间，卫星电话又响了起来，不外乎问庄睿找到没有，这些电话快把彭飞催疯了。

"嘎嘎！"

当彭飞应付电话一端七嘴八舌的问话时，金羽突然丢开爪子下面的鱼，振翅飞了起来，彭飞连忙挂断电话，跑到甲板上。

"金羽，回来！"

彭飞喊了一声，本以为是自己方向错了，却发现金羽压根就不搭理他，眨眼间就消失在视线中，不禁一震，连忙冲回了船舱。

再出来的时候，彭飞的手上多了个军用望远镜。

经过观察，彭飞发现，远处的海面上多出了许多礁石，他知道，自己进入礁石区了。

看着这些礁石的分布情况，彭飞很快做出判断，自己的游艇过不去。

"会不会已经到了？"

彭飞操纵游艇，缓缓地向礁石区靠近，距离礁石区还有十多海里的时候，彭飞发现，游艇的导航系统突然发生紊乱，卫星电话也拨打不出去了。

又拿起望远镜向前方看去，一座海岛隐隐约约出现在彭飞的视线中。

这个发现让彭飞兴奋起来，连忙将船停下。

抛锚之后，彭飞把挂在船舷一边的快艇解了下来，这是欧阳磊让船队借给彭飞的冲锋舟，航速可以达到六十节，持续航行八十公里。

庄睿百无聊赖地躺在沙滩上，手里不停地抛弄着一枚金币，克劳斯的藏宝，在最初的一个星期，就被庄睿全部转移到了沙滩上。

接下来的一个星期，庄睿就在焦灼中度过。

金羽一去不返，让庄睿心理压力非常大，为何过了半个月，依然不见救援队到来？

"嗷嗷！"

金刚从海里抓了一条大鱼，兴冲冲地跑到庄睿身边邀功，虽然金刚学会了烧烤，但是它不会引火啊,所以这活还要庄睿来做。

看着憨厚的金刚,庄睿心里也很难取舍,在海岛这两个多月,全靠有金刚相伴,庄睿才能支撑下来,如果救援队来了,庄睿真不知道是否应该带走金刚。

从个人感情上而言,庄睿当然想带金刚走了,但是金刚出去之后,是否能习惯人类社会,这才是庄睿为难的地方。

"哎,算了,到时候看金刚自己如何取舍吧。"

庄睿摇了摇头,金刚也是有灵智的动物,等自个儿离岛的时候,看它愿不愿意走了。

庄睿已经想好了,如果金刚愿意跟着自己回去,他就把欧阳军的会所买下来,家里的动物越来越多了,四合院已经不够住了。

没钱?开什么玩笑,庄睿现在就躺在金币上,他能拿金子砸得欧阳军把会所卖给他!

"嘎嘎!"

当庄睿懒洋洋地爬起来,准备去烧火烤鱼的时候,远处的天空中传来金雕的叫声。

"噢!噢噢!"

金刚看到前段时间飞走的老鹰又飞回来了,不禁捶胸嘶吼吓唬金羽,这家伙其实非常记仇,要不然也不会小时候被蝙蝠欺负了,之后每天都去那里骚扰一番了。

"金刚,别这样,你们应该是朋友。"

庄睿看着金刚的样子,笑着在他脖子上抓了抓,金刚像小孩子赌气一般,使劲甩了甩身上的毛发,溅了庄睿一身水。

安抚完金刚之后,庄睿举目向大海望去,让他失望的是,金羽身后的海面上没有任何船只。

"金羽,人呢?"

等到金羽降落在沙滩上,庄睿迫不及待地问道,脸上难掩失望的神色。

"嘎,嘎嘎!"

金羽一边叫着,一边扑棱着翅膀,只是庄睿实在没进修过鸟语,怎么都听不懂。

"妈的,怎么它懂我的话,我却不懂它们的话啊?"

庄睿有些郁闷,自己灵气的新功能能让动物听懂自己的意思,但是自己还是无法理解动物的语言。

看到庄睿着急,金羽突然振翅飞了起来。

彭飞驾驶着冲锋舟,小心地行驶在这块礁石海域,刚才海面下一块隐礁划在船底发出的声音让彭飞惊出了一身冷汗。

彭飞现在很庆幸自己听了庄睿的话,如果一开始就驾驶游艇进入礁石区,估计这会自己就算不死,估计也要陪着庄睿在海岛做几个月的野人,等金羽再次通知救援队到来了。

　　"嘎嘎!"

　　"哎,我说你这臭小子,抓我衣服干吗?"

　　驾驶着冲锋舟的彭飞,突然听见金羽的叫声,没等他抬起头,一阵狂风从身前扫过,差点儿没把他吹到海里去。

　　紧接着"咔嚓"一声,彭飞没有救生衣护着的衣袖被金羽一爪子抓破了,带着彭飞的衣袖,金羽又消失在远处。

　　"莫非……是给庄哥报信?"

　　彭飞明白过来了,当下加快了冲锋舟的前行速度,当然,也更加小心了,这个冲锋舟可是他和庄睿能否登上游艇的关键。

　　"嘎!"

　　金雕从天上俯冲而下,抬起爪子在庄睿面前摆了摆,顿时让庄睿眼睛一亮,衣料……那绝对是衣服上的衣料。

　　"好样的,金羽!"

　　庄睿兴奋起来,不住地在沙滩上来回走着,但是目光只有一个方向,那就是远方的海面。

　　"喔喔。"

　　单纯的金刚不知道发生了什么事情,但是它对庄睿不生火做饭,感到十分生气,马上跳到庄睿面前,挥舞着手臂叫了起来。

　　"得,还是先吃东西吧,反正不管谁来,哥们就招呼他吃一顿海岛大餐。"

　　庄睿自嘲地笑了一下,等了两个月了,难道还无法再坚持一会儿了?

　　引火烧烤,庄睿已经干得十分熟练了,过了半个小时,烤鱼的香味传了出来,看着金刚大口地吃着,庄睿却没什么胃口,眼睛始终盯着海面。

　　"突突……突突突。"

　　突然,一阵马达声传到庄睿的耳朵里,刚抓起烤鱼的庄睿,顿时将鱼一扔,整个身体都跳了起来。

第三十八章 孤岛重逢

海面上一个不大的快艇正冲着自己驶过来,庄睿可以清晰地看到,快艇上半弯着腰的彭飞,已是泪流满面。

庄睿自己何尝不是呢?眼泪无法控制地从脸颊滑落,但是他的脸上挂满了笑容。

两个月,整整两个多月了,在这荒无人烟的孤岛上,庄睿度过了六十多天,一千多个小时,现在,他终于可以回归到人类社会了!

"嗷!嗷嗷!"

金刚除了庄睿之外没见过人类,此刻它有些恐慌不安,向着远处驶来的快艇不住地吼叫。

"金刚,安静,那是朋友!"

庄睿用灵气把金刚安抚下来,大块头的视力很好,看看快艇上的彭飞,又扭头看看庄睿,似乎在寻找着两者的不同之处。

看着站在沙滩上的人影,彭飞使劲地甩了甩头,伸手擦去脸上的泪水,"高兴,一定要高兴。"彭飞在心中暗暗告诫自己。

冲锋舟靠近沙滩的时候,微微减速,直接从水中冲上了沙滩。

"哥……庄哥!"

彭飞眼中只有庄睿,就连那个浑身黑毛的大块头都被他忽略了,冲锋舟还没停稳,彭飞就跳了下来,连滚带爬地冲向庄睿。

"好兄弟,我就知道你会来。"

庄睿向前抢了一步,双手扶住了双膝跪在自己身前的彭飞。

看到彭飞清瘦的样子,庄睿不禁双眼含泪,他知道,自己在岛上这两个月,彭飞肯定也吃了不少苦头。

"兄弟,辛苦你了。"

看着彭飞衣服破处,原本强健的身体已然瘦骨嶙峋,庄睿的泪水终于流了下来,紧紧地将彭飞抱在怀里。

"哥,我不苦,你受苦了。"

彭飞抬起头,看见庄睿腰间的羊皮,头上的帽子和脚上不伦不类的鞋子,眼泪盈眶而出。

彭飞怎么都无法想象,在家里一直都养尊处优的庄哥,居然变得像个野人一般,庄睿这两个月是怎么过来的可想而知。

两个七尺男儿,此刻都没吝啬自己的泪水,任凭眼泪从脸上滑落。

他们的情绪也感染了金刚,这个只在祖先墓穴旁流过眼泪的大块头居然在一边嚎啕大哭起来。

金刚来了这么一出,倒是惊醒了沉浸在重聚激动中的庄睿和彭飞。

"这……这是。"

彭飞此时才看到一旁的金刚,不禁吓了一大跳。

金刚即使坐在地上,身高都几乎赶上彭飞了,金刚的大眼睛翻鼻孔,长的的确不怎么俊俏,胆子稍微小点的人,要是夜里见到,说不定能给吓死。

"呃……这是金刚,是我的好兄弟,多亏有它陪着我。"

庄睿也不知道该如何介绍,好在彭飞见识过庄睿和动物沟通的本领,倒是没特别惊诧,不过对于金刚,彭飞还是充满了好奇。

金刚是小孩脾气,见到二人不哭了,自己马上也阴转晴,站起身来就要拥抱彭飞。

当金刚抱住彭飞咧着大嘴笑的时候,就是彭飞这大胆儿也被吓得心脏"嘭嘭"直跳。

不过和彭飞亲热完,金刚没享受到灵气奖励,有些生气,看得庄睿笑了起来,连忙拍拍金刚的肩膀,用灵气奖励了一下大块头。

"好了,金刚,去和金羽玩。"

庄睿打发走金刚后,看向彭飞,问道:"彭飞,你们来了多少人?"

"就我一个啊,庄哥,首长在你失踪的海域搜寻了好久,都没找到你,后来……"

彭飞把庄睿失踪后的事原原本本地说了一遍,庄睿这才知道,自己居然距离失踪地点远达好几千里,他也终于明白了为何救援队始终找不到自个儿。

"彭飞,来,给你看样东西。"

庄睿拉着彭飞走到靠近椰林的沙滩上,在沙子上踢了一脚。

"这……我靠,这是金子?"

看着从沙中露出的黄金币,彭飞有点儿傻眼,这哥哥的运气也太逆天了吧？在这鸟不下蛋的荒岛上,居然也能找到黄金!

"是金币,抓紧干活吧,把这些黄金都带到船上去。"

庄睿已经迫不及待地拨开沙子,一趟趟地运了起来,没条件就算了,现在有条件,庄睿自然不可能把克劳斯的宝藏留给别人。

一边搬着黄金,庄睿一边和彭飞聊起自己这两个多月的经历,听得彭飞一会儿叹息一会儿叫好,直嚷嚷自己没能和庄睿一起在这里探险太亏了。

当冲锋舟上装了一百多公斤金币后,彭飞神秘兮兮地对庄睿说道:"庄哥,回头我送您个礼物。"

"礼物？什么礼物？"

庄睿些奇怪地问道,不过手上没停,招呼彭飞一起把冲锋舟推到大海里,整整装了一百多公斤黄金,如果不是庄睿力气大涨,就凭他们两个人,还真推不动。

"庄哥,您是怎么落到这岛上的啊？"

找到庄睿之后,彭飞心情放松下来,那张嘴又贫了起来。

"我怎么知道,被大风吹得晕头转向,就到这里了。"

庄睿被问得莫名其妙,不过马上就反应过来,一双眸子露出寒光,说道:"你指的是……阿沙力?！"

"对。"

彭飞重重地点了点头,道:"一个月前我就抓住他了,现在就在礁石区外面的船上。"

"妈的,老子要让他后悔生到这世上!"

要说庄睿这辈子最恨什么人,阿沙力绝对排在第一位。

仅仅因为自己不配合他的嚣张,就在飞机上安放炸弹,使自己差点没命回去见母亲妻儿,庄睿在海岛上这两个月,每每想到阿沙力都恨得牙根发痒。

"上船!"

由于克劳斯的宝藏太多,起码要来回个五六趟才能转运到游艇上,本来不打算现在就过去的庄睿,听到阿沙力居然就在外面,第一个跳到了船上。

彭飞嘿嘿笑了一下,说道:"庄哥,我已经剐了那小子两百多刀了,回头咱们一路调教着,最后再让他喂鲨鱼。"

"那都便宜他了。"庄睿冷声道。他从来没这么恨过一个人,这两个月除了思念亲人之外,阿沙力也是他最想念的人之一。

"嗷！嗷嗷！"

突然，身后传来金刚的嘶吼声，这家伙听到快艇的声音后，从树林里跑了出来，发现庄睿居然要离开，连滚带爬地冲入大海。

"金刚，回去，我一会儿就回来。"

看到金刚的动作，庄睿心里一阵温馨，他是真的把金刚当成兄弟了，要是没有它，庄睿不知道自己能否在这个海岛上坚持两个月，更不用提克劳斯的海盗宝藏了。

听到庄睿的话后，金刚才安静下来，一张丑脸上顿时露出了笑容，以它比较单纯的智商，是不会怀疑庄睿骗它的。

"让开，我来驾驶。"

庄睿急于见到阿沙力那个人渣，问彭飞要过快艇的方向盘，以他灵气的感应范围，可以将快艇提高到最大时速而不触到海底的隐礁。

五六十海里的距离，庄睿用了大半个小时就跑到了，看到承载着回家希望的豪华游艇，庄睿不禁激动起来。

上到游艇上，庄睿看见了被渔网捆成一团的阿沙力，这家伙居然睡得那么香，快艇马达发出的轰鸣声都没把他吵醒。

"阿沙力，还认识我吧？"

庄睿一脚踢在阿沙力大腿根和小腹的结合处，睡梦中的阿沙力惨嚎一声，身体像烤熟的龙虾一般蜷缩起来。

"中……中国人，杀了我吧！"

阿沙力从剧痛中醒来后，见到中国魔鬼旁边又站了一个黑乎乎的人，以为又来了一个魔鬼，此时他，只求速死，连拿钱买命的话都不说了。

"你……一定会死，但不是现在。"

庄睿发现自己无论在阿沙力身上干出什么惨绝人寰的事，都不会存在心理负担，他甚至邪恶地想到，要不要金刚给他……呃，那绝对是对金刚的侮辱。

又狠狠地踢了阿沙力一脚后，庄睿没再搭理这家伙，而是和彭飞忙着把快艇上的金币装进麻袋里，然后用绞盘将麻袋运上游艇。

这艘豪华游艇分为三层，甲板下面还有一层休息的地方，并且还有一间不大的密室，是放置枪支用的，此时黄金就被庄睿放在了这里面。

放好金币后，彭飞看着庄睿，说道："哥，要不然把这家伙扔到荒岛上去吧？"

"行，带过去。"

庄睿看了看天色，点头同意了。这会儿已经是下午了，估计今天无法离开荒岛了，干脆把阿沙力带到岛上折腾他一下,两个月的荒岛生活,让庄睿的心肠硬了很多。

"嗷……嗷嗷!"

见到庄睿回来,金刚高兴地捶起胸口,上前死死地抱住庄睿。

这哥们很淳朴也很现实,庄睿要是离开了,它就没有烤熟的肉吃了,对于已经吃了两个月熟食的金刚而言,这是一件很难忍受的事情。

"好了,金刚,这个家伙是坏蛋,随你怎么玩吧。"

庄睿单手将阿沙力扔到金刚面前,被冲锋舟颠簸得浑浑噩噩的阿沙力一张开眼睛,发现面前出现了一个怪物。

"啊……啊,杀了我,杀了我吧!"

阿沙力那脆弱的神经实在受不了这种刺激了,惨嚎声连连,几乎崩溃了,他心中那个后悔啊,要是从头再来一次,阿沙力绝对不敢招惹庄睿了。

"啪!"

听庄睿说是坏蛋,金刚不客气地一巴掌拍了上去,阿沙力的身体顿时飞了起来,划出一道抛物线,落入海水中。

"慢慢玩,别玩死了啊。"

庄睿没空管阿沙力,还有很多金币和珠宝要运送,他和彭飞忙碌起来,不停地将金币和首饰运到游艇上。

从荒岛到游艇来回跑了四趟之后,天色终于暗了下来,海岛上的宝藏还要一趟才能运完,庄睿决定明天早上运完之后,直接离开荒岛。

虽然庄睿知道这附近海域一百多公里内没有轮船经过,但是彭飞怕出事,还是留守在轮船上,庄睿自己回到孤岛。

"啊……啊!"

距离孤岛还有几百米,庄睿就看到沙滩边亮起一摊火光,正是自己中午烧烤的地方,一声声惨叫也传入耳中。

"我靠!"

距离近了,庄睿被自己看到的场面吓了一跳。

原来金刚找了一个巨大的树干,把阿沙力整个人都放在火上烤了起来,可能刚开始不久,阿沙力还没断气,口中不住地发出凄厉的惨叫声。

"金刚,拿开他!"

虽然恨极了阿沙力,但是看到阿沙力被火烤得腿部焦黑的样子,庄睿还是毛骨悚然。

想到金刚想以他为食,庄睿心里就不舒服,吃肉可以,但是绝对不能吃人肉,这是庄睿的底线。

"嗷嗷!"

还别说,金刚还真是想吃肉,在它眼里就没有什么不能吃的,更何况是庄睿说的坏蛋了。

不过庄睿吩咐了,金刚还是很听话的,随手抓住木头,连人带木头都远远地扔了出去,刚好落在海水里,火与水交合后,发出一阵"滋滋"的声音。

等庄睿把阿沙力拉回沙滩上后,这家伙已经是出气多,进气少了,眼看活不成了。

"杀……杀了我吧!"

阿沙力看到眼前的庄睿,费劲地从喉咙里挤出这么几个字。

"好!"

庄睿点了点头,回去拿了一把斧头过来,两个月的荒岛生活,让庄睿再也不会有妇人之仁了。

不过庄睿还是没能手刃阿沙力,因为当他回到阿沙力身边时,受尽摧残的阿沙力已经咽下了最后一口气。

"早知如此,何必当初呢。"

人死仇消,庄睿在阿沙力的尸体旁站了很久,最后摇了摇头,在沙滩上挖了一个深坑,把阿沙力埋了进去。

"嗷嗷!"

金刚看到庄睿的举动后,在他旁边拍着胸口跳了起来,金刚很不理解,为什么不把那个家伙吃掉呢?

"金刚,记住,人,就是你和我这样的人,是不能吃的,饿死也不能吃。"

庄睿拍了拍金刚的肩膀,费力地把这个金刚无法理解的意思表达给它,金刚的大脑袋直点,也不知道听懂了多少。

"金刚,明天我要离开了,再也不回来了,你跟不跟我走?"庄睿重新给金刚烤了鱼,吃完后,庄睿在金刚心里表达出自己的意思。

"嗷! 嗷嗷!"

听到庄睿的话后,金刚突然变得暴躁起来,围着篝火满地转悠,最后干脆撒丫子往树林里跑去,连庄睿喊它也不搭理。

庄睿没想到金刚会是这种反应,不禁有些失望,相处了两个多月,庄睿真有点儿舍不得离开金刚。

第三十八章 孤岛重逢

加上这个荒岛上只有金刚一个开启了灵智的生物,等自己走后,金刚一定会非常寂寞的。

"算了,尊重它的选择吧。"

庄睿无奈地摇了摇头,躺在沙滩上看着满天星光,沉沉地睡了过去,这也是他在荒岛的最后一个夜晚了。

"金刚,金刚!"

第二天醒来后,庄睿第一件事就是看金刚回来没有,让他失望的是,从地上的痕迹来看,金刚一夜都没回到这里。

克劳斯最后的宝藏还有那个鹿皮箱子都被庄睿运到了冲锋舟里,庄睿把冲锋舟推进大海之后,拉开马达的时候,不禁看向身后的岛屿。

"别了,金刚!"

隆隆的马达声响起,快艇破开海面,划出一条白色的痕迹。

第三十九章 盗走海盗宝藏

"自己走了,金刚会不会感到寂寞?"

想起这两个月来在孤岛上和金刚相处的日子,庄睿心中有一丝不舍。

虽然自然界讲究物竞天择,人为地干涉并不好,但是在这个荒岛上,只有金刚一个大猩猩了,加上庄睿的到来改变了金刚的生活方式。

从内心深处讲,庄睿很想把金刚带回去,即使以后把金刚放回非洲丛林,也比它孤单一个留在荒岛上强得多。

金刚可是有智慧的灵长类动物,智商就像一个孩子,思维极其单纯,也不知道它能不能忍受孤岛的寂寞。

如果这个荒岛要是有猩猩群体存在的话,庄睿都不会有带走它的想法。

"算了,这是金刚自己的选择。"

庄睿摇了摇头,把注意力放到海面下的隐礁上,不过还是禁不住扭头向身后望去,这座孤岛将会带给他这一生最难忘的回忆!

"嗷! 嗷嗷!"

就在庄睿回头的瞬间,一个身影从椰树林里狂奔而出,不断捶胸嘶吼着,就连快艇上那大马力马达发出的轰鸣声也压不住金刚的怒吼声。

"金刚!"

庄睿愣住了,伸手关掉冲锋舟的马达,望向站在距离自己两百多米远的金刚。

同样,金刚也在看着庄睿,它出生在这座荒岛上,除了父母死的时候,金刚感到极大的悲痛,平时都过得无忧无虑,生活得十分快乐。

但是经过这两个月和庄睿的相处,金刚已经把庄睿当成亲人了,眼下庄睿要离开,让金刚非常舍不得,它知道,自己要做出取舍了。

跟着庄睿走,很可能一辈子再也无法回来了,留在这里,以后就再也无法见到庄睿了，金刚的心情十分矛盾，所以昨天回到祖先的墓穴旁，整整呆了一夜。

"金刚，跟我走吧。"

看到金刚站在沙滩上孤寂的身影，庄睿心里一阵难受，忍不住在金刚内心表达出自己的愿望。

"嗷！"

金刚听到庄睿的话后，憨厚的脸上流出一行泪水，回头深深地看了一眼自己出生长大的地方，突然手脚并用，冲向了大海。

"金刚，好兄弟，以后我一定去原始森林给你找个伴。"

把金刚拉上冲锋舟后，庄睿狠狠地拥抱了一下这个大个子，重新发动了马达。

金刚上来后，快艇吃水明显深了许多，速度也降了下来。

这冲锋舟最大只能承载六个人，船上现在有黄金锚和庄睿，再加上金刚，没沉水里就不错了。

对快艇的好奇和未来的未知，让金刚很快就忘掉了离开荒岛的悲痛，活跃起来。

登上游艇之后，金刚更是好奇地跟着金雕上蹿下跳，不时秀下肌肉的动作让彭飞都忍俊不禁。

"庄哥，这东西不会是铁皮镀了一层金吧？"

看到庄睿最后一趟运上船的，居然是一根船锚和一个不大的箱子，看着金光闪闪的船锚，彭飞心里有点儿犯嘀咕，这要是黄金做的，还不要好几百斤？庄睿根本拿不动嘛。

"你试试就知道了。"庄睿笑了笑。

彭飞闻言有些不服气，上去拎着黄金锁链，用力往上一提，黄金锚纹丝不动，再一用力，铁链发出"哗哗"的响声，而黄金锚只略略移动了一点儿。

"我靠，是真的啊？"

彭飞怪叫一声，见鬼似的看向庄睿，看庄睿刚才的动作，拎这玩意儿像拿玩具似的，那要多大的臂力啊？

"别看我，是你自己没用，金刚都能拿得起来。"

庄睿这事还真没法解释，干脆就不说了，而金刚听到庄睿的话后，窜过来一把抓起了黄金锚，示威似的冲彭飞撇了撇嘴。

"两个怪胎！"

被一畜生鄙视了，彭飞顿时臊得满脸通红，厚着脸皮说道："哥，您在岛上不会得了什么武功秘籍，然后功力大进吧？"

彭飞常常在庄睿面前自诩博览群书，当然，他看的都是武侠小说，这会儿脑子里不禁充满了幻想，话说梁羽生笔下的金世遗不就是在蛇岛获得奇遇了吗？

"滚一边去，哥哥这是锻炼出来的，快点开船。"

庄睿转移了话题，拉着彭飞一起走回驾驶室。

他现在也知道在这孤岛一百多海里范围内没有电子信号，所以急着驶出这个范围，给家里打个电话。

按下熟悉的号码，庄睿手指有点发抖。

"喂，小彭啊，怎么回事？昨天就打不通你电话了，找到小睿了吗？"

母亲的声音从电话一端传出，让庄睿顿时热泪盈眶，颤声说道："妈，我是小睿。"

庄睿的声音传出后，电话那端顿时静了下来，过了好一会儿，欧阳婉带着哭声传了过来："小……小睿，你……你没事了吗？快点回家，妈想你，我们都想你。"

"妈，我没事，让大家担心了。"

庄睿的眼泪也忍不住流了下来，人只有在失去一些东西之后，才能体会到那些东西的价值，才会更加珍惜和拥有。

庄睿就是如此，在荒岛上生活两个多月，让他以为今生再也无法见到亲人了，庄睿反思了自己以前做过的事，最终得出结论，自己对家庭的付出和关心，还是太少了。

这个电话足足打了一个多小时，其中有半个小时被秦萱冰责怪，怪他儿女出生都不在身边，庄睿听到这话后，倒是松了一口气，看来媳妇还不知道自己出的这些事情，否则电话里肯定不是这语气了。

留在庄府四合院的人几乎都和庄睿说了几句，就连那两个还不会说话的小家伙，都对着电话依依呀呀了几声，让庄睿心头一阵温馨，恨不得插上翅膀马上飞回家里。

挂断电话后，欧阳磊的电话马上打了进来，他告知庄睿，已经给他安排了飞机，回到中国后，就会有飞机将他接回来。

庄睿没有拒绝欧阳磊的好意，毕竟金刚这家伙远比白狮惊世骇俗。

看到在船上乱窜的金刚，庄睿想了一下，又拨通了欧阳军的电话。

"怎么了？刚刚挂断电话又想四哥了？"

在庄睿这辈人里，欧阳军和他走的最近，先前以为庄睿遇难了，这两个多月欧阳军都不怎么开心，现在知道庄睿没事，他比谁都高兴。

"四哥，咱们商量件事，您看成不？"庄睿的话声传出。

"什么事？"欧阳军提高了警惕，每次庄睿说这话，他好像都要吃亏。

"您那京郊会所，不是打算关了吗？转让给我吧，我修建个私人度假村。"

原本没有金刚，庄睿的四合院堪堪够住，但是多了这个大家伙，四合院就不合适了，要是被人看见,还以为自己家里养了个妖怪呢。

庄睿曾经想过买个小岛,将金刚安置在那儿,只是这样太不方便,而且也不是短时间内能办好的。

思来想去,也只有欧阳军的地方合适,到时候自己加高一下围墙,任凭金刚在里面怎么折腾,也惊扰不到外人。

"京郊会所?"

欧阳军闻言愣了一下,他现在转型做房地产了,的确想出手那里,不过他张嘴就是十个亿,吓跑了不少有意接手的人。

"老弟,那里给你不是不行,不过你也知道,哥哥我的资金都砸到房地产上了,前段时间你又抽出了股份,我现在没钱啊,你那侄子的奶粉钱。"

亲戚归亲戚,生意上欧阳四少是不肯吃亏的,谁让庄睿有钱啊。欧阳军要是不宰上一刀,那可是天理不容啊。

"得,这样吧,四哥,前段时间非洲那个项目,我给你百分之五的股份,这样总行了吧。"庄睿听欧阳军在电话里哭穷,有点哭笑不得。

钱到了他们现在这个程度,就是数字上的游戏了,一百和一百万区别或许很大,但是十亿和一百亿,基本上就是一个概念了。

"你说的是铀矿?"

欧阳军听了庄睿的话后,顿时打了个激灵,他心里很清楚,那是个下金蛋的生意,比房地产抢钱还快,只是资源矿产一向是宋家的传统生意,他还没那个胆子插手。

知道宋老爷子给了庄睿百分之十的股份后,当时可把欧阳军羡慕得不轻。

"对,就是铀矿,百分之五的股份,换你那个会所,干不干给个痛快话吧。"

别看庄睿当时只出了二十亿拿到百分之十的股份,但这里面可是有宋家的人情的,那可是数百亿的投资,百分之五在日后很可能会变成五十亿。

"干,当然干了。"

欧阳军又不傻,当下一口答应下来,别说是百分之五,就是百分之三他也同意啊。

"行,我回去就和您签股份转让协议。

不过四哥,在我回去之前,您要把那会所里的人都撤出来,只留安保人员,并且把会所的围墙给我加高两米。"

欧阳军没口子答应下来之后,庄睿长长地松了一口气,总算把金刚的问题解决了,看来日后不能再带动物回家了,否则真要变成动物园了。

后面几天的旅程,游艇上充满了笑声,有金雕和金刚这两个通灵的家伙在,做出的举动每每让人目瞪口呆。

学习模仿能力极强的金刚,现在则成了游艇的舵手,每天似模似样地待在驾驶室里开游艇。

庄睿也难得放松下来,在荒岛上的焦躁不安全部烟消云散,或许是因为这次收获了海盗宝藏,让庄睿对海洋深处的沉船产生了极大兴趣。

由于眼中灵气升级,这一路行来,庄睿发现了许许多多、各式各样的海底沉船,直接在庄睿眼中演绎了一次古代航海历史,尤其是那些沉船中尘封了千百年的物件,更让庄睿怦然心动。

大西洋里的沉船,有古代的木帆船,也有近代战争时被鱼雷炮弹击沉的各国商船和军舰,里面的东西种类繁多,从庄睿的角度看,具有极高的考古研究价值。

到了东南亚海域之后,沉没在海底的大多都是木质商船,里面不乏中国古代唐宋年间的商船,船里面有大批中国陶瓷器和古代波斯器皿,看得庄睿眼睛发热。

还有一艘沉船内装满了黄金,从船体上的太阳旗可以看出,这应该是日本从东南亚掠夺的财宝,不知道为何沉没在大海中。

看得见摸不着的感觉让庄睿十分难受,不过几个藏品十分丰富的沉船坐标,都被庄睿记了下来,等日后有机会,一定要让这些沉船重见天日。也可以考虑在国内开一家古代沉船博物馆。

当然,这些都是以后考虑的事,庄睿准备这几年哪里都不去了,好好在家陪陪妻儿亲人,这次的非洲之行差点造成天人两隔,让庄睿感触颇深。

经过半个月的航行,庄睿的船终于进入了中国海域欧阳磊安排了飞机在此等候庄睿。

金刚的出现让大家如临大敌,金刚乍然见到这么多人,也有些焦躁,在庄睿的百般安抚下,才平静下来。

"我靠!"

在一个偏僻的机场里,欧阳军见到从飞机上下来的金刚,吃惊地下巴差点没掉到胸口上,他现在算知道了,庄睿为什么让他开个大巴车来接人了。

"嚯嚯!"

从来没坐过飞机的金刚有些兴奋,从飞机上下来之后,见到庄睿和欧阳军拥抱了一下,金刚也有样学样,只是力气有些大,一把将欧阳军拉到了怀里。

"老……老弟,救……救命啊!"

欧阳军从小就在京城长大,即使在动物园里见过大猩猩,论起个头来也是金刚孙子辈的,当下吓得肝胆俱裂,有心大声喊叫,又怕刺激到金刚,只能眼巴巴地看着庄睿。

"鬼,鬼啊!"

站在欧阳军不远处的大巴车司机表现更加不堪,手忙脚乱连滚带爬地向大巴车跑去,上了车连头都不敢回,居然一溜烟开车跑掉了。

"靠,什么素质啊,四哥,你就找这样的人?"

庄睿见到开车的司机居然被吓跑了,也有点傻眼,自己怎么回去啊?

"老……老弟,你……你让它先放开我成不成? 我保证不跑。"

欧阳军见黑猩猩抱住他后,并没有进一步动作,虽然说话还是磕磕巴巴的,但是魂魄总算是回到了身体里。

"四哥,不都说咱们北京人好客嘛,拥抱一下怎么了。"

看到欧阳军吃瘪的样子,庄睿哈哈大笑起来,金刚不知道庄睿在笑什么,放开欧阳军也跟着傻笑起来,还不忘秀一下胳膊上的肌肉。

"这……这是什么妖孽啊?"

见到金刚那足以媲美世界健美冠军的二头肌,欧阳军彻底傻眼了,抬头看看蓝天,没错呀,自己没做梦,这还是朗朗乾坤啊。

欧阳军现在算是明白了,庄睿为什么要下他那会所,这长得有七八分像《西游记》里黑风怪的家伙,要是出现在北京街头,那不整个一现代版哥斯拉吗?

自己这老弟是能赚钱,可是也挺能折腾的,家里不仅养着两只藏獒,一只金雕,现在更是变本加厉,居然整个大猩猩回家,家里那一院子女人估计都要被吓够呛。

"别说金刚坏话啊,它可听得懂。"

庄睿笑着看了欧阳军一眼,接着说道:"要不然再让金刚跟你打个招呼?"

"别……千万别,你小子蔫坏。"

欧阳军吓得连连摆手,连退了好几步,直到现在他才有工夫仔细打量庄睿,道:"老弟,你怎么黑成这副模样了? 和这哥们有一拼啊。"

"整天晒太阳,能不黑吗,倒是让彭飞吃苦了,你看他瘦成什么样子了。"

庄睿有些感慨,自己失踪后,只有彭飞一直坚持搜寻自己,可能当时连欧阳军他们都放弃了,彭飞依然不离不弃。

欧阳军闻言这才看向彭飞,见到彭飞瘦骨嶙峋的样子,脸上也有些动容,走到彭飞身边,拍了拍彭飞的肩膀,说道:"小彭,以后咱们就是一家人了,往后你跟着庄睿叫我四哥吧。"

庄睿看到欧阳军的举动,暗暗点头,这个便宜表哥虽然纨绔习气重,架子有点儿大,但是非常会做人,骨子里也不失欧阳家族的血性。

庄睿接着欧阳军的话说道:"嗯,彭飞,你爸妈都不在了,回去你给我妈磕个头,认个干妈吧。"

以庄睿和彭飞的关系,和亲兄弟也差不多了,认了这个干亲,以后彭飞在家里也自在一些,庄睿可不想让彭飞一辈子背个保镖的身份。

"庄哥。"

彭飞对欧阳军的话无所谓,但是听到庄睿的话后,明显有些激动。

彭飞父母双亡,带着妹妹独自生活,对庄睿家里的气氛一直都很羡慕,加上欧阳婉待他和妹妹都很好,庄睿这个决定就是让他真正融入庄家。

在有些人心里,钱财什么的都很淡,只有亲情才是最重要的,彭飞就是如此。

"行了,我还当不起你哥啊?"

庄睿摆了摆手,打断了彭飞的话,转脸向欧阳军说道:"四哥,你在京城人面广,再叫辆加长悍马车来吧,记住让郝龙开过来,别又吓跑一个。

对了,另外再叫辆中巴车,我有些东西要运回去。"

以金刚那体型,除了大巴车外,也就悍马车能勉强将它塞进去。

庄睿现在已经在考虑,自己是不是应该买个加长悍马,毕竟家里这些动物们,个个都像吃了激素一般,就没一个体型小的。

"行,不过要等一会儿,中巴车就用机场的吧。"

欧阳军点了点头,刚才那司机让他丢了面子,当下拿出电话联系起来,不一会儿,一辆中巴车停在飞机旁边。

虽然驾驶员看着金刚也是心里直发憷,不过好歹胆子要大点,看见金刚老老实实的样子,慢慢好奇多过了惧怕。

金刚也非常给面子,见人就秀肌肉,那模样实在惹人发笑,只要第一眼没被吓跑,都不会怕这个大家伙。

"金刚,来,帮忙,把东西放车上去。"

庄睿让金刚试了一下,中巴车的车门太窄,金刚上不去,还是要等悍马车来才行,不过从孤岛上得到的宝藏,却可以先搬上车。

"你不是被冲到荒岛上去了吗? 还有什么东西啊?"

欧阳军有些好奇,跟在庄睿身后,进入货舱一看,地上扔着七八个麻袋,还有一个金光闪闪的物件。

"老弟,这……这里面都是什么啊? 这个难道是黄金打制的?"

285

欧阳军看着那个黄金锚,试着用手拎了一下,纹丝不动,心中骇然。

"全是黄金和珠宝,在海外挖了个海盗的宝藏。"

庄睿没隐瞒,黄金锚和水晶骷髅还有黄金面具这三样,他准备安置在自己的定光博物馆里。

至于那些金币和珠宝,也会选择性地拿出来一些,不过那三颗夜明珠,庄睿已经决定了,只能摆在自己家里。

"你……我……靠,你小子怎么就这么好运气啊?"

欧阳军听了庄睿的话后,一张老脸憋得通红,已经语无伦次了,从认识庄睿以来,他好像就没吃过亏,这唯一的一次倒霉,居然还顺手捞了个海盗宝藏!

虽然不知道这批宝藏价值几何,但如果真如庄睿所说,那根船锚是黄金打制的,其价值根本就无法估量。

"你也想?"

庄睿撇了欧阳军一眼,说道:"这好办,回头找个无人岛,把您扔上面去,指不定您也能挖个海盗藏宝呢。"

庄睿笑着打趣了欧阳军一句,拎着两个麻袋拿到了大巴车上。

金刚也一个巴掌拿了一个麻袋,可怜欧阳军同志费尽了九牛二虎之力,只把一个麻袋拉出机舱,再也没有力气抬到车上去了,还是庄睿搭了把手扔到了车子上。

欧阳军看着那叫一个眼馋,追在后面说道:"不行,回去哥哥我要挑几件好东西。"

"行,除了箱子里的东西,其它的随便你挑。"

庄睿无所谓地点了点头,这几个月让亲人们跟着担惊受怕,拿出点东西算什么。

七八袋金币珠宝和一个黄金锚,就将中巴车塞得差不多满了,至于鹿皮箱子,则被庄睿拿在手上,别看那一车宝贝不少,真论起价值来,这个箱子里的东西,才是真正的值钱货。

等了大概四十分钟,欧阳军叫的悍马车终于到了,和机场一番交涉后,车子直接开到飞机旁,当然,刚见到金刚的郝龙也被吓得不轻。

由于车内空间太矮,勉强把金刚塞进去后,那哥们只能四仰八叉地半躺在里面,根本无法坐直,庄睿安抚了金刚一番,亲自开车向四合院驶去。

由于众人都不知道金刚这茬,所以都在四合院等着庄睿,庄睿也没办法,只能让金刚在四合院住上几天,然后再转移到京郊。

好在可以直接把两辆车都开进车库,倒是没惊扰街坊邻居,否则的话,庄家大院出妖怪的传闻,估计立马能传遍整个四九城。

第四十章 | 劫后团聚

"金刚，等下别乱抱人啊。"

庄睿特别嘱咐了金刚几句，这一院子基本上都是女人，吓着谁庄睿都吃不了兜着走。

"喔喔！"被关在放下了卷帘门的车库里，金刚感觉有些压抑。

俗话说近乡情怯，离开这里近三个月了，里面有自己的亲人，更有那没见过面的儿女，庄睿心里居然有些紧张。

随着指纹门打开，庄睿看到，欧阳婉站在最前面，后面站着一群人，都双眼充满希冀地看着刚刚打开的大门。

不过白狮有点儿焦躁，看到庄睿并没有扑过去，喉间不断发出"呜咽"声，它已经发现了庄睿身后的金刚。

"妈，我回来了，让您老担心了！"

看到两个月没见似乎衰老了十几岁的母亲，两鬓之间多了许多白发，庄睿的泪水忍不住流了下来，男儿有泪不轻弹，只是未到伤心时，在母亲面前流泪，不丢人。

欧阳婉的眼睛也湿润了，老人最怕的就是白发人送黑发人，儿子失踪这几个月，真让她度日如年，如果不是儿媳肚子里的希望，她真不知道自己是否能支撑下来。

"庄睿，你……你还知道回来！"

没等母子二人相叙，秦萱冰一脸不高兴地走了过来，虽然是自己老爸把庄睿派出去的，但是他也太不像话了，即使孩子出生那天，都没有一个电话打回来。

"萱冰，对……对不起。"

庄睿突然想起媳妇还不知道自己飞机失事流落荒岛的事情呢，连忙擦了擦眼泪，控制住情绪。

"你这人，都这么大了，说你几句怎么还哭了？"

秦萱冰看到庄睿的样子，不禁大为心疼，这晒的像黑炭似的男人，还是自个儿老公吗？

看着生完孩子，身体十分丰腴的秦萱冰，庄睿伸出手，说道："没事，我是高兴的，媳妇儿，来，抱抱。"

"才不呢，你还没说为什么不打电话回来呢。"

秦萱冰脸皮薄，被庄睿说得俏脸通红，一把打开了庄睿伸过来的手。

"好了，好了，小睿又是轮船又是飞机的，也累了，先去看看自己的孩子，然后洗个澡休息一下，有什么事晚上吃饭的时候再说。"

方怡见女儿责怪女婿，连忙出来打起了圆场，这事要是论起来，都是他们秦家不对，如果不让庄睿去南非代购钻石，就不会有那么多事情发生了。

"咦，小睿，你干吗站在门口不进来？"方怡见自己说完话，庄睿还是站着不动，不由有些奇怪。

庄睿之所以一直挡在门口没进去，是怕金刚吓着众人，见丈母娘开口问了，连忙说道："那……那啥，我还带了个伙伴回来，是个大猩猩，大……大家不要害怕啊。白狮，不要那样，是朋友，不是敌人。"

看到白狮呲牙咧嘴的，庄睿连忙训斥了一句，然后从车库里走了出来。

"啊?!"

站在后院的人突然见到庄睿背后站出来一个黑乎乎的大家伙，顿时眼睛都直了，一个个花容失色，没尖叫出来就算不错了。

"嚯……嚯嚯。"

金刚的性子很活泼，见人都是自来熟，出来之后就按照庄睿教的，先两手抱拳给众人行了个礼，然后又习惯性地玩起了招牌动作，手臂一弯，秀起了二头肌。

还好，金刚被庄睿警告过后，没敢上前去拥抱院子里的人，要不然它表现得再可爱，也能将人吓得魂飞魄散。

还别说，金刚滑稽的动作一下子就消除了众人心里的恐惧，不过谁都不敢靠近金刚，只有白狮高昂着头，走到金刚身边，用鼻子在它身上嗅了嗅。

"舅舅，它咬人吗？"

一个稚嫩的声音响了起来，小囡囡咬着手指看着金刚，想上前又不敢，小模样很可爱。

"不咬人，金刚是好孩子，对不对，金刚？"

庄睿回头摸了摸金刚的脖子，这家伙块头太大，想摸头有点儿难度。

庄睿走到囡囡身边，把她抱起来，然后放到金刚的肩膀上，小家伙虽然吓得脸色煞白，不过倒是没哭出来，被金刚背着走了几圈之后，居然大喊大叫地和金刚玩了起来。

"囡囡，下来，你这死丫头，胆子怎么那么大啊？"

庄敏关心女儿,她不敢去拉金刚,一把拉住了庄睿,问道:"小睿,这……行吗?"

"没事,姐,金刚不会伤人的,让囡囡和它玩吧。"

庄睿笑着安慰了老姐一句,他知道金刚虽然脾气有点暴躁,不过做事非常细心,对自己的话从来没违背过。

"老弟,你牛逼啊,哥们儿玩藏獒,你玩老鹰,现在居然连大猩猩都带回家了。"

刘川狠狠地给了庄睿一拳,然后和庄睿拥抱了一下。

"得了吧,对了,你那小子长的怎么样? 只要不是歪瓜裂枣,咱们结个娃娃亲怎么样?"

"你……你孩子才是,呸,庄睿,你给我道歉,谁孩子是歪瓜裂枣啊?"

庄睿回了刘川一拳,在海上经历了九死一生,见到好兄弟,他也有点儿激动,说话有点儿语无伦次,全然没看到雷蕾正在一旁瞪着自己。

"呃……那啥,对不住,雷大小姐,我失言了。"

庄睿连连作揖,引得院子里笑声一片,这当中自然包括金刚的傻笑了,这哥们一手扶着肩膀上的囡囡,另外一只手还不忘给处秀肌肉。

虽然很想先去看看自己的孩子,不过庄睿还是先带着金刚把四合院走了一圈,反复交代金刚,绝对不可以出这个院子。

金刚很懂事地点了点头,坐在院子里和囡囡还有丫丫玩了起来,虽然它对欧阳军摇篮车里的孩子更感兴趣,不过被大明星死命护着,金刚找不到机会去抱。

彭飞这会儿也进到院子里,看着他消瘦的样子,众人都感觉有些难过,张倩更是哭了起来,沉寂已久的四合院,因为庄睿的回归,重新变得热闹起来。

"这……这是咱们的孩子?"

庄睿后院的房间里,只剩下秦萱冰和他两个人,看着并排躺在床上伸胳膊蹬腿的两个小家伙,庄睿说话都颤抖起来,一种血脉相连的感觉从心头涌起。

"废话,不是咱们的,还是……"

秦萱冰没好气地白了老公一眼,她感觉今儿气氛有点不对,像是发生了什么事自己却不知道似的。

"我……我能抱抱吗?"

庄睿伸出手去,但是看到两个小家伙吹弹可破的皮肤,马上缩了回来,把手在衣服上使劲地擦了起来。

"你这当爸爸的,抱下孩子怕什么……"秦萱冰说道。

"对,对……不怕,不怕,我怕什么,他(她)们都是我的孩子。"

庄睿弯下腰,小心翼翼地一手一个,将两个孩子抱了起来,泪水顿时模糊了他的眼睛。

血脉之间的天性,让两个孩子对庄睿没有陌生感,居然"咯咯"地笑了起来,在这一刻,庄睿心中充满了幸福。

俗话说不孝有三无后为大,庄睿骨子里还是个很传统的人,现在儿女双全,庄睿心中那种兴奋是无法言喻的。

小心翼翼地将两个孩子放回床上,庄睿眼中溢出一丝灵气,分别渗入两个孩子的体内,原本伸胳膊蹬腿玩得正欢的小家伙,舒服地眯起了眼睛,一会居然睡着了。

庄睿静静地看着两个孩子,和一般的龙凤胎不同,这两个孩子长得十分像,脸上的皱纹全都舒展开了,眉眼像庄睿,脸型有点儿像秦萱冰,睡觉的时候还不断地咂巴着嘴,粉嘟嘟的十分可爱。

庄睿看得痴了,眼睛一动不动地停留在两个小家伙身上,他愿意这样看上一辈子,见证儿女的成长。

"咦? 怎么睡了? 这两个小家伙闹死人了,每天就没一会儿安静的时候。"

秦萱冰奶水不够,这一个多月来,都是母乳和奶粉相结合喂养孩子的,刚才她出去冲奶粉了,没想到一进屋,两个孩子都睡了。

虽然嘴里责怪着孩子,不过秦萱冰眼中流露出的满是溺爱,小心地在他们身上盖了一层被子。

"萱冰,辛苦你了。"

看着体型丰腴的妻子,庄睿忍不住伸出手将秦萱冰搂了过来,把头埋在秦萱冰的胸口处,深深地嗅了一口。

"好香!"

庄睿感觉秦萱冰生了孩子之后,胸前似乎更加伟大了,原本没有动那心思的,现在也有点儿抑制不住了,一双大手情不自禁地摸了上去。

"你……这里不行,还有孩子呢。"

被庄睿的手摸在身上,秦萱冰的身体也变得酥软了,不过看到床上的孩子,马上抓住了庄睿的手。

"那咱们去浴室,我还没洗澡呢。"

庄睿一把抱起了秦萱冰,向浴室走去,一时间,阵阵低沉的呻吟声从浴室里断断续续地传了出来……

春雨初歇后,秦萱冰满脸红晕地躺在庄睿胸口,看着睡在旁边的两个孩子,眼圈突然红了,说道:"庄睿,你这次出去是不是遇到了什么危险?妈她们都不告诉我。"

秦萱冰是多么冰雪聪明的人。她早就看出了端倪,只是为了肚子里的孩子,宁愿装迷糊而已,现在庄睿回到身边,这几个月来的委屈,顿时都化成了泪水。

"呀!不要,那是给孩子吃的。"

庄睿看到秦萱冰有些伤心,头一低大嘴一张,就咬在了她胸前,顿时让秦萱冰的身体颤抖了起来,没好气地推开了庄睿。

"嘿嘿,这个营养好。"

庄睿厚着脸皮笑了起来,想了一下,说道:"萱冰,这次出去,虽然很惊险,但是收获也很大。"

两口子过日子,总不能将这事隐瞒一辈子吧?庄睿想了一下,还是把事情原原本本地告诉了秦萱冰。

当然,像那些在海中遇险的事情,庄睿都是一句带过,只说自己流落在荒岛上,遇到金刚并且发现了十四世纪大海盗克劳斯的宝藏。

阿沙力的事情庄睿也没多提,虽然不是亲手杀掉阿沙力的,但那倒霉蛋却是被金刚给活活烧死的。

"庄睿,以后不要再出国了。"

虽然庄睿说的探险多过惊险,但还是听得秦萱冰花容失色,紧紧搂住庄睿,把头埋在庄睿的怀里。

"嗯,以后不出去了,在家好好过日子。"

荒岛上的生活让庄睿了解到什么叫寂寞,看着眼前的娇妻儿女,庄睿是真的不想再出去折腾了。

"对了,你给咱们的孩子起个名字吧,这都一个多月了,妈她们都是小子丫头地喊着,多不方便呀?"

秦萱冰突然想起这茬来,原本爷爷是要给孩子起两个名字的,不过在秦萱冰的坚持下,这个权利还是留给了庄睿。

"儿子叫庄柏,《论语》中有这么一句话是:岁寒,然后知松柏之后凋也,希望咱们的儿子长大后,能像松柏一样坚强。

女儿就叫庄曼,希望这小丫头长大后,能和你一样漂亮。"

庄睿沉吟了一会儿,说出两个名字,这是他在心里想了很久的。

"庄柏、庄曼?好是挺好的,不过,还要起两个小名吧?"

秦萱冰在嘴里反复念叨着两个名字,点头同意了。

"小名？要不一个叫阿猫,一个叫阿狗。农村人都是这样喊的,名贱好养活嘛。"庄睿童心大起,和秦萱冰开起了玩笑。

"去你的,他们叫阿猫阿狗,那你又是什么?"秦萱冰没好气地在庄睿腰间掐了一把。

庄睿连忙开口求饶,说道:"这样吧,儿子小名叫方方,希望他能方方正正,女儿就叫圆圆,两个小家伙加起来就是方方圆圆,你看怎么样?"

"方方圆圆?好,我这就去告诉妈去,她们都急坏了。"

秦萱冰听了庄睿起的名字后,马上就要起身,被子从身上滑落,露出了曼妙的身体。

"不急,晚点再去。"

"哎,不行啊,孩子在旁边。"

"没事,他们都睡着了。"

两人说话的声音越来越小,随着低沉的喘息声响起,宽大的木床轻轻摇晃起来。

"老弟,这一屋子人都在等你,你倒好,睡了整整一下午。"

直到晚上六点多,庄睿才和秦萱冰抱着两个孩子来到中院,那些黄金珠宝都搬了进来,摆在中院正厢房的地上。

就是那根黄金锚,也被彭飞哄着金刚给拿了进来,没办法,这里除了金刚和庄睿,谁都拿不动啊。

"哦,我知道了,这是久别胜新婚啊。"

欧阳军眼睛一瞥,见到弟媳眉眼间的春情,作恍然大悟状。

"行了,不说话没人当你是哑巴。"

庄睿知道秦萱冰脸皮薄,连忙瞪了一眼欧阳军,把手中的儿子交给母亲,而秦萱冰则抱着女儿来到娘子军那堆儿,把庄睿起的名字告诉了她们。

"爸,您也来啦?"

庄睿一眼看到站在欧阳军身边的秦浩然,连忙上前招呼了一声,这次的事情也怨不得丈母爹,主要是阿沙力太嚣张。

"小睿,这……这事,是爸对不住你。"

秦浩然面色赧然,看庄睿晒得黑不溜秋的样子,知道女婿这次吃了不少苦头。

相对而言,秦氏珠宝倒是没什么损失,那箱钻石完好无损,从庄睿家里提取了指纹,将保险箱打开了。

"爸,这事就不提了,塞翁失马焉知非福啊,没有这趟经历,哪儿这些宝贝啊。"庄睿摆了摆手,把这事情揭过去了。

"咦？金刚,怎么打扮成这样了?"

庄睿突然看到金刚从门外晃悠进来,身上居然穿了一件军用大衣,本来挺大的衣服,穿在它身上就像马褂似的,有点儿滑稽。

"嚯嚯!"

金刚一下午没见到庄睿了,此刻见了庄睿马上兴奋起来,用手拉扯了一下庄睿的衣服,然后很显摆地抖了抖自己的马褂,一脸得意的样子。

"不错,不错,哈哈。"

见到金刚那得瑟劲儿,庄睿乐得哈哈大笑,他看明白金刚的意思了,那是在说别人有衣服穿,它也有,这家伙的模仿能力真的很强。

金刚见到一屋子人都在笑,也咧着大嘴憨厚地笑了起来,它对小孩子尤其感兴趣,见到庄睿那两个宝贝疙瘩后,马上窜了过去,把那张黑黝黝的脸凑到了方方眼前。

小家伙才一个月大,根本就不知道害怕,见到金刚,伸出小手就去抓金刚头上的毛发。

"金刚,不准生气。"

虽然知道金刚不会发火,庄睿还是吓了一大跳,连忙在金刚心里交代了一句。

"嚯嚯!"

金刚扭头对庄睿喊了一声,然后伸出两个蒲扇般的大手,要欧阳婉把襁褓中的孩子放到他手上。

"我来吧,金刚,要轻轻的,不准用力。"

别说欧阳婉不敢,就是庄睿都提心吊胆的,接过母亲手中的孩子,小心翼翼地放在金刚手心里。

看到庄睿满足了自己的愿望,金刚一张丑脸乐开了花,不过它这会儿可没兴奋地捶胸,而是轻轻地摇起了双臂,像个摇篮似的,逗得孩子直乐。

金刚的动作十分轻柔小心,看到手心里的孩子乐,居然嘟起嘴吹起了口哨,这也是跟庄睿学的。

"嘿,这大猩猩和人一样啊。"

"是啊,居然还会哄孩子。"

"你们哪知道,在国外,就有大猩猩当保姆,和孩子一起长大的。"

金刚的表现让众人大跌眼镜,它那小心翼翼的样子,给人一种安全感,就连心一直提着的庄睿也笑了起来。

第四十一章 认干儿子

"什么事？这么高兴啊？小睿怎么黑成这样了？"

一个洪亮的声音从屋外传来，厚厚的挡风帘被掀开，一身威武的军装的欧阳磊走进屋里。

"这……这就是你说的大猩猩？"

欧阳磊一进屋就被金刚给吓到了，右手向腰间摸去，只是今儿赴家宴，他没带枪，自然摸了个空。

庄睿之前跟欧阳磊说过这事，只是金刚这体型，实在让人心生恐惧，就是欧阳磊这位真正经历过战场的人，也看得心脏"嘭嘭"直跳。

看看晒得黝黑的庄睿，再看看那大猩猩，欧阳磊算是知道什么叫物以类聚了。

"哎呀！"

欧阳磊的妻子刚进屋，见到金刚更是失声尖叫起来，吓得庄睿连忙向金刚看去，他怕金刚受到惊扰，别把孩子扔了。

还好，金刚只歪头看了两人一眼，继续逗弄着手里的孩子，模样极其憨厚。

"大哥、大嫂，金刚很乖的，没事。"

庄睿招呼欧阳磊夫妻坐下，欧阳磊倒是蛮有兴趣地看着金刚，只是他媳妇被吓得不轻，坐的地方距离金刚足有十几米远。

"嚯嚯！"

听到庄睿提起自己，金刚冲着欧阳磊夫妻叫了两声。

欧阳磊眉头皱了一下，说道："小睿，你当时也没说是这种猩猩，把它留在这里，万一伤人怎么办啊？要不……送到动物园去？"

金刚这外型，实在很难让人放心，欧阳磊也是为庄睿考虑。

"大哥，没事的，金刚很通人性，而且我把四哥的会所要过来了，到时候让金刚住到那

294

边去。"

开什么玩笑,送动物园？那样庄睿就不把金刚带出来了,在庄睿心里,动物和人是平等的,家里这些动物都是庄睿的朋友。

"我说庄睿,敢情你要我那会所,就是为了安置这家伙啊?"

欧阳军听了庄睿的话后,插了一句,他本来以为庄睿是想在郊外搞个庄园,没想到是为了这头大猩猩。

为了一个动物,居然斥资数亿买下自己的会所,这手笔让欧阳四少咋舌之余也自叹不如。

"也不完全是,家里动物多了,四合院就显得小了点,你那场子够大,让它们折腾去呗。"

庄睿的想法是家人还住在这里,自己每天往会所那边跑一跑,金雕是肯定愿意过去的,至于白狮,就留在四合院里好了。

"行了,大哥到了,咱们先吃饭,吃完饭我还有东西送给大家呢。"

庄睿说完话,让金刚把孩子交给自己,金刚很听话,不过眼里有点儿不舍,看来这保姆当得还挺上瘾的。

走到餐厅,庄睿忽然想起一件事,转过头对秦萱冰说道:"对了,萱冰,你去把彭飞和张倩叫来,我有事交代。"

秦萱冰虽然不知道什么事,但是见庄睿郑重其事的样子,转身去前院喊人了。

"庄哥,找我什么事? 首长好!"

彭飞一进餐厅就见到穿着中将服的欧阳磊,条件反射地敬了一个礼。

"你现在不是军人了,不用行军礼。"

欧阳磊摆了摆手,他对彭飞很欣赏,在庄睿失踪这段时间,彭飞所表现出的那种坚韧顽强和不放弃的精神,让欧阳磊对他也另眼相看。

要不是彭飞现在跟着庄睿,欧阳磊都动了将他重新召回部队的念头。

"彭飞,休息得怎么样？ 你这身体,估计要几个月才能调养过来,这段时间换郝龙跟我吧,你好好在家休息,顺便把婚礼办了。"

庄睿招了招手,示意彭飞和张倩两人坐到自己旁边。

待彭飞坐下后,庄睿站起身,说道:"妈,我和彭飞处了一年多,待他和弟弟差不多,今儿我帮您做了个主,我认个干弟弟,您认个干儿子,您看成不成?"

庄睿这话一出,房中顿时安静下来。

虽然已经进入现代社会,认干亲没有古时候那么讲究了,但是在彭城那地界,认干亲仍然是一件很隆重的事。

按照彭城那边的规矩,真正磕头敬茶认的干儿子,要像亲儿子一样侍奉老人,给老人养老送终的。

别看庄睿和刘川情同兄弟,刘川也是满口干妈地喊着,但是都没真正认干亲。

如果彭飞认了欧阳婉做干妈,欧阳婉百年之后,彭飞要披麻戴孝,像儿子一样跪棚的。

欧阳婉稍稍愣了一下,因为之前庄睿没对她说起过这事,不过欧阳婉也很喜欢彭飞的质朴,加上知道彭飞的身世,当下没怎么迟疑就点头应允了。

更重要的是,这次庄睿能脱险,虽然大部分是金羽的功劳,但是彭飞那种不离不弃的精神,也感动了欧阳婉。

彭飞见欧阳婉点头后,连忙推开椅子,来到欧阳婉面前,说道:"阿姨,我父母双亡,跟妹妹相依为命,是庄哥把我带出来才有了今天的日子,您要是不嫌弃,我就喊您一声妈了。"

庄睿连忙倒了一杯茶,递到彭飞手上,彭飞拉着张倩一起,双膝跪地,两手将茶杯端过头顶,恭恭敬敬地说道:"妈,喝茶!"

"好,好孩子,你们都是好孩子,这茶,妈喝了。"

欧阳婉接过茶杯,喝了一口,把彭飞和张倩拉了起来,让他们坐回去之后,欧阳婉匆匆回到自己房间,再回餐厅的时候,手里拿了一副红翡手镯。

欧阳婉将手镯戴到张倩手上,说道:"孩子,这是妈的一份心意,等你和小飞结婚的时候,妈还有礼物送给你们。"

"干妈,我也要……"刘川见有便宜占,连忙喊了起来。

"一边去,你媳妇早有了,要不我把金刚送给你当保姆?"

庄睿没好气地瞪了刘川一眼,引得房里的人哈哈大笑起来。

认完干亲后,气氛变得愈加热烈,这顿饭是庄睿有史以来吃的最香的一顿,当然,有同感的还有金刚,虽然没能上桌,但是张妈也给它准备了一大锅菜。

"嫂子,小倩,你们都挑几件吧,捡好的拿。"

吃过饭回到厢房,庄睿将两袋装着首饰珠宝的麻袋打开,让房中的女人们每人都挑了几件。

看到这些散发着莹莹光泽的珠宝,房间里的女人们顿时都看直了眼,就连欧阳婉这么淡然的人也有点吃惊,这世上还真没有几个女人能抵挡珠宝的诱惑。

而且在场这些女人眼光都很毒辣,最后居然没有一人挑选成品首饰,而是选了一些极品珍珠和宝石,准备拿回去找高手匠人自己制作。

庄睿让欧阳磊的妻子多挑了几件,带给欧阳路等京外任职的两个嫂子,他这也是一碗水端平,省得让家里人说闲话。

要知道,欧阳家几兄弟娶的老婆都是非富即贵,家世和欧阳家都相差不多,这些官宦人家的小姐们未必能看上这些东西,她们要的是面子。

不单这些女人们惊愕于庄睿所展现出来的珠宝,就是欧阳磊和秦浩然等见多识广的人,对这些金币也是吃惊不已,这些东西估算下来,将会是多大一笔财富啊?

第二天,庄睿给孟教授打了电话,把自己在国外发生的事情大概说了一下,又多请了一个星期的假。

庄睿这也是没办法,刚回家,这段时间积压的事情太多,昨儿光是皇甫云等人的电话就没停过。

不过庄睿也没工夫去管生意上的事,而是先去看望了玉泉山的两位老爷子。

两位见到庄睿也很高兴,尤其是欧阳老爷子,中午不顾医生的反对,连喝了好几盅酒,搞得宋老爷子直说他借题发挥。

从玉泉山离开后,庄睿又返回四合院,开着那辆借来的悍马车,把金刚和金羽带到了欧阳军的会所。

欧阳军办事效率很高,在原来的铁栅栏处,加了三米的围墙,在每个死角处还安装了监控器,宛然一座小私人庄园。

此时会所里除了保安之外,所有工作人员全都撤离了,按照欧阳军所说,这些保安都是他从退役军人中挑出来的,忠诚度上绝对没问题。

欧阳军办事还算细心,撤了他的特级厨师,又给庄睿招了几个普通厨师,要不然住在这里没人烧饭买菜还真不行。

庄睿没敢直接把金刚叫下车,自己先下车给所有安保人员讲了一番话,即使这样,金刚也将众人吓得不轻。

在庄睿的一再安抚,并且给出工资翻倍的待遇后,这些保安才算静了下来。

当然,金刚那憨厚的表演也让保安们消去了戒心,否则和个现代版哥斯拉住在一起,估计没人能睡个安稳觉。

为了能让金刚适应新环境,庄睿整整两天待在庄园里,交代金刚不许乱跑不许伤人,直到金刚熟悉了那些安保人员和环境后,庄睿才返回四合院。

"庄总好。"

"庄总来了。"

两个多月没来自己的博物馆了,庄睿走进博物馆,发现多了很多陌生的员工,不过还是有些老员工向自己打招呼。

今天刚好是星期五,也是每周最后一天营业,庄睿看了下客流量,似乎比开业之初差了很多,一边和员工打招呼,庄睿走进自己的馆长办公室。

"庄总,您这是被黑煤窑老板抓去挖煤了啊?怎么变成这样了?"

庄睿刚坐下,闻风而来的皇甫云就推开了办公室的大门,一见庄睿的模样,顿时大惊小怪地喊了起来。

庄睿现在的肤色说好听点叫小麦色,说不好听了就是黑,可能是在海岛上最初几天被晒脱皮的原因,到现在一直没恢复过来。

"行了,少贫嘴了,一天十几个电话催我来,到底有什么事啊?"

庄睿摆了摆手,丢了一根香烟过去,这是昨儿小舅去四合院带过去的,加长的大熊猫,光是过滤嘴就比烟还长。

"哎哟,好烟啊。"

皇甫云拿出火机,给庄睿和自己点上烟后,面色变得有些严肃,说道:"庄总,这两个月学生放寒假,加上过年假期,原本博物馆的生意应该更好的,但是现在出现了下滑,这个情况我要向您汇报一下。

另外,您不在,一些钱的支出我也做不了主,这两个月拍卖市场出现不少好东西,都被别人抢去了。"

庄睿离开北京的时候,给了皇甫云两千万现金,不过这点资金在古玩市场根本不算什么,一场拍卖会下来就所剩无几了。

虽然博物馆每个月都有几百万的进账,但是那钱必须要庄睿签字,皇甫云才能挪用,所以这两个多月,皇甫云这副馆长,手里没有一分钱可以支配。

幸好庄睿曾经规定过,博物馆的员工工资由两位副馆长和财务总监签字后核发,要不是这样的话,庄睿失踪的两个月,恐怕博物馆就要断炊了。

"客流量下滑的原因,你们找到了没有?"

庄睿之所以忙活完家里的事马上就来了博物馆,他心里也是有想法的。

"主要还是博物馆展品比较少,虽然种类很丰富,也有吸引人的亮点,但是和国有博物馆相比,咱们的底蕴太浅了,还是要补充藏品,开发有特色的看点才行。"

庄睿点了点头,他知道,定光博物馆现在藏品还不到万件,别说和国有博物馆动辄十万百万的藏品相比,就是一些私人博物馆的馆藏文物,也远远多于自己的,这一点的确是博物馆的薄弱环节。

"皇甫兄,看看这个。"

庄睿从口袋里掏出枚金币,用手一弹,金币发出一声脆响,抛出一个高高的弧线,翻滚着飞向皇甫云。

翻来覆去地将金币看了好一会儿,皇甫云脸上露出愕然的神情,迟疑着问道:"这……这是金币?这应该是国外发行的纪念币吧?"

这枚金币的正面是一朵菊花,背面是一个骑马的将军,马蹄抬起,手执利剑,金币没有丝毫破损,闪耀着黄金独有的光泽,人物植物均栩栩如生。

皇甫云在国外待了不少年,见过很多中世纪国外金银币拍卖,自己手里这枚金币,无论是成色还是品相,都远远强于自己见过的金币。

千足金的颜色是正黄色,十分鲜艳,但是在古代,不管是中国还是外国,黄金制钱总是要按照相对的比例,掺杂一些铜在里面,也就是所谓的 K 金。

这样的金币放置时间久了之后,无论是金币还是元宝,表面都能看出很明显的淡黑色,不过皇甫云手里这枚却没有那种颜色,显然是纯金打制的。

所以皇甫云更倾向于手中的金币是近代发行的纪念币,只有这种类型的金币才是千足金打制的,用于纪念收藏。

"皇甫兄,你看走眼了,这是十四世纪东罗马帝国的金币,呃……也就是常说的拜占庭帝国发行的金币,绝对货真价实童叟无欺。"

庄睿得意地笑了起来,他昨儿可是花了大工夫,专门找了脱脂棉球蘸肥皂水和无水酒精进行擦洗,这才清理出一批氧化和变色不是很严重的金币,今天拿给皇甫云一看,果然连他也蒙过去了。

"这……不可能吧?"

皇甫云听了庄睿的话后,连忙把金币放到茶几上,从口袋里拿出一副白手套戴上后,才小心翼翼地把金币重新拿在手上。

古董这玩意,不仅是字画娇贵,金属同样需要保养,人手上的汗迹油迹都会对金属和字画产生腐蚀,对古玩的危害性相当大,皇甫云当了半年多副馆长,早就习惯在口袋里放手套了。

"这要是东罗马帝国的金币,那可是价值不菲啊。"

皇甫云在手上掂了掂,这枚金币的重量应该在三到五克之间,要是按黄金价计算不值什么钱,但是六七个世纪以前的东西可不能这样算。

(Page 299)

现在国际金币市场,十七世纪作为分水岭,十七世纪以后的金银币,按照成色品相,在金币重量的基础上加百分之一百到百分之二百,但是十七世纪之前的金币,估价就要以十倍以上计了。

像皇甫云手中这枚金币,历史久远,品相完好,如果拿到国际拍卖市场,底拍价都要在一万美元以上,就是卖出个几十万美元都很正常,毕竟年代久远,这种金币已经很难见到了。

"庄总,这东西你是从哪儿弄来的?这两个月你不会跑到希腊探险去了吧?"

皇甫云把金币拿在手里把玩一番后,满脸疑问地看向庄睿,他之前在电话里就问过庄睿的去向,不过庄睿含糊其辞,一直都没说。

庄睿闻言笑了起来,说道:"皇甫兄,让人准备一下,开一个海盗馆,等海盗馆成立的时候,我要召开一个新闻发布会,宣布一件大事!"

"我靠,你不会是去挖海盗宝藏了吧?快点说说,是哪个大海盗的?是海上魔王弗朗西斯·德雷克,还是红胡子海盗希尔顿·蕾斯?"

皇甫云兴奋地叫了起来,在国外生活过的人,对海盗历史都有一种狂热。

因为在国外,很多国家的历史进程中都会有一个名声不亚于当时国王的大海盗。

像那部风靡全球的《加勒比海盗》,之所以能大卖,也因为它勾起了外国人对那段神秘而又充满了个人英雄主义时代的回忆,而海盗宝藏在数百年来一直都是人们津津乐道的话题。

庄睿笑着摇了摇头,说道:"呵呵,都不是,皇甫兄,你听过克劳斯·施托尔特贝克尔这个名字吗?"

皇甫云闻言愣了一下,想了一会儿,突然抬起头,脸上露出一副不可思议的神情,大声问道:"你说的是黄金锚?!"

克劳斯的宝藏,最有名的就是黄金锚,那根用纯金打制的船锚,在世间流传了数百年,几乎稍微知道一点海盗历史的人,都能准确地说出来。

无数寻宝探险家对此趋之若鹜,凭借一些所谓的藏宝图,走遍了当时克劳斯纵横的地方,找了近七个世纪,克劳斯的宝藏依然是一个神秘的传说。

"对,就是黄金锚,我发现了克劳斯的宝藏,皇甫兄,作为咱们博物馆一个新的看点,你觉得怎么样啊?"

庄睿笑了起来,自己这趟虽然历尽千辛万苦,九死一生,但是收获巨大,克劳斯的宝藏问世,足以轰动整个世界。

"靠,那何止是看点啊?那简直就是一个爆炸性的新闻,庄总,你说的要是真的话,我可以将全世界考古探险界的目光,全部吸引到中国,吸引到咱们的博物馆里来。"

皇甫云听了庄睿的话后,马上激动起来,凭借一个商人的敏锐眼光,他从中看出了巨大的商机,即使这些宝藏不对外出售,仅凭这个噱头,稍加炒作,就能让定光博物馆名扬世界。

皇甫云站起身在办公室里走动起来,过了好一会儿才从兴奋中平静下来,看着庄睿说道:"庄总,您要拿出东西来才行啊,仅凭这枚金币是没有说服力的,必须要有那根黄金锚!"

"呵呵,只要你海盗馆搞好,东西马上就能上架,我先大概跟你说一下,一根黄金锚,一个古埃及黄金面具,还有无数的金币和珠宝。"

庄睿想了一下,还是将水晶骷髅瞒了下来,毕竟自己灵气升级是依靠这个东西,说不定还会有别的效用。

第四十二章 古埃及黄金面具

　　而且水晶头骨在国际上褒贬不一,有说是现代伪造的,也有说是玛雅文明的象征,争议比较大,即使推出来,也没有克劳斯的宝藏具有轰动效应。

　　而黄金面具就不一样了,作为古埃及文明重要的一份子,它即可以当做克劳斯宝藏中的一个推出,也可以作为独立的文物展出,相信对于世界考古界都会造成很大冲击。

　　"你……你说什么?古埃及的黄金面具?!咳……咳咳……"

　　皇甫云正喝着茶,被庄睿这番话惊得一口将嘴里的热茶咽下了肚子,顿时呛得连声咳嗽,一张白皙的脸憋得通红。

　　也难怪皇甫云吃惊,埃及黄金面具是世界上最精美、最珍贵的古代艺术珍品之一,时至今日,更是埃及古老文明的主要象征。

　　黄金面具对于埃及的意义,不下于失踪已久的和氏璧对于中国的意义,那都是见证一个国家文明最重要的传承,代表着一个国家久远的辉煌历史。

　　至今为止,埃及金字塔内只出土过一个黄金面具,不管是艺术价值还是市场价值,都是无法估量的。

　　相对与黄金面具,克劳斯船长的黄金锚都逊色许多。

　　当然,黄金面具也是宝藏中的一个,更能说明数个世纪以前,那些纵横四海的大海盗们,究竟有多少财富留待后人开发。

　　"没错,绝对是古埃及的黄金面具,并且制作之精美,更甚于图特卡蒙法老墓中出土的黄金面具。皇甫兄,你可以准备一下,怎样向世界宣布这个发现,我想,这一定能让咱们的博物馆出名吧?"

　　对庄睿的专业鉴赏水平,皇甫云非常相信,听完庄睿这番话后,他反而冷静下来,沉思了一会儿,抬起头说道:"庄总,现在最重要的,是要加强博物馆的安全工作,我希望您能再拨一笔经费,用于博物馆的安全改造。"

"皇甫兄,咱们现在的安全设施已经是国内一流的了,不用再改造了吧?"

庄睿闻言愣了一下,他知道,建馆之初就在安全设施上投入了近千万,怎么还要加强?即使黄金面具价值连城,也不至于这样大惊小怪吧?

皇甫云听了庄睿的话后,苦笑起来,说道:"庄总,你说的没错,咱们博物馆的安全设施的确是国内一流的,相对于现在的展品而言,安全设施是足够用了,不过有了黄金面具就不行了,必须要加强到国际一流才行!

而且人员配置上要更加合理,在博物馆屋里也要配置安保人员,外面的巡逻队必须加强一倍,这样才能确保万无一失。"

听皇甫云解说完,庄睿才知道,那个黄金面具的贵重远远超出了他的想象,埃及开罗博物馆为了保存面具,在安全上的投资花了将近上千万美元,即使这样,有两次还险些被国际大盗得手。

在国际收藏界,专门有一些亿万富豪,喜欢收集各大博物馆里最珍贵的文物,因此,国际上也滋生了一些专门盗窃文物的雅贼,俗称国际文物大盗。

像黄金面具和珍贵油画这类享誉国际艺术品市场的珍贵文物,向来都是国际文物大盗们的目标,庄睿的博物馆有几幅毕加索的素描画就已经很吸引人了。

如果再加上黄金面具和克劳斯宝藏,相信庄睿的定光博物馆马上就会招引许多国际大盗的目光。

"那还需要多少钱?"

庄睿出言问道,他现在宝贝是不少,但是资金却没有多少了,投资铀矿的二十亿几乎榨干了庄睿所有的资金,现在手头上只有三百多万,还要用于四合院和庄园的日常开支。

"这个要问杨剑,他才是安全总监。"皇甫云答道。

"好,那把杨剑喊来吧。"庄睿点了点头,拿起了电话。

"庄总,您回来啦?"

几分钟后,杨剑赶到了办公室,见到晒得黝黑的庄睿也有点儿吃惊,不过没像皇甫云那么夸张,毕竟他和庄睿的关系没有皇甫云那么近。

"坐吧,有些事情要和你商量下。"

庄睿让杨剑坐下后,把事情的来龙去脉说了一下,最后询问杨剑,如果要将博物馆的安全工作加强成为世界一流的博物馆,需要投入多少钱?

庄睿虽然手上没钱,但只要放出风声,相信单单是克劳斯宝藏中的金币,就会有无数人感兴趣,数以十万计的金币,怎么也能周转几亿的资金吧?

更何况庄睿的地下室里，还藏有价值数亿的金砖呢，这玩意可是国家储备物资，拿到银行就能换成现金的。

　　"杨剑，你看看博物馆的安全工作将如何加强？另外大概需要多少钱？"

　　为了推出大海盗克劳斯的宝藏和黄金面具，庄睿决定不计成本地对博物馆进行改造。

　　在建馆初期，庄睿的目标就是将这家博物馆打造成大英博物馆那样的世界级博物馆。

　　毕加索的素描画是庄睿这个宏大目标的第一步，克劳斯宝藏让定光博物馆距离世界知名博物馆的目标又近了一步。

　　杨剑听清楚了庄睿的话，沉吟了一会儿，说道："几个闲置的展馆都要安装红外线报警设备，另外中央空调和排气通风管道，也要安装特殊的防盗系统。还有就是整个博物馆的用电系统，必须进行全面改造，以防在停电的时候给犯罪分子制造机会。"

　　博物馆虽然有备用发电机，但是那台备用发电机要在断电后过一段时间才能会启动，虽然时间很短，但是足以让很多高明的国际大盗钻空子了。

　　最后杨剑估算了一个大概的报价，居然要将近三千万人民币，这还仅是硬件设施，不包括招保安人员的工资开销等等。

　　而且博物馆改造的时间要长达半个月，也就是说，这半个月里，博物馆不能正常营业，这也要损失几百万人民币，不过对于庄睿来说，这点钱不算什么。

　　"皇甫馆长，博物馆这几个月的营业额有多少？"庄睿现在穷啊，早知道就不投资非洲铀矿了，那玩意要见效益，估计最少还要等上一两年。

　　"去掉员工工资和日常维护费用，账面上还剩三千九百万人民币，庄总，今年过年你不在，咱们可是没发一分钱过节费啊。"

　　皇甫云半开玩笑地说道，他的权利仅限于在工资表上签字，福利和一些别项支出，必须老板拍板才行。

　　庄睿想了一下，说道："这样吧，拿出三百万作为去年的年终奖，再拿出三千万作为博物馆的改造资金，杨剑，工程问题就由你全权负责，一定要修建得水泼不进，一只苍蝇都不能放进去。"

　　"是，庄总请放心。"杨剑从沙发上站了起来。

　　"坐下，坐下。"

　　庄睿摆了摆手，示意杨剑坐下后，看向皇甫云，说道：皇甫馆长，你通知一下京城和咱们有业务关系的旅行社，从即日起，博物馆进行扩建改造，停业半个月。另外拿出一笔资金，作为此次黄金面具问世和克劳斯宝藏的宣传费用，我要让世界每一个考古学家和古玩圈子里的人，都知道这个消息。"

定光博物馆开业的时候,庄睿就举办了一次全国性的行业会议,并且办了一个专业网站,几乎囊括了国内所有的顶级收藏家,定光博物馆的声势直逼一些知名国有博物馆。

这一次,庄睿的心更大了,他准备举办一个世界性的学术会议,邀请全世界的知名专家参与,对黄金面具的来历进行考证,如此一来,定光博物馆肯定可以名扬世界。

"庄总,您放心吧,我马上给各国专业性协会发函,一定会让此次新闻发布会轰动全世界的!"

听了庄睿的话后,皇甫云也激动起来,由于中国近代百年的懦弱,国门自封,很少和国外交流,一些珍贵文物更是有出无进。

所以国内博物馆里的藏品,基本上都是承载着中国五千年的历史文明,和国际接轨较少。

如果庄睿所说属实,真能拿出黄金锚和埃及黄金面具的话,那么定光博物馆绝对将在国际科考以及收藏界掀起一股学术热潮,而定光博物馆自然将成为一家综合性的国际知名博物馆。

到那时定光博物馆就不用再求着各大旅行社了,那些旅行社肯定会很自觉地将定光博物馆作为一个重要展点。

名气一向都和收入对等,否则那些明星们干吗隔三差五地就要整出点动静,不就是怕被民众忘了嘛!

"金刚,小心一点,这个有刹车的啊,唉,跟你说了好多次了。"

在庄睿的庄园里,金刚开着一辆电瓶车,一头撞在了一棵树上。

这家伙开游艇上了瘾,自从来到庄园后,就爱上了电瓶车,把车顶棚拆掉后,每天玩得不亦乐乎。

只是金刚有点儿死脑筋,不会踩刹车,上去就下不来,有好几次都是在庄园里转悠了大半天,等电耗完之后,这哥们才晃悠悠地从车上下来,一脸得意的神情。

不过今天金刚的运气不太好,本来想在庄睿面前显摆一番的,却被撞得七晕八素的,连车子也毁了。

"嗷嗷!"

金刚不满地冲着庄睿吼了一嗓子,用双手将几百斤重的电瓶车举了起来,硬生生放回原来的位置,这也是庄睿教给他的好习惯,从哪里拿的放回哪里去。

"行了,别得瑟了,你很厉害好吧,去,推我儿子闺女玩去。"

庄睿笑着骂了一声,把手中的推车交给了金刚。

见到双床推车里面的方方圆圆,金刚的动作和脸部表情马上温柔了起来,探手探脚地推着车子,生怕惊扰到两个孩子。

丫丫和囡囡两个小丫头,也一左一右地跟在金刚旁边,每个星期的周末,都是孩子们最高兴的时候,因为庄睿会带她们到这个和城市完全不同的地方。

"有你这样当爹的吗?胆子真大。"

欧阳婉瞪了儿子一眼,也跟在后面追了上去,庄睿放心金刚,她可是提心吊胆的,金刚再通人性,总归是个动物,万一手脚重了,岂不是要伤到小孩子啊?

庄睿闻言笑了笑也没反驳,金刚对小孩子有种特殊的喜好,只要见到小孩子,马上就变得很安静,对金刚,庄睿还是很放心的。

距离博物馆开始改造,已经过去一个多星期了,还有两三天,博物馆改建就要完成了,不过这些都和庄睿无关,庄老板这段时间连学都没上,整天陪着家人。

因为丫丫上学的原因,周一到周五,众人在四合院,每到周末,他们一家全都会到庄园来,陪金刚住上几天。

听那些保安说,金刚平时也不寂寞,每天不是在游泳池里游水,就是开着电瓶车到处乱逛,实在闲得无聊就去找保安们秀肌肉。

通过一段时间的相处,庄园的保安和工作人员都喜欢上了这个憨厚的大家伙。

"老公,等方方圆圆过了百日,我想带他们去香港看看爷爷。"

秦萱冰偎依在庄睿身边,幸福地看着围着儿女嬉闹的两个小丫头,还有在天边盘旋的金雕,这种日子是她以前从来没想到过的,似乎生活在童话里一般。

"行,到时候咱们一起去。"

庄睿点头同意,秦老爷子一向待自己不薄,对妻子的要求,他无法拒绝。

提到去香港,庄睿突然想起一件事,就是他的私人飞机失事赔偿金已经办了下来,总计是九千多万人民币。

有了这笔钱,庄睿又重新定制了一架价值两亿六千万的豪华私人飞机,不过要等半年之后才能交付使用。

之所以买了一架超预算的豪华私人飞机,主要是庄睿考虑到飞机的安全问题。

他准备聘请一个飞行安全专家,在每次使用飞机之前,安全专家要对飞机做出整体安全检测,吃一堑长一智,庄睿再也不希望有飞机上被安装炸弹的事情发生了。

至于资金,半年后应该问题不大,缅甸翡翠矿一次分红就有一亿多,加上新疆玉矿虽然到了收尾阶段,但是还有近两亿的余款,买架飞机对庄睿而言,还是轻而易举的。

为此美国豪客公司的汤姆又跑了一趟北京,庄睿这个大订单也让美国豪客公司最终坚定了在中国建立分公司的决心。

回来之后,庄睿和机组人员联系了一下,请他们吃了顿饭,怎么说也是曾经共患难过的。

不管是贺双丁浩还是两个空姐,对庄睿都是感激涕零,如果不是庄睿超乎常人的感觉,恐怕他们这会儿早已丧身空难了。

庄睿本来想在这半年期间,继续支付他们薪水的,不过那几个人合计好了,一致决定等新飞机买回来之后再计算薪水,他们之前赚的钱足够在北京用上几年的了。

庄睿也没勉强,别人以诚待他,他以后自然会补偿给几个人,有了这次共患难的经历,庄睿对几人也更加放心了。

"喂,哪位?"

正和秦萱冰晒着太阳聊着天的庄睿,手机忽然响了起来。

"庄,我是埃兹肯纳啊,老朋友,听说你前段时间出了点儿事啊?"

一个带着浓厚伦敦腔英语的声音从话筒里传了出来。

"哦,原来是老朋友,怎么想起给我打电话了啊?"

庄睿有些纳闷,由于阿沙力的原因,自己并未大肆宣扬飞机失事,埃兹肯纳怎么知道了?庄睿可不想让阿沙力他爹把儿子失踪的事情联系到自己身上。

"嘿,老朋友,你太不诚实了,你的博物馆得到了克劳斯宝藏,难道不是你探险所得?"

这段时间,整个世界的科考界和收藏界,都被来自中国的消息震惊了,那就是六七个世纪以前的克劳斯宝藏,将会出现在中国的一家博物馆里。

更让人震惊的是,在这批宝藏里面,居然还有一个来自古埃及的黄金面具,根据各个国家收到的传真图片看,那个黄金面具比开罗博物馆里的黄金面具,有过之而无不及。

连着两个重磅炸弹,让全世界的科考界疯狂起来,无数考古学家和收藏家向中国蜂拥而来。

按庄睿的安排,首先要举行一个新闻发布会,然后再邀请来自世界各地的科考专家对黄金面具以及克劳斯藏宝,进行一次现场科考活动,最后再举办一个世界性的学术研讨会,这一切的主办方都是定光博物馆。

这个消息一放出去,博物馆的电话马上就被打爆了,来自世界各地的专家学者们,都要求博物馆向他们发邀请函,现在不是庄睿请人来,而是变成那些人死皮赖脸地要求来了。

另外,那些没有收到请帖的人,也是挤破脑袋想要获得一张参加学术交流的邀请函,因为博物馆请的人,无一不是在科考界有着巨大名气的专家和身家亿万的富豪级收藏家,能参加这个研讨会,本身就是身份的象征。

埃兹肯纳虽然是英国顶级的大收藏家,但是他专攻的方向是中国陶瓷,本身又没投资博物馆,所以在以皇甫云为组长的筹备小组制定邀请名单时,并没有将他列人其中。

不过这些事都是皇甫云操办的,庄睿并不了解,而且他的手机也换了,埃兹肯纳还是第一个因为此次克劳斯宝藏公布于世的事,打电话给他的人。

"老朋友,那批克劳斯的宝藏的确是我发现的,怎么,您对这个也有兴趣?"

庄睿听埃兹肯纳提到宝藏的事,倒是松了一口气,在这个世界上,每天都有人发财成为亿万富翁,也每天都有人破产变得一文不名。

虽然自己得到一大笔财富,但是算不得什么惊人的消息,充其量也就会在某些特定的圈子里引起关注罢了。

埃兹肯纳听了庄睿的话后,半开玩笑地说道:"当然,庄,您知道,我是一个收藏家,而且克劳斯可是被英国抓住的,我对他的宝藏当然感兴趣了。不过老朋友,您为何没有给我发出请帖呢?难道以我的身份,还无法参加此次盛会吗?"

"嗨,我说老朋友,您一定是看错了,如果您现在已经在北京了,请帖马上就会送到您下榻的酒店。"

庄睿的陶瓷馆之所以能顺利开起来,全靠埃兹肯纳的帮助,没有他捐献的那几百件明清瓷器,庄睿的陶瓷展馆也不可能有此规模。

而且在其后一段时间,中国陶瓷价格猛涨,埃兹肯纳也没说什么,一直和庄睿保持着良好的关系,算起来庄睿还欠埃兹肯纳很大一个人情。

"庄,那就谢谢您了,我想明天这个时候,咱们就可以见面了。"

埃兹肯纳听庄睿这么给面子,也很高兴,不过就在挂电话之前,他突然想起一件事,连忙说道:"对了,老朋友,有一件事我要告诉你,对于你这批宝藏的归属,有些人可能会表现出不友好的态度。"

"什么?我知道了,谢谢你,老朋友。"

庄睿闻言吃了一惊,他没想到自己从孤岛上找到的宝藏,居然还有人打主意。

"靠,现在可不是八国联军的时候了,想占便宜也不怕崩了牙口!"

挂断电话之后,庄睿在心里狠狠地骂了一句。

四月初的北京春光明媚,博物馆道路两旁的玉兰花盛开,雪白的花朵异常美丽,一股芳香充溢在空气中。

一大早定光博物馆外就挤满了人,长枪短炮随处可见,熙熙攘攘的好不热闹。

这些人既有来自世界各个国家和地区的驻华记者,也有专门从世界各个角落前来参加此次会议的专家学者,更不乏一些国际盗窃组织前来踩点的大盗,各种身份林林总总不一而足。

此次新闻发布会和后面的学术会议,定光博物馆已经上报了,由于数百年来中国积弱,国内文物一向都是有出无进,现在定光博物馆能拥有世界级的珍贵文物,上面对此极为重视。

在博物馆外面,停着十几辆警车和军车,一些身穿警服的公安和实枪核弹的武警战士维持着秩序。

此次发布会要公示两件价值连城的珍宝,安全工作自然要放在第一位。

"庄总,今天一共来了九十三个国家的媒体记者,大场面啊。"

在博物馆的会议室里,看着正在最后布置会议室的工作人员,皇甫云脸上有些激动,今天的新闻发布会由他组织,毋庸置疑,此次发布会过后,定光博物馆的名声绝对能响彻整个世界。

作为定光博物馆的实际管理者,皇甫云日后在世界博物馆行当里,也算是有了一席之地,拥有黄金面具和毕加索作品的定光博物馆,怎么着也能列入世界一流博物馆的行列了。

"皇甫兄,你不过是照着稿子念,我可还要回答记者问呢。"

庄睿不满地看了皇甫云一眼,心里也有些紧张,他本来不愿意抛头露面参加新闻发布会的,但由于他是宝藏的发现人,只能由他来回答记者们的问题,换个人答不出啊。

今天庄睿穿得很隆重,西装革履不说,脸上也被化妆师稍稍加工了一番,原先晒得黝黑的脸庞,白皙了许多,庄睿就怕一会儿紧张得出了汗,会不会把粉底露出来?

安保总监杨剑从会议室外匆匆走了进来,在庄睿耳边说道:"庄总,都安排好了,保证万无一失。"

"九点五十,放那些媒体进来,另外把那些参加学术会议的专家请到大会议室去。"

庄睿看了下表,还有二十分钟十点,将新闻发布会和学术会议放到博物馆内,对博物馆的安保工作是一个很大的考验。

庄睿本来是想安排在某个五星级酒店会议室的,但是黄金锚和埃及黄金面具过于贵重,怕在运送的路上出什么问题,所以最后还是决定在自己的地盘召开会议。

上午十点整,能容纳三百人的会议室里已然座无虚席,那些摄影记者们早早地将各种摄像机对准了新闻发布会的主席台。

尤其是那两个被红绸盖住,由武警看管的地方,更是备受关注,所有人都知道,那将是整个新闻发布会的主题。

第四十三章 | 新闻发布会

庄睿和皇甫云从侧门进入会议室，两人刚刚坐到主席台上，下面的闪光灯立刻"噼里啪啦"地响了起来，刺眼的强光让庄睿不得不眯上了眼睛。

庄睿很不习惯这种场合，看向皇甫云轻声说道："开始吧。"

皇甫云倒显得非常自然，作为律师，唇枪舌剑的事情干得多了，先前的紧张早已不见了，听了庄睿的话后，先试了下话筒，然后开始了他的演讲。

"先生们，女士们，来自世界各地的媒体朋友们，很高兴大家能参加此次克劳斯宝藏问世的新闻发布会。

下面由我来为朋友们介绍一下宝藏的藏匿地点和发现经过，然后大家可以对庄睿先生进行提问……这批来自十三世纪的大海盗克劳斯的宝藏，是我们博物馆的创始人庄睿先生，在一次历险时无意中发现的，这些宝藏包括……"

皇甫云按照庄睿说的经过，把庄睿在无名荒岛上的经历大致说了一遍，当然，金刚的存在被略去了，而庄睿发现宝藏的缘由则被归功于那两张羊皮卷藏宝图。

至于荒岛的具体海上坐标，皇甫云也说得比较含糊，并没有公示，这是因为那座荒岛靠近美属维尔京群岛，如果说出来的话，恐怕会有些归属上的麻烦。

这也是庄睿得到埃兹肯纳的提示后，做出的决定，他可不想在这个问题上纠缠不清。

"好了，恐怕在座的朋友们都等急了，现在就让我们见识一下，十四世纪海盗王克劳斯的宝藏吧！"

解说完发现宝藏的过程后，皇甫云掀起了此次新闻发布会的高潮，他和庄睿一起来到遮盖着红布的玻璃柜旁，共同将红布掀了起来。

展柜一共有三个，全是四边为防弹玻璃，底座为合金的可移动展柜，第一个里面放的就是黄金锚，也是最大的一个展柜。

第二个展柜的黄金面具,在玻璃展柜的不同角度,都有射灯对着面具,在白色炽光射灯的照耀下,黄金面具显得愈加高贵而神秘。

第三个展柜里放的则是克劳斯宝藏中的金币和珠宝,展示的金币和珠宝都被庄睿用专业手段清洗过。

原本颜色暗淡的金币珠宝,此刻在灯光下熠熠生辉,显示出的光泽既有历史的沧桑厚重,又不乏黄金和珍珠独有的宝气。

"哇!"

"天哪,那全是黄金打造的吗?"

"这东西有多重啊?上帝啊,告诉我吧。"

"你懂什么啊,别看那黄金锚体积大,论起价值,比黄金面具差多了。"

"那些金币可是十四世纪以前的,恐怕也价值不菲,上帝,怎么不是我发现的这个宝藏啊?"

一时间,各种语言发出的惊叹声在会议室里响起,参加新闻发布会的记者很多都是走国际艺术品拍卖这条线的,里面不乏明白人,对展柜里这些器物的价值,第一时间做出了判断。

克劳斯宝藏的问世,彻底点燃了场内的热情,上百名记者顾不上庄睿和皇甫云了,均拿着照相机,从各种角度拍着照片。

那大气磅礴的黄金锚,神秘莫测的黄金面具都成了新闻发布会的主角。

每个人脸上都露出狂热的神情,都想近距离观察克劳斯的宝藏,要不是现场武警的阻拦,恐怕人群早就淹没了这几个展柜。

场面一度混乱不堪,直到另外一批执勤武警进入之后,秩序才慢慢恢复过来,至于庄睿和皇甫云,刚才差点没被挤出人群,此刻才回到主席台前。

"好了,大家都已经看到海盗王克劳斯的宝藏了,至于这些东西的真假,在随后的专家学术会议上自然会给出答案。现在是现场提问时间,庄先生会回答十个问题,请大家想好了问题再提问!"

皇甫云对着话筒咳嗽了几声,随着他的话声,现场逐渐安静下来,这些记者都是久经阵仗的,当皇甫云话声一落,无数只手都高高地举了起来。

"请这位小姐提出您的问题。"

皇甫云瞅了一眼,最后点到的是一个身材火爆带着眼镜的金发女郎,那身职业裙装将其曼妙的身材展露无疑,很容易让人联想到某报著名的三版女郎。

庄睿没好气地瞪了皇甫云一眼,这哥们儿的品味还是那么俗气。不过这女人长得真不错。

"庄先生，黄金面具作为古埃及文明的象征，您是否有意将它归还给埃及政府呢？"

这位漂亮女记者的问话，让庄睿彻底清醒过来。

"妈的，老子挖的又不是你们国家的宝藏，关你们什么事啊？"

这个金眼碧发的漂亮女记者看似问了一个很随意的问题，却给庄睿下了一个套，让他很难回答。

作为世界上文物流失最严重的国家，近些年，中国的相关部门一直在与各个国家文物部门协商，追讨百年前流失出去的文物。

所以这个记者在这个时候提出这个问题，其用意就变得很险恶了，要是庄睿说同意归还，那就是竹篮打水一场空，埃及政府只会感谢这个美国记者。

但要庄睿说不同意，他们也可以大肆炒作，说中国人不愿意归还他国的国宝，日后国内相关部门去追讨文物的时候，别人肯定会以此为说词。

"这位小姐，听说纽约大都会艺术博物馆，是和伦敦的大英博物馆、巴黎的卢浮宫、圣彼得堡等博物馆齐名的著名博物馆，不知道是不是真的？"

庄睿没有直接回答问题，而是向那位记者提出了一个问题。

"这是当然的，大都会艺术博物馆汇聚了世界各地珍贵的艺术品，不过庄先生，这和您这件黄金面具的归属，没有什么关系吧？"

漂亮记者也不是花瓶，马上猜到了庄睿的意图，当下又将话题拉了回来。

"哦，不，不，我听说大都会艺术博物馆的镇馆之宝，就是一整座两千四百六十年前的埃及古墓，不知道我这个黄金面具与之相比，到底哪个更重要呢？

"另外诸如我国黄庭坚、米芾、李公麟、赵孟頫、董其昌、傅山等古代艺术家的作品，你们大都会艺术博物馆里也有不少吧？我想问一句，它们是怎么来的？而你们……有没有偿还的意思呢？"

庄睿的话声本来很和缓，但是说到后面语调越来越高，摆出一副质问的口吻。

看到那个女记者还想说话，庄睿又接着说到："试问这么一个国家，有什么资格去指责别国的问题？

"对了，说跑题了，我还没回答这位小姐的问题，我想说的是，如果贵国可以把埃及的古墓、中国的字画、还有其它非正常手段得到的珍贵艺术品归还的话，作为私人，我非常之乐意将这件黄金面具无偿归还给埃及政府。"

庄睿说到这里顿了一下，看了一眼那位女记者，似笑非笑地说道："在座的朋友们都可以作为见证人，我说的话在我有生之年，都是有效的！"

庄睿这话的意思很明显,我作为私人都愿意承担损失,将价值连城的珍贵艺术品归还,那么作为提问方,你们从各国用非法手段掠夺走的珍贵文物,是否愿意归还呢?

庄睿反将了这位记者一军,别说她没有资格作决定,就是有这个资格的人,也不敢和庄睿叫板了。

庄睿的话让会场彻底安静下来,中国是古代文物流失最多的国家,在座的这些人所属的博物馆,哪个博物馆里面没有非法所得的中国文物?

如果按照庄睿的思维,那么恐怕当年的八国联军,现在的英国、法国、德国、沙俄、美国、日本、意大利、奥匈帝国(今奥地利和匈牙利)这几个国家的博物馆,都会变得空荡荡的了。

那位女记者被庄睿的话说得满脸通红,但是也无法反驳。

"好了,我想这位小姐对于庄先生的答复十分满意,您可以先回去和政府首脑进行会谈,如果能按照庄先生说的那样,我们一定会在第一时间让诸位知道我们已经将黄金面具归还给埃及政府的消息!"

皇甫云虽然在美国工作很多年,但是骨子里对美国还是很不以为然。场内安静了一会儿之后,对那位很受伤的女记者,又狠狠地踩上了一脚。

"这位先生,请您提问。"皇甫云又点了一个记者。

"在十四世纪初期,是我们英国和德国的联合舰队俘获了海盗王克劳斯,也就是说,克劳斯的赃物,应该由英国和德国来分配,不知道庄先生是怎么看待这个问题的?"

那个戴眼镜的瘦高个记者更狠,直接质疑起这些宝藏的归属问题,要说这些做记者的脸皮也真厚,居然拿这个来说事,有本事你们当年就把宝藏给找出来啊?

"靠,你就不能找些中国的记者来提问?"

庄睿侧过脸看了皇甫云一眼,他对这两个问题都很不满意,这不是看到哥们出风头不爽来挑刺的吗?

不过问题还是要回答,庄睿想了一下,说道:"我想,如果克劳斯现在还活在英国的话,这批宝藏我一定会交还给你们的。"

庄睿的话引起了哄堂大笑,他这是在嘲讽这个记者,事情已经过去了六百多年,即使克劳斯没被英德抓住,现在也早已化成尘埃了,他的宝藏还是会落入后人之手,和英国有屁的关系啊?

庄睿咳嗽了两声,等下面安静下来之后,接着说道:"我们现在身处的这个世界的格局,说句不好听的话,就是由海盗改变的。

"早期发现和开辟新大陆地的人,其实都是海盗,这些行为的动机,无非是想瓜分利益,获得财富,这中间固然有文明的进步,但是也伴随着肮脏残酷的杀戮和掠夺。因为海盗都是私人行为,所以我个人认为,海盗的遗产属于世界文明。

"在我的博物馆里,将会有一个海盗展馆,这些属于世界文明的海盗宝藏都会陈列其中,让世界人民了解海盗的历史,谴责那些通过大海掠夺别国财富的国家和行为!"

庄睿这是指桑骂槐,连带着把早期的殖民国家都骂了进去。

这些国家那时候的行径和海盗没有什么区别,非洲很多国家的土著被他们杀光,财富被他们搬空,这些都是铁一般的事实,是不可否认的。

庄睿的话让场内寂静一片,不过随后掌声就响了起来,在这个地球上,没有受到殖民国家侵略的实在太少了,庄睿的话也算大快人心。

只有来自那些殖民地国家的记者,面色尴尬而又无法反驳。

"庄先生,请问您可以详细讲解一下获得这批海盗宝藏时的过程吗?另外,大家都很想知道,这批宝藏究竟是在什么地方被发掘出来的?"

见识了庄睿的伶牙俐齿,后面这个记者没再纠结于宝藏归属问题。

"没问题,我可以公布藏匿克劳斯宝藏的荒岛坐标。

而且我个人怀疑克劳斯宝藏不仅只有这些,我手上还有两张藏宝图,可以进行公开拍卖!"

庄睿的话如同一石激起千层浪,让刚刚静下来的会场又变得沸腾起来。

庄睿之所以愿意公布海盗岛的坐标,是因为发布会开始前没多久,他得知那座荒岛并不属于维京群岛,而是一座位于公海的孤岛,不属于任何一个国家。

按照国际上的相关法规,在这样的地方得到的财富,完全归个人所有,所以庄睿不怕再有人拿海岛问题来说事。

"庄总,您没搞错吧?还有藏宝图咱们自个儿去找啊,拍卖干吗呀?"

皇甫云事先也不知道庄睿这个想法,当下大急,连忙劝道。

这藏宝图也是海盗宝藏的一项,如果卖掉岂不是海盗馆的损失?更何况按照庄睿的判断,别处还有海盗宝藏,卖掉不就白白便宜别人了吗?

皇甫云一着急忘了自己面前还有话筒呢,他这么一说,满场人都听得清清楚楚,不过众人和他的想法一样,傻子才干卖藏宝图这种事呢。

仅是一处藏宝,就发现了这么多震惊世界的珍宝,按照某些人士的估算,庄睿此次获利最少在二十亿美元之上。

如果再有一处藏宝,即使只有这处藏宝的十分之一,那也是两亿美元的巨大财富,值得很多冒险家前往探寻了。

不过那些人并不知道,庄睿隐瞒了大部分金币,如果算上那些金币的话,庄睿此次的收获最少在四十亿美元以上。

"咳咳,大家安静一下,我先说一下藏宝图,当时我得到的是两份藏宝图,上面的内容并不相同,我只搜索了其中一处地方,得到了克劳斯的宝藏。

"由于补给的原因,我没时间搜寻另外一张藏宝图上的位置,对于另外一处是否有宝藏,我首先要声明,我只能保证藏宝图的真实性,但是并不能肯定那里还有宝藏。

"因为这次探险的准备工作不足,几乎可以说是九死一生,对我影响很大,我不愿意再去一次那个地方,但是又不愿意看那些宝藏埋在荒岛上,所以才做出了出售藏宝图的决定。"

庄睿上面那些话,大部分都是真话,不过那座孤岛上是否还有宝藏,答案是肯定的,鸟毛就有,珍珠和零散的金币或许还会剩上几枚,至于眼前这些物件,绝对没有。

庄睿之所以做出拍卖藏宝图的决定,也是想转移一下公众的注意力,因为这次发布会一开,媒体似乎把关注点都聚焦到他身上,这是庄睿不愿意看到的。

他这次探险之旅,主要起因于阿沙力在飞机上安装炸弹,虽然那哥们已经去见真主安拉了,但是保不齐有些人联想到自个儿身上,庄睿可不想找麻烦。

拍出藏宝图,媒体必然会关注后续发展,定光博物馆里的这些海盗宝藏,也会吸引来自世界各地的目光,而自己就能隐身到幕后去了。

至于拍到藏宝图的人是否能找到宝藏,那就不关庄睿同学的事了,反正地图是真的,找得到是你运气好,找不到庄睿也事先声明过,反正已经把自己摘得干干净净了。

"庄先生,对于您的无私,我表示钦佩,但是您如何保证获得藏宝图的人,能不受其它干扰,最先找到藏宝地点呢?

您说的是拍卖,也就是说,得到这张藏宝图的人,是有付出的。"

那位冒险家协会的副会长提出了自己的疑问,如果庄睿公开海盗岛坐标的话,那么世界上所有人都可以去那里寻找,藏宝图的意义就不大了。

副会长本人就是一位成功的大商人,身家亿万,冒险探宝是他生活中不可或缺的调剂品,所以他对庄睿手中那张藏宝图兴趣极其浓厚。

庄睿闻言愣了一下,他这个决定是临时做出来的,还真没想过这个问题,当下在心中思量了一番之后,答道:"这位先生说得很对,拍卖将在发布会后进行,而我也做出承诺,海盗岛的坐标位置,将在拍卖会结束后三个月公布。

"作为那个海盗岛的第一个客人，为了表示我的诚意，我还会将最初的藏宝地点告诉拍到藏宝图的人，并允许他对已经发掘出宝藏的藏宝图进行拍照，以便这位朋友前往核实！

　　"但是有一点我要重申一下，第二张藏宝图是否会有克劳斯的宝藏，我可不能保证。"

　　庄睿这番话说的的确很有诚意，三个月后宣布海盗岛坐标的地点，足以让藏宝图的持有人先去发掘宝藏了，而且愿意提供第一个藏宝地点，也说明了庄睿心中没鬼。

　　"庄先生说的对，没有人可以保证克劳斯当年是否把宝藏分到两个地方存放。"

　　听了庄睿的话后，那位副会长相当满意，对于那里是否有宝藏，他并不非常在意，他在乎的是探寻海盗宝藏时，那种刺激和惊心动魄的过程。

第四十四章 | 小雪獒出世

有了拍卖藏宝图这个噱头，发布会后面的提问就成了走过场了。

半个小时后，皇甫云宣布此次新闻发布会结束，还没等记者们退出，外面听说庄睿要拍卖藏宝图消息的人马上蜂拥而入。

这些人都是来自世界各地的专家学者，是来参加此次学术交流会议的，同时很多人本身就是颇有身家的富豪，对这个不知道是否还有宝藏的藏宝图，均表现出了非常大的兴趣。

不过庄睿首先召集了在国际上有巨大声望的著名科考学者，这里面就包括了京大的孟教授，先到小会议里对两张藏宝图进行鉴定。

庄睿也不怕这些人能记住藏宝图上歪七八扭的路线，即使记住他们也不知道孤岛的方位，所以还是能保证拍卖的公平性的。

经过半个多小时的鉴定，两张羊皮制作的藏宝图，几位专家一致认为是真品，并且在鉴定证书上签署了自己的名字。

"这玩意也是古董啊，是不是找个托，把价格抬一抬？"

拿着鉴定证书和两张装在盒子里的藏宝图，庄睿心中不禁浮想联翩。

如果不是那个海盗岛会屏蔽一切现代通讯信号，庄睿甚至想将它开发成一个旅游胜地。

"庄总，这拍卖进行得太仓促了吧？你的消息一放出去，我的电话就没停过，都是要求参加拍卖会的。"

庄睿刚从小会议室里走出来，就被皇甫云堵住了，他刚才被电话搞得头晕脑胀，不仅是国外的人，就是国内也有不少富豪对这张藏宝图感兴趣。

庄睿四下里看了一眼，小声说道："我这不是祸水东引吗？省得让人惦记着，皇甫兄，这出名也要适可而止，不能过了。"

皇甫云还是有点不甘心,劝道:"那万一真有宝藏,咱们不是卖亏了吗?庄总,要不然还是取消了吧,咱们自个儿去发掘不是更好?"

"人不能太贪了,皇甫兄,按我说的安排吧。"

庄睿笑了笑,有没有宝藏谁都没他清楚,不过听了皇甫云的话后,庄睿心里有点不落实,似乎有什么事被自己忘了。

"我靠,差点出大问题。"

庄睿突然想起一件事,狠狠地拍了下大腿,连忙喊住了准备去安排拍卖事宜的皇甫云,说道:"皇甫兄,你说的也对,现在拍卖藏宝图,有很多人都不知道,无法将利益最大化,这样吧,藏宝图的拍卖会定在一周以后进行,由专业拍卖公司主持!"

"切,那不是还要拍卖?得,当我没说,我去安排。"

皇甫云撇了撇嘴,按他的想法,庄睿将坐标和藏宝图交给他最好,由皇甫馆长带队,再进行一次震惊世界科考界的考古发掘探险行动!

皇甫云出去说了庄睿的决定后,众人倒也能理解,毕竟庄睿愿意拿出藏宝图拍卖,已经很难得了,别人要将利益最大化,也是情有可原的。

不过谁都没发现,此时庄睿已经将学术交流会的事情全权委托给了导师孟教授,让他去对付那些来自世界各地的专家,而庄睿自己却悄悄地溜出博物馆,回到了四合院。

"彭飞,这事要你再跑一趟,差点出大纰漏了。"

找到在家里休养的彭飞,庄睿将事情的经过说了一遍,他要彭飞马上赶往海盗岛,帮他处理阿沙力的问题。

当初庄睿将阿沙力埋在沙滩上,掩埋的痕迹绝对无法躲过那些专业探险家们的眼睛,如果阿沙力的尸体被挖出来,恐怕自己就要面对一次谋杀的指证了。

庄睿对此也是后悔莫及,早知道就将阿沙力的尸身扔到大海里去了。

"庄哥,放心吧,我去一趟就是了,我先坐飞机到维京群岛,然后租用船只出海,三四天就能办妥这件事。"

彭飞一听是这事,马上答应下来,他和庄睿谁都没想到,日后还会有人登上那个神秘的岛屿。

"把卫星电话带去,随时和我保持联系,让郝龙陪你一起去,路上有个照应。"

大海茫茫,有许多难以预料的危险,如果不是关系极大,庄睿也不会让彭飞再跑一趟。

"好的,庄哥,放心吧,不会有危险的。"

彭飞点了点头,这不是逞能的时候,虽然经过一段时间的修养,但是他的体力还没恢复到最佳状态,有个人陪着要轻松很多。

"小睿,刚才打你电话不通,原来你在家里啊?"

庄睿正和彭飞说话,欧阳婉推门走了进来,她本想让干儿子去找庄睿的,却没料到庄睿在这里。

"干妈。"见到欧阳婉进来,庄睿和彭飞都站了起来。

"妈,找我什么事?"庄睿问道,开新闻发布会时,庄睿自然要把电话关机了。

"是白狮的事,从昨天开始,白狮就没吃东西了,而且还不让我们靠近,别是生病了,你过去看看吧。"

白狮从巴掌大就和欧阳婉等人生活在一起,也算是这个家庭的一份子了,所以欧阳婉有些着急。

"行,我马上去看看,彭飞,你准备一下,明天早上走吧。"庄睿看向彭飞。

"哥,不用,回头我给张倩打个电话,晚上就走,这事得尽快办了才行。"

彭飞摇了摇头,他深知此事的严重性,万一被人发现,后果不堪设想。

"小睿,你和小飞搞什么啊? 他身体还没好,怎么又要往外跑?"

欧阳婉狐疑地看着两个儿子,不知道他们在说什么。

"妈,没事,他出去几天就回来,生意上的事。"

庄睿哪儿敢将阿沙力的事情告诉老妈啊? 虽然不是他亲手杀死了阿沙力,但也能算到他和彭飞头上,尤其是彭飞割了阿沙力两百多刀,要是说出来一院子人都会被吓倒。

拉着欧阳婉来到后院,庄睿一眼就看到趴在门前的白狮,心中不由有些愧疚,从海上回来之后,庄睿就忙着安置金刚和陪伴家人,和白狮的交流少了很多。

在白狮面前的地上,放着一盆搅拌了鸡蛋的碎肉,不过白狮并没有动过,欧阳婉也是刚才给白狮送食物时才发现。

虽然家里的成员越来越多,但是最先跟着庄睿的白狮,地位还是最高的。

"呜呜。"

看到庄睿过来,白狮从地上站了起来,对着欧阳婉呲了呲牙,似乎警告她一般,这才用大脑袋在庄睿头上蹭了蹭,然后又趴回屋子大门处。

"臭小子,和我妈呲什么牙啊? 你这没良心的,也不看看每天都是谁在喂你。"庄睿没好气地在白狮头上拍了一记。

"呜呜。"受到庄睿的教训,白狮看向欧阳婉的眼神才稍微柔和了一点。

"白狮,怎么了? 生病了吗?"

庄睿摸了摸白狮的大脑袋,用灵气帮它梳理了下身体,在他的记忆中,这家伙好像就没生过病,哪顿饭都没少吃过。

"呜呜。"

白狮舒服地呻吟了一声,回头看了看屋里面,喉间发出低吼声,似乎在告诉庄睿什么。

"雪獒呢?它怎么也不吃饭啊?"

庄睿愣了一下,自从把雪儿从雪山带回来,白狮两口子一向是形影不离,白狮自个儿趴在门口晒太阳的事情还比较少见。

"我靠,你这家伙居然还保密啊?"

庄睿用灵气在白狮的老窝里扫了一眼,发现雪獒的身下居然多了几个毛绒绒的小肉团,马上反应过来,敢情白狮做爸爸了。

藏獒极护崽,在母獒生产期间,就是主人都不让靠近,不过庄睿可不管那么多,狠狠地在白狮头上敲了一记,转身就走进了房间。

"呜呜。"

看到有人进来,趴在角落暖烘烘的窝里的雪獒马上绷紧了身体,喉中发出警告声,不过看到是庄睿,马上放松下来,懒洋洋地趴了回去。

"呀,真是的,原来雪獒生狗仔啦?"

跟在庄睿身后走进屋子的欧阳婉,一眼就看见雪獒腹下趴着几只小狗崽,顿时高兴地叫了起来。

"一只……两只……四只,妈,雪獒一共生了四只狗仔。"

庄睿让雪儿抬起身体,找出四只小家伙,被庄睿拨弄的小家伙发出微弱的呜咽声。

藏獒一般都是六到八只一窝,不过纯血藏獒的出生率没那么高,一窝能有四只已经让庄睿喜出望外了。

几只小獒崽都是雪獒,因为刚出生,毛发有些偏灰,再大一些就会变成纯白色,看着不过巴掌大的几个小东西,庄睿不禁想起当年收留白狮时的情形。

"妈,拿盆温水来,我给它们洗洗。"

几只小獒身上黏糊糊的,庄睿用灵气一一给它们梳理了身体之后,都舒服地睡了过去。

白狮这会儿也走进屋里,眼中含着温情看着他的儿女们,也只有庄睿才能如此接近小獒,换成欧阳婉,白狮是不答应的,不管是人还是动物,舐犊之情都是一样的。

"唉,我以后去哪儿给你这些儿女配种啊?"

庄睿接过母亲打来的温水,小心地帮小家伙们清洗身上的污垢,再放回母獒腹下,被惊醒的小家伙们虽然还没睁开眼睛,但是凭着直觉找到母乳后就开始吃喝起奶来。

"妈,你看这些小家伙是咱们自己养,还是?"

以后白狮估计每年都会生这么一窝,这要是都留下来的话,估计没几年自己也能开个獒园了,所以庄睿对这几只小獒的去向,有点拿不定注意。

"小军早就念叨着要一只了,还有大川那孩子也要一只,剩下两只咱们就自己留着吧。"

看着这几个毛绒绒的小家伙,欧阳婉也很喜欢,要不是侄子张嘴,她也舍不得给。

"好吧,这两个家伙倒是会占便宜。"

庄睿点头同意了,这样一只小獒,要是卖的话,如果遇到马胖子那样的人,庄睿最少开价一千万以上,这可是血统最纯正的二代雪獒了。

听到雪獒产崽的消息,刚刚返回彭城的刘川又连夜赶了回来,欧阳军也是宝贝不已,稀罕的程度让徐大明星都有些嫉妒,就是自己儿子也没见他如此宝贝啊。

由于要一个月之后,庄睿才同意他们抱走小獒,所以这两个家伙为了和小獒加深感情,居然连儿子都不顾了,在四合院里长住下来,每天庄睿的院子都是鹰飞狗跳,好不热闹。

离开北京的彭飞,第四天打了电话回来,那件事情已经处理好了,现在正往回赶,庄睿随时可以拍卖藏宝图了。

与此同时,由孟教授主持的克劳斯宝藏学术研讨会议也到了尾声,从头至尾庄睿都没参与进去,这种纯学术的研讨,庄睿的火候还差了一点儿。

不过这次学术研讨会的重要意义是不言而喻的,黄金面具的问世说明除了帝王谷埃及墓葬之外,还有其他没发现的古埃及墓葬,对古埃及的历史和文化有了更深一步的研究。

那些中世纪金银币有很多都是从未出现过的绝版钱币,通过对这些金银币的研究,诸位专家对当时西方世界各个国家的货币政策和社会形态也有了突破性的认知,尤其是研究西方各国古代货币制度的专家,更是受益匪浅。

一个星期的研讨会开完之后,所有与会专家对此次会议都给予了极高的评价,甚至有专家称,这次会议解开了很多中世纪的未解谜团,是一次具有历史性的重大考古发现。

世界各大媒体都做了大篇幅专题特刊,全世界有一百多个国家在不同媒体上报道了此次重大考古发现。

国内的报纸更是不遗余力地对此次宝藏发掘和学术探讨给予了专题报道,甚至中央台还为此搞了一个专题节目,让定光博物馆大大露了一把脸。

在这些报道中,出现字样最多的就是"定光博物馆"和"海盗宝藏"。

典当8

第四十四章 小雪獒出世

因此,有黄金面具和海盗馆的定光博物馆,在外国人心里一跃成为最想参观的博物馆之一。

名声带来的就是利润,在其后的日子里,几乎所有来北京旅游工作的游客,游览首选就是定光博物馆。

藏宝图的拍卖也吸引了世界各地众多探险家的目光,最后被一位美国探险家以九百万美元的高价拍得。

北京的天气一天天热了起来,到了六月初气温就高达三十多度,与城市中心的四合院相比,远在郊区绿树成荫的庄园更受众人的欢迎,就连白狮一家都搬了过去,准备打持久战了。

"定光博物馆"现在已经成为国内第一家综合了中外艺术品的大型博物馆,每天吸引着数以万计的各国游客。

从四月到六月这两个月,前来博物馆参观的人就达到了二百万人次,直接经济收益高达八千万人民币。

但是这也大大超出了定光博物馆的接待能力,庄睿把博物馆周围的绿化带及园林区都买了下来,现在博物馆二期馆址正在兴建中。

当然,具体事情庄睿是不管的,有皇甫云等人操劳,他又做起了甩手掌柜,闲下来之后,庄睿又重新走进校园,继续自己的学业。

不过经历了这次难忘的海岛之旅后,庄睿改变了自己的研究方向,他现在做的课题是关于古代中外海洋沉船的。

回国时见到的那些海底宝藏,让庄睿心里一直痒痒的,如果不是怕家人担心,庄睿早就组织人前往靠近南海的公海寻宝了。

第四十五章 一起来下套儿

庄睿这学期的课已经上完了，丫丫也开始放暑假了，和老妈一商量，干脆一家人，包括彭飞、张妈李嫂，都来到庄园里住下。

换了环境，可把小孩子们给乐坏了，小囡囡这会儿正在游泳池里和金刚打水仗，最后输了干脆耍赖爬到金刚的肩膀上，一大一小形成了鲜明的对比。

"囡囡，慢点，你这丫头，明年都要上学了，还那么疯。"

欧阳婉看着外孙女，连声在泳池旁边喊着，她是怕金刚伤到小囡囡。

"没事，金刚是乖孩子！"

囡囡清脆地回答道，她的夸奖让金刚很兴奋，用一个大巴掌把小丫头托了起来，围着泳池走了一圈，兴奋得小家伙嗷嗷直叫。

在泳池一角，还有白狮一家。向来喜欢严冬的白狮，到了夏天最喜欢在水里泡着，连带着刚刚两个月大的幼獒也在水里扑腾着。

恬静的丫丫在一旁看着，等两只幼獒没力气的时候，就把它们放到池边休息。

庄睿的那对儿女方方圆圆，则在泳池旁的遮阳伞下，伸胳膊蹬腿地看着别人嬉闹，两个小家伙很活泼，要不是被固定在躺椅上，指不定就爬到泳池里去了。

"囡囡也长大了。"

庄睿和秦萱冰坐在泳池旁的躺椅上，看着孩子们嬉闹，一脸幸福。

庄睿现在每天都过得很充实，就是半夜起来给孩子换尿不湿，也是为人父的一种真实体验。

坐在庄睿右边的是赵国栋和庄敏，彭城那边的生意都稳定了，也不用赵国栋整天看着，两口子想女儿了，就来北京住上一段日子。

坐在庄睿左边的是彭飞和张倩两口子，他们两个上个月已经完婚了，而且张倩也检查出怀了宝宝，激动得彭飞差点没让张倩辞掉工作。

"庄哥,咱能不能商量下,下个学期别再让我读书了?"彭飞苦着一张脸,对庄睿说道。

"想都别想,你小子连本科文凭都没有,我把你弄进京大读书,我容易吗?"

庄睿横了彭飞一眼,这小子歪门邪道压根就不用学,看一眼就明白,也能说两三个国家的语言,但就是不肯读书,庄睿还打算培养一下彭飞,让他以后去管理博物馆的事务呢。

"我读那么多书干嘛,反正以后也是跟着你。"彭飞不满地嘟囔起来。

"妈,您干儿子不喜欢读书,说读书没用,您老去教育下他啊。"

庄睿没搭理彭飞,扭头冲老妈喊了起来,吓得彭飞站起身一个猛子扎进了泳池里。

虽然欧阳婉是干妈,但是念叨起来,彭飞感觉就是亲爹亲妈活着的时候加在一起,都不如这个干妈厉害。

彭飞的举动引起一片笑声,庄睿笑着摇了摇头,忽然听到被儿子抓着当玩具的手机响了起来。

"诺,拿这个玩。"

庄睿给儿子嘴里塞了个奶嘴,将手机哄骗了过来。

"喂,哪位?"

看电话号码是河北的座机,庄睿感觉有些陌生,估摸着应该是玩黑市的李总的电话,老李很会做人,前段时间又给庄睿送来一套熬鹰用的工具,虽然庄睿用不上,但是也领情。

"庄老弟,我是老徐啊,徐国清!"电话里传来一个爽朗的声音。

最近这段时间,庄睿日渐稳重,就连皇甫云在私下里,也很少以老弟相称了,除了老朋友之外,也就是徐国清张口闭口地喊老弟了。

"徐工,我前段时间给你打了三个电话,你都没接啊。"

庄睿上个月带秦萱冰去了一趟日本北海道旅游,看到日本有一家陶瓷企业宣称,仿制出了一千年前的古瓷器,庄睿突然想起了磁州瓷的事情,连着给徐国清打了几个电话,这哥们都没空接,还是像以前那样不通世情。

"庄老弟,出来了,出来了。"

徐国清压根儿就没想起来庄睿打电话的事,这时他正满脑子激动,说话也有点语无伦次。

庄睿皱了皱眉头,问道:"什么出来了?"

"磁州官窑啊,我仿制出来了,虽然没有实物对照,但是和磁州出土的碎瓷片比对,仿真程度可以达到百分之九十九以上!"

徐国清这会儿就像是个考了一百分的孩子,向家长汇报成绩单一样,一口气把事情的来龙去脉说了出来。

徐国清虽然脑袋有点一根筋,但也不是完全不通世故,庄睿从去年开始,在他的实验室投入的资金已经超过了两千万之多,徐国清嘴上没说什么,但是心里还是有很大压力的。

庄睿听到是这件事,心中一喜,连忙问道:"烧出几件?"

磁州窑在中国陶瓷史上,有着举足轻重的地位,不过在近代的战乱中,古官窑的烧制秘方丢失,使其断了传承,这让很多国人痛心疾首。

所以即使在资金最紧张的时候,庄睿也没断了徐国清的研究经费,现在出了成绩,庄睿当然高兴了。

"老弟,这……这……就烧制出两件精品,其它的都有些瑕疵,不过你放心,现在我已经完全掌握了火候,后面的烧制成功率一定会很高的。"

徐国清听了庄睿的问话,有些不好意思,花了两千多万,就烧出了两件,别说这东西是现代仿品,就是真的古代陶瓷器,很多也不值这个价钱。

"两件?"

庄睿沉吟了一会儿,说道:"徐工,烧出来的两件瓷器你一定要保密,不要告诉任何人,也不要再继续烧了,我马上派车去接你,你带着这两件瓷器来趟北京。"

徐国清听庄睿说得郑重,连忙说道:"老弟,你放心,我谁都不会说的,那几个研究员都不知道,你也别派车来了,给我个地址,我带着东西自己去。"

"那成,你路上注意安全。"

庄睿也没勉强,徐国清四十多岁的人了,总不会连路都不认识吧。当下告知对方这里的住址,庄睿挂断了电话。

"老公,什么事啊?"

秦萱冰见庄睿接了一个电话后,脸上有些兴奋,不由奇怪地问道。

"没事,我要下盘棋,反正暑假闲着也是闲着,哈哈。"

庄睿得意地笑了一声,拿着电话站起身,找到一个号码拨了出去。

"李总吗? 我是北京的庄睿,对,是我,您这两天有时间吗? 我有件事想找您帮个忙。"

庄睿的电话是打给那位在京津冀地区黑白两道通吃的李老板的,他现在心里琢磨的这件事情,没有李老板的配合,那还真办不成。

"哎哟,庄总,瞧您说的,有事您吩咐就成了,说啥帮忙不帮忙的。"

李大力一听是庄睿的电话,原本正忙活大手连忙收了回来,身体也随之站了起来,其恭敬程度不亚于庄睿就在眼前。

由于黑市拍卖要和来自全国各地的土耗子打交道,一个不小心,就可能栽跟头,所以李大力行事一向都很谨慎,近几年更有上岸的打算。

　　不过人在江湖身不由己这句话并不是空穴来风,李大力想收手,就是下面那些跟他混饭吃的兄弟也不会答应,再加上以前做的那些事也不干净,所以李老板一直都这么不黑不白地漂着。

　　但是自从认识了庄睿,李大力似乎看到一条完全不同以往的路子,只要能把以前的事情抹平,自己的黑市拍卖未尝不能变得光明正大。

　　这其间他也来过北京一次,本想重温下京郊会所小明星的风采,却没承想这地方已经变成了庄睿的私人庄园。

　　这让李大力对庄睿更加敬畏,价值数亿的高档会所,转眼间就变成了私人庄园,这可不单单是有钱就能办到的。

　　所以接到庄睿的电话后,李总马上喊了司机,驱车往北京赶来。

　　"李总,请坐,来,喝杯茶。"

　　上午给李大力打的电话,庄睿没想到他下午就赶过来了,自己又不想在庄园里招待他,干脆把李大力约到了四合院。

　　因为他和李老板谈的事情有些见不得台面,知道的人越少越好,所以庄睿这才安排在四合院。

　　庄睿外出,除了特别重要的事情,一般都带着郝龙,这样一来,四合院的安保人员就不够用了,庄睿又向欧阳磊要了几个从特种师退下来的特种兵,作为四合院的安保力量。

　　不仅如此,就是庄园那边的保安也重新整合了一次,现在这两个地方都是庄睿的根基所在,容不得一丝闪失。

　　"庄总,您这院子可值老钱啦,啧啧,我这辈子要是能在北京城有这么个住所,那真是没白活了。"

　　李大力坐在中院的大树下,喝着庄睿倒的功夫茶,一双眼睛四处打量着,嘴里不时出"啧啧"的赞叹声,这话有一半是在恭维庄睿,另一半却是他实实在在感受到了震撼。

　　从2004年国家放开四合院交易之后,北京城为数不多的四合院,那是一天一个价,像庄睿这样的前后三进院子两个花园的大型四合院,身家没有个十几亿,那都不好意思问价。

　　"呵呵,买的早,倒是占了点儿便宜。"

　　庄睿闻言笑了笑,他也没想到国内这几年的房地产,涨势会如此迅猛。

不说这四合院，就是在中海买的那套房子，当时不过一万块钱一平方，现在已经涨至五万块钱一平方了，这还是有价无房，没人愿意卖，搞得那个物业经理三天两头打电话给庄睿，问他愿不愿意出手。

"那是庄总您眼光好。"李大力不露声色地又拍了一记马屁。

"得，李总，咱们谈正事吧。"

庄睿差点没被这老江湖拍得飘飘然，脸色一正，说道："李总，我手上有几件官窑瓷器，想从您那儿走一圈，不知道方便不方便？"

以庄睿的身份，自然不能跟李大力说，哥们想做个局，需要您配合，虽然是那个意思，但是这话是不能明说的。

"从我这走一圈？"

李大力闻言愣了，差点没怀疑自个儿耳朵出了问题。

以庄睿在古玩行的地位，想鉴定什么物件，假的也能说成真的，而且都不带有人怀疑的。

庄睿点了点头，说道："没错，是要从您那儿走一圈，是几件咱们河北的磁州官窑瓷器，胎色纯正，品相十分好。"

"等等，庄总，您先等等。"

李大力一听磁州官窑瓷器，整个人都差点蹦起来，作为河北人，又是淘弄古玩生意的，他对磁州瓷器再熟悉不过了。

所谓磁州官窑，其实只在南宋很短一段时间里存在过，在中国陶瓷史上，并没有著录记载，所以在学术界的争论很大。

说它存在是因为发掘出来的磁州古窑址中，有些制作极其精美，用料非常考究的瓷器碎片，在碎片底款上有南宋宫内的署款。

在出土的宋朝文献上，也有关于磁州窑瓷器进贡皇家的记载，所以有些学者说磁州曾经生产过官窑瓷器。

但是反对派的理由也很充足，就是从南宋至今，还没有磁州官窑实物瓷器出土过，什么叫做科考，就是根据出土的实物进行考证，磁州官窑没有实物，自然可以说它不存在了。

就像庄睿的那把定光剑，虽然在史书上有明文记载，但是人们还是认为它是传说，因为所谓的十大宝剑，没有一件现存于世。

直到定光剑问世，对其做了碳十四检测，证实这把剑的确是数千年前的产物，这才统一了思想，让学术界的质疑声消失。

所以李大力听到磁州官窑这几个字后，整个人马上跳了起来，那玩意只存在于传说中,谁都没见过,庄睿一说就是几件,而且还品相完好,他能不吃惊吗?

"庄总,这……这个可不能开玩笑的,如果磁州官窑瓷器出土,那绝对会填补一段陶瓷史的空白,这……这东西说出去,没人相信啊。"

李大力根本就不用看实物,就知道庄睿手上的东西是假的,此刻他心里也在腹诽:"您都这么有钱了,至于拿假瓷器糊弄人吗?"

李大力刚才那番话,虽然没明着拒绝,但是也说出了自己的意见,他是开古玩黑市的不假,古玩的来路也不怎么正当,真假都有,但是拍的东西还算靠谱。

庄睿要是拿着所谓的磁州官窑瓷器上李大力的黑市拍卖会,就和他的拍卖场出了和氏璧一样,估计没几个人会相信。

"呵呵,李总,我听说最近邯郸那边有一处古窑址被人挖了,出了不少精美的宋瓷,您知道吗?"

庄睿突然一改话题,说得李大力伸手挠起头来,他已经开始摸不清头脑了。

李大力就是靠古玩吃饭的,什么地方出了古墓窑址,他甚至比相关部门知道的还要快上几分,不过庄睿说的邯郸古窑,他还真是一无所知。

"庄总,据我所知,好像邯郸那边没……哦,我明白了。"

李大力是什么人?在江湖上打滚了那么多年,把庄睿的话在心里转了一圈,立刻明镜似的,庄睿这是要做局!

说的俗一点,庄睿是要下套子,事先大肆炒作磁州官窑出土,然后借一把天梯,推出所谓的古窑瓷器,如果手法玩得高明,也能将这物件捣鼓出去,毕竟这年头人傻钱多的"伪收藏家"不在少数,中海的阳父就是这类人的代表。

只是李大力有点闹不明白,以庄睿的身家,至于在这点小钱上折腾吗?磁州窑就是再值钱,也贵不过元青花去,庄睿定光博物馆里的元青花,可是被鉴定为真品的。

而且这事万一传出去,庄睿可就要声名扫地了,李大力在心里权衡了一番,说道:"庄总,这事要是做起来,有些招眼,说不定会引起一些部门的关注,您要是最近不方便,老哥我这里还算宽松,要多少您开口就成。"

李大力就算是脚踩黑白二道,但对一些敏感的物件,他也是不接的,甚至会通报给相关部门,所以对他的黑市拍卖场,有关部门也是睁只眼闭只眼。

但要是磁州官窑出土的消息传出,不管真假,都会引起那些部门的关注,所以李大力才有这么一说。

至于借钱,李大力还真存了这个心思,他宁愿借给庄睿千儿八百万的,也不愿意招惹这麻烦。

"嗯?"

庄睿闻言眉头皱了起来,他没想到李大力的反应会这么强烈,但是这事没李大力,还真不好办。

庄睿想了一下,说道:"李总,您和境外的一些人,应该也比较熟络吧?"

"什么?!"

李大力猛地站了起来,今儿他可被庄睿吓着了,这哥们年龄不大,说话都是跳跃式的,怎么又扯到境外去了?

李大力倒腾古玩只为了赚钱,偷运古董出国的事他也没少干,当然,李总江湖经验丰富,做事比较小心没失过手罢了。

但是李老板做贼心虚啊,一听庄睿提起这事,李大力的脸色顿时变得很难看,庄睿这话有敲打他的意思。

"庄总,我李大力虽然贪财,但绝对取之有道,卖祖宗物件的事情,我是不会干的。"

李大力义正言词地回道,他的确没干过,都是手下去做的,这番话倒是说得理直气壮。

李大力倒腾文物,查出来最多就是个销赃罪,就算是被人咬死了,不过判个几年而已,而且还能让手下的小弟去顶罪。

但是走私文物的罪名就大了,如果涉案金额大,涉案文物级别高的话,拉出去打靶也不是没可能。

所以听庄睿这么一说,李老板马上急了,要不是他畏惧庄睿身后的权势,这会儿早就翻脸了。

"李总,你误会我的意思了,我是说,这几件磁州官窑瓷器,可以走走别的路子嘛,听说有些国家对磁州窑特别感兴趣。"

庄睿见李大力误会了自己的意思,连忙出言解释了一下,就差没说让李大力去邀请日本客人的话了。

庄睿的"宣睿斋"可不是白开的,虽然赚钱不多,但却是个消息灵通的地方,古玩行里有什么新鲜事,一准儿先在潘家园传开。

庄睿从猴子那里了解到不少小道消息,中国走私出去的古董,主要集中在两个地方,第一个是香港,以香港为中转站,销往欧洲国家。

第二个地方就是日本,日本对中国古玩向来觊觎已久,每年海关查到携带中国文物出境的外国游客,最多的就是日本人。

庄睿第一次在西藏参加古玩黑市,就碰到了一个日本人,这并不是偶然现象,很多来到中国的日本人,都会通过各种渠道,大肆收购古玩带回日本。

在这个过程中,李大力这种人,就在扮演着关键角色,说好听点叫做掮客,说不好听了,就是文物走私犯。

"庄总,您说的磁州窑,是不是咱们上次。"

李大力总算明白庄睿的意思了,敢情这哥们是想坑外国人啊?不过谨慎起见,李大力还是想弄明白其中的缘由。

万一出了问题,别人只会找他这个中间人,而不会去找庄睿。

李大力上次和庄睿去过徐国清的实验室,早就猜到庄睿说的物件应该就是出自那里,张嘴问庄睿,不过是想确认一下罢了。

"李总,其实现在全民收藏,古玩市场一直都很繁盛,您又有足够的人脉,可以考虑将拍卖行办得更加正规化、国际化,没必要偏居一隅小打小闹的。"

庄睿没回答李大力的问题,而是说出了另外一番话来。

庄睿说漫不经心,但李大力却听得两眼圆睁,古玩市场繁荣带来的是国家的重视,相关法规不断出台,古玩黑市的生存空间越来越小。

而且盗墓组织日益猖獗,李大力接收赃物的时候,都是提心吊胆的,生怕里面有被国家盯上的东西,他心里比谁都明白,自己现在之所以活的好好的,就是没触及到法律的底线,否则早就被请去吃牢饭了。

早两年李大力就想收手上岸了,苦于关系不够,上岸后没个正经营生,现在庄睿说出此话,正好击中了李老板的软肋。

"我和京都拍卖行的钱总关系不错,可以介绍李总认识,您可以挂靠在京都名下,在冀省开个分行也是不错的。"

庄睿又抛出了诱饵,他知道,和李大力这种人讲什么国家大义朋友之道,纯粹是扯淡,没有足够的利益,他绝对不可能涉险帮自己布局。

"庄总,那敢情好。"

拍卖行的门槛非常高,尤其是古董拍卖,必须有相关资质,李大力在冀省明面上的拍卖行挂靠在一家政府部门下面,只有拍卖相关房产设备的权限。

现在庄睿给了他一个能通过正当渠道进入古玩拍卖的机会,李大力明知道是诱饵,也要张大嘴一口吞进去。

"庄总,这事就交给我了,一准儿让您满意,不过那两件东西,您要先交给我,最好能有些佐证,我找人看过之后,把消息放出去。"

能洗手上岸,李大力哪还在乎坏了在古玩黑市的名声。一旦下了决心,李大力也不瞻前顾后了,干脆将布局下套的活都揽到自己身上。

"成,李总您放心,那些物件和当年的官瓷相似度在百分之九十九以上,只要不经过碳十四检测,绝对没有任何问题。"

见李大力答应下来,庄睿松了一口气,没有李大力这种人,他还真干不成这事。

"那就好,庄总您放心吧,给我一个月时间,我一定把这次拍卖办起来,咱们就搞个磁州官窑专场拍卖会。"

李大力听了庄睿的话后,将心中的顾虑彻底放了下来,东西是假的,即使被相关部门盯上了也不怕,最多不过是个偷税逃税,还能将自己怎么样?

"好,麻烦李总在北京再住两天,明天我把东西给您送去。"

李大力愿意大包大揽,庄睿求之不得,这位李老板本身就是江湖人,做起局来绝对比自个儿专业。

送走李大力后,庄睿刚好接到徐国清的电话,就让他直接来四合院。

第四十六章 古玩黑市

"徐工，这件我认识，应该叫做白地黑花云凤纹四系瓶，但是这件是做什么用的，您可要给我解说一下了。"

摆在庄睿面前的两件瓷器，一件是釉下彩的白地黑花云凤纹四系瓶，整个瓷瓶硕大、浑圆、厚重，上面雕有云龙玉藻等图案。

虽然四系瓶庄睿认得，但是另外一件他就看不懂了，这件瓷器呈四方形，上面开一巴掌大的小口，四面均画着人物形象，庄睿拿不准这东西是做什么用的。

徐国清见庄睿不识得此物，顿时笑了起来，说道："呵呵，这是古代的恭器，专门给帝王妃子出恭用的，磁州窑本身就是生产民间用的瓷器，所以我做了这么个东西出来，也算比较贴切吧。"

听了徐国清的话，庄睿心里一阵恶寒，不就是皇帝的马桶吗。古玩行里有句笑话，说皇帝的马桶都价值连城，说的就是面前这物件了。

不过要不是知道这东西是刚烧制出来的，庄睿绝对不会上手把玩。

徐国清介绍完之后，庄睿将两件瓷器仔细验看了一番，从釉色胎质以及烧制火候看，这两件瓷器真的很难找出瑕疵。

和民窑磁州瓷相比，这两件作品既保持了那种粗犷豪放，洒脱不羁的绘画风格，又有着官窑瓷器严谨、精美的特点。

"好，徐工，好手艺！"

如果不是刚出窑的物件，庄睿也很难用双眼辨别出真假，看得庄睿赞不绝口。

"庄老弟，东西我送来了，没我啥事了吧？"

徐国清刚刚烧制成功两件，手正痒痒呢，这会儿心早就飞回实验室里去了。

"徐工，既然来了，就玩几天再走嘛。"庄睿说道。

徐国清闻言脑袋摇得像拨浪鼓似的，说道："不玩，老弟，没事我这就回去了，手上正有几件画出胎来还没烧的东西，没工夫在这耽搁。"

"得,那你就回去吧,不过徐工,磁州官窑烧制成功的事先不要放出消息,一点风声都别走漏啊。"庄睿见留不住徐国清,连忙交代了几句。

之前有唐三彩创汇的事,徐国清当然明白庄睿打的是什么主意,当下说道:"我知道了,这两件瓷器就是那些研究员都不知道,老弟你放心吧。"

徐国清从当初穷的连电费都交不起,到现在过着老婆孩子热炕头的日子,自然知道好歹,再说这东西是到国外骗老外的钱,徐国清一点心理负担都没有。

送走徐国清后,庄睿第二天就把两件瓷器、还有徐国清带来的几件出土的磁州官窑碎瓷,都交给了李大力。

至于如何做旧,李大力手上有专业人才,压根不用庄睿烦心。

过了半个月,庄睿去潘家园"宣睿斋"时,从猴子嘴里听到一则消息:河北邯郸有一个盗墓团伙,最近挖出来一个磁州古窑址,里面出土了不少好物件。

根据消息灵通人士称,在被盗的古窑址里,有两件制作极其精美瓷器,经过民间专家的鉴定,疑是南宋磁州进贡皇宫的官窑瓷器。

古玩市场八卦新闻的传播速度,绝对不亚于那些整天以打听别人私隐为乐的老娘们,极短的时间内磁州官窑瓷器出土的消息就传遍了大江南北黄河两岸。

"庄老师,在忙什么呢?"

庄睿正在庄园里看金刚耍宝,忽然接到了金胖子的电话。

"哎哟,金老哥,您千万别喊老师,我这心里别扭。"

庄睿虽然在古玩行里名气不小,被古玩爱好者称为老师,但是和金胖子这些科班出身的人相比,还是少了点儿底蕴。

"呵呵,那就叫你老弟好了,怎么着,前段时间闹出那么大动静,现在韬光养晦啦?"

金胖子可不敢小瞧庄睿,两年多前二人初识的时候,庄睿只在玉石行当里小有名声,但是两年过去了,无论是事业还是个人成就上,庄睿已经是当之无愧的行业翘楚了。

"嗨,金老哥,我这人就是运气好,其实懂的不多,这大热天的也不想出去,在家里窝着呢,怎么着,金老哥有什么关照?"

庄睿一边把爬到腿上的小雪獒抓起来递给外甥女,一边和金胖子随口客套着。

距离他上次见李大力,已经过去整整一个月了,期间他和李老板通过两次电话,李大力隐晦地告诉庄睿,有三位来自日本的客人,对这两件瓷器表现出了极大的兴趣。

关于这两件瓷器的黑市拍卖,最近几天就会举行,由于这次磁州官窑放出的风声让相关部门紧张起来,所以李大力很谨慎,这次黑市拍卖的时间和地点,到现在都没确定下来。

庄睿本来没打算参加这次黑市拍卖,所以这大半个月都在庄园里陪着家人,日子过得虽然稍显平淡,但却很充实。

"老弟,告诉你件事,最近在廊坊有个黑市拍卖。"金胖子的声音忽然压低了几分,显得神秘兮兮的。

"金老哥,您说的不会还是上次那种吧?我实在没什么兴趣。"

庄睿愣了一下,继而笑了起来,时间如此凑巧,肯定是李大力组织的了,亏得金胖子能想到自己。

"哎,老弟,这次黑市拍卖可是有货的,最近传得沸沸扬扬的磁州官窑瓷,你听说了没有?"

金胖子见庄睿不动心,不禁有点着急,他打电话给庄睿可不是闲得蛋疼,那可是领导交代的。

"我说金老哥,您又不是玩瓷器的,对这事那么上心干吗?"

庄睿还真有点儿奇怪,金胖子是字画专家,虽然对陶瓷器并不陌生,但是术有专攻,这老哥不至于改行当吧?

"咳咳,老弟,我这不是知道你喜欢玩瓷器吗?"金胖子有些不好意思,连着咳嗽了几声。

"嘿,我说金老哥,咱们认识的时间也不短了,有事您直说好了。"

庄睿听出点儿门道,敢情金胖子是无事不登三宝殿,有事找上自己了。

"就知道老弟你爽快,那我就直说了啊。

是这样的,领导知道我和你关系不错,想……想让我和老弟你商量一下,看看能……能不能在博物院和定光博物馆之间,搞个展品交流。"

金胖子还是有几分学者的清高,就是不爱求人,这话说的磕磕巴巴的,看样子也是被领导给逼紧了。

庄睿一听是这事,眉头不禁皱了起来,前段时间皇甫云倒是跟他说过这个事。

但是庄睿觉得海盗宝藏和黄金面具都是定光博物馆的镇馆之宝,来参观的游客也多是冲着这些物件来的,博物馆之所以能有现在的客流量,这些物件功不可没。所以庄睿当时就拒绝了这个建议。

没想到那边不死心,居然让金胖子拐弯抹角地找上自己,倒是让庄睿有些难办了。

不管怎么说,当初是金胖子介绍大师给自个儿认识的,并且大师给宣睿斋和博物馆都题了字,这天大的人情都要落在金胖子身上。

再说庄睿要求参观博物院库藏精品的时候,金胖子可是很给面子,不仅安排了字画库藏,就连陶瓷仓库也让庄睿参观了一番,这面子可给的不小。

所以庄睿可以不留情面地拒绝那些领导,但是对金胖子,他还真说不出个"不"字来,这就是国人的人情往来。

"金老哥，说老实话，我是不怎么想进行这种交流的，博物院家大业大，看点很多，但是我们就这几个亮点，交流出去恐怕会影响生意。"

庄睿说的是实话，不过电话一端的金胖子听的不是滋味，刚想开口说话，庄睿的声音又传了过来："要是金老哥您领导来提这事，我一准不答应，不过金老哥您既然开了口，咱不能让老哥哥您下不了台不是？"

庄睿大喘气地说话，让金胖子那胖嘟嘟的脸一阵红一阵白，心里却倍儿高兴，没看到嘛，领导找庄睿都不好使，哥们儿一句话就办成了，多有面子的事儿啊。

"金老哥，不知道贵馆想交流哪几个物件啊？"

庄睿的声音从电话里传出，金胖子连忙说道："是这样的，展品交流的时间大致定位一个月，你们那边的定光宝剑，毕加索的素描画，克劳斯的黄金锚和埃及黄金面具，都是我们想要交流的展品，老弟你看怎么样啊？"

"靠，就这几件有看点的，都要交流过去。"

庄睿在心里暗骂了一声，当下开口道："金老哥，不知道博物院那边愿意出哪些藏品？"

"呵呵，老弟，你放心，领导说了，只要你同意拿出那四个物件交流，博物院里的东西，随便你挑十件。"

金胖子这话让庄睿心中的不平衡去了大半，博物院里的好东西可不少，如果他们真愿意拿出好东西，这次交流倒是不会吃亏。

想了一下，庄睿说道："乾隆款金瓯永固杯可以作为交流藏品之一，另外元代张成的雕漆云纹盘、宋代的青玉云龙纹炉、张泽瑞的《清明上河图》、西晋陆机的《平复帖》、青铜之宝酗亚方樽。

"博物院要是愿意拿出这些物件，我不介意你们在我们博物馆里再挑上几件。"

"老弟，你可真是狮子大开口啊，得，这我做不了主，回头给你电话。"

庄睿话未说完，就被金胖子急急打断了，虽然他刚才说博物院里的东西随便挑，但是这几个物件，无一不是镇馆之宝，每一件都是一类古玩中的巅峰之作。

像那个乾隆款的金瓯永固杯，就是宫廷文物的代表作，制作此杯的时候，不仅调用内库黄金、珍珠、宝石等珍贵材料，而且曾多次修改，直至皇帝满意为止，因此，该杯一直被清代皇帝视为珍贵的祖传法宝。

张成则是元代的漆器大师，其传世作品被一致认为是雕漆作品里的珍品。

至于张泽瑞的《清明上河图》，那更无须多言了，而西晋陆机的《平复帖》更是法帖的代表作品，堪称无价之宝。

庄睿要这些藏品进行交流，别说是金胖子了，就是博物院的领导也做不了主，这事必须由上一级领导审批。

"嘿嘿,换呗,换了我也不吃亏。"

　　挂断电话后,庄睿阴险地笑了起来,谁让金胖子说了大话,任他挑选呢,庄睿自然不会和他客气了。

　　让庄睿没想到的是,一天之后,金胖子的电话又打了过来,除了《清明上河图》和《平复帖》由于容易损坏没答应之外,其余几件藏品,故宫方面都答应下来。

　　看在金胖子的面子上,庄睿也点头同意了此次藏品交流,具体的事情交给皇甫云去处理了,而定光博物馆,也将迎来为期一个月的博物院珍稀国宝专题展。

　　"老弟,你不知道,我把你的条件跟领导一说,领导的脸都绿了,差点没从椅子上摔下来,哈哈。"

　　坐在庄睿新买的悍马车上,金胖子笑得很高兴,事情他给办成了,这副研究员前面的副字,马上就要去掉了,他可还吃着国家的俸禄呢,对级别还是很看重的。

　　庄睿坐在副驾驶上,笑着说道:"得,金老哥,我这也就是看您的面子,换个人拿再多的宝贝,我也不搭理的。"

　　开车的人是彭飞,他们此行的目的地,是廊坊举办的古玩黑市,本来庄睿是不打算去的,但是闲了几个月的彭飞听说了此事后,软磨硬缠地拉着庄睿非要出来转悠转悠。

　　庄睿也想看看那些瓷器究竟会被谁买走,只是庄睿不想被人知道他和李大力很熟,当下联系了金胖子,一起来参加此次古玩黑市。

　　廊坊和北京紧挨着,开车出城过了大半个小时,就进入了廊坊地界。

　　金胖子拿着电话联系了一下,在一个十字路口,一辆黑色的大众轿车开到庄睿的车前引起路来。

　　跟着那辆黑色大众绕着廊坊市差点转悠了一圈,车子才向郊外驶去,这些开古玩黑市的人都是如此,用的手法千篇一律。

　　庄睿看了眼车外,说道:"嗯?怎么又往北京方向开了?"

　　"老弟,这黑市都不固定,说不定就在北京城里呢。"

　　金胖子倒是见惯不惯,靠在后座上闭目养神,他对此次黑市兴趣不大,因为不管那两件磁州瓷是真是假,都不是他能参合的。

　　车子又往前开了二十分钟左右,驶进了一个外面都是白桦树林的岔路。

　　"这地方倒是和我那园子有点像。"

　　树林后面是一个小庄园,不过面积要比庄睿那园子小多了,四周是用木栅栏围起来的,园中有两栋小楼,后面是一排砖房,不知道做什么用的。

　　"咦,这地方我知道啊,这是个马术俱乐部。"

　　见车子停下来,金胖子睁开眼睛四处打量了一圈,他曾经给北京一位企业家鉴定字画,受邀来到这里玩过一次,那位企业家在这里养了两匹属于私人的马。

在国内,保龄球高尔夫什么的已经过时了,真正有钱有品位的人,已经开始玩赛马了,自己花钱养上一匹马,平时留在俱乐部里,到周末邀几个老板赛赛马,这才是倍儿有面子的事。

"马场?"

庄睿的话刚问出来,就看到房子后面空旷的地方,一个女孩骑着一匹高大的枣红色骏马驰骋着,英姿飒爽,只是她头上戴了护具,看不清面容。

这时在前面领路的车里走下来一个三十出头的中年人,来到庄睿等人面前,说道:"金老师,几位老板,拍卖十一点整进行,还要过一个小时才开始,几位可以先进去休息下,也可以去马场那边玩玩,都是免费的。"

"那个骑马的人,也是参加此次拍卖的吗?"

庄睿指着马上的女孩问道,他参加过几次黑市拍卖,组织方无不是小心翼翼,这次居然安排在公共场合,庄睿还真是第一次得见,好像李大力不怕被查一样。

中年人往马场上瞥了一眼,不在意地说道:"不是的,那应该是马场的客人。"

"不怕有条子混进来吗?"庄睿奇怪地问道。

"不怕,老板都打点好了,几位放宽心去玩,我们只是组织古玩爱好者进行交流,又不犯法,警察来了也没辙。"

中年人满不在乎地说道,在他眼里,李老板关系通天,有什么麻烦都摆得平。

"成,是那栋楼吧?回头我们自己过去。"

庄睿看了看表,现在才十点出头,自己来的太早了。

"好的,那边的酒水几位也可以饮用,帐都记在我们这就行了。"中年人很有礼貌地打了招呼后,自行离去了。

"我怎么感觉咱们几个像是来旅游的?"

等那人走后,庄睿笑着说道,这古玩黑市参加的,一点儿紧张感都没有。

金胖子笑着说道:"老弟,别小看组织黑市的这个人,他干这行十多年了,在冀鲁皖苏还有北京地区,都有很广的人脉,好东西也不少,回头你就知道了。"

"哦,那确实是个厉害人物。"

庄睿挑了挑眉头,他还真没想到,李大力在古玩圈子里的名头这么响,就连金胖子这样的人,言谈中也隐隐带着推崇的味道。

第四十七章 最不想见的人

"庄哥,要不要赛次马啊?"

彭飞对这二人说的事情没什么兴趣,来到那排房子前,看着一长排的马廊,眼中有些兴奋。

"和我赛马? 你怎么不和我比鉴定古玩啊?"

庄睿没好气地瞪了彭飞一眼,他就没见过有这小子玩不转的交通工具,不管是飞机汽车还是轮船,彭飞都是上手就能开,想必马术也很不错。

"金老哥,您要不要玩玩。"

赛马庄睿没兴趣,不过骑在马上溜一圈,庄睿倒想感受一下,在国外,骑马可是高雅运动。

庄睿很小的时候,在公园里照相,才得以骑过一次马,看着马廊里一匹匹高头大马,不禁有些心动。

"得了吧,你看那老板的眼神,他能让我骑吗?"

金胖子苦笑着摆了摆手,他这二百多斤坐在马上,指定能让马主心疼死。

"老板,您这儿怎么收费的?"彭飞这会儿已经凑过去和老板聊了起来。

"几位,我们这是会员制马场,这些马大部分都是会员的,一般不对外,不过几位既然要玩,咱也不能扫了兴不是?"

马场老板是北京人,一口的京片子,先云里雾里地绕了半天,才指着马廊说道:"这匹马和那位客人骑的那匹是我养的,性情比较温顺,保证不会摔到客人,一个小时三百块钱,几位要不要玩玩?"

"成,牵两匹出来,我们两个人骑。"

庄睿今天穿的比较随意,牛仔裤配运动鞋,要是西装革履的,那还真没法玩。

"好嘞,那位客人马上就到时间了,有一位要稍等五分钟,您二位谁先来?"

这马主只有两匹马,所以要等那女孩回来之后,两人才能同时骑,庄睿看彭飞跃跃欲

338

试的样子,说道:"彭飞,你先去玩吧。"

马主牵出来一匹白色的骏马,个头很高,牵到跟前一看,马背几乎到了庄睿的脖子处。

接过马主递过去的马鞭,彭飞右手摆了摆,没有接马主递来的头部护具,直接用左手手抓住挽绳,轻轻拉了一下,马头微侧时,左脚伸进马镫,一个翻身就骑了上去,动作非常麻利。

"嘿,这哥们是老手啊,这动作在我们这,也就教练能做出来。"

马主看向彭飞的眼光变得不同了,这动作是受过长期马术训练的人才能做出来的。

彭飞扬了扬马鞭,向几人行了个骑士礼,双腿一夹,口中吆喝了一声,那批白马就小跑起来。

和那位场内的女骑士御马慢跑不同,彭飞骑着马小跑二三十米后,速度就快了起来,随着马蹄发出"哒哒"声,白马如同一道白色闪电,在马道上奔驰着。

"骚包。"

彭飞的举动看得庄睿心里直痒痒,不过他也知道,要是换成自个儿上去,估计都没那女骑士骑的好,能在马场里走上一圈就不错了。

庄睿和金胖子在遮阳伞下喝了会儿饮料,那个女骑士驾着枣红马慢慢蹍回马廊边上。

"哎,哥们,轮到你了,护具要不要啊?"

马主牵着那匹马,等女骑士下马后,拿着一个有点像击剑运动员戴的那种面罩,向庄睿问道。

"要。"

庄睿可没有彭飞的水平,顺手将护具接了过来,他刚要往头上套的时候,忽然看到马上下来的女孩揭开了面罩,不禁傻眼了。

"苗……苗……苗大小姐!"

庄睿四下里看了一眼,硬是忍住没喊出苗警官三个字,不过那双瞪得溜圆的眼睛显示出了他内心的惊愕。

庄睿实在想不到,居然能在这种地方碰到苗菲菲,联想到苗警官的职业和一会儿即将开始的黑市拍卖,庄睿可不认为她是来这里骑马玩的。

要说庄睿此时最不愿意见到的人,非苗大小姐莫属了,私人交情放一边不谈,这苗菲菲可是警察啊!

"庄睿。"

苗菲菲见到庄睿,心情也很复杂,庄睿结婚之后,她就申请调到外省工作,虽然那会儿嘴硬,但是让苗菲菲去抢别人的老公或者做小三,她还是干不出来的。

这一年多,苗菲菲原本以为庄睿已经从自己的生活中消失了,却没想到回京后接的第一个案子,居然又碰见了庄睿。

其实刚才在马上，苗菲菲就已经认出庄睿了，她一直在平复自己的心情，此刻才走了过来。

"金老哥，您去溜一圈吧，我和苗小姐谈点儿事。"

庄睿把手中的缰绳递到金胖子手上，也不管他愿不愿意，直接将他推了出去。

"哎哟，我说老弟，还骑什么马啊？赶紧走人吧。"

金胖子一把拉住庄睿，他可是知道苗菲菲的身份，女警察来到开黑市的地方，那还能讨得什么好啊？

"没事，金老哥，您去溜一圈，我和苗小姐谈谈。"

庄睿可不愿意走，为了布这个局，他可是煞费苦心，这次的黑市等于是他开起来的。

要是被警察搅了局，庄睿不甘心不说，也对不住李大力啊，那哥们指定要给自己背黑锅。

金胖子听了庄睿的话后，才想起来这二人是朋友，当下狐疑地牵着马往马场走去，也不知道等会儿准备人骑马还是马溜人。

见到突然换了人，马主不乐意了，跟在后面喊道："哎，哎，我说要是哥们你骑，那一个小时要五百啊。"

和苗菲菲走到角落的遮阳伞下坐下来，庄睿讪讪地问道："苗……苗警官，最近还好吧？"

苗菲菲性情直率，曾经，和庄睿是很好的朋友，但是由于后来发生的事，现在反倒变得陌生起来，不说如同路人一般，但也已经一年多没联系了。

苗菲菲虽然比一年前清瘦了些，但是精神很好，闻言抬起头看了庄睿一眼，说道："我挺好的，庄睿，你来这里干吗？"

庄睿闻言苦笑起来，这位大小姐说话还是这么直来直去的，自己来这里能干吗？当然是参加古玩黑市拍卖了，难不成来骑马？

不过谈到正事，倒是让庄睿没那么尴尬了，当下咳嗽了一声，说道："这里有个古董艺术品交流会，我来看看，有什么中意的物件没，你也知道，我那博物馆的底子还弱，藏品太少。"

"呵呵。"

庄睿的话让苗菲菲笑了起来，敢情这玩文化的，说话就是有水平，明明是违法的古玩黑市，愣是被庄睿说成古董艺术品交流会，真当自己是傻的啊？

"庄睿，咱们是朋友吧？"苗菲菲一双秀丽的大眼睛紧紧盯着庄睿。

"咳咳，当然啊，不过我希望你和萱冰也能成为朋友。"

庄睿的表情有些不自然，他又不是木头人，对苗菲菲的情意当然能感觉到。

不过想想自己那对儿女，庄睿也不敢犯错误啊，更何况苗大小姐一向是彪悍的代名词,肯定不会对自己这有妇之夫再感兴趣了。

"不提你老婆能死啊?"

苗菲菲白了庄睿一眼,说道:"既然咱们是朋友,那我拜托你一件事好不好?我最近对古玩很感兴趣,也想参加这个古董艺术品交流会,以您庄老师的名头,带个人问题不大吧?"

苗菲菲回京后,闲置了一段时间,最近传出有人准备拍卖磁州官窑瓷器,地点就在京津结合处,因为买家多是北京人,所以两地决定联合办案。

不过苗菲菲任职的分局这段时间案子很多,抽不出人手,而且苗菲菲以前也办过和古玩相关的案件,所以就让她来主持北京方面的工作了。

在之前的调查中,警方发现,在河北邯郸一个庄稼地里,的确出土了不少陶瓷碎片,经过专家鉴定,证实这里很有可能是一个宋朝的古窑址。

但是这个窑址已经被人光临过了,经过抢救性挖掘后,除了一些散碎瓷片,再也找不到有价值的东西。

至于里面是否出土了南宋官窑瓷器,就连专家也不敢肯定或者否认,只能说"有可能"。

就因为"有可能"这三个字,让警方紧张起来,经过近一个月的调查,对李大力这个古玩黑市拍卖团伙进行布控。

连庄睿都不知道,李大力为了布这个局,可是花费了相当大的力气,不但散播出磁州官窑瓷器出土的消息,还在一处早已被盗掘的古窑址上动了手脚,制造成刚被发掘的迹象。

李大力做的远远超出了庄睿的期望,这个局不但将来自海内外众多藏家网络在内,甚至连警方都蒙在了鼓里。

这布局下套,就是要做到九分真一分假,处处都要符合逻辑,就像曾经在北京四合院租房子的那位套儿爷,拿出来的诱饵全是真正的明清红木家具。

不过凡事有利必有弊,李大力也知道这次动静闹得有些大,被相关部门盯住了,甚至有人跟他打了招呼,让他避避风头。

但是李老板权衡了一下利弊,被警方抓住,这些假物件也不能定自己罪,而失信于庄睿,却是他不愿意的。

两弊相权取其轻,李老板还是决定将这次古玩拍卖进行下去,就算最后被警察破坏了此次交易,他对庄睿也算有个交代了。

对此次拍卖,李大力是外松内紧,除了他邀约的人之外,一概不允许带人参加,这样就杜绝了警方派卧底进入会场的可能性。

金胖子也知道这件事,为了带庄睿参加此次拍卖,他还特意向组织方提出申请,庄睿才得以成行。

不过金胖子并不知道,庄睿本身就在李大力的邀约名单内,只是起初他不打算参加而已。

李大力出了这么一招,就让警察难做了,不管京城警方还是天津警方,都只打听出拍卖地点,却无法进入拍卖会场,不能第一时间对案情做出掌控。

警察办案也是要讲证据的,加上前来拍卖古玩的收藏家,多是有身份的人,如果黑市里没有什么违禁物品,不但会打草惊蛇,也会被人质疑他们的工作能力。

听苗菲菲说她喜欢上了收藏,庄睿苦笑着摇了摇头,说道:"苗警官,我知道你们是冲着所谓的磁州官窑瓷器来的,我现在就可以告诉你,那些瓷器是赝品,是现代仿制的,不值得你们如此大张旗鼓。"

庄睿也在权衡,他不能让警察破坏了这件事,所以想了一会儿后,他说出了瓷器是赝品的事实。

"你……你怎么知道?你见过那两件瓷器吗?"

苗菲菲对庄睿的专业知识还是比较相信的,但是她不明白,庄睿明明知道瓷器为赝品,为何还要来参加这次拍卖?

看来不说清楚是打消不了苗警官的疑虑了,庄睿四下里瞅了一眼,压低了声音说道:"那两件瓷器本来就是我的,你说我见过没见过?"

"什么?!"

苗菲菲吃惊地张大了嘴,她怎么都没想到能从庄睿嘴里得到这么一个答案。

"你……你这不是诈骗吗?"

苗菲菲马上就意识到,所谓的古窑址,应该也是庄睿做的局。

"诈骗?我骗谁了?"话已经说白了,庄睿也放开了。

"你先是炒作古窑址出土了磁州窑,然后又借天梯放出瓷器,这些手段都可以被认定为诈骗罪。"

苗菲菲这些年警察也不是白当的,经过几次历练,见识早已不是中海那个小交警可比的了。

"什么诈骗啊?我这两件瓷器烧出来就花了一千多万,最后也不见得能卖这么多钱呢,您说我骗谁啦?"

庄睿对苗菲菲的话很是不满,他又不是空手套白狼,这两件瓷器实实在在花了一千多万人民币才烧制出来,这世上有花费成本那么大,那么傻的诈骗犯吗?

"两件瓷器花了一千万?"

苗菲菲听了庄睿的话后,也被他绕迷糊了。

"行了,以后有空再给你解释,这两件瓷器不会卖到国人的手里,不行我就自己买回来,你们警察千万不要给我添乱啊。"

庄睿见到这会儿已经有人开始进入小楼了,再看看手表,时针也快指向 11 点了,当下站起身来,准备结束这次谈话。

"你说的什么话啊? 你要是进行违法犯罪活动,我就有权利制止,不行,我要跟你进拍卖场里去。"庄睿的话让一身正气的苗警官很不爱听。

"得,得,去,带你去还不成?"

庄睿看到金胖子和彭飞已经牵着马走回来了,连忙答应下来,惹火了这小姑奶奶,她真能将自己和李大力煞费苦心布的局给搅黄掉。

"这还差不多。"

苗警官看庄睿让步了,得意地拿出电话,让那些随时准备冲进会场的警力都撤回去。

对于庄睿的话,苗警官还是相信的,毕竟一个身家上十亿的富豪,还不至于这么下作地冒着风险去诈骗几千万。

见苗菲菲要和他们几个人一起去拍卖场,金胖子不禁拖后了一步,拉住庄睿,瞪大了眼睛说道:"庄老弟,你……你怎么又把她带上了? 这要是传出去,对你影响可不好啊。"

庄睿笑道:"金老哥,没事,她就是个古玩爱好者,来见见世面的。"

"哥们倒是不想带,那这黑市也别想开了。"庄睿在肚子里腹诽了一句。

金胖子见庄睿若无其事的样子,提醒他道:"老弟,我可没本事把她带进去啊,就是带你来,我还是提前打了招呼的。"

"这事我来解决,那姑奶奶惹不起啊。"

庄睿苦笑了一声,从口袋里摸出电话,找到李大力的号码后拨了出去,他没敢说带警察去,只说带一朋友,李大力自然不会有异议了,马上用对讲机通知了门口的人。

看庄睿把苗菲菲彭飞都带了进去,金胖子那眼睛瞪得更大了。

在小楼外面,有不少人的保镖都被拦在外面不得入内,而庄睿一个电话就带了俩人进去,这不得不让金胖子怀疑庄睿与那位神秘的李老板是否相识?

刚才被金胖子拉住耽搁了一会儿,进了小楼,庄睿发现,偌大的厅里已经坐满了人。

马场俱乐部偌大的客厅,原本是给一些所谓的上流社会的精英们举办 party 用的,现在酒吧台被当成了拍卖桌,原先的舞池则摆满了椅子。

要说此次拍卖引起的轰动还真不小,六排每排十人的椅子上几乎坐满了人,就连庄睿心里都有点儿打鼓,这古玩黑市开得如此招摇,估计李大力也是全国独一份了。

"金老哥,咱们坐后面吧。"

前排好位置早已坐满了人,庄睿这次本来就是打酱油的,不打算出风头,在他想来,小日本一定憋着劲要把这两件瓷器拍回去。

"金老师,您也来了啊?"

"哎哟,庄老师也来啦,少见您那。"

"老金,你玩字画的,怎么对瓷器感兴趣啦?"

庄睿和金胖子还没落座,耳边就响起了招呼声。

自从定光博物馆开业,庄睿组织了一次业内会议后,只要在古玩行里稍有名气的人,鲜有不认得庄睿的了。

像这种场合,专家来的比较少,而腰缠万贯的企业收藏家们则是人数众多,毕竟玩收藏也是实力的一种表现,否则您眼力再好,囊中羞涩也是买不到物件的。

庄睿和金胖子可以称得上是当之无愧的专家了,所以众多藏家们都热情地和两人打着招呼,或许等会儿这两人一句话就能让他们少受很多损失。

至于彭飞和苗菲菲,则很自然地被归类到保镖与小蜜的行列中去了。

"刘总,上次我可听说了,您那幅唐伯虎的画准备出手啊,回头咱们细聊。嘿,王总,您那件乾隆鎏金大盘还在手上吧?要是愿意转让,可要通知小弟啊。"

在古玩行摸爬滚打了两三年,庄睿也褪去了初时的青涩,游刃有余地和这些成功商人们交谈起来。

从庄睿开办的古玩网站开始运行后,专家和藏友们的互动也多了起来,双方都从中得益不少,私下里的关系也处得像朋友一般。

庄睿的定光博物馆更是大占便宜,从中收到不少好物件,有几件着实不错的精品,就是和场内的几个人交易的。

场内不光是庄睿等人在聊天,一些相熟的古玩藏家们也在交流着经验。

这些企业家也不都是文化人,说话粗声大气的为数不少,整个拍卖会场显得乱糟糟的。

庄睿发现,在会场第一排,有七八个穿着西装打着领带的人,面色严肃地坐在那儿一言不发。

庄睿打量着别人,苗菲菲则在注视着庄睿,看着此刻的庄睿,苗菲菲感觉到既熟悉又有一丝陌生,两年前那个略显青涩的年轻人,现在已经站到了一个普通人难以企及的高度。

这种感觉让苗警官感到有些失落,一个人默默地坐在椅子上,看着场内的众生相。

第四十八章 人傻钱多

"先生们，女士们，各位老板，嗯……还是这词用起来舒服，在座的可都是鄙人的衣食父母啊。"

庄睿等人刚刚坐下，一个声音就从台前响了起来，庄睿听得真切，居然是李大力本人主持，不由心中有些惊讶。

古玩黑市上，这种现象非常少见，一般背景深厚的老板都会隐藏在幕后遥控指挥拍卖的进程，这样即使出了问题，也能花钱将自己摘出来。

能让组织方的老板亲自主持，说明这次拍卖会上有非常重要的物件。

李大力虽然很少在拍卖场合露面，但是场内知道他身份的人却不在少数，李大力说完这番话之后，场下只响起了几声轻笑，气氛有些凝重。

磁州官窑瓷器的出土，将会在中国陶瓷史上书写重要的一笔，能将之收入囊中，对于这些企业收藏家们来说，都是一件倍儿有面子的事。

"诸位老板在百忙之中参加此次古玩交流会，我就不废话了，下面要交流的第一件藏品是……"

李大力的这番话，让台下众人哄然大笑，谁都知道此次来参加的是古玩拍卖，但是到了李大力的口中，却变成了古玩交流。

坐在庄睿身边的苗菲菲嘴角也微微翘了起来，看来庄睿所说不虚，最起码他和主持人的说法是一样的。

"好了，下面让我们来看看今天的第一件工艺品，这是近代金石字画大师黄宾虹先生早年的一幅作品。在上个月的瀚海春拍会上，黄先生的一幅同期作品，拍出了四百三十八万的价格，有兴趣的朋友可以先上来看看。"

随着李大力的介绍，两个马仔将一幅放在托盘里的卷轴在桌子上缓缓摊开，桌子上有强光射灯，就算是坐在最后一排的庄睿也能清清楚楚地看到画的全貌。

这是一幅泼墨山水画,山体遒劲有力,纵横奇峭,画风疏淡清逸,颇有黄宾虹早年的意境。

"老弟,你怎么不上去看看?"

坐在庄睿一侧的金胖子问道,此刻那些藏家们早已纷纷上前,戴上手套观摩起那幅画来。

"金老哥,您怎么不上去看呢?"

庄睿闻言笑了起来,即使不用灵气探查,庄睿也敢保证,这幅画绝对是赝品。

李大力又不傻,他肯定不会在被警方盯死的情况下,拿出真品进行拍卖的,即使是措词他都十分小心,用上了工艺品三个字。

对古玩市场,国内的相关条例并不规范,私人间的买卖一直都存在,工艺品的范畴就更加大了,有人愿意买,国家也无法干涉。

一边和金胖子聊着天,庄睿一边用灵气在画上扫了一眼,果然是现代的仿品,里面没有一丝灵气。

"我要是上去,可就是砸人饭碗了。"

金胖子虽然眼馋,但是他知道,只要自个儿一上台,绝对会成为众多藏家的风向标,是真是假全凭自己一句话,这也是众多古董商人和黑市老板不遗余力地讨好专家的主要原因。

如果画是赝品,金胖子直说了,肯定得罪老板,说是真的,又对不住良心,所以金胖子对字画类的物件,打定了主意绝对不掺和进去。

"金老师,您上去看看吧。"

"老金,咱们也认识十多年了吧,上去帮老哥掌掌眼。"

"是啊,金老师,您也给点评一下呀,这国内鉴定字画的水平,可是无人能比得上您了。"

金胖子坐在那里巍然不动,那些藏家们却围了过来,拉关系套近乎的有之,奉承吹捧的也不少,总而言之,就是想让金胖子去看一眼。

"诸位,别难为我了成不成? 回头老金请客,给诸位赔罪。"

金胖子被众人说得一头冷汗,能和他说得上话的人都是有身份地位的,金胖子一个都得罪不起,干脆双手抱拳,当起了缩头乌龟。

"诸位老板,这幅画是一个朋友送来的,手上不凑钱,想转让出去,转让价是人民币二十万,有中意的朋友可以考虑一下,嗯,按照规矩,还是价高者得。"

等众人看过画回到座位上后,李大力的声音随之响起,从头至尾,话中都没有拍卖两个字,而是变成了转让。

　　场内众人都不是第一次参加古玩黑市,对于这些语言上的技巧很了解,不会因为李大力说什么而改变自己的看法。

　　"三十万,这幅画我要了。"

　　场内稍稍沉默了一会儿,一个声音突兀地响了起来,说话的人是刚才和庄睿打过招呼的那位刘总。

　　但凡一个成功者,都是极为自信的人,他们在商场搏击训练出来的眼力也带到了古玩行当,凭着自己对古玩的了解,这些人都喜欢贸然出手。

　　这些业余藏家们却不知道,他们这种行为实在是古玩行的大忌,古玩行里鉴定物件,讲究是物三分假,看假不看真,挑不出毛病还要寻思三分呢。

　　"四十万,老刘,你手上有不少名人字画了,这幅让给我吧。"一个声音紧跟着刘总的叫价响了起来。

　　"五十万,好东西不怕多。"

　　刘总不甘示弱,又叫出一个价格来,听得庄睿不住摇头,怪不得李大力凭借古玩黑市能有如此身家,敢情这就是传说中的人傻钱多啊。

　　正规拍卖场虽然也不乏赝品,但是和黑市相比要规范许多,起码会有相关鉴定师出具鉴定证明,而不是像这样跟着感觉走。

　　"六十万。"

　　"八十万。"

　　叫价还在继续着,中间又有两人掺和了进来,他们也是存着投机的心理,毕竟黄宾虹的山水画,在国际上都很出名,拿到正规拍卖场,少说也是两百万起拍。

　　经过几轮激烈的竞逐,这幅画最终被刘总以一百二十万的价格拍走了,看着那位洋洋得意的刘老板,庄睿真是哭笑不得。

　　买到假物件还表现出一副如获至宝的模样,估计也就会出现在古玩行当里,这些老板的表现,倒像是把这里当成了商场一般,斗气的成份更多。

　　当然,现在最高兴的人莫过于李老板,这幅画是他花了三万块钱找高手仿出来的,一转手翻了四十倍,就是贩毒也没有这么高的利润啊。

　　"好了,下面要和大家交流的,是清咸丰年间的一对官窑瓷器,大家请看,这是一对粉彩莲花纹无盖碗。朋友们都知道,咸丰官窑制品格外稀少,所以这对粉彩莲花纹碗可以说是仅存于世的两个孤品了。"

随着李大力的话声,拍卖继续进行,这次放在托盘里拿上来的,是一对清咸丰官窑瓷器。

众所周知,咸丰皇帝是清朝比较倒霉的一个皇帝,中国历史上最大的农民起义太平天国运动让他赶上了,西方列强入侵中国三千年未有之变局也让这哥们摊上了。

咸丰帝一个人把大清朝列祖列宗的苦难都承受了,一生短暂,备尝艰辛,遭遇第二次鸦片战争的打击后,咸丰帝终于崩溃了,以三十一岁的年龄命丧热河。

咸丰爷生平最爱的是听戏和女人,对于老祖宗们喜欢的字画陶瓷不屑一顾,所以咸丰年间烧制的瓷器最为稀少。

俗话说物以稀为贵,咸丰年间精品瓷器的价值不低于康熙、雍正和乾隆三朝的瓷器价格。

"老弟,走,上去看看。"由于这次拍的不是字画,金胖子也打算去瞅一眼。

"好。"庄睿点了点头,和金胖子走到台前。

"哎哟,让让,先让两位老师掌掌眼。"

"是啊,老许,你挤个什么劲啊,你看得懂吗?"

"来,来,庄老师,这位置好,您瞅瞅。"

庄睿和金胖子刚一走过去,原本把桌子围得水泄不通的藏家们很自觉地让出一条路来,今儿参加拍卖的人实在太多了,场面一直乱哄哄的。

"金老哥,您先看。"庄睿朝金胖子打了个手势。

"别介,陶瓷器的鉴定我可不如你,这里有两件,咱们一人看一件。"

金胖子连连摆手,俗话说术有专攻,再厉害的专家也只精通某个领域,像庄睿这样能在青铜器、字画、玉石和陶瓷器等诸多类别中均有建树的人极为罕见。

"好,那就各看一件吧。"

夏天容易出汗,手上油腻,庄睿接过一副白手套戴在手上,将托盘里那件粉彩莲花纹碗拿在手上,仔细端详起来。

这个原本属于盖碗的粉瓷,外壁粉彩莲瓣为四层,和其他各朝的三层莲瓣有些不同,碗内施白釉,口沿饰以金彩,外壁纹饰将碗装饰成莲花状,自上而下绘莲蕊、四层莲瓣纹,圈足绘成莲柄。

整件器物颜色娇艳,形制独特,加上咸丰朝离现在也有一两百年了,如果这物件是真的,能成对传下来,殊为不易。

庄睿对清瓷研究比较少,仅凭眼力还真挑不出什么毛病,当下从眼中分出一丝灵气,在这件瓷器内游走一圈后,眉毛不禁微微挑了一下,用眼睛的余光撇了撇站在一旁的李

348

大力。

敢情这哥们是想将赝品进行到底啊。原本感觉不错的粉彩莲花纹碗在灵气下立时变得无可遁形，还是件假的。

这个结果让庄睿有点儿郁闷，敢情没有了眼中的灵气，自己的鉴赏水平真是上不得台面啊。

见庄睿把那件粉彩莲花纹碗放下后，李老板马上凑了过来，做出一副和庄睿不熟的样子，出言说道："庄老师，这物件不错吧？咸丰官窑瓷器，市面上可是不多见啊。"

李大力也不傻，今儿这场子，就是因为庄睿才办起来的，他当然要充分利用庄睿的专家身份，给自个儿捞上一笔了。

"嗯，咸丰朝的瓷器是很少见，而且经过这么多年，能保留一对下来，也属罕见，如果是真品的话，上拍的底价最少要在五十万以上了。"

庄睿听懂了李大力的意思，这要是换个场合，他一定不会开口说出上面那番话。

不过现在这里聚集的大多都是业余收藏家，即使买回去也是用来斗富的。

虽然是这些人的存在繁荣了古玩市场，但是也带来了许多不利于艺术品市场发展的因素，所以庄睿并不介意让他们出点血。

话再说回来，庄睿这话也藏着包袱，在底价五十万的前面标明的是真品，才能值那价，而庄睿自始自终也没说这粉彩莲花纹碗是真品之类的话。

"老刘，这次你不能再和我争了。"

"凭什么啊，您能买，我就不能买啦？"

"有点看头，回头听听底拍价，庄老师都看好这物件啊。"

"是啊，清朝瓷器以康乾居多，这咸丰年的倒是别具一格，有收藏投资的价值。"

听了两人的话后，围在展桌旁边的众人，纷纷小声议论起来。

此次黑市拍卖不同于以往，没有接到邀请函的人均不得入内，很多老板们都没能将自己专用的鉴定师带来，物件真假全靠自己琢磨，所以庄睿这番话让众多藏家心里有了底。

"金老哥，您看好了没？"庄睿把莲花纹碗放回去后，看向金胖子。

"说不准，看釉色包浆和器物风格，应该是清咸丰的，不过历史上没出过这种造型的物件，我也拿不准。"

金胖子说的比较客观，给出了个模棱两可的答案，不过这也足以让李老板大喜过望了，只要专家们不说是假的，指定会有人竞价。

"那瓷器是真的还是假的？"

庄睿回到座位上后，苗警官难得开了一次口。

庄睿看了看周围，没有人注意到他，张开嘴比划了个嘴型，说道："假的。"

"真是奸商。"苗警官撇了撇嘴。

"切，要是真的不是给你们留下口实了吗？"

庄睿对苗警官的话很是不以为然，假的叫做工艺品，一个愿打一个愿挨，就是警察也管不了，如果是真的，那就是犯法了。

"好了，这对极其罕见的粉彩莲花纹碗的交流价格为十万元人民币，有兴趣的朋友可以出价了。"

又过了十来分钟，一些自认为对陶瓷器有点儿造诣的老板上去看过之后，这对粉彩碗的拍卖在李大力的主持下，开始进行了。

出乎李老板意料的是，他喊出底价后的一分多钟，居然没有人叫价。

"我出十五万。"

坐在庄睿前面的一个比较面生的老板，开口打破了场内的寂静。

"二十万。"

有人带头，跟价马上就喊了起来，在国人的眼里，不被人争抢的便宜玩意儿都不是好东西，越是有人抢，越说明物件珍贵。

"老于，这物件靠谱吗？"前排响起一个声音。

"我看着还成，釉色明亮，包浆很厚实，像是有年头的物件。"

喊出二十万的于老板答道，一副信心满满的样子，听得坐在身后的庄睿很是无语。

古玩行里不怕不懂的人，不懂的他不敢出手，就怕这些水平不怎么样，偏偏又知道点东西的玩家，这类人才是古玩市场的主力军，当然，叫冤大头也成。

最终那对粉底莲花纹碗，被于老板以六十八万的价格买走了，这哥们还洋洋自得地夸口叫出了个吉利数字呢。

只是这位哥们不知道，自己已经被庄睿列入人傻钱多那类人的范畴里去了。

接下来又拍出了一张齐白石的画和一块所谓的汉玉，价格都不低，李老板在台上乐得满脸开花，今天这个拍卖会办的不亏，已经进账小五百万了。

拍出四五件东西之后，李大力咳嗽了一声，说道："好了，下面要进行交流的物件，是来自磁州一处古窑址出土的宋朝瓷器，经过冀省著名文物鉴定专家薛老师的鉴定，应该是宋朝进贡给皇宫的官窑瓷器。"

"李总，磁州有没有官窑，可还未考证出来啊。"李大力话声未落，就被台下一个人给打断了。

"没错,但是不可否认的是,从以前出土的碎瓷上,我们可以看到宫内的署款,这说明磁州窑还是有官窑存在的,只是未经出土而已。

"不过这一切在今天将成为历史,因为这两件磁州窑的器皿,经专家鉴定和磁州窑曾经出土的官窑碎瓷如出一辙,基本上可以断定为磁州官窑瓷器。"

李大力摆了摆手,得自庄睿的两件瓷器被人抱到桌子上面,立时将全场的目光都吸引了过去。

坐在最前排从未出过价的几个西装革履的日本客人,脸上也露出了凝重的神色。

"这两件器物,一个是白地黑花云凤纹四系瓶,另外一件是春宫人物恭器,均为宋朝磁州古窑址中出土,这里还有几片以前出土的磁州官窑碎瓷,大家可以上来对比一下。"

李大力将两件瓷器略略介绍了一番之后,就把时间让给了台下的众人,这次布局能否让那几个日本人入瓮,就看庄睿的瓷器仿得如何了。

为了把消息放出去而又不显做作,李大力也是煞费苦心,专门整了一个早已被盗墓贼盗掘一空的废弃古窑址,将官瓷出土的消息传播出去。

其后李大力又通过自己的海外关系,将磁州官窑瓷器出土的消息传到这几个日本人耳中,中间可谓一波三折,除了他和庄睿之外,谁都无法看出,此次拍卖就是一个精心布下的局。

李大力话声刚落,坐在最前排的六七个人,第一时间冲到了展桌前,把那两件"官瓷"围了起来。

"山木君,你们家族就是做陶瓷器的,而且我听闻你们会社投入巨资研究这种瓷器,依您看,这两件瓷器是真是假?"

一个穿着藏青色西装,大约有五十岁的日本人出言向他身边一个看上去只有三十多岁的青年问道。

"野合先生,我要先鉴定一下,家父对磁州瓷器研究最深,可惜家父上个月过世了,否则他老人家亲来,一定能断定这是否是磁州官窑。"

那个年轻人穿着一身黑色的西服,连里面的衬衫和领带都是黑色的,如果旁边的人能听懂二人的对话,一定会知道,这个叫山木的青年,家里刚有人过世。

受中国儒家思想影响,日本的丧葬习惯与中国有许多相似之处,在礼节和程序上甚至比国内还要繁琐,日本没有戴孝一说,取而代之的是周身黑色装束。

"哎,我说,怎么是俩日本人啊?"

"是啊,李总,您这唱的是哪一出戏啊?"

"老李,你这可是犯忌讳的事,不讲究啊。"

后面围上去的人，一听两个日本人口出日语，场内顿时炸锅了，乱哄哄地叫嚷起来，矛头都指向了李大力。

虽然国内有许多不法古玩商人，私下里都有过将古玩卖给日本人的行径，但是明面上他们却不敢这么做，因为这是很容易惹起公愤的事情。

由于中日两国之间的历史，中国人最不待见的就是日本人了，所以听见两个日本人对话，场内的企业家们一时间都变成了愤青，已经开始有人口出恶言了。

上次在西藏，那个日本人只是来见识一下，就被几个行里人质疑了很久，所以李大力这次为了帮庄睿，也算豁出面子赤膊上阵了。

"咳咳，大家先安静一下，先静一静，听我说几句。"

李大力一看场面有些失控，连忙对旁边使了个眼色，十几个身强力壮的年轻汉子，马上围了过去，将日本人和国内藏家分开，那两件瓷器也被收了回去。

"李总，有什么好说的？咱们关起门来怎么都行，你请了日本人来，不是给我们心里添堵吗？"

"就是，咱们国家的宝贝已经流失出去不少了，难不成现在还搞文化侵略？"

"说的对，今儿不给个合理的解释，哥几个就把你那瓷器给碎掉听响。"

虽然人被分开了，但是国内藏家仍然群情激愤，大声嚷嚷着质疑李大力的动机。

更有情绪激动者，开始挑动众人打砸抢了，这哥们绝对唯恐天下不乱。

等场内的骂声小了一点之后，李大力连忙说道："诸位，诸位，先听我一句话，艺术是不分国界的。"

"屁话，那你怎么不把日本人的古玩买到中国来啊？"

李大力一句话没说完，就被台下的人给打断掉了，他也没想到会出现这种情况，拿着纸巾一个劲地擦着汗，求助的眼光远远地看向庄睿。

这时庄睿必须出头，当下起身站到椅子上，大声喊道："大家先别吵，咱们先听这位李老板怎么说。"

"好吧，听庄老师的，看他怎么说。"

"庄老师说话了，大家都先安静一下吧。"

"不给个说法，以后再也不参加你的拍卖会了。"

庄睿这几年在国内的收藏圈子算闯出了名头，登高一呼倒是让很多人安静下来，重新坐到椅子上。

那几个日本人有两三个通晓中文，此时也坐了回去，向身边几个人用日语小声说着话，应该是给他们翻译刚才发生的事情。

第四十九章 请君入瓮

　　见下面安静了,李大力擦了把汗,拿起话筒说道:"各位朋友,各位老板,我先给大家介绍一下这几位日本朋友吧,这位是日本陶瓷研究会的会长,野合一雄先生,这位是日本最大的陶瓷生产株式会社的山木董事长。"

　　"大家都知道,国内没出土过磁州官窑的实物,咱们现在只能凭着这几片碎瓷对比,来判断这两个物件是否为官窑瓷器,说老实话,不仅大家心里没底,就是我老李,心里也不落实。而在日本,对磁州瓷的研究已经进行了上百年,我请这几位朋友来的意思,也是想让他们帮忙鉴定一下这几个物件。"

　　"我还是刚才那句话,艺术是不分国界的,大家的思想不要那么狭隘嘛。"

　　李大力的话让台下安静下来,随之一个声音响了起来:"李老板,那他们参与这两件瓷器的拍卖吗?"

　　"这……要看几位日本朋友的意思,毕竟小弟是开门做生意的,总不能把人往外推吧?"

　　李大力露出一副奸商的样子,倒让众人无话可说了。

　　在座的都是企业老板,商人逐利是无可厚非的事情,总不能因为您爱国,就不让别人赚钱了吧?

　　"诸位,要是大家没有异议的话,就继续验看这两个物件吧。"

　　李大力见台下没人叫嚷了,这才松了一口气,拿起桌上的矿泉水一口气喝了半瓶。

　　"这次可是将国内不少大老板都得罪了。"

　　李大力看向庄睿,心里满是苦涩,自己这次做的事,恐怕很快就会在圈子里传开了,就算日后转做正规拍卖场,人气恐怕也会流失很多。

　　"庄老师,您上去看看吧,这场内就您一个玩陶瓷的专家了。"

　　"是啊,庄老师,只要您说这是真的,咱们一定把它留在国内。"

"说的对,只要是真的,老子砸锅卖铁也不会让它们流失出去。"

一时间,场内的收藏家们把希望都寄托在庄睿身上,这倒让庄睿感觉很为难,本来是对小日本下的套,没想到一网打进来这么多人。

"好,我先看看再说,不过鄙人对宋瓷研究不深,不一定能看出什么门道来。"

庄睿抱拳朝四方拱了拱手,走到展桌旁边,装模作样地打量起来。

"靠,老李手上有能人啊!"

庄睿一上眼,就吃了一惊,这两件瓷器和一个多月前比,完全变了模样,釉色比在自己手上时黯淡一些,但却显得更加厚重朴实了。

虽然器型未变,但是器物本身却有了一种难以言喻的历史沧桑感,上面也多出一层看上去极其自然的包浆,而且有擦拭的痕迹,在行家眼里,那是清理泥土造成的。

李大力手上做旧的这个人,绝对算得上新瓷做旧的行家,看来上次那些唐三彩做旧也是出自此人之手。

新瓷做旧是门手艺活,不算擦皮鞋油那种极原始的法子,通常在市场上见到的有四种方法。

第一种是打磨,使用工具在陶瓷表面反复摩擦,使其失去光泽,仿佛旧的一般,常用的工具有兽皮和葫芦果实的外壳,不过这种方法需要反复摩擦,即使表面很平滑,也会在胎釉上留下摩擦痕迹。

第二种是土浸法,为了形成古瓷在墓中埋了多年而形成的土锈,采用将陶瓷在泥土中浸埋的方法,使其产生与出土文物类似的效果。

第三种是用化学药品侵蚀,将新仿的陶瓷放入酸性或碱性等带有腐蚀性的化学药品中侵蚀,也能获得作旧的效果,不过这样会破坏瓷器本身的包浆。

第四种是烟熏,这种方法一般是将新仿的陶瓷悬挂于厨房上方,任凭烟熏火燎,过一段时间后,也会得到满意的效果。

除了这四种方法之外,还有一种不常见的做旧手法,那就是复烧,将新仿的陶瓷裹上一种黄土中的结核石粉泥土,放入窑中复烧。

这种手法比较繁琐,对火候以及配料的要求极高。

但是做出来的旧瓷,却带有一种类似天然形成的浆体,即使是经验丰富的鉴定专家,也无法用肉眼辨别真假。

不管是之前的唐三彩,还是眼前这两件仿磁州窑,做旧的工艺都无可挑剔,起码庄睿同学仅凭肉眼无法看出破绽。

时代在发展,科技在进步,虽然很多古代制瓷工艺已然泯灭在历史长河之中,但是现代人的智慧只会比古人更加高明,仿古做旧更是如此。

估计再过个几十年,这些造假的器皿,恐怕连碳十四都检测不出来了。

拿起徐国清提供的古窑址碎瓷片,和那两件瓷器对比了一下,由于碎瓷出土较早,黑色釉胎略显发白,做旧后的瓷器却凸显出刚出土瓷器的特点,色彩相对鲜亮一些。

"高,真是高人!"

庄睿在心中暗叹,亏得把这物件拿给了李大力,否则换一个人,庄睿真不知道能否将这瓷器做得如此逼真,到底是专业人士。

"庄老师,这两件瓷器是不是宋瓷官窑?"

"庄老师,是新仿的还是老物件啊?"

"快点给我们说说吧,您要说是真的,今儿一定把它们留下。"

庄睿看的时间有些长,足足过了近二十分钟,才将两件瓷器放回去,底下的人早就等急了,迫不及待地追问起来。

"咳咳。"

庄睿咳嗽了一声,下面七嘴八舌的声音马上都消失了,上百双眼睛盯在庄睿身上,就连那几个日本人也竖起了耳朵,准备听庄睿的讲解。

庄睿接过李大力递来的话筒,说道:"这两件瓷器的造型,一件是观赏把玩的,另外一件恭器,却是日常用品,比较符合磁州瓷的特点。而瓷器本身,釉色纯正,包浆厚实,从底款'春兴殿'三个字可以看出,应该是某个妃子的用品,宋官瓷常有用宫名署款的器物,从这点上判断,倒是有点像宋官瓷。

"不过这瓷器的色彩和碎瓷相比,似乎过于鲜亮了,这有两种可能性,一是这本身就是新瓷,第二就是在土中保存较好,出土后进行了擦拭。

"当然,上述的观点都是我个人一些比较浅薄的意见,毕竟我对宋瓷的了解也不是很多,大家姑且听之吧。"

今儿这事庄睿有些难办,说是真的吧? 就将国内这些人也套进去了,要说是假的,别把那几个小日本给吓跑了,最后庄睿只能给出一个模棱两可的答案。

"庄老师,这到底是不是宋朝的官窑瓷器啊? 您倒是给个准话啊。"

"是啊,我听了半天还是迷迷糊糊的,咱们到底要不要拍?"

"庄老弟,咱们是老朋友了,你给个准话,要是真的老哥我拆房子卖地,也把它们拿下来。"

庄睿这番话说完之后,底下又鼓噪起来,几个和庄睿交往过的老板,更摆出一副以庄睿马首是瞻的样子,只要庄睿说是真的,好像他们就真愿意倾家荡产拍下这两个物件

355

一般。

庄睿听了那人的话后,连连摆手道:"诸位,你们也知道,我本身是玩玉石的,对瓷器并无太深的研究,这两个物件我真是看不准,要不,咱们让金老师上来看看?"

庄睿这话说出后,场内众人才想起来,这位年轻人身上还有着北地"翡翠王"的名号呢,让他鉴定瓷器,的确有点强人所难。

"不成,庄老弟你看不准的物件,我上去了也是白看,不过庄老弟已经将这器物本身正反面都分析过了,大家自己看着拿主意吧。"

金胖子听了庄睿的话,把头摇得像拨浪鼓似的,他知道自己有几分斤两,对于有争议的物件,根本就不敢发表言论。

见指望不上庄睿,那些业余藏家们又重新将展桌围了起来,并且仗着人多势众,有意无意地把那几个日本人排挤在外。

不过这些人的水平,真是一瓶子不满半瓶子晃荡,和庄睿比都差了一整条前门大街,根本就看不出问题,最后还是满脸迷糊地回到椅子上。

"李总,我们都看完了,开始吧。"

"是啊,这都过了中午了,也该去吃饭了,抓紧开拍吧。"

"对,对,庄老师,回头我请客,您可一定要赏脸啊。"

或许是心有灵犀,国内藏家们一落座,异口同声地催促起李大力。

一来他们是不想给日本人留下鉴定的时间,二来如果这两件瓷器真的是真品,这样才有可能浑水摸鱼,用低廉的价格拍到手上。

从骨子里说,这些藏家们是想在古玩市场做个投机者,心思纯正的没有几个。

"李君,我希望能看看这两件瓷器,拜托了!"

众人话声未落,坐在前排的那位野合会长突然站起身来,冲着台上的李大力一个九十度鞠躬,惊得那哥们差点没从台上摔下来。

"得,看吧,咱们中国是礼仪之邦,反正你也看不出个花来。"

李大力摆了摆手,说道:"几位请看,不着急的。"

"妈的,死汉奸。"

"生儿子没屁眼。"

"巴结小日本,不是个好东西。"

李大力话声一落,台下响起了不少议论声,虽然声音不大,但是足够李老板听到了,听得李大力面色发绿,差点没憋过气去。

其实这些人也是坐着说话不腰疼,要是换做日本企业去他们那儿投资,估计姿态摆得更低。

"山木君,你怎么看?"

野合和山木各拿了一个物件,查看了大约十分钟后,两人同时放了下来。

"野合会长,从这瓷器的造型胎质来看,的确是磁州窑无疑,但是普通的磁州窑瓷器,制作绝对没有这么精致,所以我怀疑,这就是记载中的磁州官窑瓷器。"

山木家族有一本清中期撰写的,关于宋元明三代陶瓷器的书籍,上面对宋朝磁州瓷有详细的描绘,也提到过磁州窑进贡皇家的事情,所以野合才会征求山木的意见。

山木还有一个不为庄睿所知的身份,他的父亲,就是庄睿半年多以前在河北见到的那个山木一郎。

出于面子,山木一郎回到日本后,并没说出自己在中国的遭遇,而是一直督促他的研究所,加紧对磁州官瓷的开发研究。

只是天有不测风云,人有旦夕祸福,回到日本一个月之后,山木一郎由于心肌梗塞突发,死在家中。

作为他的儿子,山木此次来到中国,就是为了完成父亲的遗愿,买到一个父亲至死都没看到的磁州官窑瓷器。

"嗯,山木君,我也赞同你的意见,这些中国人鼠目寸光,根本就鉴别不出这件瓷器的真伪,只有咱们懂得陶瓷文化的内涵。"

野合赞赏地看了一眼山木,他是一个中国通,尤其对中国历代的瓷器如数家珍,经过细致的鉴定,野合没从这两件瓷器里找出一丝瑕疵。

而且他也对庄睿身为玉石专家来鉴定瓷器的行为有些不屑,在野合看来,仅是陶瓷这单一的知识就足以让人琢磨一辈子了。

日本这个民族有其优秀的地方,但是不能不说,他们的思维方式有很大的缺陷,很容易走极端。

野合就是如此,数十年来对瓷器的深入研究,让他有强烈的自信心。

"山木君,无论如何都要将这两件瓷器带回日本去,拜托了。"

野合虽然是日本陶瓷研究的泰斗人物,但是财力却远不如山木,微微向山木顿首之后,野合接着说道:"如果你能将这两件瓷器带回去,那么你父亲死后,别人抢占你们株式会社的市场份额,我会帮你要回来的。"

自从山木一郎去世,山木株式会社的生意大不如前,他们原本的陶瓷客户,被别的公司纷纷抢走,市场份额萎缩得很厉害。

所以听到野合的话后,山木脸上现出一丝红晕,在心里打定了主意,一定要将这两件瓷器拍回日本。

"好了,大家都看完了,下面首先转让的是这件恭器,转让的底价是一百万人民币,有兴趣的朋友可以开始喊价了。"

虽然这两件瓷器并没在现场鉴定出真伪,但是没一个感觉李大力喊出来的价格高。

庄睿在李大力喊出底价后,双眼紧盯着那几个日本人,布局一月,入瓮在即!

宋朝是我国瓷器高度发展的鼎盛时期,举世闻名的汝、官、哥、定、钧五大名窑的产品为世所珍,不过这五大名窑均为官窑。

磁州窑之所以没被列入以上几个名窑的行列,就因为它没出土过官窑瓷器。

现在摆在众人面前的两件瓷器,如果真是磁州官窑的话,将会改变整个中国陶瓷史,或许以后再提到宋瓷的时候,就是六大名窑了。

所以李大力叫出一百万人民币的底拍价,没有人感觉突兀,如果瓷器是真的,别说一百万,就是一千万都值得。

只是在李大力底价出口之后,现场忽然变得安静起来,原本正在交头接耳的人也住口不言了,到处扭头观望,想看看有没有人出价。

"各位,这两件瓷器的价格绝对远超一百万,如果不是风声太……扯远了,薛老师是冀省磁州瓷的鉴定专家,他出具的鉴定书,是不会有假的。"

李大力见没人出价,又在台上吆喝了起来,眼睛的余光却看向那几个日本人,他心里也拿不准,这几个小日本究竟是怎么想的。

国内藏家都在观望,几个日本人似乎也没有叫价的意思,场内气氛一时间变得有些诡异。

谁都没想到,拍卖之前炒的沸沸扬扬的磁州官窑,居然面临着流拍的窘境。

"野合先生,这些中国人不看好这件瓷器,我喊价了啊?"

山木到底还是年轻,冷场了五分钟之后,就有点沉不住气了。

野合是个老狐狸,左右看了一眼,压低了声音,说道:"不要,流拍更好,那样可以用更低的价格买下来。"

有拍卖自然会有流拍,古玩的专场拍卖,流拍一般出于两种情况,一种是托儿抬出了天价,这种流拍的古董,会后也很难出手,因为如果贸然降价的话,拍卖行等于在扇自己的耳光。

另外一种情况的原因出在古董本身,就如现在这两件瓷器,真假难辨,拍下来的风险很大,这种古玩流拍之后,组办方往往会降低价格,在会后将其出手,野合看到没人出价,

358

就是打的这个主意。

"妈的,刚才一个个表现得义愤填膺,现在居然没有叫价的。"

庄睿看着场上这些人的表现,真的很无语,这两件瓷器即使是赝品,那也是花了一千多万人民币才烧制成功的,价值也远比刚才拍出去的假货高出无数倍。

"一百万,我出一百万。"

庄睿本不想出这个风头的,但是他再不说话,李大力站在台上会更加尴尬。

"嘿,庄老师出手了,说不定这瓷器是真的。"

"是啊,听说庄老师从出道就没打过眼。"

"那还等什么啊? 一百一十万,我出一百一十万人民币。"

庄睿刚一喊价,场内的议论声就响了起来,而且马上有了跟风的人,气氛略加活跃。

"一百五十万,诸位,我那博物馆里元明清三代瓷器不少,但是宋瓷没有几件,大家抬抬手,让小弟拍下来吧。"

庄睿一次加了四十万,然后朝四方拱了拱手,有几个原本也想占便宜喊个价的人,都把手放了下去。

庄睿也是没办法,如果日本人不出手,那他就得将两件瓷器拍回去,否则,这局坑的就是自己人了,日后传出去,他庄某人真就没法在古玩圈里混了。

"二百万人民币。"

一个声音引得众人纷纷向发声处看去,喊价的是个四十多岁的中年人,喊出价格后,些歉意地看向庄睿,说道:"庄老弟,你也知道我是玩陶瓷器的,这两个物件虽然我看不准,但是就凭宋瓷官窑这一点,我也要将它们拿到手!"

"二百八十万!"

庄睿苦笑着摇了摇头,那几个日本人还是没动静,这让他感觉自个儿是作茧自缚,难不成绕了一大圈,却把自己给绕进去了。

"这世界还真是小呀。"

说话的这个人,庄睿也认识,上次在济南民间鉴宝节目中,他砸的就是这个姓刘的老板拿出来的唐三彩。

巧的是,上次刘老板的唐三彩和眼前的两件瓷器,都是出自一人之手。

庄睿不知道,如果这两个物件真被刘老板拍了去,哪天一个不小心给碎了,看到里面的"许"字,会是什么心情?

"三百万,庄老弟,您家大业大,不在乎这一两件东西吧? 我看,您就让给我得了,咱们两个人在这抢个马桶,您说这叫什么事啊。"

刘老板之所以不断抬价,主要是因为上次唐三彩被摔之后,他对庄睿是心服口服,连带着对庄睿的鉴定水平也达到近乎迷信般的信服。

所以刘老板一看庄睿喊价,马上就意识到这两件瓷器可能很有来头,这才一步不让地和庄睿争抢起来。

如果庄睿知道刘老板打的是这个主意,那表情一定会很精彩,自己摔了别人一个唐三彩,现在算是遭报应了。

"五百万,不管这物件是真还是假,但是它的做工和品相就值这价了!"

庄睿不想和那位刘老板纠缠,直接开出一个高价。

叫过价后,庄睿在第一排的几个人身上扫了一眼,让他失望的是,那几个人依然纹丝不动,似乎不是为此来的。

虽然五百万人民币的价格和宋朝五大名窑的瓷器相比,还有些差距,但是对于这件争议很大的瓷器而言,已经不低了。

话再说回来,庄睿就是喊一亿,那也是钱不出袋,反正东西是他的,李大力也不会找他要佣金的。

果然,庄睿喊出这个价格后,那位刘老板的神色迟疑起来,花这么多钱买个看不准的东西,任谁心里都要打鼓。

"庄老师出价五百万,还有没有朋友喊价?这件恭器虽然不雅,但说不定是某位娘娘用过的啊。"

李大力嘴里说着笑话,心底却有些发苦,他没想到自己费尽心机请来的几个日本人,居然对这两件瓷器没有兴趣。

李大力连问了三遍之后,台下依然无人应答,一来众人拿不准这物件的真假,五百万的投机有点得不偿失,二来庄睿早先开了口,他们也要给几分面子。

见台下众人没有反应,李大力拿起应景的拍卖锤,说道:"好,如果没有朋友开价,那么这件宋磁州瓷恭器,就归庄老师了。"

第五十章 天价磁州窑

"慢着!"

就在李大力准备将锤子敲下去的时候,坐在第一排的山木站起身来,大声说道:"我对中国的文化很仰慕,这件瓷器我也很喜欢,我出一千万!"

"什么? 一千万?!"

"这小日本疯了吧?"

"难道这瓷器真的是磁州官窑?"

"有可能,不然小日本为什么出那么高的价格?"

山木这番话,如同一石激起千层浪,让整个会场沸腾起来,突来的变故让众人兴奋起来。

宋朝五大官窑的存世瓷器极少,大多都收藏在国家博物馆和外国博物馆内,民间几乎没有流传,所以价格极高,器型小一点的都要千万以上。

但指的是传承有序的官窑瓷器,像这个没有著录的物件也能拍到千万高价,是极为罕见的。

所以在座众人虽然对山木的出价很不满,但是也没有人贸然抬价,毕竟谁的钱都不是大风刮来的,刚才那几个信誓旦旦要保护国宝的人都把头垂了下去。

和这些人复杂的心理相比,庄睿却悄悄地出了一口长气,看来自己这个局没白布,小日本到底入瓮了。

同样,站在台上的李大力的心情也是如此,这小鬼子不是不想要这两件瓷器,而是玩了个心理战,开始不出价,到最后猛地将价格提高一倍,想将其一举拿下。

对于这个价格,李老板已经非常满意了,他并不知道,庄睿仅是烧制这两件瓷器,就已经花了上千万。

"一千二百万! 这是属于中国人的东西,它应该留在中国。"

就在李大力都认为庄睿不会再出价的时候,庄睿的声音响彻全场。

这下不但李大力傻眼了,就连坐在后面的苗菲菲也张大了嘴巴,吃惊地"啊"了一声,她可是知道这瓷器本来就是庄睿的。

"庄老师,好样的。"

"庄老弟,纯爷们啊!"

"庄老师说的对,中国的东西就该留在中国!"

一时间,那些马后炮们,开始对着庄睿吹捧起来,就差没唱大刀向鬼子们头上砍去了,整个会场的气氛变得热烈起来。

"妈的,老子烧制就花了一千多万,怎么着也得赚点吧。要不然不是白给小日本烧了?"谁都不知道,庄睿此刻脑子里想的却是这个。

山木一上来就将价格提高了一倍,说明他对这件瓷器志在必得,庄睿有什么好怕的。直接喊出了一千两百万来。

台下则是群情激愤,好像中日两国在进行拳击赛,庄睿尅了对方一般,一个个的脸上那叫一兴奋,也不顾身份了,都扯着嗓子喊叫起来。

"诸位,静一静,请静一静。"

李大力已经后悔今儿客串主持人的活了,他干得不专业啊,连着喊了几声,都没控制住场面。

"一千五百万,我出一千五百万元!"

李老板的吆喝声没用,山木不大的声音却将满场的鼓噪声都压了下去,在他报出这个新的价格之后,全场顿时鸦雀无声了。

2006年前后,中国古代官瓷的价格,的确有一个非常大的提升,这是外国炒家们炒作起来的,最贵的一件人物元青花被炒作到近三亿人民币的天价。

借着这个东风,别的瓷器也价格大涨,如果这两件瓷器真为磁州官窑瓷器的话,无论是瓷器本身还是瓷器背后的文化涵义,绝对不止一千五百万。

但是最关键的一点是这个瓷器没有谁能给予准确的说法,至于那个冀省的陶瓷专家出具的鉴定书,根本就不入众人的法眼,出了冀省谁认识那位薛专家是谁啊?

所以山木叫出的这个价格已经非常高了,上个月北京一家拍卖行拍出的一件元青花鱼纹大罐,才拍出两千三百八十万的价格来。

"那个山木先生,您说的不是日元吧? 我们这儿交易可是要用人民币的。"

一个声音打断了场内的沉寂,却是一位藏家"好心"地提醒了山木一句。

"对不起,我说的就是贵国的货币,不是日元。"

山木很有礼貌地向那个人鞠了一躬，搞得那人悻悻地坐了回去。

场内众人的眼光都集中到了庄睿的身上，虽然没人说话，但是他们都希望庄睿能继续喊价，不让小鬼子将这件瓷器带到日本去。

庄睿现在看出一点端倪，这个日本人应该是对这件瓷器很在乎，不时地和旁边的人交头接耳，像是在商量着什么。

"两千五百万人民币，我不能眼看着国宝流失。"

庄睿沉默了一会儿之后，终于喊出了一个天价，惊得很多人不由自主地站起来，回身向庄睿看去。

就算真的是宋朝五大名窑的瓷器，也只有精品才能拍出这个价格，如果庄睿花这么多钱买的物件是假的，那他可就亏大发了。

"老弟，啧啧，这价。"

金胖子也被庄睿的大手笔震惊了，别说这不过是一个黑市拍卖，就算是在国际正规大拍卖场中，两千多万人民币也是一笔不小的数字了。

"金老哥，反正我那博物馆缺宋瓷，增加一个磁州官窑瓷器的噱头，是件好事情啊。"

庄睿这话说的声音很大，就是坐在前排的山木也听得清清楚楚，这让他皱起了眉头，出手之前，他怎么都没想到，价格居然会抬到两千五百万。

场内众人听到庄睿的话后，也终于想起来，庄睿不但是位古董鉴定专家，同样有着实力雄厚的产业，仅一家私人博物馆，价值就在数十亿以上了。

山木听到身边的人议论庄睿的身家后，有些迟疑，毕竟他本人也没断定这两件瓷器一定是磁州官窑瓷器，所以这会儿有点想打退堂鼓了。

野合似乎看出了山木的疑虑，马上小声说道："山木君，拜托了！"野合只差没站起身对着山木鞠躬了。

野合虽然个人资产不多，但是在日本陶瓷界有着举足轻重的地位，如果能得到他的支持，再宣扬一下新到手的磁州官窑瓷器，对山木株式会社的好处是不言而喻的。

在心里衡量了半天之后，山木站起身来，大声说道："我出四千万人民币！"

因为刚才庄睿的加价幅度是一千万，所以山木直接加了一千五百万，他这是想从心理上压倒庄睿。

会场内又一次寂静起来，除了一些人因为激动而发出喘息声之外，更多的人都屏住了呼吸，他们没想到，一个小小的古玩黑市，竟让他们见识到了如此惊心动魄的拍卖过程。

山木叫出了最新的价格后，庄睿脸上表现出犹豫不决的神色，似乎想再出价，却又拿不定主意，是人都能看出来，庄老师很为难。

第五十章　天价磁州窑

"老弟,算了,如果不能证实是磁州官窑瓷器,买回去绝对亏的。"

金胖子见庄睿又想起身,连忙拉了他一把,就算这件瓷器真是磁州窑出现的第一件官窑作品,值不值四千万人民币还是两说呢。

"这……"

金胖子这一拉,像是给庄睿了个台阶下,不过庄睿还是站起身来,说道:"这件恭器说白了就是马桶,既然日本朋友喜欢,那咱们作为礼仪之邦,没有道理去抢啊,山木先生,这件瓷器归您了。"

庄睿的话说得很牵强,颇有点吃不到葡萄说葡萄酸的味道,不过也没人去责怪庄睿,毕竟刚才只有他一个人和小日本竞价,而且抬到了四千万的天价,足以让人尊敬了。

"靠,好事都被你占了,我倒落一身骂名。"

李老板听了庄睿的话后,心里那叫一憋屈啊,四千万又不是他的,还白白被人误会,他在心里衡量了半天才发现,这生意做得太亏本了呀!

心里不爽,但是拍卖还要进行下去,李大力将手中的拍卖锤重重地在桌子上敲击了一下,说道:"这件疑似宋朝磁州官窑的恭器瓷,就属于山木先生了,恭喜山木先生,希望在不久之后,您能用更加翔实的证据证明这件瓷器的价值!"

"谢谢!"

山木很有礼貌地对李大力鞠了一躬,对日本人来说,他们看重的是这些东西的年代和背景,至于物件本身是什么,他们并不在乎。

"山木先生,请您再验查一下这件瓷器,然后我们进行转账,再对下一件瓷器进行拍卖。"

如果是在正规拍卖场,肯定是拍卖全部完成后才进行交易,不过黑市的规矩自然是主人来定。

山木也想早点拿到瓷器,所以也没提出什么异议,拉着野合一起又对瓷器鉴定了一番之后,和李大力进行了现场转账。

抱着那个装在塑料泡沫盒子里的瓷器,山木的脸上露出难以抑制的兴奋。

山木株式会社的总资产达到五亿美金之多,以他们家族的财力,四千万人民币根本不算什么,而且回到日本之后引起的轰动,足以将这些钱赚回来了。

"山木君,我希望这两件瓷器都能出现在日本。"

野合也很高兴,他心里正在策划着,等这两件瓷器到了日本之后,他马上就宣布在日本某地,发现了公元一千年时期,日本已经烧制出了比中国更加精美的瓷器。

反正这个拍卖又不是公开的,即使这些中国人出来叫嚣,也没凭没据的,野合知道,黑市拍卖是严禁录像的。

"野合会长,放心吧!"

山木重重地点了点头,对周围敌视的眼光视而不见,他十分了解两国之间的恩怨,所以并没指望在这里能受到尊敬和礼遇。

"哼,愚蠢的人们,到时候你们将会知道失去了什么!"

野合看着身后的中国藏家,心里有种难以言喻的满足感。

野合那强烈的民族自尊心,曾经受到过很大的打击,所以他才会罔顾一个学者的良知,不顾一切地推动这个事件的进行。

"下面要拍卖的是这件白地黑花鱼凤纹四系瓶,是典型的磁州窑工艺,不过这件四系瓶的做工更加细致、精美,也符合官窑用品的特点。

"从艺术价值和体积上看,这件四系瓶都远胜刚才那件恭器,所以它的转让底价为二百万元人民币,有兴趣的朋友可以出价了。"

李大力也算谨慎的人,自始自终都咬着转让二字,上一件瓷器的成交价,让这位见过不少大场面的黑市老板,也感到心惊肉跳。

一个赝品瓷器,居然能拍出四千万,这让李老板开始怀疑自己准备转做正道的决定,是否正确了。

"两千万人民币,这件瓷器我要了!"

李大力话声刚落,庄睿就站起身来,摆出一副势在必得的架式,反正两件瓷器的成本都赚回来了,撒开膀子陪小日本玩好了。

这两件瓷器无论是从艺术价值还是从观赏价值而言,这件白地黑花鱼凤纹四系瓶,都远胜那件御用恭器。

庄睿出价之前,很多有实力的国内玩家都脸带兴奋,一副跃跃欲试的神情。

不过当庄睿喊出两千万人民币的价格后,场内顿时寂静下来。

几个本打算喊上三五百万的老板,马上偃旗息鼓,脸上一阵发烧,幸亏没先叫价,否则都丢不起这人。

"庄老师出价两千万人民币,还有没有朋友感兴趣? 这可是今天转让的最后一件磁州官窑瓷器了,错过这村可就没这店啦。"

上一个瓷器的拍卖也刺激到了李老板,庄睿叫价之后,开始不遗余力地吆喝起来,不过他的拍卖主持水平实在不怎么专业,这话说的怎么听都像菜市场卖菜的。

"李君,我加一千万,三千万人民币。"

场内稍稍沉寂了两分钟,山木又重新站了起来,抬手喊出了一个价格。

山木很喜欢拍到第一个瓷器时的感觉,当时他感觉到场内所有看向他的目光,都掺杂着羡慕嫉妒恨,似乎这个拍卖会就为他一人举办的,这种掌控拍卖进程的感觉,非常好。

"三千万人民币,山木先生出价了,还有哪位朋友出价的?"

李大力也有种感觉,在即将结束的十多年黑市生涯的最后一次拍卖中,很可能要拍出一个从来未有的天价,这让李老板浑身热血沸腾。

"老弟,不要冲动,这两件东西未经证实,让日本人拍去也没什么。"

金胖子见庄睿又想出价,连忙出言相劝,他在古玩行厮混了几十年,见过的东西实在太多了,这两件瓷器虽然本身没有瑕疵,不过这次拍卖让金胖子感觉很诡异。

虽然金胖子也说不出有什么破绽,但他嗅出一丝阴谋的味道,所以才拉住了庄睿,不想让他继续出价。

金胖子这一拉,场内顿时又陷入了寂静,本来众人都指望庄睿和小日本竞价,没想到庄睿居然不做声了。

山木脸上则露出胜利的笑容,看来第一件瓷器的出价,已经让这些中国人害怕了,没有人敢和自己竞争了。

"四千万!"

可惜山木脸上的笑容还没褪去,就僵硬在脸上了,四千万的报价声,打断了他的臆想。

"庄老师又报价了?"

"什么眼神,那是陆总,东山集团的陆总。"

"嘿,果然是鲁省最大的私营公司,财大气粗啊。"

"你懂什么,花四千万不但能得到实惠,还能做免费广告,里子面子都有了,我要有钱,也这么干。"

场内的气氛随着这声报价,沸腾起来,那位陆总则站起身向四周问候的人不断拱手致谢,搞得像明星发布会一样。

其实陆总还真被人说中了,他喊出四千万的价格,是有点作秀的意思。

虽然黑市拍卖上不得台面,但在座的这些人可都是国内知名的企业老板,能给他们留下深刻的印象,对企业发展有百利而无一害。

就像国内成立于八十年代的某集团,本来默默无闻不被人知,就是在一次香港举办的国际拍场中,斥资数亿拍下好几件珍贵的国宝。

此事过后,加上媒体的推手,几乎一夜之间大名就传播开来,在国内无人不知无人不晓,效果绝对比花上几亿资金打广告强许多。

当然,古玩黑市的性质和香港的拍卖不同,但是这些人离场后的口碑相传,也能使陆老板在国内商业圈子里名声大噪。

"五千万!"山木站起身来,面无表情地喊道。

五千万的价格喊出,场内顿时响起一阵吸气声,所有人的目光,重新聚到山木身上,就是庄睿也吃了一惊。

虽然近年来国际拍卖市场上,中国瓷器价格大涨,但是五千万人民币的价格,足可以在最近十年的瓷器成交历史上,排进前五位了,而且这还发生在黑市交易中,就更罕见了。

要知道,很多拍出天价的古董,其实都有作秀的成分,所以大金额的交易,基本上都出现在正规拍卖场合中,在黑市拍卖,三五百万都算是大手笔了,但是此次黑市却颠覆了所有人的认知。

这个价格让陆老板的心气也泄了,虽然他也能掏出更多的钱,但是终归底气不足,四千万的价格已经是他心理承受的极限了。

场内众多藏家均面面相觑,他们已经感觉到了,这件瓷器又将被日本人拍走。

有些人甚至开始在心里琢磨,是不是前脚出了拍卖场,后脚就给公安部门打电话啊。怎么着也不能看着小鬼子把东西带去日本呀。

"六千万!"

在所有人都认为这件白地黑花鱼凤纹四系瓶最终成交价会是五千万元人民币的时候,庄睿的声音又响了起来。

"老弟,你疯啦?这又不是元青花,即使五大官窑中的名瓷也不值这个价啊。"

金胖子恨铁不成钢地看着庄睿,在他看来,庄睿这次出价纯粹就是赌气,不想让小日本将这件瓷器买走。

"庄老师仁义。"

"果然是大藏家啊,底气就是足,六千万喊出来都面不改色。"

"那当然,听说庄老师上次得到的海盗宝藏,价值数十个亿美元呢,六千万人民币算什么。"

今儿来参加黑市拍卖的这些人,感觉就像坐过山车一般,一会上一会下的,这心脏不好的,还真受不了这刺激。

不过所有人都觉得今儿来得值了,绝对是大开眼界,单是这一件瓷器的价格,就要超过很多拍场会的总成交价了。

"祖宗啊,见好就收吧。"

在场内那些人的赞扬声中,李大力心里却像吃了黄连一般苦涩不堪,五千万人民币的叫价,已经在考验他的心脏承受力了,没想到庄睿又添了一把火,直接抬到了六千万。

367

第五十一章 亿元四系瓶

"装,使劲装。"

苗菲菲坐在庄睿旁边,正用眼角的余光鄙视庄睿,在庄睿竞价第一件瓷器的时候,苗警官就看出来了,庄睿这套就是对着日本人下的。

按说这事其实算得上诈骗了,不过一来苗警官无凭无据,二来现在提倡市场自由已经十多年了,一个愿打一个愿挨,也不关他们警察什么事。

所以苗警官一直都是冷眼看着,并没做出什么举动,在她心里,或许感觉能让日本人吃点亏,也是一件大快人心的事。

"庄老师果然出手不凡,现在的价格是六千万元人民币,还有没有比这更高的报价?"

箭在弦上不得不发,李大力一边说着话,一边看向山木,心里不断地祈祷着:"抬起来,把价给抬起来。"

或许真是他的祈祷起了作用,李老板话声刚落山木就站了起来,说道:"我出八千万,作为一件有着悠久历史和文化的古代工艺品,我想,它是值这个价格的。"

八千万元人民币,在2006年汇率不过是一千万美元左右,这对于总资产过五亿美元的山木株式会社而言,不算什么。

"我出九千万人民币,本人很赞同山木先生的意见,不过我觉得,这件东西还是留在中国比较好。"

庄睿没等台下众人从震惊中清醒过来,马上又抛出了九千万的价格,如同深水炸弹一般,让全场的人都感觉到脑中轰隆隆直响,一时有些不敢相信自己的耳朵。

庄睿说出这番话后,山木感觉自己的尊严受到了挑衅,站起身来看向庄睿,说道:"这位先生,艺术是无国界的,好的作品,也要由懂它的人来欣赏,我出价一亿人民币!"

两人针锋相对的场景,已经让很多人都失去了思考能力,几千万上亿的资金,在他们嘴里就像几十几百块钱一般,上嘴皮子碰下嘴皮,就这么随手扔了出去。

这要是投资某个项目，场内的众多企业家都能理解，也敢于出手，但是抢夺的却是这么一个不知真假，不知是否有增值可能性的古董，这就让众人望而生畏了。

即使在生意场上再果敢决断的老板，也不敢参与到庄睿和山木二人进行的游戏之中。

"呵呵，看来山木先生对这件瓷器是势在必得了，不知道庄老师是否愿意割爱呢？"

李大力的声音让所有人都看向了庄睿，如果有人将注意力放在李老板身上的话，就可以看到，李大力那张脸此刻笑得比哭还难看。

李大力知道，无论今儿是什么结果，他都出名了，而且出大名了，估计全国的同行和古玩爱好者，都会知道他的名字。

俗话说人怕出名猪怕壮，枪打的就是出头鸟，以前自己低调，警察都没少找麻烦，现在出了这个事，就算李大力不想转入正道，估计以后在黑市行当里，也没李大力的立身之地了。

一来这事儿动静实在太大，警察绝对会盯死自己；二来那些盗墓贼们也决不敢再和自己交易了，现在李大力就像个炸药包，谁挨得近谁倒霉。

李大力也不知道是该高兴还是该生气，他现在心里早没有了创造黑市拍卖天价的喜悦，最想的就是将这该死的瓷器拍出去，不管是谁，他只想早点结束这场见鬼的拍卖会。

看庄睿没回话，李大力就想快刀斩乱麻，这次他仅等了一分多钟，就喊道："既然没有人再叫价，那我宣布，这件白地黑花鱼凤纹四系瓶，归山木。"

"慢着，一亿两千万，我出一亿两千万！"

庄睿的声音不大，但是引起的轰动却远甚于李大力话筒里喊出来的声音，一亿两千万的数字出口，全场一片寂静。

庄睿说完这番话后，脸上微微露出一丝紧张的神色，然后看向山木，在别人看来，庄睿叫出这个价格，已经有点赶鸭子上架了。

其实庄睿心里也不知道，山木会不会继续跟价，但是他心里有底，反正东西是他的，就算是叫十亿人民币，庄睿也不怕。

话再说回来了，两件瓷器都被日本人拍走，的确让场内这些人有点儿伤自尊，所以庄睿最后赌了一把，叫出一亿两千万的价格，如果山木不跟的话，那就把这件四系瓶留手里把玩好了。

当然，如果山木再将价格抬高，哪怕他只多出一块钱，庄睿也不会再加价了，他又不傻，一千多万的成本，赚了十多倍回来，用四川话来说，就是这生意硬是要得。

"山木会长，你说那个人，是不是中国人安排的？"

庄睿喊出一亿两千万的价格后，几个日本人也开始小声地交头接耳议论起来，刚才说话的那个人,是山木株式会社的一个老臣子,在会社工作了几十年。

"不会,那个人我知道,是中国很出名的玉石鉴定专家,实力很雄厚,不会给人当托的。"

山木现在也有点儿纠结了,看这个中国人摆出的架势,似乎要和自己死磕一般,如果这样的话,拿下这件瓷器真的有很大难度了。

不过山木绝对没往庄睿是托这方面去想,虽然拍卖场安排托是很正常的事,但是绝对不会有托如此胆大,将瓷器叫出这么一个天价来。

野合这时也凑了过来,左右不用他出钱,站着说话不腰疼,开口说道:"山木君,我想,我们应该用气势压倒他们!"

"是的,请放心,我一定会将这两件瓷器都带回去!"

野合的话让山木的信心坚定起来,不就是一亿多人民币吗?也就是一艘顶级游艇的钱。

山木没经历过创业,俗话说崽卖爷田不心疼,这要是换做老奸巨猾的山木一郎,指定不会如此贸然跟进。

和左右商量过之后,山木站起身来,对着台上的李大力说道:"李君,我出一亿五千万人民币,这件艺术品的价值,是不能用金钱来衡量的。"

"天哪,一亿五千万?!"

"靠,这小日本疯了。"

"坏了,这下庄老师恐怕不会再跟价了,这也太离谱了吧。"

山木的报价一出,全场哗然,众人纷纷从椅子上站起来,所有人在发出自己评论的同时,眼睛都盯向了坐在最后一排的庄睿。

"庄大老板,祖宗啊,见好就收吧。"

李大力站在台上不停地擦着汗,按照他的设想,这个局能套住日本人几千万,那就算幸运的了,没想到现在事情脱离了他的控制轨道,决定权居然掌握在了总导演庄睿的手上。

不过这事给李老板的压力实在太大了,他很怕拍卖结束后,自己一走出这门,就被相关部门请去喝茶了,毕竟一个物件拍出了上亿的价格,就是假的那也变成真的了。

听着周围人群的议论声,庄睿的脸色很不好看,似乎在考虑自己应该怎么说话,看到庄睿这副神情,那些来自国内各个地方的藏家们心里马上冷了下去。

庄睿缓缓地从椅子上站起来,原本吵杂的会场马上静了下来,数十双眼睛,都集中到了庄睿身上。

"诸位，难得日本客人如此喜欢中国的古玩，我想，我们应该祝贺山木先生，他得到了这件四系瓶！"

庄睿的语速很慢，是人都能看出来，庄老师心情很不好，或许只有苗菲菲和李大力，才能从庄睿眼角的抽动中，看出这哥们心里已经乐开花了。

没错，庄睿现在心中的确是在狂喜，虽然他不缺这点儿钱，但是要看这钱是怎么来的，权当是小鬼子为当年的罪行做出的赔偿吧！

"庄君，谢谢，您是一位真正的艺术家！"

山木听了庄睿的话后，从座位上站起来，快步走到庄睿面前，深深地鞠了一躬。

庄睿本人没什么反应，倒是苗警官和李大力差点笑出声来，传说中说的那个把人卖了还帮别人数钱的故事，今儿上演了一个现实版。

"好了，如果没有别的朋友出价的话，这件白地黑花鱼凤纹四系瓶，就归山木先生所有了。"

李大力的话让场内众人都感觉有些失落，这可是在中国，在自己的主场，数十个人面对几个日本人，居然一败涂地，这让他们感觉非常没脸面。

所以在李大力说完这番话后，很多人就开始退场了，但是一亿五千万事件，在这些人离场之后，马上就传遍了国内的古玩圈子和考古界。

就连孟教授也给庄睿打了电话，询问这件事情的缘由，庄睿也无法明言，只能很隐晦地表示，那两件瓷器是赝品的可能性非常大，这才让老教授心里舒服了一点。

不过所有人都不知道，这次拍卖会只是开始而已，日后，磁州官窑事件将会闹出更大的风波。

交易过后，山木等人在保镖的围护下，匆匆离开了这里，按照他们的安排，这两件瓷器将会和近期回国的日本驻华领事馆的一位参赞，一同回到日本国内。

庄睿和彭飞等人也随着人群走出了拍卖场，庄睿瞅了个空，躲开金胖子后，悄声对苗警官说道："苗警官，这次只是一次民间工艺品的交流而已，日本友人愿意花这么多钱买回去，那也是他们的自由不是？

另外，此次的收入，我会催促拍卖场老板按章纳税的，希望你们不要抓住不放了。"

虽然外面天气依然炎热，不过庄睿心里却凉爽异常，相当舒服。

"庄睿，作为朋友，我劝你一句，下次不要再做这样的事情了，你好自为之吧。"

苗菲菲心情复杂地看了庄睿一眼，认识好几年了，她都没发现，庄睿骨子里居然还是个愤青。

第五十一章 亿元四系瓶

371

不过对这件事,苗菲菲不打算也没办法追究下去。

正如庄睿所言,那些东西都是假的,根本就没办法追究当事人的责任,就算现在去问那个山木,山木也会一口咬死自个儿买的是现代工艺品。

和苗菲菲在马场告别后,庄睿先将金胖子给送回家,这哥们在车上还一脸激动。显然,刚才的拍卖对他造成了很大的冲击。

"庄哥,您真厉害,不声不响地就从小鬼子那里敲了将近两个亿。"

把金胖子送到家,庄睿并没回四合院,而是和彭飞拐入一家清静的茶楼,要了一个包间坐了下来。

"呵呵,要真如他们所说拿回去收藏欣赏,那就没事,要是想闹出点别的猫腻来,嘿嘿。"

庄睿不怀好意地笑了起来,他问过徐国清,这两件瓷器的内壁上,同样有着"许"字,这已经成了徐国清的独门招牌了。

并且徐大师还干了一件让庄睿瞠目结舌的事情,就是把瓷器制胚完成的日子也刻在了内壁上。

"哎,庄总,您今儿可吓死我了。"

庄睿和彭飞正喝着茶闲聊的时候,包间的门被推开了,李老板先露了个头,看清房里只有庄睿和彭飞之后,这才走了进来。

李大力是怕房里藏着警察,闹出这么大一件事,他已经准备出国去避避风头了。

"李总,这愿打愿挨的事,有什么好怕的啊。"

庄睿给李大力倒了杯茶,这事儿能整出这么个结果,还真亏了这位李老板。

"庄总,您这玩儿的也太大了吧?"

李大力听了庄睿的话后,不禁苦笑起来,一个小小的古玩黑市,单件拍卖价高达一亿五千万元人民币,这在国际拍卖场上都是罕见的。

最近十年的中国艺术品拍卖成交记录中,好像只有去年那件被炒作的元青花瓷罐比此次交易的金额高,如果不是黑市拍卖,足以载入史册了。

庄睿给李大力倒了杯茶,笑道:"李总,这次拍卖足以让您名扬四海啊。"

"得了吧,是臭名远扬还差不多,估计以后这黑市别想办下去了。"

李大力这会儿是满腹牢骚,他准备把钱给庄睿之后,自己立马就出国,他现在算是知道了,陪这些背景深厚的人玩游戏,是一件非常危险的事情。

"庄总,这是一亿九千万的支票,您收好。"

李大力之所以比庄睿晚到了一会儿,就是去处理支票的事儿了,他可没有胆子欠庄睿的钱。

庄睿奇怪地看向李大力，说道："李总，您着什么急啊？"

"我……我回头要去马尔代夫住上两个月去，今儿这事闹大发了，说不定警察现在就到处找我呢。"

李大力说出了心理话，江湖越老胆子越小，李老板知道，国家要是想收拾他，那还真不是什么难事，他这十多年里也不是没干过违法的事，足够他吃上几年牢饭了。

"就因为这个？"

庄睿闻言愣了一下，继而笑了起来，说道："李总，您放心吧，没人找您，这事儿已经完了，不管谁问，您就说拍出两件现代工艺品，放心地在家待着吧。"

"庄总，您说的当真？"

虽然马尔代夫风景不错，但是李老板也不是真想去旅游，听了庄睿这番话，顿时眼睛一亮。

"当然是真的了，这事因我而起，总不能让李总您背这个黑锅吧？"

庄睿笑了笑，拿出纸笔在支票上写了个账号，然后将支票又推了回去，说道："李总，按照拍卖行的规矩，这钱您抽百分之十五的佣金，然后把剩下的钱打进这个账号里。"

李大力听了庄睿的话后，顿时愣住了，过了半晌才结结巴巴地说道："庄……庄总，您……您太客气了，我就是帮了点小忙。"

一亿九千万的百分之十五，那可就是近三千万人民币，几乎是李大力三分之一的身家了，最主要的是，李老板从头至尾都没想着能从这笔钱里抽取佣金。

"行了，李总，这是京都拍卖行钱总的电话，您得空了直接去找他就成了，咱们以后还有合作的机会呢。"

庄睿摆了摆手，没让李大力继续说下去，有钱大家赚才是王道，吃独食的人在这社会上是混不开的。

再说李大力的确为这事费不少心，单是那古窑址就整得像模像样的，没有那个铺垫，此次拍卖未必能将日本人吸引来，就凭这一点，李大力拿三千万就不多。

"成，庄总，您仁义，咱老李也不含糊，日后有什么事您只管吩咐，老李要是皱下眉头，那就是狗娘养的！"

李大力这番话虽然说得有些糙，但却是真心实意的，他在社会上混了这么多年，拿钱不干事背后还捅刀子的人见得多了，像庄睿做事这么地道的，真是第一次得见。

"行了，老李，去安抚下手下弟兄，我也有些事要办，咱们今儿就到这，改天我请你吃饭。"

庄睿拍了拍李大力的肩膀，语气也变得亲热起来，他现在虽然摊子铺的不小，但是手下没什么可用的人，李大力虽然身家不怎么干净，但是人却不错。

出了包间之后，李大力抢着买了单，庄睿笑笑没说什么，各自上车驶离了茶馆。

"哥，咱们去哪？回家不？"彭飞打着方向盘，看向庄睿。

庄睿揉了揉太阳穴，今儿这场拍卖是很刺激，不过刺激过后，也让他感到有点儿疲惫，想了一下，庄睿说道："去博物馆，我想办个基金，这事让皇甫云出面比较好。"

此次磁州官窑出土的事情，闹得国内收藏界沸沸扬扬，就连官方都惊动了，苗菲菲也知道了事情的来龙去脉，如果庄睿心安理得地去花这笔钱，恐怕日后会给人留下口实。

所以庄睿准备将这一亿多都拿出来，另外自己再出一笔钱，用定光博物馆的名义，搞一个救助失学儿童的基金会，钱来的不干净，但是花的光明，相信就算以后被人知道是自己做的局，也不会多说什么了。

全国古玩市场地址

北京古玩城：北京市朝阳区东三环南路 21 号

北京潘家园旧货市场：北京市朝阳区华威里 18 号

上海国际收藏品市场：上海市江西中路 457 号

天津古物市场：天津市南开区东马路水阁大街 30 号

天津古玩城：天津市南开区古文化街

重庆市综合类收藏品市场：重庆市渝中区较场口 82 号

重庆市民间收藏品市场：重庆市渝中区枇杷山正街 72 号

广东省深圳市古玩城：广东省深圳市乐园路 13 号

广东省深圳华之萃古玩世界：广东省深圳市红岭路荔景大厦

广东省珠海市收藏品市场：广东省珠海市迎宾南路

广东省广州带河路古玩市场：广东省广州市荔湾区带河路

江苏省南京夫子庙市场：江苏省南京市夫子庙东市

江苏省南京金陵收藏品市场：江苏省南京市清凉山公园

江苏省苏州市藏品交易市场：江苏省苏州市人民路市文化宫

江苏省常州市表场收藏品市场：江苏省常州市罗汉路

浙江省杭州市民间收藏品交易市场：浙江省杭州市湖墅南路

浙江省绍兴市古玩市场：浙江省绍兴市绍兴府河街 41 号

福建省白鹭洲古玩城：福建省厦门市湖滨中路

福建省泉州市涂门街古玩市场：福建省泉州市状元街、文化街及钟楼附近

河南省郑州市古玩城：河南省郑州市金海大道 49 号

河南省洛阳市西工古玩市场：河南省洛阳市洛阳中州路

河南省洛阳市潞泽文物古玩市场：河南省洛阳市九都东路 133 号

河南省洛阳市古玩城：河南省洛阳市民俗博物馆大门东

河南省平顶山市古玩市场：河南省平顶山市开源路

湖北省武昌市古玩城：湖北省武昌市东湖中南路

湖北武汉市收藏品市场：湖北省武汉市扬子街

四川省成都市文物古玩市场：四川省成都市青华路 36 号

辽宁省大连市古玩城：辽宁省大连市港湾街 1 号

辽宁省沈阳市古玩城：辽宁省沈阳市沈阳故宫附近

辽宁省锦州市古文物市场：辽宁省锦州市牡丹北街

黑龙江省哈尔滨市马家街古玩市场：黑龙江省哈尔滨市南岗区马家街西头

吉林省长春市吉发古玩城：吉林省长春市清明街 74 号

山东省青岛市古玩市场：山东省青岛市昌乐路

河北省石家庄市古玩城：河北省石家庄市西大街 1 号

河北省霸州市文物市场：河北省霸州市香港街

河北省保定市文物市场：河北省保定市 新北街 207 号

山西省平遥古物市场：山西省平遥县明清街

山西省太原南宫收藏品市场：山西省太原市迎泽路

陕西省西安市古玩城：陕西省西安市朱雀大街中段 2 号

安徽省合肥市城隍庙古玩城：安徽省合肥市城隍庙

安徽省蚌埠市古玩城：安徽省蚌埠市南山路

甘肃省兰州古玩城：甘肃省兰州市白塔山公园

云南省昆明市古玩城：云南省昆明市桃园街 119 号

江西省南昌市滕王阁古玩市场：江西省南昌市滕王阁

贵州省贵阳市花鸟古玩市场：贵州省贵阳市阳明路

湖南省长沙市博物馆古玩一条街：湖南省长沙市清水塘路

湖南省郴州市古玩一条街：湖南省郴州市兴隆步行街